LES
TROIS FILLES
D'HOLYPHERNE

PAR

KAUFFMANN

PREMIER VOLUME

CHAPITRE Iᵉʳ.

A l'orient de la France centrale, entre le Rhône, la Saône et les montagnes du Jura, des portes de Genève à celles de Lyon, s'étend un délicieux pays, fertile en blés, riche en pâturages, en vins, arrosé par cent rivières ou ruisseaux tombant des cascades, dans lesquels foisonnent des truites estimées des gourmets, coupé de vallées profondes recélant des mines d'asphalte, d'ardoises et de pierres lithographiques, ombragé de bois et de forêts, hérissé de rochers, les uns stériles, les autres fécondés par la main de l'homme qui a porté sur les plates-formes, sur les saillies, sur les corniches naturelles, la terre où il a planté de la vigne.

C'est la contrée qui s'appelle aujourd'hui le département de l'Ain, formé de la Bresse, dont quelques parties sont splendides, de la Dombes malsaine, enfiévrés par les étangs, du Valromey, colonie pénitentiaire des Romains, et du Bugey, pittoresque à l'égal de la Suisse, qu'il confine par un point.

Toutes les dominations subies par la France depuis vingt siècles ont laissé leurs vestiges dans ce curieux pays : l'enceinte des camps romains n'est pas encore effacée sous les sillons de la charrue ; les tumuli, que l'on appelle ici des *poypes*, ouverts par la pioche des cultivateurs ou des pionniers, laissent voir les grandes sépultures des guerriers gallo-romains et franks ; Izernore élève les colonnes d'un temple dédié à une divinité inconnue, qui ont bravé jusqu'ici les mutilations du temps et des hommes ; beaucoup de villages gardent encore leurs noms latins sous l'altération du patois et du français ; les Arabes y ont des descendans dont le type originel se reconnaît malgré un mélange inévitable entre les races ; le christianisme y a semé ses grandes chartreuses, ses cloîtres coquets, ses basiliques ouvragées ; la féodalité a planté sur toutes les crêtes, sur les flancs de toutes les montagnes dominant une route ou un cours d'eau, ses châteaux de plaisance et ses citadelles.

Les guerres de seigneur à seigneur, de suzerain à commune, ont ruiné quelques-uns de ces châteaux ;

les rois et les ministres qui ont fondé l'unité nationale de la France en ont rasé un grand nombre et
dispersé leurs débris sur les rochers qui leur servaient de base ; l'industrie, la souveraine actuelle de
la France, intronise aujourd'hui ses métiers, ses marteaux, dans ceux que les révolutions précédentes ont
respectés. Cette dernière conquête se fait sans effusion de sang, met le travail et l'aisance à la place de
la misère. De ces demeures il en est qui gardent leurs
élégantes tourelles, leurs beaux perrons, leurs escaliers de marbre, leurs balustres, leurs rampes de fer
ouvragé ; mais elles n'ont plus de créneaux, de ma-
chicoulis inutiles, et leurs fossés asséchés sont deve-
nus des jardins.

Vers la pointe où s'arrêtaient, au seizième siècle,
les possessions espagnoles en Franche-Comté, deux
longues et hautes lignes de rochers à pic encadrent
la rivière d'Ain, coulant à travers une dépression du
rocher qu'elle a lentement façonnée et approfondie.

Le pic le plus abrupte de la rive droite, isolé de
tous côtés par des précipices, est couronné par une
immense plate-forme, sur laquelle on a vu pendant
plusieurs siècles se dresser une formidable citadelle,
que l'on appelait le château d'Holypherne. Il n'en
reste plus que des ruines éparpillées sur la montagne, dans les ravins, et, au point culminant, la civilisation moderne a planté son drapeau, le signe de sa
conquête, un télégraphe aérien, qui lui-même va
devenir inutile par l'établissement d'une ligne électrique dans la vallée.

Le rocher, ou, comme l'appellent les paysans des
environs, le *molard* d'Holypherne est un lieu maudit à l'égal de ces habitations auxquelles la tradition
rattache le meurtre de nombreux voyageurs, ou qui
ont servi de repaire à des bandits à toutes les époques où l'autorité a été impuissante.

Sur la rive opposée, en face des ruines, dans un
endroit où le rocher laisse une berge entre sa base
et la rivière, s'élèvent trois pierres, hautes et larges,
posées verticalement, immobiles sur leur base, trois
petits monumens, trois monolithes mystérieux plantés par des mains inconnues. Ils ne portent point de
date, et ils passeraient aisément pour des dolmens de
l'époque druidique.

Mais ils n'ont pas cette haute antiquité ; ils n'appartiennent ni aux Gaulois, ni aux Romains, ni aux
Arabes, ils sont de la décadence de la féodalité ; ils
ont été élevés en 1537, et une légende conservée dans
le pays, depuis trois siècles, nous a appris quels sinistres événemens ont donné lieu à leur érection.

Les habitans de la contrée nomment indifférem-
ment ces pierres *les trois filles* et *les trois dames*
d'Holypherne. Dans notre temps de grandes conquêtes intellectuelles, où la science étend son domaine, où les découvertes se succèdent avec rapidité,
la lumière rayonne peu sur les campagnes, et l'on
trouve sur le cours supérieur de l'Ain des hommes
qui affirment avoir vu les trois filles d'Holypherne
quitter leurs tombes et, s'élevant de la cime des
pierres qui portent leur nom, se promener sur les
rochers voisins et à travers les ruines de leur château,
enveloppées de longs voiles blancs.

Durant de longs siècles ces deux provinces de
Bresse et de Bugey ne surent jamais bien à qui elles
appartenaient, tant leurs maîtres changeaient avec
rapidité. Françaises sous Lothaire, réunies à ce qu'on
appela le royaume d'Arles sous Bozon, annexées à la
Bourgogne transjurane sous Hugues, elles passèrent
à l'empire d'Allemagne sous Conrad. Mais sous le

règne de l'empereur Henri III, les seigneurs qui tenaient de lui, à titre de gouvernement, les villes, les
châteaux, les fiefs, les domaines, s'en déclarèrent
propriétaires et souverains. C'est l'histoire de la féodalité, partout la même, morcelant le pays et pesant
sur les populations.

Dans la Bresse, la puissante maison de Coligny
prit la partie qu'on appelle le Revermont ; les sires
de Villars et les sires de Beaugé s'emparèrent du
reste de la province et, en même temps, de la
Dombes et du Franc-Lyonnais. Les empereurs d'Allemagne conservèrent mieux leur autorité dans le
Bugey. Toutefois les évêques et les abbés arrachèrent
peu à peu quelques plumes de l'aigle impériale et
s'adjugèrent Belley, Nantua, Ambronay et Saint-
Rambert, dont ils eurent l'habileté d'agrandir successivement les dépendances.

L'empereur d'Allemagne donna le Bugey, en 1137,
à Amé II, comte de Savoie et marquis de Suze. Un
successeur de celui-ci, Amé IV, l'inféoda à Louis,
son neveu, seigneur de Vaud, en 1303. Le fils de
Louis, n'ayant pas d'enfans, le laissa à sa nièce ; celle-
ci, stérile après trois mariages, le vendit, en 1359, à
Amé V, comte de Savoie.

Ainsi la petite province de Bugey avait vu régner
en deux siècles cinq dynasties et il lui était, on en
conviendra, assez difficile de s'attacher à des souverains qui passaient avec tant de rapidité, la donnaient ou la vendaient sans même en consulter les
habitans.

Depuis cette vente faite à Amé V, le Bugey et le
Valromey, qui y est enclavé, restèrent à la maison de
Savoie jusqu'à l'époque où se passent les événemens
que nous allons raconter, c'est-à-dire jusqu'en 1535.
Mais durant cette période de près de deux siècles, la
féodalité attaquée de toutes parts, et par les rois et
par les communes, avait reçu de rudes atteintes, et
les comtes de Savoie, profitant de sa faiblesse, avaient
traversé la rivière d'Ain et étendu leur suzeraineté
sur une grande partie de la Bresse.

Placé à l'extrémité supérieure des deux provinces
de Bresse et de Bugey, le château d'Holypherne touchait aux possessions espagnoles ; mais, par une ano-
malie qui n'était pas rare à cette époque, il relevait
du roi de France, à qui son possesseur devait foi et
et hommage. Toutefois, les seigneurs d'Holypherne,
quand ils ne tenaient pas d'autres terres du roi,
s'abstenaient volontiers de cet hommage, persuadés
que leur fictif suzerain, ne pouvant passer ni sur les
terres espagnoles, ni sur les terres bressannes, ne
viendrait pas les y contraindre.

Un chemin partant de la rivière avait été taillé sur
la berge de l'un des ravins dont la citadelle était en-
vironnée, serpentait sur le flanc de la colline, arrivait en face de la porte du château, puis se prolon-
geait et allait atteindre sur le large plateau de la
haute Bresse la route de Treffort et de Meillonnas.
On arrivait donc en face de l'entrée du château d'Holypherne par deux côtés, et si on avait à y pénétrer,
on s'arrêtait sur une place assez vaste ouverte à la
jonction des deux chemins.

Pour communiquer de la route au manoir féodal
on avait jeté sur l'abîme un pont de pierre très
hardi, reposant des deux côtés sur le roc, et coupé
lui-même, près de la porte, par un pont-levis enca-
dré dans une muraille infranchissable. Grâce aux ravins immenses qui entouraient son château, quand
il avait fait lever le pont, le seigneur d'Holypherne
pouvait se croire invincible sur son rocher.

Sur la porte d'entrée de forme ogivale, seule ouverture pratiquée dans la muraille qui servait de rempart du côté de la route, et faisant un angle rentrant, était sculpté un blason d'or, au chevron de sable, ayant pour cimier un dragon d'or clariné d'argent, pour supports deux anges au naturel, et pour devise :

BELLE, SANS BLAME.

C'était là le blason de la maison de Luyrieux, dont le chef était seigneur d'Holypherne. La devise, qui avait été imaginée sans doute pour quelque dame de cette famille, n'était pas, depuis longtemps, en harmonie avec le caractère des Luyrieux.

Sur la plate-forme du rocher d'Holypherne s'élevait une tour formidable, à laquelle la chronique donne des dimensions évidemment exagérées ; des sentinelles y veillaient nuit et jour, ce qui n'empêchait pas d'autres gardes de se tenir constamment sur les larges murailles, à droite et à gauche de la porte, regardant ainsi tout à la fois le chemin tortueux qui montait du bord de l'Ain et celui qui venait du plateau, et pouvant se mettre à couvert dans deux tourelles élevées sur ces murs.

La vaste tour couronnant le rocher avait été longtemps le seul édifice qui abritât à la fois le seigneur du lieu et la garnison ; mais l'un des Luyrieux avait voulu séparer sa famille de ses archers, et il avait construit une fort belle habitation à quelque distance de la tour. La façade principale de ce château, percée d'un perron conduisant au grand escalier et terminée à l'un de ses angles par une chapelle attenant à l'édifice, s'étendait sur une magnifique terrasse plantée d'arbres, dont les murs à hauteur d'appui reposaient sur les rochers qui surplombaient la rivière d'Ain.

A l'abri de leurs fortes murailles et des précipices qui entouraient leur demeure, les seigneurs d'Holypherne exagéraient, dans l'intérêt de leurs plaisirs et de leur fortune, toutes les tyrannies de l'époque féodale. Le meurtre, le pillage, le viol étaient passés dans leurs habitudes, et quand ils descendaient de leur nid de vautour, chacun s'enfuyait ou se cachait pour échapper à cet ouragan qui détruisait tout.

Les seigneurs voisins s'étaient plusieurs fois ligués contre eux ; mais les troupes d'Holypherne, composées toujours de soldats d'élite, d'hommes déterminés, arrivaient à l'improviste, reculaient rarement devant les entreprises les plus périlleuses et ne revenaient jamais sans butin. Assailli de plaintes, un roi de France fit des remontrances à l'un des sires d'Holypherne, menaçant de l'aller assiéger en personne s'il ne cessait ses brigandages ; mais le seigneur répondit au roi qu'il ne redoutait pas un siége, car « toute l'herbe du royaume de France ne comblerait pas les fossés de son château. » Et cette insolence demeura sans punition.

Au moment où commencent les événemens de cette histoire, le possesseur de cette redoutable position était Georges de Luyrieux, seigneur d'Holypherne, vassal pour ce fief du roi de France, seigneur de Montvéran, Cule, Prangin, la Vélière, et, pour ces derniers domaines, vassal du duc Charles de Savoie, dont il était en même temps maître d'hôtel. Ce dernier titre était purement honorifique, et Luyrieux, éloigné de la cour, continuait dans ses domaines et aux alentours les traditions de ses ancêtres. La rudesse de son caractère, le dérèglement de ses mœurs,

la froide férocité qu'il montrait en toutes circonstances, en avaient fait la terreur de la contrée : il n'était pas un paysan que son regard ne fît trembler, pas une femme noble, libre ou serve, qui n'éprouvât une sorte de dégoût en entendant prononcer son nom.

Georges de Luyrieux était d'une haute taille, d'une grande intrépidité dans les combats, calme et froid dans les conseils. Si l'occasion s'en fût présentée, s'il y eût trouvé quelque intérêt, il eût du haut de sa citadelle bravé le duc de Savoie et le roi de France, ses suzerains ; mais il trouva plus d'avantage à les servir tous les deux dans leurs guerres, à la tête d'une compagnie nombreuse, bien disciplinée et vaillante. Heureusement pour lui, depuis qu'il était devenu le chef de la puissante maison de Luyrieux, le roi et le duc n'avaient pas eu de contestations, et Georges avait pu, sans se brouiller avec l'un ni avec l'autre, mettre son bras et ses troupes au service du duc Charles dans ses expéditions contre Genève, Vaud et le Valais, et faire avec le roi une campagne en Italie.

Le temps que le sire d'Holypherne passait à l'armée était le meilleur pour les populations de ses nombreux et riches domaines : les Bressans et les Bugistes, assez amoureux de bataille, étaient sans doute très fiers de la gloire et de la renommée que leurs compatriotes acquéraient en pays ennemis sous la bannière de Luyrieux ; mais il faut avouer, pour être juste, qu'ils se rendaient surtout de grandes actions de grâces à la guerre, heureuse ou non, qui tenait Georges éloigné de ses terres et des leurs.

Durant les jours de repos que lui faisait la paix, quand il ne guerroyait ni pour le duc, ni pour le roi, qu'il n'attaquait ni les Villars, alors héritiers des Coligny, ni les Montrevel ses voisins, ni les Beaugé, et qu'il voulait bien laisser libre la route de Seyssel à Belley, que dominait et commandait son château de Cule, il vivait cependant sur son rocher comme il aurait fait dans un camp. Plusieurs fois par jour, les trompettes jetaient leurs sons aigus aux échos des deux rives, et il tenait constamment ses hommes en haleine par des exercices et des revues. Aussi avait-il une troupe aguerrie, composée de soldats qu'on aurait pu appeler des bandits, si la guerre n'avait pas le privilége de tout rehausser.

La chasse était encore, dans ces jours-là, un des grands plaisirs de Georges ; il s'y livrait avec la même ardeur qu'il apportait à la guerre, parcourait avec une rapidité singulière les immenses bois environnant son manoir et s'étendant sur les collines des deux côtés de la rivière, à la poursuite des sangliers qui abondaient alors dans la contrée.

Tant d'aboiemens de ses grandes meutes, tant d'hallalis ont retenti dans ces âpres montagnes, à travers ces collines coupées de gorges profondes, que le souvenir s'en est perpétué. On croit encore les entendre dans une nuit d'orage, quand les vents mugissent et agitent les arbres gigantesques des pentes, et on rencontre encore des paysans qui soutiennent avoir ouï passer la chasse du seigneur d'Holypherne, chiens aboyant, cors sonnant, dans les forêts voisines, comme d'autres affirment avoir vu ses trois filles se promener dans les nuits étoilées et claires, sur les deux longues lignes de rochers qui encadrent la rivière.

Mais ces quatre personnages ne sont pas confondus dans les récits de la veillée. Objet d'épouvante et d'horreur, Holypherne menant sa chasse n'est jamais entendu que dans les nuits sombres où éclate la tempête ; les trois dames d'Holypherne ne sont aperçues que dans les nuits splendides de ce beau pays, favorisé chaque année, pendant cinq mois, d'une admirable température.

Le sire de Luyrieux, à l'âge de trente ans, avait épousé en 1514 demoiselle Françoise de Menthon, fille du seigneur de Montrotier, belle personne, citée partout comme un modèle de douceur et de vertu. Possesseur de vastes domaines, qui faisaient de lui un des princes du Bugey, Georges désirait un fils qui héritât de son nom, de ses richesses, de sa puissance; mais, à ses premières couches, Mme de Luyrieux donna le jour à une charmante petite brune dont la naissance amena une tempête. Trompé dans ses espérances, le sire d'Holypherne témoigna cette stupide colère qui se renouvelle chez les pauvres, chez les riches d'aujourd'hui, sans rien changer aux arrêts de la nature. La pauvre petite, ainsi mal reçue par son père, fut nommée Philiberte.

L'année suivante, aux douleurs de la maternité vinrent se joindre les appréhensions que faisait naître le caractère de Georges; mais les craintes et les vœux sont impuissans dans ce mystère d'une âme qui prend un corps, et Mme de Luyrieux mit au monde une seconde fille, brune aussi, destinée à devenir le type le plus pur de la beauté et de la grâce. Celle-ci reçut le nom de Loyse.

La colère que Georges avait montrée à la venue de Philiberte se changea en fureur : il se livrait aux plus violentes imprécations, injuriait Dieu à qui il ne croyait pas, et reprochait au sort de vouloir faire disparaître le nom des Luyrieux en éteignant leur lignée masculine. Jusque-là tout avait réussi à cet homme. L'espérance d'avoir un fils était la seule qu'il n'eût pas vu combler ; aussi était-elle devenue par cela même plus ardente.

Deux ans plus tard, le sire d'Holypherne avait depuis quelques mois quitté son château, et, à la tête de sa compagnie, guerroyait au service du duc de Savoie contre Genève, lorsque sa femme accoucha une troisième fois... La nature trompait encore les espérances de Georges et lui donnait une troisième fille ; mais celle-là était blonde comme sa mère.

La consternation se répandit au manoir, tant on y redoutait les emportemens du maître. La malheureuse dame de Luyrieux avait tout à craindre de l'injustice et de la cruauté d'un homme que jusque-là rien n'avait arrêté dans l'accomplissement de ses projets et que l'on savait capable de ne pas reculer devant un crime pour épouser une autre femme, dans l'espoir d'avoir un fils. Il fallait envoyer un messager à Georges pour lui annoncer l'événement, et personne n'était désireux de lui porter la triste nouvelle.

Parmi les femmes du château, il n'y en avait qu'une qui ne tremblât pas devant le sire d'Holypherne, qui osât lui reprocher, en riant, son injuste colère envers sa femme : c'était Gertrude, du même âge que Georges, jolie encore, toute dévouée à sa maîtresse, et gouvernante des enfans, qu'elle aimait et soignait comme s'ils eussent été les siens. Elle conseilla à sa maîtresse de choisir pour messager le majordome.

Celui-ci, gouverneur du château, était un officier habile, âme damnée de son seigneur, dont il avait la confiance, voyant tout, sachant tout, parlant peu, partageant les périls des expéditions les plus dangereuses et ayant seul acquis le droit de tout dire à Georges. Cet homme s'était épris d'une amitié respectueuse pour Mme de Luyrieux, qu'il voyait souf-

frir, et il se chargea, sans faire d'observation, de la mission difficile d'apprendre à son chef une troisième déception.

Le majordome partit. Il avait peu de chemin à faire pour aller d'Holypherne dans le Genevois, et il atteignit bientôt le camp du duc. Il demanda où était le corps d'armée dont Luyrieux faisait partie, l'apprit, et mit pied à terre. Quelques officiers l'instruisirent des opérations militaires qui avaient eu lieu et de celles qui se préparaient; il jugea avec eux qu'une action importante allait s'engager et se résolut à attendre. Deux jours après le combat fut livré, et le majordome choisit si bien son temps, qu'il arriva au moment où Georges, plein d'orgueil et de joie, célébrait par une fête l'avantage qu'il venait de remporter sur l'ennemi avec ses Bugistes et ses Bressans.

— Vous ici, majordome ! s'écria Luyrieux en voyant son officier; vous arrivez à propos, mais si vous étiez venu un jour plus tôt, c'eût été mieux encore : vous auriez pris part à une brillante affaire. Nos soldats se sont bien battus.

Et il ajouta en baissant la voix :

— Ils ont enlevé une position contre laquelle le duc de Savoie lui-même avait échoué.

— Sous un chef tel que vous, tous les combats sont des triomphes, dit l'officier.

— Flatteur, dit Georges en souriant, plus fier des circonstances dans lesquelles il obtenait un pareil succès que du succès lui-même.

Puis, regardant gaiement le majordome, il reprit :

— Il y a du nouveau à la citadelle, pour que vous soyez venu ici ?

Il y a, monseigneur, répliqua l'officier, que la dame d'Holypherne, notre maîtresse, est accouchée hier, juste au moment où vous battiez les troupes genevoises.

— Il mentait de trois jours, mais cet artifice oratoire n'était pas inutile : il le savait et avait compté sur son effet.

— Et cette fois, j'ai un fils? demanda Georges.

— Monseigneur, répondit le majordome, la victoire est femme, elle a voulu être célébrée par la naissance d'une fille.

— Allons, dit Georges en soupirant, qu'elle soit la bienvenue; elle me rappellera un de mes plus beaux faits d'armes.

L'enfant qui voyait le jour dans ces circonstances fut nommée Huguette. Son père, que personne ne détrompa, crut toujours que cette dernière fille était née au moment où il enlevait les positions de l'ennemi et, grâce au pieux mensonge de l'officier, il s'attacha plus particulièrement à elle.

La dame de Luyrieux ne jouit pas longtemps du bonheur inespéré de voir l'une de ses filles aimée et caressée par son mari : elle mourut jeune, et sa maladie fut si mystérieuse, sa mort si rapide, qu'on les attribua à un crime. Toutefois la vérité ne fut jamais connue; la famille de Menthon ne jugea pas à propos de faire une enquête injurieuse pour Georges, difficile toujours, et qui eût été sans doute inutile. Tant d'autres méfaits chargent la mémoire du seigneur d'Holypherne, qu'il ne faut pas lui attribuer un acte dont les preuves n'existent pas. Cependant l'opinion publique se prononça contre lui. Il rechercha successivement plusieurs jeunes filles des seigneurs voisins, mais pendant longtemps il ne trouva pas une famille qui consentît à lui donner une de ses enfans.

Cette réprobation que ne purent conjurer ni ses grandes richesses, ni sa bravoure incontestée, ni sa haute position, contribua encore à aigrir le caractère de Georges, à irriter ses passions. Il était dans la force de l'âge, et les malheureuses femmes de ses vassaux furent souvent en butte aux plus cruels outrages de sa part. Le souvenir de l'un de ces outrages devait amener un jour de terribles représailles.

Confiées aux soins de leur bonne et douce gouvernante, Gertrude, qui les aimait comme une mère, les trois filles d'Holypherne, jeunes et charmantes fleurs, grandissaient au sommet de leur rocher stérile sur les pentes duquel verdissait à peine la mousse et végétait le pâle genêt, comme des lys ou des roses auraient poussé dans la vallée de l'Ain, ou dans le site de Chaloures, aimé du soleil et fécond comme la terre de Provence, bien qu'il soit à une grande hauteur au-dessus de l'Ain.

De plus graves événemens se passaient en France ; Louis XII était mort, et le comte d'Angoulême, depuis peu nommé duc de Valois, était monté sur le trône sous le nom de François Ier, en 1515. Il avait repris les projets de Louis XII sur l'Italie : une armée, réunie à Lyon, avait passé les Alpes et reconquis le Milanais. Mais les Français, habiles à vaincre, savent rarement conserver leurs conquêtes : ils reperdirent bientôt Milan. Constamment en lutte avec Charles-Quint, reprenant position en Italie pour reculer encore, abandonné par les Suisses qui n'étaient pas payés, haï par les Lombards, que pressurait son armée sans argent, battu et fait prisonnier à Pavie, François Ier ne dut la fin de sa captivité qu'au fatal traité de Madrid, par lequel, après avoir abandonné l'Italie, il démembrait la France.

Alors eut lieu cette provocation retentissante entre François Ier et Charles-Quint échangeant des cartels et des injures, grand bruit qui s'éteignit dans un grand ridicule. Le roi n'avait abandonné ses projets sur le Milanais ; mais, cette fois, il voulait joindre à la France les états du duc de Savoie, qui la séparaient de l'Italie.

Par ses possessions en Bugey et en Bresse , le duc de Savoie, allié de l'empereur, venait jusqu'à la Saône et pouvait, en un jour, jeter une armée en Bourgogne, que le traité de Madrid rendait à Charles-Quint. En enlevant ces provinces au duc , le roi parait à ce danger ; en lui prenant la Savoie elle-même, il éloignait encore plus le péril et rejetait le duc derrière les Alpes, où il allait l'attaquer en s'appuyant sur les pays conquis.

Les historiens du temps ont cherché mille prétextes à cette guerre contre le duc de Savoie ; nous venons d'en dire les motifs en peu de mots.

Le duc Charles III avait alors de graves affaires sur les bras : les Bernois avaient attaqué Lausanne, en avaient chassé l'évêque et s'étaient emparés de cet évêché, ainsi que des pays de Vaud et de Gex ; les habitans du Valais, trouvant l'occasion favorable, s'étaient rendus maîtres du duché de Chablais ; Genève s'était soulevée contre son évêque. Le duc de Savoie, suzerain de ces divers pays, était donc occupé de tous côtés. C'est à ce moment que François Ier réclama du duc Charles l'héritage qu'il disait revenir à sa mère, Louise de Savoie.

Louise était fille de Philippe VII, duc de Savoie, et de Marguerite de Bourbon ; elle était née à Pont-d'Ain, qui avait le privilége de recevoir les duchesses de Savoie au moment de leurs couches, le 16 mai 1477. Elle épousa Charles de Valois, comte d'Angoulème,

seigneur de Romorantin et d'Epernay, dont elle eut François Ier. On a écrit des centaines de volumes pour et contre les prétentions du roi à l'héritage de sa mère, et la question n'en est pas devenue plus claire. François Ier était monté sur le trône en 1515, sa mère mourut en 1531, et ce fut au commencement de 1535 qu'il déclara la guerre à son oncle. Tant qu'ils avaient été amis et alliés, le roi n'avait rien redemandé ; mais la défection du duc pouvait avoir pour lui de graves conséquences, et qu'il crût ou ne crût pas à la légitimité de ses droits, il avait un prétexte pour l'attaquer, et il le saisissait habilement.

François Ier, dans un manifeste daté de Lyon, déclara son intention de s'emparer de la Bresse, du Bugey et du Valromey, et nomma l'amiral Chabot commandant de l'expédition.

L'amiral Chabot marcha immédiatement sur la Bresse, où Charles III n'avait pas d'armée. Les seigneurs restèrent presque tous spectateurs immobiles de l'invasion ; quelques villes gouvernées par les officiers du duc essayèrent de résister, mais ne purent opposer que des efforts impuissans. La prise de possession de la Bresse, du Bugey et du Valromey fut achevée en trois semaines.

CHAPITRE II.

François Ier n'entendait pas faire une conquête passagère, on le comprit tout d'abord ; Jean de la Baume, comte de Montrevel, grand-bailli de Bresse, et Jacques Godan, conseiller au parlement de Dijon, garde des sceaux de la chancellerie de Bourgogne, furent commis pour recevoir le serment de fidélité des habitans, des gouverneurs des villes et châteaux, les maintenir dans l'obéissance du roi, commander et administrer la justice.

Les trois petites provinces de Bresse, Bugey et Valromey furent déclarées réunies à la couronne de France, et les deux commissaires mirent à remplir leur mission une rapidité égale à celle de l'amiral Chabot.

La langue française fut, dans les tribunaux, substituée au latin, qui, depuis la conquête romaine, y était encore exclusivement employé, et qui a laissé des traces profondes dans le patois parlé encore aujourd'hui dans la Bresse.

Pendant que l'administration nouvelle s'organisait dans le pays soumis, le duc de Savoie élevait des réclamations. Des pourparlers s'ouvrirent ; ils traînèrent en longueur : François Ier ne lâchait pas sa proie. Dans les contestations de souverain à souverain, quand il s'agit d'un état envahi, les réclamations ne sont guère écoutées si elles ne sont pas présentées à la tête d'une armée. Le duc Charles n'en avait pas à porter de ce côté en ce moment, et le roi préparait la sienne pour franchir les Alpes. Les Français continuaient les traditions des Gaulois leurs aïeux, et celles plus récentes de leurs pères : ils allaient encore une fois reprendre le chemin de cette Italie, champ de bataille de toutes les ambitions guerrières, tant de fois envahie, toujours perdue.

En passant de la suzeraineté du duc de Savoie sous celle du roi de France, les seigneurs de la Bresse, du Bugey et du Valromey, ne perdirent pas leurs dispositions guerrières ; plusieurs d'entre eux levèrent des compagnies, les offrirent au roi, qui les accepta, et se joignirent à l'armée française qui entra en Piémont au mois d'avril 1536.

Parmi eux étaient Georges de Luyrieux, seigneur d'Holypherne; Belmont, seigneur de Belmont, le plus puissant du Valromey; Claude de Dortan, seigneur de Marignat; Jean de la Palud, et grand nombre de jeunes hommes, héritiers présomptifs des seigneuries que possédaient leurs pères.

Un des seigneurs les plus remarquables de cette petite armée levée dans le pays, mais obéissant à divers chefs en attendant qu'elle allât grossir le contingent des troupes du roi et passât les Alpes, était le jeune Renaud de Liobard, héritier d'un grand nom, d'une riche famille, seigneur de Juzerieux, châtelain de Saint-Sorlin, qu'il tenait pour madame de Nemours.

Renaud avait vingt-cinq ans, le teint brun, la chevelure noire s'harmonisant à la couleur de son visage. Sa taille était haute et élancée, son air martial, franc et ouvert, nuancé cependant par une teinte de mélancolie. On sentait un peu le rêveur sous l'armure du soldat. Sa famille, ancienne et renommée dans la contrée, avait brillé dès le douzième siècle à l'égal des Coligny.

Le blason de Liobard était d'or à un lion léopardé de gueules; cimier, un sanglier de sable aux défenses d'argent. Sur son étendard on lisait cette gracieuse devise :

PENSEZ-Y, BELLES ; FIEZ-VOUS-Y.

La compagnie organisée par Renaud de Liobard se composait de trois cents hommes ; elle était partagée en six divisions de cinquante soldats commandés par six chefs égaux entre eux sous les ordres de Renaud. Ces chefs étaient des jeunes gens de famille, faisant leur apprentissage des armes, ou de braves soldats déjà éprouvés dans les guerres précédentes. De conditions différentes durant la paix, ils avaient sous les drapeaux les mêmes droits et les mêmes devoirs; l'égalité la plus complète régnait entre eux, et il était nécessaire qu'il en fût ainsi dans l'intérêt de la discipline et dans l'intérêt matériel de la troupe.

Parmi ces chefs se faisait remarquer Bastien, surnommé le Grand Bressan, à cause de sa haute taille. C'était le fils d'un des notables qui avaient reçu le procès-verbal de la réduction du pays de Bresse, Bugey et Valromey en l'obéissance du roi François Ier, et qui avaient prêté serment de fidélité dans la ville de Bourg, le 29 mars 1535. M. Bastien père avait stipulé comme habitant du mandement de Jasseron. Le Grand Bressan était homme libre, ne devant de service militaire à personne, mais il aimait la guerre : il avait fait une campagne sous la bannière de M. de Montrevel et s'y était distingué. Au retour, dans une chasse, il avait rencontré Liobard, ami des Montrevel. Du même âge, ardens, courageux, les deux jeunes gens s'étaient liés d'amitié, et c'était sous les inspirations de Bastien que Liobard avait, pour la première fois, appelé ses vassaux à la guerre et s'était mis à la disposition du roi pour la campagne d'Italie.

Le sire de Belmont, que nous avons vu offrir également ses services à François Ier, était le plus puissant seigneur du Valromey. Il habitait avec sa famille le pittoresque château dont il portait le nom. C'était un rude soldat de cinquante-cinq ans, droit et solide, de mœurs irréprochables, aimant sa femme,

aimant sa fille unique, Clémence, délicieuse blonde de dix-huit ans, mais profondément convaincu que femme et fille doivent se soumettre d'une manière entière, absolue, à l'autorité du mari et du père. Sur la bannière de Belmont étaient peints trois monts, de sable, avec cette devise en exergue :

PLUTÔT QUE CHOIR, MIEUX VAUT MOURIR.

Bien que M. de Belmont eût quelques années de plus que le sire de Luyrieux, il s'était formé entre ces deux hommes une liaison qui datait d'une récente campagne où ils avaient combattu ensemble. Ce n'était pas cette amitié franche, ouverte, désintéressée, de jeunes gens partageant les mêmes périls, risquant leur vie ardemment et sans réflexion pour se porter secours mutuellement, se racontant leurs succès ou leurs chagrins d'amour, mais un lien d'intérêt, de confraternité féodale entre deux soldats d'un âge mûr.

Le bouillant courage de Georges avait tout d'abord charmé M. de Belmont. Celui-ci avait bien entendu parler des cruautés reprochées à son ami ; mais, bien que leurs domaines fussent très rapprochés sur plusieurs points, ils habitaient d'ordinaire assez loin l'un de l'autre, Belmont dans le Valromey et Georges dans sa citadelle d'Holypherne, et le vieux seigneur avait pris ces bruits pour des calomnies inventées par des vassaux mécontens ; puis, à cette époque, la cruauté de certains seigneurs envers leurs serfs et envers les hommes libres trop faibles pour leur résister, était chose si commune que beaucoup n'y regardaient pas de trop près. M. de Belmont était de ce nombre.

Georges n'était sérieusement attaché à personne, par le cœur ; mais bien qu'il eût cinquante ans, il ne renonçait pas à l'idée de contracter un second mariage, à l'espérance d'avoir un fils, et M. de Belmont était père d'une fille unique, jeune et belle : un mariage et la naissance d'un fils pouvaient réunir dans les mêmes mains dans le Bugey et le Valromey, entre l'Ain et le Rhône, les domaines de la maison de Belmont et ceux de la maison de Luyrieux, et constituer ainsi une véritable puissance qu'il serait facile d'étendre sur Gex, sur le Genevois et le pays de Vaud, agités par des troubles intérieurs. Son intérêt, ses rêves d'avenir, portaient donc Georges à faire ses efforts pour capter l'amitié de ce chef de la maison de Belmont.

Sous prétexte de consulter ce seigneur sur l'armement de sa troupe, Georges s'était rendu à Belmont quelque temps avant le départ pour la campagne d'Italie. Des modifications profondes étaient en ce moment apportées à l'organisation de l'armée en France. Les gens d'armes appartenaient presque tous à la noblesse, et étaient armés d'une lance et d'une épée ; à chacun d'eux étaient joints deux archers à cheval ; mais le canon portait plus loin que les flèches, et les balles et les pierres rondes des arquebuses trouaient très proprement les cuirasses. François Ier, par une ordonnance, supprima le quart des archers et soumit les gens d'armes à des revues trimestrielles ; il ordonna en même temps que la noblesse se présentât chaque année à une revue du ban et de l'arrière-ban, c'est-à-dire que tout homme tenant un fief de la couronne vînt à cette revue, en armes et suivi du nombre de soldats qu'il était tenu de fournir par le devoir de son fief. C'était un nouveau coup porté à la féodalité par le roi gentilhomme obéissant malgré lui aux idées du temps que les nécessités de la guerre le forçaient d'adopter.

L'infanterie fut réorganisée. Une autre ordonnance créa sept légions, une pour chacune des grandes provinces de Normandie, Bretagne, Picardie, Bourgogne, Dauphiné, Languedoc et Guyenne. Chaque légion était composée de six compagnie de mille hommes. L'armée française allait donc avoir une infanterie qui compterait quarante-deux mille hommes : trente mille armés de piques ou de hallebardes, douze mille armés d'arquebuses. Le roi nommait les sept colonels et les quarante-deux capitaines; ceux-ci choisissaient les chefs inférieurs.

Les fantassins recrutés en Bresse et en Bugey se seraient fondus dans les légions de Bourgogne et de Dauphiné, et Georges de Luyrieux, qui voulait conserver une attitude militaire imposante, avait levé tout ce qu'il avait pu d'hommes d'armes et d'archers. Le but donné à sa visite à M. de Belmont n'était donc qu'un prétexte. Il passa plusieurs jours au château, et se montra fort empressé auprès de Clémence, la fille de son ami. On eût dit que la beauté de cette fraîche et belle enfant, traversant une triple cuirasse de rudesse, d'égoïsme et de cruauté, eût touché le cœur du sire d'Holypherne, qu'une étincelle fût tombée sur cette âme qui ne paraissait pas susceptible d'amour.

Clémence ne soupçonna même pas qu'elle pût être l'objet des désirs de Georges, et vit simplement dans ses attentions, dans ses complimens, la politesse d'un hôte. Son cœur appartenait à un autre. Son père l'ignorait, mais sa mère approuvait son amour, et quelques jours après, assistant au départ de M. de Belmont à la tête de sa compagnie, et frissonnant de plaisir aux fanfares de guerre, si elle pria Dieu de protéger ses armes et de faire flotter sur les champs piémontais l'étendard vainqueur du Valromey, elle lui demanda plus ardemment encore de ramener promptement son père et le beau Renaud de Liobard, qui allaient courir les mêmes dangers, espérant au retour être unie à celui qu'elle aimait.

Peu de jours après son départ, l'armée française, avec cette activité fiévreuse qui a donné tant de succès aux armes de la France, s'était emparée de Chambéry, de Montmélian, de tout le Mont-Cenis, et franchissait le pas de Suze, cet éternel obstacle qui réserve une gloire nouvelle à toutes nos expéditions. Ce passage hardi, accompli avec autant de bonheur que d'audace, jeta la consternation dans les troupes du duc de Savoie commandées cependant par un général d'une grande valeur, d'un talent incontesté, Médequin, dont le nom était redouté des Français eux-mêmes.

La campagne s'inaugurait brillamment : l'ennemi recula et alla chercher un abri derrière la Doire; les Français l'y poursuivirent. Arrivés sur le bord de la rivière le 15 avril, après une marche longue et fatigante, à la vue de l'ennemi posté sur la rive opposée et solidement établi, le courage s'enflamme, la fatigue est oubliée, et les soldats pleins d'enthousiasme demandant à tenter le passage. Là étaient d'Annebaut, qui commandait un petit corps de cavalerie; Montéjean, qui devait être un jour maréchal de France et sous les ordres duquel marchait une division de l'armée; Montpesat, la Roche-du-Maine, Luyrieux, Belmont, Liobard et une foule de gentilshommes pleins de bravoure, hommes de fer au jour de la bataille, de soie et de velours le lendemain.

A l'exception des chefs supérieurs attendant les ordres de l'amiral, toute l'armée demandait à grands cris à marcher en avant. La rivière n'était pas large, mais, en revanche, ses eaux étaient profondes et son cours rapide. M. de Brion-Chabot résistait, et croyant calmer l'impatience, promettait qu'un pont serait jeté le lendemain; et en effet les soldats avaient pu se convaincre que les équipages arrivaient. Mais cette promesse, loin de la calmer, ne fit qu'irriter la furie française: les cris redoublèrent, et de telle façon que l'amiral crut voir dans cette impatience une de ces inspirations qui parfois s'emparent tout à coup des grandes masses et les entraînent.

— Allez donc, s'écria-t-il en élevant le bras, et que cette ardeur ne se démente pas.

Les cavaliers s'élancèrent les premiers; puis Français et lansquenets se jetèrent dans la rivière, « en bon ordre et les rangs aussi bien alignés que s'ils se fussent trouvés dans un fort beau chemin, » à ce que dit Guillaume du Bellay. Il est permis aux lecteurs et surtout aux militaires de douter de ce bel alignement; dans tous les cas, il ne se maintint pas longtemps sous la mitraille et les arquebusades.

Les blessés roulaient avec les morts et, comme eux, emportés par le courant, disparaissaient pour toujours. L'ennemi, qui avait pris une excellente position, tirait sur des masses, et l'artillerie française, qui n'avait pas eu le temps de former ses batteries, envoyait à peine quelques boulets.

Renaud et Bastien sentirent les premiers le sol s'affermir sous les pieds de leurs chevaux, et, au milieu d'une grêle de biscaïens, de balles et de pierres, formèrent leur troupe sur le rivage; ils s'élancèrent, à la tête de leurs cavaliers, suivis par tous ceux qui abordaient, tombèrent sur l'ennemi et firent dans ses rangs une première trouée. Les fantassins, Français et lansquenets, arrivèrent, marchèrent droit devant eux et se firent jour. La mitraille ne cessait pas de pleuvoir. Deux coups atteignirent en même temps M. de Belmont et son cheval, au beau milieu de l'eau; le cheval était tué; la blessure du cavalier n'était pas grave, mais sa monture se renversa et, incapable de nager avec son armure, il était entraîné et allait infailliblement périr. Georges de Luyrieux l'aperçut, piqua vivement à lui, le saisit, le maintint à la surface et l'amena au rivage où, malgré sa blessure, il enfourcha le cheval d'un de ses hommes qui venait de tomber et courut avec les autres à l'ennemi.

L'amiral était encore sur le rivage faisant vainement chercher une barque : les Piémontais avaient prudemment emmené sur l'autre bord toutes celles qu'ils avaient trouvées. La troupe de Liobard, après avoir enlevé une position importante, s'y maintenait sans coup férir par ordre de d'Annebaut qui redoutait de la voir reprendre par l'ennemi dans un mouvement de retour. De là, le Grand Bressan voyait l'amiral donner des ordres à ses officiers, qui se jetaient à l'eau pour les porter, tandis que d'autres faisaient le trajet inverse pour venir lui rendre compte des mouvemens et des progrès de l'armée.

— Capitaine, dit gaîment Bastien à son chef, je suis là à ne rien faire et je rendrais service à l'armée si j'amenais M. de Brion de ce côté : la déroute irait plus vite.

— Eh! comment feriez-vous? dit Liobard à son lieutenant.

— J'avise là-bas un bateau que l'ennemi a porté à terre; je vais, si vous le permettez, m'en emparer avec quatre hommes, le tirer à l'eau et le conduire à l'amiral.

— Mais vous courez à une mort certaine, répliqua Renaud ; l'ennemi est à deux pas : vous serez foudroyé.

— Bah ! dit le Grand Bressan, on ne meurt qu'une fois !

Et prenant quatre de ses soldats, il s'élança avec eux du côté de la barque.

Un feu bien nourri sillonna le sable du rivage et lui tua un homme. Bastien ne s'arrêta pas, et en quelques secondes arriva avec les autres sur la barque. Mettre pied à terre, enlever l'embarcation, la porter à l'eau, fut l'ouvrage d'une minute. Un autre de ses hommes tomba, et le sang rejaillit sur lui. Le Grand Bressan se jeta dans la barque, et, maniant l'aviron avec habileté, manœuvra droit sur l'amiral. Mais à ce moment une volée de mitraille fit jaillir l'eau de tous côtés, frappa la barque, en enleva une planche sur l'un des bords, la fit pirouetter, et emporta le chapeau de Bastien. L'amiral et son état-major regardaient avec anxiété. Bastien était debout ; de deux coups d'aviron, il redressa le bateau, et quelques secondes après, il sautait sur le rivage en secouant l'eau dont les projectiles ennemis l'avaient couvert.

Le Grand Bressan fit tirer la barque en amont, l'espace d'une centaine de pas. L'amiral y monta avec quelques officiers, les autres suivirent à la nage. Les batteries piémontaises tiraient toujours : quelques hommes périrent, les autres arrivèrent. Alors l'armée tout entière donna sur tous les points, et, après une lutte acharnée, l'ennemi se retira en pleine déroute. Le passage du pas de Suze l'avait consterné, celui de la Doire l'épouvanta ; il s'enfuit jusqu'au delà de Turin, et peut-être l'eût-on accablé si l'amiral eût mis plus d'activité à le poursuivre. Il n'a manqué à ce beau fait d'armes, pour le populariser, que la présence de François Ier et le chantre du passage du Rhin.

Quelques semaines plus tard, une foule de pavillons de toutes formes, de toutes couleurs, surmontés de bannières qui flottaient au vent, s'élevaient sur les bords de la Sesia, au delà de Turin. C'était là le camp de l'amiral. De riches armes, des cottes de mailles artistement travaillées, des haches d'armes, des cuirasses reluisant au soleil étaient appendues à ces tentes, dont les habitans étaient indiqués par des pennons ornés de chiffres et de devises d'amour ou de guerre, et offraient un coup d'œil des plus pittoresques. Autour du camp, les écuyers faisaient caracoler leurs chevaux ; les pages jouaient aux dés sous les massifs de lauriers-roses, ou lutinaient les jeunes filles qui apportaient des provisions à l'armée et lorgnaient gaillardement les belles dames venues de Verceil et de Turin pour voir le camp, et auxquelles les chevaliers faisaient galamment les honneurs de leurs demeures en plein air.

Tout près de la rivière, on voyait deux pavillons d'un aspect sévère, semblant indiquer qu'ils appartenaient à des soldats rudes et sombres, et n'ayant pas d'autre ornement que leurs bannières : l'un, en effet, abritait Georges de Luyrieux ; l'autre était la tente du sire de Belmont. Assis à l'entrée du pavillon de Georges, les deux amis, plus unis encore depuis le service signalé que celui-ci avait rendu au père de Clémence, les deux amis, disons-nous, causaient gravement, agitant des questions qui touchaient à leurs intérêts les plus chers et les plus directs, nécessaire-

ment mêlés à la politique du temps et aux événemens qui, des bords de la rivière d'Ain, les avaient amenés sur la rive de la Sésia.

Après le passage de la Doire par l'armée française, l'ennemi en pleine retraite s'était enfermé dans Verceil. Jusque-là Brion-Chabot n'avait eu affaire qu'aux troupes du duc de Savoie ; mais tout-à-coup il se trouva en face d'Antonio di Leyva, général de l'armée organisée par la ligue des princes et des Etats italiens, ligue formée pour la défense du Milanais. Di Leyva était l'homme de Charles-Quint ; on le savait, on le disait, mais on ne l'avouait pas encore. Des négociations de paix se poursuivaient à Rome, entre l'empereur en personne et François Ier représenté par deux ambassadeurs qui se laissèrent duper comme des novices et jouèrent un piètre rôle. La diplomatie française a été rarement à la hauteur de ses armées.

Sur les promesses trompeuses de ses ambassadeurs, François Ier, dupé comme un homme plus livré aux plaisirs qu'aux affaires, recommanda à l'amiral de poursuivre la campagne contre les troupes du duc de Savoie, de livrer bataille seulement si les circonstances l'y contraignaient, mais de respecter avec le plus grand soin les terres impériales et d'éviter tout ce qui pourrait amener une rupture des négociations. Chabot devait se maintenir dans le Milanais et observer Antonio di Leyva, sans l'attaquer ; il se borna donc à conserver le terrain conquis et alla camper sur les bords de la Sesia, d'où il menaçait la Novarèze et la Lomelline, tout en veillant sur di Leyva, dont l'armée occupait l'autre bord.

Cette situation était assez triste pour des hommes de guerre tout à coup forcés à l'inaction après les débuts brillans de la campagne. Luyrieux et Belmont, dont la blessure était guérie, passaient ensemble une grande partie de ces longues heures de repos, parlant de combats, discutant des plans de bataille, cherchant vainement l'énigme de la triste politique du roi, mécontens de faire partie d'une armée d'observation lorsqu'ils avaient cru prendre part à une guerre active.

Georges amenait souvent la conversation sur la famille de Belmont, sur Clémence, parlait avec admiration de la beauté de la jeune fille, et Belmont avait enfin deviné les vues de son compagnon d'armes.

— Par ma foi, dit Georges, j'ai regret de vous avoir vu si peu : comment avons-nous vécu dans le même pays sans nous rencontrer plus souvent ? Nous aurions éprouvé plus tôt l'un pour l'autre l'amitié qui nous unit aujourd'hui.

— C'est étrange, en effet, répliqua Belmont, car vos domaines de Prangin et de Cules confinent les miens et le Séran, qui les sépare, n'a pas la largeur d'une lance.

— Dites plutôt que d'une rive à l'autre on peut se donner la main, reprit Georges.

— Oui, continua Belmont avec gravité, et deux seigneurs qui formeraient là une alliance sérieuse pourraient être fort redoutables à ceux qui les entourent et n'auraient rien à craindre des éventualités de la guerre.

— En effet, du haut de nos montagnes, nous menaçons continuellement la plaine sur laquelle nous pouvons nous précipiter à notre heure et du côté qu'il nous convient d'attaquer, tandis qu'il nous est facile de rendre nos rochers inaccessibles, dit Georges.

— Surtout si vous les défendez, fit en souriant le sire de Belmont.

— Je les défendrais mieux si votre bras soutenait le mien, ajouta Luyrieux.

— Mon bras s'affaiblit, l'âge commence à le raidir; cependant il sait encore tenir une lance et deshaumer un chevalier.

— Regardons un peu au fond de notre situation : jusqu'à ces derniers événemens qui ont réuni la Bresse à la France, nous tenions nos fiefs du duc de Savoie; aujourd'hui nous relevons du roi François Ier. Mais ce n'est là qu'une double fiction. Le roi a conquis notre pays sans trouver de résistance; nous n'avons pas tiré un coup de canon. Le suzerain nous est fort indifférent si nous sommes a sez forts pour le contraindre à respecter nos fiefs, que nous tenons en réalité de Dieu et de notre épée. Nous combattons maintenant le duc de Savoie, que nous servions naguère; mais nous ne pouvons savoir ce qui sortira de cette lutte où François Ier se heurte à Charles-Quint, à la ligue italienne et au pape secrètement allié aux princes et aux Etats d'Italie.

— Ce sont là de puissans adversaires, dit M. de Belmont soucieux, et si le roi succombait, nous pourrions avoir à souffrir du ressentiment de Charles-Quint, pour lequel nous n'avons rien fait.

— Vous m'avez parfaitement compris, fit le sire d'Holypherne; le duc pourrait désirer quelque chose de plus positif que son titre de suzerain, et, sous l'un de ces prétextes dont les forts ne manquent jamais, s'emparer de nos domaines. Mais vos terres et les miennes sont grandes comme un duché, et faciles à défendre; si nous nous unissons par une alliance, vos soldats et les miens formeront le noyau d'une armée que viendront grossir tous les seigneurs et gentilshommes du Bugey, et bientôt, je l'espère, tous ceux de la Bresse, les uns et les autres menacés comme nous.

— Et alors, reprit M. de Belmont, nous serons en force et en mesure de braver les rancunes de Mgr le duc.

— Oui, ajouta Luyrieux, et nous pourrions former de la Bresse, du Bugey et du Valromey, un Etat indépendant gardé d'un côté par le Rhône, de l'autre par la Saône, s'appuyant à la Franche Comté au nord et allant au sud jusqu'au franc Lyonnais.

— Grande et noble idée, fit M. de Belmont. Attendons les éventualités, mais que dès ce moment il y ait entre nous deux alliance, comme il y a déjà amitié.

— Alliance offensive et défensive, dit Georges avec gravité, alliance en tout et partout : je la jure par ma lance et par mon épée!

— Mon serment vaut celui du seigneur d'Holypherne, reprit M. de Belmont; je le donne ici en faisant avec vous alliance offensive et défensive, en tout et partout. Demain, nous règlerons par écrit nos conditions.

Les deux chevaliers gardèrent un moment le silence; puis M. de Belmont ajouta en souriant et en regardant Georges fixement :

— Est-ce que M. de Luyrieux n'a pas l'intention de me demander un gage de cette alliance que nous venons de conclure?

— Vous m'avez deviné, dit Georges en tendant la main à son ami : votre belle Clémence, que j'aime, est le plus doux gage d'alliance et d'amitié que je puisse recevoir, le seul que j'ambitionne.

Le double pacte était conclu.

CHAPITRE III.

Dans le même camp, à la même heure, deux jeunes gens étaient assis au bord de la Sesia : c'étaient Renaud et Bastien, causant de leur pays, que l'inaction et le séjour du camp leur faisaient regretter, admirant les larges feuilles des lotus gigantesques, des polypiers d'eau douce longs de vingt brasses. Le temps était doux et beau ; le jasmin, l'oranger, la rose de Constantinople, dont la senteur exalte le cerveau et dispose aux tendres confidences, secouaient leurs parfums sur la rive. Renaud siffla son page, qui accourut à cet appel, et lui ordonna d'apporter de l'hypocras, boisson alors fort en usage et composée de vin, de miel, d'aromates et d'épices. Le page disparut un moment et rapporta un flacon et deux hanaps d'argent, qu'il déposa sur un large bouclier tissu d'osier. Liobard remplit les hanaps.

— A vos amours! dit Bastien en élevant la coupe, qu'il vida; c'est la seule chose qui vous puisse occuper, je pense, dans ce maudit camp où nous nous croisons les bras.

— C'est vrai, dit Liobard, je rêve à ma belle Clémence de Belmont que j'aime tendrement, dont je suis aimé, je crois, et je regrette de l'avoir quittée pour cette campagne inactive.

— Ne regrettez rien, fit Bastien vivement, le passage de la Doire est un beau fait qui, aux yeux de damoiselle Clémence, mettra une auréole à votre front; cette parure-là va toujours bien.

— Ce n'est pas assez, et si j'avais voix aux conseils de l'amiral, je proposerais de traverser la Sesia cette nuit et de mettre en déroute cette armée plus espagnole qu'italienne qui nous suit de trop près pour n'avoir pas de mauvaises intentions.

— Vous avez raison, s'écria Bastien, et, pour mon compte, je brûle d'en venir aux mains avec les Allemands que l'on dit arrivés dans l'armée ennemie. J'ai parfois envie de pousser mon cheval dans la Sesia à la tête de mes cinquante hommes; si vous voulez m'en donner l'autorisation, je le fais demain matin au grand soleil : l'exemple entraînera le camp.

— J'y ai déjà pensé, répliqua Liobard en tendant la main à son lieutenant, mais il y a un double danger : si on ne nous suit pas, on nous prendra pour des déserteurs; si on nous suit, l'amiral pourrait bien nous faire arquebuser tous deux pour avoir voulu vaincre sans attendre ses ordres, et avant l'heure.

— Ce serait mal mourir et laisser trop tôt veuve Mlle de Belmont, fit Bastien en souriant.

— Oui, ma foi, ce serait grand dommage : il est absurde de laisser veuves celles qu'on n'a pas encore épousées. Mais vous ne me dites pas quels beaux yeux pleureraient Bastien, si nous étions arquebusés tous les deux, ajouta Renaud en regardant l'officier d'un air malin.

— Moi! riposta le Grand Bressan, j'ai le cœur libre comme un alpin qui vole là-haut au-dessus des rochers; personne au pays ne tremble sur les dangers que je cours, excepté ma mère.

— Bah! bah! vous êtes discret, reprit Liobard; mais vos jolies chansons, mon poète, ont charmé plus d'un cœur dans ce beau mandement de Jasseron où les femmes sont si belles et si bonnes. Bastien est trop grand pour se cacher facilement dans les taillis, et l'on raconte que bourgeoises et nobles dames se sont quelquefois égarées du côté où il allait rêver.

— Mon Dieu non, dit Bastien avec une franche bonhomie ; mes chansons m'ont valu quelquefois un sourire d'approbation, un mot d'amitié, une main affectueusement tendue, mais voilà tout, je vous jure.

— Et comment menez-vous la vie dans ce camp ? demanda Renaud.

— Ah ! ah ! j'avouerai que je suis un peu désappointé, fit l'officier en riant. En traversant les Alpes, j'avais rêvé de ce côté quelque délirante brune, aux longs cheveux noirs, qui m'aurait enseigné l'italien... histoire de s'instruire : on apprend mieux et plus vite avec les femmes.

— Votre rêve me paraît un peu difficile à réaliser dans ce camp, dit Renaud ; les femmes qui y viennent baragouinent quelque chose qui ne ressemble en rien à la langue de Rome ou de la Toscane...

— Il y a aussi d'autres motifs qui ne me permettraient pas de les prendre pour institutrices, fit Bastien en riant.

— Et alors, vous ajournez vos études.

— Je lis, j'étudie seul, tant bien que mal, et je fais des chansons pour célébrer des amours que je n'ai pas, en attendant qu'il m'en vienne.

— Philosophe-soldat, dit gaîment Renaud.

— Oui, philosophe qui soupire après le jour où notre corps marchera en avant et s'emparera de quelque jolie ville où l'on trouvera du moins à qui parler.

Les deux jeunes gens continuèrent à deviser en humant tout à la fois la douce brise qui s'élevait de la rivière et la liqueur parfumée et épicée qu'ils versaient tour à tour dans leurs hanaps ; puis, quand l'heure fut venue, chacun entra dans sa tente.

Le lendemain, le camp fut frappé d'une nouvelle inattendue qui jeta le découragement parmi les meilleurs officiers et brisa de beaux rêves de gloire. Heureuse l'armée si le fait annoncé n'eût brisé que des rêves ! Mais il devait avoir pour la fortune de la France en Italie les plus déplorables conséquences, amener les plus tristes désastres.

Un ordre du roi enjoignait à l'amiral Chabot de remettre le commandement de l'armée au marquis de Saluces, nommé lieutenant-général du roi en Italie, de répartir une partie des troupes entre les places conquises et occupées par nous, et de ramener le reste en France.

Au moment où il donnait cet ordre, François Ier ne savait rien de ce qui se passait en Italie : il était, en effet, bien difficile qu'il le sût car il était dupé de deux côtés par les hommes en qui il avait le plus de confiance, et il n'avait pas confiance en ceux qui pouvaient l'éclairer. Il était dupé par le marquis de Saluces, dont la suite de cette histoire fera complètement apprécier le caractère, ce Saluces dont il avait pris soin alors que, simple cadet de famille sans ressources, il manquait du nécessaire. Le roi l'avait nourri ; confiant dans une loyauté absente, il lui avait donné le marquisat de Saluces, confisqué sur son frère pour trahison et félonie ; désireux de le voir briller, de l'élever, il l'avait décoré du collier de l'ordre, l'avait comblé de biens.

Il était dupé par Véli et Hémard, ses ambassadeurs ; ce dernier était évêque de Mâcon. Ces deux-là n'étaient pas des traîtres ; c'étaient, en politique, deux niais de bonne foi, ne voyant rien ou ne comprenant rien de ce qui passait autour d'eux. Pauvres

champions qu'avait là François Ier pour lutter à la fois avec le rusé Charles-Quint et l'astucieuse cour de Rome ! Une ligue s'organisait contre la France, une armée se formait, des marchés étaient passés avec les fournisseurs, les moyens de transport s'assuraient par des traités, l'empereur enfin avait tout préparé pour envahir la France, que ces deux hommes d'État, leurrés par Charles-Quint, écrivaient à François Ier qu'ils étaient sur le point d'obtenir un traité de paix destiné à mettre fin aux contestations entre l'empereur et le roi.

La paix paraissait, en effet, la grande préoccupation du moment : le pape, choisi pour arbitre, semblait la vouloir et y pousser ; Charles-Quint était à Rome, disposé, en apparence, à accepter la décision du Saint-Père. Un jour, pendant que se passaient les événemens que nous avons racontés plus haut, le Consistoire était assemblé dans une des salles du palais papal, ouverte à un grand nombre de spectateurs ; le pape présidait la séance, entouré de ses ministres, des cardinaux, de sa cour. La pacification de l'Europe était l'objet de la délibération ; les deux ambassadeurs français étaient présens ; Charles-Quint arriva le dernier à cette séance mémorable.

Il prit place et annonça qu'il avait à dire les choses les plus importantes. Le pape, soit qu'il sût parfaitement ce qu'allait dire l'empereur, soit qu'il le devinât dans l'attitude et sur les traits de Charles-Quint, soit qu'il comprît que la comédie allait se dénouer dans cette séance et qu'il désirât ménager la juste susceptibilité du roi, le pape, disons-nous, voulut faire sortir de la salle toutes les personnes étrangères au consistoire ; mais l'empereur s'y opposa, en manifestant le désir que ses paroles fussent entendues de tout le monde.

Tous ceux qui étaient présens demeurèrent donc impatiens de savoir ce qui allait se passer entre cet empereur, ce pape, ces ambassadeurs de François Ier et cette cour de Rome. Ils ne tardèrent pas à être satisfaits : Charles-Quint prit la parole et se livra à un emportement inouï, incroyable en pareil lieu ; il traita le roi et la nation française de la manière la plus outrageante, justifia le duc de Milan, Sforza, du meurtre de Maraviglia, envoyé de François Ier, blâma le roi d'avoir voulu venger la mort de son représentant et enfin renouvela la proposition de se battre en duel avec le roi de France.

— S'il accepte, dit-il, je combattrai en chemise, l'épée ou le poignard au poing ; d'un côté, le duché de Milan, de l'autre, le duché de Bourgogne seront mis en séquestre et seront le prix de la victoire. Si le roi de France persiste à refuser ce combat, il faudra se résoudre à la guerre ; mais je ne déposerai pas les armes avant d'être réduit moi-même, ou d'avoir réduit mon rival à la condition du plus pauvre gentilhomme de l'Europe. Mais François Ier n'osera pas me faire la guerre, il connaît trop l'incapacité de ses généraux et, si j'en avais de tels, j'irais, les mains liées, la corde au cou, implorer la miséricorde de mes ennemis !

A ce discours outrageant, qui consterna ou fit frémir les auditeurs, Véli et Hémard, deux ambassadeurs de France, ne jetèrent pas leur gant au milieu de la salle, ne quittèrent pas l'assemblée, ne répliquèrent point.

Le pape et ses ministres, tout honteux de cette étrange humilité, s'efforcèrent par leurs discours d'atténuer les injures de Charles-Quint ; ils amenèrent l'empereur à les atténuer lui-même, le lendemain, par une espèce de rétractation, nouveau leurre qui trompa encore les ambassadeurs.

Ainsi, abusé par le marquis de Saluces, abusé par ses représentans, le roi rappelait une partie de son armée au moment où elle était plus que jamais nécessaire en Italie. Jamais François Ier n'avait fait plus beau jeu à son ennemi.

Du moins la situation devenait plus nette, le masque était levé, il n'était plus possible, et, à vrai dire, il n'était plus besoin de tromper personne : toutes les mesures étaient prises par l'empereur pour attaquer vigoureusement. Le général espagnol traversa la Sesia, le 8 mai, sans que le passage lui fût disputé, et commença à s'approcher des places de Turin, Fossano, Coni, que les généraux françois essayaient de fortifier, sentant bien que de leur conservation dépendait le reste des conquêtes faites en Piémont. L'armée, si imprudemment réduite lors du rappel de Brion-Chabot, pouvait encore arrêter l'invasion, mais Charles-Quint, en dehors des moyens ordinaires de la guerre, ne négligeait pas les ressources que pouvait lui fournir sa connaissance des hommes, et il se disposait à les mettre en œuvre. Cela était plus facile que de battre d'Annebaut, Montpesat et la Roche du Maine, qui commandaient des divisions de l'armée française.

En dehors des murs de Turin, au delà du Pô et assez près du bord, à la gauche de la route qui conduit à Asti par Villa-Nova, s'élevait au pied de la première colline une maison isolée au milieu de délicieux jardins. Cette maison, petite, mignonne, coquette, meublée avec luxe, était habitée par deux femmes, deux Romaines, deux sœurs qui s'y étaient fixées dès les premiers jours d'avril. La moins jeune de ces dames avait vingt-deux ans ; elle était, depuis quelques mois seulement, et après trois ans de mariage, veuve d'un capitaine attaché au parti et à l'armée de Charles-Quint, et s'appelait Toniella. Sa sœur, qui n'était pas mariée, avait dix-huit ans et se nommait Paola.

Elles étaient d'une bonne famille de Rome, qui avait du crédit, et lorsque le capitaine Cassio avait demandé Toniella en mariage, Charles-Quint n'avait pas dédaigné d'intervenir pour aplanir quelques difficultés et obtenir le consentement des parens. Toniella était remarquablement belle, pleine de distinction, et d'une tournure séduisante. Le capitaine Cassio, qui, par sa bravoure, par son dévouement, par son adresse et d'importans services, avait depuis longtemps mérité les bonnes grâces de l'empereur, avait voulu, en se rendant à l'armée, emmener sa femme. Toniella l'avait suivi avec plaisir et s'était fait accompagner par sa sœur, plus jeune et non moins belle.

Le capitaine Cassio n'était pas seulement un brave soldat, c'était encore un diplomate expérimenté que Charles-Quint avait plusieurs fois employé avec succès dans ces missions délicates que l'on ne donne pas aux ambassadeurs surveillés de trop près, dont tous les pas sont éclairés, dont les demeures sont percées à jour. Ce n'étaient pas de ces missions odieuses qui ont pour but la mort, pour auxiliaires le poison et le poignard : Cassio avait été chargé d'entraîner des princes italiens dans la ligue pour la défense du Milanais, d'en détacher d'autres de l'alliance de François Ier pour leur faire embrasser le parti de Charles-Quint, et il avait souvent réussi, grâce à sa connaissance parfaite des intérêts, des besoins, des ambitions de chacun d'eux.

Cassio était mort peu de temps après l'entrée en campagne, non dans un combat, les armées ne s'étaient pas encore heurtées, mais simplement de maladie et d'une mort toute naturelle. Charles-Quint, en souvenir des bons services de Cassio, avait continué à sa veuve la solde du capitaine ; puis pensant que la femme jeune, belle, pourrait servir ses intérêts, il l'avait mandée. Elle était accourue, avait eu un entretien secret avec l'empereur, avait accepté ses offres, et c'était par ses ordres qu'elle était venue se loger aux portes de Turin, au cœur de la conquête française. Elle ne cachait ni son nom, ni son état de veuve d'un officier italien, se montrait souvent dans les promenades et les églises de Turin, toujours en compagnie de sa sœur. La beauté vraiment remarquable des deux jeunes femmes attirait les regards, et plus d'une fois Toniella put voir rôder autour de sa maison de jeunes officiers français qui les avaient suivies de loin.

Le sire de Loyrieux était à Fossano avec ses gens, M. de Belmont à Coni avec les siens, et la compagnie de Liobard était à Turin où le Grand Bressan continuait à se livrer à l'étude, à la poésie et à la recherche d'une jeune et jolie femme qui pût lui enseigner le véritable italien, qu'en Piémont on ne parlait pas mieux alors qu'aujourd'hui. Il ne restait pas dans les murs de Turin quand son service ne l'y retenait pas : il traversait le fleuve et allait rêver sous les arbres, précisément du côté où habitaient les deux Romaines. Il y a entre la poésie et la beauté une éternelle attraction.

Bastien rencontra un jour Toniella et sa sœur, et plein d'admiration à la vue de tant de beauté, les salua galamment, les regarda s'éloigner et les vit entrer dans leur demeure. L'endroit était beau, favorable à la rêverie, il avait attiré le poète. Mais il avait désormais un attrait de plus : le Grand Bressan y retournait tous les jours et revoyait parfois les deux Romaines, qu'il saluait toujours, leur jetant des regards annonçant assez clairement son envie de leur parler.

Les deux femmes l'avaient parfaitement compris et ne voyaient pas sans plaisir ce jeune officier, grand et bien fait comme un Gaulois, blond comme un Frank, essayer de se rapprocher d'elles. Les deux sœurs, parées de magnifiques cheveux noirs, étaient-elles entraînées par cette loi naturelle qui nous attire vers ce qui n'est pas semblable à nous, par cette invincible attraction du croisement des races, ou seulement par le désir d'animer un peu leur solitude ? Bastien seul a pu le savoir, mais, toujours discret, il ne l'a jamais dit.

Le Grand Bressan avait pris des informations : il savait que ces deux dames étaient sœurs, l'une veuve, l'autre demoiselle, et qu'elles étaient seules dans leur demeure avec deux domestiques. Il pensa avoir trouvé son entrée en matière.

— Mesdames, leur dit-il un jour qu'il se trouvait face à face avec elles, vous êtes seules ; l'armée espagnole peut d'un moment à l'autre pousser jusqu'ici ; je serais bien heureux de vous offrir, dans ce cas, à Turin, un asile où vous seriez complétement en sûreté.

Paola regarda tour-à-tour sa sœur et Bastien et, ouvrant les deux bras, répondit en souriant :

— *Non capisco, signor* (je ne comprends pas, monsieur).

Elle disait vrai, car elle ne savait pas un mot de français. Sa sœur gardait le silence et semblait chercher le sens des paroles du Grand Bressan. Celui-ci pensa n'avoir pas été entendu et répéta sa phrase en latin, mais dans ce latin singulièrement abâtardi dont on se servait en France, au seizième siècle, dans les tribunaux, dans les actes publics.

Les deux sœurs, cette fois, n'entendirent pas un mot, comprirent seulement que l'officier parlait latin et, dès lors, le regardèrent comme un savant. Toniella, pensive, baissant la tête, balbutia tout haut quelques paroles inintelligibles, comme si elle cherchait l'expression, et dit enfin à Bastien, mêlant le français à l'italien :

— Signor... monsieur... la mia sorella... ma sœur... et moi... vous ringraz... vous remercions... de votre offre... et nous acceptons.

En même temps elle tendit la main au jeune homme.

— Vivat! s'écria Bastien en portant à ses lèvres la main de la Romaine, vous êtes plus savante que moi.

Ce jour-là il accompagna les deux sœurs chez elles, y passa deux heures et prit sa première leçon d'italien.

Il rentra ivre de joie, plus heureux que Champollion le jour où il trouva la clé des hiéroglyphes, car celui-ci n'avait pas pour professeur deux femmes charmantes et ne demandaient qu'à des momies l'explication des pierres. Comme il regagnait sa demeure, la tête dans les nuages, le cœur battant plus vite que de coutume, il fut rencontré par Liobard au moment où il fredonnait sur un air bressan la chanson de Dante qui s'appliquait si bien à sa situation :

Amor, che nella mente mi ragiona
Della mia donna disiosamente....

— Eh ! eh! mon cher lieutenant, dit le jeune capitaine, d'où venez-vous ainsi en chantant? Avez-vous donc trop bu du gros vin noir que ces Italiens ignorants font si mal?

— Non, par ma foi, fit le Grand Bressan : je n'aime pas cette boisson-là, et, quand je suis forcé d'y tremper mes lèvres, j'y mets tant d'eau qu'il devient clair comme un rubis; mais, en revanche, il n'a plus ni vice, ni vertu.

— Alors, vous aurez bu de ces vins capiteux qui mûrissent sur les flancs de l'Etna?

— J'ai bu deux sorbets faits de limon et de sucre et parfumés d'ambre ; mais je dois avouer qu'ils m'ont été présentés par les deux plus belles Italiennes que j'aie jamais vues, et si je me suis un peu grisé, vraiment, c'est au feu de leurs regards.

— L'étudiant a trouvé son professeur?.. fit Liobard en souriant.

— Mieux que cela, répliqua Bastien, j'en ai trouvé deux.

— Les progrès seront rapides, dit Renaud.

— Je l'espère bien, fit le poëte; mais j'y pense, monseigneur, deux institutrices pour un seul élève, c'est trop : les méthodes n'ont qu'à se contrarier, je n'apprendrai rien. Si vous le voulez, je demanderai la permission de vous présenter.

— A quoi bon? Je ne songe qu'à Clémence et je ne veux pas voiler son image, dit doucement Liobard.

Les jeunes gens se séparèrent ; Bastien continua ses visites et parut faire un rapide chemin dans le cœur de Toniella. On a beau être occupée de négociations diplomatiques, on n'est pas Romaine et on n'a pas vingt-deux ans impunément. Une quinzaine de jours s'étaient à peine écoulés que le Grand Bressan éprouvait en présence des deux sœurs un certain embarras. Il était tout disposé à se laisser aimer et à donner son cœur à celle qui le voudrait, mais il était fort indécis : la jeune veuve parlait le français beaucoup

mieux qu'elle n'avait paru le faire le premier jour; elle causait volontiers de l'empereur, de François Ier, du duc de Savoie et de la Bresse, et s'efforçait de persuader à Bastien qu'elle devait ses rapides progrès à ses conversations, ce dont il ne croyait pas un mot.

D'un autre côté, Paola jetait à la dérobée de longs et doux regards sur le bel officier, et bien qu'il ne sût pas un mot de français, était en réalité son meilleur professeur : elle lui désignait les meubles, les livres, les objets extérieurs, les arbres, les fleurs, les rives du fleuve, les lui nommait dans sa langue harmonieuse, lui faisait répéter les mots jusqu'à ce qu'il les redît d'une manière convenable, et tout cela avec une patience angélique.

Le hasard vint en aide à Bastien : un jour qu'il se promenait avec Renaud, ils rencontrèrent les deux dames. Le lieutenant présenta son capitaine, dont il avait souvent parlé à Toniella, et l'accueil de celle-ci fut si plein de cordialité, si engageant, que Renaud ne crut pas pouvoir se dispenser de faire une visite aux belles Italiennes. Le sort de Bastien était décidé : le seigneur de Juzerieux, le châtelain de Saint-Sorlin, le chef d'une compagnie de trois cents hommes pouvait être plus utile à l'empereur que le lieutenant, et Toniella chercha à s'attacher Liobard. C'était remplir en conscience sa mission politique.

Renaud avait le cœur plein du souvenir de Clémence. Il regarda les deux belles Romaines avec moins d'enthousiasme que ne le faisait Bastien, et se tint dans les bornes d'une galanterie que son amour pouvait avouer. Il était si naturel, au milieu de la guerre, entre les deux armées, de parler de Charles-Quint, de François Ier, du duc de Savoie et de la Bresse, perdue pour celui-ci, que Liobard, tout en combattant les pensées émises avec beaucoup d'art et de réserve par la belle Toniella, ne se doutait pas du rôle qu'elle remplissait.

Bastien avait gagné à la venue de son capitaine la certitude d'être aimé de Paola et le bonheur de pouvoir lui consacrer tous ses instans sans froisser Mme Cassio. Les deux jeunes gens laissaient volontiers le capitaine et la veuve agiter les grandes questions politiques du moment, allaient errer dans le jardin, s'asseoir sous les orangers, sous les tonnelles de jasmin et de chèvrefeuille: ils continuaient leurs études de linguistique ; Paola baragouinait un peu le français et Bastien commençait à parler assez purement l'italien. On apprend vite quand le professeur sourit, quand de tendres regards se croisent, que les mains s'unissent et qu'on exprime les mêmes sentimens dans les deux langues.

Les deux jeunes gens étaient sérieusement épris. Paola avait suivi sa sœur, heureuse de voyager ; elle avait proposé, après la mort de Cassio, de retourner à Rome, auprès de ses parens. Toniella avait ajourné; Paola avait accepté sans peine une vie qui ne manquait pas de charme, et sans ignorer les bontés de l'empereur, ne savait pas que sa sœur fût à la solde et au service de Charles-Quint.

Un soir que les deux officiers se promenaient autour du palais, à Turin, ils aperçurent une femme soigneusement voilée sortir d'une rue voisine, s'approcher d'une des faces latérales du palais, en raser la muraille, disparaître par une porte qui se referma sans bruit comme elle s'était ouverte. La même idée les frappa, bien qu'il leur eût été impossible de voir le visage de la dame, qu'ils crurent reconnaître à sa taille, à sa démarche, à sa tournure : ils se regardèrent.

— Toniella ! dit Liobard.

— Toniella ! fit Bastien.

— Que peut-elle venir faire chez M. de Saluces ? reprit le capitaine.

— M. de Saluces n'est plus au palais, répliqua le Grand Bressan ; il y a de jeunes gentilshommes, de braves officiers, et c'est là, dit-on, la porte par laquelle passent les dames qui ne peuvent pas recevoir leurs amants chez elles.

— C'est possible ; mais qui empêcherait Mme Cassio d'ouvrir sa demeure à un amant comme elle le fait pour nous, qui ne le sommes pas ? Il y a autre chose.

— Nous nous sommes peut-être trompés...

— Attendons.

Les deux amis se placèrent dans l'encoignure d'une porte, dans l'ombre, en face de la mystérieuse entrée. Au bout d'un quart d'heure, ils virent sortir la même dame, toujours voilée.

— C'est bien peu pour l'amour, dit Bastien à son compagnon.

— C'est assez pour l'intrigue, répondit Liobard.

— Je n'avais pas songé à cela, fit le poète.

La dame passa près d'eux et entra dans la rue par laquelle ils l'avaient vu arriver.

— Suivez-la, reprit le Grand Bressan, je vais couper par les ruelles et l'attendre au pont : il n'y a pas d'autre route pour rentrer chez elle.

— A moins qu'elle ne traverse le Pô dans une barque, en face de sa demeure, dit Liobard.

— Le doute, en ce cas, ne sera plus permis, et il ne nous restera qu'à chercher le nœud de l'intrigue, fit Bastien.

Les deux officiers se séparèrent. Bastien traversa une ruelle déserte et arriva très promptement au pont. Là, il s'accouda sur le parapet, arrangea son manteau de manière à couvrir sa tête et prit l'attitude d'un homme qui regarde tranquillement l'eau couler ; mais ses regards obliques scrutaient la tournure et la mise de toutes les femmes qui sortaient de la ville.

Liobard, de son côté, suivait la dame sans quitter sa trace, mais d'assez loin pour n'être pas remarqué. Celle-ci, ne soupçonnant pas la double surveillance dont elle était l'objet, arriva directement au pont. Le temps était beau, les promeneurs affluaient, jouissant de la fraîcheur du soir. D'autres dames voilées marchaient seules. Le jeune seigneur se rapprocha de la mystérieuse visiteuse du palais ; Bastien la suivait aussi, plus facilement, en longeant le parapet opposé.

Arrivée à l'autre extrémité du pont, la dame tourna à gauche. Le cœur des deux officiers battit plus fort. Elle prenait le chemin de la demeure de Toniella. L'inconnue avait à peine fait cinquante pas sur la rive, qu'un homme enveloppé d'un manteau, la tête couverte d'un chapeau à larges bords, assis sur une pierre, se leva et se tint debout et immobile. Elle passa devant cet homme, lui jeta quelques mots sans s'arrêter, sans ralentir sa marche, et un peu plus loin fut rejointe par deux femmes que Liobard et le Grand Bressan reconnurent pour les domestiques de Toniella. Ils ne pouvaient plus conserver le moindre doute ; ils s'arrêtèrent simultanément : en allant plus loin, ils risquaient d'être remarqués et reconnus sur cette rive, où il y avait beaucoup moins de monde que sur le pont.

Quant à l'homme au manteau, s'ils n'aperçurent pas son visage, ils purent voir briller ses éperons. Celui-ci s'éloigna après avoir recueilli au vol les paroles que la dame lui avait jetées, et bientôt les jeunes officiers entendirent le galop d'un cheval qui filait rapidement dans la direction de Villanova, quartier général des Espagnols.

CHAPITRE IV.

Le lendemain de cette rencontre, qui les préoccupait fort vivement, Renaud et son lieutenant allèrent, comme à l'ordinaire, faire une visite à Mme Cassio et, comme toujours, furent introduits sur-le-champ, sans que leur arrivée parût déranger en rien les projets des deux sœurs. Peut-être même eût-il été facile à Renaud de s'apercevoir qu'il était accueilli avec plus de joie que jamais.

Toniella était couchée sur une ottomane, dans une demi-toilette qui faisait valoir tous ses charmes, plus belle et plus brillante que les deux jeunes gens ne l'avaient vue jusque-là ; pourtant, elle se plaignait d'une violente migraine qui ne lui permettait pas de se tenir debout. Elle tendit la main à Liobard et, dans ce mouvement, laissa voir un bras blanc et admirablement fait. Le jeune seigneur était ébloui. Paola et Bastien commençaient la leçon d'italien égayée par les rires de Paola, que provoquait la prononciation de son élève ; mais Toniella, sous prétexte que le bruit des paroles et des rires la fatiguait, envoya le professeur et l'écolier continuer ailleurs la leçon.

Resté seul avec elle, Renaud contemplait cette jeune et belle Romaine dont les regards brûlaient, dont les mains étaient moites, dont les lèvres appelaient le baiser : il se sentait plein de trouble et de désirs ; mais le souvenir de ce qui s'était passé la veille, la certitude d'être au milieu d'une intrigue, de vagues soupçons qu'il ne pouvait définir, glaçaient l'expression sur ses lèvres. A cette froideur, Toniella comprit qu'une pensée défavorable occupait le capitaine et mit en œuvre toutes les ressources de son esprit pour lui en arracher l'aveu.

Elle parla de sa vie passée, si belle et si heureuse pendant qu'elle habitait, à Rome, la demeure de sa famille : vie honorable et brillante pendant les courtes années de son mariage, triste, mais toujours pure depuis qu'elle avait perdu son mari ; elle parla de l'avenir, incertain, voilé encore pour elle, qui ne serait peut-être pas aussi beau que ses espérances le faisaient : alors quelques larmes tremblèrent au bord de ses cils, et si elle ne dit pas à Liobard qu'elle l'aimait, c'est que le jeune homme ne l'en pressa pas.

Il était cependant profondément ému de la douleur de cette femme, qui disait vrai, et, de sa vie, n'avait rien à cacher que ses menées politiques. Elle put voir des pleurs mouiller la paupière de Liobard au moment où elle pleurait elle-même, et, satisfaite de ce demi-triomphe, persuadée qu'elle obtiendrait plus tard une confidence qu'il ne pouvait pas faire en ce moment, elle posa la main sur son col, l'attira à elle, et le baisa au front comme elle aurait fait d'un enfant. En même temps, elle agita le cordon d'une sonnette. Une domestique parut ; elle lui dit en italien quelques mots parmi lesquels Liobard entendit les noms de Paola et de Bastien. La domestique s'éloigna. Alors se tournant du côté de Renaud :

— Adieu, mon ami, lui dit Toniella d'une voix pleine d'amour, vous me pardonnerez de vous renvoyer aujourd'hui plus tôt que de coutume ; mais, vous le voyez, je suis souffrante et agitée ; un autre jour je serai plus heureuse, et peut-être aussi aurez-vous assez de confiance en moi pour me dire la mauvaise pensée qui vous a préoccupé ce soir et ne vous a pas permis de lire dans mon âme.

Liobard était vaincu, étourdi de se voir ainsi deviné ; il allait parler de la visite mystérieuse au palais du général en chef, lorsque Paola et Bastien parurent, souriants tous deux et le bonheur empreint dans leurs regards.

— Partons, mon ami, dit Liobard ; madame est malade, n'abusons pas de l'hospitalité.

Bastien regarda Paola qui baissa la tête. Les deux officiers prirent congé et se retirèrent ; mais dans le court trajet de la chambre de Toniella à la porte, le Grand Bressan murmura à l'oreille de Paola quelques paroles françaises que la jeune fille comprit fort bien.

— Eh bien ! dit Bastien à Renaud quand ils furent sur le chemin, cette dame vous aime ? vous a-t-elle expliqué le mystère d'hier soir ?

— Il m'a fallu tout mon courage et tout l'amour que je porte à Clémence pour résister à ses séductions, dit Renaud ; mais je ne sais rien et vous êtes venu à propos : j'allais jouer le rôle d'un jaloux avant d'avoir avoué que j'étais amoureux, ce qui eût été fort ridicule. Et Paola, vous a-t-elle donné le mot de l'énigme ?

— Elle l'ignore, répondit le Grand Bressan ; elle m'a avoué, sans se faire prier, que sa sœur était sortie un moment hier soir ; mais elle ne sait pas où elle est allée, ni ce qu'elle a fait.

— Vous la croyez sincère ?

— J'en répondrais comme de moi-même.

— Vous l'aimez ?

— Je ne m'en défends pas, je l'adore, et je suis tellement fâché de la quitter si tôt ce soir, que je vais tout à l'heure retourner auprès d'elle.

— Mais voyez donc, fit Renaud en montrant la maison qu'ils venaient de quitter, les volets se ferment, les lumières disparaissent, on a verrouillé la porte derrière nous.

— C'est pour cela, dit Bastien, que je sauterai par-dessus la haie du jardin.

— Mon cher lieutenant, reprit Renaud, vous aurez tort : il se passera cette nuit dans cette maison quelque sombre mystère.

— Par ma foi, monseigneur, je vais retrouver sous les orangers une jeune et belle fille dont je suis amoureux, dont je suis aimé, ça ne peut pas être bien terrible.

— C'est elle qui vous a donné ce rendez-vous ? demanda Liobard.

— Non, c'est moi qui l'en ai priée quand j'ai vu qu'on nous renvoyait de si bonne heure, dit Bastien.

— J'aurais su le mystère si j'avais montré plus d'amour à Toniella, reprit Renaud.

— Dans tous les cas, ce n'est pas à nous qu'on en veut, puisqu'on nous a renvoyés, fit Bastien.

— Chut ! dit Liobard en entraînant son compagnon dans un taillis.

Tous deux se blottirent derrière les branches et virent passer deux hommes enveloppés de leurs manteaux, sans cocarde au chapeau, mais dont la tournure décelait des soldats.

— Ce sont des Espagnols, dit tout bas le Grand Bressan.

— Oui ; mais écoutez, en voici d'autres, fit Renaud.

En effet, deux hommes passèrent, puis deux autres, et se cachèrent dans les environs de la maison.

— Cela me pique au jeu, dit en souriant le Grand Bressan, je vais à mon rendez-vous.

— Oui ; mais je ne vous quitte pas : deux épées valent mieux qu'une, deux poignards font deux blessures, fit Renaud.

— Eh bien ! allons, répondit le Grand Bressan.

Les deux amis firent un détour, arrivèrent auprès de la haie, regardèrent de tous côtés et ne virent personne. Bastien franchit la haie ; le jardin était désert. Renaud suivit le même chemin et alla se blottir sous une tonnelle de chèvrefeuilles, les yeux tournés du côté de la porte d'entrée. Le lieutenant se tapit sous les orangers. Un moment après, une ombre glissa à travers les arbustes, frôlant les fleurs. Paola, émue, tremblante, alla droit aux orangers et tomba dans les bras de Bastien qui la reçut avec un baiser.

Tout ce que peuvent se dire un Français de vingt-cinq ans et une admirable Italienne de dix-huit, par une douce et belle nuit, environnés des parfums que la brise du fleuve secouait de la chevelure des arbres, Paola et Bastien se le répétèrent avec ivresse. Serments d'amour éternel, promesses pour l'avenir, doux projets, tout ce cortège charmant qui suit la jeunesse, se déroulèrent tour à tour et charmèrent cette délicieuse entrevue.

Paola appuyait son bras sur l'épaule de Bastien, dont les lèvres caressaient le front de sa jeune amie pendant qu'entourant sa taille, il la pressait contre son cœur. Un coup de sifflet aigu retentit au dehors. Renaud se leva, fit crier sous ses pieds quelques feuilles sèches ; Paola eut peur.

— Nous ne sommes pas seuls ici, dit-elle en tremblant à Bastien.

— Ne crains rien, dit celui-ci, mon capitaine et moi nous avons flairé quelque mystère dans l'air : il n'a pas voulu me quitter ; il ne peut ni nous voir, ni nous entendre, mais s'il y a un danger pour toi ou pour ta sœur, nous serons deux, et je te défendrai, ma Paola, jusqu'à la mort.

Paola entoura de ses deux bras le col de son amant. Au coup de sifflet, Toniella se leva et descendit de sa chambre. Renaud, Bastien et Paola virent d'abord la clarté de son bougeoir, puis l'aperçurent marchant vers la porte. Elle ouvrit ; un homme entra, leva son chapeau, et la clarté donnant en plein sur sa figure, Paola le reconnut et murmura :

— Antonio de Leyva !

Renaud s'était rapproché ; il entendit ce nom avec quelque étonnement, et pensant à la manière dont on l'avait congédié, il sourit et crut à un rendez-vous d'amour.

— Allons, fit-il tout bas, il faut bien que les femmes nous consolent des ennuis de la guerre. Antonio est vieux, mais il est général en chef : cela peut flatter une jeune femme.

Le général et la veuve gravirent l'escalier, et la clarté disparut. Liobard resta livré à ses réflexions ; Bastien et Paola ne pensaient guère au lieutenant de Charles-Quint.

Quelques minutes s'étaient à peine écoulées qu'un second coup de sifflet retentit au dehors. Toniella descendit de nouveau, son bougeoir à la main. Comme la première fois, elle ouvrit la porte, et comme la première fois, la lumière portant sur le visage de celui qui entrait, Renaud et Bastien murmurèrent avec stupeur :

— Le marquis de Saluces !

Rien n'est plus simple et plus naturel qu'une entrevue publique, avouée, entre deux généraux ennemis ayant à traiter d'un armistice, d'un échange de prisonniers, ou de l'une des mille questions qui surgissent dans la vie militaire et demandent l'entente de ceux qui se combattent. Une entrevue de ce genre n'émeut personne et les soldats la voient sans inquiétude.

Mais une entrevue secrète, au milieu de la nuit, chez une femme et dans les circonstances que le lecteur connaît, devait nécessairement faire naître des défiances dans l'esprit des deux officiers que le hasard en rendait témoins.

— Que va-t-il se passer? demanda Bastien à Paola.

— Je ne sais, mon ami, répondit Paola ; c'est la première fois que ces messieurs viennent ici, et j'ignorais, il y a un instant, qu'ils y dussent venir.

M. de Saluces avec Antonio de Leyva ici ! murmura l'officier.

— Eh bien ! reprit Paola, deux généraux ne sauraient-ils se rencontrer chez une dame sans être accusés de manquer de loyauté ?

— Je n'accuse pas, dit Bastien, je suis étonné et je cherche le mystère de cette rencontre.

— Et moi, je veux entendre, se dit tout bas Renaud, qui maîtrisait avec peine l'émotion que lui causait cette scène.

Il traversa le jardin en marchant avec précaution, s'approcha de la maison et pénétra dans l'escalier. Il s'assit sur les premières marches, ôta sa lourde chaussure, dont le bruit l'eût trahi, et monta avec l'assurance d'un homme qui connaît le chemin.

L'entrevue des deux généraux avait lieu dans la chambre même où, deux heures auparavant, Renaud avait laissé Toniella. Le capitaine montait, le poignard à la main, bien décidé à frapper pour sa légitime défense, en cas d'attaque ; il arriva à la dernière marche, tout près de la porte, et s'y assit. Les trois personnages qui étaient à l'intérieur demeuraient silencieux ; seulement Renaud entendait remuer les fauteuils.

— Ils prennent place, pensa-t-il.

Presque aussitôt une voix bien connue se fit entendre.

— Messieurs, je vous laisse, dit Toniella.

Renaud descendit quelques marches et s'arrêta au premier détour de l'escalier. La porte de la chambre s'entr'ouvrit, se referma. Toniella parut, portant encore une fois un bougeoir à la main, et regarda autour d'elle, comme pour s'assurer qu'il n'y avait personne dans l'escalier. Renaud se dressa devant elle, muet, un doigt sur la bouche, serrant de la main droite son poignard dégaîné. Toniella n'osait parler et le regardait avec épouvante.

Il monta vers elle et murmura à son oreille :

— Je veux entendre !

Toniella tressaillit, lui jeta un regard suppliant dans lequel se peignait toute son anxiété. Il répéta les mêmes paroles :

— Je veux entendre !

Elle baissa la tête sans rien dire ; elle consentait. Il se rapprocha d'elle, ils passèrent devant la porte de la chambre où étaient les deux généraux et entrèrent dans une pièce voisine, Toniella marchant, ouvrant et fermant les portes comme elle aurait fait si elle eût été seule et sans crainte, Liobard, au contraire, marchant sans bruit et retenant sa respiration.

Arrivés dans la chambre et la porte refermée, To-

niella fit signe à Renaud de s'asseoir sur des coussins et s'y plaça elle-même à côté de lui ; bientôt l'officier put se convaincre qu'il entendrait parfaitement ce que pourraient dire les chefs des deux armées.

Toniella resta un moment plongée dans une méditation profonde, parut prendre un parti, éteignit la seule lumière qui éclairât la chambre, puis écartant un pan de tenture, elle se pencha à l'oreille de Renaud et lui dit :

— Regardez !

Renaud regarda ; Antonio de Leyva et de Saluces étaient assis face à face devant une table sur laquelle étaient déployés des papiers, des cartes géographiques, et un parchemin scellé des armes de Charles-Quint.

— Monsieur, dit l'Espagnol en présentant au marquis de Saluces une lettre de l'empereur, voici la commission qui m'accrédite auprès de vous comme envoyé de Charles-Quint et m'autorise à vous faire les propositions que vous allez entendre.

Le marquis jeta un coup d'œil sur la lettre de l'empereur et s'inclina ; Antonio reprit :

— Le marquisat de Saluces que vous possédez aujourd'hui était dans l'origine un fief de l'empire d'Allemagne ; vous connaissez trop bien l'histoire de votre famille pour l'ignorer.

— Sans doute, fit le marquis.

— Or, vous savez, reprit Antonio, que l'empire ne connaît pas de prescription passive ; quelques événemens qui s'accomplissent, ce qu'il a une fois possédé, il le possède toujours, de droit, sinon de fait...

L'Espagnol s'arrêta, attendant une réponse ; Saluces le regarda, attendant une conclusion ; Renaud sourit de cette singulière théorie du droit féodal. Le général continua :

— C'est donc mal à propos, monsieur, que vos ancêtres ont possédé ce fief comme mouvant du Dauphiné : il mouvait de l'Empire. Dieu a voulu que le roi François Ier vous le donnât, afin qu'il ne sortît pas de votre noble famille ; mais vous êtes bien réellement vassal de l'Empire, et, comme tel, vous devez vos services à l'empereur Charles-Quint.

— Il se peut, dit Saluces ; c'est là une question délicate sur laquelle j'ai besoin de réfléchir. Une chose m'embarrasse : le roi m'a donné le collier, je suis chevalier de l'ordre.

— Qu'à cela ne tienne, répliqua Antonio en souriant, l'empereur est le chef, le grand-maître de l'ordre de la Toison-d'Or, fondé par son aïeul Philippe, duc de Bourgogne. Voici, monsieur, un brevet qui vous institue membre de l'ordre de la Toison-d'Or, et voici le collier que l'empereur vous prie d'accepter.

En même temps, il exhiba un parchemin auquel pendait un sceau enfermé dans une boîte de plomb, et un collier d'or artistement ouvragé et orné de pierreries resplendissantes ; il déposa l'un et l'autre sur la table à côté de l'autre parchemin, dont Saluces ignorait encore le contenu. Puis, il attendit un mot d'assentiment du marquis.

— Continuez, dit froidement M. de Saluces.

— L'empereur, reprit le général, veut faire de vous un personnage important : au marquisat de Saluces, il ajoute le Montferrat ; en voici la promesse consignée dans cet acte, — et il montrait le parchemin qu'il avait, dès le principe, déposé sur la table — ; mais comme vos terres, occupées par les Français, ne peuvent pas être pour vous d'un grand revenu, et que vous avez besoin de soutenir votre haut rang, l'empereur vous gratifie d'une pension avec laquelle vous pourrez tenir un état de prince.

— En retour de tant de faveurs, qu'est-ce que l'empereur attend de moi ?

— Vous êtes commandant en chef de l'armée française, vous garderez ce poste. Nous allons bloquer Turin, Fossano et Coni : il faut que les fortifications de ces places, commencées par les Français, ne s'achèvent pas; que ces trois villes tombent en notre pouvoir, que les troupes françaises évacuent le Piémont. Votre rôle finit là, monsieur. Nous continuerons le nôtre, et Charles-Quint en personne envahira la France par la Provence.

Antonio se tut. Renaud attendait la réponse de Saluces, dévorant du regard ce personnage à travers l'étroit vasistas qu'avait découvert Toniella.

— Monsieur, répondit de Saluces avec autant d'aisance que d'hypocrisie, les offres de l'empereur sont brillantes et dignes de ce grand prince, mais elles ne sauraient me décider à le servir.

Renaud respira. De Leyva regarda fixement de Saluces.

— Vous refusez ?... lui dit-il.

— Général, reprit le marquis, toutes les richesses du monde ne sauraient m'entraîner à abandonner François Ier....; mais Dieu a parlé, et sa voix est plus forte que celle de mon cœur. Vous connaissez comme moi les prédictions qui, en ce moment, sont répandues dans toute l'Italie par les plus saints personnages....

— Oui, dit Antonio, dont la lèvre inférieure se plissa, je les connais, l'empereur aussi les connaît ; continuez.

— Elles annoncent, reprit Saluces, qu'en cette année 1536, la France sera conquise par Charles-Quint et deviendra une province espagnole, que François Ier sera tué ou, tout au moins, subira une nouvelle captivité : je m'apitoie grandement sur le sort de mes amis, dont la position va si cruellement changer; je plains de tout mon cœur les braves gens que je commande, de se faire tuer pour la défense d'un pays condamné par le ciel; mais je ne saurais aller contre les desseins de Dieu, qui a armé le bras de l'empereur. J'accepte vos offres et vous conditions.

Renaud tira son poignard et voulut se lever; Toniella l'arrêta et lui dit à l'oreille :

— Tu te perdrais inutilement, crois-moi.

Antonio regarda Saluces et s'inclina profondément avec une amère ironie, doutant de son acceptation jusqu'au moment où il le vit prendre sur la table les parchemins et le collier, et les serrer dans ses vêtemens. Alors il tira le cordon d'une sonnette. Toniella quitta Renaud, entra dans la chambre où étaient les deux diplomates, alluma son bougeoir et reconduisit de Saluces jusqu'à la porte de l'habitation. Celui-ci n'eut que quelques pas à faire pour arriver au bord du fleuve, où l'attendait un marinier dormant dans sa barque et persuadé qu'il avait conduit un officier à un rendez-vous d'amour. Quelques instans après, le général espagnol sortit à son tour, mais prit une route opposée et regagna son quartier général, d'où il écrivit immédiatement à l'empereur, auquel il dépêcha un courrier.

On pourrait croire que, pour rendre ridicule cet odieux marquis de Saluces, nous avons inventé cette histoire des prédictions sur lesquelles il s'appuyait; il n'en est rien : ces prédictions couraient l'Italie, répandues par des hommes que soudoyait Charles-Quint, habile, comme on voit, à en préparer l'accomplissement, et c'est Saluces lui-même qui invoqua ces misérables motifs pour colorer sa trahison aux yeux de du Bellay-Langei, son intime ami.

Lorsque, après avoir accompagné Antonio de Leyva jusqu'à la porte, Toniella remonta auprès de Renaud, sa figure était livide comme celle d'une morte, ses regards étaient fixes, elle tremblait.

Liobard était rentré dans la chambre où venait de se conclure cet odieux marché. Assis sur l'ottomane, il tenait sa tête penchée sur ses mains, articulant des mots sans suite et en proie à une vive agitation. Toniella était devant lui, n'osant ni parler, ni faire un mouvement.

— Notre honneur, notre vie, les conquêtes achetées de notre sang, le misérable a tout vendu ! s'écria Renaud en levant son poing fermé vers le ciel.

Alors il s'aperçut que l'Italienne était là, et se tournant vers elle :

— Qui donc êtes-vous, lui cria-t-il, vous chez qui se nouent de pareilles trames ?

— Je suis la veuve d'un officier de l'empereur, dit timidement Toniella, la veuve d'un diplomate habile en qui Charles-Quint avait confiance.

— Etes-vous à la solde de l'Espagnol ? fit aigrement Liobard.

— Charles-Quint est mon bienfaiteur, mon seigneur et mon maître, répondit Toniella. Il a ordonné, j'ai obéi; j'ai prêté ma maison pour une entrevue. Si je l'eusse refusée, cent autres se fussent ouvertes : les corrupteurs et les traîtres se devinent de loin et trouvent toujours moyen de se réunir.

— Et vous avez ainsi favorisé le marché qui me livre, moi et les miens !

— Je vous ai sauvés, vous, votre ami Bastien et tous les Bressans qui marchent sous vos ordres, dit Toniella.

Et prenant dans un tiroir de la table deux sauf-conduits en blanc, signés d'Antonio, elle les présenta à Liobard.

— Allons donc ! s'écria le capitaine, on nous croirait les complices de Saluces : mieux vaut jouer sa vie que perdre son honneur !

Il déchira les deux pancartes et en dispersa les morceaux sur le tapis. Toniella frémit et l'enveloppa d'un regard plein d'admiration et d'amour.

— Je ne vous ai pas demandé, lui dit-elle en tremblant, pourquoi vous étiez revenu.

— C'est vrai, répondit Liobard, mais toute explication est inutile.

Toniella crut comprendre que Renaud était revenu par amour, par jalousie peut-être, mais qu'après ce qui s'était passé, il ne voulait plus avouer l'affection qu'il avait pour elle.

— Je ne sais pas ce que garde la guerre, lui dit-elle en baissant les yeux, mais ma maison vous sera toujours ouverte, et, si vous en avez besoin, vous y trouverez un asile où votre vie et votre liberté seront tion assurées.

Il y avait dans l'accent de la jeune femme tant de franchise et de dévouement que Renaud en fut touché, malgré la colère à laquelle il était en proie.

— Je vous remercie, dit-il avec effort.

— J'avais encore quelque chose à ajouter, reprit Toniella, mais le moment serait mal choisi : promettez-moi que je vous reverrai.

— J'y réfléchirai, répondit Renaud.

En même temps il jeta sur elle un regard profond : elle comprit et une larme mouilla ses yeux.

— Restez-ici jusqu'au jour, si vous redoutez

quelque embuscade au dehors, lui dit-elle en le regardant douloureusement.

— Le devoir m'appelle, fit Liobard, adieu !

Toniella l'accompagna, lui ouvrit la porte. Il salua gravement et disparut. Bastien donna un dernier baiser à Paola, sauta par dessus la haie et rejoignit son capitaine. Paola monta dans sa chambre sans avoir été vue de sa sœur.

— Que s'est-il passé, demanda le Grand Bressan, et que signifie cette entrevue des deux généraux ennemis à pareille heure?

— Bénissez votre amour, mon cher poète, je lui dois d'avoir découvert la plus infâme trahison, dit Renaud.

— L'avoir découverte ne suffit pas, s'écria Bastien, il faut la déjouer.

— J'y mettrai tous mes soins, fit Liobard.

Alors il raconta à son lieutenant ce qu'il avait vu et entendu, le honteux marché proposé par l'Espagnol, accepté par le marquis de Saluces.

— Et vous n'avez pas tué ce misérable ! s'écria Bastien emporté par son indignation.

— Je ne l'ai pas tué... dit froidement Renaud. Le crime auquel il vient de s'engager est si grand qu'on n'y aurait pas voulu croire, et je n'aurais pas pu en fournir les preuves. François Ier aime cet homme : j'aurais passé pour un traître qui voulait livrer l'armée française en frappant son chef. Toniella qui voyait mon émotion, ma colère, a murmuré cela à mon oreille ; elle avait raison.

— Vous ne pouvez cependant pas laisser le marquis de Saluces remplir tranquillement les conditions de son marché, trahir le roi et l'armée, reprit le Grand Bressan.

— Oh ! je ne resterai pas oisif, répliqua Liobard ; mais, dites-moi, Paola savait-elle quelque chose de ce qui se tramait ?

— Tout entière à notre amour, à notre causerie entremêlée de baisers, elle était aussi étrangère que moi à ce qui se passait, fit Bastien ; si elle eût été dans la confidence de l'entrevue, elle ne m'eût pas accordé un rendez-vous dans le jardin, d'où j'ai pu voir entrer les deux généraux.

— C'est vraisemblable, dit Renaud ; allons, je sais ce qui me reste à faire.

Les deux officiers rentrèrent à Turin, puis se séparèrent, fort émus des étranges événemens de la soirée, et vivement préoccupés des dangers auxquels la trahison exposait l'armée française, isolée en Italie.

CHAPITRE V.

Le gouverneur de Turin était le général d'Annebaut, homme de courage et de loyauté, soldat d'initiative, voyant juste et sachant agir à propos, un des plus rudes adversaires que la Ligue italienne et les Impériaux aient trouvés en Italie. Renaud de Liobard, après avoir mûrement réfléchi aux conséquences que pouvait avoir la trahison du général italien, aux devoirs que lui imposaient à la fois et son honneur et l'intérêt de ses frères d'armes, résolut de s'adresser à d'Annebaut et au général Montpesat et de leur faire connaître ce qu'il venait de découvrir si fortuitement.

Le lendemain de l'entrevue du marquis de Saluces et d'Antonio de Leyva, Renaud se présenta de bonne heure chez le gouverneur et demanda à lui parler en particulier ; il fut immédiatement introduit.

— Qui vous amène si matin? dit gaiement le général, votre compagnie manque-t-elle de quelque chose, ou venez-vous aussi vous plaindre de l'inaction dans laquelle nous restons?

— Général, je ne me plains jamais, j'attends patiemment que vous nous donniez l'ordre d'agir, et, franchement, je crois que vous ne tarderez pas à recommencer les hostilités, répondit le jeune capitaine.

— Ah ! qui peut vous inspirer cette pensée, lorsque l'on paraît travailler activement à la conclusion de la paix ? dit d'Annebaut quelque peu étonné.]

— Monsieur le gouverneur, répliqua Liobard, j'ai à vous révéler des choses de la plus haute importance, qui vous amèneront peut-être à partager ma croyance sur la prochaine reprise de la lutte.

— Asseyez-vous, monsieur, je vous écoute, dit d'Annebaut.

— Permettez-moi, poursuivit Renaud, de vous adresser une prière ; ce que j'ai à dire doit être connu de vous et de M. de Montpesat ; si vous vouliez envoyer chercher le général, nous éviterions, vous la perte d'un temps précieux, moi la douleur de répéter des révélations pénibles.

Renaud de Liobard n'avait, dans l'armée française, que le rôle d'un seigneur féodal dont le pays n'était pas encore bien classé dans la nouvelle organisation militaire créée par François Ier, organisation qui portait un rude coup à la féodalité militaire; mais la Bresse et le Bugey étaient à peine réunis à la France, et, dès la première campagne, Renaud avait amené trois cents hommes au service du roi; il s'était distingué au passage de la Doire, qu'il avait franchie avec son lieutenant Bastien avant tous les autres: puis, la charge brillante des Bressans contre les positions ennemies l'avait dès l'abord signalé comme un brave soldat, et, à ces divers titres, il jouissait auprès des chefs de l'armée d'une certaine considération.

En voyant l'air grave et triste du jeune capitaine, d'Annebaut comprit qu'il s'agissait de quelque profond mystère.

— Voulez-vous, lui dit-il, que nous nous rendions chez M. de Saluces ? nous prendrons M. de Montpesat en passant, et vous pourrez, d'un seul coup, instruire de ce que vous savez les trois principaux chefs de l'armée.

— Non, général, répondit Renaud, M. de Montpesat et vous, êtes les seuls devant qui je doive m'expliquer.

Vivement intrigué de cette exclusion, d'Annebaut envoya un de ses officiers chez M. de Montpesat, et, un moment après, celui-ci arrivait chez le gouverneur. Les deux généraux s'enfermèrent seuls avec Renaud, et tous trois prirent des sièges.

— Parlez, monsieur de Liobard, dit d'Annebaut en regardant attentivement le capitaine.

— Ce que j'ai à vous révéler, messieurs, est tellement grave, et j'éprouve une si vive émotion qu'il faut, pour m'engager à parler et à prendre le rôle d'accusateur, la conscience des dangers que court l'armée française tout entière, depuis ses généraux jusqu'au dernier de ses soldats, et la connaissance que j'ai de la loyauté de ceux à qui je m'adresse, répondit Renaud dont la voix tremblait.

Les deux officiers supérieurs le regardèrent avec anxiété.

— Quel que soit le résultat de ma révélation, quelque suite que vous y donniez, reprit le capitaine, soyez bien persuadés, messieurs, que je n'obéis qu'à un sentiment d'honneur et de devoir.

— Nous en sommes convaincus, répondirent courtoisement les deux chefs.

Alors Liobard raconta la visite mystérieuse de la dame voilée introduite la veille par une petite porte dans la partie du palais qu'habitait M. de Saluces.

A ce récit, d'Annebaut tressaillit.

— Vous êtes bien instruit, dit-il à Renaud : les hommes qui veillent pour mon service particulier m'ont rendu compte de cette visite, mais ils n'y ont attaché aucune importance. Un général ne peut-il recevoir une jeune et jolie femme en secret sans compromettre son armée?

— C'était un motif politique qui amenait cette dame auprès du lieutenant général du roi, reprit Liobard.

— Vous la connaissez? demanda Montpesat.

— Je la connais, fit Renaud.

— Continuez, dit d'Annebaut, persuadé qu'il s'agissait tout simplement d'une affaire d'amour.

— Cette dame, répondit Liobard, venait fixer avec M. de Saluces l'heure d'une entrevue secrète demandée à celui-ci par le général de l'armée impériale, Antonio de Leyva.

— Eh bien! fit Montpesat, nous y assisterons : M. de Saluces nous en donnera avis ce matin, sans aucun doute.

— L'entrevue demandée et accordée a eu lieu cette nuit, poursuivit le capitaine. Les deux généraux se sont rencontrés dans une maison isolée, de l'autre côté du Pô.

— Ah! sitôt! cela est étrange, s'écria Montpesat. Et savez-vous ce qui s'y est passé?

— L'Espagnol, reprit Renaud, a offert à M. de Saluces, au nom de Charles-Quint, de l'argent, des dignités et un fief.

— Et M. de Saluces a refusé? dirent à la fois les deux généraux, interrompant Liobard.

— M. de Saluces a tout accepté, répondit froidement le capitaine.

— Les preuves! s'écria en frémissant le brave Montpesat, qui ne pouvait croire à cette trahison, vous avez des preuves!

— J'étais là, dans la maison, caché, invisible, mais posté de manière à tout voir et à tout entendre, dit Renaud.

— Et vous avez vu?... demanda le commandant d'Annebaut.

— J'ai vu, répondit le capitaine, le général espagnol étaler sur la table devant laquelle ils étaient assis tous deux un brevet de pension, un brevet et un collier de membre de la Toison-d'or, un acte qui promet le Montferrat à M. de Saluces, et j'ai vu M. de Saluces s'emparer des brevets, du collier et de l'acte, et les mettre dans sa poche.

— Et quel prix met à toutes ces faveurs l'empereur Charles-Quint, qui, dit-on, n'est pas fort généreux d'ordinaire? demanda Montpesat.

— Pour prix de ces faveurs, répliqua Liobard, M. de Saluces livrera Turin, Fossano, Coni et l'armée française.

Les deux généraux s'agitaient sur leurs sièges, le rouge au front, voulant douter encore, et cependant vivement frappés de la parole de Liobard, nette, précise et empreinte de loyauté.

— J'ai tout dit, reprit le capitaine. Cette révélation était un devoir pénible, je l'ai rempli dans l'intérêt de la France, du roi et de l'armée. Nous sommes deux qui savons ce secret ; l'un et l'autre nous garderons le silence pour vous laisser toute liberté d'agir.

— Nous vous remercions de l'avis que vous nous donnez dit le gouverneur : si nous ne pouvons empêcher la trahison, nous nous efforcerons, par notre courage, d'en rendre les effets moins désastreux.

Liobard se leva, salua les généraux et se retira. Au moment où il sortait, Montpesat lui pressa vivement la main.

Les paroles du capitaine avaient un tel cachet de vérité, que les deux chefs français ne doutèrent pas de sa sincérité.

— J'avais peu de confiance dans les talens militaires de M. de Saluces, dit d'Annebaut, mais je n'aurais pas soupçonné une aussi lâche trahison.

— Incapable de conquérir ce qu'il ambitionne, il l'achète, répliqua Montpesat; François Ier lui a refusé le Montferrat, qui n'est pas encore à nous, il le demande à Charles-Quint. Si on l'en croyait ce princillon deviendrait le chef d'un puissant Etat en Italie.

— Qu'allons-nous faire, monsieur de Montpesat? dit le gouverneur. Quel moyen emploierons-nous pour nous assurer que la trahison de M. de Saluces est bien réelle et, si nous parvenons à acquérir cette certitude, à quel parti nous arrêterons-nous?

— Je ne sais, le cas est embarrassant, répondit Montpesat : le marquis a toute la confiance du roi ; il est son lieutenant-général en Italie, le commandant en chef de l'armée, et, par conséquent, notre supérieur. Il nous est impossible de le faire arrêter sur le seul témoignage de M. de Liobard, sans preuves matérielles.

— Peut-être saisirait-on chez lui les actes qui constatent sa trahison, hasarda le gouverneur.

— Quand même on parviendrait à mettre la main sur les brevets, les actes et le collier, répliqua Montpesat, M. de Saluces se défendrait avec succès en disant que l'empereur a, en effet, essayé de le gagner par ses offres, mais qu'il n'a lui-même rien accepté, rien promis et rien fait qu'on lui puisse reprocher.

— Vous avez raison, fit d'Annebaut, l'inaction de l'armée n'a pas permis à M. de Saluces d'agir en faveur de Charles-Quint, le marché date d'hier, c'est maintenant qu'il va commencer à en remplir les conditions ; tenons-nous sur nos gardes pour l'en empêcher, c'est tout ce que nous pouvons.

Les généraux étaient dans un réel embarras : l'arrestation d'un général en chef, sa déposition par ses inférieurs, eussent été une si haute atteinte portée à la discipline, qu'ils avaient le droit d'hésiter ; le roi regarderait de pareils actes contre son favori comme des actes de rébellion, de haute trahison, et les deux généraux payeraient peut-être de leur tête leur fidélité.

D'un autre côté, divulguer la révélation de Liobard sans agir contre M. de Saluces, c'était jeter la défiance dans l'armée, affaiblir son moral, provoquer sa désorganisation, et cela en pays étranger, en face de deux armées ennemies : les généraux ne pouvaient encourir une telle responsabilité.

Ils s'arrêtèrent au seul parti qu'ils avaient à prendre dans cette situation délicate : c'était de garder le silence, d'agir avec M. de Saluces comme par le passé, comme s'ils n'avaient aucun soupçon, et, en même temps, de prendre dans leurs commandemens respectifs, dans l'étendue de leurs attributions, toutes les mesures capables de déjouer la trahison.

Les rapports entre les deux généraux et le lieutenant-général du roi restèrent donc les mêmes qu'auparavant. L'armée française occupait, entre autres places, trois positions importantes : Turin, Fossano et Coni. De leur conservation dépendait le maintien de la conquête; malheureusement, les fortifications de Turin n'étaient pas achevées, Montpesat avait commencé à en élever autour de Fossano, Coni était ouverte, et c'était là que M. de Saluces avait établi son arsenal.

Sans prendre conseil du lieutenant-général, d'Annebaut fit proclamer partout qu'il était prêt à s'enfermer dans Turin, certain qu'il était de défendre cette place avec avantage, malgré l'inachèvement actuel des fortifications. M. de Saluces ne fit pas d'opposition à ce projet, mais il proposa de se borner à l'occupation de cette ville.

Montpesat comprit la pensée du traître, visita Fossano et déclara qu'il se faisait fort de fortifier cette place, si on voulait lui en fournir les moyens. La Roche du Maine, autre officier supérieur de l'armée française, homme de tête et de cœur, considérant que Coni était plus dans l'intérieur des terres, d'un abord moins facile que Fossano, penchait pour la conservation de Coni, de préférence à celle de Fossano, dans le cas où les Français ne pourraient défendre que l'une de ces deux places.

Cette diversité d'opinions, bien naturelle dans des circonstances difficiles, servait à M. de Saluces pour ajourner toute décision. Mettant la ruse au service de la trahison, il envoya au roi un courrier porteur de dépêches dans lesquelles il lui retraçait la situation et lui demandait l'autorisation de se borner à la défense de Turin. Bien que d'Annebaut et Montpesat ne témoignassent aucun doute sur la loyauté du lieutenant-général, leur conduite était tellement opposée à ses vues, qu'il crut devoir se plaindre de ne pas trouver dans ces officiers supérieurs la soumission nécessaire au bien du service.

Le traître calculait bien en prenant ainsi les devans; il voulait rendre inutiles les efforts que ces officiers pourraient faire afin d'éclairer le roi sur ses manœuvres. Le calcul était habile.

Cependant François Ier, dans ses lettres à M. de Saluces, à d'Annebaut et à Montpesat, insistait vivement pour que l'on défendît en même temps Turin, Coni et Fossano; il voulait qu'on arrêtât à tout prix les Impériaux pendant quelques semaines, car il allait envoyer à son armée d'Italie des renforts qui permettraient de reprendre l'offensive.

Les ordres du roi étaient formels. Saluces feignit d'obéir. Montpesat et ses officiers déclaraient que les soldats aidés de huit à neuf cents pionniers pourraient en peu de temps élever à Fossano des travaux de défense qui permettraient de résister à l'ennemi. Ces travaux avaient été commencés par Montpesat avec les soldats seulement; il ne s'agissait que de les achever.

— Comment donc, messieurs, s'écria M. de Saluces, vous êtes admirables de courage et de dévouement! Dès demain, je vais engager tous les pionniers disponibles.

Il y avait, en effet, dans le pays une assez grande quantité de travailleurs dont la pioche et la brouette étaient au service de qui les payait. Piémontais et Italiens, placés entre une armée espagnole et une armée française, il leur était assez indifférent de travailler sur la rive droite ou sur la rive gauche du Pô, pourvu qu'on les payât.

Le soir du jour où le marquis de Saluces avait promis d'inviter les pionniers à venir travailler aux fortifications de Fossano, il se retrouva seul dans son appartement avec un homme qui était son confident intime, son âme damnée, le comte de Poquepaille. Ce dernier parlait facilement le français, l'italien, l'espagnol; il était toujours par voie et par chemin, prenant tous les costumes, sans que personne, à l'exception du marquis, sût bien ce qu'il faisait.

— Eh bien! Poquepaille, lui dit M. de Saluces, tu as entendu l'engagement que j'ai pris? Ces enragés de Montpesat et de la Roche du Maine veulent absolument défendre Fossano.

— Et, s'ils y parviennent, répondit Poquepaille, vous perdez le Montferrat, car vous avez promis à Antonio de Leyva de lui livrer Fossano.

— Oui, et je vais lui expédier un courrier secret pour l'aviser de ce qui se passe. Veux-tu te charger de cette mission? dit M. de Saluces.

— Je suis toujours prêt à vous obéir, fit le comte : si vous me l'ordonnez, je pars, mais il y a peut-être un moyen plus facile et plus simple de se tirer d'affaire.

— Ah! tu crois? dit le marquis; voyons ton moyen.

— Il faut, disent les officiers français, huit à neuf cents pionniers.

— Oui, c'est le nombre qu'ils demandent.

— Où les prendront-ils?

— Il y en a partout, dans toutes les cabanes, dans toutes les fermes, depuis Carignan jusqu'à Fossano et Coni, dit M. de Saluces; on en trouvera autant qu'on en voudra.

— Sans doute, si on les y laisse, répliqua Poquepaille.

— Je ne puis pas les chasser, reprit vivement le marquis; ce serait dévoiler mes intentions.

— Les chasser! fi donc! il suffit d'employer des moyens de persuasion, dit le comte en souriant.

— Si tu en connais, fit M. de Saluces, tu vas me tirer d'un cruel embarras.

— Laissez-moi faire, reprit Poquepaille, et demain vous pourrez faire un appel à tous les pionniers : il n'y en aura pas un. Les Français ne pourront pas vous accuser de reculer, et vous aurez rempli vos promesses à Antonio, en mettant Montpesat dans l'impossibilité d'élever des remparts autour de Fossano.

— Va donc, s'écria le marquis avec joie, je te donne carte blanche.

Une heure après, et pendant toute la nuit, un homme vêtu en ouvrier du pays, monté sur un bidet, frappait aux portes des cabanes, des fermes, des auberges, sur les deux rives du Pô, et embauchait les pionniers pour aller travailler au quartier-général espagnol, à Villanova et à Asti. Il parlait au nom d'Antonio de Leyva et promettait douce paie à ceux qui arriveraient les premiers. A ceux qui hésitaient, il donnait d'avance, à l'instant même, quatre jours de solde.

La nouvelle de cette bonne aubaine se répandit avec rapidité, colportée par les pionniers eux-mêmes qui, en partant, éveillaient et entraînaient leurs camarades. Durant toute la nuit, on vit filer des masses d'hommes traînant ou portant leurs outils du côté du camp des Impériaux. Le général espagnol, averti à temps de cette émigration, accueillit et occupa ces travailleurs.

Le lendemain, M. de Saluces fit proclamer un appel aux pionniers; il ne s'en trouva point : tous avaient disparu.

Montpesat frappait du pied avec impatience, avec colère, flairant la trahison, n'osant pas accuser le marquis de Saluces, qui n'avait pas quitté sa demeure depuis la veille.

— Rassurez-vous, général, s'écria tout à coup M. de Saluces comme frappé d'une inspiration soudaine, les ouvriers nous ont abandonnés, je vais vous en faire venir de mes États, qui seront bien supérieurs à ceux qui se sont enfuis.

— Que de temps perdu, que nous ne réparerons pas! disait Montpesat.

— Mais au contraire, répliquait M. de Saluces; ceux que je vais appeler sont de braves gens, propres à tout, également habiles à la manœuvre militaire et aux travaux de terrassement; ils seront à la fois de bons soldats et d'infatigables travailleurs.

Les jours se passaient, les pionniers n'arrivaient pas. M. de Saluces les promettait toujours.

— Mordieu ! lui disait La Roche du Maine impatienté de toutes ces lenteurs, hâtez-vous donc, monsieur, car nous sommes bien décidés : notre zèle nous tiendra lieu de ce qui nous manque, et, si vos ouvriers n'arrivent pas, nous serons nos pionniers nous-mêmes : nous défendrons Coni ou Fossano.

— Toutes les deux ! s'écria le marquis; je ne veux abandonner aucune de ces places. Fossano est la plus faible, je la défendrai en personne contre l'ennemi.

— Oh bien ! lui dit l'officier, je connais un homme sur qui vous pouvez compter, qui s'engage à s'enfermer avec vous dans la place, et qui se fera un plaisir de vous obéir comme son devoir l'y oblige, et cet homme, c'est moi.

— J'y compte, monsieur, répliqua le lieutenant-général.

Les officiers se séparèrent, mais le lendemain La Roche du Maine se présenta devant son chef.

— Je suis prêt, monseigneur, lui dit-il; quel jour jour aurai-je l'honneur de vous accompagner à Fossano ?

— Rien ne presse, répondit le marquis; nous aviserons plus tard : la nuit porte conseil, les paroles du matin ne sont pas toujours celles du soir.

— Pour moi, répliqua tranquillement du Maine, mes pensées sont toujours les mêmes, au soir et au matin.

— Oh! non pas les miennes, dit M. de Saluces, du moins cette fois.

M. de Saluces se retira à Coni, d'où il devait envoyer les munitions nécessaires à la défense de Fossano. Montpesat et La Roche du Maine s'enfermèrent dans cette dernière place, et le général espagnol fut secrètement averti de la facilité qu'il trouverait à s'en emparer dans l'état de délabrement où étaient les travaux de défense.

Cependant Montpesat travailla avec ardeur à fortifier et à armer Fossano ; il fit faire très rapidement des levées en terre de six pieds de hauteur, qui, précédées d'un fossé, pouvaient arrêter le premier choc de l'ennemi et donner à François Ier le temps d'envoyer au secours de la place. Mais il ne suffisait pas d'avoir fait des remparts, il fallait les garnir de canons, et Montpesat en manquait, tandis que l'arsenal de Coni était abondamment pourvu.

Le commandant de Fossano faisait tous les jours demander au lieutenant-général artillerie et munitions. Les Espagnols étaient de l'autre côté de la rivière la Stura, qui couvrait les deux places, assez rapprochées l'une de l'autre et reliées par une route où les convois pouvaient passer sans danger. Il envoyait courrier sur courrier. M. de Saluces promettait tout et ne livrait rien, tenant ainsi les conditions de son marché avec Charles-Quint.

Au milieu de ces lenteurs, dont la révélation de Liobard semblait lui indiquer le but, M. de Montpesat monta à cheval, courut à Coni et réclama avec vivacité les munitions promises.

— Vous venez à propos, lui dit M. de Saluces, voici un convoi qui va partir pour Fossano, et vous en recevrez d'autres tous les jours, jusqu'à ce que votre armement soit complet.

Le général, en voyant les chevaux attelés aux canons et aux caissons, sentit évanouir sa colère, retourna à Fossano, où bientôt arrivèrent en effet deux canons, cinq barils de poudre et une provision de boulets. Les soldats qui les déchargèrent firent la remarque singulière que pas un des boulets n'était du calibre des deux pièces. Mais les chefs n'en conçurent pas d'ombrage : ce n'était là qu'un premier convoi, d'autres allaient se succéder sans interruption ; il arriverait des canons pour ces boulets et des boulets pour ces pièces.

Le moment de la crise était venu : les convois promis à Montpesat, et composés de munitions de guerre, de provisions de bouche destinées à la garnison de Fossano, sortirent en effet de Coni ; mais, au lieu de prendre la route de la place où les Français les attendaient, ils furent dirigés sur Revel, ville appartenant au marquisat de Saluces. C'est un des traits les plus piquans de l'histoire de ce rusé seigneur : il volait la France, il trompait l'Espagnol, et s'appropriait l'artillerie confiée à sa garde.

Il n'y avait pas moyen de dissimuler encore ; les Français ne pouvaient plus douter de la trahison, et M. de Saluces n'attendit pas les mesures que les généraux auraient pu prendre contre lui. Dans la nuit suivante, il prit le chemin qu'avait pris son convoi, abandonnant Coni et Fossano à leur sort, et se rendit à Asti où Charles-Quint venait d'arriver.

La trahison était consommée et avouée publiquement. Le général en chef d'une armée jusque-là victorieuse, conquérante, maîtresse des principales villes du pays envahi, l'homme comblé des bienfaits de François Ier, désertait à l'ennemi. L'histoire n'a pas assez de verges pour justiger un tel homme.

CHAPITRE VI.

Tout avait été concerté entre Saluces et Antonio de Leyva : instruit par le traître de la triste situation de Fossano, le général espagnol ne voulut pas laisser aux Français le temps de s'y fortifier ; il quitta son quartier et marcha en avant, sans déclaration de guerre. Il laissa le général Scalenghe devant Turin et se porta en personne devant Fossano que défendaient Montpesat, et sous ses ordres, La Roche du Maine et d'autres vaillans capitaines parmi lesquels M. de Belmont et le sire d'Holypherne.

De Leyva arriva à la hauteur de Fossano quelques jours après, passa la Stura, et se logea entre cette rivière et la place, à une portée d'arquebuse des remparts ; il établit son quartier général dans un couvent de Saint-François, que Montpesat n'avait pas eu le temps de démolir.

Piémontais et Espagnols regardaient les Français comme perdus ; on n'admettait pas qu'il leur fût possible de tenir, avec de simples levées en terre, dominées de plusieurs côtés, et qui devaient tomber bientôt sous les coups de l'artillerie ennemie.

L'armement de la place était incomplet, presque nul ; les vivres étaient rares, l'eau manquait, les Français ne pouvant plus aller la puiser dans la Stura, dont l'ennemi tenait les deux rives. De Leyva connaissait parfaitement la situation de Fossano, et espérait faire la garnison prisonnière ; mais il avait compté sans le courage des Français.

Trahis, abandonnés, à peine abrités derrière des fortifications insuffisantes, ceux-ci déployèrent un courage dont ils devaient donner souvent la preuve sur cette terre d'Italie partout arrosée de leur sang. De Leyva envoya des sommations qui restèrent sans réponse ; il donna des assauts qui furent repoussés avec une énergie qu'il n'avait pas soupçonnée dans une position aussi fâcheuse, et il se vit obligé de faire un siége dans toutes les règles.

D'Annebaut bravait derrière les murs de Turin les attaques de l'ennemi. Il envoya à Montpesat les renforts dont il pouvait disposer. Renaud et Bastien arrivèrent à Fossano avec leur compagnie par le côté opposé à la Stura, et qui n'était pas occupé par l'Espagnol.

Les Français se battirent avec acharnement ; mais, dès le troisième jour du siége, les batteries espagnoles avaient détruit tous les ouvrages de défense de la place. Un coup hardi pouvait seul sauver la garnison : celle-ci le tenta avec une incroyable audace, bien qu'elle eût devant elle des forces infiniment supérieures. Montpesat jugea avec une grande sûreté de coup-d'œil des mesures à prendre, et ordonna une double sortie de la cavalerie d'un côté, de l'infanterie de l'autre.

L'infanterie, abritée par un chemin creux, marcha droit aux lansquenets impériaux et les attaqua vigoureusement ; en même temps, la cavalerie, faisant un brusque mouvement de côté, les prit en flanc et en fit un assez grand carnage. Antonio de Leyva envoya un gros d'espagnols au secours des lansquenets, et ce renfort fit changer un moment la face des choses ; mais La Roche du Maine et les gentilshommes français, Belmont, Luyrieux, Liobard et les Bressans, se précipitèrent sur l'ennemi avec une fureur devant laquelle rien ne put tenir et les culbutèrent sur tous les points.

La déroute des Espagnols fut complète ; les tranchées qu'ils avaient creusées furent comblées, et ceux qui les gardaient taillés en pièces. De Leyva lui-même n'échappa qu'à grand'peine. Atteint de la goutte, qui ne lui permettait pas d'agir librement, il fut porté à la hâte dans une chaise et déposé dans un champ de blé qu'heureusement pour lui on ne traversa pas, et il y resta caché au milieu des épis, jusqu'au moment où les Français, trop peu nombreux pour songer à tenir la campagne, rentrèrent dans la ville que leur courage venait de sauver.

Cette défaite amena quelque mésintelligence entre les lansquenets et les Espagnols, qui s'accusaient mutuellement ; mais cette victoire d'un jour, que l'on ne pouvait poursuivre, ne changeait pas la triste situation des Français manquant de vivres, de munitions, en face d'une armée bien pourvue et qui pouvait sans peine combler les vides qu'y faisait le combat.

François Ier put alors sentir la faute qu'il avait commise en rappelant une partie de son armée. Le siége avait duré seize jours, lorsque Montpesat, visitant les magasins et voulant juger de ses ressources, trouva qu'il restait à peine des provisions pour quatre ou cinq jours et de la poudre pour soutenir un dernier assaut.

De son côté, le général espagnol ne pouvait comprendre cette résistance prolongée, cette constance dans une lutte sans espoir, et par une pensée toute naturelle, pensée de défiance qui est la première punition des traîtres, il soupçonnait M. de Saluces de l'avoir trompé. Afin de s'assurer de la situation des assiégés, de Leyva envoya à Montpesat un trompette intelligent, chargé de traiter de la rançon d'un officier fait prisonnier par les Français ; mais en même temps le trompette avait pour mission secrète d'examiner, autant que possible, ce qui se passait dans la place. Antonio fit, par son émissaire, présenter ses complimens à La Roche du Maine, qui avait été son prisonnier à la bataille de Pavie, et lui fit demander s'il ne s'ennuyait pas de ne boire que de l'eau. L'Espagnol, comme on voit, mêlait un peu de plaisanterie aux plus sérieuses affaires.

Le soldat remplit fidèlement auprès de du Maine sa double mission ; mais quand il parla au capitaine de l'ennui de ne boire que de l'eau, celui-ci se mit à rire.

— Parbleu ! s'écria-t-il, le général est bien bon de compatir à nos peines, de s'inquiéter de notre sort ; mais qui donc a pu le tromper ainsi ? Je n'en suis point réduit à cette extrémité fâcheuse, tu vas le voir.

Il fit aussitôt apporter deux flacons d'excellent vin, les remit au parlementaire en le chargeant de les donner de sa part à Antonio de Leyva. La réponse était spirituelle, mais le capitaine faisait un réel sacrifice dans ce moment d'extrême pénurie.

— Eh ! fit le général espagnol en recevant les flacons, puisqu'ils ont du vin de dessert, je vais leur envoyer des fruits.

En effet, il fit porter à Montpesat quelques paniers de fruits et une invitation à dîner pour La Roche du Maine.

Montpesat comprit que de Leyva était disposé à entamer une négociation ; lui-même ne pouvait plus la repousser dans l'état où se trouvaient la place démantelée, la garnison affamée, incapables de résister longtemps. Il donna ses instructions à La Roche du Maine. Celui-ci se rendit au camp des Espagnols ; il y fut reçu avec la plus grande distinction ; beaucoup d'officiers vinrent le complimenter sur la belle défense de Fossano, et Antonio de Leyva, au lieu de l'attendre à son quartier général, se fit porter dans sa chaise au devant de lui. Il était impossible de traiter plus courtoisement un ennemi.

Après le dîner se passa entre le général espagnol et La Roche du Maine une scène bien différente de celle qui avait eu lieu quelque temps auparavant entre le premier et M. de Saluces. Dans la maison de Taniella, où tous deux étaient venus comme des conspirateurs qui se cachent, le marquis transfuge avait été avide et hypocrite, de Leyva avait été froid et railleur. Dans la tente du général, où il s'était rendu en plein jour, au milieu des témoignages d'estime des ennemis. La Roche du Maine fut noble et digne, Antonio fut grand et généreux. Les hommes de guerre n'accablent pas un ennemi qui a montré de la constance et dont le sort trahit le courage. Le capitaine français obtint une des plus honorables capitulations qui aient été relatées dans les annales de la guerre.

Les principales conditions furent que les Français garderaient Fossano pendant un mois; que les Impériaux, pendant ce temps, fourniraient, contre argent, des vivres aux assiégés; que l'armée espagnole se retirerait derrière la Stura; que si, le délai expiré, les Français n'avaient pas été secourus, ils sortiraient de la ville avec les honneurs de la guerre, enseignes déployées, emportant armes et bagages; ils devaient seulement abandonner l'artillerie et quelques chevaux du train.

Montpesat signa ce traité dû au courage de la garnison, au talent qu'il avait déployé, et qui mettait à couvert l'honneur des soldats. Pour en garantir la fidèle exécution, il donna en otage La Roche du Maine, La Palice, fils du maréchal de Chabannes, d'Assier, fils du grand-écuyer Galiot de Genouillac.

Charles Quint trouva que son général avait été bien généreux pour les Français; cependant il ratifia la convention. L'article qui contrariait le plus vivement l'empereur était le délai d'un mois accordé à la garnison de Fossano. Cette capitulation est du 24 juin 1536, et Charles-Quint s'impatientait de voir son armée retenue en Italie pendant trente jours encore; il préparait l'invasion de la France, et ne cachait pas même ses espérances aux gentilshommes que Montpesat avait donnés en otage.

— Monsieur de La Roche du Maine, demandait-il un jour à ce dernier, combien me faudra-t-il de journées de marche pour aller d'Asti, où nous sommes, jusqu'au cœur de la Provence?

— Sire, répondit le capitaine français sans se déconcerter, il ne faut que dix journées, si l'assaillant n'est pas mis en déroute à la première affaire.

Charles-Quint sourit et continua ses préparatifs d'invasion.

— La Provence, disait-il, a fait partie du royaume d'Arles, elle appartient donc à l'empire; les Provençaux sont mes sujets, et je vais leur faire visite.

— Votre Majesté les trouvera bien désobéissans, lui répondit La Roche du Maine.

— Quand ils verront ma belle armée, répliqua l'empereur, ils ne pourront pas s'empêcher de l'admirer.

— Oui, sire, fit le capitaine, si on ne leur en montre pas une plus belle.

Les jours de la trève passaient ainsi. Il restait à savoir si François Ier n'enverrait pas de secours à ses braves soldats d'Italie qui tournaient leurs regards vers les Alpes ouvertes par leurs victoires.

En attendant que leurs espérances se réalisassent, la garnison se remettait de ses fatigues, les malades pansaient leurs blessures. Renaud songeait à Clémence; le Grand Bressan, qui s'était bravement battu sur les remparts ruinés et, dans la sortie victorieuse contre Antonio de Leyva, avait été constamment à la tête de ses cavaliers, chargeant avec ardeur, fredonnait maintenant des chansons italiennes apprises de la belle Paola, et qu'il avait traduites en patois-bressan, à la grande joie de ses compatriotes.

Mais, il avait épuisé bientôt son répertoire. Ce calme qui succédait à la tempête de la guerre était trop grand pour lui: il se fatiguait à regarder inuti-

lement tous les jours sur la route de l'Apennin et sur la route des Alpes, par lesquelles les Français pouvaient venir, il s'ennuyait et commençait à trouver le temps bien long loin de la belle Romaine qu'il adorait.

Si la Stura, qui passait devant Fossano, avait coulé vers Turin, il eût été capable de construire un radeau avec quatre planches et de s'y embarquer, au risque de recevoir quelque coup d'arquebuse des Espagnols; mais elle l'eût mené, à travers mille détours, à Alexandrie, et ce n'était pas de ce côté qu'il voulait aller.

Les Impériaux, en se retirant sur la rive droite de la Stura, avaient laissé libre la route de Fossano à Turin, où le Bressan désirait ardemment se rendre. Il y avait d'une place à l'autre, pour les besoins du service, un échange fréquent de courriers entre Montpesat et d'Annebaut. Bastien s'en aperçut en allant se promener sur cette route où ses pensées le ramenaient souvent.

En voyant ces hommes courir librement vers Turin, il se demanda s'il ne pourrait pas se transformer pour un jour en courrier. Il y avait une grave difficulté: la garnison, si elle n'était pas secourue, devait rentrer en France et ne pouvait laisser aucun homme à Turin; les otages répondaient de la stricte exécution du traité. Bastien ne pouvait donc obtenir l'assentiment du général. Il alla au plus court et s'entendit avec un courrier qui consentit à le laisser partir à sa place. Il fallait encore le consentement de Renaud; il le lui demanda.

— Vous allez faire quelque folie, lui dit le capitaine. Si vous n'alliez qu'à Turin, il n'y aurait pas grand danger; mais ce n'est pas là le but de votre voyage. Or, les avant-postes espagnols viennent jusqu'aux bords du Pô, Turin est fermée, le pont n'est pas libre et la rive droite, en face de la ville, doit être fort dangereuse.

— Voulez-vous me donner un message pour Mme Toniella? dit gaiement Bastien.

— Non, répondit Liobard.

— M'autorisez-vous, au moins, à lui porter vos complimens? reprit le Grand Bressan.

— Pas davantage, fit Renaud, je craindrais d'assumer la responsabilité de votre mort.

— Diable! voilà qui va compliquer la situation, dit Bastien.

— Comment cela? demanda en souriant le capitaine, qui comprenait parfaitement la pensée de son lieutenant.

— C'est bien simple, fit celui-ci, qui ne prit plus la peine de cacher une partie de son projet: si vous m'aviez donné un message pour Mme Cassio, j'allais droit chez elle; comment? je n'en sais rien, mais enfin j'y allais, je lui remettais votre lettre et je voyais en même temps ma belle Paola.

— Croyez-moi, reprit Renaud, allez à Turin puisque vous le voulez; faites savoir à Toniella et à sa sœur que vous y êtes venu dans l'espérance de les voir, mais ne traversez pas le fleuve, ou vous courrez grand risque de ne pas revenir.

Bastien ne répondit pas; Renaud reprit:

— Si vous n'êtes pas tué, ne tardez pas à rentrer à Fossano, car je vais être inquiet sur votre sort.

— A la garde de Dieu… et de l'amour! fit le Grand Bressan.

Bastien s'éloigna. Muni des papiers du courrier qu'il remplaçait, il s'élança sur la route de Turin, la joie au cœur, — son cheval avait des ailes, — et arriva rapidement. Il remit les dépêches qu'il apportait au général d'Annebaut, et, comme il ne devait repartir que le lendemain, il ne songea plus qu'aux moyens de voir sa chère Paola.

Dans les circonstances actuelles, il n'était pas facile à un officier français d'arriver à la demeure de Toniella : Turin n'était pas investie, mais assiégée, et les Espagnols occupaient devant la place la rive droite du fleuve.

Le pont était gardé, du côté de la ville, par les soldats de François Ier, de l'autre, par les soldats de Charles-Quint ; il fallait une passe de d'Annebaut pour sortir de la ville et y rentrer, une passe des chefs espagnols pour parcourir le territoire occupé par les Impériaux, ainsi que pour le quitter, et en supposant que Bastien obtînt la première, ce qui était douteux, il ne saurait sous quel prétexte demander la seconde. Pour abréger les formalités, il résolut de se passer de l'une et de l'autre.

Le jour même de son arrivée, il sortit de Turin, vêtu en paysan piémontais, par la porte à laquelle aboutit la route de Chivas, armé d'un excellent poignard caché sous ses vêtemens, portant à la main un grossier bâton dans lequel était artistement cachée une épée. Il arriva jusqu'à la petite Doire, la traversa sur le pont de la route, et suivit sa rive gauche jusqu'à l'endroit où elle se jette dans le Pô ; là, il n'y avait pas de pont, le fleuve était large, il faisait encore jour, et passer à la nage c'eût été éveiller des soupçons, dans le cas où les Espagnols auraient surveillé la rive.

Bastien aperçut un pêcheur, lui fit signe de s'approcher et lui demanda en italien de le transporter de l'autre côté. Celui-ci secoua la tête en examinant ce paysan de si bonne mine, mais l'officier tira quelques pièces d'argent qui parurent lever les difficultés.

— Venez et couchez-vous dans le bateau, dit le pêcheur.

Bastien se coucha et le batelier, tout en ayant l'air de suivre le courant, manœuvra habilement et aborda au-dessous d'un petit bois qui s'avançait sur le fleuve.

— Dans deux heures je reviendrai ici, dit l'officier avant de quitter la barque ; voulez-vous m'attendre et me ramener à l'autre bord ? je triplerai la somme que je vous ai donnée tout à l'heure.

— Je vous attendrai, répondit le pêcheur, et je ne vous demande pas où vous allez...

— A un rendez-vous d'amour, interrompit vivement Bastien, à qui n'avaient pas échappé les regards curieux de l'Italien.

— Bien, bien ! reprit celui-ci, je ne veux pas savoir vos affaires ; mais, croyez-moi, en quittant la barque, tournez le dos au fleuve et marchez droit devant vous jusqu'au premier chemin. Alors, allez où vous voudrez ; mais tenez-vous sur vos gardes en passant près des taillis, et surtout n'entrez pas dans ce bois qui est là sur votre droite : il y a souvent des Espagnols en observation, et je crois qu'ils guettent les voyageurs pour les dépouiller, autant qu'ils surveillent les Français.

— Je vous remercie, dit Bastien, je suivrai vos instructions.

Il sauta sur le rivage, et marchant en effet droit devant lui, il atteignit le chemin. Là il s'orienta ; il était tout à fait nuit et il se trouvait en dessous et assez loin de la maison de Toniella. Il évita le bois en faisant un détour et passa sur le penchant de la colline. Plusieurs fois il crut entendre sous les arbres et dans les herbes des sussurremens indiquant la présence de quelques hommes ; mais il marchait avec précaution, et sans savoir s'il avait été aperçu, il arriva auprès de la demeure Toniella, se demandant s'il entrerait par la porte ou par la haie, et fort indécis sur cette question délicate.

— Cette femme est aux Espagnols, se disait-il : c'est son droit, et je n'ai rien à y voir ; mais il peut y avoir chez elle quelque officier de l'armée impériale, et ma présence la compromettrait. D'un autre côté, je n'ai pas le droit de pénétrer dans cette demeure en sautant par dessus la haie, quand on ne m'attend pas, comme un maraudeur.

Et Bastien cherchait un troisième moyen, mais n'en trouvait pas.

Liobard et lui n'avaient revu ni Toniella, ni Paola, depuis la nuit où M. de Saluces avait vendu son armée aux Espagnols. La jeune veuve était déjà fort éprise de Renaud, mais l'indignation qu'il avait montrée en voyant ce honteux marché, la colère avec laquelle il avait déchiré les sauf-conduits qu'elle lui offrait, l'avaient tout à fait subjuguée. Il se mêlait bien quelques calculs politiques à sa pensée d'attacher Renaud à elle, — sans doute elle espérait l'amener à servir un jour la cause de Charles-Quint, — mais en réalité l'amour l'emportait sur toutes les autres considérations.

De Leyva, quand il avait porté son quartier général en face de Turin, au bord du Pô, était venu faire une visite de cérémonie à Mme Cassio, accompagné de plusieurs officiers de son état-major. Depuis, quelques-uns de ces derniers, frappés de la beauté des deux sœurs, avaient écrit et demandé la faveur de les visiter quelquefois. Toniella avait refusé poliment en alléguant la réserve que lui imposait son veuvage ; mais le véritable motif de son refus était la crainte que Liobard, s'il apprenait ces visites, en conçût quelque ombrage. Elle conservait donc l'espérance de le revoir bientôt.

Complétement étrangère à la politique, aux combinaisons de sa sœur, Paola aimait le beau Bressan sans songer à Charles-Quint, ni à François Ier, disposée à suivre sans lutte le parti que son mari embrasserait. Bien souvent Paola regardait du côté de Turin, bien souvent elle allait rêver sous les orangers où elle avait passé de douces heures avec Bastien. En apprenant que les Bressans avaient été envoyés à Fossano, en voyant une partie de l'armée espagnole s'éloigner de Turin pour aller faire le siége de Fossano, la pauvre Paola avait pleuré : ceux qui partaient allaient se battre, celui qui devait tuer le Grand Bressan était peut-être là sous ses yeux.

Souvent Paola s'accoudait à la fenêtre qui ouvrait sur le chemin, à l'heure où Bastien avait coutume de venir ; elle écoutait les pas, elle regardait les rares passans, et la tristesse se faisait de plus en plus dans son cœur.

Le soir où Bastien traversait le fleuve pour se rendre auprès de Paola, obéissant à une pression inconnue, à une puissance mystérieuse qui s'exerce sur le corps et sur l'âme sans que nous en ayons conscience, la jeune fille était agitée, inquiète, sans avoir aucun motif de l'être ce jour-là plus que la veille. Elle allait de sa chambre au jardin, regardait par dessus la haie, remontait chez elle, passant dans l'appartement de sa sœur, sans précipitation, mais sans pouvoir tenir en place.

Tout à coup, elle sentit son cœur se dilater ; et

poitrine oppressée respira plus à l'aise; elle sourit en jetant à sa sœur étonnée un regard splendide où se peignaient en même temps l'amour et le bonheur, et courut à la fenêtre, l'ouvrit avec rapidité, se pencha et poussa un cri de joie.

— Qu'est-ce? fit Toniella.

— Bastien! dit Paola avec un nouveau sourire plein d'une joie ineffable.

Toniella tressaillit en pensant à Liobard. Paola appela une servante, lui ordonna d'aller ouvrir, mais dans son impatience elle y courut elle-même.

— Ma Paola! dit Bastien, vous m'avez donc vu?

— Je t'ai vu dans mon cœur, je t'ai senti venir dans ma pensée, fit Paola ivre de bonheur.

Ils montèrent rapidement chez Toniella; mais, après que le Grand Bressan fût entré, celle-ci regardait encore la porte.

— Vous êtes seul? dit-elle avec anxiété.

— Je suis seul, répondit Bastien.

Toniella pâlit; ses yeux s'attachèrent sur Bastien, cherchant sur sa figure l'annonce d'un malheur : mais elle n'y vit que la joie qui rayonnait de son cœur sur son visage.

— Où est-il? lui dit-elle.

— A Fossano, répliqua l'officier.

— Il est blessé?

— Non; il est triste.

— Pourquoi n'est-il pas venu?

— Cela n'est pas possible.

— Mais vous!...,

— Oh! moi, dit Bastien en jetant à Paola un regard dont elle comprit toute la signification, mais que sa sœur ne vit pas, moi... je pouvais m'absenter sans inconvénient; le chef d'une compagnie ne le pouvait pas.

— Il ne vous a pas donné de lettre pour moi? reprit Toniella.

— Je suis parti à l'improviste, sur un ordre du général.

— Sans voir M. de Liobard?

— Je l'ai vu, nous avons parlé de vous, mais il ne voulait pas croire que je pourrais arriver jusqu'ici.

— En effet, comment vous y êtes vous pris? demanda Toniella.

Bastien raconta ce qu'il avait fait, et les deux sœurs s'aperçurent seulement alors qu'il portait des vêtemens de paysan. Toniella regardait sa sœur, puis Bastien qui avait bravé les périls pour la voir un moment, et blessée au cœur, mais résignée, elle pensait à Liobard.

Le beau lieutenant de Renaud songeait sérieusement à épouser Paola, qu'il aimait avec ivresse; Paola ne cachait pas le bonheur que lui donnait cette pensée, et Toniella promettait d'obtenir le consentement de ses parens. Mais au milieu de la lutte, à ce moment surtout où il était impossible de prévoir les événemens, il ne fallait pas songer à un mariage. Bastien voulait, au surplus, avoir l'assentiment de son père, et, d'un commun accord, le mariage fut remis à la conclusion de la paix entre les Français et les Espagnols, ou, si la guerre durait trop longtemps, à un moment du moins plus favorable.

L'heure du départ était venue; Bastien devait rentrer à Turin dans la nuit et en repartir le matin pour Fossano; il dit adieu à Toniella, pressa Paola contre son cœur et se mit en route pour regagner le bord du fleuve où il comptait trouver le bateau. Le bonheur lui faisait oublier les recommandations du pêcheur:

il marchait assez vite car, au lieu de deux heures, il en avait passé trois auprès des deux sœurs; il avait le sourire aux lèvres et avait pris le chemin le plus court sans songer aux dangers du bois devant lequel il arrivait. Tout à coup un halte-là! prononcé en espagnol retentit à ses oreilles, et deux soldats armés se trouvèrent devant lui.

Brusquement tiré de sa rêverie, de ses doux songes d'amour, le Grand Bressan s'arrêta, regarda les deux soldats et leur dit en italien :

— Que voulez-vous? Laissez-moi passer!

— Qui êtes-vous? Que faites-vous ici au milieu de la nuit et où allez-vous? demanda l'un des soldats.

Ces paroles avaient été prononcées en espagnol : Bastien ne les comprit pas; il en devina le sens, grâce à quelques mots qui sont des points de repère dans toutes les langues dérivant du latin, et il répondit en italien :

— Je suis habitant de Chivar, je viens de faire mes affaires et je retourne chez moi.

Les Espagnols ne comprirent pas un mot et ne devinèrent rien.

— Suivez-nous, dirent-ils.

Bastien ne bougea pas. Un des soldats lui montra la route qu'il venait de parcourir, Bastien lui montra la route opposée qu'il voulait suivre. Les soldats se mirent à rire; l'un d'eux saisit le bras de Bastien, pendant que l'autre, regardant la tournure militaire, la haute taille du jeune homme, murmurait en espagnol :

— C'est un espion français!

CHAPITRE VII.

Il y a des injures que l'on comprend sans savoir la langue dans laquelle on les prononce. A ce mot d'espion, le rouge monta au front de Bastien, et en même temps une affreuse pensée lui traversa l'esprit : il était Français, officier, armé, et sur le territoire occupé par l'ennemi. Conduit en présence d'un chef espagnol, son déguisement ne donnerait peut-être pas le change; il n'oserait pas prendre un faux nom, indiquer un faux domicile, dans la crainte de voir découvrir la ruse.

Reconnu ou non pour appartenir à la garnison de Fossano, on pouvait le prendre pour un espion, ainsi que le disait le soldat et, à ce titre, le faire arquebuser, ou lui infliger le supplice ignominieux de la corde, sans lui donner le temps de se faire réclamer.

Invoquer le témoignage de Mme Cassio était une ressource, mais ce moyen offrait un autre danger : Antonio de Leyva aurait sans doute égard à ce témoignage, mais le gouverneur de Turin, mais le commandant de Fossano qui le croyaient dans la place, s'ils connaissaient les menées diplomatiques de cette dame, ne pourraient-ils pas le prendre pour un traître?

Espion d'un côté, traître de l'autre, c'était affreux des deux côtés. Toutes ces idées passèrent dans son esprit avec une rapidité extraordinaire; il en fut un moment atterré, anéanti.

Tout à coup, il releva la tête avec vivacité, ses yeux brillaient d'un éclat sauvage : son plan était arrêté. Il regarda attentivement le soldat qui le tenait encore vigoureusement par le bras et celui qui, sans le toucher, le serrait de très près. Il les vit se faire des signes d'intelligence fort significatifs, et comprit qu'il courait un troisième danger auquel il n'avait pas songé d'abord. Les paroles du pêcheur lui revinrent à l'esprit ; ces hommes n'auraient pas la patience de le conduire au quartier général, ni à leur capitaine : ils allaient l'assassiner dans l'espérance de trouver sur lui quelque argent ou quelques bijoux.

Cette nouvelle perspective n'était guère plus agréable que les autres, et Bastien prit soudain son parti. Il fit encore quelques pas tranquillement au milieu des deux soldats, examinant son terrain ; puis, choisissant bien le moment favorable, d'un violent coup de coude dans la poitrine, et d'un vigoureux coup de genou, il étendit au milieu de la route celui qui lui serrait le bras, sauta par-dessus et s'enfuit à toutes jambes dans la direction du bateau.

Ces mouvemens avaient été si prompts que les deux soldats n'avaient pas eu le temps de soupçonner ses intentions. Mais ils n'étaient pas hommes à abandonner leur proie. L'Espagnol tombé se releva promptement et, suivi de son camarade, se mit à la poursuite du fugitif avec une rage qui doublait la rapidité de ses pas.

Léger, bien découplé, et leste comme un chamois, le Grand Bressan gagnait du terrain. Les Espagnols craignirent de voir leur aubaine leur échapper, et, au risque de la partager avec d'autres, l'un d'eux poussa un cri particulier. Aussitôt Bastien entendit sortir des champs et des halliers plusieurs voix qui répétèrent le même cri.

La situation devenait de plus en plus périlleuse : les voix partaient de tous les côtés, à droite, à gauche, en avant, en arrière ; un moment encore, et c'en était fait, Bastien était enveloppé, l'ennemi allait venir dans toutes les directions.

Tout à coup, Bastien s'arrêta et fit volte-face : l'Espagnol, qu'il avait renversé tout à l'heure et qui était le plus rapproché, se précipita sur lui avec fureur ; mais au même instant, il tomba de nouveau. Cette fois, il ne se releva pas : le poignard du Grand Bressan était entré jusqu'au cœur. Le soldat ne poussa pas un cri. Malheureusement, en retirant son poignard, Bastien en brisa la lame, qui était prise dans une boucle de fer du fourniment.

Il ne restait à l'officier que l'épée cachée dans le bâton, que les Espagnols ne lui avaient pas enlevé ; mais il n'eut pas le temps de la tirer : l'autre soldat avait dégaîné et il arrivait ; il fondit sur Bastien, l'épée droite et tenue par un bras solide, de manière à le percer de part en part. Le Bressan, qui n'avait pas bougé, para le coup avec son bâton. Il était temps.

L'Espagnol furieux saisit vivement le bâton de la main gauche et porta un second coup d'épée de la main droite. Bastien fit un saut de côté et tira vivement l'épée du bâton que le soldat tenait fortement de l'autre bout. Au même instant, l'Espagnol roulait par terre, mortellement frappé.

D'autres soldats arrivaient, répétant leurs cris ; mais les premières voix qui les avaient appelés ne parlaient plus, et, dans l'obscurité, ils ne savaient dans quelle direction aller. Bastien comprit à leurs cris les positions qu'ils occupaient et essaya de passer entre deux groupes encore à une certaine distance

l'un de l'autre. Il y parvint en courant et arriva au bord du Pô.

La barque n'y était plus.

Le pêcheur avait attendu longtemps, bien au-delà de l'heure fixée ; il serait probablement resté là toute la nuit, mais, quand il entendit les appels des soldats, il devina ce qui se passait et dit en soupirant :

— Allons, le malheureux est pris ! Je retournerai seul à l'autre bord.

Quelques minutes après il s'éloigna de la rive, craignant, s'il s'était aperçu en station en cet endroit, de recevoir un coup d'arquebuse ou une flèche. Les soldats de ce temps-là étaient d'assez mauvais chrétiens qui, pour passer le temps, pouvaient bien prendre un pauvre homme pour but de leurs coups, comme s'ils tiraient à la cible.

Il quitta donc le rivage, mais le cœur gros, comme s'il abandonnait un homme en péril, comme s'il désertait. Ce pêcheur, habitué à l'eau sur laquelle il vivait autant que dans sa maisonnette, connaissait les remous, les *dormans* du fleuve, endroits où un bateau peut s'arrêter sans être entraîné à la dérive par le courant. Sans savoir s'il pourrait être utile à celui qu'il avait conduit sur la rive espagnole, retenu par ce sentiment indéfinissable qui ne nous permet pas de nous éloigner du théâtre d'un drame sanglant avant que tout soit fini, le pêcheur se réfugia dans un de ces *dormans*, où un coup de rame donné de temps en temps maintenait sa barque sans effort.

De cette station au milieu de l'eau, il suivait les péripéties de l'action qu'il ne pouvait voir et dont son oreille lui indiquait les phases. Il entendait les voix des soldats errant à droite et à gauche, et s'étonnait de ne plus ouïr celle des deux hommes qu'il avait jugé marcher dans la route, qui avaient jeté les premiers cris auxquels les autres répondaient.

— Cela est étrange, se dit tout bas le pêcheur : il y en a là deux qui, tout à l'heure, appelaient leurs camarades et qui maintenant ne parlent plus. Ce paysan que j'ai passé pourrait bien être un rude joûteur avec son modeste bâton !

Il donnait un nouveau coup de rame et attendait encore.

Le malheureux Bastien ne trouvant plus la barque, craignant de se tromper d'endroit, ému de tout ce qui venait de se passer, courait le long du fleuve, revenait sur ses pas, n'osant pas appeler dans la crainte de révéler sa présence aux soldats, essayant de percer l'ombre et ne découvrant rien dans la zone assez restreinte que son regard pouvait embrasser. Cependant, il avait été vu et entendu par des soldats espagnols qui, ayant veillé dans le silence et l'obscurité de la nuit, percevaient les moindres bruits et voyaient dans l'ombre. Ils s'approchaient de différens côtés, formant un demi-cercle dont le fleuve était la corde ; la fuite était impossible, Bastien allait inévitablement tomber entre leurs mains ; il n'avait plus qu'une chance de salut... et des plus douteuses. Il n'hésita pas et se précipita dans le fleuve, après avoir passé son épée dans une boutonnière de son vêtement. Les Espagnols étaient au bord... ils n'avaient que des épées et des hallebardes ; ils virent le Grand Bressan, après avoir plongé, reparaître à la surface, mais n'osèrent pas le suivre.

Le Pô était large, rapide et profond. Bastien était un habile nageur, mais tout à coup il ressentit au bras droit une douleur qu'avivait la fraîcheur de l'eau : dans sa lutte avec les deux soldats, il avait été blessé et ne s'en était pas aperçu ; maintenant il sentait son

bras se paralyser. Quelque inaccessible que l'on soit
à la peur sur un champ de bataille, entouré de soldats amis et ennemis, enflammé par le combat, on
peut être saisi d'une profonde horreur, d'une espèce
de vertige en se trouvant, au milieu de la nuit, emporté par le fleuve, blessé, sachant des ennemis sur
la rive que l'on quitte, n'espérant pas trouver une
main secourable sur celle que l'on désire atteindre.

Bastien nageait encore, mais ses forces faiblis-
saient; le courant, qu'il ne maîtrisait plus, commençait à l'entraîner, à le rouler à travers les vagues. Il se sentit perdu et jeta involontairement,
par un acte tout mécanique, un long cri de désespoir, un de ces cris poignans, terribles, qui sortent
de la poitrine seulement dans les momens suprêmes
et qui vont remuer, déchirer instantanément l'âme
de celui qui les entend.

Nul cri ne répondit à celui du Grand Bressan.
L'officier enfonçait... Il n'avait point encore perdu
connaissance, il sentit qu'il touchait le fond. Alors,
dans un dernier effort, poussant vigoureusement ses
pieds contre le gravier, il remonta droit à la surface,
la moitié du corps hors de l'eau.

A ce moment, une main vigoureuse le saisit, l'enleva, et il tomba dans le bateau, exténué et tout sanglant.

Le pêcheur avait entendu son cri d'angoisse, avait
compris, et s'était dirigé avec rapidité vers le point
d'où la voix était partie.

Sans prononcer une seule parole, manœuvrant de
manière à ce que ses avirons ne fissent pas clapoter
l'eau, le pêcheur rama vigoureusement vers la rive
gauche, qu'il toucha enfin. Il remonta jusqu'au point
de départ et aborda. En sortant du bateau, il conduisit Bastien à sa demeure, le déshabilla, fit sécher ses
habits devant un feu de menu bois et de vergnes
recueillis sur les bords du fleuve, et pansa aussi bien
que possible la blessure qu'il avait reçue au bras,
qui heureusement n'était pas dangereuse.

La femme et les enfans du pêcheur dormaient dans
une pièce voisine de celle où celui-ci était avec Bastien. Habitués aux absences nocturnes du pêcheur, ils
étaient sans inquiétude et ne s'éveillèrent pas.

Après les premiers soins donnés à son hôte, le pêcheur lui servit quelques mets et plaça sur la table
une pinte d'un gros vin noir d'Italie que, dans ce
moment, Bastien trouva du meilleur goût et auquel
tous deux firent honneur.

Ils avaient jusques-là échangé peu de paroles;
mais les verres se choquaient et les langues se délié-
rent. Le pêcheur prit la lame d'acier qu'il avait retirée des vêtemens de l'officier, en examina le fini, la
solidité, et lui dit en souriant :

— Il paraît que vous vous êtes bien servi de votre
épée; vous avez, si je ne me trompe, étouffé la voix
dans la poitrine des deux premiers qui ont crié pour
appeler leurs camarades.

Bastien, à son tour, examinait cet homme qui devinait si juste, et, satisfait de son examen, il répondit sur le même temps :

— Il y allait de ma vie, et j'ai fait de mon mieux.

— Eh bien! reprit le pêcheur d'un air mystérieux,
avez-vous vu ce que vous vouliez voir, et chasserez-
vous bientôt ces Espagnols maudits et ces reîtres allemands de l'autre bord?

— Je vous ai dit la vérité, répliqua le Grand Bressan; j'allais à un rendez-vous d'amour; il a failli
me coûter cher, mais je ne pensais pas ce soir à
autre chose.

— Ah! vous êtes méfiant, fit le pêcheur d'un air
mécontent; moi, je n'ai passé une partie de la nuit
à vous attendre que parce que je vous ai pris pour
un soldat et un Français.

— Vous ne vous êtes pas trompé, dit Bastien en
tendant la main à son sauveur, je suis l'un et l'autre;
je me suis battu au passage de la Grande Doire, j'ai
pris part à la défense de Fossano, tant qu'a duré le
siége; mais, franchement, je viens de voir une jeune
et belle fille dont j'ai fait la connaissance quand
j'étais en garnison à Turin, avant la défection de
M. de Saluces.

— Dieu punisse le traître, sauve les Français et l'I-
talie! répliqua le pêcheur d'une voix triste.

— Puissent Dieu et François Ier vous entendre!
s'écria Bastien.

Le jour commençait à paraître. Bastien cacha son
épée dans une branche de sureau que le pêcheur évi-
da, dit adieu à son hôte et voulut lui faire accepter
sa bourse.

— Non, dit le pêcheur, je ne veux rien; je suis
heureux de vous avoir sauvé, ne me gâtez pas mon
bonheur. Où allez-vous d'ici?

— A Turin, et de là à Fossano, répondit Bastien.

— Eh bien! vous reviendrez de ce côté, puisque
vous êtes amoureux : venez me voir, c'est tout ce que
je vous demande; et si votre armée quitte l'Italie, que
ce ne soit pas pour longtemps!

Les deux hommes se séparèrent sur le seuil de la
maison du pêcheur, et pendant que celui-ci allait
prendre quelque repos, Bastien retourna à Turin.
Dans la matinée, il reçut les dépêches du général
d'Annebaut pour M. de Montpesat, monta à cheval
et reprit la route de Fossano, où il arriva souffrant
et accablé de fatigue, après une nuit si doucement
commencée, où les heures d'amour avaient été suivies de tant de périls.

Liohard attendait impatiemment son arrivée, se
reprochant déjà sa complaisance. En le voyant pâle
et défait, mais s'efforçant de faire bonne contenance,
il secoua tristement la tête, sans demander aucune
explication, sans paraître s'apercevoir de sa blessure.
Le Grand Bressan lui raconta son entrevue avec les
deux sœurs, et ne dit pas un mot des dangers qu'il
avait courus. Au bout de quelques jours, sa blessure
était guérie; il oublia ses angoisses au milieu des
Espagnols pour ne se souvenir que de l'amour de
Paola.

Les dépêches de d'Annebaut n'étaient pas de nature à satisfaire Montpesat et à encourager les espérances de la brave garnison de Fossano : les troupes
si imprudemment licenciées n'étaient pas reformées;
l'armée qui devait aller au secours de Turin, de Fossano et de Coni, n'existait pas. Le roi avait dit aux
généraux d'Italie : « Gardez trois places et comptez
sur des renforts, j'irai moi-même vous délivrer. »
La petite armée avait obéi aux ordres du roi, et on
a vu avec quel courage, quel dévouement, au prix
de quels sacrifices; mais le roi ne tenait pas ses promesses : pas une légion, pas une compagnie ne gravissait les Alpes.

Le délai d'un mois stipulé dans la capitulation accordée par Antonio de Leyva allait expirer, et nulle
troupe ne paraissait. Le général espagnol repassa la
Stura et reprit la position qu'il occupait lors du
siége, et Charles-Quint put se flatter de l'espérance
que bientôt rien n'arrêterait plus sa marche triom-
phante.

Les Français restèrent à Fossano jusqu'à la dernière heure fixée par la convention, et jetant un regard de tristesse sur cette ville, sur ces remparts qu'ils venaient de relever et qu'ils laissaient aux ennemis, ils sortirent et défilèrent, enseignes au vent, en présence de l'armée impériale dix fois plus nombreuse que la garnison, et qui admirait leur constance dans le malheur.

Cette sortie honorable où les soldats étaient justement fiers de ce qu'ils valaient, des périls bravés, des douleurs souffertes, fut leur dernière satisfaction, le dernier moment où éclatait encore leur puissance. Une morne tristesse s'empara d'eux dès qu'ils eurent dépassé les lignes de l'armée impériale, dont ils entendirent les fanfares annoncer la prise de possession de Fossano.

Forcés, après une courte occupation, d'abandonner l'Italie où leurs premiers pas avaient été si rapides et si glorieux; inquiétés dans leur marche par les gens d'armes qui, au mépris de la capitulation, sortaient des villes occupées par les troupes ennemies, et attaquaient les soldats isolés; assaillis par les paysans des montagnes qui se courbent sans résistance devant le conquérant, tuent et pillent le vaincu, les Français de Fossano prirent la route de Briançon par Fénestrelles.

Ils s'en allaient, la rage au cœur, la mort à l'âme, la malédiction aux lèvres, regardant venir derrière eux une armée espagnole, allemande et italienne qui allait, conduite par Charles-Quint en personne, envahir les champs plantureux de la Provence.

Il ne restait plus aux Français de leurs conquêtes en Piémont que la ville de Turin, mais dès ce moment cette place était enveloppée de tous côtés par les Impériaux.

La compagnie de Liobard, faisant partie de la garnison de Fossano, allait rentrer en France, ainsi que les troupes bressannes commandées par les sires d'Holypherne et de Belmont. Ces deux derniers contenaient mal leur douleur et leur indignation contre François Ier, qu'ils avaient bravement servi et dont l'abandon pouvait leur être si fatal. Liobard voyait au terme de sa route la douce et gracieuse figure de Clémence, et, distrait par l'amour, oubliait sa situation politique. Son lieutenant Bastien ne quittait qu'avec peine l'Italie, où il laissait Paola, et il eût volontiers pris la place d'un autre officier dans la garnison de Turin, tout assiégée qu'elle était, si cela eût été possible. Mais il n'y fallait pas songer.

La troupe commandée par Renaud et Bastien était placée à l'avant-garde, qui recueillait les détachemens épars sortant des petits cantonnemens de Savigliano, Carmagnola, de Pignerol, et leur indiquait leur ordre de marche.

Moment douloureux que celui où l'on abandonne un pays conquis! on se compte, on s'appelle, on est inquiet sur le sort d'un camarade, d'un ami que l'on ne voit pas dans les rangs; on craint d'oublier des hommes que l'on ne retrouvera plus.

Cette avant-garde avait dépassé Fénestrelles et se dirigeait vers Sézane en suivant la rive gauche de la Chuzone, lorsque, à un détour de la route, deux femmes voilées et montées sur des mules, sortirent d'un groupe inoffensif de paysans qui regardaient passer les soldats. L'une alla droit à Liobard, l'autre mit sa monture au pas du cheval de Bastien, et toutes deux alors levèrent leur voile.

Surpris de cette apparition inattendue, Renaud, en voyant Toniella, ne put réprimer un mouvement de mécontentement qui n'échappa point à la jeune veuve.

Quant à Bastien, étonné et charmé tout à la fois, bénissant l'heureuse inspiration qui lui permettait de revoir celle qu'il aimait, il tendit la main à Paola en souriant et la jeune fille mit sa main dans celle de son amant.

— Monsieur, dit Toniella à Renaud, je regretterais vivement d'être venue de Turin jusqu'ici dans le seul but de vous voir, si ma présence vous était pénible.

— Pardonnez-moi, madame, répliqua Renaud: au moment où vous m'êtes apparue, je regardais cette armée vaincue, fugitive, et je pensais avec amertume à M. de Saluces, qui a préparé notre défaite.

— Laissons de côté le souvenir de cette nuit douloureuse où vous avez vu les deux généraux chez moi, reprit Toniella avec émotion: je n'étais pas un agent, mais une confidente, et j'aurais voulu vous le cacher. Aujourd'hui, le désir de vous servir personnellement, vous, monsieur de Liobard, m'a conduite ici; me permettez-vous de m'expliquer?

Renaud la regarda et, sans répondre, fit un signe d'assentiment.

— Le moment est suprême, poursuivit la dame: les armes vont décider d'une manière définitive entre l'Espagne et la France. Les préparatifs des Impériaux sont immenses, leur armée formidable; le choc sera terrible. J'ai voulu vous révéler, des plans de Charles-Quint, ce qui touche votre province et peut, en conséquence, intéresser votre maison et votre fortune. Êtes-vous disposé à m'écouter?

— Parlez, madame, répondit Renaud, frappé du ton grave et triste de Toniella.

— L'empereur descend les Alpes et envahit la Provence, reprit celle-ci.

— C'est le bruit public, dit Renaud, et sans doute le roi François Ier opposera quelque résistance à l'empereur.

— Les armes décideront, ainsi que je vous le disais tout à l'heure, fit Toniella. Je suppose l'empereur victorieux: la Provence conquise, il en distribuera les terres, les seigneuries, les fiefs, à ses officiers, aux veuves de ceux qui l'ont servi fidèlement.

— J'apprendrai avec joie, madame, que vous aurez eu part aux libéralités de l'empereur, répondit Renaud courtoisement et sérieusement.

— Merci, dit la jeune veuve; l'empereur me l'a promis et j'y compte. Mais Charles-Quint ne veut pas se borner à la conquête de la rive gauche du Rhône: il entend s'emparer de la Bourgogne.

— Cela sera peut-être bien difficile, fit Renaud; son armée pourra être arrêtée à chaque pas.

— Sans aucun doute, répondit Toniella, mais ce qui sera moins difficile, c'est de rendre la Savoie, la Bresse et le Bugey au duc Charles, qui y compte beaucoup d'amis et de partisans. C'est là l'intention formelle de l'empereur. Afin d'éviter les obstacles dont vous parliez, il compte attaquer la Bourgogne par la Bresse.

— Eh bien?... fit Liobard devenu tout à fait sérieux.

— Eh bien! votre châtellenie de Saint-Sorlin vous échappera, et je ne sais pas ce que fera le duc à l'égard des seigneurs bressans qui servent contre lui, dit Toniella.

— Nous avons des armes, fit Liobard, et comme vous avez pu le voir, nous savons nous en servir. Nous invoquerons Dieu et notre épée.

— La victoire trahit les plus braves quelquefois, reprit la dame.

— Sans doute, répondit Liobard, c'est la chance commune. A quoi bon prévoir le malheur, quand on est décidé à faire tous ses efforts pour le conjurer ? Riche et puissant, je suis soldat : si la guerre m'enlève mes domaines, il me restera mon nom et mon bras.

— Dans ce cas, monsieur, il vous restera plus encore, si vous le voulez, dit gravement Toniella. La veuve du capitaine Cassio n'a jamais aimé que son mari ; sa conduite a été à l'abri de tout soupçon et son cœur est pur. Estimée et honorée de l'empereur, elle recevra de lui une seigneurie, et si un brave capitaine dépossédé par le duc de Savoie lui offrait sa main, Charles-Quint donnerait à celui-ci un apanage qui le rendrait tout à fait indépendant de sa femme.

— Je suis profondément touché, madame, de vos offres généreuses et de la dignité que vous y mettez, dit Liobard ému, et je vous dois une confidence que j'aurais dû vous faire plus tôt. Avant de venir à l'armée d'Italie, j'ai donné mon cœur et ma foi à une jeune fille. Son père sert dans cette armée. Elle m'aime, elle m'attend : je dois la demander en mariage à mon retour. Manquer à la foi promise serait indigne d'un chevalier.

Toniella essuya une larme.

— Monsieur, reprit-elle, la victoire vous avait amenés de ce côté des Alpes ; vous n'êtes vaincus ni par la ligue italienne, ni par les Espagnols : vous êtes abandonnés par François Ier. Souvenez-vous de moi, et si jamais mon intervention peut vous être utile, invoquez-la ; je n'y mets pas de condition.

— Merci, madame, je n'oublierai jamais votre générosité, je serai heureux si les événemens me permettent un jour de vous prouver toute ma reconnaissance, répliqua Renaud avec émotion.

Les choses se passaient tout autrement, à quelques pas de là, entre Bastien et Paola. L'officier témoignait toute sa joie de la bonne pensée qui avait amené sur son passage la belle Romaine. Paola racontait la douleur qu'elle avait éprouvée, la crainte dont elle avait été assaillie en apprenant, le lendemain de sa visite, qu'une lutte avait eu lieu durant la nuit entre des Espagnols et un inconnu qui en avait tué deux. Bastien souriait.

— Ma belle amie, dit-il gaîment, j'ai couru grand risque de ne pas vous revoir. Si le Pô m'avait emporté près de votre demeure, je me serais consolé en pensant que je serais enterré par vos soins, et que vous mettriez des jasmins sur ma tombe ; mais il me roulait à la dérive ; vous n'auriez pas su ce que j'étais devenu et vous m'auriez cru infidèle : mon âme en eût été grandement affligée.

Paola regardait son amant avec joie, souriait comme lui du danger passé, et, sans en prévoir d'autres, tous deux se promettaient de se revoir bientôt.

Toniella salua Renaud, Bastien embrassa Paola. L'armée continuait sa marche. Les deux sœurs disparurent, l'une triste et rêveuse, l'autre le cœur plein d'amour et d'espérance.

Pendant que l'armée française, après tant de courage dépensée en pure perte ; tant de souffrances héroïquement supportées, s'achemine à travers les Alpes, abandonnant un pays si rapidement conquis, si malheureusement perdu, devançons les troupes bressannes sur les bords de l'Ain.

CHAPITRE VIII.

Les trois filles d'Holypherne, en l'absence de leur père, vivaient solitaires dans leur immense château, dont les étrangers franchissaient rarement la porte : elles se réunissaient d'ordinaire dans une salle commune, autour de Gertrude, se livraient aux travaux ou aux amusemens qu'elles préféraient, et, de ces quatre femmes groupées dans ce salon, on eût pu faire un délicieux tableau.

Gertrude avait alors cinquante ans : sa figure, sillonnée de rides, était empreinte de calme, de placidité, sans manquer de distinction ; ses cheveux étaient entièrement blancs et faisaient ressortir des traits qui avaient dû être beaux vingt-cinq ans auparavant. Comme autrefois, gouvernante des trois sœurs, elle exerçait dans le château une autorité réelle, mais qu'elle savait rendre douce. C'était un de ces vieux serviteurs qui ont vu quelquefois naître plusieurs générations dans la même famille, ont fait leurs enfans des enfans de leurs maîtres, les ont élevés, les ont vu grandir, ressentant leurs chagrins, leurs plaisirs, grondant le matin, se dévouant le soir ; qui fidèles dans l'adversité plus encore que dans les jours heureux, restent parfois seuls, vivans débris oubliés par le temps, à pleurer sur la tombe de ceux qu'ils ont vu naître.

Gertrude était venue au château avec Mlle de Menthon lors de son mariage avec le sire de Luyrieux ; elle élevait les enfans de la jeune femme morte si tôt, gémissant sur le caractère dur et inflexible de Georges, cherchant à secouer le froid glacial qui, dans cette solitude, tombait sur le cœur des trois jeunes filles qui n'avaient plus de mère.

Brune comme une Italienne, Philiberte, douée d'une voix très belle, chantait souvent les ballades nouvelles, acompagnant les notes de sa voix pleine et suave des sons d'une harpe, instrument alors fort en usage. Cette harpe en ébène faisait ressortir la blancheur de son bras et la transparence de ses doigts effilés. Elle était d'une beauté angélique, lorsque promenant ses doigts sur les cordes, elle levait les yeux vers le ciel, comme pour lui demander l'inspiration musicale.

Sous son front lisse ombragé par une puissante chevelure noire, de beaux sourcils formaient une ligne pure, nette et légèrement arquée. La peau de Philiberte avait le riche éclat de la jeunesse, et ses joues fines, polies, duvetées comme la pêche n'appâlissaient point le rose de ses lèvres diaphanes et ressemblant à de la cornaline. C'était un de ces admirables types que l'imagination du peintre peut enrichir, mais qu'il ne reproduit jamais tel qu'il est. Sous ces formes suaves et bien modelées, on devinait une âme active, un cœur qui n'attendait qu'une étincelle pour brûler du feu de la passion.

Loyse faisait de la tapisserie ; sa main effleurait délicatement son métier à broder, sur lequel sa tête s'inclinait, et cette pose faisait ressortir ses belles épaules et la cambrure de sa taille fine et élégante. Rien n'était plus gracieux que le profil de sa tête ovale et mignonne, plus correct et plus pur que les lignes de cette figure, modèle vivant d'une Vierge de l'Albane ou du Corrège. De longs cils de jais voilaient ses yeux, et l'ombre qu'ils projetaient semblait entourer ses paupières d'une légère teinte d'azur. Brune comme Philiberte, Loyse avait plus de pâleur. Il y avait en elle moins d'animation; son regard était moins vif, mais plus velouté; ses mouvemens ondulaient et trahissaient je ne sais quoi de mélancolique et de voluptueux qui faisait rêver.

Huguette, toute jolie, avec ses seize ans, ses cheveux blonds qui tombaient naturellement bouclés sur son col de neige, était appuyée sur le bord d'une fenêtre ouverte. Svelte et gentille comme une gazelle, elle avait toute l'insouciance de son âge, toute cette grâce de la jeunesse qui commence, de l'enfance qui dure encore. Ses formes délicates et frêles semblaient se développer entre l'innocence qui tout ignore et les premières aspirations de la puberté : oiseau qui vit son premier printemps, essaie ses premiers chants, étend pour la première fois ses ailes au milieu d'un espace inconnu. Accoudée sur la fenêtre, de l'une de ses mains elle soutenait sa tête, de l'autre elle effeuillait des fleurs de jasmin dont les branches grimpaient le long du mur, s'épanouissaient autour de la fenêtre, cherchant à pénétrer dans l'appartement. Elle était au milieu d'une auréole diaprée, comme une fleur de lotus à travers les larges feuilles, comme une perle dans les algues marines.

Les trois sœurs formaient encore un groupe des plus gracieux lorsque, assises sous les arbres de la terrasse et brodant au même métier une riche tapisserie, elles devisaient avec animation des pensées de leur cœur; elles étaient plus belles encore lorsque, se tenant par la main, elles dansaient sur la pelouse aux accords d'un instrument manié par quelque mendiant aveugle qu'on avait laissé pénétrer dans l'intérieur du château; il y avait un charme indicible dans leurs mouvemens, quand, entrelaçant leurs bras pour se donner plus de force et assurer leurs pas, elles descendaient le sentier escarpé qui, en dehors des murs du château, conduisait au bord de la rivière; mais rien n'était plus coquet, plus joli que le tableau qu'elles présentaient quand, attachées l'une à l'autre par leurs bras tendus et leurs écharpes flottantes, elles gravissaient les rochers comme trois beaux oiseaux qui dédaigneraient un moment de se servir de leurs ailes.

Vraiment, il leur fallait bien cette animation de la jeunesse, pour supporter la vie que leur faisait le sire d'Holypherne dans sa forteresse triste et déserte ! Elles avaient besoin de la brillante fantasmagorie qui, à dix-huit ans, pare toute chose d'une auréole de plaisir et de bonheur; les beaux rêves de la pensée pouvaient seuls faire oublier la réalité. Leur imagination riche et luxueuse ne s'arrêtait jamais. Que de brillans chevaliers erraient dans les nuages, montés sur de beaux palefrois et armés de longues lances, accourant au tournoi que l'on voyait s'étendre sur un autre point du ciel ! Que de longues files de cavaliers se déroulaient dans la vallée au crépuscule du soir, quand les dernières lueurs du jour se projetaient par les découpures du Revermont ! La nuit, quand les rayons de la lune illuminaient la rive opposée, que d'amoureux attentifs ne trouvait-on pas dans les pointes de roc qui s'élevaient silencieuses au-dessus des flots !

Quand le monde extérieur vous manque, on se renferme en soi-même, on cherche dans son cœur les émotions qui ne viennent pas du dehors, et en l'absence de tout mouvement imprimé par une im-

pulsion extérieure, on vit de sa pensée. Ainsi faisaient les trois jeunes filles d'Holypherne, réellement séparées du monde comme si elles eussent été prisonnières dans le donjon. La répulsion que les seigneurs bressans et bugistes éprouvaient pour Georges de Luyrieux, les soupçons qui planaient sur lui, sa cruauté, son orgueil, condamnaient ses enfans à l'isolement, élevaient un mur autour d'elles.

Plusieurs fois les jeunes seigneurs avaient été émus de la beauté de ces belles filles qui apparaissaient de loin en loin dans les fêtes, rares comme le martin-pêcheur que l'on voit, à de longs intervalles, confier ses ailes brillantes et son col azuré aux vents qui se brisent sur les rives de l'Ain. Ces magnifiques vierges passaient dans les rêves de ces jeunes hommes; la pensée bâtissait pour Loyse, pour Philiberte, pour Huguette, des boudoirs charmans dans les tourelles solitaires qui baignent leurs pieds dans le Surand, la Reyssouse, la Valserine, le Rhône et l'Albarine; l'imagination leur avait construit des barques pavoisées pour aborder sur les îles solitaires et fleuries, avait animé la solitude d'un château par les cris joyeux des enfans que ces belles épouses devaient donner à l'amour. Et toujours douces pensées, rêves séduisans, imaginations aventureuses avaient dû s'arrêter, se briser, replier leurs ailes devant des volontés invincibles.

Nul seigneur ne voulait que son fils s'alliât avec le seigneur d'Holypherne, entrât dans la famille du brigand de la montagne. On aimait les jeunes filles, on ne pouvait pas les épouser; elles trouvaient de la sympathie dans tous les regards, elles comprenaient instinctivement l'amour qu'elles inspiraient, et nul prétendant ne se présentait, nul père ne venait demander à Georges de Luyrieux la main de l'une de ses filles pour son fils.

De tous les seigneurs ses voisins, Renaud avait le premier touché le territoire français, et il avait immédiatement gagné le Bugey. A Juzerieux, il laissa la direction des affaires militaires à Bastien. Il n'y avait en ce moment ni danger à braver, ni combat à soutenir : il courut à Belmont, où Clémence et sa mère le reçurent avec joie; pour l'une, c'était le bien-aimé qui allait devenir l'époux; aux yeux de l'autre, c'était l'ami, le brave chevalier qu'elle appellerait bientôt son gendre; et puis il apportait une bonne nouvelle, celle du retour du mari et du père qui devait combler toutes les espérances.

Clémence aimait Renaud sincèrement, de toute la puissance de son âme; mais c'était une de ces natures qui ne manifestent pas bruyamment les mouvemens de leur cœur : eaux qui paraissent calmes précisément parce qu'elles sont les plus profondes, dont la surface ne dit pas les tempêtes qui agitent le fond. Elle parlait peu, mais elle contemplait le beau Liobard de son œil bleu, de son regard limpide, s'enivrait doucement de sa voix, de ses paroles, et sentait au cœur un bonheur qu'elle n'aurait pas pu exprimer, mais qui était cependant vif et énergique.

Le jeune capitaine, que nous avons vu si déterminé devant l'ennemi, avait le bon goût de ne pas amener la conversation sur les périls de la campagne, sur les combats auxquels il avait pris part, sans y être directement provoqué par Mme de Belmont qui, depuis longtemps habituée aux récits de guerre, y prenait toujours un vif intérêt. Ces racontances de batailles, de simples rencontres, de siéges et d'assauts étaient alors les légendes qui charmaient les châtelaines et leurs filles.

En revanche, Liobard parlait beaucoup plus de son amour, des souvenirs que, sur les bords de la Sésia, du Pô et de la Stura, il gardait de celles qui habitaient le Valromey ; il redisait d'une voix pleine de séduction les douces pensées qui l'avaient occupé durant les jours d'absence, les gracieux mirages que sa fantaisie créait et déroulait dans les contrées alpestres qu'il venait de parcourir. Clémence était heureuse de se savoir si tendrement aimée, et sa mère, à qui Liobard rappelait ainsi les beaux jours de sa jeunesse, souriait aux paroles de Renaud et au bonheur de sa fille.

Le beau capitaine tous les jours franchissait l'espace de Saint-Sorlin à Belmont, passait quelques heures au château et s'en retournait le soir, toujours plus épris de Clémence. L'image fugitive de Touiella ne passait pas dans ses doux rêves et ne jetait pas d'ombre sur son amour.

M. de Belmont et Georges de Luyrieux étaient restés à l'arrière-garde de la petite armée d'Italie. Leurs vieilles bandes marchaient avec une lenteur calculée, prêtes à tourner bride au premier signal, s'il arrivait un secours inespéré, recueillant sur leur route tous les soldats qui n'avaient pu suivre les premières colonnes. Les deux seigneurs qui, sur les bords de la Sésia, avaient conclu un double pacte d'alliance, ne rentrèrent donc en France que quelques jours après Renaud.

Ils suivirent les pentes des Alpes, traversèrent le Rhône et bientôt touchèrent aux limites du Valromey. La troupe d'Holypherne continua sa route vers la citadelle, sous la conduite d'un lieutenant, et M. de Belmont emmena avec lui son compagnon d'armes, qu'il voulait présenter à sa famille. Celui-ci se fit accompagner seulement de quelques hommes d'armes et de quelques pages.

Le soleil était près de disparaître derrière le Revermont lorsque les cavaliers aperçurent de loin les tourelles de Belmont. Ses derniers rayons faisaient étinceler les neiges et les glaces éternelles qui couvrent les hautes cimes des Alpes d'un manteau d'hermine, et sur ces blancs tapis ressortait le noir mat des lugubres sapins et des fayards.

Le fond de la vallée ne recevait aucun éclat de ces dernières lueurs du jour, et le bois que la troupe avait encore à traverser, avant d'arriver au pied de Belmont, était déjà plongé dans cette demi-obscurité qui porte à l'âme le recueillement. C'était un grand bois de chênes aux longues branches rapprochées les unes des autres qui s'élevaient depuis cent ans pour trouver un peu de soleil au-dessus de ces profondeurs. De la montagne avaient roulé d'énormes blocs de rocher, et c'était un spectacle pittoresque et étrange que celui de ces blocs détachés, que nulle terre végétale ne recouvrait, et sur lesquels cependant s'élevaient des arbres cramponnés au roc par des racines étendues entre toutes les fissures, serrées entre toutes les crevasses.

Au moment où Belmont et Luyrieux sortaient du bois, Renaud s'éloignait d'un autre côté, descendant du château et songeant à Clémence près de laquelle il avait passé plusieurs heures. Il avait abandonné les rênes de son cheval habitué à cette route qu'il parcourait tous les jours, et s'en allait, le cœur plein de toutes les douces espérances que donnent la jeunesse et l'amour.

La bannière du Valromey arriva devant les murs du château. M. de Belmont commanda de faire halte et fit sonner d'une longue trompe par un héraut d'armes ; bientôt des sons semblables à ceux qu'on venait d'entendre répondirent du manoir où tout sembla s'agiter, dont les fenêtres s'illuminèrent et dont on vit la cour d'honneur resplendir de la lumière des torches de résine. Le héraut d'armes sonna de la trompe une seconde fois et les chaînes du pont-levis s'abaissèrent en grinçant.

Bientôt M. de Belmont fut dans les bras de sa femme et de sa fille, et la soirée fut toute joie et fête. Cependant la présence de Georges apporta quelque gêne aux épanchemens de la famille ; Clémence, dont le cœur s'ouvrait à l'amour, qui rend clairvoyant et susceptible, trouva plus d'une fois le regard du sire de Luyrieux attaché sur elle, et ce regard lui parut si étrange qu'elle en fut intimidée.

Le lendemain, les premières lueurs du matin avaient à peine frappé les hauteurs de Belmont que Clémence descendit sur la terrasse, où la veille elle avait entendu avec bonheur Liobard parler de son amour et de ses projets d'avenir. Le sommeil de la jeune fille avait été agité, troublé par des songes pénibles. Elle rappelait tous les doux souvenirs du jour précédent, cherchait sur le sable l'empreinte des pas de son amant, et abandonnait les boucles de sa belle chevelure blonde au vent frais du matin, comme s'il devait emporter la tristesse qui voilait son front et emplissait son cœur, sans qu'elle en devinât la cause.

Ses regards se promenaient vaguement dans l'espace, et des larmes tombaient en perles sur ses joues, semblables aux gouttes de rosée qui, à mesure que le soleil s'élevait, scintillaient sur les fleurs et se coloraient de leurs reflets de rubis et d'émeraude. Elle ne jouissait pas du délicieux spectacle déroulé autour d'elle, où tout était souriant et calme ; elle essayait de secouer la terreur vague, sans motifs, qui l'oppressait et qu'elle ne pouvait s'expliquer.

L'Océan s'émeut dans la profondeur de ses abîmes, il fait entendre de sourds mugis-emens, il a ses tempêtes intérieures et cachées alors que le ciel est encore pur, la foudre en repos, et que le vent silencieux ne soulève pas les flots à la surface. Cependant, averti par un pressentiment qui ne l'égare jamais, ou par une science inconnue à l'homme, l'alcyon gagne le rivage et à ce signe le pilote inquiet promène ses regards sur tous les côtés de l'horizon, découvre un point noir à peine visible, mais destiné à s'étendre bientôt comme un voile sinistre sous la voûte du ciel, et devine la tempête.

Clémence était l'alcyon : à l'accablement de son cœur, elle sentait venir l'orage ; mais moins habile que lui, elle ne prévoyait pas d'où il éclaterait, et moins heureuse, elle ne pouvait pas le fuir.

Pendant ce temps, un grand mouvement régnait dans le château. Les valets empressés allaient d'un appartement à l'autre, enlevaient les housses des meubles, époussetaient et s'efforçaient de rendre à toutes choses l'éclat un peu terni durant l'absence du maître. M. de Belmont avait ordonné d'ouvrir et de disposer avec luxe le grand salon d'honneur qui ne servait qu'aux grandes cérémonies d'apparat et avait été complètement abandonné depuis la guerre.

Cet ordre et ces préparatifs causaient quelque surprise, car le bruit des revers de l'armée d'Italie s'était répandu dans le pays et on savait bien que les soldats qui revenaient n'avaient pas de victoire à célébrer.

Le retour de M. Belmont et de sa compagnie fut connu en quelques heures dans les environs, et bientôt on vit arriver au château une foule de seigneurs, parens, alliés ou voisins, une foule de notables des communes du ressort de la seigneurie de Belmont, qui venaient saluer le chef du Valromey. Celui-ci les reçut avec cordialité et les retint à un banquet improvisé en leur honneur.

Le vieux soldat mit ses convives à l'aise en déployant lui-même une grande gaîté. La conversation roula naturellement sur la guerre d'Italie, et M. de Belmont trouva l'occasion de raconter les hauts faits du sire d'Holypherne, comment il lui avait sauvé la vie sur la Doire, et surtout comment il avait décidé le sort du combat de Fossano en chargeant à propos les Espagnols. Il parla de l'amitié qu'il lui portait, de la dette contractée envers lui et que rien ne pourrait acquitter; il en fit le héros de la fête, si bien que les seigneurs qui ne connaissaient pas personnellement Luyrieux regardèrent comme des calomnies les bruits répandus dans le pays sur ses cruautés.

CHAPITRE IX.

Liobard était arrivé chez M. de Belmont dans le milieu de la journée, ne pouvant pas se douter de ce qui se préparait, certain de l'amour de Clémence et de l'appui de sa mère. Il n'était pas venu seul comme la veille, mais il s'était fait accompagner de plusieurs membres de sa famille et de ses amis les plus intimes; il portait ses plus magnifiques vêtemens, et les femmes qui le voyaient passer sur son fringant cheval, la plume flottante, sa bonne mine rehaussée par l'espérance, disaient en souriant : Voilà monseigneur Liobard qui s'en va en conquête!

Renaud fut surpris et quelque peu attristé de voir la foule qui remplissait le château. M. de Belmont ne vit dans l'appareil de sa visite que le désir de fêter avec éclat son retour et un hommage à sa haute position, et s'en montra fort satisfait; la femme et la fille du vieux seigneur comprirent mieux l'intention du jeune capitaine, et elles se regardèrent d'un air d'intelligence, lorsqu'il leur apprit en particulier que le soir même il demanderait la main de Clémence.

Mais jusqu'à l'heure du dîner M. de Belmont fut constamment entouré d'une foule nombreuse, ou occupé à donner des ordres, à recevoir les nouveaux venus; et, quand on se mit à table, Renaud n'avait pas pu trouver un moment favorable pour entretenir le vieux seigneur d'une aussi grave affaire.

Pendant ce repas, qui aurait eu peu de charmes pour elle sans la présence de Renaud, Clémence resta préoccupée, dominée par la crainte d'un malheur inconnu, regardant son amant à la dérobée, évitant le regard de Luyrieux qui lui faisait froid au cœur, s'isolant autant que possible par la pensée, songeant que Renaud, lui aussi, aurait sauvé la vie de son père, s'il en eût trouvé l'occasion, comme il avait honoré l'étendard du Valromey dans les champs d'Italie.

Le dîner terminé, les convives passèrent dans le salon d'honneur, immense pièce dallée en marbre, autour de laquelle régnait une bordure en mosaïque

formant encadrement. Dans le milieu s'épanouissait un roson représentant trois montagnes groupées et supportées par des atlantes. Cet ensemble avait un aspect sévère et grandiose.

Le plafond, fort élevé, s'arrondissait en voûte et se divisait en quatre compartimens dans lesquels un maître inconnu avait peint à fresque quatre faits d'armes auxquels avaient pris part des membres de l'ancienne famille de Belmont. Les murs étaient couverts de portraits disputant à l'oubli le souvenir de la grandeur ou de la nullité de ceux qu'ils représentaient.

M. de Belmont prit place sur un fauteuil à dossier droit et plat, à supports d'ébène tournés en spirale et garnis d'une serge rouge à laquelle pendaient de longues franges d'or. Puis, après une heure donnée aux conversations particulières, aux remarques sur les tableaux, aux anecdotes sur les hommes dont les figures y étaient reproduites, M. de Belmont ramena la conversation sur la dernière campagne d'Italie.

— Me-sieurs, dit-il tout à coup au milieu de l'attention générale, je vous ai vanté tout à l'heure le courage du chevalier d'Holypherne, seigneur de Luyrieux, de Montvéran, de Cule, de Prangin et de la Velière. Le possesseur de ces fiefs importans, le soldat dont le courage a tant de fois décidé de la victoire, le chef respecté des rois de France eux-mêmes, devient aujourd'hui l'allié du Valromey; dans les circonstances difficiles où nous pouvons nous trouver bientôt placés, il s'engage à défendre nos domaines en même temps que les siens. Un traité à cet égard a été conclu entre lui et moi; j'en suis heureux, car il me permet de récompenser dignement les services du chevalier en lui donnant ce que j'ai de plus cher.

Et soudain, se levant, et montrant sa fille qui, absorbée dans ses pensées, ne prêtait aucune attention aux paroles de son père, il ajouta :

— Voici, messieurs, le gage de l'alliance.

En même temps, il prit Clémence par la main et la présenta à Georges en disant :

— Ma fille, voilà ton époux.

L'étonnement était général, et un silence glacial accueillit cette déclaration. Clémence s'était laissé conduire sans comprendre l'intention de son père et ne soupçonnant pas que les louanges prodiguées à M. de Luyrieux fussent le prélude de l'annonce de son mariage; mais aux dernières paroles de son père, coup de foudre inattendu, elle poussa un cri de douleur et sentit son cœur se serrer; une pâleur de mort couvrit son visage, et la malheureuse enfant alla tomber évanouie sur les genoux de sa mère, qui était à la fois étonnée, émue et courroucée, car M. de Belmont ne lui avait pas dit un mot de son projet.

Renaud ne put comprimer les élans de son cœur; il se leva vivement et courut vers Clémence. Mme de Belmont l'arrêta d'un regard, et son mouvement rapide ne fut pas remarqué au milieu de la confusion que fit naître l'évanouissement de Clémence. Mme de Belmont, sans mot dire, mais le rouge de la colère au visage, entraîna sa fille hors du salon et lui prodigua des soins qui lui rendirent bientôt le sentiment de sa situation.

Georges de Luyrieux s'était levé en voyant tomber Clémence; il reprit sa place quand elle eut quitté l'appartement; Renaud s'agitait fiévreusement, contenant avec peine son désespoir; autour d'eux, les jeunes gens échangeaient des regards significatifs et douloureux; quelques-uns chuchotaient bien bas. M. de Belmont, demeuré impassible, expliqua du ton le plus simple la cause de ce qui venait d'arriver: sa femme et sa fille, dit-il, avaient jusque-là ignoré ses intentions qu'il aurait déclarées seulement quelques jours plus tard, s'il n'eût pas trouvé dans la réunion imprévue et spontanée de ce jour l'occasion de les faire connaître aux seigneurs, ses amis et ses voisins; dès lors l'émotion de Clémence devait paraître toute naturelle : elle était l'effet de la surprise.

Quelques vieux seigneurs donnèrent à ces paroles un sourire d'assentiment, complimentèrent Georges sur son prochain mariage, sur la beauté et la jeunesse de sa fiancée. Mais cette scène laissa une impression pénible dans l'esprit de ceux qui connaissaient les habitudes et les mœurs du sire d'Holypherne. Peu à peu ceux-ci prirent congé de M. de Belmont, prétextant l'éloignement de leur demeure, et bientôt il n'y eut plus au château que les parens et les amis intimes de la maison. Liobard resta avec ces derniers, en proie à la plus poignante anxiété, mais ne voulant pas s'éloigner sans avoir des nouvelles positives de Clémence, et attendant une occasion de parler à Mme de Belmont.

En ce moment, un domestique vint prier M. de Belmont de passer dans la chambre de sa femme et le vieux seigneur le suivit. Mme de Belmont était debout, pâle, la lèvre tremblante ; Clémence était assise dans un fauteuil, le sein haletant, dans un état de prostation complète.

— Comment se fait-il, monsieur, dit Mme de Belmont avec dignité, que la compagne de votre vie, la mère de votre enfant, n'ait pas reçu la confidence de vos projets, qu'elle en soit réduite à les apprendre quand vous voulez bien les divulguer aux étrangers?

— Une occasion s'est présentée, je l'ai saisie, répondit le vieux seigneur. Cette nouvelle doit vous être agréable : à moins de donner à Clémence un roi pour mari, il est impossible de rêver une alliance plus haute et plus utile.

— Monsieur, reprit la mère, le sire de Liobard est d'une maison aussi grande, aussi noble que celle de Luyrieux ; il aime votre fille, il en est aimé; il allait ce soir même vous demander sa main, et, je dois vous l'avouer, j'ai encouragé des espérances que je comptais vous voir combler.

M. de Belmont fronça le sourcil, regarda sévèrement sa femme sans répondre.

— Je connais la bonté de votre cœur, continua celle-ci sans se laisser intimider par ce regard, vous aimez votre fille qui vous chérit, vous l'avez toujours entourée de soins, vous ne voudrez pas aujourd'hui la condamner à un malheur qui durerait toute sa vie.

M. de Belmont continuait à garder le silence ; l'agitation de son âme se devinait à la contraction de ses traits. Clémence se leva, pâle et les cheveux en désordre, s'avança, tomba aux genoux de son père, et s'écria en sanglottant:

— Mon père, mon seigneur, ne me contraignez pas à ce cruel mariage : je ne saurais aimer M. de Luyrieux ; vous pouvez lui donner ma main, je ne puis, moi, lui donner mon cœur, qui appartient à un autre... Je vous en prie, mon père, au nom de Dieu, ne me jetez pas à cet homme... Vous ne l'avez vu qu'à la bataille ; vous ignorez ses cruautés dans ses domaines... Ce mariage serait pour moi un affreux malheur, la mort peut-être...

Et la tête de la jeune fille s'inclina sur les mains de M. de Belmont, qu'elle couvrait de baisers et mouillait de larmes.

— Clémence, dit le vieux seigneur d'un ton froid et sec, vous méconnaissez mes droits sur vous et vos devoirs envers moi; l'aveu que vous venez de faire est un outrage à mon autorité, que je devrais punir s'il eût été entendu de quelque autre que votre mère et de moi. Levez-vous. L'époux que je vous donne vous rendra heureuse ; nul n'est plus digne que lui d'entrer dans notre famille.

Puis, prenant un ton plus doux, il ajouta :

— Si j'eusse connu vos sentimens, peut-être eussé-je hésité ; mais dans l'ignorance où j'étais, j'ai promis votre main à mon sauveur : cette promesse est sacrée; vous la remplirez, je le veux !

Alors se dégageant des étreintes de sa fille en proie au plus violent désespoir, il sortit de l'appartement. Avant de rentrer au salon, il se composa un visage calme; il reprit son air souriant et heureux et revint, la joie au front, rassurer ses amis sur la santé de sa fille. Il causa tout haut avec Liobard de choses indifférentes, étrangères à l'événement, puis, l'isolant peu à peu des groupes, il l'entraîna dans une chambre voisine.

— Monsieur de Liobard, lui dit-il, d'un ton pénétré, ou qui le paraissait, je viens d'apprendre que vous aviez porté vos vues sur ma fille. Je regrette bien profondément de n'avoir pas connu plus tôt vos intentions : je me serais tenu pour très honoré de votre alliance, je vous aurais nommé mon gendre avec un bonheur véritable. Mais, sur la terre ennemie, dans la campagne à laquelle vous avez pris une part glorieuse, j'ai donné ma parole à celui qui m'a sauvé, et vous êtes trop loyal chevalier pour ne pas comprendre que maintenant rien ne m'en peut dégager.

Ces paroles furent prononcées avec une gravité qui ne laissait aucune chance à la discussion. Renaud ne pouvait offrir à un seigneur riche et puissant, n'ayant qu'une fille, aucun avantage qui fît pencher la balance de son côté ; il n'avait à invoquer que l'amour de Clémence pour lui ; il le fit en termes pleins de dignité, et jeta quelques mots sur l'âge et sur la réputation de M. de Luyrieux. M. de Belmont, sans répondre directement à ces objections, exprima de nouveau le regret que Renaud se fût déclaré trop tard.

— Je suis heureux, monsieur, fit Liobard en souriant, que ce soit là le seul obstacle à vaincre; les douces paroles que je viens d'entendre m'encourageraient, s'il en était besoin, à disputer la main de Clémence au sire d'Holypherne. Si la chance m'est favorable, je vous rappellerai, monsieur, les assurances que vous venez de me donner.

M. de Belmont se mordit la lèvre ; Renaud s'inclina et les deux hommes se séparèrent.

Dès le lendemain matin, deux jeunes gentilshommes amis de Renaud, accompagnant un autre seigneur qui remplissait pour cette affaire les fonctions de héraut d'armes, se présentèrent au château de Belmont et remirent publiquement à Georges de Luyrieux un cartel de Renaud de Liobard, dont ils étaient les tenans.

Georges sourit, tout prêt à accepter ; mais M. de Belmont et un autre seigneur, choisis par lui pour ses tenans, délibérèrent et décidèrent que le sire d'Holypherne avait donné des preuves de courage telles, qu'un refus de combat ne pouvait entacher sa réputation : on ne lui reprochait rien; Clémence n'était pas à disputer entre des rivaux, elle dépendait de son père; M. de Luyrieux l'avait demandée et obtenue loyalement, et il n'y avait pas lieu à un combat.

Les amis de Renaud lui rapportèrent cette réponse, nette, précise, irrévocable, et le malheureux jeune homme, déçu dans ses espérances, n'eut plus qu'à chercher par quel moyen il pourrait empêcher ce fatal mariage de s'accomplir.

Le soir même où M. de Belmont avait annoncé le mariage de sa fille avec le sire de Luyrieux, celui-ci avait expédié au château d'Holypherne un page qui portait un message aux jeunes filles. Au moment où les tenans choisis par M. de Luyrieux refusaient le cartel de Liobard, le page traversait la rivière d'Ain, en face du donjon. Les rêveries, les chants, le travail de Philiberte, de Loyse et d'Huguette furent interrompus par le son bruyant d'un cor qui retentit au pied de la montagne; Gertrude tressaillit à ces notes joyeuses annonçant une heureuse nouvelle, et courut à une fenêtre pendant que les trois sœurs prêtaient l'oreille, souriaient d'avance à qui pouvait venir animer la monotonie de leur demeure.

Le cor jeta une seconde fois un long appel, et on comprit qu'il était déjà plus rapproché de la citadelle; une troisième fois il se fit entendre, et le son partait de la plate-forme, en face de la porte: on n'en pouvait plus douter, c'était un visiteur et un ami. Gertrude alors prit dans son escarcelle un sifflet d'ivoire et en tira un son aigre qui courut dans la vallée; les jeunes filles se mirent aux fenêtres pensant voir un archer qui venait annoncer le retour de leur père, dont la troupe était arrivée durant la nuit.

Mais elles ne virent qu'un jeune cavalier de bonne mine qui franchit lestement le pont-levis, dit quelques mots au majordome, descendit de son cheval, en jeta la bride à un valet et se dirigea du côté du perron.

— C'est un message pour nous, dit Gertrude, et c'est un jeune page qui l'apporte; les sons du cor étaient joyeux, la nouvelle doit être agréable.

Un moment après, la porte s'ouvrit et le page de Georges entra dans l'appartement, fit trois pas et mit un genou en terre en disant :

— Salut aux filles du puissant seigneur d'Holypherne, mon maître! Nobles dames, je réclame de vous indulgence et pardon d'oser me présenter ainsi couvert de poussière: j'avais hâte de vous voir, et j'ai chevauché toute la nuit, sans faire halte, afin d'arriver plus tôt. M'est avis, au surplus, ajouta-t-il en se relevant, que les nouvelles dont je suis porteur rempliront vos âmes d'une grande joie.

Le page remit alors à Gertrude un parchemin revêtu de la signature et des armes du seigneur de Luyrieux, puis s'inclina profondément et sortit.

Philiberte, Loyse et Huguette se groupèrent autour de leur gouvernante, déroulèrent le parchemin avec l'impatience et la curiosité de leur âge, que les paroles du page avaient encore excitées.

M. de Luyrieux faisait part à ses enfans de son mariage avec Clémence de Belmont, les engageait à accueillir leur belle-mère comme une amie et une sœur, et leur ordonnait de se rendre à Nantua, où elles devraient arriver trois jours après la réception de son message; elles emporteraient leurs parures, leurs bijoux, pour se montrer dignement aux fêtes par lesquelles il voulait célébrer son mariage.

Georges donnait en même temps des instructions détaillées sur le cortège qui devait accompagner ses enfans et représenter convenablement son nom, son rang, sa puissance; il désignait avec soin les présents que chacune de ses filles ferait à la nouvelle épouse.

Quand elles eurent achevé cette lecture, les trois sœurs se regardèrent quelques instans, muettes, interdites, tant ce qu'elles venaient d'apprendre les remplissait d'étonnement. Philiberte seule se rappelait confusément sa mère, qu'elle avait vue exposée sur son lit de parade, un jour avant ses funérailles; Loyse et Huguette n'en avaient pas souvenir et ne savaient d'elle, de ses chagrins, de sa mort, que ce qui leur avait été raconté par Gertrude.

La gouvernante avait appris aux enfans à aimer leur mère qui n'était plus, à la bénir absente, à prier pour elle; souvent les trois jeunes filles avaient pleuré aux récits de Gertrude et avaient mêlé leurs larmes aux siennes dans leurs pieuses visites à la tombe de leur mère.

Les années s'étaient écoulées, les jeunes enfans étaient devenues de grandes demoiselles, nul e autre femme n'avait pris le nom et la place de la dame d'Holypherne et les trois sœurs s'étaient habituées à penser que jamais leur père ne songerait à un second mariage. Gertrude seule connaissait les intentions de M. de Luyrieux; mais elle avait jugé inutile de parler d'une éventualité qui devenait de jour en jour moins probable, d'attrister ses chères enfans par la crainte d'une belle-mère.

Ni Gertrude, ni les trois sœurs ne connaissaient la famille de Belmont; elles savaient seulement que c'était une maison puissante du Valromey, dont les domaines touchaient les leurs, mais bien loin du château d'Holypherne, où elles étaient confinées; elles ignoraient jusqu'à l'existence de Clémence.

M. de Luyrieux, dans la lettre à ses enfans, ne donnait aucun détail sur la femme qu'il allait épouser. Les jeunes filles firent revenir le page et lui demandèrent tout ce qu'il savait sur la maison de Belmont et surtout sur Clémence. Le page ne se fit pas prier et ne fut pas avare de paroles, ripostant avec vivacité aux questions qui lui arrivaient de quatre côtés.

Les trois sœurs écoutèrent avec intérêt tout ce qui avait rapport au vieux seigneur et à la dame de Belmont; mais leur surprise fut au comble lorsqu'elles apprirent que leur père épousait une demoiselle de dix-huit ans, par conséquent plus jeune que l'aînée de ses enfans. A cette surprise fort naturelle se mêla une certaine satisfaction: dans le premier moment, elles avaient pensé avoir pour belle-mère quelque noble veuve d'un âge raisonnable, qui entrerait en souveraine maîtresse dans le château d'Holypherne, et dont les goûts, les idées, les habitudes apporteraient sans doute des changemens notables dans leur manière d'être.

Ce n'est pas qu'elles eussent beaucoup de bonheur dans leur donjon, mais enfin elles y étaient maîtresses et elles allaient passer sous la domination d'une étrangère. Elles furent rassurées en apprenant que Clémence était jeune, qu'elle était belle, à ce que disait le page, fort prodigue d'éloges à son égard.

— M'est avis, ajouta le page en voyant la sérénité renaître sur les visages des jeunes filles, que c'est une sœur et non une mère que le seigneur d'Holypherne vous amène.

— C'est une compagne! s'écria Loyse.

— C'est une amie, dit Huguette en souriant.

— C'est une quatrième prisonnière, pensa Philiberté en essuyant une larme que ses sœurs ne virent pas.

Quels que fussent les sentimens particuliers des trois filles de Georges, il leur fallait obéir et se courber devant un fait dont elles ne pouvaient ni empêcher, ni retarder l'événement; elles devaient accueillir avec respect celle que leur père prenait pour épouse; mais cette ère nouvelle s'ouvrait pour elles sous de joyeux auspices, puisqu'elle commençait par des fêtes. Jeunes filles privées de tout plaisir dans leur solitude, elles sourirent en songeant aux changemens que cette jeune épouse y devait naturellement apporter.

— Notre père veut nous marier, dit gaiement Loyse, et comme il n'entend pas rester seul dans son château, il y amène une nouvelle compagne.

— Ah! voilà une bonne idée! s'écria Huguette; nous allons sans doute voir aux fêtes de son mariage les maris qu'il nous destine.

— Folles! murmura Philiberte, qui nous connaît? qui pense à nous?

— Personne, à présent, répliqua Loyse en secouant gracieusement la tête, mais quand on nous aura vues...

Huguette partit d'un éclat de rire aux paroles de sa sœur, dont elle était assez disposée à accepter les espérances.

— Hélas! qui voudra de nous, quand on saura le nom de notre père? se dit à elle-même Philiberte, devenue sérieuse et triste.

Après avoir longtemps devisé sur les probabilités et les hasards de l'avenir, les jeunes filles songèrent aux préparatifs du voyage, à leurs parures, aux moyens de remplir convenablement les intentions de leur père et de paraître avec splendeur dans les fêtes qu'il leur annonçait.

Riches étoffes depuis longtemps en réserve, parures brillantes, bijoux précieux qui servaient rarement, furent mis au jour dans cette circonstance importante. Des costumes furent inventés par la jeune imagination des trois sœurs, ou coupés suivant les modes nouvelles, et tous prestement improvisés. Gertrude présidait à toutes choses, encourageait cette activité, heureuse de voir briller ces jeunes filles auxquelles elle avait servi de mère, mais ne partageant pas les douces espérances de Loyse et d'Huguette.

Le même empressement régnait dans les autres parties du vieux manoir, dans les cours, dans les écuries. Les hommes de guerre polissaient leurs armures, que la campagne d'Italie avait quelque peu détériorées, déternissaient le brillant de leurs casques, en faisaient disparaître la trace des coups d'arquebuse, nettoyaient leurs épées. Les palefreniers toilettaient les montures, rajustaient les courroies, assouplissaient les brides dont le temps avait raidi le cuir.

Sur les remparts, le lieutenant de Georges passait ses hommes en revue; il faisait en même temps réparer leurs costumes; les clairons répétaient leurs plus éclatantes fanfares: tout s'agitait comme à la veille d'un grand événement. Depuis longues années, les voûtes séculaires du château d'Holypherne n'avaient retenti de tant de bruit, n'avaient vu une pareille animation.

Au jour du départ, tout le monde était debout et prêt, avant l'aube naissante; les chevaux piaffaient impatiens. L'horizon commençait à blanchir. Philiberte, Huguette et Loyse accompagnées de Gertrude, suivies de quatre jeunes filles et de leurs femmes,

parurent dans la cour d'honneur, où des pages tenaient par la bride trois mules richement caparaçonnées qu'elles allaient monter.

Les trois filles d'Holypherne se mirent prestement en selle, les trompettes sonnèrent le départ, et le pont-levis s'abaissa. La marche fut ouverte par un détachement d'archers à la tête duquel flottait l'étendard de Luyrieux, le même qui avait brillé sur les bords de la Doire et sur les remparts de Fossano, avec des fortunes différentes.

Venaient ensuite, sur deux rangs, dix hommes armés de toutes pièces, puis deux pages élégamment vêtus portant l'un un écusson aux armes d'Holypherne, l'autre une oriflamme sur laquelle on lisait la devise:

BELLE SANS BLAME.

Philiberte, Loyse et Huguette marchaient immédiatement après, ayant à leur droite le lieutenant monté sur un fringant cheval, et à leur gauche Gertrude fièrement campée sur une belle mule. Cinq pages suivaient: ceux des trois sœurs, celui de Gertrude et celui du lieutenant. Enfin le cortège était fermé par des archers.

On se mit en marche au bruit des trompes et des cornemuses, dont les sons aigus frappaient les échos sonores des rochers et jetaient l'épouvante parmi les oiseaux de nuit que l'éclat du jour n'avait pas encore ranimés sur les créneaux du château ou dans les fentes des rocs.

Mais ce bel ordre de marche fut bientôt brisé par les difficultés d'une route abrupte; les instrumens cessèrent de jouer et les conversations joyeuses leur succédèrent, au grand contentement des femmes et des pages, qui goûtaient assez peu les charmes de cette musique.

Le ciel était pur, l'air doux et frais; le soleil, que l'on ne voyait pas encore, commençait à teindre l'azur du ciel d'une couleur orangée; des bandes de pourpre aux bords enflammés et des rayons d'or, devenant de plus en plus vifs, annonçaient son apparition.

Les pics des montagnes se dessinaient sur ce tableau brillant et se revêtaient d'une teinte violette en même temps que s'élevaient, comme la fumée d'un vaste incendie, les vapeurs dégagées du fond des vallées par les premiers feux du jour, et couraient capricieuses et légères à travers les dentelures de ces pics, qu'elles enveloppaient, pour s'en éloigner bientôt.

De chaque côté du chemin les genêts balançaient leurs rameaux d'or au-dessus des bruyères fleuries dont les touffes se pressaient et s'enlaçaient. Parmi ces plantes voltigeaient de petits papillons bleus aux yeux d'argus, de grandes antiopes aux ailes veloutées, des abeilles toutes luisantes du suc des fleurs, et mille éphémères. A chaque pas le pays changeait d'aspect, les montagnes prenaient d'autres formes, d'autres couleurs, présentaient des pentes plus abruptes ou plus douces: un panorama mouvant qui se déroulait aux regards des voyageurs, des soldats insensibles à ces beautés, des jeunes filles heureuses de voir ces frais et rians tableaux, des pages joyeux de quitter le donjon.

Dans les bois qui bordaient la route, les rossignols disaient leur chanson, le loriot sifflait moelleusement, les fauvettes gazouillaient; on entendait dans l'air le cri perçant des freux et des aigles décrivant des courbesau-dessus des rochers. De hauts sapins rangés en magnifiques colonnades, répandaient une odeur balsamique, et jetaient leur grande ombre mystérieuse qui fait rêver. Au-dessus des chemins caillouteux, ravinés par les pluies, s'étendaient des haies échevelées d'aubépine dont les fleurs roses apportaient leurs senteurs vives et enivrantes. Ailleurs, des tapis de verdure étalaient leurs diaprures et le velours des mousses gonflées par la rosée du matin. Partout brillait la vie de cette saison où tout est jeune.

La petite troupe venait de gravir la côte de Bétrian, un des plus splendides points de ce pays tout rempli de merveilles ; arrivée au sommet, elle fit une halte de quelques instans pour laisser prendre haleine aux chevaux et aux mules, puis se remit en route afin de gagner du terrain avant que la chaleur fût devenue trop forte.

La caravane ne s'arrêta qu'à l'heure où, dans les champs, tout se tait et se cache, où les feuilles altérées se crispent sur leurs tiges, où les oiseaux n'ont plus de voix et se retirent dans les endroits les plus sombres de la vallée, où la lumière vive et flambante du soleil pénètre dans les taillis, semant d'étincelles éblouissantes les feuilles vernies des houx épineux et des buis flexibles.

Elle avait choisi pour lieu de repos une forêt de fayards qui couvre la gauche du sommet de Bétrian, et, sous les grands arbres élancés, une pelouse verte et fraîche où des eaux de source coulaient en abondance.

Les cavaliers et les pages accrochèrent aux arbres la bride de leurs chevaux ; les mules qui portaient les provisions furent déchargées, et les mets furent servis sur un tapis de mousse.

Gertrude présidait à ce simple et joyeux festin qui lui rappelait les jours de sa jeunesse, depuis longtemps oubliés ; elle regardait avec bonheur les trois fraîches enfans pour l'amour desquelles la pauvre femme s'était condamnée à une réclusion volontaire dans le triste manoir où elle avait accompagné Mlle de Menthon ; elle se rappelait une promesse sacrée, et fidèlement tenue, qu'elle avait faite à sa jeune maîtresse au lit de mort, et, en voyant ses trois filles heureuses, elle éprouvait une satisfaction vive et profonde, qu'elle taisait parce que personne ne l'aurait comprise.

Les filles d'Holypherne avaient si peu de liberté, leur vie était si monotone, que cette excursion à travers les montagnes et les bois était un événement, une véritable fête. Entourées de leurs écuyers, de leurs pages babillards, de leurs femmes folâtres, reines de cette petite troupe, elles étaient radieuses et le bonheur donnait à leur beauté un nouvel éclat.

Après quelques heures de repos, de causeries joyeuses, on se remit en route et la troupe traversa le petit village d'Etable, aux maisonnettes couvertes de chaume. Epais, noirci par la pluie et la poussière, ce chaume étincelait en ce moment comme s'il eût été parsemé de paillettes d'or. Toutes ces chaumières dont les joubarbes et la mousse verdissaient les crêtes, dont les murs s'élevaient en cônes recouverts de débris de rocher, semblables à des écailles, étaient enveloppées d'un brouillard lumineux; les vapeurs de la terre et les millions d'atômes qui nagent dans l'air empruntaient aux feux du soleil un reflet éblouissant.

Bientôt la caravane, des hauteurs où elle cheminait, embrassa d'un coup d'œil les vastes plaines de Dortan et de Saint-Martin-du-Fresne, riantes et fertiles, que d'immenses murailles de granit entourent comme un jardin, et vit scintiller au loin sous ses pieds les eaux du lac de Nantua, au-dessus duquel se dressaient les montagnes du haut Bugey.

Elle touchait au terme du voyage ; elle arriva à l'Ecluse, alors simple hameau composé de quelques cabanes de pêcheurs, aujourd'hui village important que, par un phénomène inexpliqué, les eaux du lac menacent d'engloutir, dont elles ont en 1857 enlevé plusieurs maisons.

Au-dessus de ce village s'élevait le château des sires de Thoire. C'est là que les trois filles d'Holypherne devaient attendre leur père et sa jeune épouse.

Pendant que les jeunes filles sont reçues par la dame de Thoire dans cette délicieuse résidence dont la beauté contrastait avec la sévérité de leur forteresse, retournons au manoir de Belmont, où nous avons laissé Clémence en larmes, sa mère consternée et Luyrieux triomphant.

CHAPITRE X.

Clémence passa dans une horrible agitation le reste de la journée ; les paroles dures et froides de son père ne lui laissaient plus une seule espérance à laquelle se rattacher. D'amères larmes coulaient sur ses joues, elle suffoquait et cachait sa tête dans ses mains, pensant à Renaud, se demandant comment il pourrait empêcher cette fatale union.

La nuit venue, elle se laissa mettre au lit pour complaire à sa mère ; mais bientôt elle se releva, ouvrit une croisée qui regardait la montagne du Colombier et aspira à pleins poumons les brises tièdes de la nuit. Assise à cette fenêtre, la tête nue, baignée dans l'air, perdue dans un vague indéfinissable, elle repassa, entraînée malgré elle à ces souvenirs, les dix-huit années de sa vie. Son enfance, ses jeux, ses plaisirs, ses petits chagrins, les caresses de sa mère, sa jeunesse grandissant au milieu d'illusions chatoyantes qui promettaient le bonheur, défilèrent devant elle, douce et ravissante procession. Elle revit Liobard, ressentit les premières agitations de l'âme, ineffables et douces, révélant un monde inconnu, qui étonnent, saisissent ; elle se complut longtemps à se rappeler leurs entrevues en présence de sa mère, ses paroles de tendresse, sa main effleurée par celle de son amant, son regard ardent et doux à la fois. Et tant d'espérances, tant de promesses de bonheur aboutissaient à une horrible union avec un homme détesté.

Elle regardait la montagne, y cherchait un point, une ombre, celui qui remplissait son cœur.

Cependant on faisait de grands préparatifs au château de Belmont ; des valets s'étaient rendus à Belley, à Seyssel, à Tenay, portant des invitations aux seigneurs amis ; d'autres étaient en quête de provisions. Le chapelain de Belmont, escorté de six hommes d'armes, prit le chemin de Saint-Rambert et alla inviter le prieur de cette puissante abbaye à venir donner la bénédiction nuptiale.

En même temps les chasseurs se répandirent dans les bois, accompagnés d'une meute nombreuse, et bientôt chevreuils et cerfs furent lancés de montagne en montagne, poursuivis de plaine en plaine.

La chasse traversait, ardente et nombreuse, les bois de Virieux-le-Grand, lorsque le piqueur de M. de Belmont, vigoureux garçon de trente ans, se trouva face à face avec Renaud.

Le malheureux amant de Clémence avait passé la nuit, en proie à son désespoir, inventant mille projets insensés, irréalisables, étincelles qui pétillent au foyer et s'évanouissent sans éclairer ni brûler.

— Vous ici, seigneur chevalier! s'écria le piqueur étonné de cette rencontre; ce n'est certainement pas le plaisir de la chasse qui vous y amène.

— C'est le ciel qui t'envoie, mon bon Julien, répondit Renaud.

Et abordant franchement la question.

— Veux-tu me servir, veux-tu m'aider dans le malheur qui me frappe? ajouta-t-il rapidement.

— Vous ai-je jamais refusé quelque chose, monseigneur, et pouvez-vous douter de moi? répondit le piqueur d'un ton de reproche.

— C'est qu'aujourd'hui il s'agit de choses plus graves qu'autrefois: il s'agit de mon bonheur, de ma vie, fit Renaud.

— Je comprends, dit Julien avec intérêt, ce mariage brise vos espérances.

— Oui, fit tristement Renaud, mais Clémence peut refuser...

— Refuser! s'écria le piqueur; mais quand elle le ferait, vous n'en seriez pas plus avancé: son père la force à ce mariage; il étouffera sa voix, si elle dit un mot, il passera outre à toute résistance.

— Oh! mon Dieu! murmura Renaud; mais sa mère se prêtera-t-elle à cette violence?

— Notre dame, malgré son amour pour sa fille et son amitié pour vous, sera contrainte de courber la tête devant la volonté inflexible de son seigneur et maître, répliqua le piqueur.

— Il me reste un jour, une nuit, je ne céderai pas sans lutte! s'écria Liobard.

Les deux hommes avaient continué de marcher en discourant et s'étaient enfoncés dans le taillis pour n'être pas vus ensemble par quelqu'un des chasseurs. Renaud s'arrêta devant une cabane de bûcheron élevée dans une éclaircie, en poussa la porte, y fit entrer le piqueur, l'invita du geste à s'asseoir sur un banc de bois joignant une table, ferma la porte avec soin et prit place sur un autre banc du côté opposé, la table entre eux deux.

— Julien, dit Renaud en regardant fixement le piqueur; je te donnerai cent écus d'or si tu veux m'aider à empêcher ce mariage. Si Clémence devient ma femme, je te ferai mon égal dans le château de mon père; je te ferai le compagnon de ma vie; je te ferai capitaine d'une compagnie.

— Je n'en veux pas tant, répliqua le piqueur, mais vous pouvez compter sur moi: que faut-il faire?

— Je n'ai rien à espérer de M. de Belmont, rien de sa femme, tu l'as dit tout-à-l'heure, rien à espérer d'un combat, puisque M. de Luyrieux refuse de se battre; je ne puis compter que sur Clémence, dit Renaud.

— Eh bien! que puis-je faire en ceci, que voulez-vous? demanda Julien.

— Il faut que cette nuit j'arrive jusqu'à Clémence, que je lui parle en secret, et toi seul peux m'ouvrir la porte de ce château, inaccessible de tous côtés, fit Liobard.

Julien réfléchit un moment, semblant méditer aux moyens d'introduire Renaud auprès de la fille de son maître; puis après quelques minutes de silence, il hocha tristement la tête et répondit:

— Vous demandez l'impossible, monseigneur: il n'y a chez nous ni poterne, ni souterrain, ni porte secrète; on ne peut pénétrer dans le château que par le pont-levis, et ce soir, comme toutes les nuits, il sera levé. S'il n'était gardé que par une sentinelle, on pourrait lutter avec elle, briser la chaîne, abaisser le pont; mais depuis hier, sous prétexte de faire honneur au sire d'Holypherne, à l'abbé de Saint-Rambert et aux invités, un poste a été établi à l'intérieur, à quelques pas de la porte. La chute du pont, dans la nuit, amènerait tout le monde hors du poste, en supposant que la main de l'audacieux essayant de briser la chaîne ne fût pas tombée dans le fossé sous le tranchant de l'épée de la sentinelle.

— Et tu ne pourrais pas m'introduire avant l'heure où on lèvera le pont, dussé-je prendre d'autres habits? demanda Renaud.

— Monseigneur oublie qu'il n'est personne au château dont il ne soit connu; que la première personne par laquelle il serait aperçu donnerait l'éveil; que, surpris dans le château d'un homme avec lequel il vient de rompre, auprès d'une personne qu'il aime et à la veille de son mariage, il serait exposé à des avanies que je n'ose prévoir, dit timidement le piqueur.

— Ainsi, tu ne peux rien pour moi? fit Renaud avec découragement; j'avais mieux espéré de toi.

— Pour vous, repartit vivement le chasseur, je lutterais corps à corps un avec sanglier; pour vous, je franchirais des précipices sans regarder leur profondeur; mais demandez-moi ce qui est faisable, et je suis prêt.

L'expression franche et loyale de la figure du piqueur ne permettait pas le moindre doute sur sa sincérité; Renaud demandait une chose qui eût été facile avant le retour du sire de Belmont, mais qui, dans les conjonctures présentes, était absolument inexécutable.

Renaud et Julien ne parlaient plus et cherchaient, chacun de son côté, un moyen qui présentât quelque chance de succès, lorsque, de la cabane où ils étaient abrités, on entendit résonner au loin les sons du cor.

— Le sire d'Holypherne est-il à la chasse avec vous? demanda vivement Liobard qui, frappé d'une idée subite, s'était levé en caressant le manche de son poignard.

— J'aimerais mieux cela, fit Julien qui avait parfaitement compris l'intention de Liobard: il y aurait un combat, et Dieu déciderait. Mais le sire de Luyrieux n'est pas à la chasse. Sur les instances de M. de Belmont, il est resté au château.

Renaud laissa retomber sa main, reprit sa place sur le banc et courba la tête avec douleur.

— Rien, dit-il tristement, pas un moyen de la sauver, pas un moyen d'arriver jusques à elle!

— Je cherche en vain, fit le piqueur.

— Suis-je donc condamné à ne la revoir jamais! s'écria Renaud avec désespoir.

— Ecoutez, reprit Julien en regardant le chevalier et en appuyant sur les mots : la cérémonie du mariage aura lieu demain à midi; aussitôt après viendra le repas de noces, et par des motifs que vous comprendrez mieux que moi, le seigneur d'Holypherne quittera Belmont après le banquet avec sa... avec dame Clémence, et se rendra, accompagné de tout son monde, au château de Réou.

— Au château de Réou, demain ! s'écria Renaud animé d'une nouvelle espérance.

— Oui, dit Julien, c'est là que l'on passera la nuit; tout se prépare en ce moment pour les y recevoir.

— Je comprends, reprit Liobard, le vautour veut emporter la colombe à l'instant même; le sire d'Holypherne veut éloigner Clémence de sa mère, de ses amis. J'aurais voulu la voir aujourd'hui, avant qu'elle fût liée à cet homme : peut-être eussions-nous trouvé ensemble le moyen de fuir. Puisque cela est impossible, j'accepte la chance de succès que tu m'offres; on me prend Clémence par la violence, j'essaierai de la reprendre par la force.

— Monseigneur connaît le chemin qui conduit de Belmontet au Réou, fit Julien, et il m'a parfaitement compris.

— Oui, répondit Renaud, je connais le chemin, le ruisseau qui le coupe, les rochers qui l'encadrent. Le nouveau marié trouvera au gué une garde d'honneur à laquelle il ne s'attend pas. Mais il faut absolument que je prévienne Clémence de mes intentions.

Alors il tira de son ceinturon des tablettes d'ivoire, y écrivit quelques lignes et les tendit au piqueur.

— Remets ces tablettes à Clémence, aujourd'hui même, lui dit-il, et je puis encore la sauver.

Julien hésitait ne voulant pas se faire messager d'amour.

— Comment ! s'écria Renaud, tu m'indiques un moyen de la reconquérir et tu ne veux pas m'aider jusqu'au bout?

— Je vous donne le moyen, fit Julien, c'est à vous d'en profiter; mais je ne puis pas me mêler à cela.

— Voyons, reprit Renaud, il faut pourtant bien que j'instruise ta jeune maîtresse de ce que je vais tenter, afin qu'elle reprenne courage, ne s'effraie pas de ce qui arrivera, et, au contraire, me seconde de son mieux : la moindre hésitation de sa part me ferait échouer.

En même temps il dénoua les cordons de son escarcelle et la lui tendit avec tout ce qu'elle contenait; mais Julien repoussa l'escarcelle et ne prit que les tablettes.

— Gardez votre or, dit-il à Renaud, vos raisons m'ont convaincu; plus tard, j'accepterai ce que vous voudrez, quand vous aurez réussi.

En ce moment le son du cor annonçait les abois du cerf. Les deux hommes sortirent de la cabane et se séparèrent.

— A demain ! fit Renaud.

— Bonne chance ! répondit le piqueur.

Julien rejoignit la chasse, Liobard alla préparer son coup de main.

Julien remplit fidèlement son message : il parvint, avec beaucoup d'adresse et en prenant de nombreux détours, jusqu'auprès de Clémence et lui remit les tablettes de Liobard. Celui qui venait au nom de son amant ne pouvait être qu'un ami, et la jeune fille parcourut l'écrit avec rapidité, dans l'espoir d'y trouver le pronostic de sa délivrance. Elle relut une seconde fois et tressaillit en songeant aux dangers que Renaud allait braver pour elle; puis, ses joues se colorèrent à l'espérance du succès. Mille pensées se repoussant, s'excluant l'une l'autre, venaient l'assaillir. Elle murmurait tristement :

— C'est impossible ! c'est sa perte et la mienne !...

Puis, passant à la confiance en Renaud, elle reprenait avec un angélique sourire : S'il réussissait !

Elle s'affermit dans cette dernière idée, l'adopta, la caressa, et résolut de seconder Liobard, dût-elle mourir avec lui dans la lutte qui se préparait.

Lorsque le moment fut venu, les femmes de Clémence la revêtirent de ses habits de noces. Sans prononcer une parole, comme une victime que l'on pare pour le sacrifice, la malheureuse enfant n'opposa pas une résistance inutile et laissa faire celles qui la couvraient de soie, de bijoux et de fleurs. Mme de Belmont, obéissant aux ordres formels de son mari, dévorant ses larmes, conduisit sa fille à l'autel.

Clémence n'entendit pas le bruit des fanfares, ne vit pas la foule réunie sur son passage, ne fut pas frappée du rayonnement des lumières qui formaient un dôme étoilé sous la nef. Elle ne fit pas la moindre attention aux riches costumes des seigneurs venus pour assister à la cérémonie : elle n'entendit pas le héraut d'armes proclamant par trois fois les noms et les titres du sire Georges de Luyrieux et de damoiselle Clémence de Belmont.

Mais lorsque la main du seigneur d'Holypherne toucha la sienne, elle sentit un froid mortel couler dans ses veines, et parut être réveillée en sursaut par une douleur violente. Georges ne sembla pas s'en apercevoir, et pâle, tremblante, les yeux hagards, Clémence tomba plutôt qu'elle ne se mit à genoux sur le coussin où elle devait recevoir la bénédiction nuptiale.

La contenance de la malheureuse enfant n'échappait à aucun des assistans. Les jeunes seigneurs regardaient Georges de travers, les jeunes filles plaignaient la pauvre sacrifiée. Le prieur de Saint-Rambert, habitué sans doute à ces drames intimes, semblait ne rien voir : sa figure était impassible, ses lèvres souriaient. Il murmura les prières d'usage sans que sa voix trahît la moindre émotion, comme une cloche qui rend un son.

Avant de proclamer l'alliance indissoluble des époux, le prêtre leur demanda s'ils s'acceptaient mutuellement. Georges répondit *Oui* d'une voix nette et ferme. Interrogée à son tour, Clémence garda le silence; mais relevant la tête elle jeta au prieur un regard suppliant, qui lui demandait protection. Il eut l'air de ne pas comprendre, ou ne comprit pas cette prière de la victime, et, souriant avec douceur, il renouvela sa question.

Comme la première fois, Clémence resta muette. Les lèvres du prieur se plissèrent; Georges de Luyrieux regarda sa future d'un air étonné qui semblait dire :

— Répondez donc; n'avez-vous pas entendu ?

Mme de Belmont était à genoux, immobile, anxieuse, ne voulant pas intervenir; mais le sire de Belmont s'avança, ému par la colère, et jetant sur sa fille un regard menaçant :

— N'obéirez-vous pas à votre père? lui dit-il avec dureté.

Clémence trembla sous la foudre de ce regard, ne répondit rien, mais courba la tête... Ce geste fut regardé comme un assentiment : le moine proclama l'union et bénit les deux époux.

Les fanfares éclatèrent dans la nef et couvrirent les chuchottemens de ceux qui avaient vu de près cette scène douloureuse. Clémence quitta la chapelle au bras du maître que son père lui avait donné, et traversa la cour d'honneur, où les vassaux de la seigneurie de Belmont l'accueillirent avec des cris de joie, en exprimant tout haut des vœux pour le bonheur du nouveau couple. Cris de tradition, souhaits d'habitude qui brisaient le cœur de la pauvre enfant.

Lorsque les époux rentrèrent au manoir, des jeunes filles qui les attendaient sur le seuil offrirent à Clémence une couronne de fleurs naturelles, tandis que d'autres, suivant une coutume de ce temps-là perpétuée jusqu'à nos jours dans quelques contrées, jetaient sur les époux des grains de blé, comme un présage de bonheur et de fécondité. A ce moment, Luyrieux sentit frémir le bras de Clémence : elle était saisie d'un mouvement d'horreur à ce présage odieux pour celle qui aimait Liobard.

Le repas fut servi, pour les seigneurs, chevaliers et hommes d'armes, dans la grande salle du château; pour les vassaux et les archers, dans la cour d'honneur. Sur les tables apparurent les grandes truites de la rivière d'Ain, les délicieuses petites truites saumonées de l'Albarine, les magnifiques brochets et carpeaux du Rhône, les délicates écrevisses de Nantua, les faisans et les coqs de bruyère des montagnes du Bugey, les paons rôtis parés de leurs plumes splendides, comme c'était alors la mode ; un sanglier, plusieurs daims, un cerf rôti tout entier dans la grande cheminée d'une cuisine pantagruélique.

Les vins bourguignons et beaujolais coulèrent à flots et le dessert fut arrosé des vins d'Arbois couleur d'or, des vins blancs mousseux de Seyssel et de Saint-Rambert, estimés des gourmets, et les Bressans savourèrent avec délices les vins blancs et rosés de Gravelle-sur-Surand, qui mûrissent aux pieds du Revermont.

Cet immense repas dura une partie du jour ; mais quand les sapins millénaires de la forêt de Virieux-le-Grand commencèrent à s'interposer entre la vallée de Belmont et le soleil qui descendait à l'occident, la voix stridente des clairons, le bruit des fanfares, le son rauque des cornemuses annoncèrent que le moment du départ était venu. Le sire de Luyrieux allait emmener la jeune épousée. Il y eut alors une grande agitation au château ; les avenues qui y conduisaient se peuplèrent de paysans, de vassaux, accourus pour jouir du coup d'œil et saluer une dernière fois la fille du seigneur de Bethmont.

C'était quelque chose de pittoresque, de gracieux, que le spectacle de cette nombreuse foule d'hommes et de femmes dont les costumes bigarrés formaient une sorte de mosaïque : les hommes revêtus de la *blaude*, portant des bas gris arrêtés par une jarretière de laine noire ; les femmes coquettement parées de robes de drap bleu, au corset de couleur éclatante lacé par devant, aux larges manches, à la jupe galonnée et plus courte que la robe, au tablier de cotonnade gracieusement coupé.

Les adieux furent pénibles. Mme de Belmont suffoquée par la douleur pressait sa fille sur son cœur; Clémence sanglottait et attachée au col de sa mère protestait par ses larmes contre la violence qui lui était faite. M. de Belmont mit fin à cette scène, et baisant sa fille au front :

— Madame, lui dit-il, vous vous souviendrez de la devise de vos ancêtres :

Plutôt que choir, mieux vaut mourir !

Clémence baissa la tête en frémissant et s'éloigna éperdue. Quand la nouvelle dame de Luyrieux parut dans la cour, de nouveaux cris de joie se firent entendre ; on saluait celle qui partait. Les enfans

lançaient leurs chapeaux en l'air, en signe d'allégresse, tandis que les jeunes filles faisaient de tous côtés voltiger des fleurs d'églantier, d'aubépine et de marguerite, qui venaient tomber aux pieds de l'épousée.

Pâle comme le narcisse des prés, entourée de son père, de la dame de Belmont, d'un grand nombre de gentilshommes dont les costumes semés d'or et d'argent contrastaient avec la bure des villageois, Clémence traversa la foule, fut placée sur un cheval richement caparaçonné, et quitta le château qu'elle ne devait jamais revoir. Un héraut d'armes ouvrait la marche et les paysans escortaient la nombreuse troupe de gens d'armes, d'archers et de pages, et chantaient en chœur des ballades et de joyeux refrains du pays sur le bonheur des mariées.

— Pour dieu, madame, dit Georges à Clémence en se penchant vers elle, vous avez l'air de ne rien voir et de ne rien entendre, comme une madone inanimée ; souriez donc à ces braves gens qui vous fêtent et font des vœux pour votre bonheur.

Clémence ne répondit pas, hocha la tête tristement au mot de bonheur, se tourna à droite et à gauche du côté des paysans et leur envoya des sourires glacés. La foule, qui la voyait richement parée, entourée d'une cour brillante et l'objet de tant de sympathies, ne se doutait pas que le chagrin rongeait le cœur de la pauvre femme et que la reine de cette fête eût en ce moment échangé volontiers ses titres, son rang, sa fortune, contre la position de la plus infime villageoise libre et maîtresse d'épouser celui qu'elle aimait.

Livrée aux plus pénibles réflexions, isolée au milieu de son cortége, Clémence abandonna sans y penser les rênes de son cheval, qui suivit à son gré le chemin jeté comme un ruban onduleux sur les flancs des rochers. Elle regardait sans crainte les abîmes profonds creusés sous ses pas ; elle écoutait les bruits lointains, elle regardait autour d'elle autant que le permettaient les dernières clartés du jour, et peu à peu l'espérance revint à son cœur.

Renaud avait couru le pays pendant toute la nuit précédente, afin de réunir une petite troupe de soldats déterminés et dévoués. Il avait réussi, et, dès le matin, il avait expédié ses hommes par des routes différentes, par des sentiers que les habitans connaissent, vers un point où ils devaient tous se trouver réunis à une heure indiquée. Afin de n'être pas reconnu, il prit des habits de montagnard et gagna seul un petit chemin sur le bord du Séran, qu'il remonta jusqu'à l'endroit où le cortége était absolument forcé de le traverser pour gravir ensuite les pentes qui conduisaient au château de Réus.

Ce château, alors dans toute sa splendeur, et dont il reste encore aujourd'hui quelques vestiges après trois siècles, a été bâti sous la domination romaine par un gouverneur de la Gaule lyonnaise qui en fit une prison d'Etat. Les Romains l'appelaient *Castellum reorum*, château des coupables; les Bugistes trouvèrent que ce nom était trop long et ils l'abrégèrent. On croit, et cela est fort probable, que l'on enferma dans ce donjon un prisonnier de distinction, dont on parlait beaucoup dans le pays et qu'on ne désignait pas autrement que par le mot *Reüs*, que les latins prononçaient Réous, et que le nom bugiste s'est trouvé ainsi tout fait. Cette étymologie n'a, du reste, rien de choquant, puisqu'il est bien constaté que c'est là le *Castellum reorum* de l'époque romaine.

Au temps où se passent les événemens que nous

racontons ici, le château de Réou, reconstruit en partie, appartenait au seigneur d'Antioche ; il dominait un pic extrêmement élevé au dessus de la vallée du Séran, alors complétément nu et privé de toute végétation, ce qui semblait indiquer un certain abandon dans ce pays où les hommes portent volontiers de la terre végétale sur les plus hauts sommets où ils espèrent voir fleurir quelques arbustes. Cette cime grisâtre, crevassée, abrupte du château de Réou, pour peu qu'on eût voulu la défendre par quelques ouvrages, eût été réellement inabordable ; mais les prisonniers d'Etat n'y étaient plus, et cette résidence n'était pour les seigneurs d'Antioche qu'une maison de plaisance admirablement située, d'où l'œil pouvait embrasser les montagnes dentelées de la Savoie, du Dauphiné et du Lyonnais.

Le lieu que Renaud avait choisi pour exécuter son projet se prêtait merveilleusement à un coup de main de ce genre, et offrait réellement des chances de succès. Sous l'amoureux on pouvait distinguer l'officier qui avait étudié son terrain. Le cortége du seigneur d'Holypherne et de sa jeune épouse devait traverser le Séran au gué, et le lit du ruisseau était tellement encombré par les quartiers de roche tombés de la montagne, que deux personnes ne pouvaient traverser de front ce gué entretenu et déblayé toujours par les paysans de la contrée, parce qu'il servait de point de jonction à deux routes. Toutes les personnes qui composaient ce cortége devraient donc passer une à une, et la rive gauche, où allait se poster Liobard, s'élevait assez au-dessus du torrent pour qu'il fût facile d'arrêter par un expédient quelconque celui qui voulait y aborder.

Les hommes convoqués par Renaud furent exacts au rendez-vous. Ils s'y rendirent tous à cheval, les armes cachées sous le manteau ; mais isolément, et laissèrent leurs montures dans un endroit convenu, sous les grands arbres d'un bois. Ils se trouvèrent réunis au point indiqué vers cinq heures du soir, c'est-à-dire, avant le départ des mariés du château de Belmont, et, sous les ordres de Renaud, commencèrent aussitôt les préparatifs.

Un arbre qui s'élevait sur la rive gauche fut scié par le pied aux cinq sixièmes, et maintenu debout, en équilibre, au moyen de perches solides fichées en terre. Des blocs de rocher qui surplombaient le gué furent déchaussés et amenés dans une position convenable.

Un tiers du cortége précédait Clémence ; le sire d'Holypherne était à l'arrière-garde. Tous les hommes qui marchaient devant Mlle de Belmont passeraient le gué les premiers et s'engageraient dans la montée qui conduisait au château de Réou. A peine Clémence aurait-elle touché la rive gauche que, à un signal donné par Renaud, l'arbre scié s'abattrait dans le lit du torrent, les rochers déchaussés y rouleraient, couperaient le cortége en deux en interceptant le passage du gué.

Si les hommes d'armes qui précédaient la nouvelle dame d'Holypherne revenaient sur leurs pas, la troupe de Liobard se jetterait sur eux, l'épée au poing, et la lutte s'engagerait. Quelques instans suffiraient à Renaud, pendant le désordre d'un combat, pour entraîner la monture de Clémence dans un chemin couvert qui débouchait sur la route, à quelques pas de là. Ainsi, grâce à la disposition du terrain, à l'éloignement du sire de Luyrieux, retenu forcément sur la rive opposée, à l'obscurité favorable de la nuit, l'enlèvement de Clémence était à peu près certain.

En s'éloignant du théâtre de l'action, les deux amans n'auraient plus rien à craindre ; une fois réunis, ils fuiraient ensemble à toute bride, traverseraient dans la nuit le défilé de la montagne du Colombier et, sans que personne pût se douter de la direction qu'ils avaient prise, ils arriveraient dans la nuit à Seyssel, sur les bords du Rhône.

Là, il y avait un bac ; mais, dans la crainte que le marinier ne voulût pas traverser le fleuve pendant la nuit, Liobard avait envoyé à Seyssel un homme chargé de s'assurer d'un bateau. Les deux fugitifs et deux hommes passeraient donc le Rhône à Seyssel et, bientôt hors d'atteinte sur la rive gauche, gagneraient les terres du Genevois en quelques heures.

Quoi que pût faire le sire d'Holypherne, il serait impuissant à reprendre Mlle de Belmont à l'étranger, et il ne déterminerait pas François Ier à déclarer la guerre à Genève pour en obtenir la remise : le roi avait d'autres affaires plus sérieuses.

Le plan de Renaud était hardi, aventureux, mais il était bien combiné. Toutes les mesures avaient été prises pour le faire réussir, et il avait de grandes chances de succès. L'amour et l'audace pouvaient avoir raison de la violence exercée à l'égard de Mlle de Belmont.

CHAPITRE XI.

Renaud était couché au milieu des arbustes qui tapissaient de leur verdure la rive escarpée du Séran ; il était agité, bouillant d'impatience : dans cette lutte qui se préparait, il y allait du bonheur de Clémence, du sien, de son amour, de sa vie. Le moindre bruit produit par le vent agitant les feuilles, le moindre son venant du bord opposé et répercuté par les échos de Réou, faisaient battre son cœur.

De temps en temps il appuyait l'oreille contre le rocher, retenant son souffle, apportant toute la puissance de sa volonté à l'audition des murmures qui traversaient le torrent, imperceptibles dans toute autre circonstance, interprétant la plus légère pulsation qui arrivait jusqu'à lui, épiant la plus légère crépitation dans l'air.

Enfin des cris, confus d'abord, puis bientôt plus distincts, se firent entendre. Le cœur de Renaud se dilata ; il respira plus à l'aise : le convoi approchait ; ces cris lointains étaient les chants des villageois qui accompagnaient la noce. Dans quelques instans Clémence serait auprès de lui, dans ses bras.

A ces chants, Liobard et les siens répondirent par d'autres chants d'amour, dans un mode doux et tendre. C'était un moyen de justifier la présence de tous ces hommes sur ce point, de tromper la surveillance, si toutefois la route était éclairée par des émissaires de Luyrieux ; on ne devait voir là que des amis attendant les mariés pour leur faire fête au passage.

En même temps, le jeune capitaine plaçait silencieusement chacun de ses soldats à son poste, examinait avec attention tous les préparatifs, s'assurait que l'arbre et les blocs de pierre qui devaient intercepter le gué rouleraient dans le torrent au premier choc. Tout était prêt. Celle qu'il aimait allait être à lui.

Mais, au lieu de se rapprocher, le bruit des chants s'éteignait peu à peu ; quelques vagues modulations, à peine perceptibles, se perdaient dans l'air. Sans doute, pensa Renaud, les paysans avaient cessé de suivre la noce et regagnaient leurs villages éloignés. Il appuya de nouveau son oreille contre la terre nue : la vibration produite par les pas des chevaux, qu'il avait entendue distinctement quelques minutes auparavant, allait maintenant en décroissant.

Bientôt il n'entendit plus rien, absolument rien que les gémissemens des cascades tombant des sommets sur les pointes des rocs, et ceux de l'eau du ruisseau battant les pierres qui lui faisaient obstacle. La nuit, qui était descendue sur la vallée, devenait de plus en plus sombre, et le chef ne pouvait plus voir ses soldats immobiles à quelques pas de lui.

Sans aucun doute, le convoi avait changé de direction. Nulle autre route ne pouvait le conduire au château du Réou ; il n'y venait donc pas. Julien s'était-il trompé ? Le seigneur d'Holypherne avait-il deviné le projet de Renaud, ou reçu quelque avis secret de ce qui se préparait ?... Dans tous les cas, où conduisait-il Clémence ? Restait-il un moyen de l'attaquer en route ?

Il était impossible de résoudre ces questions, que Liobard s'adressait mentalement, et ce n'était pas en restant sur la rive gauche du Séran qu'il en trouverait la solution. Le temps pressait, il fallait prendre un parti promptement. Le capitaine rallia sa troupe autour de lui, repassa le ruisseau et rejoignit la route qui descendait de Belmont et s'avançait dans le plat pays. Dans l'incertitude de la direction prise par le convoi, il s'engagea vivement dans cette route, sauf à décider ce qu'il conviendrait de faire quand il aurait retrouvé la trace du seigneur de Luyrieux.

Renaud, qui marchait en avant de ses hommes, avait à peine fait deux cents pas dans la route, tournant le dos à Belmont, quand une voix sortit d'un taillis et chanta dans l'idiome bressan :

> Le beau sire de Thoire,
> Dans son joli château,
> Sur le côteau,
> Le dimanche va boire
> Avoé la blanche Cathau.

— Hé ! hé ! l'ami, s'écria Renaud qui ne voyait pas le chanteur, sais-tu où se dirige la noce de monseigneur d'Holypherne ?

Le chanteur ne répondit pas directement à la question, mais il reprit, comme s'il répétait le refrain de sa chanson :

> C'est au château de Thoire
> Que le sire va boire
> Avoé la blanche Cathau !

Cette fois, Liobard reconnut la voix de Julien et comprit l'intention du chanteur lui donnant avis de la nouvelle direction prise par le cortège de la mariée. Il désirait quelques détails sur les motifs de ce changement, et il s'avança dans le taillis vers l'endroit d'où la voix était partie. Mais il n'y trouva personne : Julien avait disparu. Il consentait à donner un renseignement à Renaud, mais il ne voulait pas être aperçu par les hommes qui l'accompagnaient dans une circonstance aussi grave ; il aurait pu payer cher une telle imprudence, quelle que fût l'issue des événemens.

Renaud retourna sur la route. Il aurait voulu non pas suivre le cortège, mais le devancer, lui couper le chemin. Pour cela, il fallait faire un détour de trois ou quatre lieues par des sentiers difficiles ; les hommes et les chevaux n'arriveraient sur le cortège qu'exténués de fatigue et peu propres au combat. Pendant ce temps, Georges gagnait du terrain dans une direction absolument opposée à celle où Renaud avait organisé ses moyens de fuite ; le convoi s'éloignait de Seyssel et par conséquent du Rhône, qui devait être la première barrière entre les fugitifs et ceux qui les poursuivraient.

A moins d'attaquer le seigneur d'Holypherne à l'instant, de le mettre en déroute, de ramener Clémence au gué du Séran et de reprendre l'exécution du premier plan, la malheureuse jeune fille était à jamais perdue pour Liobard.

Tout cela fut dit, discuté, et parfaitement compris par la troupe en quelques minutes.

— Eh bien ! fit Renaud, résumant la discussion en soldat, en avant, bride abattue, l'épée au poing, et tombons sur le cortège !

Tous s'élancèrent avec ardeur dans la direction que suivait le sire de Luyrieux.

Mais dans la nuit, malgré le bruit du convoi, le retentissement de cette course rapide arriva bientôt aux oreilles de Georges, qu'en toute circonstance il était difficile de surprendre, et qui en ce moment se tenait sur ses gardes. Instruit par M. de Belmont et par le cartel de Renaud de l'amour de celui-ci, averti par la résistance de Clémence, soupçonnant que Liobard tenterait quelque coup de main, il avait envoyé sur la route de Réou deux de ses plus habiles lieutenans, pendant qu'au château de Belmont on célébrait le mariage par le repas pantagruélique dont nous avons parlé.

Les deux officiers explorèrent les lieux en hommes qui sont en pays ennemi et savent leur métier. Les allures des hommes réunis par Liobard les frappèrent, et sans paraître s'apercevoir de leur présence, ils battirent si bien les alentours qu'ils finirent par découvrir les chevaux sous les arbres les plus touffus du bois et une sentinelle qui gardait l'entrée d'un chemin creux.

Il n'en fallait pas tant pour éveiller les soupçons de Luyrieux. Il garda le silence, prit part à la fête, envoya un messager au château de Réou et quitta la résidence de Belmont, laissant tout le monde persuadé qu'il allait traverser le gué du Séran.

Arrivé à l'endroit où le chemin du gué rejoint la route, il dit tout bas quelques mots à l'officier qui marchait en tête, et, au lieu de tourner vers la rivière, le convoi continua de s'avancer dans la direction de Nantua. Au moment où M. de Belmont faisait ses adieux à son gendre, ils échangèrent quelques paroles que personne n'entendit, mais bientôt une petite troupe d'hommes d'armes descendue de Belmont vint renforcer la troupe de Luyrieux.

Lorsqu'il entendit le bruit des chevaux qui couraient sur lui, Georges devina Renaud et prit immédiatement ses dispositions pour repousser l'attaque. Il fit marcher les femmes en avant sous la garde des pages, auxquels il ordonna de tuer sans merci tout étranger qui toucherait à la bride d'un cheval. Ses hommes d'armes, restés à l'arrière, furent mis en ordre sur autant de rangs que le voulait la largeur de la route ; tous les rangs furent espacés de vingt pas.

Lorsque Georges jugea que l'ennemi était proche, il ordonna au convoi de s'arrêter, car il avait formé les rangs en marchant ; il fit faire volte-face à ses hommes, les laissa sous les ordres des officiers et alla se placer auprès de Clémence, l'épée à la main.

Il vit tressaillir la pauvre enfant, et lui jetant à la dérobée un regard narquois :

— Eh ! madame, lui dit-il en souriant, je vous ai conquise sur la terre d'Italie, je vais vous défendre sur la terre du Bugey. Les conquêtes qui nous donnent le plus de peine sont celles que nous aimons le mieux. Mais rassurez-vous, bientôt vous serez délivrée des poursuites de ces damoiseaux. Vous allez voir leur déroute.

Clémence ne répondit pas et leva les yeux vers le ciel.

La troupe de Liobard arrivait rapidement, le chef en tête. Elle attaqua avec impétuosité et en un clin d'œil enfonça le premier rang ; elle se rallia dans l'espace laissé entre les deux rangs, chargea et brisa le second. Elle se rallia de nouveau et se précipita sur le troisième. Celui-ci tint bon ; le premier choc était amorti, les hommes de Renaud n'avaient ni assez de champ, ni toute la liberté de leurs mouvemens. En arrière d'eux, les soldats des deux rangs enfoncés se reformèrent sur une ligne serrée, compacte, ne laissant pas le plus petit espace libre, et alors la troupe de Liobard se trouva enveloppée de toutes parts.

La mêlée fut terrible ; les cris que les combattans poussaient pour se reconnaître dans la demi-obscurité de la nuit, le bruit des épées retentissantes tombant sur les armures, les mouvemens des chevaux, produisaient un tumulte effroyable.

Clémence tremblait et pleurait, mais on ne voyait pas ses larmes.

Renaud combattait avec fureur, irrité des obstacles qu'il voyait constamment se placer devant lui, essayant de se frayer un passage jusqu'à Georges demeuré immobile, impassible, mais prêt à agir au besoin. Dix fois Liobard s'élança, frappant de son épée, pour percer ce fatal troisième rang qui ne cédait pas ; dix fois les lourds chevaux des hommes d'armes le repoussèrent plus encore que les épées et les haches.

Georges avait des forces supérieures, grâce à la troupe de Belmont qui avait augmenté la sienne ; il avait, au surplus, très bien compris et organisé son plan de défense. Liobard n'avait pas pu prévoir ce renfort dû à des circonstances particulières ; comptant sur son courage, et dans l'ardeur qu'il mit à accourir sur les traces de Clémence, il n'avait pas songé à garder une réserve qui, arrivant au fort de la mêlée, eût pu changer le sort du combat et décider la victoire.

Impuissans contre le nombre, dans cette route étroite où le courage n'avait pas la liberté de ses mouvemens, les soldats de Liobard commençaient à plier et à lâcher pied. Leur chef, qui faisait des efforts héroïques, fut entouré et reçut une profonde blessure. Tout sanglant, combattant néanmoins, il allait succomber ; mais il avait affaire en ce moment aux hommes de Belmont, et il fut reconnu malgré son déguisement.

L'un de ces hommes, ému de pitié, comprenant bien les causes de cette lutte, saisit la bride du cheval de Liobard et la coupa, après avoir tourné la tête du cheval vers un sentier qui s'enfonçait dans les bois ; un autre, de la pointe de son épée, piqua vivement le cheval qui s'enfuit dans la route ouverte devant lui, emportant Renaud désespéré, plein de colère, de honte, et impuissant à ramener son cheval sur le lieu du combat, où il aurait voulu mourir.

Des deux côtés quelques hommes restèrent sur le champ de bataille ; beaucoup furent blessés ; mais aucun des assaillans ne fut pris vivant. Georges remercia sa troupe du courage qu'elle avait déployé, fit donner des secours à ceux qui en avaient besoin, promit une gratification à ses soldats à leur retour au château d'Holypherne, et en distribua une sur le champ aux soldats de Belmont.

Par un raffinement d ironie, il voulut que celle-ci fût donnée par Clémence ; mais il insista vainement : Clémence resta immobile sur sa monture, et il ne put en obtenir ni une parole, ni un mouvement.

— Ceux qui nous ont attaqués ainsi sont-ils des chevaliers, ou des routiers ? demanda le sire de Luyrieux en distribuant de l'argent aux soldats de Belmont.

Personne ne répondit.

— Ah ! fit Georges, vous n'en savez rien ; mais si l'obscurité n'a pas permis de bien les voir, vous avez pu les juger à leurs coups.

— Les coups étaient rudes, dit un des blessés dont on venait de panser le bras.

— Et vous n'avez reconnu personne ? reprit le seigneur.

Cette fois encore il n'obtint pas de réponse. Ceux qui avaient reconnu Renaud n'étaient pas disposés à le trahir ; ils l'eussent servi dans toute autre circonstance, et si livrer la fille de leur chef n'eût pas été un acte de félonie, ils eussent volontiers combattu pour le sire de Liobard contre le sire d'Holypherne.

Georges jugea qu'après la déroute de son ennemi, il n'avait plus de surprise à redouter. Il congédia les hommes de Belmont, qui regagnèrent la montagne, et le convoi reprit sa marche longue et pénible. Georges, silencieux, irrité, marchait à côté de Clémence, qui ne voyait rien, n'entendait rien, et dont l'esprit, troublé par les émotions de la journée et le désespoir de cette nuit, n'avait plus le sentiment de ce qui se passait autour d'elle.

Le convoi, harassé, triste, sombre, après avoir chevauché toute la nuit, arriva au matin au château de Thoire.

Le Grand Bressan n'avait pas fait partie de cette malheureuse expédition, où sa force et son courage ne l'eussent pas bien servi contre une troupe nombreuse qui ne pouvait être défaite que par surprise ; mais son absence fut fatale à Renaud ; car, plus calme, plus réfléchi, Bastien n'aurait jamais consenti à attaquer sans connaître les dispositions de son ennemi : il l'eût suivi jusqu'au moment où quelque accident de terrain lui eût offert des chances de succès.

Mais, après avoir donné quelques jours aux soins de la compagnie, Bastien avait traversé la rivière d'Ain et gagné le mandement de Jasseron, où résidait sa famille, à la grande joie de sa mère, qui, instruite par son mari du courage qu'avait déployé Bastien au passage de la Doire, accueillit son fils avec des transports d'orgueil maternel bien légitimes.

Bastien raconta son amour pour Paola et obtint le consentement de ses parens pour l'épouser ; mais il fallait attendre la solution des événemens, la fin de la guerre et savoir si le pays de Bresse retournerait au duc de Savoie.

A l'exception des gens de service, tout le monde dormait encore au château de Thoire lorsque Georges y arriva. La nouvelle circula rapidement, chacun se leva et les trois filles d'Holypherne coururent au devant de leur belle-mère. Présentées à celle-ci par le sire de Luyrieux, elles complimentèrent Clémence, la comblèrent de caresses, puis déroulèrent à ses yeux tous les présens qu'elles lui apportaient.

Mais bientôt leur empressement fit place à la stupéfaction. Ces jeunes filles ne comprenaient une nouvelle mariée que la joie au front, le sourire aux lèvres, le bonheur rayonnant dans toute sa personne ; au lieu de l'idéal rêvé, elles trouvaient une femme pâle, abattue, les lèvres glacées et les mains brûlantes, trahissant la fièvre.

Loyse et Huguette attribuèrent cet état à la fatigue d'une longue route de nuit. Plus réfléchie, plus observatrice, Philiberte devina dans le maintien de Clémence la douleur morale et le désespoir ; mais entre elle et la femme de son père il ne pouvait pas y avoir de confidences : elle n'en provoqua pas, elle n'en reçut point. Après avoir mûrement pensé au rôle qu'il lui convenait de prendre vis-à-vis d'une belle-mère que son mariage rendait évidemment malheureuse, elle préféra lui paraître superficielle et légère que de lui demander la cause de ses chagrins.

Dès ce moment, pendant que Loyse et Huguette s'empressaient auprès de Clémence, s'efforçaient de la distraire, l'accablaient de folles questions sur les causes de sa tristesse, de ses larmes, Philiberte se bornait à lui témoigner un intérêt presque respectueux, une amitié qui ne se démentait pas, mais restait calme et réservée.

Le bruit de l'attaque nocturne dont le cortège avait été l'objet ne pouvait rester secret ; mais aucun des hommes d'Holypherne n'avait reconnu Liobard, et, sans soupçonner que le châtelain de Saint-Sorlin en fût l'auteur, Philiberte ne douta pas que ce coup de main ne fût l'œuvre d'un amant désespéré.

Clémence comprit bien vite qu'elle avait été devinée, et sut beaucoup de gré à Philiberte de ne pas provoquer des confidences qu'elle ne pouvait pas faire et de se tenir à cet égard dans une sage réserve.

CHAPITRE XII.

M. de Luyrieux voulut célébrer son nouveau mariage avec la jeune héritière de la maison de Belmont par des fêtes qui eussent un grand retentissement dans le pays. C'était un moyen de distraire Clémence d'une douleur qu'elle ne dissimulait pas ; il pensait que l'éclat, le bruit de la foule, les attentions, les complimens dont elle serait l'objet, chasseraient peu à peu les souvenirs du passé et lui feraient accepter avec plus de résignation sa position nouvelle.

Il voulait en même temps donner quelques plaisirs à ses filles, si longtemps prisonnières dans son château-fort, et se berçait de l'espérance que leur jeunesse, leur beauté toucheraient le cœur de quelques-uns des jeunes hommes conviés à ces fêtes.

L'espèce d'ostracisme, d'interdit, dont lui et ses enfans étaient naguère l'objet, venait d'être levé à son égard d'une façon trop brillante pour ne l'être pas aussi à l'égard de ses filles ; telle était, du moins, la pensée du père.

M. de Luyrieux convoqua plusieurs jeunes seigneurs des environs pour avoir leur avis sur les divertissemens à donner aux dames, et l'on fut quelque

peu surpris de voir le sire d'Holypherne s'occuper de ces idées qui lui étaient restées jusques-là fort étrangères.

— Le vieux sanglier devient galant, dit tout bas un des jeunes gens à ses amis.

— Laissez donc ! fit un autre : sa dame lui tient rigueur ; le vieux hercule va nous proposer un tournoi où il compte triompher ; sa dame alors ne pourra plus lui refuser la palme du vainqueur.

— Mordieu ! si vous voulez me seconder, dit un troisième, nous l'empêcherons bien de jouter. Approuvez ce que je proposerai tout à l'heure, et nous le mettons tout net hors de combat. Quant à sa dame, elle ne peut que gagner à en couronner un autre.

Les jeunes seigneurs se réunirent gravement autour de Georges de Luyrieux, qui leur posa la question en souriant. Les tournois étaient fréquens à cette époque et offraient toujours un puissant intérêt ; aussi tous ceux qui parlèrent les premiers proposèrent-ils un tournoi. Seulement chacun l'organisait à sa façon : celui-ci voulait une course avec un seul quadrille de combattans ; celui-là une joute où il y aurait deux partis opposés ; un autre un carrousel avec quatre partis, suivant les usages de l'époque.

Le seigneur qui avait promis d'exclure de la lutte le sire de Luyrieux était un Dombiste, riverain de la Saône. Les mariniers de cette rivière, dont le courant est à peine visible dans les eaux ordinaires, avaient, à l'imitation des seigneurs, imaginé des combats sur l'eau qu'ils nommaient la joute. Le jeune seigneur avait assisté à ces jeux tout nouveaux alors, et y avait pris beaucoup de plaisir ; il voulait les proposer au sire d'Holypherne, mais en se gardant bien d'avouer leur origine, et de dire surtout qu'ils étaient célébrés le jour de la fête de Saint-Nicolas et accompagnaient le tir à l'anguille et à l'oie.

— Messieurs, dit-il, quand vint son tour de donner son avis, les Arabes sont nos maîtres en chevalerie ; ce sont eux qui ont inventé les tournois et les ont enseignés aux Français.

— Nous les avons perfectionnés et répandus par toute l'Europe ! s'écria l'un de ceux qui avaient parlé précédemment.

— Oui, reprit l'habitant de la Dombes, mais les Arabes ne nous ont pas appris tout ce qu'ils savent en ce genre. Un de mes parens, qui a quelque temps habité parmi eux, a plusieurs fois assisté à des luttes qui se livraient sur un lac, à la grande joie d'une foule immense accourue sur les rives pour jouir d'un spectacle aussi gracieux qu'amusant.

Un vif mouvement de curiosité se manifesta parmi les assistans et tous les regards invitaient l'orateur à continuer. Il poursuivit donc :

— Voici comment ces combats se livrent : au lieu d'être montés sur de pesans coursiers bardés de fer, les hommes qui disputent le prix de la force et de l'adresse sont placés sur une plate-forme à l'arrière d'une légère barque courant avec rapidité sous les vigoureux efforts de dix rameurs. Les longues lances dont ils sont armés portent à l'une de leurs extrémités une garniture de fer très courte en forme de trident ; le bouclier et la cuirasse sont remplacés par un plastron de bois découpé en petits carrés par des arêtes saillantes, et fixé sur la poitrine. Du reste, ni brassards, ni cuissards, ni jambières ; une légère toque sert de casque, et les jouteurs renversés, au lieu de tomber lourdement sur le sable, font un plongeon dans le lac, aux grands éclats de rire de la foule.

.La majorité du conseil se mit à rire : la cause était à moitié gagnée. L'orateur reprit :

— Je vous raconte cela trop succinctement, et je dois ajouter que les cérémonies, les marches, le dé-filé devant la tribune des dames et des juges du camp, avant et après la joute, les tentes élevées sur le rivage, permettent de déployer les plus riches costumes, les bannières de tous les seigneurs, et font de ces jeux des fêtes ravissantes.

— Mais comment organiser des joutes que nous n'avons jamais vues? dit un des seigneurs.

— Mon parent, répliqua le jeune homme, m'a donné des détails si précis, des explications si nettes sur ce qu'il a vu chez les Arabes, que si vous voulez m'en confier la direction, je me chargerai volontiers d'organiser la fête.

Les amis du seigneur dombiste appuyèrent chaudement, et la joute sur le lac de Nantua fut acceptée avec acclamation.

Le programme d'un divertissement à peu près inconnu dans la contrée, et auquel le jeune seigneur voulait donner des développemens qui en faisaient une nouveauté, piqua la curiosité, et de toutes parts les chevaliers et les dames accoururent pour prendre part à la fête.

Le sire de Belmont ne pouvait pas manquer à cette solennité, et la dame de Belmont y vint avec l'empressement d'une pauvre mère qui porte des consolations à sa fille sacrifiée, malgré elle.

Les préparatifs durèrent huit jours : on appropriait à la joute les barques achetées ou louées sur les rives du lac, qui en comptait alors plus qu'aujourd'hui; on les peignait de couleurs brillantes; on élevait les constructions et les mâts; on dressait les tentes; on garnissait de velours grenat et de franges d'or la poignée des lances; dans les compartimens des boucliers, ou plastrons de bois, on peignait les armoiries, les devises des tenans déjà inscrits.

Les bateaux couraient sur le lac, répétant les évolutions qu'ils devaient faire; les rameurs s'exerçaient à élever, à abaisser leurs avirons en mesure, à ramer avec un ensemble qui, en imprimant plus de rapidité à la barque, donnait plus de force au champion qu'elle portait; les jouteurs cherchaient les poses les plus gracieuses et en même temps les plus avantageuses, et préludaient au grand combat par des luttes partielles.

• Les chevaliers s'étaient divisés en deux camps. Leurs costumes, en tous points semblables et d'une légère étoffe, variaient, quant à la couleur, selon le parti auquel ils appartenaient. Dans un camp, on portait le haut-de-chausses bleu, le pourpoint rouge et la toque rouge galonnée d'or; dans l'autre, le haut-de-chausses était blanc, le pourpoint bleu, ainsi que la toque, celle-ci galonnée d'argent. Une ceinture tramée de soies de diverses couleurs complétait ce costume à la fois riche, simple et gracieux.

Au jour venu, les jouteurs suivis de leurs écuyers, escortés des rameurs, se rendirent dans la cour d'honneur du château de Thoire; les fanfares éclatèrent et bientôt le cortége se mit en marche pour descendre vers le lac. Quatre hommes portant hallebardes et quatre arbalétriers, dont l'un tenait l'oriflamme de la maison de Thoire, allaient gravement en tête. Après eux, quatre pages vêtus aux couleurs des deux camps portaient les deux lances et les deux boucliers qui devaient servir à la joute. Les chevaliers du tournoi venaient ensuite sur deux lignes entre lesquelles se trouvaient la dame de Belmont, Clé-

mence, les dames de Thoire, Philiberte, Loyse et Huguette, toutes montées sur des palefrois que des pages conduisaient par la bride. Le sire de Belmont, le seigneur d'Holypherne et ceux qui ne devaient pas entrer en lice fermaient la marche du cortége, entouré et suivi d'une foule immense accourue pour jouir du spectacle de la joute.

Au bord du lac, et s'avançant sur l'eau, s'élevait une tente ou tribune, richement décorée. Au premier rang se placèrent la nouvelle mariée, les dames de Belmont et de Thoire, M. de Belmont, Georges de Luyrieux et quelques autres seigneurs et leurs dames; au second rang allèrent s'asseoir les trois filles d'Holypherne en compagnie des filles des seigneurs, jeunes comme elles ; des chevaliers, de riches hommes, non nobles, mais libres, et des bourgeois occupaient les derniers rangs.

Deux tentes parallèles s'élevaient, l'une à droite, l'autre à gauche de la tribune; surmontées, la première, d'une oriflamme bleue; la seconde, d'une oriflamme blanche. Elles étaient exclusivement destinées au chevaliers de la joute, et sur toutes deux on lisait cette devise :

JE TIENS LE DÉFI.

Les jouteurs, au signal des trompettes, sortirent de leurs tentes et, arrivant de deux côtés, se joignirent sur le radeau qui s'étendait en avant de la tribune, saluèrent les dames et attendirent les ordres des juges du camp.

Le seigneur de la Palud se leva, et, déposant sur le large rebord de la tribune et sur un coussin de velours une couronne d'argent ciselé, marquée de ses armes :

— Messieurs, dit-il, voilà le prix de la victoire; il appartiendra à celui qui, trois fois de suite sera resté de bout sur sa barque en renversant son adversaire.

La foule applaudit; les condtions de la victoire étaient dures, mais elles ne firent qu'exciter l'enthousiasme des combattans.

Le sire de Belmont se leva ensuite et, tirant d'un écrin un bracelet d'or d'un travail remarquable et d'une grande grande valeur, qu'il avait apporté d'Italie, le déposa sur un coussin de velours placé de l'autre côté de la tribune.

— Moi aussi, dit-il, je veux offrir un prix à votre adresse, en souvenir de l'accueil bienveillant que ma famille et moi avons reçu ici. Clémence, ma fille, dame d'Holypherne, remettra ce bracelet à celui de deux jouteurs, l'un et l'autre deux fois vainqueurs, qui remportera sur son rival un troisième triomphe.

Les mêmes applaudissemens suivirent les paroles du sire de Belmont ; les dames regardaient curieusement ce riche bijou et faisaient des vœux pour qu'il fût gagné par le chevalier qui portait leurs couleurs.

Le sire de Luyrieux se leva à son tour et fit un signe en se penchant sur un des côtés de la tribune. A l'instant même, un magnifique cheval sortit de dessous la tribune, où il était caché par les tentures, et fut conduit sur le radeau, où toute la foule put admirer les formes et la riche encolure d'un coursier de bataille.

— Ce prix, s'écria Georges, sera gagné le premier, car il appartiendra à celui qui sera le premier deux fois de suite vainqueur.

La magnificence du présent souleva un tonnerre d'applaudissemens. Les jouteurs se dirigèrent vers les deux barques qui devaient les recevoir tour à tour et les attendaient, se balançant au bord du radeau.

Une foule nombreuse était venue de Nantua sur des barques et des radeaux ; les dames étaient parées comme aux jours de fête, et les embarcations, après avoir parcouru une longue distance, s'étaient rangées en demi-cercle autour de l'espace réservé aux jouteurs. En dehors de cette ligne, des batelets se croisaient et tous sens, obéissant à la rame ou à la voile qui s'agitait comme l'aile blanche des mouettes.

C'était un tableau charmant sur cette mer trop petite pour avoir des tempêtes, et du milieu du lac on jouissait d'un autre spectacle plus pittoresque encore et plus grand : c'était celui des montagnes voisines, sur le versant desquelles les villageois étaient venus s'étager, depuis la base jusqu'aux cimes, vaste cirque aux gradins mouvans, bariolés de couleurs.

Le héraut d'armes donna le signal : les barques s'élancèrent, glissèrent avec rapidité sous l'effort des rames qui se levaient et s'abaissaient ensemble ; elles passèrent en se croisant devant la tribune, les rameurs saluèrent en élevant leurs rames, puis elles prirent du champ, se retournèrent et s'avancèrent l'une contre l'autre, en rasant au plus près, chacune tenant sa droite. Les jouteurs étaient debout sur une plate-forme, à l'arrière du bateau, le plastron fixé sur la poitrine et la lance en arrêt, la jambe gauche en avant, la main gauche tenant la lance le plus loin possible, la main droite la serrant vigoureusement à l'extrémité inférieure et reposant sur la cuisse droite.

Le premier choc fut violent et les coups si bien portés de part et d'autre, et en même temps si bien soutenus, que les deux champions restèrent tous deux fermes sur leur bateau, aux applaudissemens frénétiques de la foule.

Le coup en effet était rare et beau ; la joute débutait bien. Les barques prirent la place l'une de l'autre, pour donner à chacun des champions l'avantage du vent ou du soleil et égaliser les chances. Ceux-ci allaient faire une nouvelle passe. La curiosité était vivement excitée ; les assistans engageaient des paris, qui pour l'oriflamme blanche, qui pour la bleue. Les champions comprenaient l'intérêt qu'ils inspiraient et cherchaient à prendre la pose la plus solide, à s'affermir sur leurs pieds.

Les rameurs levèrent leurs avirons, les abaissèrent, frappèrent les flots en cadence et les barques partirent de nouveau, au milieu d'un silence général ; elles se rasèrent et, cette fois, les coups furent si vigoureusement portés de part et d'autre que les adversaires furent tous les deux renversés dans le lac, d'où ils regagnèrent à la nage les bateaux qui les attendaient.

Ceux qui leur succédèrent étaient deux jeunes gens n'ayant pas encore une grande habitude de la lance, que l'on n'apprend à manier qu'après de longs exercices. On le comprit bien vite en les voyant se poser avec quelque gêne. L'un d'eux manqua le bouclier de son adversaire ; celui-ci plus heureux le frappa droit et ferme, et l'enleva comme un mannequin de paille. Il pirouetta dans l'air et s'enfonça dans l'eau ; les battemens de mains et les éclats de rire se firent entendre de tous côtés.

Le jeune vainqueur dut faire une seconde passe contre un nouveau jouteur ; celui-ci était plus adroit et plus fort que le précédent : on le vit à ses premiers mouvemens ; mais le triomphe qu'il venait de remporter avait doublé l'énergie et la force du jeune homme, et il précipita dans l'eau ce second adversaire. Toutes les voix crièrent de longs bravos.

Appuyé sur sa longue lance, pendant que les barques prenaient leurs positions, qu'un troisième concurrent montait sur celle qui avait eu déjà deux défaites, le vainqueur saluait les dames, qui l'applaudissaient et admiraient sa jeunesse et sa beauté. Sa toque était tombée dans la lutte, et ses longs cheveux noirs et brillans flottaient sous la brise. Son nom était dans toutes les bouches : c'était le jeune Amédée de Montrevel, fils du grand-bailli de Bresse, sous lequel Bastien avait fait ses premières armes.

A la troisième passe, Amédée fut renversé à son tour : plusieurs dames en murmurèrent, mais il avait gagné le prix du sire de Luyrieux, et, s'il ne pouvait prétendre au prix de M. de la Palud, il avait encore le droit de concourir pour celui de M. de Belmont. La journée était belle pour lui.

Durant les luttes suivantes les chances s'alternèrent : le pavillon bleu eut longtemps le dessus ; le pavillon blanc prit à son tour l'avantage ; quelques jouteurs, par leur force et leur adresse, excitèrent de longs applaudissemens et ce jour de combat nautique se passa rapide et joyeux.

Deux champions avaient été trois fois vainqueurs ; deux autres l'avaient été deux fois. Les prix offerts par M. de la Palud et par M. de Belmont devaient être disputés par ces quatre jouteurs. Deux dernières passes décidèrent de la victoire.

Le prix de M. de la Palud fut gagné par un noble chevalier du pays de Dortan. Des applaudissemens éclatèrent quand on vit Amédée de Montrevel venir disputer le second. Si un regard attentif se fût alors arrêté sur Loyse, on l'eût vue rougissante, émue, murmurant des paroles inarticulées, mais qu'on aurait pu prendre sans se tromper pour une prière en faveur du jeune Montrevel.

Les sympathies des dames portèrent bonheur à celui-ci : il fut vainqueur et gagna le prix de M. de Belmont, comme il avait gagné celui de M. de Luyrieux.

Les champions rentrèrent dans leurs tentes, se revêtirent de leurs splendides habits qu'ils avaient quittés pour la joute, et furent, au bruit des fanfares, amenés à la tribune pour y recevoir les prix. Ce fut Clémence qui remit à Amédée le bracelet offert par M. de Luyrieux, lorsqu'il vint s'agenouiller devant elle.

La malheureuse jeune femme avait bâti dans sa pensée le roman éternel de cette époque : son amant arrivait à la joute, la figure cachée, combattant, demeurant vainqueur, venant recevoir d'elle le prix de la victoire, murmurer à son oreille un mot d'amour et presser sa main, peut-être pour la dernière fois.

Clémence n'eut pas ce léger bonheur. Liobard n'était pas à la joute ; sa blessure l'eût empêché d'y prendre part, et la prostration morale dans laquelle l'avait jeté son insuccès ne lui permettait pas de songer à autre chose qu'à la perte de Clémence, qu'une victoire dans cette lutte ne pouvait lui rendre.

Une larme brilla dans les yeux de la jeune dame d'Holypherne, quand Montrevel plia le genou ; elle regarda le chevalier avec une tristesse profonde et balbutia le compliment d'usage en lui remettant le prix.

Amédée ne remarqua pas son trouble, ne devina pas sa douleur. Une autre femme l'occupait. Depuis quelques jours il avait vu Loyse au château de

Thoire, et la délicieuse beauté de cette enfant avait fait sur lui une impression profonde. C'était pour elle qu'il avait jouté.

Il se releva frémissant, jeta un doux regard à Loyse et regretta que les convenances ne lui permissent pas de lui offrir le bracelet qu'il venait de recevoir; mais il se promit de le conserver pour elle.

La journée se termina au château par un bal qui dura toute la nuit et permit à Montrevel de danser avec Loyse.

———

CHAPITRE XIII.

Liobard, qui n'avait pas paru à la joute, était cependant à Nantua où il s'était rendu à cheval, vêtu en paysan, marchant lentement et péniblement. Pendant que les habitans et les hôtes du château de Thoire assistaient à la fête, il traversa le lac sur un batelet en arrière de la longue ligne des spectateurs qui entourait ce champ clos d'un nouveau genre. Personne ne fit attention à lui. Il aborda loin de la tribune où était Clémence et monta vers le château.

Celui-ci n'était pas, comme ceux d'Holypherne et de Belmont, une citadelle fortifiée; c'était une résidence d'été entourée d'un parc aux frais ombrages dans lequel il était facile de s'introduire. Renaud y entra, s'approcha de l'habitation, étudia le terrain, parcourut les sentiers, les allées, dans le but de voir Clémence, s'il pouvait en trouver l'occasion pendant les quelques jours qu'elle avait encore à passer dans la famille de Thoire.

Où cela le conduirait-il? Est-ce qu'il le savait? Est-ce que l'amour se fait de ces questions? Clémence était là tout à l'heure; elle y serait demain: Renaud y venait.

Dans la journée du lendemain, vêtu exactement comme un paysan du pays, il pénétra de nouveau dans le parc, se dirigea lentement du côté de l'habitation, sondant du regard les allées ombragées, épiant le moment où Clémence se montrerait, méditant un moyen d'arriver jusqu'à elle sans être surpris. Il aperçut quelques personnes sur la terrasse qui s'étendait devant la façade principale, mais ne découvrit pas Clémence parmi elles; il attendit, se couvrant sous les arbres touffus.

Malade de sa blessure, plus malade encore de sa douleur morale, il avait la fièvre, ses dents claquaient. Il se rapprochait encore, afin de se faire entendre de Clémence, si elle venait au bord de la terrasse, lorsque tout à coup il se trouva face à face avec une jeune fille qui, surprise de cette apparition inattendue, se jeta en tremblant contre une haie de charmille.

— Pardon, madame, lui dit vivement Liobard en ôtant le chapeau à larges bords qui couvrait sa tête, ma présence vous a effrayée, mais rassurez-vous: les anges n'ont rien à redouter des hommes, les femmes jeunes et belles comme vous ne doivent rien craindre d'un chevalier.

— Vous êtes chevalier! s'écria la jeune fille d'un air de doute, et cependant un peu rassurée par ces courtoises paroles; et pourquoi êtes-vous ici sous ces habits de paysan?

Liobard rougit; il avait oublié son déguisement,

et, dans son trouble d'avoir été surpris au moment où il se croyait bien caché, il en avait dit plus qu'il ne voulait.

— Ce costume, reprit-il en essayant de sourire, ce costume n'est qu'un jeu et ne cache aucune mauvaise intention.

Et pensant se trouver devant une dame de la famille de Thoire, il ajouta respectueusement:

— Veuillez m'excuser, madame, d'avoir pénétré dans vo're parc et d'avoir troublé votre promenade.

— Je ne suis point la dame de céans, répliqua la jeune fille en souriant, mais une amie venue pour les fêtes: je suis Huguette de Luyrieux, l'une des filles du seigneur d'Holypherne, dont nous célébrons le mariage.

— Holypherne! Vous êtes la fille d'Holypherne! s'écria Renaud que ces mots rendirent furieux, en brandissant un poignard qu'il avait follement tiré de sa ceinture.

A la vue de l'arme qui brillait dans la main de Renaud, à la vue de cet homme dont le visage en feu respirait la colère. Huguette poussa un cri perçant et s'affaissa sur le gazon.

Mais ce cri désarma Renaud: le poignard s'échappa de sa main, l'idée de la vengeance n'avait fait que passer. Honteux de son emportement, il s'approcha, releva la belle et suave enfant qui tremblait, la fit asseoir sur un banc, et, s'agenouillant devant elle, il lui dit en sanglotant:

— Pardonnez-moi, madame; je suis un insensé que le malheur égare, que la douleur brise.

Ces mots partaient de l'âme. Les larmes coulaient sur le visage jeune et beau de Liobard, et ses regards dardaient l'amour qu'il avait pour Clémence.

En entendant cette voix, en voyant ces larmes, Huguette fut émue de pitié et comprit qu'elle n'avait plus rien à craindre.

— Si vous saviez, madame, reprit Liobard, j'ai souffert toutes les tortures que le cœur d'un homme peut endurer; je me suis heurté contre une masse d'hommes avec une poignée de combattans, j'ai cherché la mort que je n'ai pas trouvée.

— Mais vous êtes blessé, monsieur, dit Huguette remarquant la pâleur qui revenait sur son visage et la difficulté de ses mouvemens; avez-vous besoin de soins et voulez-vous entrer au château?

Liobard ne répondit pas et laissa échapper un sourire amer que la jeune fille ne pouvait comprendre. Ignorant qui il était et pourquoi il se trouvait là, Hugette voulait pénétrer ce mystère et désirait une confidence qu'elle croyait lui être due après ce qui venait de se passer.

— Vous n'avez pas répondu à mon offre bienveillante, monsieur, je n'ai pas le droit d'insister, lui dit-elle avec bonté et en lui jetant un regard d'une ineffable douceur; je ne vous demande qu'un mot: pourquoi mon nom a-t-il provoqué en vous cette explosion de colère, cette menace de mort? Qui donc haïssez-vous dans ma famille. et pourquoi cette haine?

Huguette, en faisant ces questions, ne soupçonnait pas l'importance de la confidence qu'elle sollicitait. Elle n'avait jamais entendu prononcer le nom de Liobard, et était bien loin de se douter qu'il venait de faire allusion à l'attaque nocturne dirigée contre le cortége de sa belle-mère.

Liobard regarda tristement Huguette, qui lui demandait le sujet de sa haine.

— Permettez-moi de me taire à cet égard, lui dit-il, je vous raconterais une histoire douloureuse qui vous ferait pleurer, et, à votre âge, il est si bon de sourire, la vie s'ouvre si belle devant vous !

— Je ne saurai pas même votre nom ? reprit Huguette avec intérêt.

Renaud céda au charme que cette gracieuse enfant exerçait sur tous ceux qui l'entouraient.

— Je m'appelle Renaud de Liobard, lui dit-il, je reviens de l'armée d'Italie, où j'ai fait la dernière campagne. Ce nom vous est inconnu, je le vois; ne le répétez jamais dans votre famille, si vous tenez à la paix de votre intérieur, car il y soulèverait des orages.

Renaud était resté jusqu'à ce moment aux pieds d'Huguette. En disant ces derniers motifs il se leva, salua la jeune fille et voulut s'éloigner; mais la curiosité toute naturelle d'Huguette était trop vivement excitée pour qu'elle n'insistât pas.

— Ainsi, monsieur, lui dit-elle d'un ton de reproche, je vous ai trouvé ici, caché, épiant, disposé à commettre un crime... vous avez levé le poignard sur moi... et vous refusez de me dire pourquoi vous êtes venu, pourquoi mon nom a excité votre colère !

— Je ne puis vous répondre, dit Renaud avec un accent de tristesse profonde. Je vous quitte, madame; si jamais vous apprenez mes malheurs, vous comprendrez cette colère, que je vous prie de me pardonner. Adieu! Oubliez ce que vous venez d'entendre, oubliez que vous m'avez rencontré.

— La cause de vos souffrances est ici, puisque vous y êtes, reprit vivement Huguette; puis-je faire quelque chose pour vous?... Parlez.

Renaud tressaillit, tout bouleversé par ces paroles si simples. Lui était-il possible de confier à la fille de M. de Luyrieux son amour pour sa belle-mère ? Huguette n'aurait-elle pas horreur de celui qui la prendrait pour confidente d'une telle passion? Ne serait-ce pas un crime odieux que de la soupçonner capable d'une trahison envers son père?

Ces pensées passèrent rapidement dans son esprit, mais non sans donner à sa figure des mouvemens fébriles que la jeune fille prit pour les signes d'un combat intérieur.

— Vous hésitez, lui dit-elle avec douceur, je ne vous inspire pas assez de confiance.

— Madame!... madame!... s'écria Renaud d'une voix saccadée, je suis ému plus que vous ne le pouvez croire de la sympathie que vous me témoignez; votre bonté m'inspire des sentimens d'admiration, mais, au nom du ciel, ne me demandez rien et permettez-moi de vous quitter.

— Adieu, monsieur, dit Huguette, qui laissait voir son mécontentement.

— Je vous ai offensée, madame, je vous ai menacée de mon poignard, et je vous dois une réparation, reprit Renaud en relevant la tête, et d'un ton plein de fanchise. Si jamais nous nous retrouvons et que vous ayez besoin d'une épée pour vous défendre, rappelez-moi cette entrevue.

Et faisant un profond salut, il s'éloigna; mais il ne sortit pas du parc, et passa une partie du jour à chercher en vain l'occasion de parler à Clémence.

Huguette regarda Liobard s'éloigner, et, après qu'il eut disparu, resta longtemps assise à la même place, n'étant pas bien sûre que tout cela ne fût pas un rêve, tant les incidens avaient été rapides.

— Quel est donc cet homme dont la vue m'a effrayée, se demanda-t-elle, quand elle put rassembler ses idées, cet homme qui a levé son poignard sur

moi qu'il ne connaissait pas, qui ne lui ai jamais fait de mal, et qui ensuite a pleuré sur mes genoux? Qui cherchait-il ici ?

C'était la première fois que la belle Huguette voyait un homme pleurer, qu'elle entendait des paroles empreintes d'une si profonde tristesse, la première fois qu'elle voyait un homme à ses pieds.

Pourquoi cette rapide succession d'emportement et de repentir, de menaces et de bienveillance? Pourquoi un chevalier sous les habits d'un montagnard ? Il l'avait prise pour la dame de Thoire, il ne connaissait donc pas celle-ci ; ce n'était pas pour elle qu'il était là. Mais quelle était là la cause de ses souffrances? Quel sentiment avait donc pu lui arracher des larmes? Liobard lui avait, au besoin, offert le secours de son épée : comment son nom soulèverait-il des orages dans sa famille?

Préoccupée de ces pensées, de ces questions insolubles, Huguette sentait son cœur battre avec plus de vivacité, et son âme, inondée de douces effluves, s'élever au-dessus des choses terrestres. Elle quitta sa place pour rentrer au château, mais à demi-brisée, sans force. Elle s'arrêta et s'assit sous les touffes de lilas et de chèvrefeuilles. Elle souriait, elle entendait résonner à son oreille des notes suaves, croyait voir se dérouler dans un transparent nuage de ravissans tableaux, et éprouvait des sensations inconnues. Fleur qui s'ouvre aux rayons du premier soleil, oiseau qui, pour la première fois, baigne ses ailes dans l'air, elle venait de commencer une vie nouvelle.

Plongée dans cette enivrante rêverie, Huguette n'entendait pas la voix de ses sœurs qui l'appelaient depuis longtemps, et ce ne fut que lorsque Philiberte eut prononcé son nom à ses côtés qu'elle revint à elle.

Huguette se leva brusquement, passa ses doigts effilés sur ses longs cils, comme si elle se fût éveillée d'un profond sommeil, et apercevant le poignard de Renaud, oublié dans l'herbe, elle le ramassa et, par un mouvement rapide, le cacha dans les plis de sa robe, sans que Philiberte le vît. Premier mystère.

Huguette raconta à ses sœurs l'apparition de la sombre allée du parc; mais, déjà fidèle aux recommandations de Liobard, elle ne dit pas son nom, et on ne put lui donner aucune indication qui lui expliquât la présence du chevalier près du château.

Renaud revenait chaque jour, tantôt sur un point, tantôt sur un autre, avec toute l'imprudence des amoureux, essayant vainement de se rapprocher de Clémence, désespéré de ne pouvoir arriver à elle quand il la voyait au milieu de ses amies et de sa nouvelle famille. Elle l'aperçut cependant, le reconnut sous ses habits de paysan, tressaillit de joie, fit quelques pas vers lui, puis, tout à coup ramenée au sentiment de sa situation par la vue des personnes qui l'entouraient, s'arrêta et cacha sa tête dans ses mains pour dérober ses larmes.

Huguette aussi aperçut Renaud, tressaillit comme Clémence, ne courut pas vers lui, mais ne pleura point, et, sans se rendre compte de la cause qui lui apportait de la joie au cœur, trouva l'air plus léger, le temps plus doux et les arbres du parc plus beaux que jamais.

Quelques jours après, de Luyrieux, sa famille et ses hommes d'armes quittèrent le château de Thoire, et Clémence fit son entrée solennelle dans le manoir d'Holypherne. Quand elle se vit dans cette haute citadelle, elle sentit son cœur serré comme s'il était pris entre les pierres froides et pesantes de la muraille ; quand se releva le pont-levis qui fermait la porte sur elle, il lui sembla qu'elle entrait dans un sépulcre et que tout était fini pour elle.

Amédée de Montrevel, qui n'habitait pas le château de Thoire, y était venu tous les jours pendant le séjour du sire de Luyrieux ; il avait pu s'entrenir avec Loyse durant les promenades dans le parc ; il lui avait avoué son amour et exprimé son désir de la demander en mariage aussitôt qu'il aurait obtenu l'assentiment de son père. Amédée était sincère : il persuada Loyse, déjà bien disposée pour lui et qui avait vivement applaudi à son triomphe ; il fut assez éloquent pour lui faire accepter, après de longs refus, le bracelet, prix de sa victoire à la joute de Nantua.

A son retour, Amédée avoua son amour à son père et le pria de demander Loyse en mariage ; mais un seul homme avait pu, dans sa reconnaissance, braver la réprobation dont le sire de Luyrieux était l'objet et s'allier à lui. Le grand-bailli de Bresse n'accueillit pas favorablement les confidences de son fils ; sans lui ôter cependant toute espérance, il ajourna la demande à un temps plus calme, dominé qu'il était par la répugnance de s'unir au sire d'Holypherne. Amédée se résigna, mais garda son amour et compta sur l'avenir.

Des trois filles d'Holypherne, deux étaient revenues des fêtes de Nantua l'amour au cœur. Loyse aimait le jeune Montrevel, et se savait aimée ; Huguette aimait Liobard, sans soupçonner qu'elle avait une rivale près d'elle. La belle Philiberte, l'aînée de la famille, avait vu se presser autour d'elle une foule de jeunes chevaliers éblouis de ses charmes, de sa grâce, de son tact exquis ; mais, connaissant la triste réputation de son père, dominée par la fatale pensée que nulle famille honorable ne voudrait s'allier à lui ; elle avait repoussé toutes les avances.

Plus calme, plus réfléchie que ses sœurs, causant plus souvent avec Gertrude des éventualités du second mariage de son père, elle ne se dissimulait pas que la naissance d'un fils pouvait enlever à ses sœurs et à elle la plus belle portion de leur héritage ; elle ne murmurait pas contre le sire de Luyrieux, qui ne lui avait jamais témoigné, non plus qu'à Loyse, la moindre amitié ; elle acceptait sa destinée inconnue avec résignation, sans proférer une plainte.

Au château de Thoire, dans les bals, à la joute, Philiberte avait fermé ses beaux yeux qui brillaient, muré son cœur jeune et plein de sève, s'était étourdie par les chants, les danses, les courses, et revenait à la citadelle en laissant au dehors tous les souvenirs.

Philiberte, Loyse et Huguette traitèrent leur belle-mère comme une sœur, comme un ange qui vient aviver un désert. Clémence était de leur âge, et, en effet, du jour de son arrivée, il y eut plus de vie, plus d'animation dans leur solitude, comme il y en a davantage dans une volière où l'on enferme un oiseau de plus. Toutefois, l'assimilation n'était pas entière : les jeunes filles étaient rêveuses en regardant la jeune femme, et leurs pensées vaguaient à la recherche de l'inconnu.

Clémence ne put longtemps comprimer sa douleur, la renfermer dans son sein ; son abattement trahit ses peines, ses larmes coulèrent sans qu'elle en voulût dire la cause, sans que les consolations prodiguées par les jeunes filles pussent les tarir. Il ne pouvait y avoir d'allégement, parce qu'il ne pouvait y avoir d'aveu complet. Il était impossible que Clémence dît aux filles de Georges : On m'a forcée d'épouser votre père, je n'ai cédé qu'à la contrainte exercée envers moi, il m'a fallu me courber devant une volonté inflexible, je hais mon époux et j'en aime un autre.

Vainement ces charmantes filles essayèrent-elles de provoquer des confidences par tous les moyens que peuvent employer d'aimables enfans ; vainement, par leurs douces causeries, cherchaient-elles à l'égayer : les confidences s'arrêtèrent à un point qu'elles ne pouvaient franchir, et la gaieté ne vint pas. Les jeunes filles comprirent alors que le mariage a ses douleurs, et qu'il peut y avoir de profonds regrets dans ce qu'elles regardaient comme le bonheur.

Philiberte avait deviné, Huguette comprit la pensée de Clemence ; elle lut dans cette âme souffrante avec la clarté d'une âme qui souffre de même. Leur caractère, la tournure de leur esprit mélancolique, mais ferme et droit, les avaient rapprochées davantage.

Par une de ces dispositions dont la nature humaine ne nous a pas révélé le secret et qui peuvent paraître étranges, ces deux femmes étaient unies par un lien invisible qu'elles ignoraient elles-mêmes ; leurs cœurs se confondaient dans la même pensée, et c'est assurément dans cette affinité mystérieuse, dans ce sentiment caché au fond de l'âme qu'il faut chercher la cause de leur amitié. Elles marchaient toutes deux, dans l'obscurité de leur vie, vers le même point lumineux.

CHAPITRE XIV.

Le sire d'Holypherne avait à peine passé quinze jours auprès de Clémence, qu'un appel de François Ier vint le convier à une nouvelle campagne. La guerre se faisait sur deux points, en Picardie et en Provence où le roi commandait en personne une armée réunie à la hâte, formée en partie des débris de l'armée de Piémont. Luyrieux prit avec sa troupe la route de Picardie.

En apprenant les préparatifs de guerre, Bastien courut chez Renaud, l'engagea vivement à réunir ses hommes et à se rendre à l'un des deux camps formés à Valence et à Avignon, se mettant à la disposition de son capitaine. Mais dominé par son amour sans espoir, Renaud n'était pas disposé à prendre les armes.

Vainement Bastien lui présenta les occupations, l'activité, les dangers de la guerre, comme une diversion au chagrin qui le dévorait ; vainement fit-il résonner à son oreille les mots de triomphe et de gloire, qui entraînent les soldats : ses instances échouèrent contre la douleur de Renaud et son ardent désir de revoir Clémence.

Séparé de son chef, ne pouvant pas lever à ses frais une compagnie sans recourir à la bourse de son père, qui eût refusé, sans obtenir la permission des seigneurs qui levaient eux-même des soldats sur leurs terres, le Grand Bressan, muni d'une lettre de Renaud pour M. de Montpesat, se mit à la tête d'une vingtaine d'anciens soldats libres et alla s'offrir avec eux à Montpesat, qui l'avait vu sur la Doire et au siége de Fossano.

Le général se souvenait de ce brave officier qui

maniait l'aviron aussi bien que l'épée et la lance ; il sourit en le voyant arriver. La lettre du seigneur de Liobard était pour lui une garantie : il accueillit Bastien avec une grande bienveillance et , après avoir réfléchi comment il pourrait le plus utilement employer ce soldat aventureux dont Renaud lui racontait dans sa lettre quelques traits hardis, il lui donna une compagnie de cavalerie légère dont le capitaine venait d'être tué dans une escarmouche.

Le cœur plein de reconnaissance et de bonheur, Bastien pressa avec effusion la main du général. C'était pour lui un coup de fortune : il entrait dans l'armée régulière avec un titre, rêve de sa plus haute ambition.

L'amour de la guerre n'avait pas seul amené le Grand Bressan au camp, et l'amour de la belle Paola avait été pour quelque chose dans sa résolution. Il espérait la trouver en Provence, où sa sœur devait se rendre à la suite de Charles-Quint.

François Ier n'avait presque pas quitté Lyon depuis la campagne de Piémont. Il venait d'engager un corps de vingt mille Suisses qui allaient se rendre en Provence en passant par Lyon. Il quitta cette ville et alla au devant d'eux jusqu'à Montluel, qui en est à quelques lieues, sur le Rhône supérieur ; là il passa en revue ce corps d'auxiliaires, fit une harangue et fit présent à chacun des capitaines d'un collier ou d'une coupe d'or de la valeur de cinq cents écus.

Une partie de l'armée impériale avait attendu l'évacuation de Fossano avant de se mettre en marche ; mais Charles-Quint avait pris les devants ; il avait passé à quelques lieues de Turin, qui résistait à toutes les attaques , et ne voulant pas s'arrêter pour la réduire, il était descendu à travers les Alpes maritimes dans le duché de Gênes et marchait droit sur la Provence, suivant le littoral de la Méditerranée.

Le lendemain du jour où les Français avaient évacué Fossano, c'est-à-dire le 25 juillet, Charles-Quint arrivait à Saint-Laurent, premier bourg du territoire français , séparé seulement par le Var du comté de Nice.

L'empereur, qui calculait tout, avait un double motif pour entrer en France ce jour-là : le 25 était le jour de la fête de saint-Jacques , saint très vénéré des Allemands, qui, depuis plusieurs siècles, allaient à Compostelle prier sur son tombeau ; c'était encore l'anniversaire du jour où l'empereur était arrivé en Afrique, lors de son expédition contre Tunis.

Habile metteur en scène, Charles-Quint ne négligeait aucun des moyens propres à exciter l'enthousiasme de ses soldats ; il tira parti de cette double coïncidence, et frappant l'esprit des uns par les souvenirs guerriers, caressant les idées religieuses des autres, il harangua ses troupes et déploya un talent oratoire fort remarquable.

Il rendit grâces à Dieu qui, lui permettant de combattre tour à tour les ennemis de la religion, avait voulu qu'il arrivât sur les terres de France le jour même où il avait mis le pied sur la terre d'Afrique, et l'appelait à agir contre un prince n'ayant de chrétien que le nom, le jour même où il avait attaqué les infidèles dont ce prince était l'allié.

Ce sont les propres paroles de l'empereur que nous rapportons ici. Elles produisirent un grand effet sur les tronpes, toutefois il est permis de croire que la perspective d'un riche butin fut pour quelque chose dans l'enthousiasme qu'elles manifestèrent. Il était bien permis aux chefs inférieurs et aux soldats de compter sur les dépouilles des ennemis, car Charles-

Quint, plein de confiance dans sa force, distribuait déjà à ses favoris les châteaux, les villes et les provinces de France ; il revêtait ses officiers des dignités, des charges du royaume, et à ses yeux la Provence et la Bourgogne étaient déjà espagnoles.

— Fais provision d'encre et de plumes, disait-il gaiement à l'historien Paul Jove, je te vais tailler de la besogne.

L'empereur n'avait pas oublié Mme Cassio, et celle-ci avait dit vrai, lorsqu'elle avait révélé à Liobard les promesses de son souverain ; mais Charles-Quint n'avait pas voulu exposer cette dame aux fatigues et aux chances d'une campagne ; il avait voulu qu'elle ne se mît pas en route avant l'achèvement de la conquête, et Toniella habitait encore la maison où nous l'avons vue précédemment.

Lorsque François Ier apprit que l'empereur, marchant sur la Provence, traversait déjà le comté de Nice, il quitta Lyon, et prit la route de Valence, où son camp était établi.

L'armée impériale s'avançait déjà du côté de Grasse et d'Antibes, côtoyant la Méditerranée où étaient embarquées l'artillérie et les provisions. Le roi jugea que Charles-Quint voudrait s'emparer du cours du Rhône, afin de se créer des ressources pour l'approvisionnement de ses troupes, et, sans abandonner Valence, il dépêcha Montmorency avec le gros de l'armée devant Avignon, afin d'y établir un second camp. Montmorency arriva le 4 août devant cette ville.

Cependant toutes les troupes impériales n'étaient pas arrivées; une partie en était encore engagée dans les Alpes. François Ier eût pu se porter à la rencontre de ces corps , les attaquer à la sortie des gorges , les battre peut-être, en s'appuyant sur la Durance, et empêcher leur réunion.

Par quel concours d'événemens fut-il amené à négliger ce moyen de succès? Par quels conseils fut-il guidé, entraîné ? On l'ignore. Il s'arrêta à une de ces mesures suprêmes qui portent la misère, la désolation, la mort dans un pays, et donna l'ordre terrible de ruiner de fond en comble le vaste delta qui s'étend entre la Durance et le Rhône.

Le corps d'armée de Bonneval fut chargé de l'exécution : il ne faillit pas à sa mission, et porta le fer et le feu dans cette malheureuse contrée.

L'incendie s'étendit crépitant sur toute une province, dévorant les récoltes , les arbres , faisant un désert d'une terre fertile. Au riche , il ne resta rien de ses maisons, de ses greniers abondamment pourvus ; au cultivateur, rien de ses moissons , de ses travaux préparés pour la récolte suivante ; au pauvre, rien de son pain du jour, de ses instrumens de travail pour le lendemain.

Ces malheureux luttaient avec les soldats, bravaient les armes, s'élançaient à travers les flammes pour en arracher quelques débris, quelques grains de blé à demi brûlés et qui allaient être perdus pour tous.

Une population répandue sur une surface de près de quarante lieues de pays fut obligée de fuir, en proie à toutes les horreurs. Hommes, femmes, enfans, vieillards abandonnèrent leurs demeures à la lueur de leur toit brûlant ; partout les cris, les sanglots du désespoir déchiraient l'air, et on entendait s'élever vers le ciel des imprécations contre les soldats qui incendiaient une contrée qu'ils n'avaient pas entrepris de défendre.

Les villes, les bourgs, les villages, les églises, les

monumens furent brûlés. A l'incendie se joignit le pillage. Deux villes, Crest et Luc, épouvantées des maux qui les attendaient, fermèrent leurs portes. Bonneval les assiégea et les mit à sac. Richard échappa à la destruction !

La capitale de la Provence, Aix, la vieille cité romaine, ne trouva pas grâce. Montejean offrit de s'enfermer et de la défendre, les habitants offrirent de le seconder avec tout le courage, toute la persévérance que donnent le danger et l'amour de la conservation. Ni Bonneval, ni Montmorency ne voulurent y consentir : Aix fut ruinée, démantelée, incendiée. De toutes les villes de cette malheureuse contrée, Marseille seule échappa à cette épouvantable désolation.

Mais la lueur des incendies n'éclairait que les revers de ceux qui les avaient allumés. L'inquiétude était si grande parmi les troupes du roi, que Montejean et Boissy ayant été pris dans une embuscade, ce fait, qui n'avait pas une haute importance, terrifia l'armée et jeta une si grande épouvante dans le camp d'Avignon, qu'on eut toutes les peines du monde à empêcher les soldats de se débander.

Cependant les Français reprirent l'offensive, secourus par un auxiliaire sur lequel ils n'avaient pas compté, par les paysans provençaux. Dans le désespoir de leur ruine, ceux-ci s'organisèrent et de tous côtés fondirent sur les Espagnols. Ce n'etaient pas des batailles en règle qu'ils livraient, mais ils attaquaient continuellement et harcelaient l'armée ; ils gardaient les défilés, faisaient une décharge d'arquebuses et prenaient la fuite, se portaient sur les montagnes et frappaient de loin les soldats traversant la plaine.

L'exaspération arriva à ce point que cinquante paysans se dévouèrent, d'un commun accord pour mettre fin à la guerre en tuant l'empereur. Faisant le sacrifice de leur vie, persuadés qu'aucun d'eux n'échapperait, ils s'enfermèrent dans une tour élevée, à quelques p. de la route où Charles-Quint devait passer.

L'empereur arriva en effet, mais les conjurés ne le connaissaient pas. Le poète Garcilasso de la Vega, capitaine dans l'armée espagnole, remarquable par sa bonne mine et par la richesse de ses vêtemens, passait à la tète de sa compagnie. Il était grand, bien fait, tel que le peuple se représente celui qui exerce le commandement. Charles-Quint était petit et n'avait rien qui pût le distinguer de ses officiers, aux yeux des paysans. Ils tirèrent sur le poète et l'étendirent raide mort. La tour fut entourée ; ceux qui l'occupaient, sommés de se rendre, refusèrent noblement. Battues à coups de canon, les murailles de la tour s'écroulèrent ; quelques-uns des paysans parvinrent à s'échapper, les autres furent pris et accrochés aux arbres du chemin.

Des deux côtés on déploya une égale cruauté. Quelques jours après la mort de Garcilasso, des paysans, espérant éviter les violences des soldats espagnols, se réfugièrent dans un bois avec leurs femmes et leurs enfans. Charles-Quint fit mettre le feu au bois... La plupart furent brûlés ; le reste n'échappa au feu que pour être massacré par les soldats qui entouraient le bois. Ce fut dès ce moment une guerre à mort : tout Espagnol qui tomba entre les mains des paysans fut immolé.

Charles-Quint poursuivait sa marche à travers la Provence incendiée et ruinée ; il entra dans la ville d'Aix, que les Français avaient eux-mêmes démantelée, dans quelques places également sans défense. Mais la famine commençait à se faire sentir parmi ses troupes ; la panique un moment répandue au camp d'Avignon s'était dissipée ; ce camp avait été fortifié et mis à l'abri d'une attaque. Les capitaines français, les aventuriers qui servaient François Ier sortaient de ce camp, couraient sus aux Espagnols et revenaient chargés de dépouilles. Les paysans continuaient la campagne à leur manière, attaquaient et enlevaient les convois, s'emparaient des chevaux ou coupaient les jarrets de ceux qu'ils ne pouvaient emmener.

L'armée impériale était affamée, les maladies commençaient à sévir et déjà faisaient d'effrayans ravages ; une tentative sur Marseille échoua. Il ne restait plus à Charles-Quint qu'à attaquer le camp d'Avignon et à livrer bataille. La flotte génoise de Doria lui amena des vivres, mais n'amena pas d'hommes, comme il l'avait espéré. Il fit le dénombrement de ses soldats : son armée, qui était de 50,000 hommes en descendant des Alpes, n'en comptait plus que 25,000. Les combats, la disette, les maladies surtout en avaient moissonné la moitié.

L'empereur se décida à la retraite et reprit le chemin de l'Italie, semant la route de morts, de malades, des débris de son matériel, poursuivi par la cavalerie légère française, harcelé par les montagnards qui coupaient les ponts, s'embusquaient sur les rochers et enlevaient les armes des malades attardés.

D'Annebaut avait conservé Turin ; le comte Rangoné avait remplacé le marquis de Saluces en qualité de lieutenant-général du roi en Italie, et pendant que l'empereur était en Provence, les villes de Quiers, Montcallier et Carignan étaient tombées au pouvoir des Français.

Le roi ne poursuivit pas l'armée impériale en déroute ; il quitta le camp d'Avignon, prit la route de Paris et s'arrêta à Lyon, où quelque temps auparavant il avait perdu son fils, le dauphin. On lui donna dans cette ville de grandes fêtes, hommages qui ne voilaient pas les maux du pays et ne réparaient pas les désastres. De retour à Paris, le roi écrivit aux principales cours de l'Europe pour leur faire connaître les résultats de la campagne ; il témoignait encore une fois de son désir de faire la paix et offrait de prendre les électeurs et les princes de l'empire pour arbitres de ses droits sur le Milanais. Appel inutile et sans résultat.

La route de Briançon fut un moment libre et le Grand Bressan put envoyer de ses nouvelles à Paola par les courriers qui prenaient cette route pour aller d'Avignon à Turin. La belle Romaine apprit avec joie la nomination de son amant au grade de capitaine et lui répondit en témoignant l'espérance et le désir de le revoir bientôt.

Le caractère de Bastien ne s'était pas démenti durant cette terrible campagne de Provence ; mais on n'eut pas à lui reprocher les cruautés dont se rendirent coupables les deux partis. Poète sous la tente, hardi à la bataille, insouciant du danger, il justifia la haute faveur de son général.

En quittant son château d'Holypherne, Georges avait donné à Clémence le seul bonheur qu'elle eût goûté depuis son mariage. Ce n'était pas la joie de la liberté, ce n'était pas l'ardente espérance qui inonde de délices un pauvre cœur longtemps déchiré : Clémence n'espérait plus ; elle éprouvait la satisfaction d'un prisonnier que l'on cesse de torturer.

A l'autel, devant le prieur, elle avait protesté, selon

ses forces, contre l'union qu'on lui imposait; en sortant de Belmont, si Liobard eût réussi, elle l'eût suivi avec joie, puis eût invoqué le témoignage de tous les assistans, du prieur lui-même, pour demander l'annulation d'un mariage brisé de fait aussitôt que formé. Mais maintenant, elle était devenue contre son gré la femme de Georges ; tous ses beaux rêves d'or étaient envolés, elle ne voyait plus que l'abîme où son père l'avait jetée; sa chasteté ne lui permettait pas de faciliter à Renaud les moyens d'arriver jusqu'à elle. Le voir, par les belles et claires soirées, gravir les rochers de la rive opposée de l'Ain, en face de la terrasse du château, et se rapprocher ainsi d'elle autant que possible, et se savoir aimée, était l'unique consolation de sa captivité. Mais elle n'était pas seule à épier la venue de Renaud.

Un soir, Clémence et Huguette étaient assises sous les arbres de la terrasse, distraites toutes deux de leur causerie par une pensée fixe, les regards tournés du même côté. Elles firent tout à coup un mouvement semblable et se levèrent ensemble ; puis, se dérobant l'une et l'autre leur émotion et la rougeur qui avait subitement coloré leur visage; elles se rapprochèrent du parapet, s'y accoudèrent, laissèrent flotter avec une apparente indifférence chacune son mouchoir blanc et continuèrent, ainsi accoudées, un entretien sans suite auquel l'auditeur le plus attentif n'aurait rien compris, ni elles non plus, si l'une d'elles eût été en état de faire attention aux propos de l'autre.

Si les deux amies étaient à ce point troublées, c'est qu'un jeune homme gravissait les rochers de l'autre côté de l'Ain, venait de leur apparaître dans le crépuscule, et que lui-même tenait à la main un mouchoir blanc qui s'agitait au vent de la montagne. Toutes deux cherchèrent à dissimuler leur joie, mais ne purent se cacher les soupirs qui s'échappaient de leur poitrine oppressée.

— Tu n'es pas heureuse, ma bonne Huguette, dit Clémence, car j'ai vu souvent tes yeux remplis de larmes et j'ai entendu tes soupirs.

— Vois donc comme l'Ain est belle, répondit Huguette, comme ses eaux sont limpides et comme on pourrait s'y mirer à l'aise, dans ce calme du soir, en se promenant dans les petits sentiers qui la bordent !

— Sais-tu bien souvent la chouette crie le soir dans les nuages ? reprit Clémence.

— Que nous importent ses cris ! répondit Huguette. Nous empêchent-ils d'entendre les battemens de notre cœur et de nous en aller courir sur l'aile de nos pensées?

— Ils empêchent d'entendre dans le lointain les chants du voyageur qui passe, ou du pâtre qui rentre à sa chaumière, ou du jeune seigneur qui redit de beaux refrains dans le pur langage de France, dit doucement Clémence.

— Tu as vu le monde, toi, fit Huguette, que ces mots ramenèrent à demi à la réalité : le château de Belmont était fréquenté par d'aimables dames et de jeunes seigneurs ; tu as apporté du moins tes souvenirs dans ces murs qui nous emprisonnent...

Il y avait du désespoir dans son accent et une larme coulait sur sa joue.

— Mais toi, Huguette, tu as l'espérance!... s'écria la malheureuse femme, d'une voix étouffée.

— Que parles-tu d'espérance? s'écria Huguette revenue à sa première contemplation et sans prendre garde à l'accent douloureux de son amie. L'espérance ! Est-ce un nuage qui fait rêver? il court et on ne l'atteint jamais. Est-ce un rayon de soleil? il passe au travers des barreaux d'une prison, mais il ne les brise pas. L'espérance ! un feu follet qui court sur les marais et jette dans les fondrières le malheureux qui le poursuit. L'espérance! ah! mon Dieu! elle ne viendra pas dans ce nid de vautour, elle est consignée à la garde du pont-levis.

— Sitôt du découragement ! reprit Clémence. Ton pied ne s'est pas encore heurté au granit de la route, ta blanche écharpe ne s'est pas arrêtée aux buissons, ton sang n'a pas teint les épines, enfant, et tu n'oses déjà plus marcher !

— Je peux descendre au bord de la rivière, j'en remonterai seule, dit tristement Huguette. Si je la traverse dans une nacelle, personne ne me tendra la main pour aborder sur l'autre rive!... Tiens, vois ce beau ciel parsemé d'étoiles : il n'y en a pas une qui brille pour moi!...

Elle s'arrêta... Toutes deux étaient haletantes ; on n'entendait plus que leurs soupirs pressés... Tout à coup, elles poussèrent un cri et ensemble tombèrent à genoux en s'écriant :

— Oh! mon Dieu! sauve-le !

Ce mouvement avait été électrique, simultané ; elles se relevèrent tremblantes, émues, rougissant... leurs regards se reportèrent vers l'autre rive, leur visage se rasséréna lorsque, à la clarté des étoiles, elles virent un homme se dresser sur ses pieds et recommencer, à travers les roches, une lente et pénible ascension.

Cet homme était Renaud de Liobard qui était venu pour jouir de la vue de Clémence, seul bonheur qu'il eût, lui aussi, mais qui, en apercevant deux femmes vêtues de même, toutes deux laissant flotter leur mouchoir, cherchait à deviner laquelle était Clémence, et gravissait toujours les rocs, pour se rapprocher un peu plus. Il prenait les rochers qui surplombaient la rivière et s'éloignaient le moins de la terrasse; il avait posé le pied sur un bloc mal assuré et avait glissé avec lui, Il pouvait rouler ainsi une centaine de pieds et tomber tout meurtri dans la rivière. Heureusement, en s'accrochant aux alisiers, il put s'arrêter sur une saillie. Les deux femmes qui suivaient ses mouvemens à l'insu l'une de l'autre, saisies de frayeur à la vue du danger, avaient poussé un cri qu'elles n'avaient pu se dissimuler. Maintenant, elles se regardaient avec anxiété.

— Renaud! murmura Huguette.

— Liobard! murmura Clémence.

Après une pause durant laquelle d'étranges idées passèrent dans l'esprit des deux femmes :

— Crois-tu que ce soit bien lui? dit Clémence ayant peine à cacher un sentiment de jalousie et s'efforçant de donner de l'assurance à sa voix.

— Il me semble le reconnaître, dit Huguette avec hésitation.

— Tu l'as vu souvent? demanda Clémence.

— Une fois, dans le parc du château de Thoire, lors des joutes du lac de Nantua, répondit Huguette.

— Et tu le reconnais, de loin, la nuit? fit Clémence.

— Oh! la lune et les étoiles nous font presque un soleil, car tu l'as reconnu comme moi, répliqua Huguette.

Clémence sourit, puis répondit :

— C'est vrai, il fait presque jour.

Après cet incident, la conversation languit, entrecoupée, brisée par des pensées inconnues, des rêveries bizarres, des craintes égales. Des interpellations restaient sans réponse, ou amenaient des réflexions qui n'avaient pas de sens, ou trahissaient des préoccupations sérieuses. Chacune des deux amies s'efforçait de cacher à l'autre son amour. Elles emportèrent leur secret, et arrivée à sa chambre, chacune ouvrit sans bruit sa fenêtre : Liobard redescendait ; bientôt il se perdit dans l'éloignement.

Clémence et Huguette se trouvèrent dès ce moment dans une position singulière : elles voulaient mutuellement se taire leur amour, et elles éprouvaient toutes deux un ardent désir de parler de l'homme qui en était l'objet. La situation était difficile, et il ne faut attribuer qu'à leur bonne nature le bonheur dont elles purent jouir dans leur prison commune. Chaque jour Liobard fut l'objet de leur doux entretien. L'amour qu'éprouvait Huguette pour Renaud avait pris naissance au château de Thoire, où nous les avons vus se rencontrer. Le malheur intéresse toujours une jeune fille et dans les dernières paroles que le chevalier lui avait adressées, elle avait cru comprendre qu'il chercherait à la revoir, au moins pour effacer l'impression fâcheuse que sa menace avait dû laisser. Préoccupée de cette idée, elle aperçut en effet Renaud plusieurs fois dans le parc les jours suivants ; puis, lorsqu'elle eut, avec toute sa famille, regagné le vieux donjon d'Holypherne et qu'elle vit le capitaine venir la nuit sur les rochers qui lui font face, elle se persuada facilement qu'il y venait dans l'espérance de la voir. L'illusion était si douce.

Clémence ne pouvait faire de confidence à la fille de son mari ; Huguette n'avait pas assez d'espérance pour avouer ses désirs. Ainsi elles renfermaient toutes deux leur amour au fond de leur cœur : Clémence bien certaine que Renaud lui demeurait fidèle, Huguette aimant à se persuader que le souvenir du château de Thoire attachait à elle le sire de Liobard.

Ainsi, tout en se cachant mutuellement leur amour, elles purent causer ensemble du seul homme qui les intéressât au monde. Toutefois, lorsque dans les claires nuits, Renaud gravissait les rochers, celle qui l'apercevait la première se gardait bien de le montrer à l'autre avant d'être certaine qu'elle l'eût vu. Il leur arrivait de temps en temps de ne pas descendre sur la terrasse ; alors chacune d'elle restait à sa fenêtre, et Liobard, qui s'attristait de ne voir personne, ne se doutait pas que deux cœurs le suivaient.

La constance de Renaud, sa vue, ses efforts pour se rapprocher d'elle, était l'unique consolation de la malheureuse Clémence. L'amour que lui supposait pour elle la charmante Huguette, ignorante de ce qui s'était passé à Belmont, était le seul bonheur de la jeune fille. Un mot pouvait briser le rêve, jeter la jalousie au cœur de Clémence, la désillusion à l'esprit d'Huguette, ajouter pour toutes deux la torture à la prison. Heureusement ce mot ne fut pas prononcé.

Clémence se résignait douloureusement à son malheur ; mais l'odieuse alliance qu'on lui avait imposée était au-dessus de ses forces : elle aimait Renaud avec ivresse. Peut-être eût-elle pu tromper la surveillance, le revoir ; mais elle ne voulait pas trahir ses devoirs d'épouse, elle refrénait les mouvemens de son cœur, maîtrisait l'entraînement qui d'ordinaire brise les obstacles.

Elle se souvenait des dernières paroles de son père quand elle avait quitté Belmont : « Plutôt que choir, mieux vaut mourir. » Elle entendait encore la voix sombre proférant ces mots qui maintenant lui semblaient une menace, un pronostic fatal destiné à s'accomplir bientôt. Elle était minée par le désespoir et sentait la vie s'en aller.

Renaud, de son côté, était en proie à une douleur dont sa nature ardente peut faire comprendre la violence. Clémence était là, il la voyait, il ne pouvait franchir la distance qui les séparait, et il se consumait en efforts superflus pour arriver jusqu'à elle.

Sans savoir où le mènerait la réussite, il descendit dans les ravins qui environnaient la citadelle, il les explora longuement, péniblement, cherchant s'il n'y aurait pas quelque endroit praticable pour monter jusqu'au donjon ; partout le roc, qui semblait avoir été taillé par la main de l'homme, se relevait en murs perpendiculaires, infranchissables. Du côté de la rivière, le pied du rocher baignait dans l'eau ; grâce à quelques saillies, on pouvait monter à vingt-cinq ou trente pieds, puis le rocher se relevait verticalement. Il lui fallut renoncer à cette espérance.

Il écrivit, mais il ne trouva personne qui voulût tenter de remettre une lettre à Clémence. Il essaya, par ses offres, de gagner une des femmes du château qui descendait parfois dans la vallée pour les besoins du service : ses offres furent repoussées.

— C'est la mort que vous me proposez là, mon jeune seigneur, la mort tout simplement, lui dit une femme qu'il tentait par de brillantes promesses.

— Eh bien ! fit Renaud, si vous n'osez-vous charger d'une lettre, parlez de moi à votre maîtresse, dites-lui...

— Assez, assez, monsieur ! Allez-vous-en : si on me voyait seulement vous parler, je ne sortirais plus jamais du château.

— Par pitié, ma bonne ! murmura Renaud d'une voix suppliante.

— Je vous en conjure, monsieur, reprit la femme épouvantée, éloignez-vous : si on savait ce que vous me proposez, demain je ne serais plus de ce monde.

Et elle s'enfuit à grands pas.

La terreur de cette pauvre femme n'était pas jouée ; le majordome qui gouvernait la place et y commandait, en maître en l'absence de sire de Luyrieux, inspirait des craintes trop souvent justifiées pour n'être pas légitimes.

Les trois compagnes de Clémence ne tardèrent pas à s'apercevoir des ravages que faisait la douleur sur leur malheureuse belle-mère ; le changement s'opérait avec rapidité, et leur sollicitude, leurs soins bienveillans, empressés, étaient impuissans contre un mal dont elles ignoraient la nature. Gertrude comprit l'imminence du danger, et en avertit le majordome. Celui-ci manda un médecin ; mais le mal n'était pas de ceux que la science peut guérir.

Naguère pleine de jeunesse et de force, Clémence commençait à désespérer : le coloris de ses joues avait disparu, ses membres amaigris retombaient inertes ; elle ne pouvait marcher qu'en s'appuyant sur le bras de ses amies ; la douleur morale avait été plus forte que les forces physiques et les avait brisées.

Une horrible amertume se mêlait aux souvenirs du passé ; elle se voyait descendre vers la tombe et accusait avec une sombre colère ceux qui la frappaient à la fleur de l'âge. Souvent Huguette, à genoux devant elle, essayait de la rassurer, de lui rendre l'espérance, en lui parlant de sa jeunesse ; mais la pauvre femme pleurait, levait ses mains au ciel avec désespoir, puis fermait ses beaux yeux mélancoliques pour ne pas voir ce qui se passait autour d'elle, comme si elle eût voulu vivre un moment par la pensée hors des murailles où elle était enfermée.

Quand elle comprit que ses dernières forces s'épuisaient, que tout allait finir, que le soleil n'aurait bientôt plus de rayons pour elle, Clémence voulut qu'on la laissât seule, et, alors se ranimant à ce moment suprême, elle eut encore le courage d'écrire deux lettres dans lesquelles s'exhalèrent ses derniers regrets et ses dernières plaintes. L'une était adressée à M. de Belmont, l'autre au prieur de Saint-Rambert.

A son père, elle disait :

« Monsieur,

» Vous n'avez tenu aucun compte de mes prières et de mes larmes, vous avez vu ma douleur et n'en avez pas été touché. Vous m'avez séparée violemment de celui que j'aimais, à qui je pouvais appartenir honorablement, dont j'aurais été la digne et fière épouse, et vous m'avez jetée à un homme odieux parce qu'il est souillé de crimes. Ici même, autour de son château, son nom est un objet d'effroi : on me prend en pitié, moi, mais on a horreur de lui.

» Vous avez brisé ma vie en me sacrifiant à une prétendue dette de reconnaissance ; vous m'avez donnée comme on donne une terre, ou un cheval, sans songer que j'étais un être, comme vous, créé par Dieu, comme vous, capable de sentir et de souffrir.

» J'ai obéi malgré moi à vos ordres, je me suis courbée devant vos menaces ; maintenant vous devez être bien fier de votre triomphe : votre autorité paternelle est sauve, mais votre fille va mourir, tuée par sa douleur, par ses regrets, tuée par vous.

» Le messager qui vous portera la nouvelle de ma mort vous remettra ce dernier écrit de votre victime.»

Puis, Clémence ajouta à cette lettre les lignes suivantes :

« Adieu, ma bonne mère ; votre cœur ne vous trompait pas ; si l'on eût cédé à vos désirs, votre fille serait pleine de bonheur et de vie ; vous avez souffert de ma souffrance, gémi de mon sacrifice ; Dieu vous console, pauvre mère ! Je vous donne mon dernier baiser et je meurs en vous bénissant.

» CLÉMENCE DE BELMONT. »

Elle écrivit à l'abbé de Saint-Rambert :

« Monsieur le prieur,

» Il y a quelques mois seulement, vous fûtes appelé à consacrer une union monstrueuse entre une jeune fille de dix-huit ans que l'on disait belle, qui était pure, bonne et aimante, et un homme d'un âge mûr, d'un caractère dur et intraitable, et à qui la rumeur publique reproche des crimes.

» Moi que l'on sacrifiait, j'avais espéré trouver un appui dans le ministre de la religion ; le représentant du juge suprême ne permettrait pas un mensonge ; il ne prendrait pas le silence pour une adhésion. Ignorante que j'étais !

» Pourquoi donc m'avez-vous demandé mon consentement, si vous étiez décidé à vous en passer? Lorsque, sous le coup des menaces de mon père,

seule contre tous, en proie à la terreur, je courbai la tête sans répondre, ma douleur n'a pas éveillé en vous un sentiment de pitié ; vous n'avez pas voulu voir que j'étais contrainte, vous avez pris parti pour les forts contre le faible, pour la tyrannie contre l'opprimé. Vous m'avez déclarée unie au sire d'Holypherne, devant Dieu et devant les hommes, et Dieu savait bien que vous ne disiez pas vrai !

» Aujourd'hui je vais mourir, perdue par cet horrible mariage que vous avez consacré. Votre présence a protégé la violence, votre bénédiction a consacré le sacrifice.

» Au moment de m'éteindre pour jamais, de descendre dans le tombeau, jeune, belle, aimée, le cœur en proie à des chagrins amers, à des souffrances terribles, ma bouche vous maudit, et mon âme qui monte vers Dieu lui portera ces malédictions que je jette sur vous et qu'il ratifiera dans sa justice.

« CLÉMENCE DE BELMONT. »

Clémence n'avait plus qu'un désir, une espérance : voir Liobard à son dernier moment, lui dire adieu, sentir dans sa main la main de celui qu'elle avait purement aimé. Elle fit venir un serviteur fidèle, le seul de ceux qui l'avaient suivie, qui fût resté à Holypherne, et lui demanda s'il pouvait lui donner ce dernier bonheur. Elle apprit alors, ce qu'elle ignorait, qu'une consigne sévère avait été donnée par le sire de Luyrieux à l'égard du sire de Liobard, rigoureusement maintenue par le majordome, et que si Renaud pénétrait par surprise dans le château et y était vu, il n'en sortirait pas vivant.

A l'appui de ses paroles, le serviteur ajouta que plusieurs fois on avait aperçu Liobard sur les rochers de la rive opposée ; on n'avait pas osé tirer sur lui des coups d'arquebuse dont le bruit aurait trahi le coupable, mais on lui avait envoyé des flèches qui heureusement ne l'avaient pas atteint, sans doute parce que les archers, obéissant à regret aux ordres du majordome, n'avaient pas voulu se charger d'un crime inutile et n'avaient pas visé.

Il n'y avait rien à attendre du serviteur : Clémence fit venir le majordome et l'invita à donner des ordres pour que Renaud de Liobard pût entrer au château et assister à ses derniers momens. C'était le vœu suprême d'une mourante. Le majordome se retrancha derrière les ordres formels de son seigneur et refusa, en s'excusant de ne pouvoir obéir.

Clémence dut renoncer à son dernier bonheur ; elle mourait bien seule, sur le rocher où on l'avait exilée, loin de sa mère, loin de son amant. Le soir, elle se fit porter sur la terrasse, et, agitant son écharpe, elle chercha du regard celui qu'elle avait aimé.

Il n'y était pas... Elle eut un moment d'angoisse ; mais bientôt, soit qu'elle vît dans son cœur et non sur le rocher, soit qu'une saillie du roc ou une touffe d'arbrisseaux trompât sa vue affaiblie, elle crut apercevoir Renaud et, heureuse à ce dernier instant, elle tendit la main vers l'ombre, murmura un adieu en exhalant son dernier soupir.

Durant la nuit, on entendit d'heure en heure retentir dans la vallée et sur les bords de l'Ain la cloche funèbre de la chapelle du château d'Holypherne. Le lendemain on déposa la malheureuse jeune femme dans sa tombe. En l'absence du sire de Luyrieux, les obsèques furent simples ; la garnison du château, quelques seigneurs et quelques paysans y assistèrent ; les trois filles d'Holypherne, frappées d'épouvante et de douleur par cette mort si prompte, si terrible, versèrent d'amères larmes sur le corps de leur amie.

Un messager porta une lettre du majordome à Mme de Belmont, et celle de Clémence au prieur de Saint-Rambert. Un autre partit pour l'armée, afin d'apprendre à Georges la mort de sa jeune femme et de remettre à M. de Belmont la lettre de sa fille.

La dame de Belmont tomba dans un accablement profond à cette nouvelle ter ible ; quant au prieur, il lut la lettre de Clémence sans sourciller, avec l'indifférence de l'homme habitué à ces plaintes, puis il jeta tranquillement le papier au feu et n'y pensa plus.

M. de Belmont, en lisant la terrible lettre de sa fille mourante, fut atterré du coup ; des larmes roulèrent dans les yeux du vieux soldat. Georges de Luyrieux rugit de douleur, stupéfait de cette mort si rapide, si imprévue, désespéré par la pensée qu'il n'aurait point de fils, point d'héritier de son nom et de sa puissance. Il n'avait pas soupçonné en partant qu'il ne reverrait pas la jeune femme qu'il venait à peine d'amener au château, et il eut besoin de se faire plusieurs fois répéter les détails de sa mort avant d'y ajouter une foi entière.

Quant à Liobard, qui demeurait pour le moment étranger à la guerre, découragé, fatigué de l'inutilité de ses efforts pour arracher Clémence de la citadelle, dans l'impossibilité d'arriver jusqu'à elle, il était allé depuis quelques jours se confiner dans sa châtellenie de Saint-Sorlin, arrivé à un état de prostration auquel la douleur morale réduit parfois les hommes les mieux trempés et les plus vigoureux.

C'est là que lui arriva la nouvelle inattendue, inopinée de la mort de Clémence. Il n'y voulait pas croire. Il ne lui semblait pas possible que tant de grâces, de jeunesse, de force, de beauté, se fussent éteintes en un moment, que cette femme aimée, ardemment désirée la veille ne fût plus qu'un rêve disparu pour jamais.

Une réaction fatale s'opéra en lui.

Par un de ces phénomènes dont la source mystérieuse est cachée dans les replis du cœur humain, qui échappent à toute analyse, dont la science psychologique ne comprend jamais le pourquoi, son amour, triste, mais devenu plus calme, qui gardait encore une espérance inavouée, mais se repliait devant l'impossibilité du moment, son amour se réveilla plus énergique, plus puissant, à l'heure où il en perdait l'objet descendu au tombeau.

CHAPITRE XV.

La douleur de Renaud était poignante, son désespoir était violent, insensé. Cette femme adorée ne pouvait pas avoir été enlevée ainsi, à dix-huit ans, du jour au lendemain, et pour toujours. Non, cela n'était pas vrai... Clémence vivait ; sa mort prétendue était un mensonge du seigneur Holypherne, qui cachait quelque trahison, qui voilait quelque affreux dessein.. Une prison perpétuelle, les souffrances, les privations les plus dures étaient réservées à la malheureuse femme... Mais Clémence n'était pas morte... Telles étaient les pensées qui assiégeaient l'esprit de Liobard.

Alors, il regrettait amèrement que Georges n'eût

pas accepté sa provocation ; il se maudissait de n'avoir pu le tuer, le soir du mariage, sur le chemin de Nantua ; de n'avoir pas prévu le changement de route, de n'avoir pas eu un plus grand nombre de soldats. Et il appelait alors Clémence avec désespoir, avec colère, attendant un mot qui ne venait pas!...

Et son amour grandissait au niveau de l'impossibilité où il était de la revoir, et le livrait à d'étranges préoccupations. Parfois, il interrompait sa promenade, s'arrêtait, s'appuyait contre un arbre et restait là, le regard fixe, sans rien voir autour de lui. D'autres fois, tout en marchant, il parlait seul et souriait, semblant interroger une personne invisible pour tous, excepté pour lui, semblant lui répondre et lui donner des explications.

Puis, éveillé de son doux rêve, il portait la main à son front, regardait autour de lui, souriait avec amertume et reprenait sa marche, regrettant l'apparition évanouie.

Attiré malgré lui, semblant obéir à l'appel d'une voix chérie, ou à une volonté qui le dominait, il quittait sa demeure et retournait vers le château d'Holypherne ; il gravissait lentement la roche escarpée de la rive gauche, s'asseyait et contemplait cette sombre forteresse où dormait pour toujours celle qu'il aimait. Il oubliait les heures, et quand la lune venait illuminer la terrasse du manoir, il montait plus haut encore, sur un rocher avancé surplombant la rivière encaissée, comme un nid sur un précipice.

De là, par distraction, par habitude, comme à l'époque où Clémence vivait, il faisait voltiger son echarpe ; d'autres fois accroupi dans sa tristesse, il se relevait tout à coup comme un chamois blessé, battait le roc de ses pieds impatiens, tendait les bras et murmurait un nom, car il venait de voir une ombre blanche qui semblait se glisser furtivement sur la terrasse du château d'Holypherne, courait se pencher sur le parapet, puis disparaissait comme une vision fantastique.

Ces apparitions jetaient Renaud dans des doutes étranges ; son esprit flottait incertain. Il n'était pas crédule; cependant, à cette époque où la superstition était dans les mœurs, où la religion s'appuyait grandement sur elle, où la science elle-même semblait parfois douter, Liobard se défendait difficilement de cette douce pensée que celle dont il avait été aimé, affranchie par la mort, pudique comme autrefois, revenait sur sa terrasse le regarder et se montrer à lui, n'osant pas accourir dans ses bras. Ainsi, il prêtait à la mort l'amour et la pudeur, les plus doux charmes de la vie.

Dans un moment d'exaltation fiévreuse, il lui arriva d'appeler l'ombre ou la femme qu'il voyait. Aucun nuage ne voilait les rayons des étoiles, la lune éclairait en plein la terrasse, et il vit la femme ou l'ombre, accoudée sur le parapet, lui faire un geste gracieux, puis s'éloigner lentement.

Sans se demander s'il n'était pas le jouet d'une hallucination, il s'attacha à son illusion et fit tout pour ne pas la détruire. Cet homme jeune et hardi, qui était un chef déterminé, en ce moment dominé par l'amour, faisait taire sa raison pour écouter son cœur et caresser une chimère. Il voyait une image dans l'eau et il ne voulait pas que la brise vînt rider la surface du miroir, de peur qu'elle ne lui enlevât le charme du rêve.

Cette illusion fut, pour l'âme de Liobard, un baume merveilleux : son amour avait trouvé un aliment, le désespoir était moins profond, la douleur moins amère; mais l'apparition était devenue un besoin et parfois, quand la nuit était bien noire, quand l'orage grondait avec fracas dans les gorges profondes et soulevait contre les granits les flots de la rivière; que la pluie, tombant par torrens, allait faire des cascades de rocher en rocher, on entendait la voix de Liobard qui, cramponné sur son roc, heureux au milieu de cette nature bouleversée, appelait un éclair, espérant qu'à l'une des tourelles du château il verrait l'ombre de Clémence se tourner vers lui.

Cependant, de bizarres bruits commençaient à circuler dans le pays: toutes les circonstances du mariage de Clémence furent commentées; sa mort si prompte parut n'être pas naturelle; on l'avait vue quelque temps avant si forte, si brillante de santé; les trois filles d'Holypherne se portaient si bien sur leur rocher! On chuchotait qu'un écuyer de Georges avait révélé le secret d'une mort violente qui avait puni Clémence d'un amour irrésistible: un autre, disait-on, avait affirmé que Clémence vivait encore, mais était enfermée dans un cachot d'où elle ne pouvait sortir qu'un moment chaque nuit, pour respirer sur la terrasse.

Tous ces bruits arrivèrent à Renaud. Il voulut voir et interroger les écuyers auxquels on prêtait ces étranges propos, mais ils étaient partis pour rejoindre leur maître à la guerre; quant aux paysans qui les répétaient, pressés par Renaud, ils affirmèrent les avoir entendu tenir, mais ils ne purent remonter à la source, comme cela arrive toujours en pareille circonstance. De tous ces propos, il resta le bruit populaire, chaque jour plus accrédité, que Clémence avait aimé Renaud de Liobard, qu'elle était morte, qu'elle revenait toutes les nuits pour le consoler, passait avec lui de longues heures sur le rocher, en face du château d'Holypherne, afin de braver le maître et seigneur, son mari.

Les dissidens affirmaient que Clémence revenait en chair et en os rejoindre son amant. On avait vu Liobard, monté un jour sur les pics les plus élevés, détacher son manteau, l'étendre sur la neige, y faire asseoir Clémence, qui riait de bonheur, et y prendre place à côté d'elle; puis, on avait entendu des hymnes d'amour, dont leurs voix mélodieuses jetaient les douces notes par-dessus le torrent.

Renaud commençait à être un objet de curiosité. Dans ses promenades, autrefois solitaires, il voyait des hommes le suivre, l'épier. S'il les rencontrait face à face, les uns avaient pour lui un regard de pitié, les autres un sourire sardonique. La réputation de Clémence devait souffrir de ces bruits ridicules. Liobard avait pour l'ombre de la malheureuse jeune femme autant de respect qu'il avait eu d'amour pour elle-même: il ne voulut pas que l'on profanât son nom, sa mémoire, et dans une visite à son rocher, par une claire nuit, il dit adieu au château de Luyrieux.

— Femme adorée, château maudit, je vous quitte pour jamais, dit-il à demi-voix.

Puis, emporté par sa douleur, afin de s'interdire toute possibilité de retour en prenant à témoin de son départ tout ce qui pouvait l'entendre, il répéta trois fois d'une voix retentissante: Adieu! adieu! adieu! Aussitôt une voix argentine, partie de la terrasse, lui cria: Adieu! adieu!

— C'est l'écho, murmura Renaud.

Mais la voix reprit bientôt avec plus de force:

— Chevalier de Liobard, au revoir!

Tout courageux qu'il était, Renaud sentit un frisson courir dans ses veines; il courba la tête et descendit de ce rocher où plusieurs mois il avait entretenu sa douleur de ces visions.

Il partit seul, afin que nulle parole ne l'éveillât de ses douces rêveries, ne fît l'ombre de Clémence s'enfuir, quand son regard illusionné la contemplait à ses côtés, cheminant avec lui.

Il partit à cheval et suivit quelque temps la pente de la rivière d'Ain, se plaisant dans la contemplation des sauvages contrées qu'elle arrose, évitant les grandes routes et venant le soir demander l'hospitalité pour son coursier et pour lui dans les châteaux qui s'élevaient alors en grand nombre dans le pays. Partout Renaud comptait des amis: aussi fut-il reçu partout avec une douce et franche cordialité. Mais il semblait redouter les épanchemens de la souffrance autant que les consolations de l'amitié.

Ses amis et les dames faisaient de vains efforts pour le retenir; plus d'une fois ils surprirent des larmes dans ses yeux, alors que, lui parlant de l'avenir et passant en revue les filles des seigneurs voisins, ils le pressentaient sur un établissement prochain et cherchaient à deviner à quelle maison il demanderait une alliance. Partout on comprit que dans les réticences de Liobard se cachait une douleur profonde, qu'il fallait respecter puisqu'elle se voilait.

Renaud avait l'intention de se jeter dans le haut Bugey, magnifique contrée dont les immenses solitudes sont propres à nourrir la douleur, de remonter le cours de l'Albarine jusque dans la vallée de Charabote, délicieux nid où, dans un étroit espace, une nature luxuriante a accumulé les merveilles.

Là s'élèvent des bois où des arbres foulent de leurs pieds la tête d'autres arbres; là s'ouvrent des grottes profondes sur les flancs escarpés du coteau; de tous les côtés descendent des cascades et, au fond de la gorge étroite, toute une rivière s'élance du plateau de Hauteville, et tombe de six cents pieds de hauteur sur des blocs de rocher baignés d'écume et enveloppés de vapeur.

Gravissant de montagne en montagne en traçant les trois quarts d'un ovale, il eût revu en passant le château de Belmont, où il avait aimé et où s'étaient brisées ses espérances, et repassant sur les bords du lac de Nantua, il eût été s'enfermer quelques semaines dans la chartreuse de Meyriat et demander à Dieu l'oubli de ses maux, que les hommes ne pouvaient plus guérir.

Renaud, en effet, nourrissait en son âme, à côté de son amour, un vif sentiment religieux, exalté en ce moment par la souffrance. Forcé de renfermer dans son cœur le secret de ses douleurs, il croyait ne pouvoir demander qu'au ciel des consolations que la terre n'avait pas pour lui.

C'était le plan de Renaud; mais un matin, en quittant le château de Pont-d'Ain, le cœur lui faillit à l'idée d'abandonner la vallée de l'Ain: il pleura, accroupi sur son cheval qui s'était arrêté, incertain de la route à prendre et attendant un appel de la bride. Cette pauvre âme blessée n'osa pas briser la chaîne qui la rivait de ce côté.

Au lieu de traverser la rivière qui était devant lui, il suivit la rive pendant quelques minutes jusqu'à l'endroit où le Surand se jette dans l'Ain, et, tournant à droite, il s'enfonça dans la Bresse en remontant le cours du ruisseau.

Ce moment venait de changer toute sa destinée. Renaud suivit lentement le cours sinueux et pittoresque du Surand, sentant bien qu'il allait rouvrir toutes les plaies de son cœur, mais essayant de secouer cette pensée, comme un homme qui se laisse entraîner à une faute en maudissant sa faiblesse, mais qui n'en poursuit pas moins sa route.

Sans but réel, sans projet arrêté, sans savoir ni ce qu'il voulait, ni où il irait, il continua ses pérégrinations, déployant l'activité du corps à défaut de l'activité d'esprit, allant où sa fantaisie instantanée le menait, laissant parfois à son cheval le soin de prendre une direction.

Des hauteurs boisées de Château-Vieux, Liobard descendit à Fromente, antique minoterie de l'époque romaine et de l'époque féodale, dont le nom rappelle l'ancienne destination et le séjour des *frumentaires;* Fromente avec ses moulins, son château et ses grandes tours. Au moment où Renaud y passa, ce pays était riche et populeux, le manoir était beau, les tours solides. Il ne reste plus, de l'ancienne splendeur, que la rivière aux eaux limpides et les moulins qu'elle fait tourner. La guerre a ruiné le château, qui garde encore ses décombres et ses grands murs inutiles ; la végétation a envahi la dernière tour, l'a couverte d'arbustes qui se balancent aux vents avec coquetterie et remplacent les sentinelles qui gardaient les chatelaines de toute surprise.

Liobard était trop absorbé par le souvenir de Clémence pour songer le moins du monde au sort de toutes ces citadelles de la féodalité, menacées d'une chute prochaine, et dont les débris se retrouvent encore à chaque pas dans la délicieuse vallée du Surand. Il ne songeait pas à la querelle de Charles-Quint et de François Ier, dont pouvait résulter sa ruine ; il oubliait même ses beaux faits d'armes à l'armée d'Italie. Si quelquefois lui revenait le souvenir de Toniella, il éloignait la pensée de la brune Romaine, qui ne pouvait être mise en parallèle avec la blonde fille de Belmont, comme si Clémence eût pu s'offenser de cette souvenance.

Quoique ses amours eussent si mal fini, ne lui eussent apporté que douleur et tourment, il ne regrettait pas d'avoir repoussé les avances de la belle veuve, il s'applaudissait d'avoir gardé tout entier son cœur pour celle-là même qui n'avait pu l'accepter.

Il s'oublia pendant quelques jours à rêver dans le manoir de Beaurepaire, dont les quatre larges tours planaient alors sur le rocher à pic qui surplombe le Surand. Nul asile n'était plus propre à abriter la douleur que ce château de Beaurepaire, le bien nommé, entouré de trois côtés par des bois, surveillant, de l'autre, les gorges par lesquelles l'ennemi pouvait descendre des hauteurs du Revermont, et dont les murs semblaient, la nuit, s'entretenir avec la tour de Bohan, autre sentinelle qui gardait le passage par lequel on venait de la rivière d'Ain.

La solitude était profonde aux alentours ; rien ne troublait le silence des vastes salles et des gracieux réduits ouvert sur l'étroite vallée, car un bois épais appelé le Doré interceptait le bruit monotone du moulin de la Biolière, qui tacquetait au milieu des saules. Renaud éprouvait un charme indéfinissable à s'arrêter le soir sur la terrasse, surtout quand le soleil découpait et dentelait la chaîne du Revermont, dont la grande ombre venait se refléter jusque sur les collines de Rignat et de Moinans. Toutefois, c'était moins le spectacle de la nature qui retenait Liobard dans ce site, qu'une illusion pleine de charme. Beaurepaire se dresse sur le Surand comme le château d'Holypherne sur la rivière d'Ain : c'est la

même limpidité des eaux, la même végétation, ce sont les mêmes rochers et, l'imagination et l'amour aidant, Liobard s'abusait et s'égarait dans ses douces pensées.

Quelquefois il restait seul de longues heures, plongé dans de délicieuses rêveries, et alors, s'il lui arrivait d'entendre des pas légers frôler les marches de la tour, il croyait à la présence de Clémence qui accourait auprès de lui. Parfois, il descendait le petit escalier qui, de la terrasse, conduit sur le roc ; il s'asseyait là, les pieds ballans sur le vide, un bras passé à un petit arbre et la tête perdue dans les vagues pensées de l'amour et de la douleur.

Tristes choses que l'impuissance de l'homme devant la souffrance, que son inanité ! A la fleur de l'âge, dans toute sa force, ce n'est plus, quand son cœur souffre, qu'un enfant passant ses jours à s'éloigner et à se rapprocher d'un vieux donjon où il n'y a qu'une ombre, et ses nuits à pleurer ou à poursuivre volontairement une chimère insaisissable. Dans le spectacle de la nature, ses yeux ne vont pas assez loin pour embrasser les grandes oppositions ; ses pieds sont rarement assez forts pour le porter au sommet des hautes montagnes, assez agiles pour qu'il puisse, en changeant rapidement de place, se faire des panoramas nouveaux ; et quand ses pieds lui rendent ce service, souvent ce pauvre spectateur n'a-t-il pas le cœur assez large pour contenir tout le bonheur que la nature lui offre et les poumons assez vastes pour recevoir l'air qui lui afflue ! Encore lui faut-il parfois fermer les yeux sur le bord des précipices dans la crainte d'y être emporté par le vertige !

Renaud continua sa marche pittoresque à travers la vallée du Surand, et arriva à la chartreuse de Sélignat.

Les hommes qui fuyaient le monde pour se livrer à la vie contemplative mettaient d'ordinaire entre eux et lui d'autres barrières que leurs vœux. Craignant les séductions connues d'un monde abandonné parfois dans un jour de douleur ou de découragement, redoutant que sa voix fît vibrer encore les cordes faciles de leur âme, ils s'enfonçaient dans les bois, s'abritaient derrière des rochers, interceptant l'éclat des joies et des plaisirs mondains, et coupaient de ravins profonds les routes qui menaient des cités aux cloîtres. Si parfois le sacrifice consommé pieusement et de bonne foi laissait d'amers regrets, si, jetant ses regards en arrière, le religieux se prenait à déplorer son fatal courage et à pleurer ce qu'il avait quitté, ses plaintes et ses pleurs n'avaient ni échos, ni témoins : c'était un homme enfermé vivant dans une tombe, destiné à mourir là de désespoir, sans trouver une main pour essuyer ses larmes.

Non loin de Simandre, un peu vers le nord-est, s'ouvre une gorge profonde et étroite à l'entrée de laquelle s'élèvent deux roches abruptes, dressées à pic, arrêtées au même niveau et se regardant ; massées appuyées dans le sol, sur la même ligne, et qui semblent s'être disjointes pour laisser passer un ruisseau et une route qui le borde ; montans superbes d'une porte taillée par le hasard dans les roches granitiques, et à laquelle il ne manque qu'un couronnement pour en faire l'arc le plus gigantesque que puisse imaginer la pensée humaine.

C'est l'entrée d'une retraite mystérieuse enserrée de tous côtés par des montages et des bois, et adossée, à l'orient, contre un rocher immense qui porte sur ses sommets ondulés des pâturages luxuriants de verdure et de richesse.

Renaud poussa dans cette gorge son cheval qui hésitait, effrayé par le ruisseau bruissant à travers son
lit rocailleux. Le chevalier ne put se défendre d'une
profonde tristesse quand il sentit la fraîcheur de la
vallée et qu'il entra dans l'ombre immense projetée
par ces masses de pierre recouvertes de hauts sapins.
Plongé dans une rêverie d'un vague indéfinissable, il
suivit lentement la route bordée de frênes, sinueuse
comme le ruisseau qui caresse et contourne le roc,
ainsi qu'un long serpent. Il passa, presque sans le
voir, devant un grand bâtiment élevé sur la rive
gauche du ruisseau, à la droite du cavalier, et appelé
la Bouverie, nom qui dispense de toute explication
sur sa destination; il s'arrêta au moulin, édifice fort
grand, bâti au niveau de l'eau, et il y laissa son
cheval.

A quelques pas au-dessus du moulin, la route,
percée par un pont, fait un large contour à gauche et
abandonne le ruisseau qui continue à remonter le
bois. Là, cette vaste route qui tourne, ombragée par
d'immenses arbres, ce ruisseau qui s'est élargi, sont
d'un effet grandiose et saisissant. Renaud marcha
pendant quelques minutes et alors apparut devant lui
la chartreuse de Sélignat, la plus coquette des re-
traites, bâtie dans le site le plus sauvage et le plus
gravement beau qui se puisse rencontrer.

Deux monts et une roche qui les sépare ont laissé
à leurs bases rapprochées un espace qui forme entre
elles un triangle allongé dont les longs côtés viennent finir en pointe à la route, à l'endroit où elle
tourne, près du moulin. En regardant ce triangle de
son sommet, c'est-à-dire de cette pointe, son côté
droit est coupé par le petit ruisseau et ombragé par
un magnifique bois de sapins qui le borde, et monte
rapidement, en étalant dans ses interstices de riches
tapis de verdure sur lesquels il n'est pas rare de voir
s'ébattre des familles de renards bruns, parfaitement
en paix dans cette solitude. Le côté gauche du triangle est borné par une montagne rocailleuse, aux
pentes raides, taillées sur le flanc du roc, superpo-
sées les unes aux autres, soutenues par les arbres, et
où les branches capricieuses des vignes sauvages et
les lianes servent de rampes festonnées et vivantes;
chemins ignorés, invisibles à quelque distance à l'œil
le plus perçant, embaumés par la fraise des bois, et
où peuvent s'égarer en paix les pas qui les foulent,
sans que leur bruit soit entendu de personne. Le
fond du triangle est un long rocher, coupé dans son
élévation en étages nombreux, successivement recu-
lés, et qui montent dans les nues.

Des étages inférieurs s'élancent des arbres vigoureux dont la longue chevelure pend jusqu'à la base
du premier, ressemblant à une cascade de verdure
toujours agitée par la brise, prenant mille formes et
mille nuances selon que le vent abaisse ou relève le
feuillage. Du plus haut sommet s'élance un ruisseau
limpide qui saute d'étage en étage, comme un réseau d'argent sans fin, ou comme un long boa qui
aurait des écailles blanches et brillantes, et qui, assis
sur le roc, essaierait d'en descendre, s'allongeant sur
chaque retenue, se déployant sur chaque vide, depuis la nue jusqu'à la terre.

Le triangle forme un vaste plateau où est bâtie la
chartreuse, dont la porte, tournée au nord, est ombragée d'immenses tilleuls. La petite église s'élève
au milieu, et à son ombre, à droite et à gauche, s'é-
tendent les cellules. Il n'y a pas là de ces sombres et
interminables corridors dont le silence et la solitude
inspirent la terreur : c'est le cloître gracieux et coquet avec sa pelouse verte, ses allées ombreuses, sa
terrasse dominant un jardin fécondé par les eaux
descendues du rocher et qui, se réunissant, forment
un vaste bassin dont les bords sont plantés de saules
mélancoliques. C'est une nature abrupte et sauvage
encadrant un Eden; la civilisation fraîche, jolie,
agaçante au milieu d'un désert.

Alors qu'il était heureux, que la vie s'ouvrait devant lui pleine d'amour et d'espérance, Liobard était
venu quelquefois dans ses chasses jusqu'à la chartreuse de Sélignat, dont le prieur, cadet d'une famille
bressanne, avait été lié d'amitié avec son père. Aussi
fut-il bien accueilli du gardien, qui s'étonna de le
voir seul, et tout pensif, et se hâta de prévenir le
prieur de l'arrivée de son jeune ami.

Le prieur des chartreux était un de ces hommes
énergiques et puissans qui ont grandi dans des études et des méditations solitaires. Toutes les facultés
de son âme laissées inactives, loin du monde qui seul
pouvait les occuper toutes à la fois, s'étaient portées
vers un seul objet, l'analyse des passions humaines
qui venaient en mourant jeter leurs dernières lueurs
dans son cloître. Les chartreuses n'étaient pas alors
ce qu'ont été depuis les couvens d'hommes, la retraite
d'individus pour la plupart pauvres et ignorans, jetés
là, les uns par le hasard, d'autres par l'impossibilité
de vivre de leurs bras, quelques-uns par le goût de
la solitude, le plus grand nombre humbles serviteurs
d'une pensée politique dont ils n'avaient pas même
l'intelligence, zéros alignés pour faire valoir un chiffre, soldats grossissant l'armée de chefs qui militaient
pour des intérêts ignorés de cette foule, usant ab-
surdement une vie inutile.

A cette époque d'une foi encore vive dont les passions les plus ardentes laissaient entendre la voix impérieuse, il n'était pas rare de voir des hommes riches, puissans parfois, demander au cloître la péni-
tence de quelque crime caché, y chercher un remède
contre des passions sans espérance ou devenues sans
objet par la mort de celles qui les avaient inspirées.

Tant de fois la douleur et le désespoir s'étaient
abusés et avaient cru à des vocations menteuses; tant
de fois le prieur était entré, la nuit, dans les cellules
des religieux pour apporter une consolation à celui
qui croyait avoir enfoui son secret au fond de son
cœur, comme il avait caché ses larmes sous sa capu-
che, qu'il n'était pas un repli du cœur humain que
cet homme ne connût, pas un battement dont il ne
pût indiquer la cause, lorsqu'il avait quelque temps
étudié le nouveau venu.

La nature humaine s'était dévoilée à lui dans toutes ses faiblesses, et il ne l'avait pas prise en haine,
ni en dégoût, mais il la regardait avec une douce
pitié qui veut consoler et raffermir. Cette disposition
avait sauvé déjà bien des malheureux qui étaient accourus, dans l'emportement du désespoir, demander
au prieur un asile et un cilice, en échange de vœux
éternels, et qui avaient trouvé dans cette solitude, et
surtout dans les doux entretiens de l'amitié, le calme,
la paix, puis le désir de la liberté, et avaient reporté
dans le monde des qualités qui élèvent les hommes et
des vertus qui les font aimer.

Liobard ouvrit son âme tout entière au prieur. Le
religieux y put lire un amour profond, sans bornes,
qui parfois oubliant les temps et les époques, se re-
portait aux premiers jours d'une liaison pleine de
promesses de bonheur, puis qui, tout à coup ramené
à la réalité par un mot, ne semblait accepter le présent que pour s'élancer de là vers une éternité sans

limites, comme un oiseau s'arrête au milieu de l'espace sur une branche flexible pour s'élancer plus rapide aux tourbillons de l'air. Fatale disposition qui ne permettait pas de juger sainement, puisque des trois époques humaines, le présent, le passé, l'avenir, il répudiait précisément ce qui pèse le plus, ce qui a la plus grande influence, c'est-à-dire les chaînes qui retiennent dans la vie réelle.

Liobard ne venait pas demander à son ami un rosaire et une robe de bure; il n'avait pas eu cette pensée un seul instant : il lui restait trop d'amour au cœur et un mystère à éclaircir, qui le préoccupait vivement. C'était toujours le soldat; seulement le soldat était blessé et le temps seul pouvait le guérir, la vie des camps, les agitations et les alternatives de la guerre étaient le vrai baume qui devait cicatriser sa blessure.

Ce n'était pas le moine que Renaud de Liobard venait visiter, c'était l'homme noble qui avait été l'ami de son père et qui était le sien, c'était le seigneur ecclésiastique, le prieur féodal de la chartreuse de Sélignat, qui s'était fait d'église parce que la loi féodale donnait à son frère aîné les titres et la plus grande partie des biens de leur père.

La moinerie n'était pour lui qu'un état, une position : il était prieur comme, à cette époque, beaucoup d'autres étaient évêques, qui étaient toujours prêts à prendre la cuirasse et le morion, et à combattre, menant un corps d'armée sous leurs ordres. Il eût été un habile ministre si le hasard des circonstances l'eût poussé à la cour et dans les bureaux ; prieur, il employait toutes les ressources d'un esprit observateur, méditatif, à diriger convenablement les hommes placés sous sa direction.

La chartreuse avait de grandes propriétés territoriales, et le prieur était suzerain d'un certain nombre de villages et de terres. Cette position fort indépendante permettait à cet homme sérieux et vraiment supérieur d'agir en toutes choses avec une dignité que l'on ne rencontrait pas toujours dans les chefs des ordres monastiques.

Le prieur de Sélignat ne croyait à la vocation réelle d'un homme que lorsqu'il la voyait résister à toutes les épreuves capables de l'ébranler, et lorsqu'il était bien convaincu que l'on ne cédait pas à la sotte vanité de maintenir une parole donnée inconsidérément, dans un jour de désespoir. Le cilice et les macérations le touchaient peu, et il ne croyait à la vertu qu'après l'avoir vue longtemps exercer.

Que l'on joigne à ces dispositions une charité évangélique, une bonté inaltérable, une grande connaissance du cœur humain, et l'on aura une idée juste du prieur que Renaud était venu visiter dans le plus fort de sa fièvre et dans le besoin qu'il avait d'échapper aux pensées désolantes qui le tourmentaient.

Après quelques jours de résidence à la chartreuse, Liobard sembla souffrir moins et son exaltation avait grandement diminué. Les discours du prieur avaient-ils apporté du calme à son âme? La brusque diversion qu'il faisait à sa vie ordinaire produisait-elle un salutaire effet? Cette immense solitude, tranquille, luxuriante de fleurs, de parfums, où nul bruit ne se faisait entendre, où la nature étalait ses richesses, agissait-elle sur lui? Qui le sait? qui peut deviner l'influence exercée sur notre âme par les choses extérieures ?

Ce calme bienfaisant permit au prieur de sonder les replis du cœur blessé de Liobard avec plus de succès qu'il n'avait pu le faire tout d'abord, et il y

découvrit un sentiment qu'il n'y avait pas soupçonné, comme un chirurgien qui, sous le sang et les chairs meurtries d'une blessure, n'aurait pas découvert, au premier aspect, tous les ravages du projectile qui l'a produite. Il s'émut à cette découverte.

Dans les causeries intimes des deux amis, dans les graves exhortations du prieur, qui cherchait à donner un autre cours aux idées de Renaud, à amortir sa douleur, le moine prononçait quelquefois le nom de Georges de Luyrieux, et chaque fois que son nom sortait de ses lèvres, il voyait Renaud s'agiter dans un état d'exaspération violente, quoiqu'il fît des efforts pour cacher son trouble. Ce n'était pas alors une pensée douloureuse, mais calme, qui traversait l'esprit de Liobard ; il obéissait à un mouvement convulsif, plus fort que sa volonté : ses yeux s'animaient, s'injectaient de sang, ses mains se crispaient, sa lèvre tremblait. Le prieur comprit qu'il était en proie à d'horribles pensées de vengeance.

Cependant, le prieur espéra d'abord s'être trompé : il essaya de revenir de cette première impression, de réformer son jugement dans un examen plus approfondi ; mais bientôt ce qui n'était qu'un doute devint une triste conviction.

Il ne se trompait pas: la pensée de frapper de Luyrieux dans sa personne ou dans les siens, qui avait mis le poignard à la main de Renaud dans le parc de Thoire, revenait plus impérieuse, s'était emparée de lui et le dominait.

Sans dire un mot qui pût hâter l'explosion, sans provoquer une confidence dont il n'avait pas besoin, et qu'il redoutait, dans la crainte que Renaud la regardât plus tard comme un engagement envers lui-même, il fit entendre à son ami des paroles de charité, fit retentir des paroles de foi dans son âme qui devait les accueillir, parce qu'elle souffrait; mais il s'aperçut promptement que la foi était impuissante contre les pensées de vengeance.

Il savait de quoi pouvait être capable un homme qui passait les nuits au milieu de l'orage, suspendu à un rocher au dessus d'un gouffre, pour contempler une apparition fantastique. Dès ce moment, ses paroles consolantes prirent une autre direction : bien souvent, il avait doucement éloigné du cloître les imprudents qui en voulaient embrasser la vie ; cette fois, au contraire, il commença à en peindre le calme et le pur bonheur sous des couleurs qui devaient tenter la souffrance, si facile à séduire.

Les moines mettent peu d'éclat, peu de grandeur dans leurs cérémonies religieuses, et cette absence de sentiment artistique est facile à comprendre : les cérémonies sont faites pour parler aux yeux, pour frapper la foule et la séduire ; or, des chartreux retirés dans les montagnes n'étaient visités que par de rares voyageurs ; leurs chants monotones, au milieu desquels on distinguait des voix jeunes et vigoureuses, leurs têtes rasées sur lesquelles on apercevait poindre des cheveux noirs et abondans, leurs prosternations la face contre terre à certains momens de l'office, portaient la tristesse dans l'âme des spectateurs : c'était pénible à voir, mais cela n'avait rien du grandiose de la liturgie des grandes cathédrales catholiques.

Le prieur parut tout à coup prendre un goût extraordinaire pour ces pompes religieuses qui contrastaient avec les habitudes des chartreux et dont il s'était lui-même fort peu soucié jusque-là; aussitôt les cérémonies prirent un éclat inaccoutumé. Il épia l'effet qu'elles produiraient ainsi sur l'esprit de Liobard. Celui-ci, qui suivait ces exercices par distraction, ou pour complaire à son ami, ne s'aperçut pas du changement opéré à son intention.

Le religieux essaya d'émouvoir une autre fibre : il monta en chaire et employa toutes les ressources d'un talent réel, d'une parole puissante, à développer les sublimes enseignemens de la morale du Christ, comme il l'aurait fait devant une assemblée mondaine. Puis, quelques heures après, vivement complimenté par Renaud, il voulut éveiller en lui l'amour de la gloire qui attend le prédicateur, l'écrivain élevé ; il lui donna le texte d'une prédication en le priant, avec une feinte modestie, de jeter ses pensées sur ce texte afin de l'aider dans sa tâche, de lui rendre le travail plus facile.

Liobard sourit tristement, sans comprendre la pensée du prieur, et refusa en s'excusant sur son impuissance.

— Je ne suis qu'un soldat, dit-il, plus apte à manier l'épée que la plume, plus capable de commander à une troupe de gens d'armes que de parler de morale ou de religion à la foule ou aux moines.

L'abbé de Sélignat, sans se décourager, chercha d'un autre côté les moyens de fixer Renaud, car plus il pénétrait dans les replis de son âme, plus il comprenait la nécessité de l'attacher hors du monde.

Chaque ordre religieux s'était donné, à cette époque, une mission spéciale à laquelle il se vouait. Aux uns les travaux scientifiques, l'exploration des annales, des chartres poudreuses, des titres qui avaient constitué les formes gouvernementales, ou, en y dérogeant, constataient les transformations : immense dépôt dans lequel est écrite l'histoire, sans ordre, mais non sans suite, qu'il faut tirer de la poussière et coordonner. Aux autres des travaux d'architecture monumentale, la construction des ponts, des cathédrales. Les chartreux s'étaient plus spécialement consacrés au défrichement des bois, à la culture des terres, à l'amélioration des méthodes agricoles.

Les chartreux de Sélignat possédaient de vastes propriétés environnant leur retraite. La montée abrupte qui partait de la gauche du couvent, vu de l'extérieur, et montait en serpentant sur le flanc du rocher, arrivait à un immense plateau admirablement cultivé et auquel on parvenait par une large route contournant la montagne sur le versant opposé au couvent. Il y restait encore quelques bois, comme pour attester la conquête sur le surplus par la main des travailleurs. Le rocher à pic que nous avons vu former le fond du tableau, et au pied duquel dormaient dans le calme les cellules des moines et leur coquette église, était recouvert d'une terre fertile et formait une plaine qui s'étendait jusqu'à la vallée de Corvetia ; vallée pittoresque peuplée de corbeaux qui lui ont donné leur nom, et qui s'appelle aujourd'hui, par corruption, Corveyssiat, où roule un torrent échappé d'une grotte profonde placée à une assez grande hauteur.

Les bois élevés qui s'étendent sur la droite, le long du ruisseau de Sélignat, laissaient dans leurs éclairciers circuler un chemin conduisant à de magnifiques pâturages au milieu desquels se trouvait un chalet occupé par les religieux chargés du soin des bestiaux et des premières opérations de la confection des fromages, ce grand revenu des montagnes du Jura, de la Suisse, du Bugey et de la Haute-Bresse.

Le prieur parut bientôt tourmenté d'un grand amour pour tout ce qui tenait aux travaux extérieurs ; pour la première fois depuis qu'il était à là

tête du monastère, il voulait tout voir, tout connaître, apprendre les moindres détails des grandes exploitations ; il cherchait des procédés pour améliorer la culture, disait sa pensée et demandait celle des autres sur les instrumens de labourage, sur les méthodes employées. Il s'informait du revenu exact de chaque terre et des dépenses qu'elle nécessitait ; mesurant la couche végétale de chaque pièce, essayant de trouver les rapports qui existent entre les caractères spéciaux, les propriétés du sol, et la semence qu'il convient d'y jeter, il modifiait les assolemens, établissait une comptabilité régulière. Il vérifia si les règles établies pour la coupe des bois étaient sagement suivies, quels étaient les moyens de transport, si les routes étaient bonnes, s'informant si quelques améliorations sur ce dernier objet ne donneraient pas de plus grands revenus en permettant de nouvelles exploitations.

Liobard accompagnait le prieur dans toutes les excursions que rendait nécessaires cette passion soudaine manifestée par celui-ci, au grand étonnement des religieux. Ils explorèrent ensemble tous les cours d'eau, en mesurèrent le volume et la pente afin de les diriger convenablement, soit vers les prés pour l'irrigation desquels le prieur fit faire de nouveaux tracés, ouvrir de plus nombreux sillons, soit vers les moulins dont il examina avec soin les mécanismes, calculant les frottemens, les forces perdues ou mal employées, aidant partout de son savoir les hommes de pratique. Il semblait avoir abdiqué la dignité de prieur pour se livrer aux soins qu'impose la grande propriété.

L'abbé faisait en ce moment le rôle de tentateur : il entraînait son ami dans ces détails de travaux extérieurs destinés à occuper à la fois le corps et l'esprit, afin de laisser moins de loisir à une pensée qu'il voulait tuer, ou du moins assoupir, par l'activité et même par la fatigue ; et il cherchait à éveiller en lui une préférence pour une occupation, comprenant bien à quels tristes combats serait en proie cette âme livrée à elle-même.

Mais les moines n'avaient pas deviné les intentions du prieur et ils se demandaient quel si grand personnage pouvait être ce jeune homme pour qui l'on mettait tout en mouvement ? à quel ordre secret et supérieur il appartenait pour apporter des réformes qui allaient déranger leur paresse ou leurs habitudes ? Quelques-uns, jeunes et actifs, accueillaient Renaud le sourire aux lèvres ; la plupart lui jetaient des regards de travers ; les plus vieux, impassibles, écoutaient avec attention, approuvaient tout, promettaient tout, commençaient même, et se disaient tout bas entre eux en riant :

— C'est la bise qui passe, mets ton capuchon et baisse la tête, ça sera fini demain ; nous en avons tant vu de ces réformes qui ne réformaient rien !

Renaud prenait à ces détails, à ces occupations dont il ne soupçonnait pas le but, un plaisir d'autant plus vif que, pour la première fois depuis la mort de Clémence, il trouvait de réelles distractions. Tous ces travaux paraissaient lui plaire, mais lui plaire également ; ils ne lui inspiraient en réalité qu'un intérêt de curiosité qui n'excitait nullement le plaisir d'y prendre part.

Si, au contraire, la conversation entre le prieur et lui amenait quelque épisode de la guerre entre le roi et Charles-Quint, il était facile de comprendre à l'éclat des regards de Renaud, à l'enthousiasme dont s'imprégnait son visage, que le bruit des armes et les hasards des batailles avaient pour lui un attrait plus puissant que la solitude, le travail de l'esprit et la religion.

Le calme dont il jouissait n'était qu'à la surface : les hommes en proie à des sentimens exaltés ne sont que des brins de paille que le moindre souffle du vent fait tournoyer. L'incident le plus simple, comme il arrive toujours dans les passions sérieuses, devait promptement réveiller toutes les douleurs de Renaud un moment assoupies.

Depuis longtemps le prieur avait entendu vanter la magnificence du panorama qui se déroulait aux regards du haut de la montagne dont le pied touchait à son couvent, que l'on gravit par une pente fort douce à travers une riche prairie nommée alors, comme elle l'est encore aujourd'hui, le pré du Ratabous.

Ce nom peu harmonieux lui venait d'une herbe qui pousse droit, s'élève de six à huit pouces, sucrée au pied de la tige, très commune, très abondante, dont les racines, fortes et profondes, rendant plus difficile le travail de la charrue, ont été nommées Arrête-bœufs. Le temps et le patois bressan ont corrompu ces mots et en ont fait à Sélignat le Renabous, comme le patois d'autres provinces en a fait le Ratabout. Mais il ne faut pas confondre cette plante sucrée, aimée des enfans, avec l'arrête-bœufs, *anonis spinosa*, aux longues branches couvertes de fleurs, mais hérissées d'épines.

Du couvent au sommet du Reña-bous, l'excursion, y compris le retour, ne demandait que quelques heures, et le prieur proposa cette ascension à son ami.

— Nos chartreux, dit le religieux, ont planté là-haut une croix de bois; j'ai l'intention d'y faire construire un belvédère.

— Si la vue est aussi belle qu'on le dit, l'idée est bonne, répliqua Renaud.

— Tu trouveras là un abri contre le froid ou contre l'orage, poursuivit le prieur, quand tu viendras chasser dans nos montagnes. Ce sera une délicieuse solitude quand tu voudras rêver, penser tout seul et travailler, soit que tu demeures longtemps parmi nous, soit que tu ailles prendre part à la guerre pour nous revenir plus glorieux.

— Merci, fit Renaud en serrant affectueusement la main du prieur, mais sans deviner son intention, qui sait ce que Dieu me garde !

— Si, après avoir donné tant de jours à l'amour et à la douleur, tu veux en accorder quelques-uns à l'amitié et au repos, reprit l'abbé, je te confie la direction des travaux.

— Moi, s'écria Renaud en souriant, architecte d'un couvent ! Je m'entends mieux à les démolir qu'à les élever.

— Ce n'est pas un couvent qu'il s'agit de bâtir, mais un pavillon gracieux que tu feras pour toi, comme tu l'entendras, et sur lequel nous placerons la croix, notre dernier refuge à tous, vois-tu.

Et il regardait Renaud, attendant sa réponse avec une certaine anxiété.

— Ton pavillon sera là exposé à tous les vents, battu par toutes les tempêtes... dit celui-ci.

Il s'arrête quelques instans.

— Au fait, reprit-il avec tristesse, l'architecte et l'édifice auraient, sous ce rapport, un sort commun.

— Le vent ne souffle pas toujours, dit l'abbé, et il n'y a pas d'orage qui ne s'apaise.

— Il faudrait bien du temps pour faire quelque chose sur ce pic, reprit Liobard.

— Le bois est riche, le rocher a des pierres, les bœufs montent jusqu'ici, et je mettrai à ta disposition autant de bras que tu en voudras, fit le prieur,

— Montons, dit Renaud : avant tout, faut-il voir son emplacement, et nous ne sommes pas encore arrivés.

Ils continuèrent leur ascension, qui n'avait rien de bien pénible, quoique le chemin fût assez raide et qu'il fût permis de douter que les bœufs y pussent monter en traînant le plus léger charriot, et ils parvinrent au sommet.

La voix publique avait dit vrai : jamais site plus pittoresque n'avait frappé leurs regards. Il y a, en effet, de ce point un spectacle magique. Devant vous apparaît le Bugey avec ses crêtes couronnées de châteaux forts, avec ses bois sombres, ses montages dentelées, qui se dessinent vigoureusement sur la chaîne des Alpes. A droite, la vue s'étend dans l'immensité, à travers les plaines, les gracieux villages et les *tumuli* nombreux qui gardent le souvenir des temps écoulés.

A gauche, la belle vallée de Corvetia s'étale comme un éventail parsemé des plus belles teintes de verdure, et ourlé par la rivière d'Ain. Sous les pieds s'étendent les Bénitiers, roches horizontales que la rivière a façonnées en enlevant les parties les moins dures, lorsqu'elle avait son lit à cinquante mètres au-dessus de son niveau actuel, et parmi lesquelles saillit un bénitier détaché de la masse dans les deux tiers de sa circonférence. Au-dessous encore, à une immense profondeur, la rivière d'Ain qui déploie son réseau d'argent dans des courbes gracieuses, et sur sa rive gauche Izernore avec son temple mystérieux.

On ne saurait peindre cette magnificence ; on se recueille et on contemple.

Renaud et le prieur, en touchant au sommet, jetèrent ensemble un cri d'étonnement et d'admiration ; puis, s'asseyant sur le rocher qui a percé le gazon au point culminant et s'est écaillé sous l'action du soleil, de la pluie et du vent, ils promenèrent leurs regards autour d'eux. Ils restèrent un moment absorbés dans une muette contemplation avant de pouvoir se communiquer leurs pensées, reconnaître leur position géographique et nommer les points principaux de cet immense panorama déroulé autour d'eux. Alors chacun expliqua le tableau comme il le voyait et le sentait, car dans ces grands spectacles de la nature, la pensée, le cœur, les dispositions de l'esprit modifient l'action même de la vue.

Liobard qui en était arrivé à ce moment où l'admiration se manifeste par l'abondance et la rapidité des paroles, cessa brusquement de parler, s'arrêtant au milieu d'une phrase inachevée ; son regard fixé sur un point restait immobile, sa bouche à demi-ouverte n'articulait plus aucun son. Il pâlit et laissa retomber sa tête dans ses mains en sanglotant.

— Qu'as-tu, Renaud, que t'arrive-t-il? s'écria le prieur en se penchant vers lui avec anxiété.

Liobard ne répondit que par un geste ; son bras étendu se dirigeait à gauche tandis que son regard douloureux se portait sur son ami. Le prieur regarda dans la direction indiquée, et, en voyant au loin se détacher sur l'horizon les tourelles d'un château fort, il comprit l'émotion de Renaud et murmura :

— Holypherne, n'est-ce pas?

— Oui, Holypherne, répondit sourdement Liobard, toujours Holypherne qui se dresse devant moi... C'était pourtant bien assez de ma pensée !

Et son regard embrassait cette fatale retraite, trop éloignée toutefois pour qu'il en pût saisir les détails.

L'abbé voulut l'arracher à cette douloureuse contemplation en l'entraînant vers un autre point.

— Encore un moment, dit Liobard presque en suppliant, laisse-moi regarder...

— Enfant, répondit le prieur, tout se confond dans l'éloignement; on ne distingue rien que la masse dessinée sur le ciel : tu fatigueras en vain tes yeux et ton cœur.

— Elle est là !... reprit Liobard avec un soupir péniblement arraché de sa poitrine.

Il y avait dans ces mots bien simples une douleur si vraie, si profonde, que le prieur en fut vivement ému.

— Oui, elle est là, dit-il, voulant que son ami épuisât le calice d'un trait, qu'il sentît tout son mal en un moment, comme on met un fer rouge dans une plaie pour la guérir; elle est là, mais perdue pour toi, perdue pour tous, morte, et reposant dans sa tombe.

— Qui sait! cria Renaud, d'une voix animée, le front rayonnant d'espérance, les yeux brillant d'un éclat qu'ils n'avaient plus depuis longtemps, qui sait !

Le prieur sentit un frisson courir dans ses veines. Il regarda fixement Renaud, craignant que sa raison fût ébranlée par tant de chocs; il se leva, entraîna son ami malgré sa résistance, le conduisit d'un autre côté où les accidens du terrain ne permettaient plus de voir ce château d'Holypherne dont l'aspect venait d'éveiller de si amers souvenirs.

Renaud et le prieur descendirent lentement du Rena-bous, marchant côte à côte, sans proférer une parole; l'un morne et accablé, l'autre inquiet de trouver dans le cœur de son ami un amour si violent et une si grande faiblesse.

De retour à la chartreuse, l'abbé n'essaya pas de combattre un chagrin trop fort pour être comprimé, de raisonner le désespoir, ordinairement sourd à toutes les consolations; il laissa Liobard seul, affaissé dans sa douleur, espérant que les fatigues matérielles de cette journée de course et d'exploration amèneraient le repos et que de celui-ci naîtrait le calme. Il cherchait cependant le moyen de relever le moral de son ami, de le raffermir contre de pareils ébranlemens, et il se demandait s'il ne convenait pas de le reconduire le lendemain au même endroit, de l'y ramener tous les jours, jusqu'à ce qu'il se fût habitué à voir sans émotion les lieux peuplés pour lui de si poignans souvenirs; mais il découvrait dans l'âme de Renaud tant de ressorts inconnus qu'il hésitait et que ses premiers plans étaient bouleversés.

Durant toute cette journée la chaleur avait été brûlante, le temps calme et, de la montagne, on voyait la rivière unie comme une glace : il n'y avait pas une vague. Vers le soir, le vent sauta au midi, d'immenses nuages noirs se groupèrent, s'étendirent, interceptèrent la vue du ciel, et nulle étoile n'était assez brillante pour les percer de ses rayons. L'atmosphère était chargée d'électricité, tout annonçait une de ces pluies d'orage, fréquentes dans les étés du sudest, dont on ne saurait se faire une idée dans le nord de la France, et à l'approche desquelles le corps est affaissé de lassitude.

Liobard subissait la loi générale de cet état de l'atmosphère : sa poitrine était oppressée, sa tête alourdie et douloureuse. Il espéra se soulager en renouvelant l'air de sa cellule; il ouvrit la fenêtre, mais l'air extérieur arriva par bouffées brûlantes. Il se jeta sur sa couche, dans un état d'accablement complet, mais sans songer à un repos impossible. L'émotion qu'il avait éprouvée à la vue de la citadelle où Clémence avait été enfermée, l'avait ramené tout entier à sa passion.

Bientôt son imagination malade peupla sa cellule d'ombres aimées; il crut assister à toutes les scènes du drame douloureux dans lequel il avait joué un si pénible rôle; il en revit tous les personnages passer devant lui. La blanche apparition qui, tant de fois, avait frappé ses regards, alors qu'il était sur son nid d'aigle, et que du haut du Rena-bous il avait cru revoir, sans en rien dire au prieur, devint peu à peu une réalité. Il arriva par degré, à mesure que son exaltation grandissait, à regarder cette apparition comme une preuve certaine, irrécusable, que Clémence vivait encore, que le bruit de sa mort avait été répandu pour cacher quelque odieux mystère qui se passait dans le château d'Holypherne, et qu'il arriverait à éclaircir un jour.

Il embrassa cette chimère, s'y attacha comme un insensé... Bientôt, par un enchaînement naturel, par une progression inévitable dans l'état maladif de son esprit, il n'eut plus le moindre doute; la certitude s'était formée, avait grandi; elle était complète. Alors la voix de Liobard retentissait pleine de menaces contre le sire d'Holypherne dont il voulait raser le donjon, pleine de joie et de bonheur en nommant Clémence qu'il croyait avoir arrachée vivante à son cachot et emportait dans ses bras. La passion était arrivée à son paroxysme, et l'enivrement de l'espérance ressemblait presque à l'enivrement du plaisir.

Tout à coup, à travers la croisée ouverte de sa cellule donnant sur le jardin, des cris plaintifs arrivèrent jusqu'à Renaud. C'était une voix ressemblant à celle d'une femme ou d'un enfant, et assez rapprochée. Il se redressa sur son lit, les yeux hagards, la bouche entr'ouverte, étonné et l'oreille tendue...

Une seconde fois des plaintes se firent entendre. L'imagination frappée, surpris au milieu de ses folles joies, Liobard crut reconnaître une voix chérie dont le souvenir l'accompagnait toujours : c'était Clémence qui venait le tirer du cloître où peut-être il allait s'ensevelir, lui reprocher ses doutes sur sa mort, sa faiblesse, son abandon, Clémence qui, peut-être blessée en se sauvant, venait réellement mourir près de lui.

Dominé, emporté par cette pensée, Liobard en délire se leva et courut à la fenêtre, où il appela son amie en tendant les bras. Un nouveau cri lui répondit. Alors, la tête perdue, il sauta de sa cellule dans le jardin. L'obscurité était complète, grâce aux nuages noirs qui voilaient le ciel, et le malheureux courut au hasard du côté d'où les cris étaient partis. Il traversa le jardin, longea la pièce d'eau et arriva à la lisière du bois. Là, ne sachant plus de quel côté se diriger, il cria le nom de Clémence, et il lui sembla qu'on lui répondait : Liobard !

Il passa à travers les haies, les buissons, les épines; il entendit un corps qui, en s'éloignant, en fuyant devant lui, frôlait les branches des arbres, et il courut à sa poursuite. Toujours il criait, on lui répondait de loin en loin et il courait encore sans rien atteindre. Il crut voir une ombre s'enfuir, il voulut suivre sa trace : les branches qui, des arbres, descendaient jusqu'à terre, arrêtaient ses pas, lui déchiraient le corps; ses pieds nus s'embarrassaient dans les ronces et laissaient sur la mousse une trace de sang.

L'orage qui menaçait depuis longtemps éclata avec fureur; le tonnerre avait déchiré les nuages et faisait entendre des roulements formidables dans les gorges profondes de Corvetia et de Sélignat. Sur les rochers de la chartreuse, c'était un bruit clair, vibrant, qui enveloppe, saisit et fait, malgré lui, frisonner l'homme le moins accessible à la peur. La pluie tombait par torrents, et l'eau courait avec fracas sur les pentes du Rena-bous. Mais Liobard n'entendait pas le tonnerre, ne sentait pas la pluie, et souriait aux éclairs, espérant, à leur clarté, apercevoir Clémence.

Le malheureux gravissait la montagne, il glissait sur l'herbe détrempée, roulait dans les fossés, se relevait et reprenait sa marche, toujours attiré par le cri fatal. Son corps ruisselait d'eau et de sang, car vingt blessures l'avaient taillladé ; mais il ne sentait rien, sa pensée était tout entière à celle qu'il poursuivait, et son exaltation tuait la souffrance.

Un dernier cri retentit d'un point assez rapproché... A la lueur de la foudre, Renaud vit dans une éclaircie un fantôme blanc, immobile, et il s'élança vers lui en criant :

— Clémence, est-ce toi ?

Mais au bout de sa course rapide, désordonnée, il heurta violemment son front nu contre un arbre mort, dépouillé de son écorce par les pâtres, et que les orages et le temps avaient blanchi... Ce fut là le dernier effort, le terme de sa poursuite. Il poussa un cri de douleur, tant le choc avait été rude. Le sang jaillit sur son visage; il tomba sur la terre mouillée et perdit connaissance au milieu de cette vaste solitude.

Les religieux, retirés dans leurs cellules après les prières du soir, n'avaient pas prêté la moindre attention aux cris réels qui avaient exalté l'imagination de Liobard. La pluie tombant à flots, frappant les branches et les feuilles, le bruissement grandiose des cascades et du ruisseau qui mugissaient ensemble à travers les bois et les rochers avaient pour eux étouffé tous les autres bruits de cette gorge sauvage dont les grands spectacles ne les émouvaient plus.

Fatigués de la chaleur brûlante ou des travaux du jour, les moines avaient promptement cherché le repos sur leurs couches; nul n'était resté à sa fenêtre pour respirer : si quelqu'un d'eux veillait seul avec sa pensée, égarée peut-être dans les rêves d'un monde ou ignoré, ou regretté, ou encore emportée vers Dieu par de sublimes aspirations, il veillait accoudé sur sa petite table, ou renversé sur son lit, sans entendre l'orage du dehors, moins violent peut-être que celui de son cœur.

Personne n'avait vu Renaud sauter par sa fenêtre, demi nu, en proie à la fièvre, et nul dans le couvent ne soupçonnait les événemens de la nuit. Le prieur s'aperçut le premier de sa disparition. Désireux de savoir si le repos avait apporté quelque calme dans l'âme de Liobard, il entra de bonne heure dans la cellule de son ami. Il la trouva vide, et en même temps il vit les vêtemens de Renaud jetés en désordre sur le plancher. Etonné, inquiet de cette absence, il regarda par la fenêtre restée ouverte.

L'empreinte des pas de Liobard n'avait pas été effacée par la pluie dans les plates-bandes au travers desquelles il avait passé. Le prieur sortit, suivit soigneusement ces empreintes jusqu'à l'entrée du bois; mais là toute trace disparaissait sur l'herbe et sur la terre, que la pluie n'avait pas encore amollie quand Renaud y avait passé.

Le prieur fit quelques pas ; mais il était impossible qu'il suffît, dans cette immensité, à une recherche sérieuse. Il frémit à l'idée que les bêtes fauves, retenues dans leurs tannières par l'orage, allaient sortir au matin : il revint promptement au couvent et, par ses ordres, vingt jeunes hommes, novices ou domestiques, se répandirent dans le bois, en prenant pour point de départ l'endroit où les traces n'étaient plus visibles.

L'orage avait passé sans laisser au ciel un nuage ; le soleil brillait depuis longtemps et dardait ses rayons sur les plaies saignantes de Renaud, que la douleur éveilla. Celui-ci regardait avec étonnement autour de lui et essayait de se souvenir.... Sa nudité au milieu des bois, sur l'herbe humide, lui semblait un songe inachevé, lorsque le prieur, qui avait pris le chemin du Rena-bous, guidé par l'intuition de l'amitié autant que par la mémoire de la scène de la veille, se trouva auprès de lui. Il embrassa le malheureux sans prononcer un mot, mais avec une douce effusion, le releva, le couvrit de son propre manteau, trouvé dans la cellule de Liobard, et essaya de le faire marcher. Mais c'était impossible. Au son d'une corne dans laquelle il souffla, des religieux accoururent, et Renaud fut par eux transporté au couvent.

Ses blessures étaient nombreuses, mais peu profondes; les pieds étaient meurtris, les chairs déchirées, quelques épines brisées étaient restées dans les plaies, la tête seule avait reçu un coup violent. Rien ne présentait un danger sérieux : l'âme était plus malade que le corps, et le prieur ne pouvait rien sur celle-là.

Toutes les blessures de Renaud furent soigneusement lavées et pansées ; quelques jours de repos amortirent le mal et firent disparaître la fièvre. Alors, pour la première fois depuis la catastrophe dont le prieur ignorait la cause réelle et qu'il attribuait à l'exaltation qu'avait fait naître la vue du lieu où reposait Clémence, les deux amis se retrouvèrent seuls dans la cellule de Liobard.

C'était le soir; tous les religieux étaient rentrés ; la cellule était éclairée par une lampe appendue à la muraille. Le prieur était assis au chevet du malade, et ils causaient avec une apparente tranquillité que démentaient les battemens de leurs deux cœurs.

— Vivante ! murmura Renaud en prenant la main de son ami qu'il pensa doucement, vivante! je n'en puis plus douter.

— Que dis-tu? s'écria l'abbé effrayé, qui est vivante?

— Elle, Clémence! fit Renaud avec joie.

— D'où le sais-tu? demanda le prieur.

— Je l'ai vue, dit le malade en souriant.

— Où l'as-tu vue? Vivante, si tu veux : elle n'est pas venue ici.

— Ici, non, mais dans le bois, l'autre nuit... dit Renaud.

— Enfant ! reprit doucement le prieur, tu as pris pour un être humain le tronc blanchi et ébranché de quelque arbre mort que nos bûcherons n'ont pas daigné couper, et semblable à celui au pied duquel tu étais étendu.

Liobard passa la main sur son front, et chercha à rappeler ses idées.

— Une pareille erreur est impossible, reprit-il en souriant avec bonheur : les arbres sont immobiles; mais elle, je l'ai vue qui s'éloignait... Et sa voix qui m'appelait... est-ce aussi la voix de quelque arbre mort?

— Quelle voix, et que veux-tu dire ? demanda le prieur étonné.

— Quelle voix? fit Renaud; ces cris plaintifs qu'elle est venue pousser sous la fenêtre de ma cellule, là, tout près.

— Illusion de ton âme tout occupée d'elle, erreur de tes sens, égarement de ton amour, mon ami : ta pensée, détournée d'elle un moment, s'est réveillée plus puissante et t'a cruellement abusé.

— Non, c'était bien elle, ma Clémence, dit Liobard avec conviction : elle se plaignait de mon abandon; souffrant loin de moi qu'elle aime, elle m'appelait. Je me suis élancé par la fenêtre; mais alors elle a eu peur de me voir ainsi... Aérienne, légère, elle a fui; sa pudeur s'est alarmée de ma présence. Elle eût craint que dans cette solitude mon amour, après tant de souffrances qu'elle seule pouvait faire oublier, ne fût plus fort que sa vertu.... Elle fuyait vers sa demeure, redoutant que le jour la surprît ici. J'ai voulu la suivre, homme sans force et sans courage, plus faible qu'une femme, et je suis tombé au milieu de la route.

Il s'arrêta.. Tout à coup une sueur froide coula sur son visage devenu livide; ses yeux brillèrent d'un feu étrange; il fit un effort pour se lever... Un cri, semblable à ceux qui l'avaient entraîné une fois, venait de se faire entendre à une courte distance.

— Tiens, la voilà, la voilà! s'écria Renaud.

Son ami le retint sur sa couche et, joignant ses mains :

— Je ne l'avais pas deviné, dit-il; je ne t'avais pas averti... Fatal oubli! Ecoute, Liobard : dans ces bois sombres, sur ces rochers élevés, vit un oiseau qui parfois fait entendre, la nuit, un cri déchirant qui ressemble à s'y méprendre à une voix de femme. Tous le savent ici, et nul n'y fait attention. C'est la seconde fois que, dans ce couvent de Sélignat, un homme y est trompé. Un autre avant toi était venu ici, amené par le désespoir, et avec la pensée d'y demeurer toujours. La femme qu'il aimait était infidèle, et il s'était enfui. Permets-moi de ne pas te révéler les noms de deux familles que tu connais. Le jeune homme était riche, noble; il quitta tout pour s'enfermer dans ce cloître. Il s'abusait sur sur sa vocation, mais il n'avait pas un ami pour l'éclairer; il fit ses vœux : il donna à Dieu un cœur qui ne lui appartenait plus, un cœur brisé. Le soir du jour où il se lia par un serment éternel, il était seul dans sa cellule, livré au regret de l'amour perdu. Comme toi, il entendit des cris et des plaintes; comme toi il reconnut la voix qu'il aimait, tant l'illusion est facile à ceux qui souffrent; comme toi, il s'élança à la poursuite de la femme aimée, à travers les rochers et les bois; comme toi, il tomba ensanglanté!... Mais quand on le releva, il était mort: sa tête s'était fracturée sur le granit, dans un ravin profond... La femme qu'il aimait, pour laquelle il mourait, était cette nuit-là suspendue au cou d'un autre, dans l'ivresse du bonheur; elle épousait un nouvel amant, après avoir trahi sans remords un amour qu'elle avait encouragé, qu'elle avait partagé. Les paysans des environs savent et racontent cette triste et véridique histoire, consignée dans les annales du couvent; nos moines la connaissent tous; ils l'apprennent à leur arrivée, et ils entendent les cris de l'oiseau de nuit sans être abusés par le souvenir de ce qu'ils ont laissé au dehors. Dans la contrée, les vieilles femmes disent quelquefois en hochant la tête et en filant le soir auprès de leur feu qui s'éteint : « Voilà le démon qui prend la voix d'une amoureuse pour tenter les chartreux de Sélignat. » Mais toi, Liobard, ajouta plus bas le prieur, tu ne crois pas aux tentations de ce genre, n'est-ce pas?

— Le moine s'était trompé, dit Liobard; moi, j'ai vu.

— Attends un peu, tu verras mieux encore, répliqua le prieur, je vais te convaincre.

Il sortit avec rapidité, s'absenta quelques minutes à peine, et rentra tenant à la main une espingole.

— Que veux-tu faire? dit Renaud avec angoisse.

La lune étincelait, la fenêtre de la cellule était ouverte; on n'entendait d'autre bruit que les cris de loin en loin répétés par la voix qui trompait Liobard.

— Je vais détruire toute illusion, dit le prieur en abaissant son arme qui sortit à moitié en dehors de la fenêtre.

— Grâce! grâce! cria Liobard en arrêtant le bras de son ami..., j'ai peur!

— Mais encore une fois, c'est un oiseau! s'écria l'abbé; tiens, regarde!

Et il le lui montrait s'agitant sur une saillie du rocher.

— Par pitié, ne le tue pas! murmura Renaud.

Le prieur fit résonner son espingole : l'oiseau effrayé prit son vol. Soit hasard, soit qu'il fût attiré par la lumière qui brillait dans la cellule, il s'élança vers la fenêtre; un cri de Liobard, un mouvement du prieur le firent changer de direction au moment où il était tout près d'eux, dans le rayon lumineux de la cellule, et il s'éloigna en jetant une dernière plainte.

L'homme rougit de sa faiblesse devant ceux qui en ont été les témoins; son orgueil s'irrite à la pensée de son infériorité morale, et il ne pardonne pas toujours à l'amitié compatissante elle-même d'avoir vu l'infirmité de son âme.

Habitué à lire dans le cœur humain, le prieur s'efforça de relever Liobard à ses propres yeux; il fut simple et vrai en lui donnant des consolations, réservé sur tout ce qui pouvait rappeler à son ami sa faiblesse. Liobard, d'abord embarrassé devant lui, sentit peu à peu sa force morale renaître, et, sans que son amour diminuât, trouva plus de courage contre la douleur.

Un matin, un cheval fringant hennissait à la porte de la chartreuse. Deux hommes sortaient du couvent. Arrivés à l'embranchement de la route qui conduit à Corvetia, le prieur et Renaud s'embrassèrent, se dirent adieu, et Renaud monta à cheval.

Le soldat de la Doire et de Fossano, redevenu fort et ardent, allait demander aux armes l'oubli des souffrances auxquelles il avait failli succomber.

DEUXIÈME VOLUME

CHAPITRE Ier.

Décidé à reprendre les armes, à chercher dans les agitations et les dangers de la guerre une distraction à sa douleur, Renaud pouvait choisir le champ de bataille ; car la lutte entre Charles-Quint et François Ier avait recommencé en même temps sur deux points.

Après la déroute de l'armée impériale en Provence, le roi avait pu envoyer des secours en Italie. Turin avait été débloquée ; sa garnison ravitaillée avait été renforcée, et, bien qu'ils ne pussent pas agir sur une vaste échelle, les Français avaient repris l'offensive sur les bords du Pô.

D'un autre côté, François Ier venait d'ouvrir la campagne en Artois.

Par les traités de Madrid et de Cambrai, le roi avait renoncé, en faveur de Charles-Quint, à toute suzeraineté sur le Charolais, la Flandre et l'Artois. Rançon de roi dont il avait payé sa liberté.

On lui reprochait l'abandon de ces trois provinces réunies à la France par Louis XI, à la mort du duc de Bourgogne Charles-le-Téméraire, et qui, par conséquent, faisaient partie du royaume depuis soixante ans. François Ier était fort disposé à les reprendre et n'avait pas besoin des excitations de son entourage.

Au moment où les Impériaux, battus par l'armée française et par les paysans, vaincus par le manque de vivres et les maladies, évacuaient la Provence incendiée et ravagée, François Ier jugea que l'heure était venue de marcher sur l'Artois.

Mais sentant bien qu'il allait faillir au serment prêté sur son honneur de chevalier, il voulut couvrir cette guerre nouvelle du manteau de la justice, la rendre populaire, la mettre sous la responsabilité de la nation, et il porta la question devant le Parlement de Paris.

Il importait de donner à cette affaire un éclat en rapport avec sa gravité, avec le retentissement qu'elle devait avoir en Europe : de grands préparatifs furent faits au palais, et François Ier, entouré d'une cour nombreuse et brillante, alla tenir un lit de justice au Parlement.

Le roi ne portait pas ce jour-là sa belle armure aux lions, ni sa muselière aux salamandres ; il avait la couronne royale sur le front ; dans la main gauche, le sceptre surmonté de la fleur de lis ; dans la main droite, la main de justice : l'un et l'autre formés d'un bâton très simple, qui n'était pas ouvragé comme au siècle précédent. Il était vêtu d'une tunique longue en étoffe souple et moelleuse. Sur un camail assez court, qui couvrait les épaules, s'étalait le collier de l'ordre de Saint-Michel, et un manteau semé de fleurs de lis, dont un pan passait sur l'épaule gauche, laissant à découvert l'épaule droite et les bras, s'étendait sur ses genoux. Il était assis dans un large fauteuil recouvert d'une ample étoffe de velours sur le côté duquel il appuyait son bras gauche.

Sur les deux côtés de l'estrade où s'élevait ce trône étaient rangés les principaux fonctionnaires et officiers de la couronne, à la même hauteur que le roi. Au-dessous se tenaient les gentilshommes. Les membres du Parlement occupaient leurs places ordinaires.

La cause pendante entre François Ier et Charles-Quint fut appelée : l'avocat du roi, Jacques Coppel, exposa les faits, puis plaida et trouva d'excellentes raisons pour démontrer que François Ier n'avait pas pu aliéner les droits de la couronne et amoindrir la France ; qu'il était prisonnier au moment où il concluait le traité de Madrid, et par conséquent subissait une contrainte morale. Il alla plus loin, et, abordant la question de fait, il soutint que l'empereur, ayant le premier recommencé la guerre, avait ainsi violé les traités, qui dès lors étaient nuls et non avenus. Il conclut en demandant au Parlement de prononcer cette nullité.

Personne ne prit la parole pour répondre aux arguments de l'avocat du roi. Toutefois le Parlement avait des formes à observer ; il ne rendit pas d'arrêt, mais il ordonna que l'empereur serait cité à son de trompe, sur les frontières du royaume, à comparaître devant lui et à faire valoir ses moyens de défense.

Les hérauts firent retentir les trompes sur les frontières et invitèrent à haute voix Charles-Quint, empereur d'Allemagne et roi d'Espagne, à comparaître devant le Parlement de Paris, par lui ou par ses mandataires, afin d'y défendre les droits qu'il prétendait sur le Charolais, la Flandre et l'Artois.

Charles-Quint connaissait trop les hommes pour comparaître ou envoyer ses avocats devant le Parlement de Paris ; le procès soulevé ne pouvait pas être plaidé devant des juges français, mais devait être jugé sur le champ de bataille, et il avait en Artois une forte armée espagnole renforcée de plusieurs milliers de lansquenets allemands, et fort disposée à faire valoir ses prétentions sur les provinces en litige.

Dans une seconde séance, après avoir encore appelé Charles-Quint absent, le Parlement ordonna que le Charolais, la Flandre et l'Artois, cédés induement par le traité de Madrid, seraient de nouveau réunis à la France.

François Ier manquait au serment prêté. Toutefois il en recevait l'ordre du Parlement, sur l'histoire obscure et sur l'importance duquel ce fait peut jeter quelque jour ; il allait combattre pour l'unité de la France, unité qui devait être achetée par tant de luttes et de sang. Il a manqué à la résolution du Parlement de Paris d'avoir été prise par les Etats Généraux, dont elle eût emprunté le caractère d'une protestation vraiment nationale.

Après avoir obtenu un arrêt du Parlement, il fallait le mettre à exécution, ce qui n'était pas aussi facile.

Les troupes impériales qui tenaient l'Artois étaient commandées par le comte de Rœux et le comte de Bure.

Le roi se mit à la tête d'une armée française. Le maréchal de Montmorency marchait sous ses ordres immédiats. Le général d'Annebaut, rappelé de Piémont, remplacé dans le gouvernement de Turin par M. de Burie, commandait une division dans laquelle se trouvaient le sire de Luyrieux et le sire de Belmont.

Les premiers exploits de ces trois derniers furent les assauts donnés à la ville de Hesdin, après la reddition de laquelle ils furent détachés du camp de Pernes pour aller attaquer Saint-Pol.

Renaud eût repris volontiers la route d'Italie, mais Georges de Luyrieux était en Artois, et un désir de vengeance le poussait du côté où était l'homme qui avait causé tous ses maux.

Il fit appel à ceux qui l'avaient suivi une première fois. Ils accoururent en foule, et le jeune capitaine se trouva à la tête d'une des plus belles compagnies que pût compter l'armée française. Le Grand-Bressan, après la campagne de Provence, était allé passer quelques jours en Bresse, et se disposait à retourner dans les Alpes. Il pressa vivement Renaud de prendre le même chemin, lui rappela leurs premiers triomphes, les douces heures passées sur les bords du Pô, auprès de Toniella ; mais il le trouva inébranlable dans sa résolution.

Au jour fixé, les soldats se mirent en bataille dans la cour du château de Juzerieux. La place de chacun des hommes était désignée d'avance et ils prirent leur rang. Le cheval de Renaud, impatient de combats, heureux de sortir d'une longue inaction, hennissait et piaffait sous une housse de brocart d'or, sur laquelle reposait une selle relevée très haut en avant et en arrière, et la devise des Liobard brilla dans l'air sur un pennon déployé.

Le Grand Bressan voulut accompagner son ancien capitaine, son ami, jusqu'aux frontières de la Bresse. Liobard prenait la route de Dijon, la plus courte, la plus directe, pour se rendre à l'armée. Il avait la cuirasse et le casque, mais la cotte de mailles était remplacée par une tunique de velours noir; sa visière levée laissait voir un visage pâle, mais martial; sur son cimier s'élevait une aigrette, noire aussi, de même que l'écharpe attachée sur l'épaule gauche, et passant sous le bras droit.

Les soldats, en le voyant s'élancer sur son cheval, qu'il maniait avec habileté, en voyant le feu de ses regards au moment où il les passait en revue, avaient fait retentir l'air de leurs joyeuses acclamations. Liobard, plein d'enthousiasme, ému de ces démonstrations, agita son épée, jeta quelques paroles flatteuses aux jeunes hommes qui s'enrôlaient pour la première fois et aux soldats qui déjà l'avaient suivi en Italie, puis donna le signal du départ. Les clairons retentirent et la troupe s'ébranla. On vit sur le flanc des rochers scintiller les fers de lance, et l'on entendit résonner le pas lourd des chevaux.

Sur la route que Renaud avait choisie, parce qu'elle était la plus courte, se trouvait le château d'Holypherne. Sa troupe devait traverser l'Ain un peu au-dessous de la citadelle et gravir le chemin taillé dans le roc qui passait devant la porte, afin de rejoindre la route du plateau. Renaud ne songea pas à l'éviter : il eût fallu faire un long circuit et il ne voulait pas perdre de temps.

Les soins que lui avait imposés la levée d'une compagnie nombreuse, l'activité qu'il avait dû déployer, les soucis de l'armement avaient opéré une diversion puissante. C'était un homme pensif et triste, mais la violence du mal s'était calmée ; il eût éprouvé un grand bonheur à se mesurer avec Georges de Luyrieux et à le tuer, il allait en chercher l'occasion; mais il pouvait maintenant, sans manifester son émotion, revoir le rocher où dormait Clémence.

Pendant que la troupe de Liobard suivait sa route, la nuit était venue, nuit froide mais éclairée par la lune dont les reflets brillantaient les armures et se jouaient dans les découpures du château d'Holypherne. Si, en voyant ce manoir dont la masse imposante se dessinait sur l'horizon, le jeune capitaine éprouva un serrement de cœur douloureux, personne auprès de lui ne put s'en apercevoir.

Toutefois, il ne détachait pas ses regards de cette sombre demeure, et il vit scintiller aux fenêtres des appartemens qui regardaient et dominaient la route des lumières qu'on n'avait pas l'habitude d'y voir en l'absence du sire de Luyrieux et de ses officiers. Ce fait était bien simple.

Les trois filles de Georges connaissaient le projet de Renaud d'aller rejoindre l'armée de Picardie, où servait leur père, car le capitaine avait recruté partout, et il était bien naturel que l'on parlât de ce départ parmi les soldats de la garnison du château, qui, presque tous, avaient fait la précédente campagne. Huguette seule s'en occupa sérieusement. L'amour est prompt à se faire illusion, et la jeune fille rattachait à cette expédition quelque dessein secret auquel elle espérait n'être pas étrangère.

Liobard se rendait à l'armée dans laquelle combattait M. de Luyrieux ; il n'était pas impossible que les troupes des deux seigneurs, formées d'hommes ayant les mêmes mœurs, les mêmes habitudes, le même langage, fussent réunies pour agir ensemble, et elle espérait que son père et Liobard trouveraient une occasion de se lier. La guerre avait amené le mariage de Clémence, et, dans son ignorance des événements antérieurs, Huguette pensait que la guerre pourrait amener entre elle et Renaud un mariage beaucoup mieux assorti que celui de Mlle de Belmont et de M. de Luyrieux.

Quand la colonne approcha de la citadelle, le piétinement des chevaux, le bruit sourd et prolongé qui, durant la nuit, accompagne les troupes en marche, éveillèrent l'attention des trois sœurs.

— C'est le seigneur de Liobard qui part pour l'armée de Picardie, dit Philiberte.

— Il verra notre père, ajouta Loyse.

Huguette sourit et garda le silence. Toutes trois, et Gertrude avec elles, quittèrent l'appartement où elles étaient, et, mues par un sentiment naturel de curiosité, gagnèrent la partie du château qui donnait sur le rempart et sur la route, d'où elles pouvaient voir défiler la troupe. Huguette voulait envoyer un salut à celui qu'elle aimait.

La compagnie se déroulait dans les sinuosités du chemin et longeait les murailles dont l'immense ravin la séparait, égayant la marche en se promettant déjà d'égaler en bravoure ceux qui combattaient sous la bannière d'Holypherne.

Tout à coup, de l'autre côté du ravin, un long et strident éclat de rire se fit entendre. Liobard leva vivement la tête, et, à la clarté de la lune, put voir le rieur accoudé sur le parapet du rempart. En même temps toute la troupe entendit une voix goguenarde, sarcastique, s'écrier :

— Qu'est-cela? Ce beau dameret couvert de crêpe va-t-il à la conquête d'un tombeau, lui qui est amoureux des mortes?

Un murmure d'indignation courut dans la compagnie.

— L'injure est facile derrière les parapets, cria Liobard avec colère, les braves descendent en champ-clos.

— Tu me provoques, imprudent! reprit la voix. Poursuis ta route et que la gloire te soit plus fidèle que ta maîtresse!

— Insolent! s'écria Renaud.

Et par un mouvement irréfléchi, il tourna la tête de son cheval du côté de la muraille, comme s'il eût voulu attaquer.

L'homme du château se mit à rire.

— Prie Dieu, dit-il, que les villes de Picardie ne soient pas aussi bien gardées que cette forteresse, sinon tu n'en verras jamais l'intérieur.

Un hourra général d'imprécations et de menaces se fit entendre.

— Passe, Liobard, reprit la voix, passe vite, le bois te serait fatal : il est rempli d'orfraies que tu prendrais pour ton amante ; il faudrait demain quatre moines pour te relever de quelque ravin fangeux!

Les moines de Sélignat avaient parlé. La fureur de Renaud était au comble : cette révélation injurieuse et poignante réveillait ses douleurs et pouvait le perdre aux yeux de sa troupe. Il saisit un de ses pistolets et envoya quelques chevrotines à l'insolent; beaucoup des siens l'imitèrent; mais celui-ci, qui suivait tous leurs mouvemens, s'était prudemment retiré, et le plomb ne frappa que les pierres, sur lesquelles il rebondit. A ce bruit, une croisée du château s'ouvrit, et Liobard y vit apparaître une femme vêtue de blanc, dont il ne put distinguer les traits, car l'apparition disparut aussitôt.

Une révolution soudaine s'opéra dans l'esprit de Liobard : en une minute, rétrogradant dans la vie, il se ressouvint de tout ce qu'il voulait oublier ; le tableau des jours passés se dressa devant lui. Redevenu brusquement l'homme au nid d'aigle, sans transition, avec tous ses déchiremens, ses incertitudes, sa passion, ses folles espérances, il brandit son épée en criant d'une voix frénétique :

— A sac là, sac, le nid du brigand!

Sa troupe, irritée, n'était que trop disposée à le suivre dans cette téméraire entreprise ; en un instant, elle mit pied à terre, et l'on entendit dans l'intérieur de la forteresse une voix retentissante qui criait :

— Alerte! alerte! Voilà l'ennemi!

On se rappelle la situation formidable du château d'Holypherne : le pont-levis était le seul point attaquable ; mais les assaillants n'avaient ni artillerie, ni échelles pour agir contre cette lourde charpente que les balles effleuraient sans l'entamer. La garnison du château était nombreuse, la surveillance active ; ces précautions étaient motivées par la haine que Georges de Luyrieux inspirait à ses voisins, par l'absence de ce seigneur, dont les richesses pouvaient tenter la cupidité, par la présence au château des trois filles de Georges, et naguère sa jeune femme, qui pouvaient inspirer aux jeunes seigneurs des environs des pensées d'enlèvement, ce qui n'était pas rare à cette époque. D'un autre côté, il fallait toujours se tenir en garde contre un coup de main du duc de Savoie qui avait une armée à Genève, une autre en Franche-Comté et qui ne renonçait pas à reprendre le pays conquis et surtout à se venger de Georges.

En un moment la garnison fut sur pied, les coups de feu se croisèrent, et c'était un curieux spectacle que ce combat improvisé, à la clarté de la lune, sur les rochers dont les échos renvoyaient au loin le bruit des arquebuses et le son des trompettes qui, des deux parts, animaient les combattans.

L'avantage de la position n'était pas du côté de Liobard, bien que sa troupe fût de beaucoup plus nombreuse que la garnison. Les hommes de l'intérieur n'avaient paru un moment sur le mur que pour regarder l'ennemi, puis les deux lanternes de pierre qui joignaient les angles des murs s'étaient remplies de soldats, et par tous les créneaux des murailles, par toutes les fentes des tourelles, sortait le canon d'une arquebuse qui, appuyée sur sa fourchette, vomissait le plomb à coup sûr en tirant sur cette masse réunie au même lieu.

— Le bois est là, coupez des arbres! cria Liobard.

Les soldats coururent au bois. Le Grand Bressan, homme de ressource autant que de courage, abattit en quelques coups de hache un jeune sapin, le fit porter en travers sur un chariot, le gros bout du côté de la muraille, puis, donnant l'exemple, le fit glisser en avant et en arrière, et s'en servit comme d'un bélier qui frappait le tablier relevé du pont; les coups retentissaient sourdement, mais demeuraient impuissans contre cette masse énorme.

Au sifflement du plomb, aux coups précipités du bélier, aux cris des combattants et des blessés, aux hennissemens des chevaux inutiles, que l'odeur de la poudre animait, se mêlaient parfois les éclats retentissants d'une voix sarcastique ricanant des injures, comme celle d'un démon dans un combat. La grande voix de Liobard lui répondait en animant ses hommes ; il voulait enfin savoir le secret de ce tombeau où Clémence était entrée vivante.

***

CHAPITRE II.

La jeune femme qui était apparue un moment à l'une des fenêtres du château était Huguette. Elle avait entendu le majordome adresser à Renaud des injures qui la firent frissonner, bien qu'elle n'en comprît pas toute la portée. Elle sentit son cœur se gonfler d'orgueil quand Liobard jeta une provocation à cet officier. Un premier coup de pistolet suivit la réponse de celui-ci: c'est alors qu'elle ouvrit une fenêtre et reconnut Liobard, lorsque, brandissant son épée, il ordonna l'attaque. On sait quel fut l'effet de cette apparition sur le jeune capitaine.

Philiberte et Loyse ne comprenaient pas comment, en pleine paix, il y avait des hommes assez hardis pour faire une pareille tentative contre le château d'un seigneur aussi redouté que l'était M. de Luyrieux. Philiberte courut à la tourelle où était le majordome et lui demanda sévèrement ce que signifiaient et sa provocation et l'attaque dont leur demeure était l'objet. L'officier se borna à répondre que les assaillans ne tarderaient pas à se repentir de leur imprudence. Philiberte voulut alors se montrer sur le rempart et crier à Liobard de faire cesser le combat ; le majordome l'en empêcha, craignant de la voir atteinte par une balle, et la força de rentrer dans son appartement,

Gertrude s'écria que c'étaient là des routiers qui voulaient piller les trésors d'Holypherne. Huguette se mit à rire.

— Seraient-ce donc des amoureux qui viennent vous enlever toutes ? reprit la gouvernante.

— Pour moi, dit Loyse avec candeur, je n'ai autorisé personne à me faire une pareille sommation de mariage, et le bruit d'un siége ne me charme pas assez pour que je consente à le prendre pour une fête d'hyménée.

Tous les hommes étaient aux remparts, faisant un feu terrible. Les femmes étaient accourues se ranger autour des trois sœurs. Au milieu des pleurs des servantes, des plaintes de Gertrude, des exclamations de Philiberte et de Loyse, Huguette paraissait calme : le bruit des détonations, le sifflement des balles, qui remplissaient les autres femmes d'épouvante, ne semblaient pas trop l'émouvoir. Toutefois, son âme était en réalité moins calme que son visage.

A chaque instant Huguette revenait à la fenêtre, écoutait les paroles des soldats, les cris des blessés, suivait les phases de la lutte, au risque d'être atteinte par une balle maladroite. Si quelqu'un eût pu saisir la direction de son regard à la lueur des mousquets, il eût pu le voir dépasser la muraille et le fossé et chercher le chef de la troupe des assiégeans. A ses mouvemens saccadés, à ses paroles brèves, souvent inintelligibles, ses sœurs, moins émues, eussent facilement deviné qu'elle était dominée par un sentiment qui n'était pas celui de la peur.

Mais Philiberte était surexcitée par la colère, et les explications du majordome ne l'avaient pas calmée. Loyse, sachant que le jeune Amédée de Montrevel se trouvait parmi les officiers de Liobard, était en proie aux plus vives angoisses. Toutes deux étaient assiégées de fatals pressentimens qu'elles ne pouvaient définir, encore moins exprimer, et qui n'étaient que trop fondés.

Cependant, les soldats de Renaud avaient à plusieurs reprises, et tous ensemble, fait voler le plomb de leurs pistolets contre les poutres du pont-levis ; mais à peine les balles avaient-elles enlevé sur les angles des échardes imperceptibles. Le bélier frappait, mais il n'était pas assez lourd, la distance était trop grande entre le chariot qui le supportait et la charpente du pont ; l'arbre s'inclinait en s'allongeant au-dessus du gouffre et ne portait que des coups impuissans.

Renaud frémissait de colère, de s'être laissé aller à une attaque près d'échouer.

— Mordieu ! s'écria tout à coup le Grand Bressan impatienté, puisque le plomb et le bélier n'y peuvent rien, nous allons essayer d'autre chose.

— Que voulez-vous faire ? demanda Renaud.

— Vous allez voir, répliqua Bastien.

Aussitôt il choisit trois jeunes sapins, longs et légers, attacha des branches sèches, des brindilles à leur extrémité supérieure avec des chaînes de chariot, et mit le feu aux branches. Les sapins furent dressés rapidement sur le bord du fossé, puis inclinés, et leurs têtes enflammées allèrent s'appuyer contre le pont.

Les soldats de l'intérieur ne purent pas rejeter ces arbres enflammés en arrière, mais la charpente, composée de lourdes pièces de bois imbibées par la pluie, ne s'enflammèrent pas ; elles se charbonnèrent. Il eut fallu de longues heures pour les incendier et les consumer.

La garnison continuait le feu et n'avait pas perdu un seul homme.

L'idée de Bastien ne devait pas être perdue ; elle fut un trait de lumière pour Renaud. Il fallait réussir ou se couvrir de ridicule dans une entreprise folle. Il choisit un arbre d'une longueur suffisante, que l'on taillada rapidement à coups de hache pour le rendre moins glissant, puis le fit porter et dresser sur le bord du fossé. L'extrémité inférieure du sapin, taillée en pointe, s'appuyait dans un trou creusé d'un pied : Renaud l'ébranla, le poussa, le dirigea, et la tête de l'arbre s'enfonça avec ses branches pliées, brisées à demi par le choc, dans une légère encoignure formée par le quart de cercle rentrant qui joignait le rempart à la porte.

C'était un pont, mais fortement incliné, qui allait du bord du fossé au rempart, en passant sur l'abîme. Renaud jeta un cri de triomphe et s'y élança.

Le pied n'avait pour s'affermir sur cet arbre rond que les entailles faites par la hache ; un faux pas, une blessure, le moindre choc pouvaient précipiter Liobard dans le gouffre d'où il ne serait pas remonté ; mais emporté par cette frénésie qui s'empare du soldat dans les entreprises les plus périlleuses et les empêche de réfléchir au danger, il marche d'un pas ferme et atteignit aux chaînes du pont-levis.

Il était, dans cette encoignure, à l'abri des coups de l'intérieur, suspendu comme un écureuil dans les branches du sapin ; toute sa troupe était haletante, saisie d'admiration devant cette incroyable audace.

Renaud prit une hache de fer, manche et tranchant, qu'il avait passée à sa ceinture, et fit entrer le manche dans l'un des larges anneaux de la chaîne bien tendue ; puis prenant son temps, mesurant bien l'effort qu'il allait faire en tenant la hache par la tête, il donna d'un bras vigoureux et pesant un coup sec et puissant qui fit voler l'anneau en éclats.

La lourde chaîne tomba, le pont vacillait ; mais, retenu par la seconde chaîne, il allait reprendre l'équilibre et résister... Le prix de tant d'efforts était perdu !

Au risque d'être brisé si le tablier reprenait son équilibre, Renaud appuya son dos contre la muraille, arc-bouta ses pieds contre le haut du tablier, et poussa de tous ses muscles.

La seconde chaîne se tendit, portant tout le poids : les anneaux ne se brisèrent pas ; mais l'un d'eux s'ouvrit sous l'immense pression, s'allongea, et le pont-levis s'abattit avec un horrible fracas.

Liobard, cramponné aux branches du sapin, glissa le long de la muraille où son dos s'appuyait, tomba sur ses pieds, au seuil de la porte, et se trouva le premier dans la place.

Bastien et les soldats de Liobard se précipitèrent dans l'enceinte du château. La garnison n'avait pu prévoir ce coup hardi, inouï jusque-là, et ne défendit pas l'entrée de la cour. Cependant le majordome, à la tête de quelques hommes, se jeta bravement à la traverse et essaya de couper ce flot tumultueux d'assaillans qui entraient à pleine porte. Il fut culbuté en quelques instans par cette masse compacte, qui fit irruption dans la place.

Voyant l'inutilité de ses efforts, le majordome courut à l'appartement des jeunes filles afin de les défendre de toute insulte, de leur faire un rempart de son corps; mais il ne les y trouva plus.

Au moment où les soldats victorieux entraient dans la citadelle, les femmes poussèrent des cris de terreur et se réfugièrent dans les pièces les plus reculées du château. Gertrude, Philiberte, Loyse et Huguette allèrent se blottir dans une étroite tribune recouverte de rideaux de soie, occupant le fond de la chapelle, en arrière et à droite de l'autel, plus élevée que celui-ci, et dans laquelle se trouvait une toute petite porte donnant sur un escalier en spirale qui allait de la chapelle aux appartements. Les pauvres femmes pensèrent qu'on ne les devinerait pas dans cet asile, où elles seraient à l'abri des violences des soldats.

Le majordome chercha vainement Gertrude et les jeunes filles; il parcourut toutes les chambres, tous les réduits qu'il supposait pouvoir leur servir d'asile; il ne pensa pas à la tribune, mais il jugea que s'il ne découvrait pas leur retraite, lui qui connaissait le château dans tous ses détails, des étrangers ne sauraient les y inquiéter.

La citadelle envahie, la garnison, impuissante contre des forces supérieures, fut désarmée et enfermée dans ses quartiers. Le majordome, sur lequel pesait la responsabilité des événemens provoqués par ses paroles insultantes, avait échappé aux recherches, mais n'était pas disposé à accepter tranquillement la défaite. Ne pouvant rien espérer des soldats prisonniers, il compta trouver au dehors des secours, armer les vassaux et revenir surprendre les vainqueurs.

A la faveur du tumulte, de la confusion qui régnait partout, il sortit de la citadelle et courut chez les seigneurs les plus voisins, afin de réunir des forces suffisantes pour livrer un second combat. Il promettait d'introduire dans le château, par un moyen connu de lui, des soldats qui auraient facilement raison de la troupe de Liobard, dont le sommeil serait sans nul doute alourdi par l'orgie.

Renaud était enfin dans ce fatal château d'Holypherne, dont tous ses efforts n'avaient pu jusque-là lui ouvrir la porte! N'osant pas s'avouer tout haut ses espérances, jeté dans le doute par les bruits populaires et contradictoires répandus sur le sort de la malheureuse Clémence, il se fit suivre de quelques hommes d'armes, et, le cœur oppressé par l'émotion, il se dirigea vers la chapelle qu'il savait être le lieu de sépulture de la famille de Luyrieux.

L'inattendu des événemens de la nuit leur donnait une couleur quelque peu fantastique. Les périls qu'il avait bravés, non comme un capitaine, mais comme un fou, exaltaient son imagination; le succès qui avait si rapidement couronné une entreprise insensée lui semblait un mystérieux appel, et il était dans une étrange disposition d'esprit lorsqu'il arriva à la porte de la chapelle.

Cependant il fut assez maître de lui pour vouloir y pénétrer seul, jugeant que ses soldats ne devaient pas être témoins de ses émotions, de sa faiblesse peut-être. Il ordonna aux hommes d'armes de veiller à l'extérieur et entra.

La clarté d'une lampe d'argent, suspendue à la voûte, allumée chaque soir et brûlant toute la nuit, et les rayons de la lune pénétrant par la seule fenêtre de ce petit édifice, se mariaient en s'appâlissant mutuellement et donnaient à la lumière projetée contre les parois des murailles un ton vague et d'une indéfinissable mollesse.

Il n'y avait dans cette enceinte rien de grandiose,

rien de majestueux, capable de dominer ou d'arrêter celui qui y pénétrait; le sentiment qu'on y apportait ne pouvait être distrait par aucun objet; la pensée qui y conduisait était souveraine et devait remplir l'espace.

Liobard longea les murs de la chapelle, les interrogeant du regard. Des plaques de marbre de différentes couleurs, symétriquement rangées, verticalement posées, indiquaient des sépulcres et tranchaient sur le ton grisâtre des murailles qui les encadraient.

Les filles de Georges frémirent dans leur tribune lorsqu'elles entendirent les pas d'un homme dans la chapelle. Huguette écarta à peine la tenture de soie et reconnut Liobard! Les trois sœurs étaient muettes d'étonnement ou de crainte.

Renaud s'approcha successivement de plusieurs tombes, cherchant sur le marbre un nom qu'il désirait ne pas trouver.

Les rayons de la lune donnaient en plein, dans ce moment, sur une plaque de marbre blanc recouvrant une tombe creusée dans l'épaisseur de la muraille, et Liobard put lire :

ICI REPOSE CLÉMENCE DE BELMONT,
DAME D'HOLYPHERNE.

Il s'agenouilla, en proie à une affreuse douleur, et se prit à pleurer en appuyant sa tête contre ce marbre froid.

— Morte! morte! murmura-t-il péniblement.

Un doute ou un désir traversa son esprit.

— Oh! dit-il, si je pouvais desceller cette pierre pour la voir encore une fois !

Et de la pointe de son poignard il se mit à creuser le ciment en suivant la saillie du marbre.

Tout à coup il entendit une voix frémissante qui criait :

— Sacrilége !

Renaud tressaillit, s'arrêta et regarda autour de lui. Il ne vit personne.

— Je ne suis pas sacrilége, mais insensé, murmura-t-il tristement; mon poignard et mes mains se briseraient inutilement à ce travail.

Et remettant son poignard à sa ceinture, il posa ses lèvres sur le nom taillé dans le marbre.

— Adieu, dit-il, adieu ma Clémence, adieu tout ce que j'ai aimé, tout ce que j'aimerai jamais !

A ces mots solennels, qui renfermaient un serment à une femme morte, un sanglot se fit entendre derrière l'autel...

Le sanglot ne partait pas du même endroit que la voix était partie.

Liobard se leva, stupéfait, troublé, le doute à l'esprit, animé d'une espérance subite qu'il ne définissait pas, et s'élança vers l'autel.

Il vit s'enfuir une femme à la taille svelte, gracieuse, qui cachait son visage dans ses mains.

La lune, changeant lentement de place, ne jetait plus que de faibles rayons dans la chapelle; la lampe ne donnait qu'une clarté incertaine...

— Clémence ! Clémence ! s'écria Liobard éperdu.

La femme qui fuyait s'arrêta, se tourna du côté de Renaud, et, de la main, lui désignant la tombe qu'il venait de quitter.

— Clémence est là, lui dit-elle en pleurant.

— Il est donc vrai, bien vrai ? murmura Liobard d'une voix brisée.

— Elle dort pour toujours sous ce marbre, et rien

ne peut la ranimer, reprit la femme dont l'accent trahissait une douleur profonde.

— Non!... dis-moi que non!... Dis-moi que je la reverrai! s'écria le malheureux chevalier.

— Tu la reverras... dans l'éternité! répliqua la femme.

Elle fit quelques pas encore et disparut.

La dernière espérance de Liobard venait de lui échapper! Il savait enfin le secret de ce tombeau. Il resta un moment absorbé dans sa douleur, puis essuya ses larmes, et, sans chercher à savoir qui lui avait parlé, il jeta un dernier regard et un muet adieu à la tombe de Clémence, sortit de la chapelle et rejoignit ses soldats qui l'attendaient sur le seuil.

La femme qui avait parlé à Liobard était Huguette, qui, après lui avoir jeté de la tribune le mot de : Sacrilége! était descendue dans la chapelle et s'était blottie derrière l'autel.

On sait quel amour pur et naïf elle éprouvait pour Renaud. Après la mort de Clémence, pour qui elle avait une amitié sincère, quand des deux sentiments qui partageaient sa vie elle n'en eut plus qu'un, Huguette sentit grandir cet amour, tourna vers Renaud toutes ces espérances, reporta vers lui toute la puissance d'affection de son cœur.

Renaud, sans le savoir, entretint son illusion ; elle pensait avoir fait sur lui l'impression qu'elle avait éprouvée dans le parc de Nantua : elle se croyait aimée. En le voyant revenir tous les soirs, à tous les orages, sur les rochers de la rive, elle agitait sa blanche écharpe, afin de lui faire savoir qu'elle l'avait aperçu, et entretenait ainsi dans l'esprit de Liobard le doute qui l'avait jeté dans d'étranges hallucinations.

Quand, une nuit, à son adieu jeté d'un rocher à l'autre elle avait répondu avec énergie : Au revoir, chevalier de Liobard! elle pensait que le capitaine reprenait sa carrière militaire. Elle avait ignoré complètement le triste épisode de son séjour à la chartreuse de Sélignat; aussi n'avait-elle pas compris les sarcasmes du majordome. Elle aimait, et attendait, bercée dans les plus douces espérances.

Il faut avoir fait d'une pensée unique le rêve de sa vie, et la voir déçue ; avoir bâti sur elle tout l'édifice de son bonheur, et voir cet édifice crouler, pour comprendre l'immense douleur qu'éprouva Huguette, quel affreux aiguillon elle sentit pénétrer dans son cœur, quand Liobard, agenouillé devant la tombe de Clémence, s'écria : Morte!... morte!... Mais rien ne saurait rendre ce qu'elle sentit de poignant, de terrible, quand il prononça ces tristes paroles : Adieu tout ce que j'ai aimé, tout ce que j'aimerai jamais!

Le voile tombait, au moment où l'illusion était la plus grande, où les événements même l'augmentaient encore, et il tombait trop tard pour le bonheur de la jeune fille !

CHAPITRE III.

Pendant que les scènes douloureuses décrites plus haut se passaient dans la chapelle, la troupe de Liobard, maîtresse du château, exaltée par le combat et par le succès, voulait célébrer son triomphe et la gloire de son jeune chef, comme des soldats peuvent le faire dans une place enlevée d'assaut.

Les officiers eurent quelque peine à empêcher le pillage ; mais les vainqueurs étaient du pays, ils y avaient leur demeure, leur famille, et la crainte de représailles eut sur eux plus d'influence que la voix de leurs supérieurs. Ange ou démon, il importait assez peu qui inspirait la modération dans la victoire, pourvu que le but fût atteint.

Toutefois, si les vainqueurs ne pillèrent pas l'argent, les bijoux, les étoffes, on ne put les empêcher de faire une rafle générale de toutes les provisions de bouche qu'ils trouvèrent.

Ils ne s'enivrèrent pas aux tonneaux défoncés, ils ne brisèrent pas les pots et les écuelles, comme faisaient souvent les lansquenets et bien d'autres aussi, mais ils envahirent la grande salle du château, la pièce d'honneur, celle des portraits des ancêtres et des panoplies, et dressèrent dans le pourtour d'immenses tables.

La bergerie, les poulaillers, les fruitiers furent visités, mais il régna un certain ordre dans l'enlèvement. Bientôt des moutons tout entiers tournèrent aux broches dans les grandes et hautes cheminées des vastes cuisines ; les jambons des sangliers tués dans les bois qui couvraient alors les deux rives de l'Ain furent décrochés de l'âtre où ils se fumaient lentement ; les pains de côtelettes savoureuses des grands porcs bressans, renommés déjà comme aujourd'hui, furent tirés des saloirs, jetés dans les larges marmites de fonte pour être servis fumans sur les tables.

Quand tout fut préparé à point, la troupe se réunit à ce banquet que les vainqueurs se donnaient à eux-mêmes ; dans le manoir du seigneur d'Holypherne, et que les officiers présidaient prudemment. Aux extrémités des tables, sur des chevalets, étaient placés des tonneaux, et le vin du Bugey, aujourd'hui dégénéré dans beaucoup de cantons, mais alors dans toute sa gloire, circulait dans des brocs souvent vidés, souvent remplis, ranimant la gaîté si elle s'éteignait.

Les portraits de famille tapissant les murailles de la salle attiraient par les costumes des époques précédentes les railleries de cette foule bruyante. Les femmes, par leur âge, leur coiffure, leurs collerettes, donnaient lieu à mille remarques bouffonnes.

— Tiens, tiens, voilà un de ces beaux messieurs, qui nous fait la grimace ; je crois vraiment qu'il a tourné les yeux, cria l'un des soldats en montrant un chevalier bardé de fer, tenant à la main une épée menaçante, et aux traits duquel la lumière venant d'en bas donnait un air assez étrange.

— Pardieu! fit un autre, il ne doit pas être bien satisfait de nous voir là, et il faut bien lui passer un peu de mauvaise humeur.

— Attends, attends, dit un troisième, je vais faire jouer à ce beau sire le rôle qui lui convient quand nous y sommes.

Et prenant une torche allumée, il en perça la toile avec l'extrémité inférieure et planta le flambeau, à la place de l'épée, dans la main du chevalier ainsi transformé en serviteur éclairant le repas de ses maîtres.

Cette action provoqua des éclats de rire et un feu roulant de quolibets plus ou moins spirituels ; mais les convives n'étaient pas bien difficiles.

La bizarrerie d'une aventure aussi imprévue, la joie d'un triomphe aussi rapide, la nuit mal éclairée par les torches crépitantes, la réunion de tous ces portraits des ancêtres du seigneur d'Holypherne, qui semblaient ranimés sous les fluctuations de la lumière pour assister au repas des maîtres de leur château, à l'humiliation de leur descendant, les fumées du vin donnaient à cette scène un aspect des plus étranges.

Plusieurs soldats remarquèrent l'absence de Renaud, qui n'avait pas encore paru à la salle du festin. A l'exception de Bastien et de quelques jeunes seigneurs amis intimes de Liobard, personne ne savait qu'il était en ce moment à la chapelle. Mais beaucoup des hommes de sa troupe connaissaient les amours de leur chef, son coup de main au gué du Serand, auquel plusieurs avaient pris part, ses courses nocturnes sur les rochers de la rive opposée; ils savaient ce que l'on racontait dans le pays des apparitions mystérieuses de Clémence de Belmont, et cette légende romanesque était souvent l'objet de leurs conversations.

Le merveilleux, quelque absurde qu'il soit, trouve toujours des esprits disposés à y ajoutee foi. On croit encore aujourd'hui aux chasses du sire d'Holypherne, aux promenades aériennes de ses filles. Il n'est donc pas étonnant qu'alors beaucoup de jeunes recrues ajoutassent foi aux visites de la jeune dame allant consoler son amant; mais les vieux soldats de la Doire et de Fossano riaient de ces contes.

L'un de ces derniers, à qui l'on faisait remarquer l'absence de Renaud, dit gaîment à ses camarades :

— Monseigneur de Liobard ne soupe pas avec nous ce soir; il préfère l'amour au plaisir de la table, et il est allé voir sa blonde sur le rocher.

— Je voudrais bien savoir, repartit un voisin, quelle sera ce soir la tournure de l'entretien, après la prise du château; cela va singulièrement changer la situation.

— Ma foi, dit un autre, l'orgueil de la dame d'Holypherne sera froissé de notre victoire, et, bien sûr, elle va bouder son amant.

— Bouder? Allons donc! Elle va, au contraire, redoubler de caresses, dans sa joie de voir humilier son tyran.

— Tu dis vrai, toi, s'écria un autre soldat en clignant de l'œil; je parierais qu'elle lui reprochera tendrement d'avoir trop tardé et de ne venir la délivrer qu'après sa mort, alors que c'est parfaitement inutile.

— Au fait, dit un des vieux, à quoi peut servir à cette pauvre dame la vaillantise que nous avons faite ce soir? Ce n'est pas la peine de prendre un tombeau.

— Mais c'est juste, ce que tu dis là : fit un autre, monseigneur de Liobard n'avait pas besoin d'assiéger et de prendre la citadelle, puisqu'elle en sort toutes les nuits pour l'aller trouver.

— Avec cela, reprit un autre, qu'il a bravé un danger terrible en courant le long de l'arbre; un faux pas le jetait dans le précipice.

— Caprice de femme ! répliqua le vieux.

— Comment! caprice de femme? que veux-tu dire? demandèrent plusieurs des camarades.

— Tiens, vous n'avez donc pas vu Mme Clémence ouvrir la fenêtre et faire signe à monseigneur Liobard de venir à elle? Il paraît qu'elle n'était pas disposée à sortir ce soir.

— Triste bonheur, dit un jeune soldat qui frissonnait, triste bonheur que l'amour d'une femme qui n'est plus qu'une ombre.

— Une ombre! une ombre! Il faudrait savoir si elle est bien morte, hasarda un des riverains de l'Ain qui avait vu plusieurs fois, par les claires nuits, Huguette agiter son écharpe sur la terrasse, et l'avait prise pour la dame de Luyrieux sortant de son cachot et demandant du secours.

— Grands nigauds, reprit un vieux soldat, morte ou vivante, ombre ou corps, Mme Clémence n'est pas seule ici; il y a d'autres charmans oiseaux, et, sur mon âme, les trois filles d'Holypherne valent bien la peine qu'on les assiége.

Les soldats se mirent à rire, le vin circula dans les verres et ils trinquèrent aux amours de leurs officiers.

Le Grand Bressan avait assisté au banquet. Quand il jugea que les brocs avaient été assez souvent remplis et vidés, et qu'il était prudent de donner un autre cours aux idées, qui ne tarderaient pas à se brouiller, il dit quelques mots à l'oreille du jeune Montrevel. Celui-ci frappa sur la table et se levant:

— C'est assez bu, s'écria-t-il, il faut chanter !

Des bravos partirent de toutes parts. Amédée reprit :

— Le Grand Bressan, le poète capitaine, va nous dire une chanson bressanne, toute nouvelle.

Les applaudissemens se répétèrent, plus chaleureux encore : les habitans de la Bresse et du Bugey ont toujours montré un goût très vif pour le chant, et l'annonce d'une œuvre nouvelle avait de l'attrait, même pour des soldats qui festoyaient.

Nous n'osons pas affirmer que nous reproduisons la chanson de Bastien absolument telle qu'il la chanta : le langage bressan avait alors des règles fixes et le latin, l'italien et l'espagnol ont pu y apporter des modifications ; mais nous la donnons telle que nous l'avons entendue et recueillie sur les bords du Surand. L'air en est gracieux et tendre.

Les brocs ne circulèrent plus, les verres cessèrent de se choquer, tous les soldats firent silence, prêtant une vive attention, lorsque le Grand Bressan entonna.

LA LIODAINE

<table>
<tr><td>

Quand zer amo de ma Liodaine
Ran ne mancave à meux desirs,
Sa peine fassan bin ma peine,
Seux plaisirs fassan meux plaisirs.
Ne nos desan desso lo sozo
Que no nos amerian teurzours,
Vore, e me lesche pe u n'otro,
L'eublaye neustres amours.

Tui lous matins à la prairie
No menovan neustres mâeutons;
Zèra chetto près de ma mie,
No comenchuven na çanson.
Y après cinti no danchoven
En no tenant tui deux la man;
De plaisir les mâeutons chotaven!...
No ne van po may en champ.

</td><td>

Quand j'étais aimé de ma Liodaine
Rien ne manquait à mes désirs,
Sa peine faisait seule ma peine,
Ses plaisirs faisaient mes plaisirs.
Nous nous disions dessous les saules
Que nous nous aimeriens toujours ;
Maintenant, elle me laisse pour un autre,
Elle oublie nos amours.

Tous les matins à la prairie
Nous menions nos moutons ;
J'étais assis près de ma mie,
Nous commencions une chanson.
Après cela nous dansions
En nous tenant tous deux la main ;
De plaisir les moutons sautaient!...
Nous n'allons plus jamais aux champs.

</td></tr>
</table>

L'a lou pia mignon, lous mans blanches,	Elle a le pied mignon, les mains blanches,
L'a lous pais si bin trenato !	Elle a les cheveux si bien tressés !
L'est bin prouma dessus les hanches,	Elle est bien mince sur les hanches,
L'est draite teurzours bin meudo.	Elle est toujours bien à la mode.
L'a lous zus nais drait comman d'encre,	Elle a les yeux noirs comme de l'encre,
L'a les dents blanches comm' du papi,	Elle a les dents blanches comme du papier,
Le rosaye drait comm' an cancre.	Elle rougit comme une écrevisse,
L'en fa vérier la tête à tui.	Elle en fait tourner la tête à tous.
L'a mais d'esprit que lou rai même ;	Elle a plus d'esprit que le roi lui-même,
Pe may z'en suis tot ébahi ;	Pour moi j'en suis tout ébahi ;
Le vos parle avoé tant d'ème !	Elle vous parle avec tant d'intelligence !
N'en fa vérier la tête à tui.	Elle en fait tourner la tête à tous.
L'est réveilla comman n'a rate,	Elle est éveillée comme une rate,
Le cante comm' an rossigneu ;	Elle chante comme un rossignol ;
Vore, le me delesche, la chatte,	Maintenant elle m'abandonne, la chatta,
Du n'otro le fa lou bonheu.	D'un autre elle fait le bonheur.
Ah ! tui lous zours desso lo sozo	Ah ! tous les jours dessous les saules
No nos o tant dansa tui deux,	Où nous avons tant dansé tous deux,
T'y vindrai tant malheureux Liodo,	Tu viendras tant malheureux Liaude,
T'y vindrai pleuro ton malheu.	Tu viendras pleurer ton malheur.
To lo mondo saura ta peine,	Tout le monde saura ta peine,
Te redirai çan tui lous zours :	Tu rediras ceci tous les jours :
Le ne m'ame plus la Liodaine,	Elle ne m'aime plus la Liodaine,
Pe may ze l'amerai teurzours !	Et moi je l'aimerai toujours !

De bruyans applaudissemens accueillirent les paroles de Bastien. Sa chanson, toute sentimentale, charma ces soldats que le vin disposait à la tendresse, et chacun parla de ses amours. Les jeunes chefs demandèrent au Grand Bressan si les chants de douleur du malheureux Liaude retraçaient sa propre histoire, chose qui leur paraissait peu probable. Bastien sourit et ne répondit pas. Il semblait occupé de pensées plus sérieuses.

Les soldats répondirent pour lui : à les entendre, le beau capitaine devait trouver peu de cruelles, et les Liodaines bressannes ne pouvaient le quitter pour un autre.

Puis on chercha à qui pouvait s'appliquer le portrait charmant que le poëte avait fait de la jeune fille, et, la demi-ivresse aidant à l'illusion, chacun trouva que ce portrait était celui de la femme qu'il aimait, moins l'infidélité, bien entendu. Des discussions bouffonnes s'engagèrent sur ce point, des sarcasmes joyeux couraient de table en table, les soldats riaient comme de jeunes fous. Mais Bastien s'obstinait à garder le silence, plongé qu'il était dans ses méditations.

En ce moment, Renaud entra dans la salle du festin.

Quand il avait pu maîtriser l'émotion qui le dominait et s'était senti assez fort pour quitter la tombe de Clémence, une demi-obscurité répandait une teinte confuse sur les objets. Il fit lentement le tour de la chapelle, passa derrière l'autel ; mais il ne retrouva pas la femme qui lui avait parlé un moment auparavant, et qu'il n'avait pas reconnue. Il sortit alors de cet asile de la mort, où son amour laissait sa dernière illusion, abandonnait sa dernière espérance.

Les hommes d'armes qui l'attendaient à la porte de la chapelle se rangèrent autour de lui. Le bruit des voix partant du château lui indiqua la présence des soldats dans la grande salle, et il s'y rendit en s'efforçant de ne rien laisser paraître du cruel déchirement qu'il avait éprouvé.

Son entrée fut saluée par les acclamations les plus enthousiastes, hommage rendu aux exploits du soir.

Il sourit en voyant sa troupe ainsi établie dans la demeure du sire d'Holypherne, dans le salon d'honneur de cette forteresse réputée imprenable, dans ce nid que des rois n'avaient pas osé attaquer ; son cœur s'épanouit un moment en pensant à la colère, à l'humiliation qu'éprouverait son ennemi lorsqu'il apprendrait la prise de sa citadelle.

Après avoir joui pendant quelques minutes du spectacle de ses soldats attablés en maîtres, en vainqueurs, dans ce donjon redouté, Renaud fit un signe et le bruit d'un clairon retentit. Toutes les conversations s'arrêtèrent. Le capitaine complimenta ses soldats sur le courage qu'ils avaient déployé, donna des regrets aux morts, et annonça que le moment était venu de songer au repos.

Tous les lits disponibles étaient occupés par les blessés ; des tapis, des nattes, des couvertures, des housses furent apportés, disposés sur l'immense table où ils remplacèrent les verres et les brocs, et dans toutes les parties de la vaste salle. Mais celle-ci ne pouvait suffire à loger toute la troupe : une partie s'établit dans les appartemens de la grande tour ; une douzaine d'hommes entrèrent dans la chapelle et s'y arrangèrent de leur mieux ; bientôt le sommeil vint rendre le calme aux têtes échauffées.

Peu à peu, les torches résineuses s'éteignirent, le château, si bruyant tout à l'heure, devint silencieux ; on entendait seulement le pas des sentinelles qui veillaient de peur de surprise.

La joie du triomphe, la fête qui avait succédé au combat et à laquelle les soldats s'étaient livrés avec leur insouciance ordinaire, n'avaient ôté à aucun des jeunes seigneurs qui suivaient Renaud la conscience de la singulière situation que le succès venait de créer pour eux. Tous sentaient la nécessité de prendre un parti sur-le-champ. Aussi Liobard, qui pensait à les réunir en conseil, n'eut-il pas besoin de les convoquer.

Tous les chefs l'entourèrent au sortir de la grande salle, animés par une pensée commune, le suivirent dans une chambre voisine, se jetèrent dans des fauteuils et attendirent en silence qu'il prît la parole.

CHAPITRE IV.

Renaud jeta un regard autour de lui et vit que personne ne manquait.

— Messieurs, nous avons aujourd'hui porté un rude coup à l'orgueil du sire de Luyrieux; nous avons détruit le prestige attaché à cette forteresse, satisfait la haine de tous les habitans de la contrée à l'égard du seigneur d'Holypherne et vengé nos griefs particuliers.

L'un des jeunes seigneurs hocha la tête d'un air qui indiquait clairement que, sur ce dernier point, il ne partageait pas l'opinion de Renaud ; mais il ne l'interrompit pas et le jeune capitaine poursuivit :

— Dans ce pays, l'opinion sera pour nous, bien que notre conduite puisse ne pas paraître suffisamment motivée. C'est quelque chose assurément que d'avoir l'opinion pour soi, mais de ce que nous ferons demain dépendra l'avenir. Resterons-nous dans ce château, où le sire de Luyrieux ne manquera pas de venir nous assiéger à son tour? Reprendrons-nous la route de l'Artois pour aller combattre avec François Ier, comme c'était notre dessein, et, dans ce cas, que ferons-nous de notre conquête? Voilà, messieurs, ce qu'il faut décider cette nuit même. En vous voyant réunis autour de moi, sans que j'aie eu besoin de vous convoquer, je comprends que vous ayez senti la nécessité de prendre une prompte résolution. Parlez, messieurs, j'attends votre avis.

— Il faut, dit l'un des jeunes seigneurs, brûler ce donjon, l'orgueil et le repaire de Luyrieux ; s'il se fâche, ainsi qu'il faut s'y attendre, nous lui répondrons l'épée au poing.

— Avant de brûler le pigeonnier, répliqua un autre seigneur, il convient d'en faire sortir les colombes qui l'habitent ; or, que ferons-nous des trois filles d'Holypherne?

— Nous ne les avons pas encore vues, ajouta un troisième ; il paraît qu'il les avons effarouchées, car elles n'ont pas osé se montrer.

— Il serait doux de leur faire payer les frais de la guerre, s'écria un autre chef ; la citadelle a été emportée d'assaut, et, dans ce cas, tout est de bonne prise : c'est le droit du vainqueur.

— Ceux qui ne savent pas se faire aimer ont seuls besoin d'employer la violence, dit avec fierté le jeune Montrevel; j'espère que personne ici ne songe sérieusement à abuser de la victoire.

On se souvient que le chevalier de Montrevel était amoureux de Loyse et voulait l'épouser. Le grand-bailli de Bresse, son père, peu désireux de s'allier au seigneur d'Holypherne, sans refuser d'une manière absolue son consentement à cette union, avait ajourné toute décision à ce sujet.

Amédée comprenait bien que l'existence de Georges de Luyrieux était l'obstacle qui s'opposait à son bonheur ; peut-être désirait-il en secret qu'un bienheureux boulet emportât l'obstacle dans un combat, mais il ne pouvait supporter la pensée qu'on osât faire violence à celle qu'il aimait, et il s'indignait avec raison de toute allusion à cet égard.

Personne ne répondit aux paroles de Montrevel. Bastien fronça le sourcil, mécontent de ce que l'on n'essayait pas de rassurer l'amour fort, légitime, et les craintes naturelles du jeune homme. Il essaya de ramener la discussion sur un autre point.

— Je remarque, dit-il, avec quel emportement nous nous jetons, nous autres soldats, dans une entreprise hasardeuse sans en calculer les suites. Il nous suffit qu'elle soit hardie et qu'on y puisse acquérir quelque gloire.

— N'est-ce donc rien que cela? s'écria fièrement un des jeunes chefs.

— C'est beaucoup, sans doute, répliqua le Grand Bressan; j'ai pris ma part du combat, sans penser à autre chose, qu'à emporter ce nid de brigand, et, maintenant, je suis effrayé du succès. Je chantais tout à l'heure une chanson d'amour pour calmer les soldats, et mes réflexions étaient peu en harmonie avec mes paroles.

Toute l'assemblée se récria, à l'exception de Renaud, qui attendait la conclusion de Bastien.

— Libre à vous de penser autrement que moi, reprit tranquillement celui-ci : vous direz votre avis et on jugera. Je ne condamne pas ce que nous avons fait, je ne voudrais peut-être pas donner notre combat de ce soir pour la part de gloire que je puis acquérir dans les champs d'Italie; je doute que les campagnes milanaises, où je vais me rendre, m'offrent l'occasion d'un aussi beau coup de main.

— Eh bien! quel sujet d'inquiétude avez-vous donc? dit l'un des jeunes gentilshommes en interrompant Bastien.

— Il y avait ici, au moment où nous passions, un majordome dont les insultes ont amené notre attaque et les événemens qui l'ont suivie, répondit le Grand Bressan. Cet homme, je l'ai vu fuir quand je suis entré dans la place, mais je ne l'ai pas retrouvé; j'ai fouillé moi-même partout avec plusieurs hommes ; je l'ai demandé à tous, mais vainement : il a disparu.

— Pardieu! il s'est sauvé dans la crainte de recevoir la juste punition de ses injures, dit un autre en souriant ; cela est assez habile.

— Son évasion n'a pas grande importance ; c'est son retour qu'il faut craindre, reprit Bastien.

— Nos sentinelles le verront venir, et nous aviserons.

— Il se peut qu'il tombe tout à coup au milieu de nous sans que personne l'ait vu ni entendu, riposta Bastien. Je sais qu'il y a des issues secrètes qui, du château, conduisent dans le fond de la vallée.

— En êtes-vous bien sûr? dirent plusieurs voix.

— Je l'ai toujours entendu dire, répondit le Grand Bressan; c'est une tradition du pays. Mais où sont ces passages? Par où descend-on d'ici? Où mènent-ils? Je l'ignore: personne n'a jamais pu me donner des renseignemens à cet égard; c'est un secret bien gardé.

Renaud étouffa un soupir: il avait exploré tous les environs dans l'espérance d'arriver auprès de Clémence par quelque passage secret et n'en avait pas découvert.

— Eh bien! dit-il, pensez-vous que le majordome puisse tomber tout à coup dans la place et nous y surprendre?

— Je le crains, répondit Bastien ; le majordome ne s'est pas enfui pour se cacher, mais pour préparer une attaque, et, sans doute, il ne nous la fera pas attendre.

— Bravo! s'écria l'un des jeunes gens, nous ferons une sortie générale et nous lui livrerons bataille en rase campagne.

— Cela aurait son charme, dit Bastien en souriant; mais ce n'est là qu'une des faces de la question. Nous avons enlevé la place, nous allons faire en sorte de nous garder de toute surprise cette nuit, et demain nous battrons le majordome s'il nous oppose une nouvelle troupe. Mais le seigneur d'Holypherne a embrassé énergiquement la cause de François Ier; il a combattu pour lui en Italie; il lui a mené en Artois une fort belle compagnie qui fait merveille contre les Espagnols; il s'est assuré par là un protecteur que nul d'entre nous, quelle que soit sa valeur personnelle, ne peut songer à combattre. Quand nous lèverions dix compagnies comme celle de M. de Liobard, nous n'aurions pas, je suppose, la prétention de lutter contre l'armée du roi de France. C'est là une question de chiffres que la valeur ne peut résoudre.

Tous les chefs se regardèrent et prêtèrent la plus vive attention. La situation leur apparaissait en effet sous un jour tout nouveau. Bastien reprit, sans paraître s'apercevoir de ce mouvement :

— Si nous étions seuls engagés dans cette affaire, nous pourrions ne prendre conseil que de nous-mêmes, agir à notre guise, sauf à porter la responsabilité de nos actes; mais nous n'en sommes pas là. M. de Luyrieux est un homme adroit qui, ne pouvant se venger avec ses seules forces, cherchera à intéresser François Ier à sa querelle. Les seigneurs dont les fils sont ici ont accepté la souveraineté de la France; tous ont juré fidélité au roi, et il se peut qu'on lui fasse envisager notre coup de main comme un acte de félonie envers lui; peut-être même comme une tentative en faveur du duc de Savoie.

— Oh! ce serait une affreuse calomnie! s'écrièrent plusieurs des jeunes gens.

— Je le sais bien, répondit Bastien; mais je vous l'ai dit, le sire de Luyrieux est habile, il est ambitieux, et il a besoin du roi. Si François Ier croit aux insinuations de M. de Luyrieux, il enverra sans aucun doute une expédition contre nous et, en nous frappant, croira frapper le duc de Savoie, l'allié de Charles-Quint.

— Il serait dur d'être confondus avec les ennemis de la France au moment où l'on prend les armes pour soutenir sa querelle, dit l'un des jeunes seigneurs.

— Oui, reprit Bastien, et cependant c'est là une éventualité qui nous menace. Vous savez quels malheurs la guerre amènerait dans la Bresse, le Bugey et le Valromey, soumis depuis un an à la France et qui commencent à respirer, à se remettre des luttes entre les seigneurs. Je ne vous parle pas de vos fortunes, de votre existence, mais seulement des maux qui fondraient sur votre pays et sur vos familles.

Les observations du Grand Bressan furent trouvées fort justes, comme elles l'étaient en effet. On sait comment Renaud avait été entraîné à l'attaque du château; quant aux jeunes seigneurs, aventureux, hardis, pleins d'insouciance, ils n'avaient vu dans cette attaque qu'une occasion de se signaler et d'humilier le sire d'Holypherne, haï de tous, et nul n'avait songé aux suites de l'affaire, ni à François Ier, ni au duc de Savoie, fort étrangers aux amours de Liobard et à ses querelles avec M de Luyrieux.

Mais Bastien avait raison : si le roi n'était pas promptement éclairé sur la nature de cette affaire, il la regarderait comme une révolte, comme une attaque à son autorité; il ne souffrirait pas qu'il y eût un pays insurgé entre la France et la Savoie qu'il occupait, et il agirait avec vigueur.

Simple capitaine d'aventure, le Grand Bressan avait acquis par sa bravoure le droit de commander à l'égal des seigneurs; il avait de plus acquis dans ses études, dans son intelligence développée par son père, une expérience que les jeunes chefs ne pouvaient avoir.

— Capitaine Bastien, lui dit Renaud avec beaucoup de courtoisie, puisque vous avez si bien jugé la situation, vous avez sans doute pensé aux moyens d'en sortir; donnez-nous votre avis.

— Vous avez perdu quelques hommes? reprit Bastien.

— Cinq hommes mortellement frappés sont tombés sur le champ de bataille ou ont succombé après la prise du château, dit l'un des chefs.

— Vous avez de nombreux blessés? demanda Bastien.

— Oui, répondit le même chef; dix d'entre eux sont hors d'état de continuer leur service pour le moment. Nous ne pouvons les laisser ici qu'autant que nous y resterons nous-mêmes; si nous devons partir, il est de toute nécessité de les faire transporter chez eux, ou au château de Saint-Sorlin, chez M. de Liobard. D'autres blessés, atteints moins grièvement, pourraient, en se débarrassant du poids de leurs armes, poursuivre leur chemin à cheval, ou trouver place sur les chariots. Leur état ne présente pas de danger sérieux, et il est permis d'espérer un prompt rétablissement.

— Je crois donc, reprit Renaud, qu'il faut cette nuit même faire creuser une large fosse sur la lisière du bois, en dehors de la citadelle, et y enterrer les morts de grand matin. Pendant que, d'un côté, on s'occupera de ce soin, il sera urgent d'organiser le transport des blessés, qui commencerait immédiatement. Enfin, et c'est sur ce point que j'insiste le plus, si nous ne sommes pas attaqués cette nuit par le majordome, il conviendrait de quitter le château dès qu'il fera jour et de prendre immédiatement, à marches forcées, la route de l'Artois.

— Pourquoi à marches forcées? demanda l'un des jeunes chefs.

— Le majordome, reprit Bastien, ne manquera pas d'envoyer un message à son seigneur pour lui apprendre les événemens; il importe que vous rejoigniez l'armée avant que M. de Luyrieux ait eu le temps d'indisposer le roi contre vous. L'eût-il déjà fait, votre prompte arrivée effacerait la première impression, dissiperait les doutes et empêcherait François Ier d'ordonner des mesures contre ce pays.

— En effet, dit l'un des chefs, amener des renforts au roi est bien certainement le meilleur moyen de lui prouver que nous avons embrassé sa cause sans arrière-pensée, et que notre attaque est le résultat d'une haine particulière qui ne peut en rien faire soupçonner notre fidélité.

— Il faut, répliqua Bastien, que la compagnie de M. de Liobard soit au complet. Il y a quinze hommes à remplacer, je me fais fort d'y pourvoir dans la journée de demain, si vous voulez m'en confier le soin. Je recruterai quinze hommes, je les monterai avec les chevaux des soldats morts ou blessés, je les enverrai sur la route rejoindre votre troupe, qui ne perdra pas une heure de marche.

— Croyez-vous pouvoir le faire aussi promptement? demanda Renaud.

— Le bruit de notre coup de main sera bientôt répandu, répliqua Bastien; cela suffira pour vous amener plus de soldats que vous n'en voudrez. Tous tiendront à honneur de faire partie de la compagnie qui a enlevé d'assaut la forteresse d'Holypherne; le succès a toujours un grand prestige.

— Ce sera, mon cher capitaine, un nouveau service que vous m'aurez rendu, dit Renaud au Grand Bressan.

— Lorsque vous serez rendu à l'armée, poursuivit celui-ci, il y aura sans doute une explication entre les seigneurs d'Holypherne et de Liobard, et ils pourront vider leurs différends par les armes, aujourd'hui que le roi autorise les duels au point d'en régler lui-même les conditions.

Liobard tressaillit à ces derniers mots, ses yeux brillèrent d'un feu inaccoutumé : il était facile de voir que Bastien avait touché la fibre sensible et qu'un combat particulier avec George était encore le rêve favori de Renaud. Il tendit la main au Grand Bressan.

— Soyez sûr, lui dit-il, que cette fois je forcerai bien M. de Luyrieux à accepter mon cartel, si lui-même ne me provoque pas.

Toutes les propositions de Bastien furent adoptées par l'assemblée et on assigna à chacun la mission qu'il avait à remplir dans l'intérêt commun ; puis et la séance du conseil fut levée.

Un officier suivi de quelques hommes se rendit dans les fermes les plus rapprochées, s'arrangea avec les paysans et organisa le transport des blessés avec des moyens différens, suivant les localités où on devait les conduire. Des matelas de laine ou de feuilles de maïs furent placés sur des chars traînés par des bœufs à l'allure plus douce que celle des chevaux; des couvertures furent étendues sur des civières destinées à ceux qu'il fallait porter dans la montagne, ou qui n'auraient pas pu supporter les cahots de la voiture.

Chars et civières arrivèrent bientôt à la citadelle ; les blessés y furent placés le plus commodément possible, et tous quittèrent avec satisfaction le château, où ils n'auraient pas voulu demeurer après le départ de la troupe, car ils se seraient crus voués à une mort certaine, si le sire de Luyrieux y revenait.

Renaud de Liobard et Bastien étaient demeurés seuls pendant qu'on réunissait quinze cavaliers qui devaient le suivre en conduisant quinze chevaux destinés aux hommes que le Grand Bressan comptait recruter afin de compléter la compagnie de Liobard. Ils se dirent adieu.

— Vous allez retourner en Italie, dit Renaud ; moi, je vais en Artois. Nous allons braver des dangers semblables sur des champs de bataille différens; mais en dehors des chances de la guerre, nos destinées ne sont plus semblables : je m'en vais emportant ma douleur, vous partez emportant l'espérance.

— Monsieur de Liobard, répliqua Bastien, vous avez beaucoup souffert, vous laissez aujourd'hui dans ce manoir votre dernière illusion ; permettez-moi de vous faire souvenir qu'il y a de l'autre côté des Alpes une femme qui vous aime. Revenir en Italie après la campagne d'Artois serait peut-être le moyen le plus sûr d'oublier vos chagrins.

— Ma vengeance n'est pas encore complète, répondit Renaud d'un accent qui étonna Bastien.

— Ma foi, répliqua vivement le Grand Bressan, je comprends l'amour, le désir, l'emportement de la passion, la lutte acharnée, mais loyale, entre deux hommes pour la conquête d'une femme, la plus belle œuvre de la création; je comprends le regret, la douleur, le désespoir et la mort qui le suit, mais

la vengeance... la vengeance qui ne guérit pas le mal, ne rend rien du trésor perdu, non, je l'avoue, je ne comprends pas la vengeance.

— Vous êtes meilleur que moi, mon cher capitaine, dit Renaud en essayant de sourire.

— Voulez-vous que j'annonce à Mme Toniella votre retour au printemps prochain ? fit Bastien ; ce sera, j'en suis sûr, la plus agréable nouvelle que je lui puisse apporter de France.

— Merci, répondit Renaud ; allez revoir la belle Paola, et soyez plus heureux que moi, mon bon poète !

Les deux amis s'embrassèrent. Le jeune seigneur accompagna Bastien jusqu'au bas du perron, et le capitaine d'aventure quitta le château. Il monta à cheval et partit suivi des quinze cavaliers dont nous avons parlé tout à l'heure. Mais ramené par les dernières paroles de Renaud à la pensée de sa Paola, Bastien ne songeait déjà plus à ceux qui l'accompagnaient, et fredonnait une chanson de Dante, son poète favori :

> Fresca rosa novella,
> Piacente primavera, etc.

appliquant à la jeune et belle Romaine les douces louanges que le poète florentin prodiguait à celle qu'il aimait.

Bastien s'en allait ainsi, tout entier à son amour, lorsqu'il fut tiré de sa rêverie par un bruit qui se faisait près de lui, et par des chants dits à demi-voix et qui lui étaient bien connus.

Des pioches ouvraient la terre sur la lisière du bois, frappaient les cailloux et en faisaient jaillir des étincelles ; les pelles rejetaient terre et cailloux, qui roulaient sur la pente.

Des hommes creusaient la grande fosse des morts et égayaient leur travail en répétant quelques lambeaux de la Liodaine, que Bastien leur avait chantée une heure avant.

— La gelée a passé par là, disait l'un, la terre est dure, les pauvres camarades auront froid.

> L'a lou pia mignon, lous mans blanches,
> L'a lous peis se bin trenato !...

— Oui, oui, tresse tes cheveux, grommelait un autre ; le sang les collera demain sur ton front. Peuvre meignats (pauvres garçons), qui étaient si braves! Il n'y a plus de Liodaines pour eux.

> L'est réveilla comman n'a rate,
> Le cante comm'an rossigneu !...

— Les rossignols ne reviendront qu'au printemps; il n'y aura que les merles qui chanteront demain sur leur tombe : mais bah ! ils n'entendront plus ni les uns ni les autres, disait un troisième.

> Le ne m'ame plus la Liodaine,
> Et may ze l'aimerai teurzours.

— Jusqu'à ce qu'une balle te casse la tête.

— Ah ! bon ! quand la tête sera cassée, le cœur ne dira plus rien.

— Eh ! eh ! creusons cette fosse plus large : il faut les mettre tous les cinq de rang, bien alignés. S'il y en a un qui se lève, qu'il ne dérange pas les autres.

Bastien passa en souriant, et pendant que ces hommes achevaient leur triste besogne, l'amoureux capitaine tournait ses regards vers les Alpes.

CHAPITRE V.

Cette nuit déjà si féconde en événemens était destinée à recouvrir encore des mystères sombres et terribles. Après le départ de Bastien, Renaud s'était retiré dans un appartement, qui lui avait été préparé à l'étage inférieur du château, et dont les fenêtres ouvraient sur la terrasse; pièce meublée avec le plus grand luxe, où une riche tapisserie, brodée à la main, recouvrait le plancher, où les tentures en riches étoffes du Levant étaient retenues par des embrasses en torsades à filsd'or.

Le silence régnait partout; des sentinelles attentives veillaient pour repousser tous ceux qui, du dehors, auraient voulu pénétrer dans l'enceinte de la citadelle, et ceux qui auraient tenté de surprendre les vainqueurs en arrivant par ces passages inconnus dont avait parlé le Grand Bressan.

Renaud était seul dans son appartement; après les émotions de cette soirée, il se retrouvait avec lui-même, c'est-à-dire avec ses illusions détruites, son amour sans but, sa haine contre Luyrieux, le sentiment de l'inutilité de son hardi coup de main, ses douleurs et tous ses désirs de vengeance. Son cœur saignait des injures du majordome, qui lui avait rappelé devant toute sa troupe la déplorable déception de la chartreuse de Sélignat.

Il ne comprenait pas comment il avait pu s'abuser et douter de la mort de Clémence. Les apparitions de la femme qu'il voyait sur la terrasse, après l'annonce de cette mort, lui semblèrent une indigne mystification; on s'était fait un jeu de sa douleur, de son désespoir; il avait été un sujet de moquerie dans ce château infernal dont tous les habitans partageaient sans doute à son égard la haine du seigneur d'Holypherne et le dédain du majordome.

Alors, en proie à une fièvre violente, à ce délire douloureux, poignant que donne à l'homme la conscience de son humiliation, il chercha dans son âme blessée le moyen d'humilier à son tour, de torturer l'homme qui avait causé tous ses maux; en ce moment, la pensée infernale que le prieur de la chartreuse avait devinée et essayé de combattre, celle de frapper Georges dans ce qu'il avait de plus cher, lui revint à l'esprit, plus forte et plus irrésistible.

A cette époque de luttes perpétuelles et de pillage, on se piquait peu de moralité dans la guerre : le rapt et la violence étaient le triste cortége de la victoire; les femmes devenaient presque toujours la proie du plus fort, comme si elles devaient faire partie du butin.

Bien souvent les épouses et les filles des vaincus furent traînées de force dans la couche de ceux que le sort des armes avait favorisés, et les chevaliers n'étaient pas moins fiers de ces sortes d'exploits que de leurs triomphes en champ clos. Le tournoi avait maintes fois donné une épouse au plus vaillant, au plus habile ou au plus heureux; un coup de main couronné de succès lui donnait une maîtresse passagère; et ces malheureuses femmes ainsi déshonorées, ou mouraient de désespoir, ou traînaient une existence flétrie.

Ce n'était donc pas sans motif que les filles de Georges furent saisies d'effroi quand, de la tribune où elles étaient blotties, elles entendirent les soldats s'installer dans la chapelle pour y passer la nuit : le moindre bruit pouvait trahir leur présence, les mettre à la merci d'une soldatesque avinée.

La porte qui de l'escalier s'ouvrait dans la chapelle avait été fermée par Huguette lorsqu'elle avait disparu aux yeux de Renaud. Les trois sœurs quittèrent lentement et à pas légers leur cachette, gravirent l'escalier qui aboutissait à un large corridor au premier étage, fermèrent soigneusement une seconde porte placée au sommet de cet escalier et se rendirent avec toutes les précautions possibles dans la salle commune où déjà nous les avons vues réunies.

Aucun soldat n'avait pénétré dans les appartemens particuliers : Gertrude pensa que Renaud avait donné des ordres sévères pour que l'on respectât les filles d'Holypherne et la pauvre gouvernante, qui jusques-là avait tremblé pour ses chères enfans, commença à se rassurer.

Quelques femmes de service allèrent rejoindre leurs maîtresses, racontèrent les incidens de la soirée, le repas dans la salle d'honneur, la chanson de Bastien, l'entrée de Renaud au banquet, les lits improvisés, et assurèrent que tous les soldats étaient endormis.

Mais ces assurances ne pouvaient calmer les terreurs de Philiberte : elle savait la haine profonde inspirée par son père, elle connaissait des actes odieux par lesquels celui-ci avait souillé sa victoire dans des circonstances semblables. Elle redoutait des représailles : aussi marchait-elle dans l'appartement avec défiance, sondant du regard tous les recoins, attentive au moindre bruit.

Elle ne voulait pas se montrer devant les chefs de ces soldats, que dans son irritation, elle appelait des bandits, pensant que le mieux était de se faire oublier, mais elle demandait le majordome afin qu'il allât parlementer avec eux, qu'au besoin il défendît elle et ses sœurs de toute insulte. Il n'était plus au château, ainsi que nous l'avons dit, et une des femmes, la seule personne qu'il eût mise dans la confidence de ses projets, lui apprit qu'il était allé chercher du secours pour revenir en force les délivrer.

A cette nouvelle, Philiberte, accablée, leva les yeux au ciel, sa dernière espérance. En même temps, Huguette poussa un soupir de douleur, se frappa le front avec désespoir. Dans son trouble, elle avait oublié un moyen de salut... Maintenant il était trop tard : le chemin de la fuite était occupé par les soldats.

La pauvre enfant, résolue et presque souriante pendant le combat, était à présent éplorée, tremblante et agitée de mouvemens convulsifs. Plus jeune que Philiberte et ignorant les crimes de son père, si elle n'avait pas d'aussi vives craintes, elle avait de plus l'amertume d'une affreuse déception.

Loyse seule était calme au milieu de cette douleur; de la pièce où les trois sœurs étaient réunies, elle avait entendu une sentinelle crier : « Qui vive ! » et une voix répondre : « Amédée de Montrevel. » Aussitôt, appuyant son front sur la vitre de la fenêtre et regardant au bas, elle avait aperçu Amédée qui marchait avec précaution, la tête levée, semblant interroger du regard les croisées du château. La charmante jeune fille, rassurée par cette circonstance, était décidée à invoquer l'appui de Montrevel et à se mettre sous sa protection au moindre danger.

Cependant, tout était calme et silencieux dans la citadelle; nul pas ne se faisait entendre dans le long et large corridor sur lequel ouvraient les chambres des trois sœurs, celle de Gertrude, et la salle où elles étaient réunies. Elles pensèrent pouvoir se retirer chacune dans sa chambre, et elles s'y rendirent, après avoir renvoyé leurs femmes.

Philiberte, après s'être assurée qu'elle était bien seule, ferma sa porte, éteignit sa lampe et, ne voulant pas s'endormir, se jeta dans un fauteuil, l'oreille tendue pour percevoir tous les bruits qui viendraient du dehors.

Huguette, après avoir pris les mêmes précautions, s'étendit tout habillée sur son lit, pleurant amèrement et en proie à une vive souffrance.

La confiante Loyse ouvrit doucement sa fenêtre, s'en approcha, sans s'y accouder toutefois, mais sans s'apercevoir que la lampe qu'elle avait laissée allumée, et qui brûlait derrière elle, trahissait sa présence.

Une heure s'était écoulée au milieu du silence profond de la nuit, lorsque Huguette, qui ne dormait pas, entendit avec stupeur tomber sur le plancher la serrure de sa porte, qu'une épaule vigoureuse et puissante avait enfoncée. En même temps, un homme se rua vers sa couche, et essaya de la saisir. Elle s'était levée, et de son poing fermé elle frappa cet homme au visage. Le poing tomba entre les deux yeux, et l'étourdit quelques secondes. Les étoiles seules éclairaient la chambre ; Huguette voulut fuir : l'homme saisit violemment sa robe, l'agrafe sauta, le vêtement échappa à la main qui le tenait.

Huguette franchit la porte, courut dans le corridor, et, poursuivie par le soldat, descendit l'escalier avec la rapidité d'un oiseau et se précipita en désespérée vers l'appartement de Renaud. Les soldats de garde la repoussaient malgré ses cris, ses trépignemens, ses imprécations contre leur chef et contre eux. Celui qui la poursuivait allait la saisir, lorsque la porte s'ouvrit. Renaud parut, demandant la cause de ce bruit. Il vit Huguette se débattant contre les soldats.

— Laissez-la entrer, dit-il froidement, j'allais l'envoyer chercher.

Il était dans ce moment de fièvre dont nous avons parlé plus haut, où il rêvait de frapper son ennemi par le déshonneur de ses filles, sans se douter que d'autres eussent des intentions semblables.

Huguette s'élança comme une lionne dans l'appartement, dont la porte se referma, mais elle ne s'en aperçut pas.

Elle était, dans ce moment d'exaltation, admirablement belle : l'agrafe de sa robe avait été arrachée, le lien qui retenait ses cheveux venait de se dénouer dans sa lutte contre les soldats de garde à la porte, sa magnifique chevelure blonde flottait sur ses épaules nues d'une blancheur éblouissante, et sa gorge apparaissait à demi, soulevée par une agitation extraordinaire ; son teint était coloré, ses yeux étaient pleins de feu et de colère ; ses lèvres tremblantes et roses suaient le mépris.

Un autre homme que Liobard fût tombé à ses pieds. Celui-ci lui jeta un sourire diabolique.

A peine entrée, Huguette saisit Renaud par le bras en criant :

— On m'insulte ici ! A mon secours, monsieur, je vous en prie !

Renaud la contemplait sans répondre.

— Je vous dis qu'on veut me faire violence ! reprit la jeune fille avec énergie ; un de vos soldats m'a poursuivie jusqu'ici. Protégez-moi, vous qui êtes le chef.

— Personne ici ne portera la main sur vous, répondit tranquillement Renaud : c'est à moi que vous appartenez.

Huguette le regardait à son tour, sans comprendre.

— Vous êtes jeune, vous êtes belle, reprit Liobard, je punirai par vous toutes les douleurs que m'a fait endurer votre père.

— Oh ! cela est lâche et infâme ! s'écria Huguette avec fureur ; déshonorer une fille pour se venger d'un homme, quand on porte une épée !

— Dieu jugera, dit Renaud.

Et il la regardait avec une satisfaction qui trahissait ses désirs. La jeune fille rajusta rapidement sa robe sur ses épaules nues, et tombant aux genoux de Liobard, elle lui dit d'une voix profondément émue :

— Vous avez triomphé de nos soldats, vous êtes maître de notre château, mais soyez généreux pour des femmes, je vous en conjure, monsieur, au nom de votre mère !

— Ma mère ! dit Liobard avec colère, si Georges de Luyrieux eût pris le château de Saint-Sorlin, il eût traîné ma mère dans sa couche ; vous partagerez la mienne.

En même temps il releva Huguette épouvantée, tremblante, qui tendait les bras en suppliant ; il la poussa doucement vers un fauteuil et l'y fit asseoir. La pauvre enfant se prit à pleurer ; puis, après un moment de silence, elle se releva et lui dit avec une tristesse pénétrante :

— Sont-ce là les beaux sentimens que le chevalier de Liobard m'exprimait lorsque je le vis pour la première fois dans une allée du parc de Thoire ? Je m'en souviens... Ce jour-là, je calmais votre colère, je désarmais votre bras levé sur moi ; vous souffriez, et moi, qui ne vous connaissais pas, je vous consolais ; vous étiez blessé, et je vous offrais des secours...

— Ne rappelez pas ce moment, l'un des plus pénibles de ma vie, répliqua Renaud d'une voix sombre.

— Alors, poursuivit Huguette, rien ne semblait plus pur que votre pensée, rien n'était plus doux que votre parole ; alors, vous pleuriez à mes pieds comme je pleure aux vôtres aujourd'hui, et moi je ne vous menaçais pas...

— Taisez-vous, jeune fille ! taisez-vous ! dit vivement Liobard, vous ne savez pas quel mal vous me faites.

— Alors, il y avait dans votre cœur des sentimens généreux, répliqua Huguette ; alors vous étiez un loyal chevalier : vous n'alliez pas, comme un brigand, comme un routier, comme un Jacques, attaquer les châteaux et faire violence aux filles nobles !

— Alors, répondit Renaud, je commençais à souffrir, mais la douleur n'avait pas encore endurci mon cœur, torturé mon âme, aliéné ma raison. Alors, j'aimais ; je perdais celle en qui j'avais placé toutes mes espérances de bonheur ; je cherchais un combat contre votre père... il me prenait Clémence, dont j'étais aimé !...

— Assez, assez ! s'écria Huguette avec irritation, gardez vos confidences !

La jalousie faisait oublier à la jeune fille le danger qu'elle courait.

— J'ai enduré plus de tortures que n'en pourrait inventer le plus habile tourmenteur, reprit Liobard ; j'ai été pour tous un objet de pitié, j'ai eu des hallucinations décevantes ; que de fois, je suis venu sur les rochers qui dominent la rivière pour apercevoir

de loin, durant la nuit, ma Clémence prisonnière !
Depuis qu'elle est morte, j'ai cru l'y voir encore ;
hier, quand je passais avec ma troupe, une fenêtre
du château s'est ouverte, une femme s'y est montrée,
il m'a semblé que c'était elle.

Huguette cacha sa tête dans ses mains et poussa
un soupir que Renaud n'entendit pas ; celui-ci
continua :

— Dans la chapelle, je ne voulais pas croire à la
pierre de son tombeau : il a fallu votre voix stridente
et terrible pour me persuader, car c'est vous qui
m'avez parlé ; mais alors tout ce qu'il y avait en moi
de douleur et d'amour s'est changé en haine contre
l'auteur de mes tourmens, et, ne pouvant me mesurer avec lui puisqu'il refuse, ne pouvant rougir mon
épée de son sang, emporter son cœur au bout de ma
lance, je veux l'humilier dans ce qu'il a de plus précieux, comme il m'a frappé dans ce que j'avais de
plus cher !

Le visage de Renaud respirait la colère, son accent
était irrité ; Huguette épouvantée joignit les mains
en criant :

— Pitié, monsieur, pitié pour une femme inno-
cente de tous les maux que vous avez soufferts !

— Je l'ai dit, cela s'accomplira, répondit Renaud.

— Jamais ! s'écria Huguette avec exaltation.

— Enfant !... reprit Liobard en haussant les
épaules.

En même temps il s'approcha d'elle pour l'étrein-
dre dans ses bras... Un poignard scintilla dans la main
de la jeune fille, et son attitude résolue, le feu
étrange dont brillait son regard, le dédain empreint
sur sa figure laissaient facilement deviner qu'elle en
saurait faire usage.

Renaud ne voulut pas engager une lutte avec elle.
Il fit un pas vers la porte afin d'appeler un soldat et
de la faire désarmer. Huguette comprit son intention ; elle se jeta rapidement entre la porte et Renaud, et appuyant la pointe du poignard contre son
cœur :

— N'appelle pas, lui cria-t-elle avec fureur ; brave
que tu es, il te faut plusieurs soldats contre une
femme ! N'appelle pas ; ils ne me saisiraient que
morte : l'arme est sûre ; c'est la tienne, c'est le poignard que tu as laissé tomber à mes pieds dans le
parc de Thoire. Tu n'assouviras tes désirs que sur un
cadavre. Aussi bien, tu aimes les mortes... Tu n'au-
ras pas la peine de desceller la pierre d'un tombeau !

Renaud rugit de colère.

— Insensé ! reprit Huguette ; stupide aveugle qui
n'as pas voulu voir l'amour qu'on avait pour toi !
Misérable sourd qui n'as pas su entendre les douces
paroles qu'on te jetait à travers le torrent ! Déloyal
chevalier qui vient pour déshonorer la pure et bonne
jeune fille dont il est aimé !...

Les larmes de la pauvre enfant coulaient sur ses
joues.

— Que dites-vous ? s'écria Renaud étonné de cet
aveu.

— Eh bien ! oui, reprit Huguette pleurant toujours, je t'aime depuis notre rencontre dans le parc
de Thoire : je t'ai vu souffrir et pleurer sur mes genoux, j'aurais voulu te consoler et guérir ton âme
blessée. Du vivant de Clémence, alors que tu venais
sur ton nid d'aigle, tu n'as donc pas vu qu'il y avait
toujours deux femmes sur la terrasse, toutes deux
semblables, priant quand tu courais un danger, et
toutes deux tournant vers toi leurs regards ?

Renaud l'écoutait et la regardait, haletant.

— Après la mort de Clémence, poursuivit Huguette,
tu n'as donc pas vu qu'il restait encore une femme
épiant ton retour, agitant son écharpe quand tu pa-
raissais ?... Tu n'as donc rien deviné ?... Tu as cru à
la mort et non à la vie ; tu as ressuscité un cadavre, jeté ton cœur au marbre d'un tombeau,
donné une forme à une ombre, et tu n'as pas compris que c'était un cœur vivant qui battait et croyait
répondre au tien, une main vivante qui se tendait
vers toi, une bouche vivante qui t'appelait... Je me
croyais aimée, tu as détruit mon illusion, tué mes
espérances, brisé ma vie !... Renaud, à mon malheur
n'ajoute pas l'outrage.

Liobard était ému par cette révélation ; son visage
était livide ; la tête baissée, il agitait ses paupières
comme un homme qui cherche à rassembler des souvenirs. Le passé s'expliquait, tout voile tombait et, à
la place de douloureux mystères, apparaissait une
douce et vivante réalité qu'il avait méconnue.

Une agitation convulsive s'empara de lui ; il jeta
sur Huguette un regard indéfinissable où se confondaient la pitié, le regret, la reconnaissance, et il se
rapprocha d'elle. Huguette se trompa sur ses intentions.

— Ne me touche pas, s'écria-t-elle, sinon il y aura
du sang versé ! Je t'aime, Renaud, je t'aime encore,
parce que l'amour n'a des ailes que pour venir ; ne
fais pas que je meure en te méprisant.

Liobard était subjugué. La pensée du crime qu'il
avait rêvé était déjà loin de lui. Il contemplait Huguette avec admiration, avec embarras.

— Pauvre enfant, lui dit-il avec une douleur na-
vrante et les yeux pleins de larmes, je t'ai vue deux
fois, et deux fois je t'ai menacée de mort ; pardonne-
moi encore en songeant aux cruelles souffrances que
j'ai endurées.

Il y avait dans son accent une émotion si profonde, si vraie, qu'un éclair de joie brilla sur le
front de la jeune fille ; un soupir de bonheur sortit
de sa poitrine : elle sentit que son honneur n'était
plus en péril. Huguette remit son poignard dans sa
robe et tendit timidement la main à Renaud. Celui-
ci la serra doucement dans les siennes.

CHAPITRE VI.

Un moment après l'entrée d'Huguette dans l'appartement de Renaud, le jeune Montrevel qui continuait
son exploration autour du château aperçut sa chère
Loyse, grâce à la clarté de la lampe qu'elle avait
laissé imprudemment brûler. Il n'avait à s'occuper
ni de l'inhumation des morts, ni du transport des
blessés ; libre jusqu'au moment du départ, il était
trop près de Loyse pour ne pas chercher à la voir.

Avant et pendant le repas, il avait parcouru diverses parties du château ; il savait déjà comment, sous
les voûtes sombres, à travers les escaliers obscurs, on
parvenait aux étages supérieurs. Après avoir aperçu
Loyse, il chercha sa route en tâtonnant et arriva dans
le corridor sur lequel ouvrait la chambre de celle-ci.

Un mince filet de lumière, qui s'échappait par la
partie supérieure de la porte, lui servit de guide. Il
marcha sans bruit, et parvint à ouvrir la porte qui
n'offrait pas une bien grande résistance. Loyse était

encore auprès de la fenêtre, absorbée dans ses réflexions ; elle se retourna vivement au bruit qu'il fit en entrant, et poussa un cri d'effroi.

Montrevel tomba à ses genoux, la tête nue, dans l'attitude du plus profond respect, le regard suppliant, limpide et plein d'amour.

— Oh ! monsieur, que faites-vous, pourquoi êtesvous ici ? dit Loyse tremblante, baissant les yeux, n'osant pas regarder Amédée.

— Au milieu de cette troupe de soldats maîtres de votre château, vous courez des dangers : je viens veiller sur vous, que j'aime, et vous défendre s'il en est besoin.

— Monsieur de Liobard ne peut-il donner des gardes aux filles de M. de Luyrieux ? reprit vivement Loyse.

Montrevel ne répondit pas à cette question : il avait compris les intentions du jeune seigneur, qui avait parlé des colombes du château et du droit du vainqueur, propos que Liobard n'avait pas relevé ; enfin il venait de voir Huguette, échevelée, entrer chez Renaud, après une lutte contre celui qui avait pénétré dans sa chambre. Il ne voulait pas révéler ces particularités à Loyse ; effrayé pour elle, il était venu, entraîné par son amour et par le désir de la sauver d'un outrage.

Il était auprès d'elle depuis quelques instans, lorsqu'ils entendirent dans le corridor des pas dont le bruit s'approchait. Loyse, tremblante, n'osant parler, interrogeait Montrevel du regard. Celui-ci souffla la lampe dont la lumière pouvait guider celui qui venait, ferma la porte, tira son épée, appuya le pied, le genou et le bras gauche contre la porte et attendit l'épée dans la main droite. Loyse se pressa contre lui pour l'aider dans sa résistance.

L'homme qui était au dehors promenait sa main sur le mur qu'il suivait ; arrivé à la porte, il en leva le loquet et la trouvant fermée, il lui imprima une forte secousse ; mais elle résista, consolidée par Montrevel.

L'assaillant réunit toutes ses forces et donna une secousse tellement violente que le bois craqua. Loyse poussa un cri.

— Ne craignez rien, lui dit vivement Montrevel ; il n'entrera pas, je lui passerai mon épée au travers du corps.

Celui qui était au dehors entendit le bruit des voix, et, sans reconnaître celle de Montrevel, comprit qu'il y avait là un homme avec lequel il faudrait engager une lutte scandaleuse.

— Je suis venu trop tard, se dit-il tout bas.

Il resta quelques instans encore à la porte, puis s'éloigna.

Amédée, que Loyse ne pouvait plus éloigner, consolida la porte avec les meubles de l'appartement de manière à ce qu'elle pût résister à une première secousse ; puis, ce travail achevé, il vint s'asseoir près de la jeune fille, émue et reconnaissante.

Loyse tremblait ; Montrevel calmait ses craintes par de douces paroles, la contemplait avec bonheur à la clarté des étoiles, seule lumière qui éclairât la chambre.

Il y avait dans ce rôle de protecteur, de consolateur de la femme aimée et aimante, un charme indicible auquel Amédée se laissait aller. Aux paroles qui rassurent succéda une délicieuse causerie entre ces deux jeunes gens, l'un sérieusement amoureux, l'autre candide et naïve, ne songeant pas à cacher le bonheur qu'elle éprouvait de la présence de Montrevel, à qui elle devait d'avoir échappé à la brutalité d'un soldat.

Cette causerie s'avivait par l'édification de beaux châteaux en Espagne, qu'un seul mot du grand-bailli changerait en réalités, par des protestations sincères d'amour et de fidélité. Loyse était presque orpheline dès l'enfance ; elle n'avait jamais entendu les douces paroles que l'amour maternel met aux lèvres des mères ; elle n'avait jamais reçu une caresse du sire de Luyrieux, qui la traitait en étrangère, ainsi que Philiberte : le langage de Montrevel lui révélait une existence nouvelle, inconnue, pleine de charme.

La nuit était presque écoulée, le jour allait bientôt paraître. Amédée était encore dans la chambre de Loyse ; Renaud venait de se réconcilier avec Huguette, à laquelle il avait loyalement demandé pardon de sa pensée criminelle, lorsque tout à coup un cri terrible, strident, désespéré, sortit de la chambre de Philiberte : la malheureuse essayait de crier encore, on étouffait sa voix.

Huguette et Renaud entendirent ce cri de désespoir.

— Mes sœurs ! mes sœurs ! s'écria Huguette avec épouvante ; Liobard, allez au secours de mes sœurs !

Renaud sortit précipitamment, escalada l'escalier et arriva à la chambre de Philiberte, suivi par Huguette pâle et haletante. Une hache était sur le carreau avec les débris de la serrure qu'elle avait servi à faire sauter ; dans le corridor, Gertrude se relevait avec peine, meurtrie et contusionnée, abandonnée en ce moment par deux soldats qui l'avaient arrêtée et violemment jetée à terre lorsqu'elle accourait au premier cri de Philiberte.

Celle-ci, les cheveux en désordre, les vêtemens déchirés, la tête dans ses mains, les pieds à terre, se roulait sur sa couche, en sanglotant, dans le paroxysme de la douleur et du désespoir. Huguette courut à elle ; mais Philiberte ne voyait rien, n'entendait rien, et continuait à pousser des gémissemens à déchirer l'âme.

Renaud fut ému de cette douleur immense que la plume est impuissante à rendre. Il avait vu un des chefs de sa troupe s'enfuir à son arrivée ; il sentit au cœur un vif remords d'avoir eu la pensée de faire subir à Huguette l'outrage contre lequel la malheureuse Philiberte avait été impuissante à se défendre. Attristé, honteux, ne pouvant supporter le spectacle de cette pauvre enfant déshonorée, il laissa Philiberte entre les bras d'Huguette et de Gertrude, il redescendit, en proie à une vive émotion, n'osant rechercher le coupable, qu'il n'avait pas reconnu dans l'ombre, ne pouvant sévir contre un crime que lui-même avait voulu commettre.

En ce moment, la cloche de la chapelle sonna le glas funèbre, dont les sons retentirent sur la vallée qui s'éveillait avec le jour naissant. Les morts avaient été portés dans l'église. Un prêtre était venu prier pour eux, et on allait les déposer dans leur tombe.

Un des chefs entra dans l'appartement de Renaud et lui demanda ses ordres. Celui-ci, malgré l'émotion qu'il éprouvait, voulut rendre en personne les derniers devoirs à ceux de sa troupe qui avaient succombé : son absence, en cette circonstance, aurait été remarquée et aurait produit un fâcheux effet sur les soldats.

Aucun des habitans du château ne parut à la chapelle ; le recueillement de la troupe fut convenable, bien que les fumées du vin fussent à peine dissipées. Après les prières ordinaires, les morts furent portés dans la fosse creusée durant la nuit ; Renaud prononça quelques paroles de regret sur leur tombe, et de nouveaux liens de sympathie unirent les soldats à leur chef.

La troupe de Liobard se remit en route immédiatement après, sans que le majordome eût reparu. Cet officier s'était rendu à la hâte chez les seigneurs voisins afin de réunir des forces suffisantes pour livrer un second combat; il promettait d'introduire des soldats dans la citadelle par un passage inconnu, de surprendre les vainqueurs durant leur sommeil alourdi par l'orgie. Mais il trouva peu de sympathie : les soldats disponibles étaient en campagne. Le majordome, après une nuit d'efforts infructueux, dut se résigner à attendre que Renaud eût quitté le château avant d'y rentrer lui-même et d'envoyer un messager à son seigneur.

Lorsque la troupe de Liobard défila, sur le rempart désert il y avait deux femmes, mais éloignées l'une de l'autre : Loyse, frissonnante encore d'amour et de bonheur, jetant un dernier regard à Montrevel, qui regrettait vivement de la quitter et lui avait fait une promesse sincère de l'épouser au retour; puis, Huguette sombre, triste, immobile comme une statue.

En passant devant Huguette, Renaud abaissa la pointe de son épée en signe de salut et de respect; et les autres chefs l'imitèrent. Bientôt la troupe disparut dans les détours de la route, derrière les montagnes; le château d'Holypherne retrouva son calme ; mais la douleur et le désespoir y avaient remplacé l'innocence et l'espérance joyeuse.

La compagnie, complétée le jour même, marchait à grandes journées.

François Ier était au camp de Pernes ; Renaud de Liobard y arriva avec sa troupe au moment où le maréchal de Montmorency allait le quitter pour marcher sur Saint-Venant, dont il devait faire le siége. Saint-Venant était d'une prise difficile; dans une excellente position, défendue par des fortifications puissantes et une forte garnison. De nombreuses écluses avaient inondé tout le pays environnant, et la ville ne pouvait être abordée que par une chaussée étroite, coupée à son extrémité par un fossé profond, que balayait une formidable artillerie. C'était par là qu'il fallait attaquer.

Renaud de Liobard, qui sentait la nécessité de conquérir la faveur du roi par son courage, en attendant l'occasion de se mesurer avec Georges de Luyrieux, demanda à faire partie de l'expédition, à prendre part à la périlleuse attaque de Saint-Venant. Le maréchal avait avec lui quatre mille lansquenets, commandés par le comte de Furstemberg, et quatre mille Français, sous le commandement de Baqueville, qui menait les Normands, et de Lalande, qui menait les Picards. Renaud marcha à la tête de ses Bressans, plus remarquables par leur bonne tenue que par leur nombre.

Le maréchal, ayant pris toutes ses dispositions, ordonna l'assaut. Les troupes s'étaient avancées par la chaussée. Les lansquenets, les premiers, commencèrent l'attaque avec une extrême vigueur, mais ils furent reçus par une troupe nombreuse et une artillerie terrible qui fit dans leurs rangs d'affreux ravages. Repoussés malgré tous leurs efforts, mis en déroute, ils furent obligés de se retirer.

Les Français alors se précipitèrent dans le fossé, qu'ils comblèrent de morts et de blessés, renversèrent les retranchemens, en délogèrent les Impériaux et coururent avec eux vers la ville. Mais un pont fermé par de fortes barrières les arrêta : un gros d'arquebusiers ennemis opposait un puissant rempart, et un moulin garni d'artillerie vomissait le feu par toutes les embrasures. Renaud et ses Bressans s'élancèrent alors, renversèrent les barrières, culbutèrent le corps des arquebusiers, et les Français et les Impériaux, fugitifs, pénétrèrent pêle-mêle dans la ville, ainsi prise d'assaut.

Montmorency témoigna hautement à Liobard son admiration pour le beau fait d'armes qui avait décidé du succès, et François Ier, à qui il fut rapporté, en conçut une haute idée du chef des Bressans.

Mais si le courage qu'il avait déployé assura à Renaud la protection du roi dans l'occasion, il ne servit guère au roi et à l'armée. La malheureuse ville de Saint-Venant fut pillée et incendiée ; les Français et les lansquenets surtout commirent tant de violences, tant d'horreurs, que les habitans exaspérés s'entendirent avec les Impériaux pour les ramener dans la place. Attaqués en même temps au-dedans et au-dehors, harcelés de toutes parts, frappés de rue en rue, les Français firent une retraite des plus désastreuses.

Cependant ils reprirent la ville quelques jours après, puis durent l'abandonner de nouveau ; Saint-Venant resta ouverte aux deux armées, et ses habitans ne trouvèrent de sûreté pour leurs biens ni pour leurs personnes, ni d'un côté ni de l'autre.

Si Liobard avait signalé son arrivée à l'armée par un coup d'éclat, le sire d'Holypherne s'était distingué de même à l'attaque de Saint-Pol par de brillans faits d'armes. La possession de cette dernière ville n'était pas moins importante que celle de Saint-Venant, car elle se trouvait au centre d'un cercle formé de places occupées par l'une ou l'autre des deux armées.

Ainsi, Saint-Pol avait au nord, au couchant et au midi, Thérouenne, Montreuil, Hesdin et Doullens tenues par les troupes de François Ier ; elle avait au levant Béthune, Lens et Arras occupées par les Impériaux. L'armée de Charles Quint avait son camp à Marville; si elle attaquait l'une des places tenant pour le roi, la garnison de Saint-Pol pouvait facilement se jeter entre le corps d'attaque et la ville menacée; elle pouvait surtout défendre avec promptitude Montreuil et Hesdin.

Si, au contraire, les Français prenaient l'initiative et attaquaient les villes impériales, une troupe sortie de Saint-Pol pouvait combiner ses mouvemens avec ceux des corps partis du camp de Pernes, et mettre Béthune ou Lens entre deux feux.

Le général d'Annebaut, rappelé d'Italie, fut chargé du siége de Saint-Pol dont la possession avait une si haute importance stratégique ; il appela à lui ses plus habiles capitaines, et la place, vigoureusement attaquée, ne résista pas longtemps.

La ville prise, il fallait en rétablir les fortifications afin de pouvoir la conserver et en tirer le parti que nous avons indiqué plus haut ; un ingénieur italien, Antoine Castello, s'engageait à en faire une des plus fortes places de l'Europe, si on pouvait et si on voulait la couvrir et la garantir de toute attaque pendant six semaines. Ses propositions furent acceptées et on se mit à l'œuvre; mais le roi, qui ne savait rien poursuivre, rien terminer, s'ennuya bientôt d'une guerre où Charles-Quint n'était pas en personne, et qui le retenait loin de la duchesse d'Étampes, sa maîtresse. Le désir de se rapprocher de cette dame lui fit, disent les chroniques du temps, sacrifier le résultat de cette campagne commencée avec fracas.

François Ier leva le camp de Pernes avant que les

fortifications de Saint-Pol, commencées par Castello, fussent achevées : il y mit cependant une forte garnison, laissa Villebon pour commander la ville, La Poletière pour commander le château, et prit la route de Paris avec le maréchal Montmorency et une partie de l'armée qu'il renvoyait en Piémont, où la guerre se continuait avec mollesse et ne présentait rien de définitif.

Les Impériaux se hâtèrent de profiter de la faute inouïe du roi, qui leur livrait Saint-Pol, et ils attaquèrent la ville. En apprenant ce qu'il aurait dû prévoir, François Ier revint sur ses pas, mais arriva trop tard. Rien ne put résister à la formidable artillerie des Impériaux, qui tirèrent, disent les mémoires de l'époque, plus de dix-huit cents coups de canon dans un jour. Quoi qu'il en soit du nombre, ils firent d'affreux ravages et ouvrirent une brèche large de plus de quatre cents pas. La ville fut emportée d'assaut et livrée à toutes les horreurs qui avaient marqué la prise de Saint-Venant.

Ainsi, une campagne inaugurée par de brillans faits d'armes n'aboutit qu'à verser inutilement des flots de sang. Mais les désastres ne devaient pas s'arrêter là. Saint-Pol démantelée n'offrait plus aux Impériaux un asile sûr. Ils ne pouvaient songer à s'y maintenir. Ils y mirent le feu, rasèrent le château et ce qui restait des fortifications, puis se dirigèrent sur Montreuil dont le gouverneur, n'étant pas assez promptement secouru, fut réduit à capituler.

Le roi reprit une seconde fois la route de Paris pendant que Montmorency, d'Annebaut et le dauphin couraient au secours de la ville de Thérouenne, déjà menacée par les Impériaux, qui mettaient à profit le temps perdu par François Ier. Montmorency d'un côté, d'Annebaut de l'autre, parvinrent tour à tour à dérober leur marche à l'armée ennemie et à faire pénétrer des renforts dans Thérouenne. Ces secours ne l'eussent peut-être pas sauvée ; mais heureusement la reine douairière de Hongrie, sœur de l'empereur et gouvernante des Pays-Bas, obtint de Charles-Quint et de François Ier que l'on ouvrît enfin des négociations pour la paix.

Les conférences furent tenues dans le village de Bomy, près de Thérouenne; les commissaires étaient : pour l'empereur, Philippe de Lannoy, Jean Hamaert et Mathieu Strick; pour le roi, Jean d'Albon, Guillaume Poyet et Nicolas Bertereau. Le résultat de ces conférences fut une trève de dix mois pour la Picardie et les Pays-Bas. La convention fut signée le 30 juillet 1537.

La guerre était donc suspendue de ce côté, et une partie de l'armée, sans prendre un jour pour se remettre des fatigues de cette campagne, allait de nouveau se diriger sur le Piémont. Malgré toutes les fautes commises, bien que les moyens de viabilité fussent de beaucoup inférieurs à ceux de nos jours, on ne peut s'empêcher d'admirer avec quelle rapidité les armées allaient du Midi au Nord, traversaient la France et couraient des Alpes à l'Océan.

Mais aussi, que de millions dépensés dans ces courses incessantes! que de champs dévastés, que de paysans ruinés, que de récoltes foulées aux pieds par ces armées toujours en marche, semant les routes de traînards malades, de pillards qui volaient dans les fermes ce que l'armée avait laissé et couraient ensuite s'abriter sous le drapeau!

En Italie, où se rendait cette armée, les revers avaient de nouveau succédé aux victoires; les chefs n'étaient pas d'accord entre eux et le lieutenant-général Rangoné perdait successivement toutes les places que d'Annebaut avait prises l'année précédente.

CHAPITRE VII.

L'arrivée du messager que le majordome avait envoyé au sire d'Holypherne fut attardée par les mouvemens de l'armée, dont les détachemens se portaient tantôt sur un point, tantôt sur un autre, selon les besoins du service ; enfin le messager, qui était un soldat de la garnison du château, put trouver son chef.

Il est impossible de rendre la fureur éprouvée par Georges à la lecture de la lettre du majordome.

— Ils ont pris mon château !... Ils sont entrés dans ma citadelle !... répétait-il avec stupeur.

Le soldat raconta comment Renaud avait brisé la chaîne du pont-levis, en se faisant un pont d'un sapin étendu sur l'abîme.

Georges croyait entendre un récit fantastique.

— Et mes filles ! mes filles ! s'écria tout à coup en frémissant et en attachant sur le messager des regards de feu, cet homme qui, dans le cours de sa carrière militaire, avait violé les femmes nobles et bourgeoises, imposé par la force ses caresses aux filles des paysans de ses domaines.

Cet homme se souvenait qu'il avait des filles !... Mais le messager ignorait ce qui s'était passé après la lutte.

Une douleur morne succéda à la fureur chez le sire de Luyrieux, qui avait besoin d'une vengeance éclatante et qui déjà la méditait. S'il eût connu la présence de Renaud dans l'armée d'Artois, peut-être eût-il cédé à son impatience et franchi la distance qui les séparait; mais le bruit qu'avait fait le courage déployé par Liobard au siége de Saint-Venant ne dépassait pas le rayon dans lequel opérait le corps d'armée dont celui-ci faisait partie. On voit le résultat d'une bataille bien avant de savoir à quel mouvement on doit le succès ou la défaite, comme on entend le coup de canon sans savoir qui l'a tiré.

La présence du sire d'Holypherne dans cette armée était bien connue de Renaud ; mais jeté dans la mêlée dès son arrivée au camp, prenant part aux opérations les plus importantes, celui-ci avait été constamment éloigné de son ennemi par les devoirs du service, et la campagne finissait sans qu'il eût pu s'en rapprocher. Toutefois, il avait atteint un but important : celui de prouver au roi qu'il avait embrassé sa cause avec sincérité, et que sa querelle avec Luyrieux, quelles qu'en fussent les suites, était étrangère à la politique et ne pouvait pas faire soupçonner sa fidélité.

Après la levée du camp de Pernes, Liobard s'éloigna de la Picardie avec M. de Montmorency, tandis que M. de Luyrieux, impatient de vengeance, prenait à marches forcées la route de la Bresse.

Tout était changé au château d'Holypherne, depuis la fatale nuit du combat. Le bonheur des trois jeunes filles était détruit; un moment avait tout brisé. L'amitié qui existait entre elles était amoindrie, la confiance qu'elles s'étaient toujours témoignée avait disparu. Les causeries, qui auparavant charmaient les longues heures du soir, ne pouvaient plus se nouer;

on n'entendait plus ces propos étincelans de joie et de vivacité qui naguère couraient sur leurs lèvres, lorsque les trois sœurs déroulaient en fins contours, en gracieux sujets, les laines de toutes couleurs sur le métier à broder. Plus captives que jamais, elles se confinaient dans leurs chambres, et si elles parcouraient encore la terrasse, elles ne suivaient plus de l'œil l'oiseau qui passait, les papillons et les mouches au corselet doré qui effleuraient leurs joues.

Les premiers jours se passèrent dans un affreux accablement : les âmes étaient brisées, les bouches muettes. La malheureuse Philiberte, si cruellement outragée dans son honneur, ne pouvait que pleurer. Il y a des douleurs qui n'ont pas d'autre consolation. Parfois, pour échapper à ses tristes pensées, elle essayait plus activement un travail manuel : ses pleurs coulaient et mouillaient sa broderie ; puis tout à coup elle s'arrêtait, laissait tomber l'aiguille et cachait dans ses mains son visage inondé de larmes, et l'on entendait ses soupirs sortir de sa poitrine oppressée. Elle restait longtemps ainsi ; puis ses mains retombaient, ses yeux se levaient douloureusement vers le ciel, et elle reprenait sa broderie, le cœur gros, les lèvres brûlantes, étouffée par des sanglots comprimés.

D'autres fois, ne pouvant plus contenir l'expression de ses regrets, elle s'écriait d'un accent plein de désespoir : —

— Deshonorée !... perdue !... pour toujours !... Oh ! mon Dieu !... pourquoi me charger d'une honte que je n'ai pas méritée ?

Huguette essayait de la consoler, mais ses paroles restaient sans effet, glissaient sans toucher. Au pénible souvenir du passé venaient se mêler les craintes d'un avenir qui se présentait sous les plus sombres couleurs. La pensée du retour de M. de Luyrieux épouvantait sa fille, bien qu'elle ne se crût pas coupable, et ne le fût pas : elle avait été vaincue par la force brutale, par la violence matérielle.

Ignorant l'amour d'Huguette pour Renaud et quel rôle avait joué cet amour dans la scène qui avait eu lieu entre eux, quelle influence il avait exercée, elle n'attribuait le salut de sa sœur qu'à son courage, à son poignard, et s'accusait amèrement de ne pas s'être armée. Elle se désolait à l'idée qu'elle aurait pu échapper au déshonneur, s'accusait elle-même de son peu de courage : comme si un homme décidé à un crime qu'il avait médité de sangfroid, sans passion, n'eût pas brisé toutes les résistances, eût-il dû employer le secours des soldats.

Le cœur plein d'amour et d'innocence, Loyse avait été sauvée par Montrevel des brutalités de la troupe. Heureuse de lui devoir son salut, d'écouter ses tendres paroles, de s'entendre promettre qu'il obtiendrait le consentement de ses parens et l'épouserait au retour de la campagne, elle ne se doutait pas du danger auquel elle était exposée, et lorsque, au matin, elle monta sur le rempart pour voir partir la troupe, en saluant Montrevel elle disait adieu à son époux.

Durant les premiers momens, elle était tout entière au bonheur que lui donnaient ses espérances ; mais quand elle vit la douleur poignante de sa sœur, elle commença à comprendre la faute à laquelle son amant l'avait entraînée. Néanmoins, ne voulant pas rougir de sa faiblesse, elle se borna à dire que Montrevel l'avait protégée contre un soldat qui voulait pénétrer dans sa chambre.

Huguette, restée pure de toute violence et de tout entraînement, avait ainsi acquis, à leurs yeux, une sorte de supériorité sur elles. Sa présence gênait quelquefois ses sœurs, qui rougissaient devant elle comme devant un juge. La douleur d'Huguette, pour être d'une nature différente, n'était pas moins poignante. Toutes les passions se heurtaient dans cette âme impétueuse et y jetaient un affreux désordre. Son amour, s'il eût été partagé par Renaud, ainsi qu'elle l'avait cru naïvement, lui eût donné un bonheur que nul autre n'eût surpassé : son amour méconnu, humilié, froissé, qu'elle avait été réduite à avouer elle-même, loin de s'être éteint, était plein de sève et de violence. Cependant une lueur d'espérance vague, incertaine, sans lui montrer ni le but, ni la route à suivre, traversait parfois sa pensée, comme un éclair qui illumine un moment.

Elle avait vu Renaud hésiter, céder devant elle, étonné, tremblant, dominé, maîtrisé par elle, par une force inconnue. Elle avait vu quelle agitation avait produite en lui la révélation d'un amour qu'il ignorait, et pensait avoir jeté le bouleversement dans son esprit. Au moment du départ, dans le dernier regard de Renaud, dans le salut militaire qu'il lui avait adressé, elle avait cru démêler autre chose que du respect. Il lui avait semblé avoir devant les yeux un suppliant qui demande pardon pour ses fautes, pour son aveuglement, et qui comprend tout ce qu'il doit faire oublier.

Puis, tout à coup, jetant ses regards vers le passé, envoyant les murailles qui gardaient l'empreinte des balles, songeant à Clémence si tendrement aimée, elle souriait amèrement et repoussait loin d'elle toute idée gracieuse. Les consolations qu'elle trouvait naguère près du tombeau de la jeune dame de Luyrieux lui échappaient maintenant : Clémence n'était plus son amie, sa compagne, celle qui lui faisait oublier sa captivité ; c'était à présent sa rivale, préférée durant la vie, préférée après la mort... Le marbre du sépulcre gardait la trace du poignard de Renaud qui avait voulu l'arracher pour voir la morte encore une fois.

Mille petites particularités des soirées passées sur la terrasse avec Clémence revenaient à l'esprit d'Huguette ; leurs longs entretiens dont Renaud était souvent l'objet, les pleurs de Clémence, les regrets qu'elle laissait voir malgré elle, toutes choses alors incomprises de la jeune fille, lui apparaissaient maintenant avec lucidité, et elle s'irritait de n'avoir rien deviné. Dans son injustice, elle reprochait à sa rivale jusqu'à l'amitié qu'elle lui avait montrée.

— Ce n'est pas moi qu'elle aimait, disait-elle avec amertume, c'étaient mes paroles, quand je parlais de lui.

Quelques jours auparavant, elle allait encore pleurer sur le marbre froid. A sa voix, Clémence semblait se ranimer pour elle, et, en répétant les paroles d'autrefois, Huguette croyait encore entendre les mêmes réponses pleines de douceur et d'encouragement. Et de tout cela, plus rien, rien que le néant, le vide, un abîme entre elle et sa vie passée, et dans cet abîme la jalousie, la plus triste de toutes les passions, qui le creusait encore.

Sans fixité, sans force, balancée entre mille oppositions, tantôt livrée à une exaltation fiévreuse, tantôt timide et impuissante contre les souvenirs, Huguette était comme une feuille suspendue à la branche, et que font courber et trembloter tous les vents.

Peu à peu, cependant, par ce besoin impérieux de s'occuper de l'objet aimé, elle reprit l'habitude d'aller passer les soirées douces et fraîches sur la terrasse où son amour s'était bercé d'illusions. D'abord, ce fut malgré elle, en maudissant sa faiblesse, qu'elle revenait là et portait ses regards sur le rocher où tant de fois elle avait vu s'arrêter Renaud; puis les heures qu'elle passait ainsi dans la solitude eurent pour elle un charme inexprimable; elles furent le seul bonheur qu'il lui fût donné de goûter dans le château.

Alors, dans ses longues rêveries, son imagination s'en allait vaguer sur un nuage, ondulait avec lui, rasait les montagnes; puis, descendant sur les bords du Rhône, s'enroulait aux tourelles du château de Saint-Sorlin, en frôlait doucement les croisées ogivales, et, quel que fût le vent qui chassât le nuage, finissait toujours par tourner vers le nord, et, emportée au loin sur des ailes de feu, allait parcourir les champs de la Picardie, refléter les beaux faits d'armes du sire de Luyrieux et de Renaud.

Parfois aussi le nuage se teignait de sang; elle pleurait alors et tremblait. Une partie de la nuit s'écoulait ainsi, et quand la voix grondeuse de Gertrude venait arracher Huguette à ses pensées, elle suivait en silence sa vieille gouvernante, redoutant qu'une parole la rejetât dans la réalité.

Voilà quelle était la situation des trois malheureuses sœurs, lorsque le majordome annonça le prochain retour du sire d'Holypherne.

Georges, en apercevant de loin la grande tour de son château, ne put se défendre d'une émotion qui allait croissant à mesure qu'il se rapprochait de ses domaines; soupçonneux et méchant, il croyait voir de la joie et de l'ironie sur le visage de ceux qui le regardaient passer à la tête de sa troupe; il croyait entendre ces paroles sarcastiques:

— Eh! eh! tu viens trop tard: ta forteresse est prise.

Peut-être furent-elles réellement prononcées, mais heureusement il ne sut pas qui les avait dites: l'imprudent eût payé cher le plaisir de l'humilier.

Quand il fut sur les terres qui dépendaient de sa seigneurie, si l'on vit plus d'irritation sur son visage, on put y remarquer aussi un air de hauteur qui promettait une vengeance. Georges poussa une sorte de rugissement lorsqu'il aperçut le pont-levis dont pendaient les chaînes brisées, dont la charpente gardait les traces de l'incendie; il porta involontairement la main à son épée et se répandit en imprécations contre Liobard.

Ses filles l'attendaient à la porte: des plis profonds sillonnèrent son front rembruni lorsqu'il les vit timides, défiantes, l'embrasser en pleurant; mais tant de pensées tumultueuses se heurtaient dans son esprit qu'il ne soupçonna rien. Il voulut voir partout les traces du combat, parcourut le rempart, se fit expliquer comment avait eu lieu l'attaque; mais toujours il revenait vers le pont, frappait du pied la terre, demandait avec une sorte de frénésie comment on n'avait pas foudroyé les hommes qui avaient apporté et dressé le sapin dont Renaud s'était fait un pont, comment on n'avait pas deviné sa pensée, pourquoi un des assiégés imitant son audace n'était pas venu le frapper avant qu'il brisât la chaîne, pourquoi la herse ne s'était pas abattue après la chute du pont.

Il s'arracha enfin à ce triste examen et monta à la salle du festin. Tout s'y trouvait dans l'ordre accoutumé: les tables, les lits, les traces du vin répandu sur le parquet avaient disparu; mais arrivé devant le portrait de son aïeul, à la main duquel on avait, en crevant la toile, mis une torche destinée à éclairer l'orgie, il entra dans une horrible fureur. Cette injure l'irritait plus que toutes les autres; levant ses bras tremblans, ses poings crispés:

— Liobard, s'écria-t-il, prends garde que je n'emploie contre toi la torche par laquelle tu as remplacé l'épée de mon aïeul! Le château de Juzerieux ne tiendra pas mieux que la citadelle d'Holypherne!

Mais il pâlit quand il vit sur le tombeau de Clémence les traces du poignard de Renaud. Il croisa les bras, baissa la tête comme un homme livré à une profonde méditation. Cet état dura quelques minutes pendant lesquelles nul ne troubla le silence de la chapelle. On regardait Georges avec anxiété. Tout à coup il releva la tête avec vivacité. Un éclair de joie terrible brilla sur sa figure.

— Qu'on ne répare rien ici, dit-il avec un calme sinistre: Liobard a commencé... on achèvera quand il en sera temps; la tombe est assez grande pour deux.

Il fut impossible de pénétrer sa pensée; son fidèle majordome connut seul le projet auquel le sire de Luyrieux s'était arrêté. Toutefois par les investigations auxquelles il se livrait, par les renseignemens dont il s'entourait, par le nombre d'émissaires avec lesquels il entretenait des rapports, à voir le nombre d'hommes qui entraient au château, restaient en conférence avec lui et repartaient, il était facile de comprendre qu'il préparait une expédition.

Au surplus, une particularité assez importante devait suffire pour fixer les doutes. Le seigneur d'Holypherne n'avait pas licencié sa troupe après la campagne, comme les seigneurs avaient l'habitude de le faire. Tous ceux que le château pouvait contenir y avaient été logés, hommes et chevaux; les autres étaient placés dans les fermes des domaines que M. de Luyrieux possédait dans les environs; si quelques-uns, en petit nombre, étaient retournés dans leurs familles, c'était après s'être engagés à revenir au premier appel, pour soutenir leur seigneur dans une expédition dont ils n'avaient pas même demandé le but. Georges pouvait donc disposer instantanément d'une force considérable, ce qui ne laissait pas que de jeter quelque inquiétude dans le pays: on se demandait s'il allait recommencer le train de vie de ses ancêtres, celle qu'il avait menée lui-même dans sa jeunesse, qui avait semé la contrée de ruines et de deuil.

Huguette aimait le bruit sans fin, le mouvement continu, occasionnés par la présence de tant d'hommes au château: ce tumulte du dehors l'empêchait quelquefois d'entendre le bruit de son cœur; c'était une distraction dans le chagrin qu'elle éprouvait. Elle y trouva bientôt un aliment à son amour. Bonne, affable, par conséquent aimée par les chefs des hommes d'armes, elle saisissait toutes les occasions de se faire raconter les exploits de la dernière campagne, les expéditions du corps d'armée commandé par d'Annebaut, les siéges, les défenses, les attaques; confondant à dessein, comme aurait fait une ignorante jeune fille, les faits des divisions respectives, mêlant aux mêmes expéditions les noms du roi, de Montmorency, de d'Annebaut, du sire de Luyrieux, elle arrivait à se faire dire les traits de courage, les actions d'éclat, par lesquels Renaud s'était signalé dans cette courte campagne.

Elle trouvait un charme puissant à entendre de vieux soldats, après avoir pris la précaution oratoire de maudire et de menacer celui qui avait pris d'assaut le château d'Holypherne, rendre une éclatante justice à sa bravoure et à son habileté. La malheureuse enfant, qui ne pouvait arracher de son cœur les souvenirs qui l'oppressaient, était fière, radieuse, quand devant elle on citait Renaud comme un des plus hardis soldats du pays.

Quant à Renaud, il s'était placé, dès la première campagne, au rang des plus vaillans hommes d'armes, et la gloire si rapidement conquise avait quelque peu amorti ses douleurs en faisant diversion à un amour insensé. A son retour de Picardie, il avait congédié sa troupe, à l'exception de quelques officiers qui n'étaient pas nobles et de quelques soldats ; pour les jeunes seigneurs, il était sûr de les retrouver au premier signal.

Renaud comptait se reposer quelques mois, puis, au printemps suivant, selon la tournure que les affaires auraient prise, offrir de nouveau ses services au roi, si toutefois il ne succombait pas dans sa querelle avec Georges de Luyrieux. Il ne doutait pas, en effet, que l'outrage fait à Georges par la prise de son château n'amenât une provocation de la part de celui-ci ; il était étonné de ne recevoir ni message, ni nouvelle directe d'Holypherne, et il se demandait si Huguette, par amour pour lui, avait apaisé le vieux lion.

George n'était pas apaisé ; il avait médité et il préparait la punition de Renaud : avant d'en venir avec lui à un combat singulier, à un combat à mort, sans merci, il voulait l'humilier en s'emparant de Juzerieux, la luxueuse habitation de Renaud, comme celui-ci s'était emparé de la citadelle d'Holypherne. Il voulait faire sonner la fanfare du haut du perron de ce château, où il avait vu Mme de Liobard, froide et dédaigneuse, repousser ses avances ; car Renaud avait dit vrai, quand il avait adressé à Huguette ces terribles paroles : « Si George de Luyrieux eût pris le château de Saint-Sorlin, il eût traîné ma mère dans sa couche ! »

Voilà ce que voulait le sire d'Holypherne avant de se mesurer corps à corps avec Liobard ; ses préparatifs étaient faits, ses ordres donnés, sa troupe était prête et, appuyée par deux pièces d'artillerie, elle allait se mettre en marche, lorsqu'une terrible révélation vint modifier ses plans.

CHAPITRE VIII.

Un matin, Philiberte, Loyse et Gertrude, réunies dans la salle commune, discouraient avec vivacité, laissant échapper à travers leurs rapides paroles de violentes malédictions, lorsque Huguette entra dans la chambre. A la vue de leur sœur, Loyse et Philiberte fondirent en larmes, tendant les bras vers elle, comme pour lui demander protection, à elle, la plus heureuse des trois.

Huguette, effrayée de la violence de cette douleur, demanda si quelque nouveau malheur frappait la famille.

— Oui, un bien grand malheur, dit Gertrude, un malheur irréparable et qu'il sera bientôt impossible de cacher au seigneur d'Holypherne.

A ces mots les deux jeunes filles, par un sentiment de pudeur, voilèrent leur tête de leurs mains en rougissant, et Gertrude balbutia ces mots terribles :

— Elles sont mères !

Cette révélation glaça de terreur la pauvre Huguette qui, pour la première fois, apprenait ce qu'avait été la protection de Montrevel et le malheur de Loyse.

Gertrude émit timidement la pensée d'un mariage entre Loyse et Montrevel, entre Philiberte et l'homme qui s'était enfui à l'approche de Renaud. En apprenant la situation de Philiberte, peut-être serait-il touché du malheur de sa victime.

Mais cet homme était inconnu ! On pourrait assurément le découvrir. Toutefois, il y avait peu à espérer de lui, car il avait obéi à un sentiment de vengeance, et en fuyant il avait jeté ces affreuses paroles qu'avait entendues Gertrude :

— Georges de Luyrieux a abusé de ma mère par la violence, je suis vengé !

La malheureuse Philiberte était donc une victime sacrifiée au souvenir d'un ancien crime de son père. Quant à Loyse, elle comptait sur les promesses de Montrevel, qu'elle aimait, dont elle se savait aimée.

— Pourquoi, dit Huguette, depuis son retour de la campagne de Picardie, n'a-t-il fait aucune démarche ostensible, n'est-il pas venu ici, n'a-t-il pas demandé ta main ?

— Il m'a parlé, répondit Loyse, d'arrangemens de famille qui pourraient apporter quelque retard à notre union ; mais j'ai foi en lui, et j'espère.

Gertrude voyait deux filles déshonorées, deux enfans sans nom ; mais les craintes pour l'avenir étaient moins terribles encore que les craintes du présent. Le sire d'Holypherne ignorait tout ; on lui avait caché et l'attentat commis sur Philiberte, et la conduite de Montrevel à l'égard de Loyse ; les deux sœurs connaissaient trop la violence de caractère, la cruauté de leur père, pour ne pas redouter les suites de la révélation de leur malheur.

Leur état ne pouvait être longtemps dissimulé, et on jugea qu'il valait encore mieux faire une confidence que d'attendre le moment où elle serait inutile. Huguette était de ses trois filles celle que le seigneur d'Holypherne aimait le mieux. Cette préférence bien connue, mais qui n'avait jamais excité de jalousie entre les sœurs, tant Huguette s'efforçait de la faire oublier, cette préférence, disons-nous, et la position particulière d'Huguette, qui avait échappé à l'outrage, la désignaient pour porter la parole à son père. Elle comprit ce devoir et n'hésita pas à accepter cette triste mission.

Le seigneur de Luyrieux était dans son appartement, en conférence avec son fidèle majordome. Sur une grande table étaient éparses des cartes manuscrites représentant tout le pays environnant, indiquant tous les chemins et jusqu'aux sentiers qui conduisaient vers le château de Juzerieux. Il y avait encore de nombreux papiers qui, évidemment, avaient trait aux préparatifs de l'expédition, enfin de l'or et l'argent arrangés en piles était prêt à être ensaché. Huguette entra, mais la présence de sa fille n'arrêta pas Georges, qui discutait avec son majordome sur les résultats qu'on pouvait attendre de l'expédition.

— Ainsi, disait Georges, la troupe partira demain, divisée en quatre détachements qui suivront la route et les sentiers sur la rive droite de l'Ain. Il importe que le but de notre marche ne puisse pas être soupçonné dans la journée de demain seulement ; aussi les soldats se borneront-ils à être rendus le soir à Neuville. Après quelques heures de repos, nous traverserons la rivière, et, avant le jour, nous attaquerons le château de Juzerieux. Je m'en rendrai maître ou j'y périrai.

— Est-ce que vous voulez, dit le majordome, commander l'expédition?

— Oui, répondit Georges; les hommes partiront avant moi, mais je les rejoindrai et je serai à la tête de la première colonne qui donnera l'assaut. Je choisis, pour venir l'attaquer, le moment où Liobard est dans son château, afin qu'il le puisse défendre. Nous n'agissons pas, nous, comme des brigands qui profitent de l'absence du maître pour surprendre sa demeure. Si Liobard m'échappe, je ruinerai Juzerieux, je brûlerai le Chastelard, son autre propriété, et je le poursuivrai dans sa châtellenie de Saint-Sorlin. Nous verrons si ses forteresses tiendront mieux contre mes hommes d'armes que Holypherne n'a tenu contre les siens: nous saurons si les bords du Rhône sont plus abruptes que ceux de l'Ain.

— Les divers corps restent sous le commandement des chefs que vous avez désignés? demanda l'officier.

— Rien n'est changé, repartit M. de Luyrieux, ni à l'ordre de la marche, ni aux commandemens; seulement, comme vous venez de le voir, nous commençons par Juzerieux; mais n'oubliez pas, et dites-le bien aux officiers, que nul ne peut commencer le combat avant moi.

Le majordome sortit pour donner les ordres nécessaires.

Huguette avait éprouvé, au développement de ce plan, un douloureux serrement de cœur. On préparait là, en sa présence, l'humiliation, la mort peut-être, de celui qu'elle aimait; elle tremblait à l'idée des dangers qu'il allait courir et ne pouvait pas lui faire parvenir un avis, sans trahir son père. Elle ne pouvait pas non plus songer à changer la résolution de celui-ci: c'eût été peine perdue. Cependant elle avait une mission à remplir auprès de M. de Luyrieux, et les révélations qu'elle allait lui faire devaient encore augmenter son ressentiment et sa haine contre Renaud. Ce fut donc en tremblant d'émotion, baissant la tête par un sentiment de pudeur et en proie à un douloureux combat, que la jeune fille prit la parole.

— Vous ne savez pas encore, dit-elle à son père, tout ce qui s'est passé dans cette nuit fatale où le château d'Holypherne a été attaqué et surpris. Au moment où vous allez entreprendre une expédition de représailles, il faut que vous connaissiez toutes les circonstances qui ont marqué ce déplorable fait d'armes. La mort de notre belle-mère, Clémence de Belmont, ne vous a pas fait oublier l'amour que Liobard éprouvait pour elle avant son mariage...

— Non, dit Georges d'une voix sombre; et Renaud a prouvé ici que cet amour dure encore.

Huguette soupira tristement et reprit:

— Cet amour avait troublé sa raison, et quand il partit pour la Picardie avec sa troupe, afin de chercher dans les combats l'oubli de celle qui n'était plus, ce fut une provocation de votre majordome qui, en l'humiliant devant ses soldats, le porta à l'attaque du château.

— Quoi! s'écria avec sévérité le vieux sire de Luyrieux, est-ce donc à vous de défendre cet homme? Le majordome a puni d'un mot le rival de son maître, le rival ridicule qui prend les cris d'un oiseau de nuit pour la voix d'une femme.

Huguette fut humiliée de ces derniers mots qui réveillaient sa douleur; elle ne manifesta cependant aucune émotion, et reprit avec douceur:

— Je ne justifie rien, mon père, j'explique; il le faut pour que vous compreniez bien tout ce que j'ai à vous dire.

— Qu'est-ce donc? demanda Georges en regardant Huguette avec effroi.

— Hélas! mon père, s'écria Huguette en se jetant aux genoux de Luyrieux et en sanglotant, Renaud n'est pas le plus coupable: il n'a attaqué que les murailles de votre forteresse...

— Eh bien? eh bien? fit Georges avec une anxiété croissante.

— Eh bien! dit Huguette en courbant la tête sur les genoux de son père, et à demi-voix, d'autres ont insulté deux de vos filles bien-aimées.

— Mes filles! mes filles! outragées par cette soldatesque! cria Georges en bondissant comme un tigre blessé. Quels sont les auteurs de cette insulte?

— L'un d'eux est inconnu, répondit Huguette. Et baissant la voix, elle ajouta. Il a dit qu'il vengeait sa mère.

A ces mots, le sire de Luyrieux devint livide; il passa la main sur son front... Le souvenir lui échappait, ou trop de souvenirs se pressaient dans son esprit à cet amer reproche que lui adressait naïvement sa fille, sans en soupçonner toute la portée.

L'autre? quel est l'autre? dit Georges sans laisser paraître de trouble.

— L'autre, répliqua Huguette, était entraîné par l'amour, il réparera sa faute; c'est le jeune Amédée de Montrevel.

A un moment de stupeur succéda une tempête; mais les paroles ne peuvent rendre la fureur dont le sire d'Holypherne était transporté. Cet homme inflexible, ce soldat au cœur endurci, dont le caractère cruel s'était manifesté tant de fois, ce lion qui n'avait jamais reculé ni devant l'ennemi ni devant un acte de sauvagerie, cet homme se sentait frappé, vaincu, brisé.

— Malheur! cria-t-il enfin, quand sa voix put se dégager de ses rugissemens, malheur à celui qui a fait de ma demeure le théâtre d'une orgie!

Puis, il s'arrêta devant Huguette qui s'était relevée, et jetant sur elle un regard sévère.

— Malheur encore! ajouta-t-il, aux filles qui se sont laissées séduire!

— Mon père, mon père, cria Huguette épouvantée, entrevoyant dans ces paroles un arrêt dont elle n'osait mesurer la portée, que pouvaient des jeunes filles contre des soldats en fureur?

— Ne m'avez-vous pas dit, reprit Georges, que l'une de mes filles avait échappé aux outrages de ces misérables?

— Oui, mon père, répondit Huguette. Menacée, poursuivie par un soldat, une de vos enfans a couru auprès de Renaud implorer sa pitié; elle a été respectée...

— Et celle-là, quelle est-elle? fit Georges en tremblant.

Huguette baissa les yeux, et, sans orgueil, avec timidité même, elle répondit doucement:

— C'est moi, mon père.

Malgré sa colère et sa douleur, un éclair de fierté brilla sur le front de cet homme — un rayon de soleil au milieu d'un orage. — Il attira sa fille dans ses bras.

— Mon Huguette chérie, disait-il avec émotion, ma noble fille, tu as eu plus de courage que les autres, tu as su résister, toi; je le comprends bien, tu as été plus vertueuse que les autres.

— Plus heureuse, mon père, voilà tout, reprit Huguette avec modestie.

— Oh ! c'est toi, ajouta Georges, c'est toi qui consoleras ton père ; c'est toi qui l'aideras à supporter la vieillesse quand il sera vengé, quand il aura puni.

Huguette était frémissante. Elle redoutait pour ses sœurs un courroux injuste ; elle voulut ramener son père à un sentiment de pitié pour ses enfans.

— Vous ne savez pas encore, lui dit-elle, toute l'étendue du malheur de vos filles.

— Achève, achève, murmura Georges en frémissant de rage.

— Toutes deux, ajouta Huguette, éprouvent des douleurs inconnues ; en elles se révèlent l'existence d'un être nouveau...

— Mères ! mères ! s'écria Georges en retombant dans son fauteuil, Mes deux filles !..... Deux bâtards dans ma maison !..... Je suis déshonoré, mon nom est flétri, livré à la risée publique ! Ah ! le misérable Liobard a trouvé le moyen de frapper celui que nul coup n'avait pu entamer jusqu'ici. Le serpent s'est glissé dans le nid de l'aigle ; l'aigle à son tour enlèvera le serpent dans les airs et le brisera sur les rochers, lui et ses petits !

La figure de cet homme était empourprée de colère. Il fit signe à Huguette de se retirer, ne voulant pas qu'elle fût témoin de sa douleur. Elle resta. Il la regarda avec dureté et d'un geste impératif lui ordonna de sortir. Elle resta immobile.

— Non, dit-elle, j'attends de vous un mot de pardon pour vos filles, que Dieu lui-même absoudrait.

— Dieu fera ce qu'il voudra ! cria Georges.

A ces terribles paroles, Huguette éclata en sanglots en se jetant de nouveau aux genoux de son père.

— Pitié, lui dit-elle, pitié pour vos enfans qui ne sont pas coupables ; vous ne pouvez pas les punir du crime des autres !

Mais Georges la releva durement, l'entraîna à la porte, la poussa dehors, et appelant son majordome, s'enferma avec lui dans l'appartement. Huguette tomba affaissée dans la chambre voisine, et le seigneur de Luyrieux et son écuyer purent longtemps entendre son père et ses sanglots.

La révélation inattendue d'Huguette changea les plans de Georges. Il ne croyait plus qu'il fût de sa dignité d'attaquer le château de celui dont les soldats avaient déshonoré ses filles, encore moins de se mesurer avec lui. Les violences exercées étaient une trahison à toutes les lois de la morale, de la chevalerie, et, aux yeux de cet homme qui avait lui-même souvent violé ces lois, Renaud n'était plus qu'un brigand contre lequel toutes les armes étaient bonnes.

— L'expédition n'aura pas lieu, dit Georges à son majordome quand il put mettre de l'ordre dans ses idées ; vous ferez contremander tous les préparatifs : je vais prendre d'autres mesures. Que dans tous les cas aucun de nos soldats ne cesse le service : il faut que nous soyons prêts à agir selon que les circonstances l'exigeront.

— A la bonne heure ! dit le majordome. Je craignais de vous voir renoncer à votre vengeance.

— Non, fit Georges, je vais l'assurer au contraire, mais par d'autres moyens.

Il n'y aura pas d'attaque, pas de combat singulier entre Liobard et moi : cet homme ne vaut pas le sang du dernier de mes soldats.

Huguette retourna triste et morne auprès de ses sœurs, car elle avait trop bien compris les menaces de son père qui avait parlé de vengeance et de punition. Se venger de Renaud, punir ses filles, voilà quel sens la pauvre enfant attachait aux paroles du sire d'Holypherne, et sa dureté, qu'elle ne connaissait que trop, la faisait frémir. Elle se borna à dire à ses sœurs dans quel accès de colère il était entré à la révélation qu'elle avait été chargée de lui faire, mais elle se garda bien de leur rapporter les paroles qui l'épouvantaient. Elle espérait encore calmer son père, l'attendrir, et elle se dévoua à cette œuvre avec une admirable résolution.

Dès le lendemain matin, Huguette se présenta dans l'appartement de son père, et se jeta, non pas à ses genoux comme la veille, mais dans ses bras. Le visage de Georges était sévère et froid ; il était facile de s'apercevoir qu'il n'avait pris aucun repos, car il était agité, et les rides de son front paraissaient plus profondes, plus arrêtées.

Il embrassa pourtant sa fille avec une certaine effusion trahissant une joie secrète, une satisfaction intérieure qu'il ne pouvait maîtriser complètement et qui rayonnait, malgré lui, sur sa figure bronzée.

Huguette crut le moment favorable pour plaider encore la cause de ses sœurs ; mais elle déploya vainement l'éloquence du cœur : Georges fut inflexible, cruel, et la généreuse enfant se retira, le cœur brisé.

La malheureuse Huguette se trouvait dans une situation des plus pénibles qui se puissent imaginer : elle éprouvait un amour irrésistible pour Renaud, sur la tête duquel planait une menace que le sire de Luyrieux n'était pas homme à ne point réaliser ; elle désirait conjurer le péril auquel Liobard était exposé.

D'un autre côté, elle tremblait pour Philiberte et pour Loyse qu'elle sentait en danger : elle savait qu'à cette époque les pères se croyaient encore le droit de vie et de mort sur leurs enfans ; la dureté avec laquelle M. de Luyrieux la repoussait quand elle implorait sa pitié pour ses filles l'épouvantait sur leur sort, et elle voulait à tout prix sauver ses sœurs.

Mais elle était seule pour atteindre ce but ; elle ne savait ni quels moyens employer ni à qui se confier : tout appui lui manquait.

Elle essaya encore, à plusieurs reprises, de fléchir son père ; elle se jeta à ses pieds, embrassa ses genoux, pleura, pria avec ardeur, avec énergie. Le sire d'Holypherne, fatigué de ces scènes, ne daignait même pas lui répondre.

Elle comprit qu'il n'y avait rien à espérer. Alors elle roula dans sa tête mille projets vagues et impraticables ; puis, elle songea à s'évader du château avec ses sœurs. Mais où iraient-elles ?... La pensée lui vint de demander un asile à Renaud... Il ne pourrait refuser de recevoir les victimes de la brutalité de ses soldats, de leur donner protection, de les soustraire au courroux injuste de leur père.

Mais, en supposant ce plan raisonnable, comment s'assurer du concours de Liobard ? Où trouverait-elle un messager fidèle et dévoué qui consentît à se rendre auprès de lui, à Juzerieux ou à Saint-Sorlin ?

CHAPITRE IX.

M. de Luyrieux fut bientôt frappé des préoccupations constantes de sa fille préférée, la seule qu'il vît depuis qu'il avait appris le malheur des deux autres. La résistance qu'elle avait opposée aux violences, le triomphe qu'elle avait obtenu, lui donnaient une haute idée du caractère d'Huguette, et, soit qu'il s'oupçonnât ses projets d'évasion, soit qu'il voulût seulement empêcher toute communication avec le dehors, il donna de tels ordres que personne ne put entrer au château, ou en sortir, sans une autorisation expresse du majordome, qui fit exécuter rigoureusement la consigne.

Philiberte et Loyse avaient voulu voir leur père : il avait refusé de les recevoir. Elles l'avaient fait supplier par Gertrude de les entendre, de leur permettre d'aller se jeter à ses pieds. Celle-ci, qui avait son franc-parler avec Georges, qui avait vécu et vieilli près de lui, et le tutoyait même quelquefois lorsqu'il lui en donnait l'exemple, présenta la requête des enfans, pria, puis éclata en reproches; mais tout fut inutile : il se refusa à voir ses deux filles aînées.

Les malheureuses enfans étaient dans la stupeur. Leur état ne pouvait plus se cacher, et les jours s'écoulaient. Huguette tremblait du dénouement inconnu qu'aurait ce drame d'intérieur qui se passait autour d'elle, l'enveloppait, l'absorbait. Le salut de ses sœurs était sa pensée unique, et elle se consumait dans l'impuissance de ne pouvoir rien faire d'utile pour elles.

Dans son accablement, un éclair d'espérance vint luire à ses regards. Elle se réchauffa à ce dernier rayon. Loyse disait trop de bien d'Amédée de Montrevel, elle comptait trop sur ses promesses, pour qu'il n'y eût pas quelque noblesse, quelque générosité dans le cœur de ce jeune homme, qui s'était bravement conduit dans la campagne de Picardie. Le courage inspire toujours confiance et semble être un gage de loyauté.

Amédée, il est vrai, ne se hâtait pas de remplir ses promesses; mais Huguette pensait que son amour n'était pas éteint, et qu'il ne refuserait pas de secourir celle qu'il avait juré d'épouser, et qu'il exposait en ce moment aux plus graves dangers.

Bien que Huguette ignorât les projets de son père, elle observait avec trop de vigilance tout ce qui se passait pour n'avoir pas deviné que celui-ci avait dans le pays des agens chargés de l'instruire de toutes les actions de Renaud. Elle voyait chaque jour venir au château des hommes qui, sous l'habit du paysan bressan, savaient mal dissimuler les allures des archers, et, sans se demander quelle était au juste leur mission, elle chercha s'il n'y en aurait pas, parmi eux, un qui pût et voulût la servir.

Elle avisa un de ces hommes qui paraissait actif, intelligent; il était jeune et devait être par conséquent plus disposé à écouter favorablement une jeune fille. Elle allait partout en liberté, dans l'intérieur, comme par le passé, et un soir que le seigneur d'Holypherne était enfermé avec le majordoms et quelques officiers, elle vit le jeune archer qu'elle guettait, assis tranquillement sur un banc de la terrasse attendant les ordres qu'il devait emporter. Huguette alla s'asseoir sur le même banc; l'archer se leva par respect et fit mine de s'éloigner.

— Restez, je vous prie, lui dit Huguette : j'ai à vous parler. Ces vêtemens de paysan ne sont pas les vôtres. Je sais que vous êtes un des soldats de mon père.

— Je ne vois pas d'inconvénient, dit l'archer en se découvrant, à l'avouer à la fille bien-aimée de mon noble maître.

— J'ai jugé à votre air, reprit la jeune fille, que vous êtes un homme dévoué et habile. Si la fille du seigneur de Luyrieux vous demandait un service, qu'elle paierait d'un haut prix, le lui rendriez-vous?

— Volontiers, dit le soldat en regardant Huguette avec quelque étonnement, si toutefois vous avez l'assentiment de mon seigneur, votre père.

— Eh! si j'avais voulu son assentiment, dit vivement Huguette, je l'aurais prié de vous transmettre lui-même ma demande, et je ne serais pas là.

— C'est juste, fit naïvement l'archer; je n'y avais pas pensé. Je le comprends; c'est vous seule qu'il s'agit de servir.

— Moi et d'autres; le voulez-vous?

— Je suis à vos ordres, mais vous me jurerez que je ne ferai rien qui puisse porter préjudice au seigneur d'Holypherne.

— Vous lui sauverez un crime..., murmura Huguette à demi-voix, en tremblant et en baissant la tête.

Le soldat soupira et jeta sur la fille de son maître un regard qui voulait dire : — Vous savez donc, vous aussi, qu'il a des crimes à se reprocher?...

— Dieu vous tiendra compte de votre bonne action dans l'autre vie, poursuivit Huguette; mais comme vous êtes jeune et que votre vie peut être longue en ce monde, je me charge de la rendre heureuse. Si vous remettez fidèlement le message que je vous confierai et m'en apportez la réponse au plus tôt; si vous consentez, en outre, à servir une seule nuit l'homme vers lequel je vous enverrai, je vous donnerai tout d'abord une forte somme; puis, quand Dieu aura rappelé à lui notre père, j'y joindrai en toute propriété une ferme de nos domaines. Acceptez-vous?

— Du moment que mes intérêts dans le ciel et sur la terre se trouvent d'accord, je n'ai garde de refuser, dit le soldat; j'aurais servi pour moins que cela la fille de mon capitaine.

— Vous comprenez à la grandeur de mes offres qu'il y va d'un intérêt puissant. La moindre indiscrétion serait un crime, car elle amènerait la mort de plusieurs personnes, poursuivit Huguette.

— Je serai muet, dit le soldat.

— Attendez-moi, je vais préparer la missive, reprit la jeune fille en se levant.

— Hâtez-vous, ajouta l'archer : j'espère passer la nuit ici, mais j'attends les ordres de mon maître, et s'il ordonne que je parte ce soir, il faudra obéir à l'instant.

— Dans tous les cas, je ferai mon possible pour me rapprocher de vous; secondez-moi, dit Huguette.

La jeune fille courut écrire sa lettre et l'archer resta pensif. Il supposa qu'il s'agissait de quelque affaire d'amour. Cependant on lui avait parlé de crime à empêcher et il ne comprenait pas. Il n'hésitait pas toutefois à croire Huguette, car la réputation de Georges ne laissait pas de prise à la calomnie. Les délibérations du conseil n'étaient pas terminées quand Huguette retourna auprès de lui.

— Je ne vous ai pas demandé à qui je dois porter ce message, dit l'archer avant de prendre la lettre; quel que soit celui auquel il est destiné, je le rendrai, pourvu, toutefois, que ce ne soit pas au sire de Liobard.

Huguette tressaillit.

— On prépare contre lui quelque trame secrète, je le sais, dit-elle de propos délibéré et d'un air d'indifférence qui trompa l'archer.

— Oui, fit celui-ci, et il sera bien fin s'il échappe.

— C'est au jeune Amédée de Montrevel qu'il faut porter ce message, dit tristement la jeune fille.

— Noble demoiselle, je le remettrai et je rapporterai la réponse. Je serai ici dans quelques jours : si je ne puis vous voir, où devrai-je la remettre ? demanda le soldat.

— J'épierai votre retour. Cependant, si les obstacles étaient insurmontables, mettez la lettre dans cet étui, creusez la terre là, sous ce banc, vous l'y enfouirez.

Et elle remit au soldat un large étui en bois odorant de Sainte-Lucie qu'elle avait préalablement rempli de pièces d'or empilées : ce que l'archer comprit fort bien au poids.

Quelques minutes après, le majordome remit à l'archer les dépêches dont il devait être chargé ; mais elles n'avaient rien de bien pressant, et il était tard. Il put rester au château et s'y reposer toute la nuit. Retiré dans la chambre qu'on lui avait donnée, l'archer se mit à réfléchir sur la facilité avec laquelle il allait gagner la récompense promise. En effet, les missives dont il était chargé par le seigneur de Luyrieux étaient adressées à des officiers qui séjournaient à Poncin, à Cerdon, à Barberousse, enveloppant ainsi le château de Juzerieux, qu'ils avaient mission de surveiller ; et par un heureux hasard, le jeune Montrevel se trouvait au château avec Liobard, qu'il n'avait pas quitté depuis le retour de la campagne de l'Artois. Cependant, par une mesure de précaution qu'expliquait suffisamment le rôle joué par lui en cette occasion, l'archer eut soin de découdre ses vêtemens et de cacher la lettre d'Huguette entre la doublure et l'étoffe ; après quoi il s'endormit tranquillement, en faisant des rêves de fortune et de bonheur.

A la pointe du jour, monté sur un gros cheval dont la lourde allure semblait trahir un cheval de charrue, il se mit en route sans que rien pût faire soupçonner la double mission dont il était chargé. Bientôt il pressa le pas de sa bête, et au lieu d'aller droit dans la direction de Poncin pour rendre les missives du majordome, il fit un assez grand détour, arriva chez ses parens, déposa en lieu sûr le présent qu'il tenait de la libéralité d'Huguette, et reprit sa route. Il remit aux officiers, agens du sire de Luyrieux, les lettres qui leur étaient destinées, et poussant plus loin, comme s'il allait achever sa tournée, il se présenta le soir même, après une rude journée de course, au château de Juzerieux et demanda à parler au jeune Amédée de Montrevel.

C'était fête au château de Juzerieux, où, pour la première fois, depuis la campagne, on se réunissait dans le but de célébrer le retour des combattans, dont plusieurs venaient de faire leur début dans les armes. La société était nombreuse. La plupart des seigneurs des environs de Nantua étaient venus se joindre aux familles des hommes d'armes, des jeunes chefs dont les mères et les sœurs, resplendissantes de parure, étaient animées d'un légitime orgueil.

Le château de Juzerieux, alors dans toute sa splendeur, était incrusté sur les flancs d'une montagne qui s'élevait presque à pic, toute couronnée de rochers et dont le pied était baigné par la Rie. La main de l'homme avait élargi et creusé le lit du ruisseau de manière à former un petit lac d'eau vive.

Ce site pittoresque était des plus favorables pour donner une fête aux dames de la Bresse et du Bugey, et Liobard avait tout disposé pour que la sienne fût, par sa magnificence, digne de ses hôtes.

Les joutes sur l'eau, avec moins d'apparat, mais plus follement joyeuses que celles du lac de Nantua, les danses sur la pelouse, mille jeux grotesques avaient égayé les invités. Quelques jeunes dames avaient voulu prendre part au tournoi nautique, et les chevaliers qui luttaient contre elles s'étaient galamment laissé jeter à l'eau, aux applaudissemens et aux fous rires des spectateurs.

Au moment où arrivait l'envoyé d'Huguette, les convives étaient réunis dans la salle du festin, assis à une immense table disposée en fer à cheval, l'intérieur entièrement vide, afin que le coup d'œil en fût plus agréable.

Les vins et les liqueurs de toutes sortes circulaient dans les coupes, et la table était chargée de tout ce que l'art culinaire pouvait produire de plus fin et de meilleur dans un pays où cet art a toujours été en grand honneur, grâce à la richesse dans tout genre de la contrée. Les exercices auxquels on s'était livré, l'air vif de la montagne, avaient merveilleusement disposé les convives, et tous faisaient, en gens bien appris, honneur à la table de Liobard, lorsqu'un valet s'approcha de Montrevel et le prévint à voix basse qu'un paysan demandait à lui parler pour une affaire importante et pressée.

Montrevel pensa que c'était un messager de sa famille qui n'avait pu se rendre à la fête ; il se leva sur-le-champ, entra dans la chambre voisine et ordonna d'introduire le paysan.

Arrivé en présence d'Amédée et bien assuré d'être seul avec lui, l'archer tira la lettre de sa cachette. Cette façon mystérieuse de porter une missive étonna Montrevel, qui regarda fixement le soldat déguisé, et, avant de briser le cachet, demanda d'où venait cette lettre.

— Du château d'Holypherne, dit l'archer.

— Est-ce un cartel ? fit Amédée.

— Si c'est un cartel, l'ennemi n'est pas redoutable, car il m'a été remis par une noble demoiselle, belle et jeune, répliqua l'archer.

— Loyse ! murmura Montrevel en rougissant.

— Non, mais bien demoiselle Huguette, sa sœur, fit l'archer.

— Voyons le message, dit Amédée.

Et il ouvrit la lettre.

A peine eut-il lu quelques lignes que son visage pâlit ; puis l'agitation la plus vive révéla le trouble et l'inquiétude qui s'emparaient de lui, au fur et à mesure qu'il avançait dans sa lecture. Quand il eut achevé, il se tourna vers l'archer.

— Connaissez-vous, lui dit-il, les mystères que cette lettre m'annonce ?

— Non, monseigneur, répondit le soldat ; mais il faut que ce soit grave, si j'en juge par les promesses qu'on m'a faites. Demoiselle Huguette compte sur vous pour empêcher un crime ; voilà tout ce que je sais.

— Vous paraissez dévoué à cette dame...

— J'ai accepté la mission qu'elle m'a donnée, je la remplirai ponctuellement, répliqua l'archer.

— Bien, dit Montrevel ; en ce cas, vous remettrez ma réponse à Mlle Huguette.

— Elle l'aura demain au soir.

— Pouvez-vous après-demain, trois heures avant la nuit, vous trouver au village de Vobles, à l'auberge du Soleil-Levant ?

— Rien n'est plus facile, dit l'archer.

— Et vous serez disposé à me suivre et à faire ce que je vous ordonnerai au nom de celle qui vous envoie ? reprit Montrevel.

— Pour elle et pour vous, monseigneur, je ferai tout ce qui sera en mon pouvoir, répondit le soldat.

— Eh bien ! fit Amédée en achevant d'écrire et en pliant sa lettre, voilà ma réponse. A samedi ; soyez exact.

L'archer s'éloigna et Montrevel relut lentement la lettre d'Huguette. Celle-ci lui apprenait la situation de ses deux sœurs et les menaces de son père, c'est-à-dire l'arrêt de mort suspendu sur elles. Amédée aimait Loyse comme il en était aimé. Depuis son retour, il avait de nouveau abordé avec le comte de Montrevel, son père, la question d'une alliance avec la famille d'Holypherne ; mais M. de Montrevel avait expliqué à son fils les motifs puissans qui le forçaient à refuser son aveu. Ce refus était net, précis, et ne laissait pas de place à la discussion. Toutefois, touché de l'amour réel de son fils pour Loyse, il avait promis de ne mettre aucun obstacle au mariage, après la mort du sire de Luyrieux. Amédée en était donc réduit à attendre d'un coup de lance, ou d'un coup d'arquebuse, la possibilité d'épouser Loyse.

Mais en apprenant sa paternité et le danger de celle qu'il aimait, il sentit courir dans ses veines un frisson de bonheur tout nouveau, il fut prêt à tout tenter pour sauver Loyse.

Le repas touchait à sa fin et les convives en étaient à ce moment où l'on n'est plus retenu à table que par le charme de la conversation, par les chants ou les narrations de quelque intérêt. Des chants s'étaient fait entendre. A la prière des dames, un des jeunes chefs avait raconté les faits d'armes des Bressans au siège de Saint-Venant, et, à l'exception de ceux qui y avaient pris part, toute la compagnie battait des mains, lorsque Montrevel rentra dans la salle, déjà botté, éperonné et en habit de voyage ; il avait ordonné de seller son cheval.

— Où vas-tu ainsi ? lui dit Renaud.

Pour toute réponse, Amédée tendit à celui-ci la lettre d'Huguette. Renaud, en la parcourant, poussa une exclamation de surprise et d'horreur, et se leva. Tous les convives quittèrent la table et se pressèrent autour des deux amis.

— Que comptes-tu faire ? demanda Renaud à demi-voix.

— Arracher les victimes à ce monstre, répondit Montrevel.

Quoique ces paroles eussent été dites assez bas, elles furent malheureusement entendues de ceux qui entouraient Montrevel et Liobard.

— As-tu besoin de moi ? dit ce dernier à Amédée.

— Pour le moment, non ; mais le moment viendra bientôt, et sans aucun doute, où nous aurons à combattre ensemble le vieux lion d'Holypherne.

Quelques instans après, Montrevel était à cheval, suivi d'un écuyer, gagnait la route de Poncin, laissait à sa droite cette petite ville, traversait la rivière à Neuville-sur-Ain, et, coupant au plus court, courait à travers les montagnes vers Treffort où était en ce moment son père, sans trop se détourner de la route directe de Vubles.

La réponse de Montrevel à Huguette était courte mais précise ; elle ne contenait que ces mots :

« Je serai exact au rendez-vous, au jour, à l'heure et à l'endroit indiqués.

» MONTREVEL. »

Mais il ne suffisait pas de recevoir les fugitives, d'aider à leur évasion : il fallait les mettre en sûreté, les soustraire aux recherches de Georges. Amédée allait demander à son père un asile pour les trois filles d'Holypherne. Il était facile au comte de cacher les jeunes femmes dans un de ses châteaux sans qu'on y pût soupçonner leur présence.

Le vieux comte de Montrevel lut la lettre d'Huguette, réfléchit un instant et tendant la main à son fils.

— Je connais, lui dit-il, le sanglier d'Holypherne ; sa fille ne s'effraie pas en vain ; le temps presse, allez, sauvez ces enfans, amenez-les et comptez que nul ne les arrachera de mon château de Montrevel, quand vous les y aurez conduites.

CHAPITRE X.

Pendant que le grand-bailli de Bresse permettait à son fils d'amener chez lui les jeunes filles menacées d'une mort certaine, Huguette recevait à Holypherne la réponse d'Amédée, que lui apportait l'archer. La certitude d'être secondée lui donnait l'espoir du succès.

Elle avait jusque-là gardé vis-à-vis de ses sœurs le plus absolu silence sur les sinistres intentions qu'elle supposait à son père à l'égard de ses deux filles, et le refus de Georges de voir ses enfans n'avait pas fait soupçonner à celles-ci toute l'étendue du danger. Mais le moment était venu de les éclairer sur le sort qui les attendait, de leur répéter les horribles menaces de leur père ; il n'y avait plus à hésiter. Elle leur épargnait les larmes et le désespoir, puisque en leur présentant le supplice comme imminent, elle leur offrait le moyen d'y échapper.

Seule avec son père et le majordome, Huguette connaissait une issue secrète qui, du château, conduisait au bord de l'Ain. C'était l'issue par laquelle le majordome espérait introduire les soldats dans la forteresse lorsqu'il avait demandé des secours aux seigneurs voisins.

Ainsi que l'avait dit Bastien, on parlait vaguement dans le pays de l'existence d'un souterrain conduisant dans la campagne ; mais à l'exception des trois personnes que nous venons de citer, tout le monde ignorait dans quelle partie du château en était l'entrée et où il aboutissait au dehors. Beaucoup regardaient l'existence de ce souterrain comme une fable ; les autres soupçonnaient qu'il passait sous la rivière d'Ain et s'ouvrait dans quelque crevasse des rochers qui bordaient l'autre rive.

Fille bien-aimée de Georges de Luyrieux, plusieurs fois Huguette, encore enfant, avait traversé le passage secret avec son père, lorsque celui-ci avait besoin de descendre dans les campagnes des deux rives et ne voulait pas que l'on connût son absence du château.

On se rappelle que les murailles de la chapelle d'Holypherne étaient tapissées de marbres gravés recouvrant des sépultures ; tous ces marbres, noirs quand ils indiquaient la tombe d'un homme, blancs lorsqu'ils indiquaient la tombe d'une femme, étaient enchâssés dans des cadres saillans, également de marbre, mais tous dorés. L'un de ces cadres, qui paraissait aux yeux les plus habiles absolument semblable aux autres, n'était pas en marbre comme ceux-ci : c'était un cadre en bois de chêne, dans lequel était encastrée la plaque de marbre qui, au lieu de recouvrir une tombe, masquait le vide du sommet de l'escalier du passage souterrain.

Les ferrures au moyen desquelles tournait cette porte étaient cachées dans le liteau supérieur et dans le liteau inférieur du cadre, ainsi que cela se pratique encore aujourd'hui dans quelques meubles, sans que rien en pût faire soupçonner l'existence. Sur la fausse pierre mortuaire était gravée l'epitaphe de l'un des anciens seigneurs d'Holypherne, lequel était réellement inhumé sous le pavé de la chapelle, et personne n'avait jamais songé à chercher dans ce sépulcre vide les marches d'un escalier.

La première fois que M. de Luyrieux fit traverser à Huguette ce long passage souterrain, il ne voulut pas d'abord frapper son imagination ; il agit tout simplement, sans solennité, sans lui demander du courage, mais comme on fait passer un enfant par le chemin le plus court.

Il l'appela et lui dit :

— Ma petite Huguette, viens te promener avec moi ; nous allons descendre au bord de la rivière.

— Je vais chercher mes sœurs, dit l'enfant.

— Non, repartit le père, aujourd'hui tu viens seule avec moi.

Et Huguette, pour qui une course au bord de la rivière était une partie de plaisir, suivit joyeusement M. de Luyrieux sans lui demander pourquoi il l'emmenait seule. Il avait parlé, on obéissait ; c'était une règle établie.

Georges se rendit à la chapelle, y alluma une torche et dit à sa fille en lui indiquant un des côtés :

— Tu sais lire, cherche l'épitaphe de monseigneur Humbert de Champformier, seigneur d'Holypherne.

L'enfant prit la torche, s'aprocha des tombes, regarda les noms.

— La voici, dit-elle.

— Bien ! fit Georges ; ceci n'est pas un tombeau, mais un bel escalier que nous allons descendre ; applique le doigt sur ce point et appuie fortement.

Alors, dirigeant le doigt de sa fille, il le lui fit poser sur un ressort invisible ; Huguette le pressa, la porte s'ouvrit sans aucun bruit. La jeune fille souriait de cette chose inconnue. M. de Luyrieux avait repris la torche ; il entra le premier dans le souterrain et Huguette le suivit sans crainte. Ils descendirent, arrivèrent au bord de l'Ain, allèrent chercher un bateau, et, après une promenade dans les environs, remontèrent par le même chemin.

Georges, jusques-là souriant aux propos de sa fille, causeur, prit alors un ton plus grave. Il lui fit lire de nouveau l'épitaphe taillée dans le marbre, lui recommanda de graver dans sa mémoire le nom qui y était écrit, lui fit toucher le bois du cadre, et lui apprit à distinguer, à la seule impression produite sur la main, le marbre du bois, afin qu'elle pût, même dans l'ombre, retrouver le panneau mobile, et lui enseigna à faire jouer la porte sans effort.

Il s'assit sur un banc près de l'autel et y fit asseoir Huguette à côté de lui.

— Mon enfant, lui dit-il, trois personnes au château connaissent seules l'existence de cet escalier caché sous la pierre tumulaire de Monseigneur Humbert de Champformier : moi, le majordome et toi. Je l'avais révélée à ta mère, et je t'en parle aujourd'hui parceque ta mère n'est plus.

Au nom de sa mère, que Gertrude lui avait appris à aimer, Huguette tourna ses yeux humides de larmes vers son père ; mais celui-ci continua sans émo-

tion et sans paraître s'apercevoir des pleurs de sa fille.

— Tu es bien jeune encore pour que je te fasse connaître un pareil secret, mais je vais partir pour une expédition, et le majordome peut mourir ; s'il arrivait alors des événemens assez graves pour rendre l'usage de ce souterrain absolument nécessaire, tu en révélerais l'existence à ta gouvernante. Hors de là, tout le monde doit l'ignorer, tout le monde, sans exception aucune, entends-le bien.

Huguette fit un signe de tête affirmatif.

— C'est une grande marque de confiance que je te donne, reprit M. de Luyrieux. Nous avons des ennemis ardens que la gloire et la puissance de notre maison humilient, que nos richesses peuvent tenter ; du moment où tu commettrais une indiscrétion, nos ennemis apprendraient bientôt ce que nous avons intérêt à leur cacher. Alors il n'y aurait plus ici de sécurité ni pour toi, ni pour tes sœurs, ni pour moi-même : nous aurions toujours à redouter une surprise, quelques tonneaux de poudre pourraient faire sauter notre château et nous ensevelir sous ses ruines.

Cette scène se passait la nuit, dans la chapelle mal éclairée par la torche qui, un moment auparavant, avait guidé le père et la fille dans l'immense spirale. Emue par les paroles de M. de Luyrieux, toute frémissante à l'idée des dangers auxquels une indiscrétion exposerait sa famille et les habitans de la citadelle, Huguette promit de garder le secret.

Elle avait environ quatorze ans lorsque son père lui apprit le secret du passage souterrain ; elle tint religieusement sa parole, sans que jamais la moindre allusion pût faire soupçonner qu'elle eût un secret inconnu de ses sœurs ; elle n'en parla pas à Clémence, et ne franchit jamais le souterrain qu'avec son père. Celui-ci l'avait bien jugée.

En partant de la chapelle, l'escalier taillé complétement dans le roc sur lequel était bâtie la citadelle descendait en tournant sur lui-même jusqu'auprès de la rivière, au-dessous de la terrasse, et s'arrêtait au niveau des plus hautes eaux. Quelques fissures naturelles dans le rocher, mais que la main de l'homme avait régularisées et appropriées à cette destination, donnaient de l'air à cet immense passage ; elles donnaient toutes sur l'un des profonds ravins qui entouraient le château ; elles étaient contournées de manière à ce qu'il était absolument impossible de voir les rayons de la lumière dont on s'éclairait pour descendre la spirale et, bien qu'elles fussent à une grande hauteur au-dessus du sol, elles avaient été maçonnées et rendues trop étroites pour permettre à personne d'y passer.

Ces travaux dataient de plusieurs siècles et M. de Luyrieux lui-même ignorait auquel de ses prédécesseurs on les devait. L'issue, fort étroite et habilement ménagée, ressemblait à une fente naturelle du rocher, à un petit espace vide entre deux blocs, dans lequel le rayon visuel allait immédiatement se briser, en ligne droite contre le roc. Pour plus de précautions, cette entrée était masquée par des arbustes et des broussailles qui s'étendaient assez loin tout autour.

Mais dès qu'on avait fait deux pas dans cette espèce de grotte, on tournait à angle droit et l'on se trouvait dans une petite chambre où venait se terminer la spirale de l'escalier.

En face, et sur les côtés de cette entrée, le rocher, qui bordait la rivière, s'infléchissait sur une longueur d'une vingtaine de pas et formait ainsi une petite crique au fond de laquelle le regard ne pouvait pénétrer ni de droite, ni de gauche; on ne voyait ce fond que du haut des rochers de la rive opposée.

L'abordage était facile et sûr dans cette petite anse; mais le sire de Luyrieux n'y avait pas de bateau et les pêcheurs des deux rives n'avaient pas le droit d'y stationner ou d'y jeter leurs filets, et ils connaissaient trop bien le seigneur d'Holypherne pour enfreindre la défense.

Ceux qui sortaient du souterrain, après avoir fait quelques pas en avant, pouvaient à leur gré se diriger à droite ou à gauche du massif sur lequel s'élevait le château en suivant un étroit sentier taillé au bord de l'eau.

A quelque distance, en amont, se trouvait un petit port où Georges allait chercher un bateau quand il voulait traverser la rivière sans faire un trop long détour. En aval, mais à une plus grande distance, était un pont de pierre qui reliait les deux rives de l'Ain, et unissait le Bugey à la Bresse.

Huguette ne voyait qu'un moyen de sauver ses malheureuses sœurs, c'était l'évasion. Avant de leur révéler dans toute son horreur la pensée de leur père, elle leur apprit l'existence du souterrain; mais celles-ci, préoccupées d'autres idées, n'y prêtèrent pas grande attention, et ne comprirent pas l'intention d'Huguette. Pouvaient-elles s'occuper d'autres chose que de leur triste situation?

Il fallut donc s'expliquer plus clairement, et alors Huguette, avec des ménagemens infinis, apprit à Philiberte et à Loyse ce qu'elle croyait avoir démêlé, avoir compris dans les sombres paroles de leur père. Muettes de stupeur, les deux malheureuses écoutaient sans proférer un mot, et leurs yeux hagards interrogeaient seuls leur sœur sur la possibilité d'un semblable attentat.

Quand les larmes purent couler, quand les sanglots purent sortir de leur poitrine oppressée, Philiberte et Loyse se jetèrent au col d'Huguette, la priant d'intercéder pour elles auprès de leur père, lui demandant un moyen de salut. La jeune fille alors parla de l'escalier souterrain par lequel on pouvait fuir, leur montra la lettre de Montrevel et parvint à leur faire embrasser l'espérance d'une évasion qu'elle dirigerait et que rien ne devait empêcher.

La journée parut longue aux deux sœurs, autant que leur situation était triste; elles tremblaient au moindre bruit, croyant toujours entendre les archers qui venaient les saisir pour les jeter dans quelque affreux cachot d'où elles ne sortiraient pas vivantes.

Gertrude ne fut pas mise dans la confidence du projet; elle ne soupçonnait pas la gravité du péril: elle voudrait avoir une explication avec M. de Luyrieux, et son intervention pouvait tout perdre. La soirée se passa dans la prière: les jeunes filles demandaient au ciel de les protéger contre la terre.

Au dehors du château, on se préparait à faciliter la fuite des filles d'Holypherne. Une heure avant la nuit, deux hommes venant du plateau de la Bresse arrivaient à cheval dans le village de Vobles, et s'arrêtaient à l'auberge du *Soleil-Levant*. Ils ne portaient pas d'armes apparentes; mais un œil attentif aurait pu deviner, sous les plis de leurs vêtemens, deux pistolets et un poignard qui garnissaient la ceinture de l'un des cavaliers, et un large et long couteau de chasse attaché au côté gauche de l'autre.

Ils mirent pied à terre dans la cour de l'auberge, confièrent leurs chevaux à un palefrenier; mais au lieu d'entrer dans la grande salle où se trouvaient quelques buveurs, ils se dirigèrent vers un pavillon isolé dont la porte donnait dans la cour et la fenêtre sur un jardin séparé de celle-ci par une clôture. Là, ils demandèrent qu'on leur servît à dîner pour trois. L'un de ces hommes était Amédée de Montrevel; l'autre était un écuyer qui ne le quittait jamais de ses courses, dans ses chasses et à la guerre.

Montrevel s'assit près de la fenêtre, écoutant les bruits lointains, se retournant chaque fois que la porte s'ouvrait, visiblement en proie à une fébrile impatience. Son écuyer était sorti depuis un moment, s'était arrêté sous la porte cochère et, de là, regardait sur un des côtés de la route.

Ils attendaient depuis un quart d'heure lorsqu'un troisième cavalier arriva à la même auberge par un chemin opposé. Ce dernier n'avait pas eu une longue route à parcourir, car il venait directement du château d'Holypherne. C'était l'archer que Huguette avait pris pour messager. Suivant sa promesse, il venait se mettre aux ordres d'Amédée, auquel il apportait en même temps une dernière lettre.

La jeune fille instruisait Montrevel de ce qui était convenu entre elle et ses sœurs: à partir de onze heures du soir, elles descendraient toutes trois par un passage secret, aussitôt qu'elles pourraient le faire sans danger d'être surprises, et arriveraient dans l'anse située au-dessus de la terrasse du château, et qui était bien connue de l'archer. Là, Montrevel devrait avoir un bateau sur lequel on pourrait, à la dérive, s'éloigner rapidement de la citadelle. Les autres mesures à prendre regardaient Amédée.

Rassuré par ces détails, et déjà plein d'espérance, celui-ci se mit à table avec ses deux compagnons, devisant à demi-voix de l'entreprise qu'ils allaient tenter, et n'ayant pas le moindre doute sur le succès. Quand l'heure fut venue, tous trois remontèrent à cheval et s'éloignèrent dans la direction de l'Ain; mais parvenus hors du village, deux quittèrent leurs montures, les remirent au troisième, et descendirent vers la rivière, tandis que ce dernier se rendit sur un point convenu à l'avance.

Le soleil avait depuis longtemps disparu derrière les montagnes et la nuit était obscure, lorsqu'une barque glissa légèrement sur l'Ain, se laissant aller au fil de l'eau. Nulle rame ne battait les flots; seulement l'un des deux hommes montés sur la barque tenait dans la main le bout d'un aviron dont l'autre extrémité plongeait dans l'eau, et dirigeait l'embarcation de manière à ce qu'elle ne heurtât pas les rochers qu'elle rasait d'assez près, et dont les deux hommes exploraient silencieusement les contours, autant que l'obscurité le permettait.

Leur barque arriva dans la petite crique. Ils examinèrent soigneusement le terrain, écoutèrent pendant assez longtemps si aucun bruit n'indiquait la présence de quelque être humain, puis descendirent à terre et attachèrent leur barque. Ces deux hommes étaient Montrevel et l'archer d'Holypherne, qui, connaissant le cours de la rivière et le maniement de la rame, pouvait être fort utiles dans la circonstance.

Ils ne savaient ni l'un ni l'autre où était l'entrée du souterrain; mais, guidés par les indications d'Huguette, ils la découvrirent derrière les broussailles, et alors étendirent leurs manteaux sur le rocher, s'y blottirent le moins durement possible, en attendant l'arrivée des trois sœurs. Pendant ce temps, l'écuyer de Montrevel avait conduit les chevaux sous un hangard, à l'angle d'un pré, où trois autres chevaux, sellés et bridés avaient été amenés pour servir de montures aux fugitives.

Ces chevaux hennissaient de temps en temps quand la brise leur envoyait par bouffées l'odeur des fleurs de la prairie, qui commençaient à se brillanter de gouttes de rosée.

Pendant que Montrevel attendait, les trois filles d'Holypherne étaient en proie à de vives angoisses. L'heure était venue, il fallait fuir ! Elles n'hésitaient pas, elles étaient prêtes, mais un incident retardait le départ. Deux chemins pouvaient les conduire de leurs chambres à la chapelle : l'un, qu'elles avaient l'habitude de prendre, par le corridor intérieur sur lequel ouvrait l'appartement du sire de Luyrieux; l'autre par la terrasse, et qui passait sous les fenêtres de celui-ci.

Par une circonstance tout à fait inaccoutumée, elles ne pouvaient prendre en ce moment aucun de ces deux chemins sans courir le risque d'être aperçues.

Le sire de Luyrieux avait, dans la journée, reçu avis de ce qui s'était passé au château de Juzerieux. Les paroles de Montrevel avaient laissé tous ceux qui les avaient entendues dans l'attente de quelque événement important; répétées le soir même au dehors, après la fête et sans mauvaise intention, elles furent connues par plusieurs des hommes dont nous avons parlé plus haut et qui étaient chargés de surveiller tous les mouvemens de Liobard. Ceux-ci les transmirent immédiatement au sire d'Holypherne, en lui annonçant le départ d'Amédée du château de Juzerieux ; mais aucun de ceux qui lui écrivaient n'avait vu Montrevel et ne savait de quel côté il s'était dirigé.

A la lecture de ces rapports, Georges éprouva un profond étonnement : il ne pouvait comprendre comment il avait été deviné par Amédée, dont il ignorait la correspondance avec Huguette; il se demandait surtout de quelle nature seraient les efforts que celui-ci allait tenter, et il se perdait en conjectures.

Il était dans sa citadelle à l'abri d'un coup de main; car l'action hardie de Liobard l'avait éclairé sur un défaut dans les travaux de défense. L'encoignure dans laquelle Renaud avait pu être à l'abri des coups venait d'être percée, à droite et à gauche de meurtrières, en sorte qu'il était impossible de s'y loger sans être à l'instant frappé à bout portant et précipité dans l'abîme. Complétement rassuré sur les chances d'une attaque, Georges cherchait donc quels moyens pourrait employer Montrevel ; il en devisait avec son majordome, et depuis plusieurs heures tout était silencieux dans le château, que les deux soldats étaient encore accoudés à une fenêtre ouvrant sur la terrasse, dans l'appartement de Georges.

Huguette, avant de conduire ses sœurs à la chapelle, avait voulu s'assurer qu'elles ne rencontreraient pas d'obstacles et avait vu que son père veillait. La porte de l'appartement de celui-ci donnant sur le couloir était ouverte, et plusieurs personnes allaient et venaient. Il fallait attendre, car en passant dans le couloir ou en passant sur la terrasse, on pouvait être vu et entendu. Le temps s'écoulait; la nuit était à moitié. Huguette ne doutait pas que Montrevel fût au rendez-vous, mais que penserait-il s'il ne voyait pas arriver les jeunes filles? Reviendrait-il le lendemain? Comment s'entendre avec lui? L'archer qui avait servi d'intermédiaire voudrait-il continuer ce dangereux métier? Puis, quand le reverrait-elle?...

Enfin, la porte de Georges fut refermée par un des serviteurs sortant de l'appartement. Les trois sœurs se déchaussèrent et chacune d'elles passa lentement, s'appuyant contre le mur opposé, retenant son haleine, se faisant aussi légère que possible. Bientôt elles furent réunies dans la chapelle, toutes palpitantes d'émotion.

———

CHAPITRE XI.

Philiberte et Loyse étaient pâles et tremblantes ; Huguette avait dans le regard la joie que donne le succès après de longues angoisses. Loyse lui demanda par où elles allaient sortir : Huguette, pour toute réponse, poussa le ressort. La pierre tumulaire tourna et laissa voir le vide. Une bouffée d'air frais arriva par le souterrain ; Loyse recula : il lui semblait qu'une tombe s'ouvrît pour elle.

Huguette prit une torche et l'alluma à la lampe qui brûlait devant l'autel. La résine commençait à prendre feu lorsque des pas pesans retentirent sur les dalles, sous le porche étroit de la chapelle. Les trois sœurs n'avaient plus le temps de pénétrer dans le souterrain sans être vues. Glacées d'effroi, Philiberte et Loyse tombèrent à genoux au pied de l'autel, dans l'attitude de femmes qui prient. Huguette mit le pied sur la torche et retira le marbre avec rapidité. La porte de la chapelle s'ouvrit!... Georges et le majordome parurent..... Huguette était déjà agenouillée près de ses sœurs.

Tourmentés par les menaces de Montrevel, le sire de Luyrieux et son majordome étaient restés longtemps à les méditer, et, avant de se livrer au repos, ils voulurent faire le tour de la citadelle, à l'intérieur. Ils examinèrent tout avec soin, écoutèrent les bruits du dehors, mais sans rien voir ou entendre qui indiquât de mauvaises intentions, sans recueillir aucun bruit. Le côté qui dominait la rivière surplombait l'entrée du souterrain ; ils suivirent la terrasse mais regardèrent inutilement dans cette nuit obscure. Ils revenaient quand la clarté brillant à travers les vitraux de la chapelle frappa Georges, qui ignorait l'usage d'allumer toutes les nuits la lampe de l'autel, usage qui avait commencé en son absence, à la mort de Clémence. Sans songer à l'escalier secret, tant il était loin de penser que Montrevel en soupçonnât l'existence, il pénétra avec son compagnon dans la chapelle, qui n'était jamais fermée que par une porte retombant sur elle-même.

Georges, étonné de trouver là ses filles, entra dans le chœur, et jetant sur Huguette un regard scrutateur, il lui demanda d'un ton sévère ce qu'elles faisaient toutes trois dans la chapelle, à pareille heure.

Philiberte ne laissa point à sa sœur le temps de répondre, et relevant vivement la tête :

— Nous prions, dit-elle, la Vierge Marie, qui a été mère par l'ordre de Dieu, d'inspirer des pensées de pitié au père qui veut tuer ses filles parce qu'elles sont mères malgré leur volonté.

Elle pleurait à chaudes larmes en prononçant ces derniers mots.

Georges, immobile et muet, regardait Huguette. Il y avait trop d'analogie entre ces paroles et celles de Montrevel pour qu'il ne comprît pas qu'elles venaient de la même source; mais Huguette baissait les yeux et se taisait.

Loyse, prit le silence de Georges pour un mouvement de pitié, et, se tournant vers son père, sans quitter son humble position, elle embrassa ses genoux. Philiberte en fit autant et toutes les deux criaient :

— Grâce ! mon père ! Grâce pour vos enfans, qui ne sont pas coupables !...

Huguette s'était levée, et, debout devant son père, les mains jointes, le regardant avec espérance, suppliait aussi. Le majordome assistait à cette scène sans manifester la moindre émotion, n'ayant ni pensée, ni désir, ni sentiment avant son maître : l'ombre d'un homme, immobile si l'homme ne fait pas de mouvement, se courbant, se rapetissant, s'allongeant à droite ou à gauche, suivant que tourne, se penche, ou se lève l'homme ; un reflet qui n'a ni cœur, ni âme.

Le seigneur d'Holypherne restait insensible, repoussant les embrassemens de ses filles, ne répondant pas à leurs prières, paraissant occupé d'une seule pensée, le désir de savoir pourquoi les trois sœurs étaient dans cette chapelle au milieu de la nuit ; pourquoi, au lieu de prier dans leur tribune, si la prière seule les y amenait, elles se trouvaient près de l'autel. Il y avait là sans doute un mystère, et il voulait le pénétrer. Il ordonna à ses filles de se retirer.

— O mon Dieu ! s'écria Huguette en levant les mains vers le Christ, le père et les enfans se seront donc retrouvés au pied de ton autel, et devant ton image, sans se réconcilier ! Toi, mon Dieu, tu as pardonné aux meurtriers, aux coupables ; lui ne pardonne pas aux faibles !

Son accent douloureux eût éveillé un mouvement de sympathie dans le cœur d'un étranger ; Georges haussa les épaules, comme fatigué de cette scène, comme étonné de l'expression d'un sentiment religieux qu'il ne comprenait pas, et il renouvela durement son injonction.

Les trois sœurs quittèrent la chapelle, Philiberte et Loyse, livrées à un morne désespoir, Huguette en proie à une exaspération extraordinaire, jetant à son père des regards de courroux qu'elle ne voilait pas. Elles remontèrent par l'escalier intérieur, suivies par Georges et par le majordome jusqu'à leur appartement, où les deux aînées tombèrent affaissées par la douleur.

Restés seuls, Luyrieux prit une épée et des pistolets, le majordome en fit autant, et ils redescendirent à la chapelle. Le marbre sépulcral tourna de nouveau, et tous deux, une torche d'une main, une arme de l'autre, ils s'engagèrent dans l'escalier tournant au pied duquel Georges pensait trouver l'explication de ce mystère.

Ils ne prononcèrent pas un mot durant cette longue descente ; ils prêtaient l'oreille, mais sans rien entendre que le bruit de leurs pas, dont la répercussion produisait une sorte de bourdonnement.

Montrevel et le soldat qui l'accompagnait étaient assis sur le rocher depuis de longues heures, inquiets de voir la nuit s'écouler sans que les filles d'Holypherne parussent, devisant sur les causes inconnues de ce long retard, mais décidés à attendre jusqu'au jour avant de quitter leur position.

Plusieurs fois ils avaient changé de place, comme pour tromper l'ennui de cette longue attente. Ils étaient en ce moment logés à l'entrée même du souterrain. Tout à coup l'archer mit la main sur le bras de Montrevel qui discourait :

— Ecoutez, lui dit-il, il y a quelqu'un dans l'escalier... J'entends le bruit des pas sur les marches : les voilà !

— En effet, répliqua Montrevel qui prêta l'oreille et poussa un soupir de satisfaction, elles commencent à descendre, car le bruit est encore bien éloigné.

Et il se leva, heureux à la pensée qu'il allait revoir Loyse.

— Avez-vous quelque signal à faire pour prouver que nous sommes ici ? reprit l'archer.

— Non : elles comptent sur nous ; j'entrerai dans le souterrain quand elles seront plus près, dit Amédée.

Le bruit se rapprochait, résonnant dans cet escalier que son creusement dans le roc rendait sonore. Montrevel impatient se glissait par l'ouverture ; l'archer le retint vivement.

— Arrêtez, lui dit-il à voix basse, l'habitude des longues factions dans les tourelles, sur les remparts, dans les poternes, aussi bien qu'en rase campagne, m'a appris à distinguer les pas. Ce ne sont point des jeunes filles qui descendent.

— Et qui voulez-vous donc que ce soit ? fit Montrevel.

— Je ne sais, reprit l'archer ; les pas sont lourds et pesans.

— Les malheureuses ont été trahies ! s'écria Montrevel.

— Trahies ou surprises, répondit le soldat ; mais, n'en doutez pas, ce sont des hommes qui s'approchent.

— Faut-il les attendre et engager une lutte avec eux ? demanda Amédée.

— Savons-nous, répliqua l'archer, à qui nous allons avoir affaire, si le seigneur de Luyrieux est là en personne, par qui il est accompagné, si une lutte ne va pas compromettre le salut des trois sœurs !... Ce n'est peut-être qu'une ronde d'inspection dont elles attendent le retour... Croyez-moi, embarquons-nous, c'est le plus prudent ; nous resterons à quelques pas, et nous aviserons ensuite.

Ils détachèrent la barque, qui sortit de l'anse, rasant toujours la rive de très près. Ils s'arrêtèrent derrière un bloc de rocher qui s'élevait au-dessus de l'eau, parfaitement disposé pour les dérober aux regards, et ils s'y cramponnèrent. Le bateau resta dans l'immobilité, car il n'y avait pas de courant derrière le roc. Ils étaient à portée de tout entendre et, en se couchant à l'avant de la barque, l'un d'eux pouvait, sans être aperçu, voir ceux qui allaient descendre.

Ils venaient de prendre position quand Georges et le majordome apparurent à l'entrée du souterrain. Ceux-ci avaient déposé leurs torches au pied de l'escalier, en sorte que leurs silhouettes se projetaient du rivage sur la rivière, tremblotantes et allongées.

— Personne ! fit le majordome, qui s'avançait le premier en promenant ses regards autour de lui.

— Regardez bien, dit Georges. N'y a-t-il nulle trace, nul indice sur le rocher ?

— Jusqu'à présent, je ne vois rien, répondit l'officier.

— Sur l'eau, n'apercevez-vous point de batelet qui s'éloigne ? demanda M. de Luyrieux en regardant lui-même en avant.

— Non, répliqua le majordome : la nuit est noire ; nous sommes là dans un enfoncement ; nos regards ne peuvent se porter que devant nous, en droite ligne. Si une barque s'est retirée à notre approche, elle doit être tout près, à droite ou à gauche, et nous ne pourrions l'apercevoir d'ici.

— Vous avez raison, dit Georges, frappé de cette observation ; je vais me placer de manière à voir mieux.

Habitué à ces rochers, qu'il avait explorés tant de fois, il se hissa d'un pied assuré sur un bloc, d'où il s'éleva sur un autre, et bientôt il put dominer de tous côtés. Ses yeux étaient faits à l'obscurité; il distinguait les objets à une assez grande distance. Le bateau était à quelques pas de lui, mais heureusement tout à fait dans l'ombre. Des deux hommes qui le montaient, l'un était couché à la proue, l'autre couché au milieu, tous deux immobiles, le visage caché, en sorte que la barque pouvait être prise pour la continuation du rocher contre lequel elle était collée.

M. de Luyrieux changea de place, continuant son examen, puis descendit de son observatoire improvisé et revint auprès du majordome. Mais il ne pouvait se persuader que personne n'attendît ses filles prêtes à fuir ; on eût dit qu'il devinait, qu'il sentait la présence de ceux qu'il ne voyait pas, et, à chaque instant, au moindre bruit que faisait l'eau en battant le rocher ou les parois de la barque, il croyait entendre, tantôt une voix humaine, tantôt des pas annonçant la présence des sauveurs.

Amédée, qui, couché à la proue du bateau, voyait à quelques pas de lui le sire de Luyrieux et son majordome, était plein d'impatience et tourmenté du désir de se montrer, d'engager une lutte, de tuer ces deux hommes, puisque c'était le seul moyen d'assurer le salut des jeunes filles. Et à cette idée son cœur s'épanouissait de bonheur.

Il se laissa glisser doucement dans la barque jusqu'auprès de l'archer, et lui montrant son poignard, il lui dit à l'oreille :

— Nous n'avons plus d'espérance qu'en ceci, le salut des trois filles d'Holypherne est là. Tirez votre poignard et sautons sur eux. A vous le majordome, à moi l'autre! Venez.

— Non, non, répliqua vivement le soldat en retenant Montrevel, je ne veux pas me charger d'un crime.

— Etes-vous fou? reprit Amédée. Ne vous êtes-vous pas engagé à me servir en tout et ne voyez-vous pas qu'avec vos scrupules vous permettez au sire de Luyrieux de commettre des crimes plus affreux que celui-là? Allons, je le veux, suivez-moi; et si vous ne frappez pas, au moins désarmez et contenez le majordome. Nous sommes jeunes et vigoureux, nous ne pouvons nous laisser vaincre sans combat.

— Monsieur de Montrevel, fit l'archer, le sire de Luyrieux est tout à la fois mon seigneur et mon capitaine; mon honneur et ma religion me défendent de rien entreprendre contre lui. Je suis prêt à sauver ses filles, si elles viennent; mais je ne verserai pas de sang, celui de mon chef surtout.

— Alors, que voulez-vous faire? demanda Amédée mécontent.

— Attendre encore, dit l'archer; un incident peut naître, les enfans peuvent descendre... Puis, il serait imprudent de prendre le large : si l'un d'eux nous apercevait, nous courrions grand risque de recevoir quelque balle, ce qui serait peu agréable au milieu de l'eau.

— Une balle! vous avez raison, dit Montrevel frappé d'une idée subite; ne bougez pas et attendons.

Il reprit sa position à l'avant de la barque, en se disant : « Je les sauverai seul, » et il tira de ses vêtemens un pistolet qu'il prit dans la main droite.

Georges et l'officier discouraient de leur côté.

— Je ne pourrai donc pas percer ce mystère! disait M. de Luyrieux avec colère.

— Vous vous serez trompé, monseigneur, fit le majordome : il n'y a ici nulle trace, il n'y a là-haut nul indice d'une tentative d'évasion.

— Eh ! bon Dieu ! c'est que nous ne les voyons pas, répliqua Georges avec vivacité. Mes filles n'étaient pas à la chapelle, au milieu de la nuit, pour prier. Elles allaient descendre, faire un signal auquel seraient venus des hommes apostés dans ces rochers, sur l'autre rive peut-être... C'est cela! Les paroles de Montrevel sont trop significatives. Voyons, major, quel signal auraient-elles pu faire?

— Je ne sais, dit celui-ci ; peut-être un cri jeté, assez fort pour être entendu de l'autre côté.

— Oui, c'est possible, fit Georges.

Et il jeta un cri, puis attendit un instant.... Mais on ne répondit d'aucune rive.

— Ce n'est pas cela, dit-il avec avec amertume... Au fait, des cris de jeunes filles produiraient peu d'effet au pied de cette montagne; elles n'auront pas choisi ce moyen; une seule chose peut servir de signal et être vue de loin, c'est le feu.

— Je vais chercher les torches et nous les placerons de manière à ce qu'elles soient bien en vue, fit tranquillement l'officier.

Il apporta les deux torches allumées. Georges les réunit en un faisceau, et après avoir trouvé un endroit convenable, les fixa, le pied dans une fissure du rocher. Le majordome les regarda un moment et se prit à sourire.

— Non, dit-il, ce n'est pas là qu'il faut les mettre: qui les verra au fond de cette anse? Deux vers luisans dans un ravin!

— Vous avez raison, répliqua Georges; je vais les changer de place et faire un plus beau feu.

Il prit les torches et les porta sur un point plus élevé ; puis, tirant un mouchoir blanc, il l'approcha d'une torche et le jeta tout flambant sur une touffe de broussailles qui s'enflammèrent. Le feu grésillant éleva dans l'air ses longues colonnes d'où partaient des étincelles qui s'éparpillaient sur la vallée. Quand le sire de Luyrieux eut vu s'éteindre la dernière flammèche, il s'assit tranquillement sur le rocher.

— Maintenant, dit-il, patientons un peu ; si nous avons deviné le signal, ceux qui doivent venir ne tarderont pas... Ah! quel plaisir j'éprouverais à m'emparer de l'un de ceux qui ont mis au pillage mon château où jamais un soldat ennemi n'était entré, sinon comme parlementaire, ou comme prisonnier.

— Je crois que cette satisfaction ne se fera pas attendre longtemps, répliqua le majordome.

— Je l'espère, fit Georges ; toutes les mesures sont prises. Renaud de Liobard rentrera ici dans quelques jours, mais avec moins d'orgueil que la première fois.

— Il se conduit comme un Jacques, il sera traité de même, dit le majordome.

— Oui, je le jure ! répliqua le sire de Luyrieux. Mais il n'était pas seul; de jeunes seigneurs l'accompagnaient, ils ont déshonoré mes filles, et c'est de ceux-là que je me voudrais venger !

— La punition du capitaine apprendra aux autres ce qu'il en coûte de s'attaquer à vous, dit l'officier.

— Oh ! Montrevel ! si je tenais Montrevel ! s'écria Georges d'un accent terrible, en levant son poing fermé.

— On assure que M. Amédée de Montrevel est sérieusement amoureux de Mlle Loyse et désire l'épouser, reprit le majordome.

— Quand un jeune seigneur, noble comme les
Montrevel, est amoureux d'une fille noble comme
les Luyrieux, il la demande en mariage et il l'ob-
tient, répliqua vivement Georges.

— Montrevel est jeune, et il attend, répondit le
majordome, le moment où il sera à la tête de sa maison pour vous adresser sa demande.

— Ah! oui, je comprends, repartit Luyrieux; cela
signifie que le vieux Montrevel ne veut pas d'une alliance avec moi... Le grand-bailli de Bresse ne trouve
peut-être pas le seigneur d'Holypherne d'une assez
haute lignée!

Il y eut un moment de silence pendant lequel on
n'entendait que les soupirs de Georges siffler entre
ses dents. Peu après, il reprit :

— Je n'ai pas de fils... Eh bien! quoique je tienne,
à bon droit, à ma citadelle d'Holypherne, je l'aurais
donnée à celle qu'Amédée aurait épousée. Ma forteresse avait alors tout son prestige et passait pour
imprenable ; ainsi Montrevel déjà si puissant en
Bresse aurait eu un pied sur la Franche-Comté, et
aurait pu profiter des circonstances pour s'agrandir
aux dépens des Espagnols, qu'il faudra bien, tôt ou
tard, chasser d'ici.

— Si vous le permettez, dit le majordome, on
pourrait habilement faire connaître vos intentions au
grand-bailli.

— Non! je ne le veux pas! s'écria Georges avec
colère ; est-ce à moi à faire des avances à cette famille ?

Le jeune archer se rapprocha d'Amédée et murmura tout bas à son oreille :

— Vous avez entendu ce qu'il vient de dire ; sau-
tez à terre, demandez la main de Mlle Loyse, et tout
est fini.

Montrevel eût volontiers suivi le conseil de l'archer, s'il eût été le maître d'agir à sa guise, et, sans
tenir compte de l'inopportunité du moment et du
lieu, demandé en mariage celle qu'il venait sauver ;
mais il ne pouvait agir contre la volonté formelle de
son père, à qui seul il appartenait de conclure une
telle alliance. Il garda le silence, se bornant à presser
le bras de l'archer, qui reprit sa place.

— Maintenant, continua Georges, tout est fini !...
mon château d'Holypherne et mes autres domaines
passeront à ma fille Huguette ; elle épousera le jeune
seigneur qui lui plaira le mieux, et, dans tous les
cas, elle saura défendre ses terres comme elle a su
défendre son honneur.

— Mlle Huguette sera toujours un magnifique
parti, dit le majordome ; vous avez assez de beaux
domaines pour doter trois filles : ne donnerez-vous
rien aux deux autres ?

— Soyez sans inquiétude à leur égard, elles ne ré-
clameront rien dans ma succession, répliqua Georges
d'une voix sombre.

L'officier, qui ne s'émeuvait pas facilement, releva
la tête vivement, regarda Luyrieux avec stupeur,
comprenant bien qu'il portait un arrêt de mort contre ses deux filles aînées.

— Monseigneur, dit-il, ce sera assez de punir
Liobard, vous aurez pitié de vos enfans ; je puis intercéder pour elles quand nous sommes seuls.

— Majordome ! s'écria Georges, n'oubliez pas la
devise de ma maison :

Belle, sans blâme.

Elle n'a pas été faite pour être seulement écrite sur
nos drapeaux ou gravée sur les portes de nos forteresses: toutes les femmes d'Holypherne doivent pouvoir la porter au front.

— Punissez les auteurs des violences, et non les
victimes, répliqua l'officier, qui redevenait un homme quand il était seul avec Georges.

— Il n'y aura pas de bâtards dans ma maison, cria
celui-ci au comble de la colère, je les écraserai dans
le sein de leurs mères!

Un frisson courut dans tous les membres de Montrevel, une larme mouilla ses yeux, et dans son courroux il murmura quelques paroles de menace et d'injure, dans lesquelles on put saisir ces mots : L'infâme brigand !

CHAPITRE XII.

Absorbé dans ses pensées de haine et de vengeance, le sire d'Holypherne n'entendit pas l'injure
que lui jetait si imprudemment Amédée ; mais le
majordome bondit de son siége de pierre et, les
pieds sur le rebord du rocher baigné par l'eau, la
tête en avant, regardant de tous côtés :

— N'avez-vous rien entendu, monseigneur? dit-il
à Georges.

— Non, rien, répondit celui-ci ; qu'est-ce donc?

— On vient de prononcer des paroles...

— Le vent dans les broussailles.

— Non pas, monseigneur, c'était une voix humaine.

— L'eau qui clapote contre le rocher, dit Luyrieux.

— Je ne me trompe pas à ce point.

— Ce que je viens de dire vous a troublé l'esprit.

— Non, encore une fois : j'ai bien entendu, nous
ne sommes pas seuls ; il y a ici quelqu'un, près de
nous, répliqua le majordome avec vivacité.

Ses regards se promenaient de tous côtés et son-
daient l'espace ; mais la nuit était toujours noire et
l'officier ne voyait rien. Georges ne parlait plus et
tous deux écoutaient.

Le bruit léger que fait le chien d'un pistolet que
l'on arme les frappa tous deux... Ils tressaillirent...
En une seconde, Georges courut aux torches qui brûlaient toujours, les renversa, les éteignit dans la fissure du rocher où elles étaient plantées.

Puis, tous deux, le pistolet au poing, ils attendirent avec cette anxiété à laquelle il est impossible
d'échapper dans un pareil moment, alors que l'on
peut être frappé sans voir même d'où vient le coup.

Montrevel, qui, placé comme il l'était d'abord, ne
pouvait pas atteindre Luyrieux, venait de s'allonger
sur la proue du bateau, la moitié du corps en dehors,
de manière à dépasser horizontalement le rocher qui
le couvrait ; il se soutenait dans cette position difficile en appuyant sa main gauche sur une pointe de
roc à fleur d'eau. Mais le rapide mouvement de
Georges l'avait arrêté au moment de tirer, et maintenant il ne voyait plus, les torches éteintes, celui qu'il
voulait frapper, et il cherchait, par cette intuition
magnétique qui vous guide, la nuit, vers un être humain, la direction à donner à son pistolet prêt à faire
feu.

Tout à coup, il sentit le roc sur lequel il s'appuyait échapper à sa main, comme si ce roc fuyait en avant. Il voulut s'y cramponner, mais il ne le put pas ; il n'eut que le temps de se glisser en arrière dans la barque, pour ne pas perdre l'équilibre et n'être pas précipité dans l'eau... Le moment de tirer était passé.

Si le bateau allait à la dérive, c'est que l'archer avait entendu armer son pistolet, et, frissonnant à l'idée d'une tentative de meurtre qui pouvait lui coûter la vie, à lui vassal et soldat de Georges, il avait repoussé vigoureusement la barque du point où elle stationnait. Elle glissait maintenant le long des rochers, s'éloignant de l'anse où était Georges.

— Vous avez perdu les enfans que vous veniez sauver, je ne retrouverai pas l'occasion de frapper un tel monstre, dit Montrevel avec colère à l'archer.

— Je vous en ai prévenu, répliqua le soldat, tout ce que vous voudrez, excepté un acte contre le sire de Luyrieux. Maintenant, que m'ordonnez-vous ?

Amédée gardait le silence, cherchant encore un moyen de sauver les filles d'Holypherne. Atteindre Georges était impossible : les balles eussent frappé le rocher. Il ne connaissait pas l'étroit sentier qui longeait la rivière et conduisait à l'anse du souterrain ; il s'y fût engagé et eût lutté seul contre Georges et le majordome, tant il était épouvanté du sort qui attendait Loyse.

La barque descendait toujours, emportant Montrevel qui, dans son exagération, maudissait le soldat dont les scrupules l'avaient empêché de tuer le sire de Luyrieux. L'archer arrêta le bateau en face d'un chemin creusé entre les rochers et montant vers la campagne.

— Monseigneur, nous abordons, dit le soldat.

— Ah ! nous abordons, répondit tristement Amédée ; nous sommes vaincus sans avoir lutté, nous abandonnons celles qui avaient mis leur confiance en nous.

Et il murmura tout bas avec une profonde douleur :

— Mon enfant ! ma Loyse !

La nuit allait finir, il n'était plus possible de rien tenter ; mais il importait de ne pas confirmer les soupçons du majordome en se laissant voir ; de ne pas s'enlever les chances de succès pour la nuit suivante. Amédée alla donc retrouver son écuyer gardant les chevaux qui piaffaient, et, de leurs pieds impatiens, fauchaient l'herbe du pré. Puis il regagna le village de Vobles et retourna à l'auberge. Là, il écrivit sur-le-champ à Huguette, remit sa lettre au soldat, qui promit de la rendre le jour même et d'apporter la réponse aussitôt qu'on la lui donnerait. Montrevel devait rester à l'auberge jusque-là, mais sans se montrer, dans la crainte d'éveiller des soupçons.

Le jour ne tarda pas à poindre et à frapper les rochers d'Holypherne ; il trouva le sire de Luyrieux et le majordome à l'entrée du souterrain, à l'abri des balles et préparés à défendre vivement le passage contre ceux qui voudraient tenter de le franchir. Ils sortirent de leur retraite, regardèrent de tous côtés sur les contours de l'Ain, mais n'aperçurent rien.

Ils discutèrent la question de l'utilité qu'il pourrait y avoir à placer une sentinelle au pied de l'escalier ; mais ils décidèrent que cette mesure serait dangereuse, puisqu'elle livrerait le secret du passage à la garnison. Le majordome promit d'employer un moyen de surveillance qui n'aurait pas cet incon-

vénient, et ils remontèrent péniblement, après cette nuit de veille, la longue spirale qui les ramenait au château.

Bien qu'il eût fait rentrer ses filles dans leur appartement, Georges n'avait pu cacher à Huguette son exploration nocturne. Celle-ci avait guetté la sortie de son père et du majordome, et, pendant que ces derniers retournaient à la chapelle par la terrasse, elle s'était glissée dans la tribune par l'escalier intérieur ; de là, elle n'avait pas tardé à voir les deux hommes, bien armés, allumer leurs torches, faire tourner le marbre et disparaître dans le souterrain.

Elle eût voulu avertir Montrevel qui l'attendait au pied de l'escalier, mais cela était impossible. L'idée d'une évasion par la porte même de la citadelle, pendant que son père et le gouverneur étaient engagés dans le passage secret, lui vint à l'esprit. Elle courut vers la porte pour s'assurer de la possibilité de fuir avec ses sœurs. Folle idée !... Il eût fallu trouver des hommes disposés à abaisser le pont-levis, et, au bruit de l'engin de guerre, cent archers leur eussent barré le passage.

Elle maudissait avec colère les abîmes qui, entourant la forteresse, n'avaient pu la défendre d'une surprise et sur lesquels il était impossible de jeter une planche, ou dont une corde n'atteindrait jamais le fond. Elle retourna à la chapelle et ouvrit l'escalier : l'odeur résineuse des torches qui brûlaient au bas monta jusqu'à elle. Il était évident que son père était toujours là. Elle écouta, craignant d'entendre des détonations de pistolets ou le bruit d'une lutte ; le silence était profond.

Pendant le reste de la nuit, la pauvre enfant veilla, courant de la chapelle à la terrasse, de la terrasse à l'appartement de ses sœurs, recommençant encore ce trajet, s'agitant dans sa fébrile inquiétude comme un lion pris dans un piège et qui fait de vains efforts pour sortir de la fosse où il est tombé.

Le sire d'Holypherne et le majordome, en remontant du souterrain, traversèrent la chapelle vide et parcoururent la terrasse ; de là, leurs regards purent embrasser l'espace, mais sans rien découvrir.

— Nous nous sommes trompés, dit Georges ; nous aurons pris le bruit d'un caillou tombé des pentes et frappant la terre pour le bruit que fait le chien d'un pistolet.

L'officier hocha la tête, mais ne voulut pas exciter encore la colère de son seigneur en l'assurant qu'il avait couru un danger réel.

— Cela se peut, dit-il ; l'illusion est facile.

— Eh ! reprit Georges, s'il y avait eu là des hommes, qui les eût empêchés de tirer, même au hasard ?

— Nous avons éteint les torches fort à propos, pensa le majordome ; ils n'ont pas voulu tirer dans l'ombre et révéler inutilement leur présence.

Mais il garda cette réflexion pour lui.

Ils se séparèrent pour aller prendre un peu de repos. Huguette les vit rentrer, mais elle jugea avec raison que Montrevel avait quitté le poste où il avait attendu vainement. Elle resta longtemps immobile à la fenêtre d'où elle avait souvent contemplé Renaud sur l'autre rive ; mais elle regardait sans trouver une forme humaine : le rocher était désert.

Dans la journée, l'archer qui avait accompagné Montrevel et l'avait empêché de tirer sur Luyrieux rentra au château. Huguette attendait et guettait son retour. Il lui remit en secret une lettre dans laquelle Amédée racontait ce qui s'était passé, exprimait les plus vifs regrets de l'insuccès de la nuit, manifestait l'amour le plus tendre pour Loyse, et demandait de nouvelles instructions, ou plutôt des ordres qu'il promettait d'exécuter à tout prix.

Cette lettre, dans laquelle il ne racontait ni les paroles menaçantes de M. de Luyrieux, ni sa tentative de meurtre, ranima un peu les espérances des trois sœurs. Huguette répondit sur-le-champ et l'archer pu sortir de la citadelle à l'entrée de la nuit suivante.

« Nous avons été surprises au moment de notre fuite, écrivait Huguette, et je ne sais pas si nous pourrons de nouveau tenter ce moyen; je ne l'espère pas. Mes sœurs sont surveillées; nous n'en pouvons pas douter; moi seule jouis d'une liberté qui me permet de communiquer avec l'archer, notre intermédiaire. Nous n'avons plus d'espoir qu'en vous, en votre loyauté, en votre amour; un seul moyen vous reste de sauver la vie de celle que vous aimez et de l'enfant qu'elle porte dans son sein... c'est de demander Loyse en mariage.

» Ne vous abusez pas, monsieur, sur l'imminence du danger: la situation est affreuse, et si vous ne vous hâtez, Loyse est perdue.

» Son sort est dans vos mains : une couronne de mariée ou un tombeau.

» Faites que votre père surmonte son éloignement pour une alliance avec le seigneur d'Holypherne; que votre amour pour la fille lui fasse oublier le père ; c'est un acte de justice que vous ferez l'un et l'autre. Vous ne sauverez pas seulement votre femme et votre enfant, vous sauverez encore Philiberte, condamnée comme elle à mourir. On n'osera pas tuer l'une en mariant l'autre, conduire au même autel une victime et une fiancée, ouvrir en même temps une tombe et une couche nuptiale.

» Je vous en supplie donc, Montrevel, agissez avec promptitude, conservez à la vie celle qui vous a donné son cœur, faites que nous puissions toutes vous bénir comme un sauveur, et moi vous aimer comme un frère.

» HUGUETTE DE LUYRIEUX.

» *P. S.* Faites savoir à M. de Liobard qu'un grand péril le menace, et qu'il se tienne sur ses gardes.

» H. DE L. »

Huguette avait hésité beaucoup à écrire cette dernière phrase ; mais elle savait qu'il se tramait quelque chose contre Liobard ; son père avait parlé de vengeance et de punition, et entraînée par le pressentiment que le sort de ses sœurs était lié au sort de Renaud, elle avait cédé à l'inspiration.

L'archer arriva dans la nuit à Vobles. Amédée frémit à la lecture de la lettre d'Huguette, trop bien d'accord avec les paroles de Georges, qu'il avait entendues de la barque, pour qu'il pût douter du péril dont Loyse était menacée. Ce que demandait Huguette à sa loyauté était le vœu de son cœur; il aimait Loyse, il voulait donner un père à son enfant, mais il était indispensable de montrer cette lettre à son père, de le déterminer à une démarche personnelle. Celui-ci était à Montrevel, où les fugitives devaient être conduites; Amédée fit seller un cheval et partit sur-le-champ pour Montrevel.

Huguette ne se trompait pas sur le danger qui menaçait Renaud ; durant toute cette journée qui suivit la tentative avortée, elle avait vu venir au château, sous des habits de paysan, des soldats qui avaient conféré avec son père et avec le majordome, puis étaient repartis, les uns à pied, les autres à cheval, ceux-ci après avoir repris leurs armes et leur costume.

Ces déguisemens, ces conférences, ce mouvement inusité, étaient des indices trop certains de quelque machination. En effet, tous les pas de Liobard étaient surveillés; il était environné d'espions habiles qui, sans pénétrer chez lui, savaient parfaitement ce qui s'y passait. Sans défiance à cet égard, livré en ce moment aux plaisirs dans son château de Juzerieux, attendant une provocation de Georges et prêt à y répondre malgré le changement que les aveux d'Huguette avaient produit en lui, il ne se doutait pas qu'en mettant le pied hors de sa demeure il pouvait tomber dans un piége tendu par le sire de Luyrieux, que nous avons entendu plus haut exprimer l'espérance de le voir bientôt son prisonnier.

En même temps que le messager d'Huguette partait pour Vobles, une troupe de quarante soldats sortait de la citadelle, puis se divisait en deux bandes : l'une descendait la route se dirigeant vers la rivière, l'autre la remontait, contournait le château et par le côté opposé se rendait également vers la rivière; chacun se logeait dans l'un des deux ravins qui servaient de fossés au fort, au bord de l'eau, en sorte que l'anse où s'était embarqué Montrevel, la nuit précédente, était gardée de chaque côté, sans que personne dans les deux postes soupçonnât qu'il veillait à l'entrée d'un passage secret.

Quelques heures après, Georges et le majordome descendirent l'escalier souterrain et explorèrent en tous sens les alentours de l'entrée; mais cette fois, nulle clarté ne trahissait leur présence. Ils avaient éteint et laissé leurs torches sur les dernières marches. Ils suivirent lentement, et avec précaution, le petit sentier taillé dans le roc et pénétrèrent successivement dans les deux ravins où s'étaient établies les deux troupes.

Ce n'était pas uniquement pour surveiller la rivière et ses rives que des soldats avaient été placés dans ces postes. L'une des deux troupes était appelée à jouer un rôle dans le drame qui se préparait. Après avoir achevé son inspection et passé quelque temps sur le rocher, Georges dit au majordome :

— Remontons, tout va bien ; les rapports sont bons, la vengeance s'apprête : dans quelques heures, Liobard sera dans mes mains !

Ils gravirent de nouveau les marches et arrivèrent péniblement au sommet.

— Il est temps que ces veilles finissent, dit Georges; major, nous ne valons plus rien pour cette guerre d'embuscades où nous avons brillé dans notre jeunesse; nous sommes trop vieux.

— C'est la grande guerre qu'il nous faut, répliqua le majordome.

— Oui, reprit Georges, les grandes armées, les vastes champs de bataille, les grandes villes à assiéger ou à défendre!

— L'Italie! s'écria le majordome dont l'œil étincelait et dont la main se dirigeait vers le sud-est, l'Italie avec un corps d'armée à commander, c'est là que vous devez tendre!

— Ah ! répliqua Georges avec amertume, en poussant un profond soupir, je n'aurai pas ce bonheur! J'ai eu tort d'aller en Artois, où le roi n'a fait que des fautes, quand le Piémont était si près. Les généraux et les gouverneurs s'y succèdent comme dans une parade, toutes les ambitions s'y peuvent développer : j'aurais trouvé mon heure, j'aurais obtenu ou pris un commandement ; au lieu d'être un capitaine d'aventuriers, comme ce Liobard, je serais un des généraux de l'armée française.

— Partez pour l'Italie et saisissez la première occasion, dit vivement le majordome.

— Sera-t-il encore temps? fit Georges avec la douleur d'une ambition déçue ; François Ier est absorbé par ses maîtresses, qui lui font oublier les grands intérêts de sa couronne, et l'Italie se va perdant tous les jours, depuis qu'il a rappelé d'Annebaut.

Georges et l'officier se séparèrent et rentrèrent dans leurs appartemens ; mais ils ne songeaient ni l'un ni l'autre au repos, et on pouvait les voir, de temps en temps, ouvrir leurs fenêtres, tendre l'oreille et, dans l'attente d'un grand événement, chercher à percevoir les bruits lointains qui sur le bord opposé pouvaient troubler le silence de la nuit.

Des fenêtres du château, la vue s'étendait vers les Alpes. L'Italie était derrière, et Georges, en proie à la fièvre de l'attente, regardait tour à tour les terres qui longent la rive gauche de l'Ain et les montagnes qui les séparaient de cette Italie où il rêvait un commandement.

CHAPITRE XIII.

Le sire d'Holypherne disait vrai en parlant des fautes de François Ier et des affaires d'Italie. D'Annebaut, en se retirant, semblait avoir emporté la fortune des Français. Quoique inférieur par son grade à Rangoné, il en avait été la bonne étoile, l'inspirateur, le guide secret, sacrifiant sa susceptibilité à la gloire de son pays. Animés par lui, les Français avaient repris les places que leur avait enlevées Antonio de Leyva et conquis le marquisat de Saluces. Mais tout périclitait depuis le départ de d'Annebaut.

De Leyva, à qui les prédictions italiennes dont nous avons parlé à propos de la défection du marquis annonçaient qu'il soumettrait toute la France à Charles-Quint et serait enterré à St-Denis, dans la basilique des rois, de Leyva était mort dans la triste expédition de Provence, dans une petite commune du nom de Saint-Denis, et son corps transporté en Italie avait été inhumé dans l'église de Saint-Denis à Milan ; à quelques centaines de lieues près, l'oracle des sibylles italiennes était accompli.

Le marquis Du Guast, qui en Provence commandait les bandes espagnoles et avait attaqué sans succès Marseille et Arles, avait succédé en Piémont à de Leyva et commandait les Impériaux. Plus heureux de ce côté, il avait forcé les Français à évacuer toutes les places reprises par d'Annebaut, y compris le marquisat de Saluces, moins Carmagnola.

Saluces triomphait, mais son ambition n'était pas encore satisfaite : il possédait le parchemin que de Leyva avait déposé devant lui chez Toniella, et par lequel Charles Quint lui promettait le Montferrat ; le parchemin n'était encore qu'un titre vain, une lettre morte. Il voulait les terres, les châteaux, les revenus ; en un mot, le traître réclamait avec beaucoup d'insistance le prix de sa trahison.

Mais il n'était pas seul à convoiter cette belle proie : le duc de Savoie, qui avait perdu une grande partie de ses Etats par suite de son alliance avec l'empereur, demandait le Montferrat comme dédommagement ; d'un autre côté, Charles-Quint avait érigé Mantoue en duché depuis 1530, et le duc créé par l'empereur désirait vivement ce beau domaine. Il y avait donc trois compétiteurs, et Charles-Quint ne se pressait pas de prendre une décision.

Saluces voulait à tout prix l'emporter et cherchait un nouveau titre à la faveur de l'empereur ; il le trouva tout naturellement dans une nouvelle trahison dont François Ier lui fournit encore l'occasion avec bonhomie et dont l'histoire n'offre pas d'exemple pareil.

Jean-Louis de Saluces, prédécesseur de celui que nous connaissons, avait été, pour crime de félonie, dépossédé de son marquisat par François Ier, arrêté, conduit en France et jeté en prison. Le roi avait donné ses domaines à son frère cadet, François de Saluces, celui que nous avons vu chez Toniella. Après la défection de celui-ci, le roi ne trouva rien de mieux que de tirer Jean-Louis de sa prison et de lui rendre le marquisat. Il donnait au félon les domaines du traître. Singulier cercle que celui où tournait le roi !

Ce ne fut pas tout : à l'investiture, il ajouta de l'argent et un équipage digne du rang du marquis. En échange, il reçut... son serment de fidélité.

A peine Jean-Louis était-il arrivé à Carmagnola, que son frère dépossédé lui fit demander une entrevue, et l'obtint. Une heure après, ils étaient tous deux à l'empereur. Mais ce n'était pas assez ; le rusé François était plus habile que Jean-Louis : il lui persuada de quitter Carmagnola, tenue par les Français, et de venir habiter le château de Valferrière avec lui, et aussitôt qu'il y fut arrivé, il le fit désarmer et le déclara prisonnier.

Il n'avait plus de compétiteur, il ne lui restait qu'à rentrer à Carmagnola, quand les Impériaux l'auraient prise. Saluces jugea que ces nouvelles manœuvres lui méritaient enfin le Montferrat ; il le redemanda, et Charles-Quint trancha la question entre les trois compétiteurs en donnant cette province au duc de Mantoue. Il préféra sa créature à un traître et à un allié douteux.

Mais la situation des Français n'en était pas meilleure ; M. de Burie avait été fait prisonnier dans une attaque avortée contre la ville de Casale et remplacé par M. de Boutières, qui était assiégé dans Turin, où nous allons bientôt retrouver le Grand Bressan luttant contre la mauvaise fortune avec son courage ordinaire, réduit à regarder la demeure de Paola du haut des bastions, et à faire envoyer des boulets pour écarter les officiers espagnols qui s'approchaient de trop près de cette maison où étaient ses amours.

Rangoné portait seul le titre officiel de lieutenant-général du roi ; mais, en réalité, il partageait le pouvoir avec un chef de troupes italiennes, nommé Caguino de Gonzague. Les deux chefs ne s'entendaient pas : l'un montrait de la clémence quand l'autre ordonnait des mesures de sévérité, et l'armée, ballottée entre ces deux rivaux, perdait chaque jour du terrain.

Les dépenses des guerres précédentes, celles de la campagne en Artois, les dilapidations des maîtresses et des favoris épuisaient le trésor. Abandonné à lui-même dans un pays sans cesse parcouru et dévasté par trois armées, et où il ne trouvait plus de ressources, Rangoné manquait d'argent pour payer l'armée. Les bandes italiennes et les lansquenets allemands au service de la France se mutinaient au nom de la solde arriérée. N'ayant pas l'honneur national à défendre, un seul mobile était assez puissant pour les pousser au combat : l'argent.

Les troupes étrangères avaient plus d'une fois donné le spectacle de la défection, quand la pénurie du trésor ne permettait pas de les payer régulièrement; et la réforme de l'armée opérée par François Ier avait été inspirée par le sentiment des dangers que présentait l'emploi de ces troupes, autant que par le désir de créer une armée nationale régulière.

Un fait des plus étranges vint faire un moment diversion aux revers des Français en Piémont. Un soldat natif de Coni, qui servait dans notre armée et s'appelait le Tholozan, imagina un jour de s'emparer de la ville de Quiers (*Chieri*) où les Impériaux avaient une petite garnison. Il connaissait le pays, et, sans demander l'autorisation d'agir, sans en rien dire à ses chefs immédiats, il communiqua son plan à quelques-uns de ses camarades qui l'acceptèrent, et les voilà partis à la conquête de la place.

Ils se présentent devant Quiers, on les reçoit à coups de fusil; le Tholozan livre bataille, bat la garnison et s'empare de la ville. Cette position avait de l'importance en raison de sa proximité de Turin, et les Impériaux allèrent l'assiéger. Mais le Tholozan, qui l'avait prise, ne voulait pas la rendre. Il demanda des renforts, que le général Rangoné lui envoya, défendit la place avec autant d'habileté que de courage, et força l'ennemi à lever le siége.

Dans un autre moment, le brave Tholozan aurait peut-être payé son audace un peu cher et appris à ses dépens qu'un simple soldat n'a pas le droit de vaincre sans ordre. Mais dans les jours de revers, les liens de la discipline se relâchent quelque peu, et le succès justifie, ou du moins fait pardonner les infractions aux lois militaires.

Ce fut à peu près le seul triomphe de cette courte période.

Rangoné ne laissa pas le commandement de Quiers au Tholozan; il le donna à un officier nommé d'Assal que les Impériaux assiégèrent à son tour, sans doute avec des forces supérieures, et contraignirent à évacuer la place.

Bientôt Rangoné, ne pouvant tenir la campagne avec une armée en désarroi, se réfugia à Pignerol, et les Impériaux vinrent l'y assiéger. Ce fut à ce moment que M. d'Humières, nommé lieutenant-général du roi en Italie, en remplacement de Rangoné, arriva à la tête de quelques renforts, pénétra dans la place malgré les Espagnols et prit le commandement des troupes. Il était difficile de venir dans des circonstances moins heureuses.

Les Français, chassés du marquisat de Saluces, ne possédaient plus dans les États de celui qui les avait trahis que le château de Carmagnola, dont la garnison se composait seulement de deux cents fantassins italiens au service de la France. Le général Du Guast, commandant en chef des troupes impériales, cédant aux sollicitations de M. de Saluces, vint assiéger en personne ce château de Carmagnola. Le marquis servait dans son armée, où il avait la direction de l'artillerie; connaissant les endroits les plus faibles de la place, il guidait les assaillants, ne dédaignant pas de faire parfois l'office de canonnier et de pointer les pièces.

Étrange situation que celle de cet homme qui venait, avec une armée espagnole, assiéger des soldats de l'armée française dans ce château que le roi de France lui avait donné! Mais c'était là que la trahi-

son devait trouver sa récompense. La petite garnison de Carmagnola se défendait avec un courage héroïque contre des forces considérables, et, de toutes les embrasures, de tous les créneaux, de toutes les fenêtres, faisait constamment un feu bien nourri.

M. de Saluces, qui poussait l'attaque avec une extrême vivacité, emporté un jour par son ardeur, s'approcha de trop près, et, frappé d'un coup de mousquet, tomba pour ne plus se relever.

Il mourait à la porte de son château sans avoir pu y entrer. Un Italien fidèle punissait l'Italien traître.

Bientôt après, la garnison foudroyée de tous côtés était obligée de capituler, et Du Guast déshonorait sa victoire par des supplices. L'Espagnol cherchait peut-être encore des consciences à acheter, et on voulait prouver à ceux qui seraient disposés à se vendre que, si on ne pouvait les garantir d'un coup de mousquet, on savait les venger.

D'Humières essaya de prendre l'offensive, sortit de Pignerol, traversa le Pô et se présenta devant Asti, dont il fit le siége. Mais les Impériaux étaient en force, et les Français échouèrent. Cependant ils parvinrent à s'emparer des places d'Albe, de Quieras et de Chivas.

Les affaires n'en furent guère plus avancées; Du Guast s'était de nouveau porté au pas de Suze, et l'occupait fortement, espérant ainsi fermer l'Italie à une armée de secours et couper la retraite à l'armée éparse dans les places du Piémont, qui toutes étaient menacées par ses troupes.

Montcalier au-dessus de Turin, Volpiano au-dessous, Rivoli et Veillano à l'ouest, enveloppaient Turin, serrée contre le Pô, dont les Impériaux tenaient le cours.

Boutières s'y maintenait et luttait avec énergie contre le blocus, qui devait bientôt se convertir en siége; mais une trahison faillit rendre son courage inutile et livrer la ville à l'ennemi. César de Naples, gouverneur de Volpiano pour Charles-Quint, gagna un bas officier qui promit de lui livrer un bastion dont il avait la garde. Cet homme, pour assurer le succès de sa trahison, composa son poste de quelque mauvais soldats qui ne brillaient pas par leur valeur; il comptait sur leur lâcheté, comme un brave officier compte sur le courage de ceux qu'il commande, et il ne crut pas même nécessaire d'employer auprès d'eux des moyens de séduction. C'était plus sûr et cela le dispensait de partager le prix de son infamie.

Au milieu de la nuit, à l'heure indiquée, César de Naples se présenta avec les siens devant le bastion où l'officier était de garde. Comme celui-ci l'avait espéré, ses hommes prirent la fuite; le bastion fut livré, et le traître resta avec les Impériaux pour leur faciliter l'entrée dans la ville. Heureusement, Boutières n'était pas couché; quelques-uns disent qu'il s'était, par hasard, attardé au jeu avec quelques amis; il entendit du bruit, accourut avec sa garde et quelques gentilshommes, officiers de l'armée, ferma, avec la hallebarde dont il s'était armé, la porte par laquelle l'officier voulait introduire l'ennemi, et l'y arrêta assez longtemps pour que sa troupe se grossît. Le combat fut rude, mais César de Naples qui, avec beaucoup de savoir et de courage, perdait toutes ses batailles, ne démentit pas sa mauvaise fortune et fut rejeté hors du bastion.

Le traître ne put pas s'enfuir avec les ennemis auxquels il s'était vendu; il fut arrêté et accroché à un gibet dans cette même nuit.

Dans cette campagne où les Français éprouvaient

tant de revers, la trahison, du moins, n'était pas heureuse. La punition dés traîtres est toujours une satisfaction pour ceux qui restent fidèles à leur drapeau.

L'échec de César de Naples et le supplice de l'officier n'empêchèrent malheureusement pas les Impériaux de faire le siége de Turin. Bientôt toutes les communications entre cette ville et les campagnes environnantes furent coupées ; l'ennemi arrêtait les bateaux qui descendaient, du haut du fleuve, vers Turin, ceux qui remontaient du Pô inférieur, et la famine commença à se faire sentir dans la population piémontaise et dans la garnison.

Il ne restait de libre qu'un petit espace entre la ville et la Doire, dont l'ennemi occupait la rive gauche, et il n'arrivait rien de ce côté ; à peine pouvait-on trouver quelques poissons que les pêcheurs prenaient pendant la nuit au confluent de la Doire et du Pô, au risque d'être arquebusés par les Impériaux. Mais ce n'était là qu'une faible ressource.

Bastien en retournant à Turin, après avoir laissé Liobard au château d'Holypherne, n'avait pas oublié le brave pêcheur qui l'avait sauvé dans la nuit de sa lutte avec les soldats espagnols. Il avait porté quelques étoffes de France à la femme et quelques présens aux enfans du pêcheur, qui avait été vivement touché du bon souvenir de l'officier et s'était montré heureux de le revoir. A ce moment, les affaires des Français étaient prospères. Quand la chance eut tourné, l'Italien fit tout ce qui était en son pouvoir pour adoucir le sort de Bastien; mais les masses n'en souffraient pas moins.

On vit peu à peu s'éloigner de la ville tous ceux qui espéraient trouver leur subsistance au dehors ; toutefois il y resta une quantité considérable de malheureux sans ressources demandant du pain à la garnison, qui en manquait pour elle-même.

Les réserves en blé et en farine étaient épuisées, les greniers étaient vides ; on abattit les chevaux de luxe et, tant que dura cette ressource, on fit des distributions régulières. Après les chevaux de luxe vint le tour des chevaux de trait, de toutes les bêtes de somme, des mulets de l'armée; enfin, la cavalerie dut se résigner à un pénible sacrifice : elle tua ses chevaux pour nourrir la garnison et la population.

Ce dernier moyen d'alimentation s'épuisa encore ; alors tous les animaux domestiques disparurent, et on en arriva à faire la chasse aux rats. Durant ce siége terrible se reproduisirent toutes les scènes douloureuses racontées par les historiens des guerres antérieures ; on éprouva toutes les souffrances qui, depuis, ont rendu fameux les siéges de Gênes et de Dantzig, soutenus encore par les Français, qui, dans ces circonstances, ont toujours donné de grands exemples de constance et de courage.

Le commandant en chef des Impériaux, Du Guast, crut le moment favorable pour ouvrir des négociations, et fit demander au gouverneur français la reddition de Turin. Les soldats étaient exténués par les privations; c'étaient des spectres ambulans qui montaient la garde sur les remparts, que la faim couchait au pied des murailles d'où chaque jour plusieurs ne se relevaient pas. Boutières assembla les officiers et leur soumit les propositions du général espagnol.

Alors eut lieu entre les officiers qui composaient ce conseil une des scènes les plus dramatiques, les plus émouvantes que l'histoire militaire de la France ait enregistrées. Un refus pouvait condamner à la mort, au milieu des tortures de la faim, tous ceux qui étaient présens. Nulle armée ne venait au secours de Turin, le pas de Suze était intercepté..... et cependant pas une voix ne s'éleva pour proposer d'accepter les propositions de Du Guart : tous les officiers répondirent qu'ils mourraient plutôt que de rendre Turin!

Le Grand Bressan était dans la place avec sa compagnie démontée, dont les chevaux avaient été, un à un, sacrifiés pour le service des subsistances ; le brave capitaine faisait son service à pied, maugréant contre la réclusion à laquelle il était condamné et, dans ses heures de loisir, traduisant le Dante, dont il chantait les passages les plus tristes et le plus en rapport avec sa déplorable situation.

Le pauvre amoureux se trouvait enfermé dans Turin, qui était enveloppée par les troupes ennemies, et sa Paola bien-aimée était à une toute petite distance ; mais, si petite qu'elle fût, il ne pouvait pas la franchir. De l'un des bastions qui dominaient le fleuve, le capitaine voyait parfaitement la demeure de Toniella et le camp des Impériaux qui l'enveloppait de trois côtés ; il eût tout fait pour chasser les ennemis de cette position, non-seulement parce qu'ils bloquaient et affamaient la ville, mais aussi parce qu'il était jaloux des officiers se promenant librement sur l'autre rive et à portée de voir tous les jours celle qu'il ne voyait que dans ses rêves.

Quelquefois, le lendemain d'un assaut qui avait été repoussé, lorsque les assaillans se reposaient, que tout était silencieux comme par un accord tacite entre les deux armées, deux ou trois coups de canon partaient de ce bastion et dispersaient les promeneurs trop rapprochés de Toniella. Les Impériaux tiraient peu de la rive droite du Pô, ne cherchant pas à faire dans les remparts une brèche qu'ils ne pouvaient utiliser. Les attaques les plus vigoureuses contre Turin avaient lieu par les routes de Rivoli et de Pignerol. Aussi les officiers disaient-ils, en voyant arriver ces boulets :

— Quel démon pousse donc les Français à canonner ce côté? Ce n'est pas ici qu'est le danger pour eux.

— C'est une bravade, répondait-on : ils veulent prouver qu'ils ne manquent pas de munitions ; mais cela ne durera pas longtemps.

Ce n'était ni un démon poussant les Français ni une bravade qui valait aux Espagnols ces saluts de boulets; c'était Bastien qui, d'accord avec le commandant de la batterie, se vengeait de son éloignement forcé de Paola en faisant tirer sur ceux qui s'en approchaient trop.

Le Grand Bressan ne se borna pas à disperser les curieux qui rôdaient autour du jardin, le commandant de la batterie prit plaisir à servir la jalousie du capitaine; il tira par-dessus la maison de Toniella, puis à droite, puis à gauche, et força les tentes les plus rapprochées à déloger, à se placer à une distance respectueuse, c'est-à-dire, hors de portée. Il arriva ainsi à former autour de la maison de Toniella un demi-cercle, un arc, dont le Pô était la corde, et qui se trouva entièrement vide.

Cette ténacité, que rien ne justifiait aux yeux des Espagnols, attira l'attention des grands stratégistes de leur armée. Le bastion qui balayait ainsi le terrain devint l'objet de sérieuses études. On en releva le plan, la hauteur, les angles, l'inclinaison des embrasures ; on arriva à se persuader, en voyant la maison et le jardin de Toniella demeurés intacts, qu'il y avait dans le bastion un défaut de construction qui ne permettait pas de tirer aussi bas, à cette distance. Les savans italiens et espagnols écrivirent à ce sujet une douzaine de volumes; mais l'imprimerie était encore peu répandue, et ces travaux restèrent manuscrits, ce qui fut assurément une perte fort regrettable pour tous ceux qui s'occupaient du grand art de tuer les hommes d'après des règles mathématiques.

CHAPITRE XIV.

Si le problème de la maison demeurée intacte au bas de la perpendiculaire de l'arc tracé par le canon ne fut pas résolu, ou si la solution donnée par la science resta ignorée, l'amour de Bastien eut du moins pour le bien-être de la garnison un résultat matériel, positif, et d'assez grand prix.

Les télescopes n'étaient pas encore inventés; ceux qui observaient les astres, les généraux d'armée et les amoureux, devaient se contenter de leurs yeux. Les observations étaient nécessairement plus longues; le Grand Bressan revenait si fréquemment, et restait si longtemps sur le bienheureux bastion à regarder de l'autre côté du fleuve, que ses yeux, retrouvant toujours les mêmes objets sous des angles de lumière différens, finirent par saisir les moindres détails et par étendre fort loin le rayon visuel. Il voyait toujours, derrière le Pô, à droite de la route de Villanova, et à une assez courte distance, un grand mouvement de chariots et de cavaliers; il put un jour distinguer un nombreux troupeau de bœufs prenant la même route que les chariots, et comprit que le parc aux bestiaux et les magasins des Impériaux se trouvaient là.

L'abondance d'un côté, la misère de l'autre : il y avait de quoi tenter la malheureuse garnison qui mourait de faim. Restait le fleuve à franchir; c'était une question de stratégie. Bastien fit modestement part de ses observations à son colonel; celui-ci en parla à M. de Boutières; tous trois se rendirent sur le bastion. En rentrant chez lui, le gouverneur avait fait son plan d'attaque.

Les troupes disponibles sortirent donc un jour de Turin, à l'aube naissante, animées par la colère de la faim, et se divisèrent en deux corps. Le premier prit une des routes qui vont de Turin à Pignerol, celle qui est la plus rapprochée du Pô; le second, dont Bastien faisait partie, tenait la gauche du premier corps, entre celui-ci et le fleuve, marcha dans la direction de Montcalier, place située entre Turin et Carignan, et dont le pont était la communication la plus importante entre les divisions de l'armée espagnole qui occupaient les deux rives.

L'ennemi, qui ne s'attendait pas à cette sortie, recula d'abord devant les Français et, persuadé que ceux-ci allaient attaquer le pont afin de couper la communication et d'isoler Rivoli et Gruliasco placées sur la rive gauche, et dont ils auraient ensuite bon marché, l'ennemi, disons-nous, courut en toute hâte vers Montcalier. Le premier corps français, faisant alors un mouvement sur sa gauche, y suivit les Espagnols et attaqua le pont d'une façon assez vive. Protégé par ce mouvement, n'ayant plus d'ennemi devant lui, le second corps, resté en arrière, s'arrêta au bord du fleuve, à mi-chemin entre Turin et Mont-

calier, à la hauteur du point où s'élève aujourd'hui, sur l'autre rive, le fort de Cavoretto. Le Pô, assez large en cet endroit, était divisé par une île en deux bras, dont l'un était profond et rapide, dont l'autre, au contraire, pouvait être passé à gué.

Les Français avaient amené des bateaux étroits et légers sur leurs chariots; un pont fut rapidement jeté entre la rive gauche et l'île. Les Français y passèrent sans obstacle, puis traversèrent le second bras, ayant de l'eau jusqu'au genou, malgré quelques coups de feu tirés par les postes espagnols. Ils se mirent alors en ordre de marche et, tournant à gauche, s'avancèrent dans la direction de San-Vito.

Ces malheureux affamés de Turin étaient enfin sur cette rive droite où se trouvaient les parcs aux bestiaux, les dépôts de blés et de farines, les provisions de toute espèce! Ils firent une ample récolte sans trouver de résistance sérieuse, tant l'ennemi était loin de soupçonner la possibilité d'une attaque de ce côté.

Les chariots furent chargés de blé, de viandes salées, de vin; des bœufs, des moutons furent réunis. Tout cela fut opéré avec la plus grande rapidité, car c'était là une condition du succès. On donna aux soldats une demi-heure dont les pauvres diables avaient grand besoin pour se refaire un peu.

Il fallait convoyer vers Turin les prises qu'on avait faites, et cela était moins facile que le passage que l'on venait d'opérer, car il n'était plus possible de traverser le Pô au même endroit. En effet, les Impériaux avaient reculé devant les Français jusqu'au pont de Montcalier, qu'ils avaient bravement défendu. Le premier corps n'avait d'autre but que celui d'occuper l'ennemi pendant que le second opérait sa razzia; il tirait constamment, mais montrait quelque mollesse dans l'attaque. La garnison de Montcalier, croyant à un danger sérieux, alla promptement se joindre à ceux qui défendaient le pont. Les Impériaux reprirent alors l'offensive sur la rive gauche, et le premier corps français recula à son tour devant eux.

Dans ce mouvement de retraite effectué le long du fleuve, il fallait abandonner ou enlever le pont de bateaux. Les Français purent heureusement le démonter et l'emporter malgré les efforts de l'ennemi.

Dès lors, le deuxième corps n'eut plus d'autre moyen de ramener ses prises que de descendre la rive droite du Pô et de traverser le pont de Turin dont les Espagnols occupaient la tête sur cette rive. Il marcha résolument vers ce point; en même temps, sur les ordres de Boutières, tous les bastions qui bordaient le fleuve vomirent des boulets et de la mitraille sur cette tête de pont. L'épouvante se mit chez les Impériaux, attaqués ainsi de deux côtés; le pont fut libre un moment et le convoi commença à filer.

Mais le premier instant de surprise passé, les chefs espagnols rallièrent leurs soldats et chassèrent vigoureusement les Français. L'ennemi arrivait de tous les points, et il fallait bien le tenir en respect, sous peine de perdre le fruit de cette sortie, heureuse jusques-là, de se voir encore livrés aux horreurs de la faim. Aussi les Français firent-ils des prodiges d'audace.

Craignant de se laisser acculer contre le fleuve, où l'ennemi les eût jetés, les Français le refoulaient avec un courage de désespérés sur toutes les routes qui aboutissaient au pont. Le Grand Bressan, à la tête de sa compagnie de chevau-légers démontée, et combattant à pied, occupait la rive en aval du pont, sur le chemin qui menait à la maison de Toniella. Les soldats étaient armés de la lance, les officiers de la hallebarde. Les bastions de Turin ne tiraient plus, les coups pouvant frapper les Français presque confondus avec les Espagnols. Le convoi filait toujours, malgré l'ennemi, essayant en vain de briser les lignes françaises qui en protégeaient la marche. Une masse énorme se pressait sur la route de Villanova ; un gros d'Impériaux, inutiles sur ce point, abandonna la route, se jeta à travers champs, sur sa droite, et alla en aval du pont attaquer la troupe commandée par Bastien. Il y eut là une mêlée terrible ; les Impériaux avaient deux pièces de campagne qui vomissaient la mitraille sur les chevau-légers et les fantassins réunis à eux.

— Mes amis ! s'écria Bastien, leurs canons portent plus loin que nos lances ; il n'y a pas moyen de se battre comme ça ; c'est un métier de dupe. Courons sur les canons : ne les enclouons pas, mais prenons-les ; ça nous servira. Vous êtes prêts ? En avant! marche !

Les Français s'élancèrent au pas de course, les canons crachèrent leur dernière volée!... Quelques-uns tombèrent, les autres culbutèrent tout et s'emparèrent des pièces. Devant cette avalanche, les Impériaux reculèrent. Emporté par l'ardeur du combat, Bastien se laissa malheureusement entraîner trop loin à leur poursuite, et se trouva tout à coup en face d'une autre troupe d'Espagnols qui accourait au secours de la première et débouchait par le petit chemin longeant la haie du jardin de Toniella, cette haie que Bastien avait franchie le soir de l'entrevue d'Antonio de Leyva et de Saluces.

Les Impériaux fondirent sur les Français. Frappé de deux coups de lance, Bastien tomba et les siens s'enfuirent en désordre, poursuivis par l'ennemi, qui passa sur le corps du capitaine. Ils s'aperçurent bientôt de l'absence de leur chef et reprirent l'offensive pour arriver jusqu'à lui et l'enlever; mais ils n'en purent venir à bout, malgré les plus grands efforts, et durent l'abandonner sur le terrain.

Resté seul, le Grand Bressan essaya de se relever ; mais il n'en put venir à bout et retomba sur le sol en gémissant.

Quelques mauvais soldats espagnols, de ceux qui sont toujours les derniers au combat, les premiers au pillage, commençaient à explorer le champ de bataille que la compagnie du malheureux capitaine venait de quitter. Ils faisaient prisonniers les blessés, dépouillaient les morts, amis et ennemis, d'une main plus leste à fouiller les poches qu'habile à manier la lance.

Bastien vit ces pillards s'avancer lentement de son côté et, levant les yeux au ciel, il dit tristement :

— Allons, tout est fini !

Puis, faisant un dernier effort, il cria d'une voix déchirante: Paola, Paola, je viens mourir auprès de toi!

Le bruit du combat avait attiré dans le jardin de Toniella les deux femmes qui la servaient ; elles entendirent ce douloureux appel de l'officier, regardèrent par dessus la haie et reconnurent le Grand Bressan. L'une d'elles courut auprès de sa maîtresse et lui répéta ce qu'elle venait d'entendre.

Paola était là. Sans dire un mot, sans jeter un cri, elle descendit rapidement l'escalier et s'élança sur le chemin. Elle vit Bastien gisant à terre et baigné dans son sang. Les deux femmes l'avaient suivie ; elle leur fit signe, leur dit quelques mots en italien, et toutes trois essayèrent d'enlever le capitaine et de le transporter dans la maison.

En ce moment, les pillards, qui continuaient leur exploration, s'approchèrent avec vivacité, et l'un d'eux dit en riant :

— Eh! eh! mes belles filles, ne nous volez donc pas notre butin, s'il vous plaît!

— Vous voyez bien que c'est un homme mort, dit un autre, en regardant effrontément les jeunes femmes.

En même temps ils voulurent reprendre ce qu'ils appelaient leur butin. Paola les repoussa vivement en appelant au secours, comme si quelqu'un pouvait sortir de la maison et mettre en fuite ces bandits. Mais personne ne vint qu'un officier espagnol qui, ralliant ses hommes sur le chemin, s'approcha au bruit de la querelle et en demanda la cause.

— Un soldat mort que ces femmes emportent pour le dépouiller, dirent les soldats.

— Un blessé que nous voulons secourir, répondit énergiquement Paola.

— Mort ou blessé, fit durement l'officier, rendez-le.

Et se tournant vers les soldats : Enlevez-le, ajouta-t-il.

Les femmes qui portaient Bastien étaient entrées dans la maison ; Paola se jeta devant la porte pour barrer le chemin aux pillards, et, regardant l'officier, elle s'écria :

— Cet homme est mon fiancé : mort ou blessé, il est à moi!

— C'est un Français et un ennemi, répliqua l'Espagnol : il est à nous. Reprenez-le !

Les soldats jetèrent Paola hors du seuil, et se précipitèrent vers les femmes, l'officier à leur tête. Mais à ce moment parut Toniella, pâle, courroucée. L'Espagnol s'arrêta devant cette femme, dont les yeux brillaient du feu de la colère, dont les lèvres étaient frémissantes.

— Qui ose violer la demeure de la veuve de Cassio, d'une amie de Charles-Quint ? s'écria Toniella.

— Madame..., balbutia l'officier, c'est un Français qu'on enlève.

— Espagnol ou Français, quiconque entre ici est sacré! reprit Toniella. Ne l'oubliez pas et ne me forcez pas à prier l'empereur de vous le rappeler.

— J'ignorais chez qui nous étions, madame, excusez-nous, dit l'Espagnol.

Les soldats s'éloignèrent et se souvinrent, seulement alors, qu'Antonio de Leyva, l'année précédente, et Du Guast, tout récemment, avaient fait visite à la jeune veuve et avaient ordonné que sa maison fût respectée de tous.

— Elle est venue mal à propos, disait l'un d'eux, cet officier avait au col une chaîne d'or qui eût bien fait notre affaire.

— Il avait au côté une dague dont le fourreau ciselé doit être de quelque prix, fit un autre.

— Bah ! riposta un troisième, nous en trouverons des chaînes d'or et des fourreaux ciselés, quand nous entrerons à Turin. Deux petites heures de pillage nous vaudront plus que toute la défroque des Français.

— Nous aurons et le pillage et la défroque, dit un autre en ricanant ; on ne fera pas de la générosité ici comme à Fossano, et toute la garnison sera prisonnière de guerre.

L'officier leur ordonna de rejoindre leurs compagnies et ils s'éloignèrent chargés d'un assez riche butin qu'ils avaient impartialement enlevé aux morts des deux nations.

Cependant le convoi filait toujours. Maîtres de la tête de pont et de la route qui bordait le fleuve en amont, les Français faisaient face à l'ennemi et le contenaient encore. Les bestiaux, les chariots de blé, de farine, continuaient à entrer dans la ville.

Les Impériaux, dont la masse grossissait toujours, suivaient pied à pied l'arrière-garde et affluaient de tous les côtés. Les Français n'étaient pas en assez grand nombre pour garder la tête de pont, il ne leur était plus possible de tenir. Ils cédèrent la place à l'ennemi, qui reprit sa position; mais leur but était atteint : tout le convoi était passé.

Sur la rive gauche, le premier corps opérait sa retraite lentement, ramené par les Impériaux, mais sans toutefois se laisser entamer. Le succès de cette petite expédition fut complet et rendit pour quelques semaines l'abondance à la garnison de Turin. Ce fut une des heureuses journées de l'armée qui, depuis longtemps, n'en comptait pas beaucoup de ce genre.

Dans la maison de Toniella, toutes les pensées et tous les soins étaient concentrés sur le capitaine Bastien. Pendant que les Français s'éloignaient et que retentissaient les derniers coups de canon, le blessé était transporté au premier étage, dans une chambre donnant sur le jardin, et déposé sur un lit où l'on visita et lava ses blessures.

Depuis qu'on l'avait enlevé aux pillards espagnols, il n'avait pas donné signe de vie, et Paola, en étanchant le sang qui coulait des plaies béantes, versait de grosses larmes sans proférer un mot. Cette pénible opération achevée, la pauvre enfant mit la main sur le cœur de Bastien et ne le sentit pas battre..... Elle approcha ses lèvres des lèvres de son amant, afin de sentir le souffle léger de sa respiration s'il vivait encore : nul souffle n'effleura ses lèvres..... Elle se fit apporter un petit miroir et le posa sur la bouche de Bastien : la glace ne fut pas ternie.

Alors Paola découragée laissa tomber ses bras; elle contempla la belle tête pâle et inerte du Grand Bressan, puis, tout en larmes, désespérée, elle jeta ses deux bras au cou de Bastien, colla sa bouche à la bouche de son fiancé, comme si elle eût voulu recueillir son âme ou insuffler une vie nouvelle dans les poumons du mort.

L'amour lui révélait-il une science inconnue d'elle? Fit-elle en réalité pénétrer dans les poumons un air qui rétablit le jeu de la respiration? Nul ne le sait ; mais Bastien poussa un soupir. Paola se releva, ivre de joie, haletante, n'osant parler, écoutant, afin de surprendre une nouvelle manifestation de la vie.

Toniella apporta de la charpie et des linges découpés en bandes et pansa les blessures du malheureux officier. Malgré les soins et l'habileté de la jeune femme, la douleur arracha à Bastien un cri léger qui passa en sifflant entre ses dents serrées... Il ouvrit les yeux, et sans avoir reconnu personne, les referma.

— C'est fini, dit Paola d'une voix entrecoupée par les sanglots, en passant rapidement de l'espérance à la désillusion.

Puis elle s'assit au chevet de Bastien et prit dans ses deux mains la main glacée du moribond.

— Espérons, dit doucement Toniella quand elle eut achevé le pansement; laissons faire la nature, en l'aidant de notre mieux.

Alors elle humecta les lèvres de Bastien et fit pénétrer quelques gouttes d'eau édulcorée de sirop dans sa bouche desséchée et brûlante. Il respirait péniblement, avec effort, mais enfin la vie n'était pas encore éteinte.

Paola, qui jusque-là n'avait songé qu'aux blessures, lava son visage, peigna ses beaux cheveux blonds souillés de sang, les arrangea sur son front, sans savoir si elle le paraît pour la résurrection ou pour la tombe.

Pendant huit jours et huit nuits, on veilla constamment auprès du capitaine. Toniella, admirable de dévouement ; Paola, dirigée par son amour, et les domestiques, deux bonnes créatures, se relayaient au chevet du malade, épiant ses mouvemens, attendant une parole ou un regard intelligent annonçant qu'il eût conscience de son état.

Ce fut Paola qui reçut ce premier regard, qui recueillit cette première parole. Bastien ouvrit les yeux, reconnut la jeune fille, murmura son nom, et lui tendit la main. C'était enfin le réveil après cette longue léthargie qui ressemblait à la mort.

— Sauvé! sauvé! s'écria la jeune fille avec bonheur.

Et souriante, légère comme un oiseau, elle courut de chambre en chambre annoncer l'heureuse nouvelle et rassembla tout le monde autour du lit du malade.

Bastien pressait les mains des deux sœurs. Il ne se souvenait de rien depuis ses deux blessures et les paroles qu'il avait prononcées en tombant sur le champ de bataille ; il comprenait bien qu'il n'avait pu être sauvé que par un miracle d'amour et de dévouement et demandait comment on l'avait découvert et recueilli.

Paola eût volontiers répondu à ses questions, mais Toniella commanda le silence et le repos, car l'officier n'était pas hors de danger et toute rechute eût été fatale; elle ne permettait que le langage des yeux.

L'amour avait commencé la guérison, la jeunesse l'acheva : deux grands médecins qui ont toujours fait des cures merveilleuses sans écrire de traités scientifiques. Les blessures se cicatrisaient, les forces revenaient. Ce fut une fête dans la maison, le jour où le Grand Bressan put quitter sa chambre, se promener un moment dans le jardin et s'asseoir sous les orangers entre les deux femmes auxquelles il devait la vie. Il excita plus d'une fois leurs rires joyeux en leur racontant de quelle manière l'artilleur son ami avait forcé les tentes espagnoles à s'éloigner de leur demeure et tenu à distance les maraudeurs.

La convalescence faisait des progrès rapides. Le capitaine était plein d'amour et de reconnaissance pour ses libératrices ; mais il venait souvent s'asseoir à une fenêtre qui ouvrait sur le fleuve, et là, tout en causant avec Toniella ou avec sa sœur, il regardait les remparts de Turin, et soupirait quelquefois.

CHAPITRE XV.

Paola, avec cette intelligence que donne l'amour, comprit les soupirs de Bastien, devina sa pensée.

— Mon capitaine, lui dit-elle un jour, d'un accent empreint de tristesse, quelqu'un vous aimera-t-il plus et mieux là-bas?

— Paola, répondit l'officier, celle que j'aime, celle à qui je dois la vie est ici, et jamais je n'ai été aussi heureux.

— Eh bien ! fit vivement la jeune fille, pourquoi le temps vous paraît-il si long auprès de nous, pourquoi voulez-vous nous quitter ?

— Hélas ! mon amie, répliqua Bastien, je suis soldat : mon devoir m'appelle au milieu de ceux qui combattent et qui souffrent.

— Vous ne m'aimez pas…, dit Paola en hésitant et sans oser regarder le capitaine.

— Enfant ! je vous aimais déjà de toutes les forces de mon âme… je vous aime, aujourd'hui, avec l'ardent désir de vous consacrer la vie que vous m'avez rendue, répondit le Grand Bressan.

— C'est pour cela que vous soupirez après le moment où vous pourrez vous séparer de moi, me laisser ici dans la douleur, tremblant pour vous, qui allez courir de nouveaux dangers ! murmura Paola.

— Ma bien-aimée, reprit le capitaine, en pressant les mains de la jeune fille entre les siennes, vous ne pouvez pas épouser un vaincu ; laissez-moi rejoindre mon drapeau : je reviendrai vous offrir la main d'un soldat victorieux et, dès lors, digne de vous.

Quelque douleur qu'elle éprouvât de voir Bastien s'éloigner, Paola comprit ce noble langage et consentit à son départ. Mais Toniella haussa les épaules en souriant, lorsque sa sœur lui transmit les désirs du capitaine. Bien que la maison ne fût séparée de Turin que par le fleuve, le retour à la ville n'était pas aussi facile que Bastien le supposait, et toute son habileté, tout son courage y eussent échoué.

Depuis la sortie qui avait si bien réussi à la garnison, les Impériaux exerçaient la plus active surveillance le long du Pô. Quelques marchands avaient seuls obtenu la permission de sortir de la ville et d'y rentrer chaque soir, par le pont. Du Guast avait accordé cette autorisation parce que ces marchands apportaient dans les cantonnemens espagnols des objets manufacturés dont les soldats avaient besoin, Boutières parce que ce petit trafic permettait à quelques ouvriers de Turin de vivre de leur travail ; mais les deux généraux avaient l'air d'ignorer le but des marchands et leur commerce. Pour prévenir toute surprise ou toute manœuvre, ces hommes devaient toujours sortir et rentrer par la même porte ; leur identité était reconnue chaque jour par les mêmes gardiens, qui visitaient soigneusement leurs paquets et leurs poches.

Bastien ne pouvait donc pas songer à se faire passer pour un de ces marchands et à rentrer à Turin sous des habits d'emprunt ; il eût été infailliblement arrêté.

D'un autre côté, les soldats espagnols, privés des dépouilles du capitaine par l'intervention de Toniella, avaient raconté l'affaire à leurs camarades. Il n'y avait pas de poste auprès de la maison, on sait pourquoi ; mais les soldats veillaient, bien décidés à s'emparer de tout homme qui en sortirait, et à faire payer au prisonnier une rançon capable de les dédommager du butin qu'on leur avait soustrait. Il était également impossible de faire prévenir le brave pêcheur du confluent de la Doire et du Pô, habitant la rive opposée, et dont la maison était, au surplus, entourée par les Espagnols, dont les avant-postes venaient jusque-là de ce côté.

Le Grand Bressan voulait écrire au gouverneur de Turin et à son colonel qu'il n'était pas mort, comme avaient dû le penser les soldats de sa compagnie qui n'avaient pu le reprendre, qu'il avait été sauvé par le dévouement de Mme Cassio et de Paola ; mais Toniella s'y opposa formellement, persuadée que la lettre serait prise et amènerait quelque complication.

Aucun marchand n'entra dans la demeure de Toniella ; mais celle-ci en trouva un chez lequel elle avait fait, à Turin, quelques emplettes avant le siége, et celui-ci se chargea de faire connaître au général Boutières et au colonel des chevau-légers le salut et l'existence du capitaine. Pour la première fois elle se borna là, craignant d'être refusée si elle demandait plus. Les deux officiers supérieurs firent faire leurs complimens à Bastien.

Toniella s'était aperçue de la surveillance exercée sur sa demeure, mais elle n'osait s'en plaindre à personne ; Charles-Quint lui-même n'aurait pu trouver mauvais que ses soldats voulussent faire un officier français prisonnier. Bastien était là au milieu des ennemis ; c'était beaucoup qu'on l'y laissât en repos, sinon en liberté complète.

— Il serait bien facile à mon général de me tirer de ce mauvais pas, dit un jour le Grand Bressan en sortant d'une rêverie qui l'avait longtemps absorbé.

— Comment cela ? fit Toniella en souriant d'un air incrédule.

— Boutières et Du Guast doivent avoir quelquefois à traiter ensemble d'objets qui concernent les deux armées ; ils ne se voient pas, mais ils s'envoient des parlementaires. Qui empêcherait le gouverneur de Turin de me choisir pour parlementaire, de me faire tenir mes pouvoirs et de m'envoyer vers Du Guast.

— Eh bien ! dit Paola, qu'arriverait-il ?

— C'est bien simple, reprit Bastien ; je remplirais ma mission, et en quittant Du Guast je rentrerais à Turin d'où je serais censé être sorti.

— Grand enfant ! répliqua Toniella, il arriverait que votre séjour ici, ignoré ou tacitement toléré, deviendrait public, officiel ; vous ne rentreriez à Turin qu'en donnant votre parole d'honneur de revenir après avoir rempli votre mission ; vous tiendriez fidèlement votre parole, et, au lieu d'être le prisonnier de Paola, vous seriez prisonnier de guerre.

Bastien se gratta l'oreille. Paola lui fit une petite moue qui signifiait : C'est bien fait, vous resterez ici. Puis Toniella lui dit d'un air narquois :

— Il faut traduire Dante avec Paola et lui chanter des chansons bressannes.

Mais Turin était trop près ; quand on entendait résonner la mousqueterie de l'autre côté, Bastien exprimait tout haut le désir que les Français fissent une sortie qui lui permît de les rejoindre. Il avait perdu sa hallebarde en tombant sur le champ de bataille ; mais sa dague était restée attachée à sa ceinture, ainsi que son poignard ; et un jour qu'il y eut une petite escarmouche au pont de Turin, il saisit ses armes et voulut courir vers les Français.

Mais ce n'était qu'une fausse alerte : la garnison ne tentait rien de ce côté, et il n'avait pas fait vingt pas que le pont était balayé.

— Vous vous ferez tuer quelque jour, lui dit Toniella ; nous avons eu trop de peine à vous sauver pour vous laisser périr de la sorte : je vais m'occuper de votre délivrance.

En effet, Toniella se rendit à Villanova, où était Du Guast, raconta au général espagnol les faits tels qu'ils s'étaient passés et le pria d'échanger Bastien contre quelque officier prisonnier des Français. Elle lui remit en même temps une lettre destinée à M. de Boutières, dans laquelle le Grand Bressan priait son général de l'échanger.

Du Guast envoya au gouverneur de Turin la lettre

de Bastien et un cartel d'échange ; bientôt après le capitaine alla rejoindre les Français, partager leurs périls, leurs misères, souffrir avec eux les tortures de la famine qui était revenue et devait durer longtemps encore.

L'amour et le bonheur étaient chez Toniella ; le devoir appelait le soldat dans la ville assiégée. Le grand Bressan n'hésitait pas. Paola pleurait et souffrait de ce départ, mais admirait en secret ce noble capitaine.

Une armée française se disposait à passer les Alpes pour secourir les braves soldats qui luttaient si courageusement en Piémont, et dont la position devenait de jour en jour en jour plus difficile. Si la garnison de Turin donnait l'exemple du dévouement, de l'abnégation, dans le reste de l'armée l'anarchie paralysait tous les mouvemens.

Les lansquenets mutinés, insolens, avaient contraint le lieutenant général d'Humières à leur confier la garde de l'artillerie, c'est-à-dire à la leur livrer. C'était un gage de leur solde qu'ils avaient voulu. Dès ce moment, les lansquenets n'obéirent plus que lorsqu'il leur convint d'obéir ; ils contrariaient tous les plans du lieutenant général, et, au lieu d'être conduits par lui, l'entraînaient où il ne voulait pas aller. La question de la solde renaissait toujours, et ils lui arrachaient le plus d'argent possible. Un colonel nommé Hans Ludovic, ambitieux de gloriole, actif, remuant, sans autre but que celui de primer, de satisfaire une vanité inutile, était le promoteur principal de toutes ces séditions. Ce colonel insulta un jour un commissaire des guerres, et comme le lieutenant-général intervenait pour apaiser la querelle, Hans Ludovic osa tirer son épée et l'en menacer. Les liens de la discipline étaient à ce point relâchés que M. d'Humières fut obligé de dévorer cette injure.

Plus tard, quand l'armée fut rentrée en France, où l'autorité reprenait son empire, le colonel fut arrêté à Lyon, jugé, condamné, et paya de sa tête cet acte d'insubordination.

Mais on était encore loin de cette époque ; les lansquenets ne voulurent plus obéir, se rendirent à Houlx et à Pignerol, malgré les ordres du lieutenant-général, et y conduisirent l'artillerie. Le malheureux d'Humières, sans canons, ne voulant pas suivre cette fois les mutins, se retira avec ses troupes à Sésane, d'où il envoyait au roi courriers sur courriers, pour exposer sa déplorable situation et pour demander des secours. De ces courriers, les uns étaient pris par les Impériaux, les autres arrivaient et s'acquittaient de leur mission ; mais jusques-là aucune armée n'était venue rétablir les affaires.

Enfin, le lieutenant-général envoya Langei pour représenter à François Ier l'état désastreux de ses troupes et de la garnison de Turin ; mais il fallait passer la frontière, et cela n'était pas facile, car elle était gardée et surveillée de tous côtés par les Impériaux toujours sur le qui-vive, regardant déjà comme prisonnière de guerre cette malheureuse armée dans laquelle Du Guast savait encore semer la dissension, qui, dans les momens de revers, trouve les esprits disposés à s'aigrir.

Heureusement Langei était un homme d'imagination autant que de courage. Il avait dans l'esprit toutes les ressources du soldat, du négociateur, du diplomate le plus habile. Ce qui surtout le servait merveilleusement, c'est qu'il exécutait lui-même ce qu'il avait imaginé. Il avait, dans différentes occa-

sions, rempli les fonctions d'ambassadeur de France dans les cours étrangères, et tout dernièrement en Allemagne. Fort obligeant, très conciliant, il connaissait tout le monde et avait rendu à beaucoup de personnes des services dont il invoquait au besoin le souvenir dans l'intérêt de son pays.

A cette époque de luttes incessantes, de reviremens rapides, où l'allié de la veille devenait l'ennemi du lendemain *et vice versâ*, suivant les intérêts de chaque jour, Langei avait des amis dans tous les camps. Durant cette campagne, il alla plusieurs fois de Piémont en France et de France en Piémont. Les Impériaux, avertis de ces courses, gardaient soigneusement les passages, surveillaient Langei, arrivaient sur ses traces, le poursuivaient, étaient parfois au moment de le prendre... Mais il passait toujours au milieu d'eux avec une adresse et un bonheur inouïs.

Langei passa donc cette fois comme précédemment, et trouva François Ier sur la route de Paris à Lyon. Ainsi que nous l'avons dit, une partie des troupes de l'Artois marchait vers les Alpes et le roi allait en personne au secours de l'armée d'Italie. Le dauphin, son fils, et M. de Montmorency venaient de prendre les devants pour presser la marche des troupes qui devaient se trouver réunies à Lyon, le 26 septembre (1537).

Mais la garnison de Turin était aux abois ; il importait de lui faire parvenir de l'argent, sous peine de voir tous ces braves gens mourir de faim. Avec de l'argent on aurait des vivres et on pourrait attendre les renforts promis. Le roi fit compter vingt-cinq mille écus à Langei, qui s'achemina vers les Alpes et là fit charger l'argent sur des mulets. Il fallait passer, et le pas de Suze était encore fermé par les Impériaux, qui n'eussent pas manqué de visiter la charge des mulets.

On se souvient qu'une partie des lansquenets était à Houlx, sur la route de Suze, du côté de la France. Langei, peu de temps auparavant, étant à Vittemberg, en mission diplomatique, avait rendu un service important à celui qui commandait les lansquenets cantonnés à Houlx ; malgré le dissentiment qui existait entre eux et le lieutenant général, les lansquenets marchèrent, ouvrirent le pas de Suze et Langei passa heureusement, lui et ses mulets.

Ce n'était pas tout : il fallait percer les lignes formées par les Impériaux qui enserraient Turin, éviter Viellano, à quelques lieues de Suze, et Rivoli un peu plus loin, l'une et l'autre au pouvoir de l'Espagnol ; car les lansquenets ne pouvaient pas songer à les emporter.

Un matin, on vit sortir de Turin cinq ou six cents fantassins, appuyés par quelques pièces de canon, allant dans la direction de Rivoli, enseignes déployées, tambour battant, comme l'avant-garde d'un corps d'armée ; ils marchaient avec une lenteur calculée, dans l'ordre le plus parfait, ne laissant pas entamer leurs flancs par l'ennemi. Le bruit de cette sortie, dont le but était ignoré, se répandit aussitôt : les Impériaux crurent à une attaque audacieuse contre Rivoli, coururent se placer en avant de cette ville, et partie de la garnison vint se joindre à eux pour repousser les Français.

En même temps que cette colonne prenait lentement la route de Rivoli, un fort détachement de cavalerie légère, à pied pour le moment, et *commandé par le Grand Bressan*, sortait de Turin sans bruit, laissait à sa gauche la route de Rivoli, remontait le cours de la Doire sur la rive droite, tombait avec rapidité sur un gros d'ennemis qui observait ses mouvemens, perçait sa ligne, et envahissait une ferme placée au bord de la rivière.

Les Espagnols, qui occupaient encore cette ferme quelques heures auparavant, en voyant la furie avec laquelle les Français s'y précipitaient, riaient de la déception qui les attendait et ne prenaient pas la peine de disputer une bicoque sans importance stratégique, et que quelques coups de canon pouvaient mettre en cendres.

En effet, le détachement évacua la ferme un instant après l'avoir envahie; mais bien que les Espagnols n'y eussent rien laissé, il ramenait avec lui une demi-douzaine de muletiers dont les bêtes étaient chargées de peaux de mouton destinées, disaient-ils, aux tanneries de Chivas. Ces muletiers étaient arrivés à la ferme pendant le combat, par des sentiers abrupts, ouverts dans les montagnes, à travers les cols et les précipices, que des mulets seuls pouvaient suivre.

Le brave Langei était au nombre des muletiers ramenés par le Grand Bressan; le pêcheur de la Doire avait servi de guide. A un signal donné, la colonne qui avait marché vers Rivoli opérait sa retraite, appuyée par un nouveau détachement sorti de Turin. Le soir, Boutières avait les vingt-cinq mille écus, et la garnison avait du pain.

Le roi arriva à Lyon le 6 octobre, et bientôt après se mit en route pour les Alpes, le dauphin et Montmorency le précédant de quelques journées. Tout faisait présager une campagne sérieuse et décisive; François Ier avait cherché des alliés en dehors de l'Europe, et les mouvemens de son armée devaient se combiner avec les opérations de Hariadan-Barberousse, ancien chef de corsaires, devenu roi de Tunis et d'Alger et grand-amiral du sultan des Turcs, Solimau II, avec lequel le roi venait de conclure une première alliance. La flotte de Barberousse avait fait une apparition sur les côtes d'Italie, où elle menaçait les possessions espagnoles.

Les habiles et les niais — qui en sont les plus puissans auxiliaires, poussèrent de grands cris à l'annonce de cette alliance qui pouvait avoir d'immenses résultats si François Ier eût exécuté loyalement les stipulations des traités. On reprochait au roi avec une vivacité extrême de s'allier aux *infidèles* lorsqu'en France on infligeait les plus horribles supplices aux protestans; il fallait retourner la question et reprocher au roi de ne pas faire cesser la persécution contre les religionnaires lorsque la France abandonnait la malheureuse politique qui avait produit les croisades.

Malgré les fautes de François Ier, il faut reconnaître que, par son traité avec Soliman, il ouvrait la voie à l'alliance entre l'Occident et l'Orient, il jetait les premiers fondemens de la prépondérance française dans les pays soumis aux Turcs, il inaugurait une politique à laquelle il n'a manqué pour être féconde que d'être religieusement suivie.

Tout annonçait donc de sérieux efforts en Piémont et dans le Milanais, et la garnison de Turin, que vingt-cinq mille écus ne pouvaient pas nourrir bien longtemps, espérait être bientôt délivrée.

De temps en temps, les soldats espagnols qui gardaient la rive droite du Pô voyaient le matin, pendant quelques minutes, flotter un tout petit guidon rouge sur le bastion dont les canonnades avaient déjà si vivement occupé les géomètres italiens et allemands. Ils en cherchaient vainement la signification,

et, pensant que ce devait être un signal de la garnison aux troupes du dehors, ils s'amusaient à lui envoyer des coups d'arquebuse.

Ce petit guidon ne faisait pas de signaux à M. d'Humières; il ne disait rien aux lansquenets, rien aux troupes qui seraient venues au secours de Turin si elles eussent été en force; il n'avait de signification que pour Paola et il lui disait en s'agitant sous la brise du fleuve :

— Bastien est vivant et t'aime toujours.

Et Paola envoyait un baiser à l'ami invisible qui avait hissé le pavillon.

Pendant le séjour du Grand Bressan auprès des deux sœurs, Toniella avait plusieurs fois parlé de Liobard, et Bastien lui avait appris la mort de Clémence, la prise du château d'Holypherne, le départ de Renaud pour l'Artois; il avait gardé le silence sur l'aventure de Sélignat et il ignorait l'amour d'Huguette, que Renaud lui-même ne soupçonnait pas au moment où Bastien l'avait quitté. Toniella savait donc Renaud libre, elle soupirait et attendait.

Laissons Paola à son amour contemplatif, Toniella à ses espérances, Bastien aux souffrances d'une ville assiégée, l'armée française dans l'attente des secours promis par François Ier, et retournons sur les bords de la rivière d'Ain.

CHAPITRE XVI.

Les jeunes gens que Liobard avait réunis à Juzerieux n'étaient pas hommes à passer tranquillement leur temps à lire ou à regarder couler la Rue du haut de la terrasse du château; il leur fallait d'autres distractions et des exercices plus appropriés au genre de vie auquel ils se destinaient. En attendant qu'il plût au sire de Luyrieux de demander à Renaud raison de sa conduite, ils organisèrent une grande partie de chasse dans les bois qui s'étendaient alors de Mornay à Montréal et autour de ces deux points.

Le rendez-vous général de chasse fut fixé à Montréal, et de là toute la troupe s'éparpilla dans diverses directions, selon qu'il avait été décidé à l'avance. Ces bois immenses étaient peuplés de gibier, et, comme depuis plusieurs années les seigneurs avaient été constamment occupés à la guerre, contre la France avant la réunion de la Bresse et du Bugey au royaume, et depuis en Italie, en Provence et en Artois, il en résultait naturellement qu'ils n'avaient pu qu'à de rares intervalles se livrer au plaisir de la chasse. Ces vastes solitudes, dont quelques parties sont encore boisées, offraient alors d'amples moissons aux chasseurs. Le sanglier, que la civilisation, le percement des routes, l'exploitation des forêts n'ont pas encore complètement exilé de la Bresse et du Bugey, y était à cette époque en grande abondance, et ce fut une chasse au sanglier que Renaud et ses amis organisèrent.

Amédée, à peine arrivé à Montrevel, dépêcha un messager à Liobard, lui rendit compte par écrit des paroles de Georges et de son majordome sur le rocher d'Holypherne, des recommandations d'Huguette, et l'engagea vivement à se tenir sur ses gardes. Le messager reçut l'ordre de faire la plus grande diligence et d'arriver jusqu'au sire de Liobard, à quelque endroit qu'il fût.

Il se hâta en effet, mais quand il arriva à Juze-rieux, Renaud en était parti. Le messager se dirigea aussitôt sur Montréal ; mais Renaud était en chasse, sans qu'on pût lui indiquer de quel côté ; il dut se résigner à attendre son retour.

La journée offrit tous les incidens ordinaires des grandes chasses dans un pays giboyeux : sangliers reconnus, détournés, poursuivis, faisant tête, décousant les chiens, et enfin abattus. Vers le soir, quand l'heure de la retraite eut sonné, quand les derniers sons du cor eurent retenti en longues et vives modulations dans les bois, et que les mets fumants du souper appelaient tous les chasseurs et les convives autour d'une table dressée dans une grande salle où étaient étalés les trophées du jour, où gisaient les victimes, on s'aperçut avec étonnement que Liobard seul manquait à ce rendez-vous solennel.

On attendit, puis on commença à s'inquiéter. Tous les chasseurs s'interrogeaient. Liobard avait pris la direction de Mornay, et tous ceux qui avaient battu de ce côté l'avaient aperçu dans la journée. Jean de la Palud était encore avec lui une heure avant la nuit ; ils s'étaient séparés pour couper la retraite à un sanglier que Jean avait ensuite abattu. L'inquiétude gagnait de moment en moment, les cors retentissaient pour rappeler Renaud ; on commençait à redouter un accident, et plusieurs chasseurs parlaient de remonter à cheval et d'aller à sa recherche. Le messager de Montrevel, qui avait couru les bois sans succès, revint alors, demanda Renaud, parla des instructions pressantes de son maître et montra sa lettre.

On l'ouvrit, on la lut ; un sentiment de terreur courut dans toute l'assemblée. Les chevaux furent sellés aussitôt et les chasseurs se divisèrent en trois parts : les uns devaient battre les bois des alentours jusqu'à Serrières, les autres pousser jusqu'à Mornay, pendant que les derniers, coupant au plus court, devaient remonter jusqu'à Bolozon sans s'arrêter en route, s'ils ne rencontraient pas Renaud. On convint de divers signaux à faire dans le cas où il reviendrait, dans le cas où on le retrouverait, et tous les chasseurs bien armés s'élancèrent dans les directions convenues.

Ce n'était pas sans raison que les amis de Renaud s'inquiétaient ; voici en effet ce qui était arrivé. Quand M. de la Palud s'était séparé de Liobard, et qu'ils avaient marché dans un sens différent pour couper la retraite au sanglier, tous deux, emportés par l'ardeur de la chasse, avaient laissé loin derrière eux leurs piqueurs éparpillés dans les bois, et ils étaient suivis d'hommes comme eux en habits de chasse, et qu'ils croyaient naturellement de la suite des jeunes seigneurs. Il faisait encore grand jour. Cependant le soleil venait de disparaître derrière la chaîne du Revermont. On entendait au loin le son du cor, les aboiemens des chiens et les coups de fusil répétés par les échos. Le bruit appelait les chasseurs du côté où M. de la Palud venait de courir ; Renaud piqua vivement son cheval pour s'élancer dans cette direction, lorsque quatre hommes qui le suivaient de près précipitèrent le pas de leurs montures, et se trouvèrent à ses côtés. L'un d'eux lui barra brusquement le passage ; au même instant, par un mouvement hardi, un autre le renversa sur son cheval, tandis qu'un troisième le désarmait. Il essaya de résister ; il poussa un cri terrible, mais il fut à l'instant même bâillonné avec une rapidité incroyable. Il avait encore ses mains libres : du poing il

frappa ces hommes au visage, et, se glissant de son cheval, il fit quelques pas, espérant se perdre dans le taillis ; mais il fut aussitôt ressaisi, reporté et garrotté sur son cheval, dont on lui laissa le maniement plutôt que la direction.

Le malheureux Liobard, que le bâillon empêchait d'articuler un cri, faisait les plus violens efforts pour échapper à ces hommes ; mais la lutte était trop inégale. L'un des ravisseurs lança son cheval ; on piqua celui de Liobard qui suivit. Les trois autres cavaliers étaient derrière, le pistolet au poing, empêchant toute déviation, pressant sa monture, et les cinq chevaux se mirent au galop. Tout cela avait été exécuté avec tant de précision qu'il était bien évident que les rôles avaient été distribués à l'avance. Ces quatre hommes n'avaient pas prononcé une parole et Renaud, persuadé qu'on en voulait à sa vie, était en proie à une fureur d'autant plus grande qu'il ne pouvait rien pour leur échapper, et ne savait à qui attribuer la pensée de cet audacieux coup de main.

Les cavaliers chevauchèrent ainsi longtemps, suivant à travers les bois et la campagne des sentiers qu'ils croyaient bien connaître,—car il n'y avait nulle hésitation dans leur course,—donnant à peine à leurs montures le temps de respirer. Au milieu de la nuit, ils descendirent dans une petite maison perdue dans le bois ; ils ôtèrent à Renaud son bâillon, et lui offrirent de partager leur repas, qui, préparé à l'avance, semblait les attendre.

Liobard, épuisé de fatigue, était dans un état d'exaspération facile à comprendre. Il fit de vains efforts pour connaître les causes de cet enlèvement ; il demanda sans succès à ces hommes au nom de qui ils agissaient, et quel était le but de leur course : il semblait qu'il eût affaire à des muets, car il n'en put tirer une parole.

— Si vous m'avez attaqué et enlevé, si vous me faites la guerre pour votre compte, leur dit Renaud, vous avez pour but d'obtenir de moi une rançon ; eh bien, fixez-en le chiffre, je l'acquitterai.

Ces hommes ne répondaient pas ; l'un d'eux sourit d'un air sardonique, mais Renaud ne s'en aperçut pas, et il reprit :

— Vous êtes des soldats, je le vois. Peut-être avons-nous fait campagne ensemble, avons-nous couru les mêmes dangers. Si je vous ai lésés dans vos intérêts, par-ez, je puis réparer le dommage que je vous ai causé. Si je vous ai blessés dans votre honneur, je suis prêt à vous donner une juste satisfaction. Expliquez-vous : qui êtes-vous et que voulez-vous de moi ?

Ils continuèrent à rester muets. Liobard les interpela l'un après l'autre et ne put leur arracher un mot. Ils mangeaient tranquillement, l'invitaient du geste à faire comme eux, et lui offraient les prémices des plats que l'un d'eux allait chercher successivement. Une heure s'écoula dans cette maison, où Renaud ne fut pas laissé seul un moment ; puis on entendit ramener les chevaux à la porte de l'habitation. Les quatre hommes se levèrent et l'un d'eux dit respectueusement à Renaud :

— Monsieur de Liobard, le moment de partir est arrivé ; veuillez, je vous prie, nous suivre et remonter à cheval.

— Où prétendez-vous me conduire ? demanda Renaud.

— Nous n'avons pas d'explications à vous donner ici, répliqua le même homme ; le temps presse, venez !

Liobard resta immobile sur le siége où il était assis, regardant fixement celui qui lui avait parlé, essayant par ce regard de le faire rougir de son action ou de l'émouvoir; mais celui-ci, impassible comme un automate qui obéirait à un ressort, promenait sur le prisonnier un œil terne, comme pour lui demander s'il était prêt. Ne le voyant pas remuer, il fit un geste d'impatience, s'approcha, et lui prenant le bras, qu'il secoua assez rudement.

— Holà ! dit-il, le sire de Liobard est-il déjà fatigné de cette petite course? La renommée nous le représentait comme plus solide que cela.

— Insolent ! cria Liobard irrité.

Et se levant, il repoussa le soudard avec tant de vigueur, que celui-ci alla trébucher contre la muraille.

Au même instant les trois autres bandits se ruèrent sur Renaud, le quatrième se releva et vint en aide à ses dignes compagnons. Renaud tenta d'arracher à celui-ci le poignard qu'il portait à la ceinture, mais il ne put en venir à bout malgré ses efforts. L'un de ces forcenés le saisit à bras le corps par derrière, deux autres se suspendirent à ses bras, et dans cette lutte indigne, il fut maîtrisé par les mains de fer de ces quatre hommes vigoureux; son courage resta impuissant, ses forces faiblirent et il tomba épuisé, la fureur peinte sur le visage, la bouche écumant de colère.

Les bandits le relevèrent; puis, après un moment de repos, l'orateur de la troupe reprit :

— Nous ne pouvons attendre plus longtemps; il faut partir. Il nous répugnerait d'user de violence envers le seigneur de Liobard; il doit s'apercevoir que nous sommes en force, et que toute résistance est inutile. S'il veut continuer à marcher avec nous, comme il l'a déjà fait ce soir, nous allons reprendre notre route; s'il refuse, nous serons réduits, à contre-cœur, à la dure extrémité de le garrotter et de le jeter en travers sur un cheval, manière peu agréable de voyager. Nous attendons sa réponse.

Accablé par la souffrance morale autant que par la douleur physique, Renaud garda le silence; mais il se leva et marcha lentement vers la porte. On lui amena son cheval sur le seuil, il se mit en selle, et aussitôt le voyage commença à travers les bois et les vallées, que l'on coupait par les sentiers les plus courts. Cette fois, les bandits n'avaient pas infligé à Renaud le supplice du bâillon; il en conclut qu'il touchait au terme du voyage, ou que ses ravisseurs étaient sur des terres où ils n'avaient rien à redouter.

Cependant les amis de Renaud couraient sur ses traces et le suivaient sans le savoir. Ceux qui devaient s'arrêter à Serrières avaient battu les bois sans succès: les bandits avaient trop d'avance sur eux; aussi les chasseurs arrivèrent-ils à leur destination sans avoir rien découvert. Ceux qui enlevaient Liobard connaissaient trop bien leur itinéraire pour suivre la route qui cotoyait la rivière d'Ain. La ligne droite était ici réellement la plus courte, et après avoir dépassé la hauteur de Serrières, ils laissèrent également Mornay à leur gauche et continuèrent leur course dans la direction de Bolozon. La maison dans laquelle ils s'arrêtèrent était située dans les bois, entre Bolozon et Mornay, et ils avaient dépassé ce dernier point quand la seconde troupe de chasseurs y arriva.

Là, un renseignement leur fut donné : un paysan qui arrivait à Mornay plus mort que vif, en passant dans un chemin de traverse, avait entendu venir à lui des cavaliers; et comme une rencontre à pareille heure pouvait n'être pas sans danger, il s'était jeté dans un taillis, et là, couché à plat ventre, il avait vu quatre hommes armés de pistolets en escorter un cinquième sans armes et qui marchait au milieu d'eux.

Le paysan indiqua la direction que suivait la bande, et les chasseurs, animés par l'espoir de sauver Liobard, s'élancèrent sur la trace. La troisième troupe courait droit au nord et devait arriver sur Bolozon sans dévier. Elle allait avec rapidité, ne s'arrêtant pas une minute; seulement, de temps en temps, les cors jetaient leurs notes aiguës, mais nul bruit n'avait encore répondu à ce signal.

Les trois troupes qui couraient vers Bolozon formaient un triangle dont les ravisseurs tenaient le sommet. Ceux-ci étaient déjà près du village, qu'ils allaient laisser encore à gauche afin d'aller au nord-est traverser la rivière d'Ain. Tout à coup, les éclats du cuivre retentirent derrière eux! La troupe qui venait de se remettre en route, en partant de Mornay, répondit bruyamment à ce signal, tout en continuant de courir, et les échos des rochers répercutèrent les sons de telle sorte que les ravisseurs purent se croire entourés de toutes parts.

Rendu tout à coup à l'espérance par ces bruyans appels, qui annonçaient un secours inattendu, Renaud étouffa un cri de joie, mais fit cabrer son cheval avec assez d'habileté pour que ce mouvement pût paraître l'effet de la surprise sur l'animal. Les quatre soudards s'arrêtèrent, entourant Liobard, écoutant avec anxiété, pendant que le prisonnier cherchait déjà du coin de l'œil par où il pourrait s'enfuir pour rejoindre le plus promptement la troupe qui lui paraissait la plus rapprochée. Les appels des cors retentirent de nouveau. Il importait de gagner du temps pour donner à ses amis le temps d'arriver; il fallait intéresser à sa conservation les brigands, qui pouvaient lui casser la tête d'un coup de pistolet, ou le percer de leurs poignards et jeter son cadavre dans un ravin, puis s'échapper facilement sous leurs costumes de chasse.

— Messieurs, dit Liobard, vous le voyez, je suis secouru à temps; vous êtes enveloppés, vous allez être découverts, vous ne pouvez échapper. Mais si vous le voulez, vous pouvez tout concilier: je ne vous connais pas, je ne veux pas vous connaître; fixez ma rançon, et laissez-moi libre, je l'acquitterai, foi de gentilhomme ! et je garderai un silence absolu sur cette scène de violence.

Les quatre soldats se regardèrent, semblant hésiter; et Liobard entendit l'un d'eux dire à celui dont il était le plus près :

— C'est un cas de force majeure; place secourue, place sauvée.

— Je ne sais pas, reprit Renaud, au nom de qui vous agissez, je ne vous le demande pas. Vous m'avez fait la guerre, vous m'avez pris, je vous paie ma rançon; dites ce que vous voulez.

La caravane était toujours immobile, entourant le prisonnier. Trois interrogeaient du regard celui qui paraissait le chef de la troupe; mais celui-ci, évidemment préoccupé de la position, écoutait avec attention les bruits éloignés et regardait la route. Renaud crut voir quelque hésitation dans son attitude; il reprit avec feu, parla aux bandits des dangers qu'ils couraient, et offrit, pour racheter sa liberté, une somme considérable.

— Morbleu ! s'écria le chef avec impatience, si M.

de Liobard dit un mot de plus, nous serons forcés de le bâillonner de nouveau ; au milieu de ce flux de paroles, je ne puis reconnaître la position de ceux qui s'approchent et savoir s'ils viennent vous secourir ou me prêter main-forte au besoin.

Les cuivres se firent entendre pour la troisième fois, plus sonores, plus éclatans, et les sons répercutés par les échos enveloppaient la caravane. Renaud écoutait avec bonheur ; il s'approcha du chef et lui dit tout bas :

— Acceptez, et je double votre part en qualité de commandant de l'expédition.

— Messieurs, fit le bandit en jetant sur le prisonnier un singulier regard, ceux qui viennent au secours de M. de Liobard, ou du moins ceux dont nous entendons les appels, sont encore à une demi-heure d'ici ; quand ils arriveront à Bolozon, nous en serons déjà bien loin. En avant, et au galop !

Renaud voulut résister, mais un homme prit la tête de la troupe et s'élança ; un autre piqua de son poignard le cheval du prisonnier. Celui-ci partit à la suite du premier, et de quelque côté que se tournât Renaud, il voyait la gueule d'un pistolet qui lui barrait le chemin.

Bientôt la bande contourna et dépassa Bolozon. On entendait encore de temps en temps les sons des cors, mais ils ne gagnaient pas du terrain. Les chasseurs arrivèrent en même temps au village par les deux routes qu'ils suivaient et coururent avec joie au devant les uns des autres, chaque troupe persuadée que Liobard avait été rencontré et était ramené par l'autre. Un cri de stupeur s'éleva, quand on apprit des deux côtés qu'il était absent ; ceux qui venaient de Mornay racontèrent le récit de paysan, des malédictions se firent entendre, et partout on criait :

— A Holypherne ! Au repaire du brigand !

Cette réunion des deux troupes avait fait perdre quelque temps ; les chevaux, qui avaient chassé tout le jour et couru une partie de la nuit, étaient harassés. En quelques minutes, une légère ration d'avoine et du pain arrosé de vin relevèrent leurs forces, et les chasseurs s'élancèrent à la poursuite des brigands ; mais les cors ne résonnaient plus dans l'espace, pour ne pas trahir ceux qui accouraient au secours de Liobard.

Les ravisseurs, qui s'étaient tenus le plus possible à l'abri des bois et dans les chemins détournés, débouchèrent enfin sur une grande route, celle que suivaient les chasseurs. La nuit n'était pas noire, et Renaud tressaillit : il reconnaissait ce chemin parcouru tant de fois lorsqu'il descendait des rochers dont la longue ligne s'étend sur la rive gauche de l'Ain, en face du château d'Holypherne. Sur cette route, la bande qui l'entraînait rencontra successivement quelques cavaliers isolés ; le chef leur dit tout bas quelques mots et, à l'instant même, chacun d'eux retournait sur ses pas, au galop.

Cette route conduisait à un pont jeté sur l'Ain, en aval de la citadelle et près de Vaugrineuse. Si Liobard traversait ce pont, c'en était fait : ses amis arriveraient trop tard. Cependant on les entendait ; ils approchaient avec rapidité, les pas de leurs chevaux bruissaient sur le pavé de la route... Quelques minutes gagnées, ils étaient là et Liobard pouvait être sauvé ! Il s'arrêta court pour donner aux bandits, qui le suivaient au trot, le temps de le dépasser ; mais le chef, posté à sa gauche, montrant le canon de son pistolet, lui cria :

— M. de Liobard, je vous livrerai mort ou vif, marchez !

— Eh bien ! donc, vous me tuerez ici, s'écria Liobard, je ne veux pas aller plus loin !

Et il fit face au brigand, marchant sur lui. Le brigand lâcha la détente ; le coup partit, mais les mouvemens du cheval, refoulé par celui de Renaud, ne permirent pas de viser juste et la balle alla se perdre au loin. Renaud passa sur le corps au bandit et lança son cheval du côté par où arrivaient ses amis, dont il entendait les voix...

CHAPITRE XVII.

Au bruit du coup de pistolet, quarante cavaliers embusqués s'élancèrent des deux côtés de la route et coupèrent la retraite au fugitif. Il essaya de forcer cette ligne serrée, formant une masse compacte, en lançant son cheval au travers malgré les épées tournées vers lui ; mais ces chevaux serrés, appuyés les uns aux autres, ne devièrent pas et ne livrèrent pas passage.

— En avant ! cria celui qui les commandait.

Et les quarante chevaux s'avancèrent au pas, refoulant celui de Liobard, qui reculait malgré lui.

— A moi ! à moi ! s'écria Renaud apercevant ses amis à quelques pas.

Les chasseurs se ruèrent sur la troupe, abattirent quelques hommes ; mais déjà d'autres cavaliers, qui occupaient la tête du pont, s'étaient précipités sur Renaud et l'avaient violemment entraîné.

L'entrée du pont était franchie, et Renaud, en proie à la plus violente exaspération, entouré d'un cercle d'épées nues dont la pointe était tournée vers lui, se coupait les doigts en essayant de désarmer quelque soldat pour se servir de son épée. Les coups de pistolet retentissaient, les épées se teignaient de sang, les amis de Renaud plongeaient avec rage les couteaux de chasse dont ils étaient encore armés dans la poitrine des soldats d'Holypherne ; mais il y avait à l'entrée étroite du pont une barrière vivante, un rempart d'hommes et de chevaux qu'il leur était impossible de franchir.

Quelques-uns des chasseurs tentèrent un dernier effort : ils passèrent la rivière à la nage, en aval du pont, près du moulin de Clayes, et coururent sur l'autre rive pour attaquer l'escorte de Liobard et essayer de le sauver ; mais quand ils arrivèrent, la troupe était déjà engagée dans la route taillée sur le rocher qui surplombait le ravin servant de fossé à la citadelle, et les abords en étaient garnis de soldats. Il n'y avait plus rien à espérer !

C'était la même route qu'avait suivie Liobard la nuit où il avait pris d'assaut le château d'Holypherne. Jusqu'à ce moment le nom de Luyrieux n'avait pas été prononcé, et longtemps le captif avait pu se demander pour qui agissaient les bandits qui l'avaient enlevé presque sur ses domaines ; mais en débouchant près du pont, en voyant ces nombreux cavaliers se ruer sur lui, en gravissant ce chemin où on l'entraînait, le doute n'était plus possible. On marchait péniblement sur cette route en pente ; Renaud, le premier, rompit le silence.

— Vraiment, dit-il avec amertume, vous n'êtes ni de loyaux chevaliers, ni de braves soldats : on n'enlève pas les hommes ; on les appelle en champ clos, on y descend avec eux, et on combat.

— Sire de Liobard, répondit le chef, nous ne sommes pas juges entre vous et vos ennemis.

— Je l'entends bien ainsi, repartit le prisonnier : vous n'êtes pas juges, mais bourreaux.

— Ni l'un ni l'autre, fit le bandit. Avant le juge et avant le bourreau, il y a l'huissier qui cite et amène au besoin. Quelque infime que soit ce rôle, c'est celui que nous remplissons aujourd'hui. Nous ne pensons pas qu'un cartel de votre part demeure sans réponse, s'il est fait en termes convenables et appuyé sur des motifs légitimes.

— Eh ! depuis quand, reprit Renaud avec hauteur, depuis quand est-il besoin d'enchaîner un Liobard pour le forcer à accepter un combat, ou à envoyer un défi ?

— Si quelqu'un doutait de votre bravoure, monsieur, répondit le chef, je serais prêt à en rendre témoignage.

Renaud jeta sur cet homme un regard de courroux et de mépris, ne répondit pas, et tomba peu à peu dans les plus pénibles réflexions. Le château d'Holypherne élevait au-dessus de sa tête sa masse gigantesque ; il allait y trouver triomphant, railleur, le chef des bandits qui l'avaient arrêté, cet homme l'objet de toute sa haine. Nulle espérance n'arrivait à son cœur : toute fuite était impossible ; les cavaliers qui l'avaient saisi avaient refusé une rançon, au milieu du bois, alors que l'on venait à son secours, que personne ne connaissait son arrestation ; ils ne lâcheraient pas leur proie au moment de toucher au but. Il ne renouvela pas sa proposition.

Renaud fut tout-à-coup tiré de sa rêverie par les sons bruyants d'un cor qui retentirent sur la route, à quelques pas derrière lui. C'était un signal, l'annonce de sa capture, de son arrivée, car quelques instans après des cors répondirent du haut de la montagne. Il ne faut pas s'étonner de voir le cor jouer si fréquemment un rôle dans les événemens que cette histoire déroule aux regards. Il n'y avait pas alors de télégraphe électrique transmettant les nouvelles avec la rapidité du vent ; le télégraphe aérien avec ses grands bras, ses grands mouvemens saccadés, ses grandes lunettes et ses petits kiosques sur les montagnes, n'était pas encore inventé. Près de trois siècles devaient s'écouler avant que l'on vît, sur le *molard* d'Holypherne, s'élever une maisonnette bâtie avec les ruines de la grande tour et surmontée d'un télégraphe qui fonctionnait il y a peu de temps encore. Et pourtant, à cette époque où la vie féodale restreignait à un petit cercle ce qu'il importait de savoir, des signaux parcouraient l'espace et le cor était l'un des principaux agens de la transmission.

Il avait ses notes joyeuses qui annonçaient la naissance de l'enfant ; ses modulations qui disaient le sexe du nouveau-né, comme le dit aujourd'hui le nombre de coups de canon tiré lorsque, dans la famille des souverains, vient au monde celui qui tiendra le sceptre et celle qui tiendra la quenouille. Il jetait des sons tristes, prolongés ; il pleurait pour faire savoir l'agonie, puis la mort. Il accompagnait, avec plus d'intelligence que le canon, les entrées triomphales, les toasts du banquet. Ceux qui prétendent aujourd'hui inventer la téléphonie à l'usage des armées ne font que ressusciter une science longtemps en usage, et que l'emploi du canon, qui couvre tous les bruits, a fait oublier ou plutôt a étouffée sous sa grande voix tapageuse.

Les cors qui, du château, répondaient à celui de la route, disaient la satisfaction, la joie du maître. La troupe avançait toujours. En arrivant à la plateforme, elle entendit bruire des chaînes et s'abaisser le pesant pont-levis. Une vive lumière illumina tout à coup la hauteur et Renaud se trouva à la porte du château d'Holypherne.

Son escorte mit pied à terre, et lui fit signe d'en faire autant. Il descendit de cheval, et tous ensemble traversèrent le pont. Des hommes d'armes, l'épée à la main, formaient deux haies entre lesquelles Renaud passa, le chapeau sur la tête, ferme et le regard assuré. Cette double haie allait de l'entrée jusque sur la terrasse, en face du perron. Georges de Luyrieux était debout sur les marches inférieures, comme un châtelain qui vient recevoir un hôte illustre. Cette scène était éclairée par des torches que portaient des archers formant également deux haies en arrière des hommes d'armes.

La vive clarté de ces lumières se refléta sur les vitres de la chambre où reposait Huguette et l'éveilla. — Ceux qui souffrent ne dorment pas bien profondément. — Le bruit du cor acheva de la tirer de son assoupissement. Elle courut à sa fenêtre, l'ouvrit précipitamment et reconnut Liobard au moment où il arrivait sur la terrasse. La malheureuse poussa un cri aigu dans lequel se confondaient l'amour, l'étonnement, la terreur, tous les sentimens qui se heurtaient à la fois dans cette pauvre âme souffrante.

Arrivé devant le perron où se tenait Georges entouré de ses officiers, Liobard se découvrit et s'écria d'une voix haute et résolue :

— Devant vous tous, je proteste contre l'odieux guet-apens dont je suis victime ! Cet acte déloyal est indigne d'un chevalier : j'en appelle à Dieu qui m'entend, et à mon épée, si vous voulez me la rendre !

Toute cette foule resta froide et muette. Le sire de Luyrieux sourit ironiquement, fit un signe à son majordome, se retira lentement et rentra dans son appartement. L'officier s'avança vers Liobard :

— Veuillez me suivre, monsieur, lui dit-il en se découvrant.

Liobard jeta un regard de mépris sur Georges, qui s'éloignait, et, toujours entouré de ses ravisseurs, suivit le majordome. On lui fit gravir le perron. Arrivé au premier étage, il parcourut une partie du long corridor au fond duquel était le petit escalier conduisant à la chapelle ; une porte s'ouvrit, et Renaud se trouva dans une chambre étroite dont la fenêtre était garnie de lourds barreaux de fer. Un moment après, on le laissait seul, et il entendait le majordome tirer les verrous qui fermaient la solide porte de chêne.

Liobard se jeta sur le lit. Après quelques heures de repos que les fatigues de cette journée imposaient au corps, il s'éveilla, regarda autour de lui et se souvint. Il est facile de comprendre quelles douloureuses pensées vinrent alors l'assaillir. Il rentrait dans ce château-fort où il n'était venu qu'une fois ; mais il y rentrait en captif, non pas vaincu, mais pris. Il n'avait pas même la gloire d'un combat après lequel le vainqueur peut encore rendre justice au courage de celui dont il a triomphé ; il avait été enlevé comme on ferait d'une femme, saisi dans une chasse comme on ferait d'une bête fauve. L'orgueil légitime du soldat d'Italie et d'Artois était froissé et humilié.

Mais Renaud éprouvait bien d'autres tortures : dans ce château, aujourd'hui sa prison, Clémence qu'il aimait avait été la femme d'un autre, elle avait été captive ; et, maintenant, elle reposait à quelques pas de lui, mais froide et inanimée. Dans cette même enceinte était une jeune fille dont il était aimé, dont il avait méconnu l'amour, blessé le cœur ; et auprès d'elle deux autres jeunes femmes que ses amis avaient déshonorées, l'un par vengeance, l'autre par désir. Enfin, il était au pouvoir d'un homme animé contre lui d'une haine profonde, son rival, l'époux de Clémence, le père des deux femmes outragées.

Quand même il n'eût pas été captif, quand même il n'eût pas senti son existence menacée, il était impossible que ces pensées, dans un tel lieu, ne portassent pas le trouble dans son esprit, qu'il ne fût pas en proie à de vives émotions.

D'autres douleurs veillaient dans ce château d'Holypherne. A l'extrémité opposée du corridor où se trouvait la prison dans laquelle on avait déposé Renaud étaient les chambres de Philiberte, de Loyse et d'Huguette. Les deux malheureuses sœurs, déjà condamnées par leur père, avaient cédé à la lassitude, et en pleurant sur l'insuccès de leur tentative d'évasion, elles avaient fini par s'endormir. Elles ne savaient rien du grand événement de la nuit, qui décidait de leur sort.

Mais Huguette avait vu arriver Renaud prisonnier ; elle l'avait entendu protester contre l'acte de violence qui le livrait à son ennemi ; elle avait entr'ouvert sa porte quand le majordome l'avait emmené, et l'avait vu entrer dans son cachot.

Il était là, près d'elle, celui qu'elle aimait de toutes les forces de son âme ; mais ce n'était pas le fiancé attendu, le futur gendre fêté par la famille : c'était le captif voué à une mort certaine par l'implacable vengeance de son père. L'aimait-il, celui qu'elle voulait sauver ? Les derniers instans qu'ils avaient passés ensemble avaient-ils changé les dispositions de Liobard ? La révélation qu'elle lui avait faite l'avait-elle éclairé, l'avait-elle ému ? Elle l'ignorait ; mais elle l'aimait, et ne voulait pas le laisser mourir sans rien tenter pour son salut.

Au matin, avant que M. de Luyrieux fût sorti de son appartement, la malheureuse Huguette, en proie à tous les tourmens que peuvent donner à la fois l'amour, la crainte et l'incertitude, rôdait autour de la chambre de son père, guettant son réveil. Quand elle jugea qu'il était levé, elle entra chez lui, non point triste et abattue par tant d'émotions, mais légère et souriante, et de sa voix la plus douce, la plus caressante, elle lui dit :

— Mon père, j'ai entendu beaucoup de bruit, j'ai vu la terrasse illuminée d'une grande clarté : il s'est passé quelque chose d'extraordinaire dans votre château, cette nuit.

— Oui, mon enfant, répondit Georges ; celui qui m'a frappé dans ce que j'avais de plus cher est maintenant mon prisonnier ; on l'a amené ici cette nuit. Ses amis peuvent, si cela leur plaît, prendre les armes pour l'arracher de mes mains, je les attends ; on ne s'emparera pas deux fois de ma citadelle d'Holypherne.

— Et que comptez-vous faire de votre captif ? demanda timidement Huguette qui ne comprenait que trop bien.

— Nous avons, dit Georges, sur nos terres d'Holypherne et de Luyrieux, droit de haute, moyenne et basse justice, et dans nos domaines de Montvéran des fourches patibulaires à quatre piliers. Un tribunal s'assemblera aujourd'hui pour juger Renaud de Liobard.

— Et s'il le condamne ?... reprit la jeune fille avec émotion.

— On exécutera la sentence, dit froidement Georges.

— Sans appel ? demanda Huguette.

— Sans appel.

Huguette se sentait défaillir. Elle resta un moment sans pouvoir parler, mais elle eut le courage de maîtriser son trouble, et son silence parut être le résultat de la méditation. Enfin elle reprit avec la plus grande douceur et de manière à ne pas blesser le sire de Luyrieux :

— Mon père, votre droit de justice dans tous vos domaines et sur tous vos vassaux ne saurait être contesté par personne. Toutefois, permettez à une fille occupée de tout ce qui vous touche, jugeant froidement les choses, de vous faire remarquer que la réunion du Bugey à la France a modifié votre situation.

— Comment cela ? fit Georges en regardant sa fille avec curiosité.

— Oui, reprit Huguette, les seigneuries de Montvéran et de Prangin, qui vous appartiennent, ressortissent du siège royal de Belley. Quant à la seigneurie d'Holypherne, dans laquelle nous sommes, vos ancêtres et vous-même y avez toujours agi en souverains tout en rendant foi et hommage au roi de France pour cette seigneurie. Mais elle était alors enclavée entre les possessions espagnoles, qu'elle limite encore, et des terres qui alors appartenaient au duché de Savoie, dont elles sont aujourd'hui détachées. Le roi ne pouvait trop savoir ce qui s'y passait et n'avait pas de route pour s'y rendre. Maintenant tout est changé : la Bresse et le Bugey réunis à la France, les chemins sont libres, le roi viendra quand il voudra, les appellations des jugemens rendus par vos juges vont à Cluny, et de là, s'il y a lieu, au ressort du Parlement de Paris.

— J'admire votre savoir en ce qui touche la justice du pays ; vous voilà plus savante que mes clercs, dit Georges avec un mélange d'impatience et d'orgueil paternel.

— Qu'ai-je de mieux à faire ici que de m'occuper des intérêts de mon père ? reprit Huguette.

— Si ce sont les miens, à la bonne heure ! Achevez, répliqua Georges.

— Eh bien ! puisque vous le permettez, répliqua Huguette, Renaud de Liobard, qui fut si coupable envers vous, contre lequel vous avez de si légitimes griefs, n'est pas votre vassal ; il ne vous rend foi et hommage pour aucune de ses terres ; il n'appartient pas à votre juridiction, mais à celle du roi de France, auquel il a prêté foi et hommage pour sa châtellenie de Saint-Sorlin, qu'il tient de Mme de Nemours. Vous avez rendu au roi trop de services pour qu'il ne vous fasse pas bonne et prompte justice ; d'un autre côté, Renaud a vaillamment combattu, dit-on, dans la campagne de Picardie, et peut-être, en exerçant sur lui quelque vengeance, vous attireriez-vous la colère de François Ier, qui doit être jaloux de ses droits de justice dans ce pays.

— Depuis quand de pareilles considérations ont-elles arrêtées les seigneurs d'Holypherne ! s'écria Georges en relevant la tête avec orgueil. Nous avons résisté aux rois quand il a été de notre intérêt de le faire : aucun d'eux n'a pu nous réduire. L'inexplicable coup de main de Liobard vous ferait-il croire que ce château est désormais ouvert à tout assiégeant ?

— Oh! mon père, dit Huguette en se hasardant à prendre le bras de Georges et à s'appuyer sur lui, mais sans répondre directement, de peur d'augmenter l'orage, tant que vous avez été ici, nous n'avons rien redouté. Si le seigneur d'Holypherne eût défendu lui-même son château, il ne serait venu à l'esprit d'aucun noble de la contrée l'idée ambitieuse qu'il le pouvait prendre d'assaut. Mais le roi...

— Le roi! s'écria Luyrieux, nous avons bâti les citadelles de Cules et de Montvéran malgré le duc de Savoie!

— Puis, vous avez transigé avec lui, fit doucement Huguette.

— Transigé!... transigé!... pour la forme... dit Georges; la transaction a-t-elle fait tomber une seule pierre, abaissé un seul pont?

— Pardon, mon père, reprit Huguette avec plus de douceur encore, je vous exprime mes pensées; votre gloire m'est chère : elle est une partie de mon patrimoine; mais les temps sont changés; si le roi voulait intervenir en faveur de Renaud, il n'est pas possible que vous songiez sérieusement à lui résister. L'amiral Chabot n'a mis que quelques semaines à conquérir tout ce pays.

Le sang monta au visage du vieux Georges.

— J'ai rendu au roi François Ier, dans nos guerres d'Italie et d'Artois, de plus nombreux et de plus importans services que Renaud, reprit-il avec aigreur. Celui-ci n'a fait, après tout, que deux campagnes où j'étais moi-même, et qui doivent peser au cœur du roi, ne fût-ce qu'en raison des fautes qu'il y a commises.

— Sans doute, fit Huguette, on ne saurait mettre les services de Renaud en balance avec les vôtres, mais si vous attentiez à la vie de Renaud, une portion de la noblesse du Bugey et de la Bresse ne prendrait-elle pas les armes contre vous, et le roi, s'il vous soutenait dans cette querelle, ne craindrait-il pas de voir ce pays à peine conquis relever l'étendard du duc de Savoie?

CHAPITRE XVIII.

Le sire de Luyrieux souriait aux paroles de sa fille, et, ne devinant pas qu'elle eût une autre pensée que celle de sa gloire, il ajouta d'un ton plein de vérité :

— Je vois avec plaisir que ma fille Huguette s'occupe sérieusement des intérêts de son père, des affaires et de la politique du pays, — ici sa voix prit un accent plus marqué : — je suis d'autant plus heureux de cette disposition aux choses graves que mon Huguette sera peut-être appelée à défendre le grand héritage que nous lui laisserons.

— Je suis la plus jeune de vos filles, répliqua Huguette avec émotion.

D'Helypherne lui coupa la parole en lui jetant un regard profond, sans toutefois dire un mot; à son tour, celle-ci le regarda; Georges cherchait à démêler quel effet avaient produit ses paroles, et s'il verrait poindre un germe d'ambition dans la tête de sa fille; Huguette essayait de déterminer le sens des paroles de son père. Celle-ci n'osait pas interroger; Georges n'osait pas expliquer toute sa pensée avant de savoir s'il trouverait une âme capable de le comprendre. C'était quelque chose de triste et de douloureux que cette étude que faisaient l'un de l'autre le père et la fille.

Ce fut M. de Luyrieux qui, le premier, rompit le silence.

— Ma chère Huguette, dit-il gravement, il n'y aura jamais de lutte entre le roi de France et moi : ses intérêts sont les miens; mais comme je suis décidé à frapper mon ennemi, ce que tu viens de dire me semble appeler de sérieuses méditations. J'en référerai aux seigneurs, mes alliés, et désormais tu assisteras à nos conseils.

— Moi, mon père? une jeune fille à vos conseils! fit Huguette étonnée de cette déclaration.

Georges hésita quelques instans; puis, pensant que le moment de tout dire n'était pas venu, il reprit d'un ton plein de douceur :

— Tu remplaceras le fils qui a manqué à mon bonheur, qui eût continué la gloire de mes ancêtres; si le nom de Luyrieux doit s'éteindre dans ce pays où il a longtemps brillé, je mourrai moins malheureux en pensant que ma citadelle, leur tombeau et le mien, sera entre les mains d'une femme de tête et de cœur.

— Je vous remercie, mon père, répondit Huguette; je tâcherai de justifier votre confiance.

— Oui, reprit vivement Georges, il faut justifier ma confiance, et, le meilleur moyen, c'est de bien comprendre mes projets.

— Quoi que vous ordonniez pour votre gloire, pour vos intérêts, pour votre service, je le ferai, répliqua Huguette, et, en ceci, j'obéirai à mon cœur autant qu'à mon devoir; mais, ajouta-t-elle en relevant la tête, mais j'espère que vous n'attendez de moi ni faiblesse, ni complaisance pour des actes que Dieu ou ma conscience me défendrait.

Et le visage d'Huguette brillait d'une noble fierté.

Le sire de Luyrieux fronça le sourcil, puis haussa les épaules; toutefois, ces mots ne parurent pas l'offenser. L'histoire de sa vie dit assez qu'il n'avait pas de croyances religieuses; il avait une chapelle dans son château, parce que c'était un droit féodal qui donnait un revenu fixe, et il croyait savoir comment on fait taire la conscience.

Il regarda de nouveau sa fille avec beaucoup d'attention; et, au moment où celle-ci, frappée de ce regard singulier, s'attendait à une grave réponse, il lui dit avec un sourire légèrement narquois :

— Tu as en ce moment, ma belle Huguette, un petit air mutin qui est assez ordinaire aux jeunes chevaliers; ça te rend toute charmante et me donne envie de t'embrasser.

Huguette, tout étourdie de cette réponse qui dissimulait le sarcasme sous des formes polies, tendit en rougissant son front à son père. Mais Georges fut touché de l'air de dignité que sa fille mit dans ce mouvement et, au lieu de l'embrasser au front, il la pressa sur son cœur avec effusion.

On eût dit que cet homme tout pétri de force, de courage, de haine et de cruauté, éprouvait tout à coup un sentiment inconnu, qu'un rayon de joie pénétrait dans son âme endurcie, qu'il était reporté aux jours de sa jeunesse et que l'amour paternel lui donnait une volupté toute nouvelle.

Huguette aussi éprouvait un bonheur qu'elle n'avait jamais rêvé. Bien que Georges eût pour elle plus d'affection que pour ses sœurs, il n'avait jamais été prodigue de caresses; Huguette ne s'était jamais sentie aimée de ce noble et pur amour qui existe souvent entre un père et une fille. C'était une existence inconnue qui semblait commencer pour elle.

Sa pensée ne s'était pas un moment détachée de ses malheureuses sœurs; elle crut le moment favorable pour ramener son père à de meilleurs sentimens à leur égard.

La gracieuse enfant s'assit sur les genoux de Georges; puis, de ses mains élégantes, caressant la figure du soldat, brunie par le soleil, hâlée par la fatigue des expéditions, passant ses doigts blancs et délicats dans sa chevelure argentée:

— Mon père, lui dit-elle d'un accent plein de charme, mélodie harmonieuse qui devait aller au cœur, voilà pour moi un bien doux moment: je vous vois heureux et je suis fière de votre amour; mais notre bonheur à tous deux n'est pas complet, et vous pouvez le rendre plus grand encore.

Georges pensa que Huguette allait lui demander quelque cadeau, la satisfaction de quelque fantaisie de jeune fille, et tout disposé à lui accorder ce qu'elle voudrait:

— Parle, lui dit-il gaîment, qu'est-ce que veut la dame d'Holypherne?

— Dites un mot, répondit vivement Huguette, et mes deux sœurs seront dans vos bras.

— Je n'ai qu'une fille! s'écria durement le sire de Luyrieux, brusquement ramené à son caractère par ces simples paroles.

— Vous avez trois enfans, répliqua Huguette les larmes aux yeux, trois filles qui vous aiment d'un amour égal.

Et de ses deux mains elle pressait doucement la figure de son père, sa bouche souriante effleurant les lèvres de Georges, ses yeux presque sur ses yeux, belle comme un ange qui prie et dont les larmes brillent sur les paupières comme des perles.

— L'amitié d'un vieillard vous pèse-t-elle déjà à ce point, que vous vouliez la partager? reprit Luyrieux d'un air attristé.

— Oh! mon père, répondit Huguette vivement peinée, je veux que vous ayez trois cœurs pour vous aimer!

— Allons, fit Georges avec amertume, Huguette me marchande ses caresses!

— Non, non, répliqua Huguette en jetant ses bras au col de son père, en baignant son visage de larmes, je vous aime; ne détruisez pas le bonheur que vous m'avez donné. C'est la première fois que je l'éprouve, ce bonheur d'être aimée d'un père, faites qu'il dure toute ma vie.

— Taisez-vous, dit Georges, demandez-moi autre chose, et aimez-moi comme je vous aime.

Et il voulut embrasser sa fille.

— Mon père, mon père, fit Huguette, comment oserez-vous me parler de votre amitié, me donner vos caresses, quand je serai assise sur les pierres de deux tombeaux?

— Assez, assez! répondit durement le sire de Luyrieux, levez-vous, je me suis trompé: je croyais parler à un fils capable de comprendre ce qu'exige l'honneur de ma maison, à un fils qui porterait dignement le grand nom d'Holypherne! Vos subtilités m'ont égaré: vous n'êtes qu'une jeune fille sans courage et sans ambition! Mon nom descendra avec moi dans la tombe; nos ennemis, à qui personne n'imposera plus le respect, détruiront ce château longtemps redouté en en jetterent les débris dans les ravins. Vous ne comprenez rien au cœur de votre père!

— J'ai trop bien compris! lui cria Huguette d'une voix qui respirait l'épouvante.

Georges ne répondit pas. Il se leva, et d'un geste à la fois impérieux et dédaigneux, il congédia la malheureuse enfant, dont l'âme était remplie d'une profonde horreur, qui pleurait et tremblait.

Huguette, obéissant machinalement à l'ordre muet de son père, courba la tête et fit quelques pas vers la porte; mais, se ravisant tout à coup, elle revint, se plaça devant lui, la tête haute, les bras pendans, mais collés au corps, les mains crispées.

— J'ai tout compris, dit-elle: vous allez tuer un homme qui vous a outragé, mais qui a été provoqué par une injure...

— Encore! cria Georges avec fureur.

— Provoqué lâchement, cria à son tour Huguette, sans se laisser déconcerter, provoqué de derrière une muraille, comme ne l'ont jamais fait les Luyrieux... une insulte à l'abri d'un rempart!... Vous êtes le maître..., — et sa voix prit une inflexion d'indifférence qui trompa Georges, — entre lui et vous le roi jugera, s'il le veut. Cela le regarde, et il ne m'appartient pas d'avoir un avis sur ce que fait le seigneur d'Holypherne à l'égard d'un ennemi. Mais vous allez tuer aussi vos enfans, deux pauvres femmes innocentes; vous allez tuer avec elles deux êtres dans le sein de leur mère, et cela est horrible, indigne et lâche!... cela déshonore! entendez-vous, monsieur de Luyrieux, seigneur de Montvéran? cela flétrit la mémoire d'un homme à tout jamais!... et vous n'avez pas le droit de me laisser un nom flétri!...

Georges lui saisit le bras et le serra dans l'étau de sa rude main.

— Ajoutez aussi la torture, reprit fièrement la jeune fille sans pousser un cri. Il y a au ciel un Dieu qui juge et ceux qui rendent les sentences et ceux qui les subissent; il pèsera dans sa justice l'innocence de vos enfans et votre crime!

Luyrieux laissa retomber tout meurtri le bras de sa fille. Elle sortit en lui montrant du doigt le ciel. Georges ne croyait à rien!

Le lendemain du jour où le père et la fille avaient ainsi lutté, avaient mêlé d'abord la finesse et l'habileté aux douces sensations que leur donnait pour la première fois l'amour paternel, puis s'étaient séparés après une scène violente, une sorte de cour de justice fut réunie dans la grande salle du château d'Holypherne. Le seigneur de Luyrieux présidait; six des seigneurs, ses alliés, remplissaient les fonctions de juges; le majordome, celle de greffier; un clerc était chargé de soutenir l'accusation, dont l'acte avait été dressé par le majordome.

Il est inutile de dire qu'il n'y avait eu ni interrogatoire, ni instruction: il n'était pas question de justice, il s'agissait uniquement de vengeance. La nature humaine est ainsi misérable que l'on trouve toujours des juges disposés à composer ces sortes de tribunaux ou de commissions, dont la formation n'a d'autre but que de tromper l'opinion publique, et qui condamnent toujours au gré de celui qui triomphe.

Soit qu'il voulût donner de la solennité au jugement et proclamer bien haut la punition de Liobard,
soit qu'il préparât déjà les moyens de se justifier aux
yeux du roi, Georges fit publier par un héraut, du
haut de la terrasse et de la tour, qu'en vertu de son
droit de justice, il allait faire procéder au jugement
de Renaud de Liobard, qui, par surprise, était entré
dans le château d'Holypherne et y avait commis
plusieurs crimes ; que les débats auraient lieu publiquement et en présence de quiconque y voudrait
assister.

Il ordonna, en effet, que les portes fussent ouvertes et qu'on admît tous ceux qui se présenteraient ;
mais en même temps il établit une garde active et
forte, veillant avec soin à ce que personne ne pût
s'introduire en armes, prête à baisser la herse s'il se
présentait une foule trop nombreuse, ou qui, par ses
allures, donnât la moindre inquiétude.

Quand l'heure fut venue, l'espace réservé au public fut rempli par des archers, des hommes d'armes, des écuyers, tous appartenant à Georges, par les
domestiques du château et par quelques hommes
des environs, les uns vassaux, les autres libres, représentans de cette portion de la population qui,
dans tous les temps, sans passion, sans haine, assiste
aux jugemens et aux exécutions, et sanctionne par sa
présence des actes odieux. Les juges prirent leurs
places, et Huguette elle-même vint occuper un siége
qui lui avait été réservé, un peu au-dessous de ceux
des juges. Georges, qui lui avait manifesté le désir
qu'elle assistât aux débats, la vit avec satisfaction se
rendre à ses désirs. La pauvre enfant montrait dans
cette circonstance une complaisance qui servait à
voiler ses desseins, et s'efforçait de cacher les divers
sentimens dont elle était animée.

Les juges étaient placés. On amena Liobard devant
le tribunal ; il entra la tête haute, sans fanfaronnade,
mais calme et digne ; il regarda les juges l'un après
l'autre, les reconnut tous, vit le seigneur de Luyrieux occuper le siége de président et sourit de dédain. Avant que Georges lui adressât la parole, Renaud protesta contre l'enlèvement déloyal dont il
avait été l'objet, contre la formation d'un tribunal
qui n'avait pas le droit de prononcer à son égard,
contre le jugement qu'il allait rendre, quel qu'il fût,
et en appela hautement au jugement du roi de
France.

A cet appel, le sire de Luyrieux haussa les épaules,
comme s'il eût voulu faire comprendre que le roi
était trop loin et qu'il était, lui, le seul souverain
dans ses domaines. Il voulut alors procéder à l'interrogatoire de Renaud, mais celui-ci refusa de répondre.

Huguette éprouva un vif sentiment de fierté en
voyant celui qu'elle aimait protester avec noblesse et
dignité ; mais elle leva pas les yeux sur lui, bien
qu'elle sentit Renaud l'envelopper d'un regard in-
vestigateur.

Le silence obstiné de Liobard ne pouvait faire naître aucun débat, et Georges, par un semblant de respect pour les formes judiciaires, chargea un de ses
clercs de présenter sa défense ; mais au moment où
celui-ci voulut prendre la parole pour remplir sa
mission illusoire, Renaud l'arrêta d'un mot en pro-
testant de nouveau contre l'illégalité du tribunal, et
en déclarant qu'il ne voulait pas être défendu.

Ces paroles produisirent quelque sensation dans
l'auditoire, mouvement passager comme en produi-
sent tous les incidens inattendus. Quant aux juges,

ils restèrent impassibles : ils étaient là pour prononcer un arrêt dicté et convenu d'avance, et les paroles
de Renaud glissèrent sur eux sans les émouvoir.

Après un semblant de délibération, Renaud de
Liobard, seigneur de Juzerieux et du Chastelard,
châtelain de Saint-Sorlin, fut déclaré atteint et convaincu de brigandage pour la prise du château d'Holypherne, complice du viol commis sur deux filles
du seigneur de Luyrieux, Prangin et Montvéran, et,
pour ce, condamné à mourir du supplice qu'il conviendrait au seigneur d'Holypherne de lui infliger.

— C'est un assassinat ! s'écria Renaud, et je dois
m'attendre à un raffinement de cruauté. Vous n'avez
pas voulu me faire tuer au milieu des bois par vos
bandits, et le silence que vous gardez sur le genre
de mort qui m'est réservé laisse assez deviner quelque odieux supplice : M. de Luyrieux a fait ses
preuves en ce genre.

L'arrêt, rendu au milieu d'un profond silence, ne
souleva pas un murmure dans l'auditoire : on sentait
là une volonté qui dominait toutes les autres, une
tyrannie qui faisait taire toutes les consciences. Mais
les paroles de Liobard firent réfléchir ; quelques
paysans échangèrent des regards, et courbèrent la
tête : ils se souvenaient des supplices ordonnés par
leur noble seigneur.

— Messieurs, dit Renaud, au moment de sortir et
en promenant sur ses juges un regard fier et dédaigneux, à chacun sa part : à moi la mort, à vous la
honte de ce jugement !

Les juges sourirent ; le majordome jeta au condamné un regard narquois.

Liobard fut reconduit dans son cachot, et Georges,
en passant auprès de sa fille, qui faisait de vaillans
efforts pour maîtriser son émotion, se pencha vers
elle et lui dit tout bas :

— C'est bien, Huguette, je suis content de vous.

— A quand le supplice ! demanda Huguette tranquillement, presque souriante.

— A demain, répondit Georges encore plus bas.

Un léger frisson agita les membres de la malheureuse enfant ; mais son père était passé, il ne s'en
aperçut pas. Un instant après, il causait tranquillement avec les juges qui l'avaient assisté.

La foule sortit de la salle du tribunal, devisant sur
le genre de supplice qui serait appliqué à Renaud,
sans que personne osât manifester, même tout bas,
un sentiment de commisération pour le condamné.
C'était pourtant un grand événement que la condamnation d'un noble par d'autres nobles, et dans de
telles circonstances ; mais les habitans des campagnes
avaient vu bâtonner tant de serfs, assommer, tailla-
der, mutiler tant de vilains, brancher tant de paysans
aux arbres des chemins, sans compter ceux qu'on
menait aux fourches, qu'ils n'étaient pas bien fâchés
de voir leurs seigneurs se déchirer entre eux.

Toutefois, comme Renaud de Liobard était généralement aimé et le sire de Luyrieux souverainement
détesté, ils auraient voulu voir intervertir les rôles,
que le juge fût Liobard, que le condamné fût Luyrieux. Les esprits les plus hardis n'allaient guère au-
delà, dans ces campagnes où malgré l'affranchisse-
ment des communes, la décadence de la féodalité,
les efforts des rois, il y avait encore des serfs deux
siècles et demi après ces événemens.

CHAPITRE XIX.

Les habitans des environs, hommes libres et vassaux du sire de Luyrieux, qui avaient composé l'auditoire et assisté au jugement de Liobard, commencèrent à se retirer. Plusieurs n'étaient venus que par curiosité, pour voir l'intérieur de cette citadelle redoutable, le théâtre récent d'événemens dont on s'entretenait dans la contrée. Ceux qui avaient à traiter de quelque affaire avec leur seigneur, profitèrent de l'occasion pour parler de leurs fermes, de leurs baux, de leurs récoltes, des dégats de la chasse ; puis, toutes ces choses réglées, ils reprirent tranquillement le chemin de leurs demeures, qui dans la vallée, qui sur le plateau.

Par mesure de précaution, et sur un ordre secret du majordome, on avait compté tous ceux qui étaient entrés au château ; on les compta de même à la sortie, sans qu'ils en eussent le moindre soupçon, et quand il ne resta plus d'étrangers dans la forteresse, le pont fut relevé.

Dès ce moment, personne ne put ni entrer, ni sortir, sinon pour les besoins de la garnison ; encore fallait-il une autorisation du gouverneur, qui l'accordait seulement pour des motifs sérieux. Ces mesures de précaution étaient dictées par la crainte de quelque tentative des amis de Liobard.

Les hommes d'armes et les archers avaient repris leur service et leurs occupations ordinaires et, quand vint la nuit, le calme le plus profond régnait dans la citadelle, où personne ne semblait soupçonner les préparatifs qui se faisaient pour le supplice du lendemain.

Cependant, le bruit de la condamnation de Renaud s'était promptement répandu au dehors et y avait produit une impression facile à comprendre parmi des hommes qui savaient de quoi était capable le sire de Luyrieux. Quelques seigneurs, amis de Liobard, se réunirent spontanément pour aviser aux moyens d'arracher celui-ci à la vengeance de son ennemi.

Il ne fallait pas songer à une attaque : le château était maintenant trop bien gardé et, depuis le retour du maître, deux pièces d'artillerie qu'on n'y avait pas vues jusques-là, ouvraient leur gueule sur le carrefour en face de la porte et complétaient les moyens de défense. Il était à craindre qu'une tentative à main armée eût pour résultat de hâter l'exécution; si le vieux lion d'Holypherne devait être vaincu, il ne tomberait qu'après avoir tué Liobard; on ne délivrerait qu'un cadavre.

Tout cela fut dit et compris en quelques instans, et les seigneurs résolurent unanimement de faire une démarche pacifique, seule chance de salut qui leur fût ouverte, et d'offrir au sire de Luyrieux une forte rançon pour la vie de son prisonnier. Ils partirent sur-le-champ, se présentèrent dans la nuit à la porte du château et firent connaître l'objet de leur démarche.

Georges refusa de les laisser pénétrer dans la citadelle ; ils insistèrent pour conférer avec lui, il refusa de les voir ; ils parlèrent d'une somme considérable qu'ils apportaient, d'une plus forte encore qu'ils s'engageraient à payer à la remise entre leurs mains de Renaud, et Georges leur envoya le gouverneur, auquel il donna l'ordre formel de repousser toutes les offres, de refuser toute rançon, quelque riche qu'elle pût être.

— Un de mes aïeux, dit fièrement Georges au majordome, a répondu que toute l'herbe du royaume ne pourrait pas combler les fossés d'Holypherne ; allez dire à ces seigneurs que tout l'or du royaume ne vaut pas ma vengeance.

Le gouverneur remplit sa mission, et les seigneurs, impuissans devant l'inexorable volonté de Georges, durent se retirer sans emporter la moindre espérance.

A l'intérieur de la forteresse, durant cette même nuit, trois hommes travaillaient à la lueur des lampes dans une salle basse de la grande tour, salle dont la porte était soigneusement fermée, et des appartemens du château on ne pouvait pas entendre le bruit qu'ils faisaient. Autour d'eux, le long des murailles, étaient rangées des planches de peuplier découpées en douves longues de cinq pieds, larges d'environ huit pouces, et artistement taillées à la doloire.

A côté de ces planches, on voyait de longues et étroites bandes de bois de châtaignier, légères, minces et flexibles, destinées à confectionner des cerceaux. Sur une longue cheville plantée horizontalement dans le mur étaient suspendus des liens formés de petites branches d'osier partagées en deux dans toute leur longueur.

Sur des rayons placés dans le pourtour de la salle, à la hauteur de la main, étaient éparpillés des marteaux, des vilebrequins, des tenailles, de longues pinces de bois, de petites pinces de fer, des tas, des maillets, des courroies, des plastrons de bois appelés *consciencé* que les ouvriers placent sur leur poitrine et contre lesquels ils appuient le morceau qu'ils façonnent, lorsqu'ils travaillent à la plane. Dans des questins peu profonds étaient entassés en grande quantité des clous de fer, longs de quatre pouces, à forte tête.

Un long et solide établi en chêne occupait le milieu de la salle où tous ces matériaux attendaient leur emploi. A l'une des extrémités de l'établi, l'un des trois hommes, à l'aide d'une règle et d'un morceau de craie rouge, traçait symétriquement, sur chaque douve placée en travers, des lignes régulièrement espacées, allant en biais d'un bord à l'autre, et qui se croisaient avec d'autres lignes tirées en sens opposé.

Quand il avait achevé de couvrir une douve de traits rouges, les extrémités exceptées, un autre la prenait et la faisait passer sous la mèche mobile d'un vilebrequin fixé à l'établi, la perçait de trous à tous les points où les lignes se joignaient. Alors, le troisième s'emparait de la planche et dans chacun des trous enfonçait un clou ; mais il avait soin qu'il ne dépassât pas l'épaisseur du bois, car le moment de faire saillir la pointe n'était pas encore arrivé.

Lorsque ces trois ouvriers de la mort, ces trois tonneliers en chair humaine eurent ainsi préparé le nombre de douves et de cercles dont ils avaient besoin pour construire les affreuses machines qu'on leur avait commandées, ils ouvrirent la porte de leur atelier, ordinairement destiné à de moins lugubres travaux, et allumèrent sur la partie de l'esplanade qui s'étendait devant, trois feux de copeaux autour desquels ils dressèrent les douves, qui se soutenaient mutuellement en s'appuyant au sommet les unes contre les autres.

A la chaleur de la flamme le bois se cintrait de manière à rebondir au milieu quand les douves assemblées seraient retenues aux extrémités par des cercles. Le fond inférieur fut placé morceau à morceau, s'appliqua dans une rainure profonde pratiquée dans l'épaisseur des douves, et les cercles, chassés par le bas et par le maillet, joignirent, serrèrent, consolidèrent l'édifice. Trois grands tonneaux étaient construits. Il n'y manquait plus que le fond supérieur, tout préparé, qu'on appliquerait et scellerait avec quelques pointes.

Alors, les ouvriers prirent leurs marteaux et frappant successivement sur chacun des clous, dont les têtes étaient en saillie à l'extérieur, les firent pénétrer au travers du bois, et toutes les pointes acérées, prêtes à mordre, à déchirer les membres, ressortirent à l'intérieur des tonneaux.

Tels étaient les instrumens du supplice que le sire d'Holypherne réservait à Liobard, le lit nuptial qu'il faisait préparer pour ses deux filles, Philiberte et Loyse. Les trois condamnés, enfermés vivans dans ces affreuses machines, devaient être précipités du haut de la terrasse du château sur les rochers qui surplombaient la rivière et au bas desquels ils arriveraient déchirés, mutilés, percés par les pointes qui malheureusement n'étaient pas assez longues pour atteindre le cœur au premier bond.

Pendant que se faisaient les apprêts de l'horrible drame du lendemain, que les machinistes du bourreau ajustaient leurs engins, Renaud était dans sa prison, seul avec sa pensée. Il n'avait aucun moyen de communiquer avec ses amis du dehors, il n'en pouvait attendre nul secours, et il connaissait trop le caractère de Georges pour conserver la moindre illusion.

On comprend la douleur, les plaintes, le désespoir, dans cette situation où un homme jeune, fort, puissant, va tout à coup mourir, s'éteindre pour jamais, alors que la vie dans sa floraison offre le plus de charme, le plus de bonheur.

Mais Renaud ne s'abandonnait pas à un désespoir bruyant ; on n'entendait ni soupirs, ni plaintes sortir de son cachot : il avait lutté, il était battu traîtreusement, déloyalement, il était vrai ; mais enfin il succombait dans ce duel sans merci, et il se résignait comme un homme de cœur qui ne conserve aucune espérance et ne faiblira pas devant la mort vingt fois bravée dans les batailles.

Dans ce moment suprême, alors que l'on passe en revue les principaux événemens de sa vie, on éprouve une satisfaction réelle, bonheur de la dernière heure, quand on peut se dire que l'on meurt pur de toute mauvaise action, et que le coup dont on est frappé n'est pas une expiation. Liobard pouvait regarder en arrière sans rougir.

Une seule pensée criminelle l'avait longtemps préoccupé, celle de frapper Luyrieux par le deshonneur de ses filles ; elle était odieuse, mais elle l'avait assiégé lorsqu'il ne pouvait pas la réaliser, et au moment où le triomphe lui donnait toute puissance, où il était le maître, où tout aurait cédé devant la force brutale, une enfant l'avait vaincu : il avait courbé la tête devant la fille de son ennemi.

Liobard n'avait été heureux qu'à la tête de sa compagnie, dans les campagnes de l'armée française où sa brillante valeur avait éclaté ; hors de là tout avait été déception et souffrance. Les circonstances l'avaient constamment trahi dans sa lutte contre le vieux lion d'Holypherne, sous la griffe duquel il allait tomber, dont sa mort faisait éclater la puissance et rehaussait l'orgueil.

Le prisonnier se jeta sur sa couche, où il ne s'endormit pas ; il attendait le jour qui devait être le dernier pour lui, sans se douter que ses amis s'en retournaient désespérés après une démarche infructueuse.

Les deux autres victimes vouées à la mort, instruites par Huguette du péril qui les menaçait, ne savaient pas que leur supplice dût accompagner celui de Renaud. Huguette seule avait deviné les intentions du sire de Luyrieux, qui, voulant s'épargner l'ennui des supplications de Gertrude, des larmes de ses filles, épargnait à celles-ci les angoisses de l'agonie.

Philiberte sommeillait sur sa couche, s'éveillait en sursaut, heureuse d'échapper aux terreurs de ses rêves ; puis, regardant autour d'elle, songeant aux menaces de son père, s'efforçait de s'endormir de nouveau pour oublier les appréhensions plus terribles encore de l'état de veille. Pauvre femme, qui ne trouvait de repos ni dans le songe, ni dans la réalité !

Loyse ne s'était pas couchée. Elle était dans cette même chambre où elle avait reçu Montrevel ; accoudée à la même fenêtre ouverte où celui-ci l'avait aperçue, elle pleurait en regardant la nuit. Cependant, elle était persuadée qu'Amédée ne l'abandonnerait pas, puisqu'il était venu une première fois pour la sauver ; et, l'âme ouverte à l'espérance, elle écoutait les sons lointains, cherchait à surprendre à travers les airs le bruit que feraient des cavaliers se dirigeant vers le château.

Elle entendit le pied des chevaux des amis de Liobard bruire sur les rochers ; elle crut à l'arrivée de Montrevel, et un soupir de joie sortit de sa poitrine.

— Nous sommes sauvées toutes deux ! s'écria-t-elle.

Les chevaux s'arrêtaient à la porte de la citadelle ; Loyse ne pouvait avoir le moindre doute : c'était bien Amédée qui accourait, ne voulant pas, dans son impatience, attendre le jour ! Elle fit quelques pas pour courir vers ses sœurs et leur faire partager sa joie ; mais elle pensait que le pont allait être baissé, que Montrevel entrerait avec les siens dans le château, et elle voulait voir celui qui venait l'arracher à la mort en lui apportant une couronne de mariée.

Elle vit le majordome passer sur la terrasse, se diriger vers la porte ; elle attendit, toute frémissante. Mais le pont ne fut pas baissé ; le majordome passa de nouveau, tout seul, et elle entendit les chevaux s'éloigner... Ce n'était donc pas Montrevel qui était venu !...

Toutefois, l'espérance ne l'abandonnait pas : elle avait foi en son amant ! Elle resta à sa fenêtre, mais elle n'entendit plus que les flots de l'Ain qui battaient le pied des rochers.

Huguette avait tout compris ou tout deviné : pour elle, les trois condamnés n'avaient plus à vivre que cette dernière nuit, mais elle n'acceptait ni l'arrêt du tribunal, ni l'arrêt plus cruel de son père, et elle n'était pas de nature à céder sans lutte.

On se rappelle la disposition des chambres des trois filles d'Holypherne et de l'appartement de M. de Luyrieux, ouvrant sur le même corridor ; les chambres des sœurs près du grand escalier communiquant au perron, l'appartement de Georges plus rapproché de l'angle où était la chapelle.

Sur ce même corridor donnait la chambre-prison dans laquelle on avait enfermé Renaud ; celle-ci touchait à l'appartement du sire de Luyrieux, dont elle était séparée par un mur, et se trouvait entre cet appartement et la chapelle.

Il existait d'autres cachots dans la citadelle, situés dans l'escalier de la grande tour ; c'étaient des réduits étroits, à peine éclairés par une ouverture pratiquée dans la porte et sur laquelle se croisaient deux petits morceaux de fer, tels qu'on en trouve encore dans les ruines des châteaux-forts de cette époque. Mais ceux-ci ne recevaient jamais que des prisonniers de bas étage ou des archers, punis pour avoir manqué à la discipline.

La prison dans laquelle on avait enfermé le sire de Liobard, depuis son arrivée, était la prison d'honneur. La fenêtre qui l'éclairait avait vue sur la terrasse. Peut-être avait-on, dans le principe, construit ce cachot pour quelque prisonnier de distinction ; peut-être avait-on voulu faire regretter plus vivement la liberté à ceux qui y étaient enfermés, en leur laissant voir le ciel, l'espace, les arbres, et ceux qui circulaient librement sur l'esplanade.

Peut-être encore avait-il été destiné à des prisonniers de guerre qui attendaient l'argent de leur rançon, et que l'on ne relâchait guère sur parole, ou à des femmes que l'on voulait soumettre par la captivité, quand la violence avait été impuissante. On ne savait. Tant de lugubres traditions se rattachaient à ce château d'Holypherne que toutes les suppositions sont permises à l'égard de la prison.

Quoi qu'il en soit, d'épais barreaux de fer garnissaient la fenêtre, très-rapprochés les uns des autres, et, s'ils laissaient pénétrer l'air et les rayons du soleil à l'intérieur, ils pouvaient défier toute tentative d'évasion. Toute dégradation aurait été aperçue de la terrasse, tout bruit un peu fort aurait été entendu de l'appartement du sire de Luyrieux, ou de ceux qui passaient dans le corridor.

La lourde porte en bois de chêne, à panneaux, — plus solide, hélas ! que celles qui fermaient les chambres de Philiberte et de Loyse, — était verrouillée à l'extérieur, et une fois les deux verroux poussés, il n'y avait pas de force humaine qui pût ouvrir en dedans, car les branches de ces verroux entraient dans le montant en pierre de taille de la porte.

La solidité de cette porte inspirait une telle sécurité, que jamais, quel que fût l'hôte de la prison, on n'y avait placé de sentinelle, et le majordome n'avait pas songé à se départir de cette habitude, qui, au surplus, était observée pour les cachots de la tour.

En supposant que quelqu'un eût ouvert, du corridor, la porte à un prisonnier, il eût été impossible à celui-ci de sortir du château sans être vu et arrêté.

Quant à Liobard, on s'occupait des apprêts de son supplice. Il n'avait pas longtemps à rester là, et le gouverneur qui connaissait le seul point faible de la place, c'est à dire l'escalier souterrain, avait pris à cet égard des précautions inusitées jusque-là dans cette citadelle si bien fermée.

Après le départ des amis de Renaud, le sire de Luyrieux s'était couché et reposait tranquillement, et le majordome était rentré chez lui ; tous les soldats dormaient, à l'exception des sentinelles placées sur la tour, sur le rempart et à la porte du château, trois portes que l'on n'abandonnait jamais.

Huguette, par sa présence à l'audience du tribunal qui avait condamné Renaud, avait reconquis la confiance de son père. Georges ne soupçonnait pas l'amour puissant que son ennemi inspirait à sa fille, et dans les observations qu'elle lui avait faites, il ne voyait plus que les préoccupations naturelles d'une enfant pour les intérêts de son père, pour la gloire du chef de la maison dont elle devait se trouver bientôt l'unique héritière. Les soupçons qu'il avait conçus d'un projet d'évasion, lorsqu'il avait trouvé ses filles dans la chapelle à la porte du souterrain, s'étaient dissipés ou ne l'occupaient plus. Nul ordre de surveillance n'avait donc été donné à l'égard d'Huguette : elle était, comme par le passé, libre d'aller où elle voulait sans qu'on s'en occupât.

La jeune fille, le cœur ému et la figure calme, sortit de sa chambre, écouta un instant dans le corridor, n'entendit ni pas, ni bruit, descendit le grand escalier, sans avoir l'air de mettre le moindre mystère dans cette démarche, arriva à la terrasse et se rendit à la chapelle. Elle vit, en passant, les fenêtres de l'appartement de son père fermées ; aucune lumière n'y brillait non plus qu'à la fenêtre de Renaud.

Les sentinelles auraient pu l'apercevoir, et ne s'en seraient point occupées ; mais elles ne la virent pas entrer dans la chapelle. Huguette, au lieu de descendre directement à l'église par l'escalier du corridor, ce qui eût été beaucoup plus court, avait pris ce chemin pour ne pas passer devant l'appartement de son père, dont elle craignait d'être entendue.

Elle rasa la muraille de droite jusqu'au chevet, et arriva à l'escalier qui conduisait au corridor du premier étage, qu'elle venait de quitter ; elle entendit dans le chœur, à sa gauche, un léger murmure ; mais, ignorant la consigne donnée par le gouverneur, elle pensa s'être trompée, et gravit l'escalier sans bruit, sans lumière et sans encombre.

Au sommet, elle trouva la porte qui donnait sur le couloir fermée ; mais elle avait prévu cette précaution du majordome et en avait apporté la clef. Elle pénétra dans le corridor ; tout y était calme et sombre, comme un instant auparavant.

La porte du cachot était près de l'escalier. Huguette y touchait. Mais là, elle s'arrêta un moment, ne pouvant maîtriser son émotion, les lèvres et les mains tremblantes. Elle allait braver le courroux terrible de son père, en essayant de lui arracher sa victime ; elle allait tenter de sauver celui qu'elle savait encore amoureux de Clémence...

Mais elle l'aimait, et Renaud pouvait l'aider à sauver ses sœurs. Huguette tira doucement les lourds verroux ; ils glissèrent sans bruit... Elle pénétra dans la chambre en retirant la porte sur elle, en sorte qu'on eût pu passer dans le corridor sans se douter que cette porte fût ouverte.

CHAPITRE XX.

Au léger bruit que firent les pas d'Huguette entrant dans la prison, Renaud tressaillit sur sa couche, où il ne dormait pas.

— Dois-je mourir dans la nuit, et le moment est-il venu ? demanda-t-il d'une voix calme.

— Parlez bas et ne faites pas de bruit, murmura Huguette toute palpitante d'émotion.

A la faible clarté qui pénétrait dans la prison par la fenêtre barraudée, Liobard devina une femme, mais il ne put voir son visage.

— Une femme ! dit-il à demi-voix, une femme dans ce cachot !.... Qui êtes-vous ?

— Ce n'est pas Clémence , dont vous rêviez peut-être..., dit tristement la jeune fille mécontente de n'avoir pas été reconnue ou devinée; les morts ne reviennent pas. Qui donc ici peut songer à vous, sinon la femme dont vous avez dédaigné l'amour ?

— Huguette! Huguette! murmura Liobard en se jetant vivement hors de sa couche, vous êtes un ange que le ciel m'envoie pour adoucir mes derniers momens.

— Pour vous sauver! répondit Huguette.

— Me sauver! Cela est-il encore possible? dit Renaud.

— Oui, en ce moment ; dans quelques heures il serait trop tard.

— Que faut-il faire? Ordonnez.

— Venez, sortons d'ici : je tremble dans cette chambre; suivez-moi sans prononcer un mot, dit rapidement Huguette.

Et le prenant par la main, elle l'entraîna hors de la cellule, en referma la porte, repoussa doucement les verroux, comme si le prisonnier y était encore, et le conduisit dans l'escalier, dont elle referma également la porte. Elle s'arrêta un instant dans la tribune, ne pouvant aller plus loin, tant son émotion était forte.

— Renaud, dit-elle, il y a là un marbre noir qui semble recouvrir un tombeau ; il cache l'entrée d'un souterrain qui conduit au bord de l'Ain. Vous allez y descendre, vous traverserez la rivière à la nage, et vous êtes sauvé !

Il voulut parler , elle lui mit un doigt sur la bouche :

— Silence, dit-elle, le temps presse !

Ils descendirent les dernières marches ; mais au moment de rentrer dans la chapelle, Huguette qui marchait en avant jeta un rapide coup d'œil dans l'intérieur et, à la clarté de la lampe qui brûlait toutes les nuits, elle aperçut un archer en sentinelle dans le chœur, assis sur un banc, le mousquet entre les jambes.

Le majordome avait ordonné qu'une sentinelle fût placée là, sous prétexte de préserver la tombe de Clémence d'une nouvelle profanation , mais en réalité pour garder l'entrée du souterrain, dont elle ne soupçonnait pas même l'existence. Cette sentinelle devait donner l'alarme si quelqu'un touchait à l'une des tombes. Huguette eut un frisson en voyant cet homme dont un cri pouvait tout perdre.

— Restez là et attendez-moi, dit-elle à l'oreille de Liobard.

Elle remonta rapidement dans la tribune, enleva l'un des rideaux blancs qui la décoraient et redescendit.

L'archer en faction tremblait déjà de tous ses membres : il avait entendu le bruit des pas, le frôlement de la robe d'Huguette. Le cou tendu, il regardait de tous côtés et ne voyait personne; mais imbu, comme beaucoup de ses camarades, de la croyance superstitieuse qui faisait Clémence sortir de son tombeau pour se promener sur la terrasse, il s'attendait à quelque lugubre apparition. Toutefois, il ne voulait pas donner l'alarme avant d'avoir vu toucher aux pierres tumulaires, dans la crainte des railleries dont on l'aurait accablé.

Huguette arrangea sur sa tête le voile blanc et transparent, qui descendit jusqu'à ses pieds, et levant la main droite, elle marcha sur la sentinelle épouvantée et lui dit d'une voix sombre :

— Archer d'Holypherne! à genoux, et prie Dieu pour l'âme de Clémence de Belmont !

Le malheureux soldat tomba à genoux, balbutiant quelques paroles inintelligibles!... Huguette, qui lui cachait complètement Liobard, appuya sa main gauche sur le col de l'archer frémissant à ce contact, et le fit se prosterner le front sur la dalle, pendant que de la main droite elle indiquait à Renaud le marbre qui cachait l'entrée du souterrain. Celui-ci fit quelques pas, poussa le marbre et entra. Huguette se précipita avec lui dans l'escalier. La plaque avait repris sa place, que l'archer était encore prosterné. Cette scène n'avait pas duré une minute, et il n'avait rien vu.

Cependant, quand il ne sentit plus la présence de la jeune femme, il se hasarda à lever la tête ; il se vit seul et se releva en tremblant.

Huguette était dans le souterrain, heureuse de son succès. Renaud pressait ses mains dans les siennes avec vivacité.

— Merci, ange du ciel, merci! disait Renaud à la jeune fille, vous me sauvez la vie! Mais vous allez me suivre ; vous ne pouvez plus reparaître devant votre père, je le connais : il punirait sa fille de l'évasion de son prisonnier.

— Profitez de ce que j'ai pu faire pour vous, dit Huguette en soupirant, et ne vous inquiétez pas d'une malheureuse femme.

— Cette femme, reprit Renaud d'un ton pénétré, en interrompant Huguette, cette femme, depuis le jour où j'ai compris son amour, a été souvent l'objet de mes pensées, le rêve de mes nuits.

— Silence! silence! dit Huguette avec émotion, Clémence est là, dans son tombeau ; ne blasphémez pas à cô é d'elle.

— Clémence me pardonnera du haut du ciel d'où elle nous entend, la sainte martyre! répondit Renaud, ou plutôt, son âme a passé dans la vôtre pour en doubler les forces, le courage et l'amour.

— Taisez-vous, taisez-vous; ne me trompez pas, dit la jeune fille d'un ton plein de tendresse.

— Non, reprit Renaud , depuis cette nuit terrible où vous m'avez si généreusement pardonné une pensée coupable, j'ai emporté dans mon cœur votre image, qui n'en est plus sortie; j'ai combattu, j'ai été brave en pensant à vous ; j'ai appelé bien souvent le moment qui me rapprocherait de vous. Je vous aime, Huguette, je vous aime !

Il disait ces paroles d'un accent si vrai que la jeune fille sentit comme une nouvelle existence commencer. Elle était fière, elle était heureuse, elle éprouvait un bonheur inconnu, sans mélange. Elle appuyait la main sur une épaule de Liobard, laissait tomber sa tête sur l'autre, oubliant le danger, la poterne et la sentinelle.

— Vous m'aimez... Renaud.... vous m'aimez... disait-elle dans une douce extase, vous venez de me consoler de toutes les douleurs que j'ai souffertes ; mais partez, au nom du ciel !

— Oh ! répliqua Liobard, je ne fuirai pas seul ! Venez avec moi: je vous déroberai à tous les regards, et quand vous serez libre de donner votre main à celui à qui vous avez donné votre cœur, je serai fier d'être votre époux !

— Mon époux! dit Huguette toute troublée; pardonnez-moi, mon Dieu, d'avoir autrefois rêvé ce bonheur...Aujourd'hui trop d'obstacles nous séparent.

— Vous serez l'ange dont la main les brisera, murmura Renaud.

— Partez, mon ami, mon Liobard, partez, je vous en conjure, reprit la séduisante jeune fille; ma tête s'égare, ma raison y succomberait. Descendez sans crainte. aucun soldat ne garde l'issue du souterrain: Dans tous les cas, prenez ce poignard; il est bon, c'est le vôtre. Jetez-moi du bord de l'eau un mot qui me dise que vous êtes sauvé.

Et faisant un effort elle ajouta :

— Adieu, adieu pour jamais!

Il y eut en ce moment une lutte entre eux. Renaud avait saisi le bras d'Huguette et il l'entraînai.

— Je ne vous quitterai pas, disait-il, vous que j'ai offensée et qui me sauvez, ange qui consolez en pleurant vous-même, qui oubliez vos douleurs pour guérir celle des autres; venez, je vous en supplie, la vie sera belle encore pour nous.

— Non, non; je serais déshonorée si je partais avec vous, disait la pauvre Huguette.

— Qui oserait insulter la femme de Liobard? s'écria celui-ci.

Et il couvrait de baisers les mains et les joues de la jeune fille qui résistait, qui ne voulait pas partir, mais éprouvait un immense bonheur en écoutant Renaud.

— Vous abandonner dans le péril serait un crime, lui dit-il avec énergie, venez avec moi, ou je reste avec vous!

Ces derniers mots rappelèrent Huguette au sentiment de leur situation, lui rendirent tout son courage.

Au nom de l'amour que vous m'avez juré, lui dit-elle, éloignez-vous : si vous demeurez, vous allez mourir de quelque affreux supplice, et moi je mourrai de douleur, car vous êtes tout mon bien, tout mon bonheur. Partez, et nous vivrons... tous deux.

Elle se dégagea des bras de Liobard, le poussa doucement sur les marches, et lui dit :

— Vous n'êtes pas le seul qu'il faille arracher à la mort: j'ai mes deux sœurs à sauver!

— Allez, dit vivement Liobard, je les attends.

— Non, reprit Huguette; elles ne peuvent pas, comme vous, traverser la rivière à la nage. Quand vous serez sur l'autre rive, envoyez un bateau au pied de l'escalier; vite! vite!

Renaud descendit... Huguette suivit le bruit décroissant de ses pas... Quand il fut au bas de l'escalier, il jeta dans la spirale ce cri qui monta jusqu'à elle:

— A toi tout mon amour!

Elle n'entendit plus rien.

La sentinelle avait repris sa place sur le banc, pantelante, frappée de stupeur, n'osant donner l'alarme, ni faire un pas. Le bruit des paroles de Renaud et d'Huguette arrivait jusqu'à elle, mais confus, inintelligible, lui donnant le frisson. Elle entendait le bruit des pas, et, persuadée que Clémence s'agitait dans sa tombe, elle s'attendait à la voir reparaître d'un moment à l'autre et cherchait à se donner un peu d'assurance en se rappelant toutes les histoires d'apparitions qu'elle avait cent fois ouï conter et les conversations que l'on avait avec les fantômes.

Huguette remit sur sa tête le voile blanc; le marbre tourna sur ses gonds invisibles, et la jeune fille passa droite et raide devant l'archer. Mais, cette fois, celui-ci se leva comme un automate et lui dit d'une voix tremblante :

— Ame en peine... au nom de Dieu... que demandes-tu?

C'était la formule consacrée chaque fois que l'on se trouvait face à face avec de prétendues ombres, de prétendus revenans.

— Ne me trouble pas dans ma promenade des nuits heureuses, lui répondit Huguette en donnant à sa voix une telle suavité que le soldat croyait entendre une musique céleste.

— As-tu quelque chose à me commander? reprit l'archer, se conformant toujours à la formule de l'époque.

— Tu me reverras deux fois encore cette nuit, répliqua Huguette. Sois sans crainte, mais garde le silence sur mes apparitions, sinon je te punirai par la mort!

Alors, passant d'un pas grave et mesuré par le milieu de la chapelle, elle se dirigea vers la porte et disparut. Elle enleva son voile, rasa le mur du château, remonta le grand escalier, entra chez Loyse et l'entraîna dans la chambre de Philiberte.

Les paroles d'Huguette avaient peu rassuré l'archer. Il acheva sa faction, frémissant au moindre bruit, au plus léger craquement des boiseries, pensant voir un spectre s'avancer, regardant avec anxiété les tombes qui l'entouraient, certain que la dame d'Holypherne lui avait parlé, que tous les récits de ses courses nocturnes étaient vrais, et qu'elle allait revenir pour rentrer dans sa couche de pierre.

Quand on vint le relever, il transmit à son remplaçant la consigne telle qu'il l'avait reçue, et s'éloigna avec le chef qui le relevait; puis, feignant d'avoir oublié quelque chose, il revint rapidement vers son camarade et lui dit tout bas :

— Si tu vois une femme en voile blanc, n'aie pas peur : c'est elle!

Celui-ci demanda une explication; mais le premier mit un doigt sur sa bouche en regardant son camarade et courut rejoindre le chef. Quand il rentra au poste, ses dents claquaient, il tremblait la fièvre. Les soldats, remarquant sa pâleur et son air morne, l'accablèrent de questions, mais ils ne purent lui arracher une parole. La menace d'Huguette produisait son effet.

Le nouvel archer que l'on venait de mettre en faction avait levé les épaules à la pantomime de son camarade et se promenait dans le chœur pour ne pas s'endormir........

Arrivé au bord de l'Ain, à l'endroit où nous avons vu Montrevel, le sire de Luyrieux et le majordome, Liobard jeta les yeux autour de lui et du regard sonda l'abîme. Il n'y avait pas un bateau qui, à cette heure, descendît le cours de la rivière. Il était dangereux de faire un pas sur cette rive dont les gens appartenaient à Georges; il fallait remplir au plus tôt les instructions d'Huguette. Liobard n'hésita pas, se jeta dans le rapide courant et se mit à la nage.

L'eau était grosse et bouillonnait resserrée entre les rochers; elle formait de vastes tourbillons qui souvent brisent les forces du nageur, l'attirent vers le fond et l'engloutissent. Mais Renaud savait comment on vint à triomphe de ces tourbillons en s'élançant en dehors du cercle avec vigueur avant d'avoir été entraîné au milieu : grâce à ses efforts et à la connaissance qu'il avait d'un rivage tant de fois exploré, il aborda sur l'autre rive.

Il alla frapper à la porte d'un pêcheur chez lequel il s'était souvent reposé dans ses courses, du dévouement et de la discrétion duquel il était sûr.

— Jacques, lui dit-il, prenez votre barque, allez là-bas dans la petite anse, au pied du rocher d'Holypherne et attendez-y deux dames que vous amènerez de ce côté le plus promptement possible.

— Il pourrait bien y avoir quelle balle à attraper, dit Jacques en souriant, pendant qu'il prenait ses rames dressées contre la muraille.

— Mon ami, répondit Liobard, il y a deux femmes à sauver.

— J'y cours, fit le pêcheur sans demander d'autres détails.

En effet, il monta sur sa barque et alla s'affaler dans la crique, pendant qu'un bon feu de branches de sapin résineuses séchait les vêtements de Liobard brisé par la fatigue, par les émotions de cette nuit, et en proie à une mortelle inquiétude sur le sort de celle qui l'avait sauvé et sur celui de ses sœurs.

Ainsi que nous l'avons dit tout à l'heure, les trois filles d'Holypherne étaient réunies dans la chambre de Philiberte. Huguette instruisait en peu de mots ses sœurs de ce qui se passait : Liobard venait de s'évader par le souterrain, il les attendait au bord de l'Ain; un bateau les transporterait sur l'autre rive et Liobard leur trouverait un asile sûr. Tout dormait dans le château, le moment était propice, mais il fallait se hâter; un voile blanc tromperait deux fois la sentinelle effrayée, qui ignorait le mystère de l'escalier.

Philiberte, accablée par la lassitude de cette longue veille entremêlée de rêves affreux, était dans une torpeur qu'elle ne pouvait secouer. La sentinelle placée dans le chœur était à ses yeux un obstacle insurmontable : le soldat les arrêterait, et cette nouvelle tentative d'évasion n'aurait d'autre résultat que d'irriter encore leur père.

— La sentinelle, disait Huguette, croit avoir parlé à l'ombre de Clémence, car vous n'ignorez pas les bruits ridicules qui courent sur ses apparitions. Je l'ai prévenue qu'elle me reverrait deux fois encore, cette nuit : ainsi vous passerez l'une après l'autre près d'elle, à un court intervalle ; le voile couvrira votre visage et on ne regarde pas de trop près ceux que l'on prend pour des spectres.

— Cet homme criera, ou peut-être nous frappera de ses armes! répondit Philiberte.

— Non, reprenait Huguette, ● l'ai fait mettre à genoux, je l'ai touché du doigt, son front s'est incliné.

Mais ce rôle de spectre qu'il fallait jouer effrayait Philiberte. La pensée de se trouver seule, la nuit, avec un soldat, lui inspirait une invincible répugnance. Son énergie s'était éteinte dans les douleurs de sa position ; son corps et son esprit semblaient être en ce moment sous le poids d'un narcotique puissant qui l'accablait. Si Huguette avait pu, comme la première fois, les accompagner, les conduire, elle l'eût suivie ; mais on ne pouvait tenter une pareille épreuve sur le soldat : elle échouerait. En un mot elle voulait fuir, mais elle ne l'osait pas.

Loyse avait de tout autres idées, qui malheureusement aboutaient au même résultat. Elle eût sans sourciller joué le rôle de spectre, passé devant la sentinelle, descendu le souterrain, si Montrevel eût dû l'attendre au pied de l'escalier. Elle ne voulait quitter le château de son père qu'au bras de son mari. Elle ne pouvait pas fuir avec un autre homme, étranger à sa famille. Puis elle avait foi en Montrevel; il allait venir la demander en mariage, elle devait l'attendre.

Huguette insistait avec vivacité, priait, suppliait, impatiente de voir le temps s'écouler, l'occasion se perdre. Elle offrait de se rendre seule à la chapelle

par la terrasse, pendant que ses sœurs, passant pieds nus devant la porte de leur père, y descendraient par l'escalier de la tribune ; elle se mettrait entre ses sœurs et la sentinelle, elle répéterait là scène qui lui avait si bien réussi avec Liobard. Quel que fût le résultat, il ne pouvait pas être plus fatal que l'attente.

Mais Philiberte ne pouvait vaincre ses répugnances, ni dominer sa fatigue ; Loyse souriait, certaine qu'Amédée ne l'abandonnait pas..., et la pauvre Huguette se désespérait de ne pouvoir sauver ses sœurs comme elle avait sauvé Liobard!

Celui-ci était sincère lorsque, un moment auparavant, il avait voulu entraîner Huguette avec lui. Les événemens qui avaient suivi la prise du château l'avaient vivement impressionné. L'image de cette courageuse enfant effleurant sa poitrine d'un poignard, préférant la mort au déshonneur, lui avouant son amour, sa croyance d'être aimée, l'avait suivi à l'armée d'Artois. Il était arrivé ce qui doit arriver toujours : la femme vivante, jeune et belle, avait pris peu à peu la place de la femme qui n'était plus ; l'amour de Renaud s'était transformé comme se transforment toutes choses ici-bas.

Cet amour nouveau n'avait pas la vivacité, ni les ardens désirs de l'amour que lui avait inspiré Clémence ; il était plus calme mais aussi vrai. Huguette venait de l'augmenter encore en arrachant Renaud à un affreux supplice.

Jacques était sur son bateau, au pied du rocher. De temps en temps, Liobard se levait de l'escabeau où il était assis au coin de l'âtre, allait à la porte, écoutait et regardait...

Nulle rame ne frappait les flots, nul pas ne faisait crier le sable du rivage.., et le pêcheur attendit en vain jusqu'au jour. Les filles d'Holypherne ne devaient pas venir.!

<hr>

CHAPITRE XXI.

Le sire de Luyrieux avait voulu qu'un jugement condamnât Renaud de Liobard, afin que l'on ne pût pas lui reprocher d'avoir disposé de la vie d'un seigneur riche et puissant sans recourir aux formes judiciaires. Il avait dans ses domaines droit de haute et basse justice, et, par conséquent, un tribunal tout formé qui pouvait juger Renaud en le considérant comme ayant porté atteinte à la propriété de Luyrieux par la prise du château, et à l'honneur de ses filles. Mais ce jugement pouvait être déféré à la cour de Cluny, dont la Bresse ressortissait : cela eût été trop long, la vengeance pouvait échapper.

L'acte reproché à Renaud s'était produit cent et cent fois ; Georges en avait lui-même donné l'exemple, mais le vainqueur ne s'était pas ensuite laissé prendre. Georges avait eu l'avantage de saisir son ennemi, et, sous prétexte que l'attentat était exceptionnel, il l'avait fait juger par un tribunal exceptionnel.

La formation de ce tribunal, dont tous les membres avaient été choisis par lui, n'était qu'une odieuse comédie; la publicité des débats, la lecture de l'acte d'accusation, l'interrogatoire, la défense d'office refusée, la délibération, le prononcé de l'arrêt, toutes choses soigneusement inscrites dans le procès-verbal de la séance, n'avaient d'autre but que de fournir des titres pour répondre aux plaintes, aux réclamations de la famille, et de prouver au roi, et à qui il appartiendrait, que le procès avait été régulièrement fait.

On chicanerait peut-être sur la promptitude de l'exécution ; mais l'homme serait mort, et Luyrieux trouverait bien moyen de se faire pardonner cette irrégularité.

Les hommes qui exercent une grande puissance, ainsi que le faisait le sire de Luyrieux, lorsqu'ils veulent frapper un ennemi ou un homme qu'ils redoutent, se mettent le plus souvent à l'abri d'un tribunal. La victime est saisie, il est presque impossible qu'elle échappe ; les juges et le bourreau obéissent aux mêmes ordres ; les formalités n'apportent à l'exécution que quelques heures de retard. C'est pure hypocrisie. Par malheur, les historiens et les peuples s'y laissent prendre volontiers : on rejette l'odieux des condamnations sur les juges dont les noms surnagent par hasard, tandis qu'on devrait confondre dans la même réprobation et ceux qui ordonnent et ceux qui sanctionnent, par un semblant de jugement, ces assassinats juridiques.

Le sire de Luyrieux, qui avait nommé un tribunal pour juger un étranger, un ennemi, ne croyait pas avoir besoin de ce semblant de justice pour frapper ses filles ; il était fermement persuadé qu'il avait sur elles droit de vie et de mort, et il ne lui vint pas à la pensée qu'on lui pût contester ce droit terrible.

On n'était pas au milieu du seizième siècle. Le quatorzième, l'un des plus splendides de l'ère moderne sous le rapport intellectuel, avait fait rayonner sur l'Europe d'éclatantes vérités, mais il n'avait pas détruit cet odieux abus de la force en vertu duquel le père disposait de son enfant comme d'une pièce de son troupeau. C'était le droit du barbare noyant son enfant difforme au moment de sa naissance, jetant ses filles aux pourceaux quand le sexe du nouveau-né trompait ses espérances.

Cent cinquante ans après les événemens racontés ici, les procédures des *Grands jours d'Auvergne* révélaient des faits atroces en ce genre. Le prétendu droit du père sur les enfans devait durer encore en France deux siècles et demi ; et si, dans les dernières années qui précédèrent la Révolution, les mœurs adoucies ne permettaient plus de répandre le sang des enfans, elles toléraient que le chef de la famille disposât de la liberté, du bonheur de ses filles, en les jetant malgré elles dans un cloître, sans se soucier de ce qui en pouvait résulter.

Peut-être, en fouillant les bas fonds de notre société actuelle, trouverions-nous dans cette absence de respect pour la personnalité de l'enfant dans les siècles précédens, le germe de l'un des vices trop communs du temps présent. Les mauvais héritages pèsent longtemps sur les peuples.

Georges regardait ses filles comme déshonorée et leur honte comme retombant sur lui, sur son nom, sur sa gloire. Les rois, les princes, les généraux, les seigneurs de cette époque ne manquaient pas de bâtards qui faisaient assez grande figure ; mais ceux-ci ne valaient que par leur père à leur entrée dans une carrière : on n'admettait pas les bâtards des filles nobles, quand leurs pères les abandonnaient.

Le sire de Luyrieux croyait tenir en sa puissance l'auteur indirect de la flétrissure dont il était frappé, et il voulait faire disparaître à la fois le coupable,

les victimes et les enfans dont la naissance allait constater l'opprobre de sa maison. Il avait prononcé un arrêt de mort sans prendre conseil de personne. Huguette, qui l'avait deviné, avait seule lutté pour sauver ses sœurs. Les prières, les larmes, les protestations de la jeune fille avaient été impuissantes contre la cruauté de son père.

Vers dix heures du matin, par un temps splendide, les clairons retentirent sur les remparts, sur la terrasse, dans les cours du château d'Holypherne. Tous les hommes d'armes, archers, écuyers, vinrent à ce signal se ranger en ordre de bataille sur l'esplanade, la face tournée du côté de la rivière d'Ain. Des serviteurs, passifs comparses de ce drame, sortirent d'une des salles basses de la tour, roulant trois énormes tonneaux ouverts d'un côté et garnis à l'intérieur de longues pointes aiguës. Les soldats s'attendaient à l'exécution de Liobard ; mais en voyant ces trois horribles machines de supplice, ils se regardèrent avec étonnement, se demandant tout bas quelles étaient les autres victimes.

Georges ordonna qu'on amenât Renaud de Liobard, et le majordome se dirigea vers la prison. En même temps Georges commanda à quelques archers de saisir ses deux filles, Philiberte et Loyse, de leur lier les pieds et les mains, de les bâillonner, de les apporter et de les jeter chacune dans l'un des tonneaux. Les archers marchèrent vers les chambres des malheureuses enfans. A la vue des soldats et des cordes dont ils étaient munis, Philiberte et Loyse poussèrent des cris aigus ; Gertrude se jeta sur les archers, lutta avec eux, les frappant au visage, déchirant leurs mains avec ses dents, défendant les filles de Georges comme une mère défendrait ses enfans. Des soldats se ruèrent sur elle et maîtrisèrent sa colère, impuissante contre les bourreaux.

Philiberte et Loyse opposèrent la plus vive résistance, se tordant sous les bras nerveux des soldats ; mais, dans cette lutte inégale, leurs forces furent bientôt épuisées !... Les pauvres enfans furent liées de manière à rendre tout mouvement impossible ; on étouffa leurs cris avec des bâillons ; on leur jeta un voile sur la tête. Elles furent emportées ainsi et placées dans les horribles machines, dont les couvercles furent cloués sur elles.

Aux premiers cris de ses sœurs, Huguette s'élança vers son père. Les soldats voulurent l'arrêter. Elle les écarta violemment, et courut vers Georges ; pleurant et priant dans son désespoir, elle étreignit son père dans ses bras, elle se traîna à ses genoux. Froid et impassible, le cruel seigneur regardait du côté du château, et s'impatientait de la lenteur que l'on mettait à amener Liobard... Le majordome accourut annoncer que le prisonnier avait disparu, bien que la prison fût soigneusement fermée au dehors.

Georges entra dans une horrible fureur en voyant qu'une de ses victimes lui échappait ! Le majordome, qui avait été placé en sentinelle auprès de l'escalier, soutenait que Renaud n'avait pu s'évader, qu'il était caché dans le château.... Mais Luyrieux ne l'écoutait plus ; il ordonna de précipiter les tonneaux sur le penchant de la montagne.

Huguette se jeta sur les archers qui allaient exécuter cet ordre, furieuse comme une lionne, les yeux flamboyans, les mains crispées. Les soldats la repoussèrent. Elle se précipita au-devant des affreuses machines, qui déjà roulaient vers le parapet... Sur un signe de Georges, on la saisit, on l'entraîna à quelques pas.... elle tomba affaissée sur le sol, sanglotant, voilant ses yeux avec ses mains.

Soulevés par dessus le parapet, les deux tonneaux roulèrent sur la pente de la montagne, rebondirent sur une dernière saillie, et, dans la force d'impulsion, dépassèrent la rivière en la touchant à peine, et, se brisant de l'autre côté, vomirent sur la rive deux cadavres palpitans, mutilés, défigurés !...

Des larmes coulaient des yeux des vieux soldats à cette horrible exécution.... Georges était toujours morne et froid.... Il pensait à Liobard !

Après un moment de réflexion, il se tourna vers le majordome.

— Je comprends tout, dit-il : il faut qu'il y ait dans cette prison quelque issue secrète que j'ignore et que Renaud connaissait.... Clémence m'a trahi : elle a reçu ici, en mon absence, celui qu'elle aimait.

— Malheureux! s'écria Huguette en se levant exaspérée ; le meurtre de ses filles ne lui suffit pas; il flétrira la mémoire d'une femme qui est morte de de désespoir !

— Quel autre a pu apprendre à Liobard le moyen de sortir d'ici? demanda Luyrieux avec dureté.

— La main qui a ouvert sa prison lui a indiqué une issue, dit résolument Huguette.

— Et cette main?... cria Georges avec fureur.

— Cette main n'est pas celle d'une femme morte, répondit la jeune fille; c'est la mienne!

— Toi! dit Georges en levant sur sa fille ses poings fermés, je te trouverai donc toujours sur mes pas pour combattre mes volontés ! Tu as préparé l'évasion de celui qui a flétri mon nom et le tien, tu as arraché à ma vengeance celui qui a fait déshonorer tes sœurs !

— Que parlez-vous de mes sœurs, quand vous êtes leur bourreau ! s'écria Huguette.

— Tu insultes à la justice de ton père!

— Justice de tigre ou de vautour ! s'écria la jeune fille.

— Malheureuse ! cria Georges avec exaspération, faudra-t-il te punir aussi?

— Oui, répliqua vivement Huguette ; la vue et l'odeur du sang enivrent et font perdre la raison ; vous aviez préparé trois instrumens de supplice, et vous n'avez eu que deux victimes!... La mort n'a pas son compte... quelle prenne donc ce qui lui manque !

Et soudain, la tête haute, la démarche assurée, le regard fièrement arrêté sur son père, elle s'avança vers la fatale machine, dont la bouche était béante. Un frisson d'angoisse parcourut la troupe des soldats; tous les yeux se portèrent sur le chef, immobile de fureur et d'étonnement.

On attendait en haletant ; nul n'osait demander grâce et exprimer l'admiration qu'inspirait la jeune fille, dans la crainte qu'un sentiment de sympathie ne fût pour elle un arrêt de mort... Le silence le plus profond régnait dans cette troupe d'hommes si vivement impressionnés... Le moment était solennel, car le juge et les bourreaux étaient là : le premier, irrité, cruel ; les seconds, prêts à obéir..., comme toujours.

Le mouvement d'admiration produit dans l'assistance par la vue d'Huguette, la stupeur qui y régnait en ce moment où l'on tremblait pour elle, n'échappèrent point à Georges; il promena un rapide regard sur cette foule, le reporta sur sa fille dont l'exaltation et les émotions terribles de cette journée

relevaient la beauté : Huguette semblait une vierge inspirée, prête à mourir pour sa foi, pour son Dieu.

Georges éprouva à cette vue le seul sentiment humain qu'il lui fût donné d'éprouver encore, l'orgueil. Il se sentit fier d'être le père de cette enfant qui avait tant d'énergie, montrait ce courage devant la mort, et déjà inspirait un intérêt puissant aux soldats. Il fit quelques pas vers sa fille en s'écriant:

— Tu es digne du grand nom que tu portes !

Huguette détourna la tête avec horreur. Mais l'assemblée respira ; des larmes coulaient de tous les yeux. Le troisième tonneau fut jeté par-dessus le parapet ; il rebondit sur les roches, traversa l'Ain, et, comme les autres, alla se briser sur la rive opposée... mais il était vide.

En ce moment, le bruit d'une trompette retentit sur le rempart qui dominait la montée conduisant à l'entrée du château, et une sentinelle cria :

— Une troupe de cavaliers gravit la montagne !

Ce cri fut répété de sentinelle en sentinelle sur la terrasse.

Huguette tressaillit et se prit à pleurer.

— Est-ce une attaque ? dit Georges. Qu'ils viennent, ils seront bien reçus.

Et s'avançant sur le côté droit de la terrasse, il regarda par dessus le parapet et vit une huitaine de cavaliers montant aussi vite que pouvait le permettre la rapidité de la pente. L'éloignement ne permettait pas de reconnaître les voyageurs ; on ne voyait reluire aucune arme et le petit nombre des cavaliers éloignait toute idée d'agression. Au surplus, il était possible qu'ils prissent ce chemin pour rejoindre plus promptement la grande route qui passait sur le plateau.

Mais bientôt un cor retentit au dehors, un des soldats répéta au dedans les modulations qu'il avait entendues, et tous comprirent que les nouveaux arrivans se présentaient en amis et demandaient que la porte leur fût ouverte.

— Allez, dit Georges au majordome, et voyez qui vient nous visiter si mal à propos.

Le majordome s'éloigna. Huguette, accroupie à terre et la tête sur un banc, pleurant à chaudes larmes, se releva et suivit l'officier à distance. Georges passait en revue ses soldats alignés. Le pont-levis s'abaissa, et le majordome sortit escorté de deux hommes d'armes.

— Que voulez-vous, messeigneurs? dit-il aux cavaliers.

— Je désire, dit le plus âgé de la petite troupe, et qui en paraissait le chef, parler à votre maître.

— Vous venez dans un mauvais moment, reprit l'officier, le château est en deuil.

— Nous changerons le deuil en transports de joie, répliqua en souriant le cavalier. Dites au sire de Luyrieux, seigneur d'Holypherne, que le comte de Montrevel, escorté des membres de sa famille, vient lui demander la main de sa fille Loyse pour son fils Amédée de Montrevel.

A ces mots, le majordome saisi de stupeur, tout tremblant, leva sur le grand-bailli de Bresse des regards effarés.

— Eh bien, monsieur, fit le jeune Amédée, cette demande est-elle donc si étrange que vous en deviez montrer tant de surprise ?

— Mon Dieu... monseigneur, balbutia l'officier éperdu, c'est un affreux malheur... Loyse est morte !..

— Morte ! s'écria le fils du bailli, morte, Loyse!... Et mon enfant !

— Il est trop tard, Montrevel, dit une voix déchirante, trop tard de quelques instans... Ils viennent de l'assassiner !

C'était Huguette qui avait passé le pont-levis à la suite du majordome. Amédée sanglotant, cachant sa tête dans ses mains, répétait avec douleur :

— Trop tard, trop tard! Oh! mon Dieu! ma femme et mon enfant !

— Misérable brigand ! cria le vieux comte de Montrevel, tu as refusé de te mesurer avec un chevalier, et tu égorges des filles !...

Et s'adressant à Amédée :

— Mon fils, ajouta-t-il, viens un jour assiéger cette citadelle, n'en laisse pas pierre sur pierre, et fais que les ruines servent de tombeau à ce père dénaturé!

Les cavaliers tournèrent bride, s'éloignèrent sombres et mornes. Le pont se releva; Huguette monta péniblement l'escalier et alla tomber dans les bras de Gertrude, en pleurant et en murmurant :

— Mortes! mortes! ma Philiberte! ma Loyse! tuées par lui !....

Le majordome rendit compte à son maître de la visite et des intentions du comte de Montrevel, sans parler de ses menaces. Le vieux d'Holypherne poussa un cri, il passa sur son front sa main tremblante et la laissa retomber avec accablement. Pour la première fois il souffrait..., non de remords, mais de ne pouvoir plus contracter d'alliance avec la grande maison de Montrevel.

Au moment où Georges ordonnait de précipiter ses filles du haut de la montagne, Liobard quittait la demeure du pêcheur pour prendre un cheval au premier village et se diriger sur Juzerieux. Il jetait, avant de s'éloigner, un dernier et triste regard sur le château d'Holypherne, lorsqu'il vit tout à coup les deux machines à supplice rebondir sur le rocher, puis jeter près de lui deux cadavres !... Il poussa un cri terrible, levant ses bras, et lançant contre Luyrieux des imprécations impuissantes. Bientôt il vit rouler la troisième machine; mais il se cacha les yeux avec les mains, et s'enfuit, épouvanté, fou de douleur, en criant :

— Morte! morte pour m'avoir sauvé! Je suis maudit : ma vengeance déshonore et tue; mon amour porte malheur!

Il courut tout le jour à travers les bois, les sentiers, les yeux hagards, frissonnant sous l'étreinte de la fièvre, arriva la nuit à son château sans savoir par où il avait passé, guidé par l'instinct, et tomba sans connaissance entre les bras de ses parens et de ses amis, en proie au plus affreux délire.

Les paysans de la rive opposée au château d'Holypherne trouvèrent gisant à terre les cadavres de Philiberte et de Loyse, et les trois machines brisées.

Persuadés qu'il y avait trois victimes, ils sondèrent la rivière, fouillèrent les anfractuosités du rocher de l'autre bord, heureusement en vain; puis ils enterrèrent Philiberte et Loyse à l'endroit même où elles avaient été trouvées, brûlèrent les machines et élevèrent trois pierres, ou dolmens, qui, depuis cette époque, sont appelées *les trois Filles d'Holypherne*.

CHAPITRE XXII.

Quelques jours après cet horrible meurtre, le sire d'Holypherne se mit à la tête de ses troupes, convoquées de tous ses domaines, et partit pour rejoindre M. de Montmorency sur la route d'Italie; Liobard, malade, se releva de son lit de douleur pour faire cette campagne ; le jeune Montrevel, cherchant dans les combats une distraction à son chagrin, et une gloire qui ne lui fît pas défaut, appela à lui les soldats des terres de son père, et marcha avec eux. Tous les trois allaient vers les Alpes, où tous ne devaient pas arriver.

Luyrieux avait compris qu'après la trève conclue en Artois, les destinées de la France et de l'Espagne allaient se jouer en Italie, que le sort des armes déciderait entre François Ier et Charles-Quint. Il avait tout à perdre au triomphe de l'empereur et du duc de Savoie, son allié ; aussi avait-il réuni plus de troupes que jamais. Un autre motif le guidait : l'alliance faite avec M. de Belmont était devenue sans objet par la mort de Clémence qui ne laissait pas d'enfant ; puis, eût-elle tenu, l'importance du Bugey et du Valromey était effacée devant les intérêts de la grande lutte où le sort de la Provence, de la Bourgogne, du Piémont et du Milanais était en jeu. Il voulait bien mettre au service du roi toutes les troupes qu'il pouvait appeler sous les drapeaux, mais il voulait faire valoir la force qu'il en tirait, pour obtenir de François Ier le commandement d'une division, comme Montejean, comme d'Annebaut, comme Boutières. C'était là, on l'a déjà pressenti, le dernier but de son ambition.

Le majordome, qui l'avait parfaitement deviné et qui croyait aux grandes destinées de Georges, avait voulu le suivre en Italie; mais celui-ci n'y avait pas consenti : il avait voulu que l'officier dont il connaissait le dévouement continuât à gouverner le château, qu'il aurait peut-être à défendre en cas de revers. Le majordome avait insisté, sentant bien que son autorité allait s'amoindrir devant Huguette et désirant sérieusement prendre part à la guerre; mais il avait été obligé de céder à la volonté de son seigneur.

Le sire de Luyrieux partit donc à la tête de sa brillante troupe et prit la route de Lyon par Bourg. Après la seconde journée de marche, les soldats arrivés à leur étape campaient sur le penchant de la colline qui s'étend entre la ville de Loyes et la rivière d'Ain près de la grotte des Sarrazins. Les tentes étaient dressées et les hommes commençaient à se livrer au repos. M. de Luyrieux n'avait plus la tente simple et sévère des bords de la Sesia; il était environné de tout l'apparat d'un général en chef et une garde nombreuse veillait devant sa tente luxueuse. Il avait donné ses derniers ordres. Demeuré seul, il avait quitté son armure, éteint sa lumière, et s'était jeté sur sa couchette de campagne, les yeux tournés vers l'Italie et rêvant tout éveillé aux chances heureuses d'une expédition qui devait lui donner une position élevée.

Tout à coup, dans l'ombre, au milieu du silence général, une voix inconnue murmura à son oreille ces mots terribles :

— Sire d'Holypherne, les assassins ne méritent pas

de mourir de la mort des braves, sous le feu de l'ennemi; ils doivent tomber sous le fer d'un assassin.

Georges tressaillit; brusquement arraché à ses rêves glorieux, regardant vainement autour de lui dans cette obscurité, il étendit le bras sans rien saisir, et s'écria avec colère :

— Qui êtes-vous? Que voulez-vous?

— Je suis le vengeur de Loyse, reprit la voix; elle est morte par un crime, elle va être vengée par un crime !

— Misérable ! s'écria Georges en se levant pour saisir ses armes.

Il n'en eut pas le temps.

— Bien ! c'est comme cela que je te voulais, dit la voix.

Et aussitôt un rude coup de poignard dans le flanc gauche rejeta sur sa couche d'Holypherne tout sanglant.

Le blessé poussa un cri de rage plutôt qu'un cri de douleur; les sentinelles accoururent; un flambeau fut allumé. Mais on chercha vainement l'assassin : personne ne l'avait aperçu; bien que la porte de la tente fût gardée, et il avait disparu sans laisser d'autre trace que le sang versé.

Seulement on remarqua que l'une des cordes attachées aux piquets était coupée. Le meurtrier avait dû s'introduire dans la tente et en sortir par l'interstice résultant de l'absence de lien. On fit des recherches dans le camp, le prévôt et ses agens en parcoururent les détours, visitèrent les tentes les plus rapprochées... les soldats dormaient et le plus grand calme régnait partout.

Les paroles prononcées par celui qui avait frappé semblaient annoncer la vengeance de Montrevel; mais Amédée et sa troupe étaient partis quelques jours avant M. de Luyrieux, ils étaient en avance de plusieurs étapes. Au surplus, Georges ne répéta pas les mots murmurés à son oreille, qui lui révélaient les causes du crime, sinon l'auteur.

La blessure était profonde, terrible; mais, soit qu'une côte eût fait dévier la lame du poignard, soit que l'obscurité n'eût pas permis de frapper sûrement, le cœur n'avait pas été atteint, et Georges respirait encore. Le chirurgien fut mandé en toute hâte. Il sonda et pansa la blessure lentement, gravement, examinant avec soin et sans prononcer un mot. Impassible malgré la douleur, le patient suivait les mouvemens du chirurgien et cherchait à deviner son arrêt dans l'expression de son visage; mais celui-ci ne laissa pas pénétrer sa pensée.

Georges ne songeait pas à retarder la marche de sa troupe : il ne pouvait pas trouver ailleurs que chez lui les soins nécessaires; s'il devait mourir de sa blessure, il ne voulait pas que ce fût ailleurs que sur ses terres, dans la crainte que son corps fût profané par ceux qui le tuaient si mystérieusement et dont il était peut-être entouré à son insu. Il remit le commandement de sa compagnie à l'un des seigneurs partis avec lui, la regarda s'éloigner en soupirant, se fit placer dans une litière portée par deux mulets, autour de laquelle veillaient des soldats, et reprit la route du château d'Holypherne sans permettre qu'on s'arrêtât un seul moment, pas même la nuit. Sa garde était nombreuse. En la voyant envelopper de tous côtés sa litière, il jeta un petit rire strident, ironique, et dit à l'officier qui marchait près de lui :

— Ils n'ont pas su garder l'homme, et les voilà prêts à se faire tuer pour défendre le cadavre !

Deux jours après, Georges arrivait à la porte de sa citadelle presque déserte et en deuil. En passant près des terres de Montrevel, il avait jeté un regard terrible du côté des domaines du grand-bailli.

Un courrier envoyé au château en avait prévenu les habitants du retour de Georges, et avait raconté le peu qu'il savait de l'événement. Quand le cortége arriva au manoir, le majordome accourut auprès de son seigneur, la douleur peinte sur le visage, des larmes dans les yeux. Georges lui sourit tristement.

— Eh bien ! dit-il, je ne reverrai pas l'Italie... ils m'ont arrêté en chemin !

Huguette s'avançait avec dignité, mais sans empressement, droite et pâle, de l'autre côté de la litière.

— Monseigneur, dit-elle à haute voix, nous avons appris avec une vive douleur le malheur qui vous a frappé; nous sommes bien affligée de vous voir dans cet état, nous vous donnerons tous les soins qui dépendent de nous, et nous vous sauverons, si Dieu le permet.

Frappé de l'accent inusité de cette voix grave et froide, Georges regarda sa fille avec une attention singulière, cherchant à pénétrer sa pensée; mais le visage d'Huguette n'exprimait rien, ses yeux étaient ternes et atones. On eût dit d'une statue de marbre à qui un miracle aurait permis de parler.

La litière fut amenée jusqu'au pied du perron. Là, on plaça M. de Luyrieux sur un brancard recouvert d'un matelas, et on le transporta dans son appartement. Huguette marchant à son côté et tenant sa main pendante.

Le caractère de cet homme ne se démentait pas dans la douleur : c'était toujours le même, dur et énergique, cherchant à deviner quelle main l'avait frappé et comment il pourrait se venger de son meurtrier.

Cependant il sentit l'isolement qu'il avait créé autour de lui. Il n'avait plus sa troupe, cette petite armée qui avait été sa force, au milieu de laquelle il avait passé sa vie. Ses principaux officiers, les gentilshommes ses alliés, formant sa cour, avaient continué leur route vers l'Italie; une dixaine de jeunes seigneurs seulement étaient revenus avec lui, autant pour lui faire honneur que pour soutenir sa garde au besoin.

Naguère, lorsque, après une campagne, il rentrait dans sa forteresse peuplée et animée, ses filles accouraient, sautaient à son cou, lui faisaient fête, et, dans les naïves caresses de ses enfans, il pouvait oublier la haine dont il était l'objet, l'éloignement qu'inspirait son nom, comme ces enfans l'oubliaient elles-mêmes à ce moment du retour. Maintenant, ce n'était plus le triomphateur revenant plein de gloire des campagnes du Milanais ou de l'Artois : c'était un moribond n'inspirant ni pitié, ni intérêt, environné de tous côtés par la mort. En face de son château s'élevaient déjà les pierres indiquant la sépulture de ses filles assassinées par lui; dans la chapelle était la tombe de Clémence, morte de douleur par suite de son mariage avec lui!... Il sentait le linceul l'envelopper.

De sa famille, il ne restait plus que la malheureuse Huguette, qui n'avait pour lui, depuis le meurtre de ses sœurs, ni estime, ni amitié, mais qui voilait sous des marques de respect la répulsion qu'il lui inspirait. Georges sentait cette répulsion et s'en inquiétait médiocrement. Ce qui le frappait par-dessus tout, c'était l'étrange figure de ceux qui l'entouraient et ne semblaient l'approcher qu'avec crainte.

Le chirurgien de sa troupe l'avait accompagné, sauf à reprendre plus tard le chemin des Alpes. Dans un moment où il se trouvait seul avec lui et le majordome, il lui dit tranquillement :

— Ils vont avoir besoin de vous là-bas, ne vous impatientez pas : je ne vous retiendrai pas longtemps.

Le médecin répondit par quelques paroles d'encouragement et d'espérance ; le malade sourit, et tournant les yeux vers le gouverneur :

— Majordome, reprit-il, que se passe-t-il donc de singulier dans mon château ? Je suis soldat, je suis blessé, je vais mourir, il n'y a rien d'extraordinaire ; je suis revenu ici plusieurs fois, après une expédition avec des coups de hallebarde et des coups de flèche dans le corps, c'était grave, et je n'ai jamais vu des figures comme celles qui m'entourent.

— Tous vos serviteurs sont saisis de douleur à la vue de vos souffrances, répondit le majordome.

— Non, répliqua Georges : la douleur ne se manifeste pas ainsi ; c'est de la stupeur, c'est de l'épouvante qu'ils ont sur le visage. Ils tremblent en me regardant ; et ce ne sont pas seulement mes serviteurs, ce sont les hommes d'armes, les archers, tous, excepté vous et ma fille. Que diable ont-ils donc, et se peut-il qu'un événement aussi simple effraie ainsi des hommes ?

Le majordome affirma à Georges qu'il se trompait et que le seul sentiment qui agît sur les gens du château était le chagrin de le voir en danger. Il croyait dire vrai ; mais Georges avait mieux vu et mieux jugé que lui : l'épouvante était en réalité dans la citadelle.

Au départ de M. Luyrieux pour l'Italie, Huguette avait demandé et obtenu sans difficulté que l'archer déjà employé par elle, et celui qui était de garde dans la chapelle au moment de l'évasion de Renaud, fissent partie de la petite garnison qui restait à Holypherne, sous le commandement du majordome. Le premier savait le choix que la jeune dame avait fait de lui et en était fort reconnaissant, se souciant peu d'aller se faire casser la tête en Piémont depuis que les bienfaits de sa maîtresse l'avaient mis à l'aise. Le second ignorait ce choix et n'avait éprouvé ni plaisir ni peine à ne pas faire une nouvelle campagne en Italie, où il avait vu la mort d'assez près sur les remparts ruinés de Fossano.

Huguette avait été dirigée par la pensé qu'elle aurait peut-être encore besoin d'employer le jeune archer, et que l'autre, sous le coup des menaces qu'elle lui avait faites, garderait mieux le silence à la citadelle qu'à l'armée, loin du théâtre des événemens. Mais elle s'était trompée à l'égard de ce dernier.

Il n'avait rien dit durant les premiers jours ; mais la disparition de Liobard, qu'il n'avait pas vu dans la chapelle et qu'il avait entendu parler dans l'escalier dont la porte était une pierre de tombeau, lui avait parue si extraordinaire, qu'il était persuadé que Clémence sortie de la tombe avait enlevé Renaud, rendu invisible à ses yeux. La déclaration d'Huguette réclamant la responsabilité de l'évasion n'avait pas ébranlé sa croyance.

Quelques jours après, le seigneur d'Holypherne était tombé sous les coups d'un meurtrier que personne n'avait vu, qu'on avait cherché vainement ; le mystère qui planait sur cet assassinat avait ajouté à la terreur de l'archer, et alors, il avait raconté à ses camarades les scènes de la chapelle.

Cet archer avait fait bravement plusieurs campagnes ; il parlait d'un ton convaincu, il montrait la place où il était quand l'ombre s'était approchée de lui, répétait les paroles qu'elle lui avait dites, indiquait le chemin qu'elle avait pris et où les soldats ne voyaient qu'un tombeau. Tous ces faits, commentés par la peur, grossis par la crédulité, avaient pris des proportions extraordinaires.

Les incrédules se taisaient et s'en tenaient à ce qu'avait dit Huguette sur l'évasion de Liobard ; les crédules, et c'était le plus grand nombre, attribuaient à une intervention surnaturelle la punition de leur seigneur, et Georges ne se trompait pas quand il lisait l'épouvante sur le visage de ceux qui l'approchaient.

Cependant l'organisation vigoureuse de cet homme triomphait de la mort ; déjà il se sentait moins faible, il respirait plus librement et s'attachait à l'espérance de vivre afin de rejoindre l'armée d'Italie et de se venger au retour avec éclat.

Il pensa que son meurtrier commettrait une indiscrétion. Celui qui tue pour voler cache son crime, dément les témoins, nie l'évidence ; celui qui tue pour punir, qui frappe un coupable échappé à la vindicte publique, celui-là confie à ses amis son secret, se félicite de son action. La punition n'est réelle qu'à la condition d'être connue.

Georges ne se trompait pas. Il avait montré dans l'enlèvement de Renaud avec quelle habileté il employait les espions ; il se servit d'un moyen analogue. On savait à Montrevel qui avait frappé le sire d'Holypherne, et celui-ci ne tarda pas à en être instruit. Il avait désormais deux vengeances à exercer, deux hommes à frapper, car il ne renonçait pas à atteindre Liobard, et ces deux hommes étaient en Italie.

— Docteur, dit-il à son médecin, lorsqu'il se sentit assez fort pour se lever, combien de jours dois-je encore rester ici avant de reprendre le chemin des Alpes ?

Le médecin le regarda fixement, d'un air étonné, et ne répondit pas.

— Eh bien ! reprit Georges, vous vous taisez ?

— Je calcule toutes les chances, dit gravement le docteur, je vous répondrai dans quelques jours.

Il n'eut pas besoin de répondre : la réaction d'une nature puissante contre le mal était arrivée à son terme. Georges le sentit bientôt ; ses rêves de vengeance s'évanouissaient, il ne s'abusait plus, et le médecin, qui n'avait pas eu un jour d'illusion, se bornait à rendre moins douloureux ses derniers momens.

Quand il sentit que la mort était proche, Georges se fit habiller et porter sur un lit de parade autour duquel furent appelés ses soldats, ses officiers, Gertrude et sa fille.

Il n'avait pas eu de peine à deviner l'amour d'Huguette pour Liobard. Il ne voulait pas que celui-ci épousât jamais sa fille, et, ne pouvant frapper ses deux ennemis, il allait du moins en frapper un dans la mesure de ses forces.

Quand tout le monde fut réuni autour de son lit, Georges s'adressant à Huguette :

— Madame, lui dit-il, je me suis fait apporter ici afin d'y mourir, parce que je veux être inhumé à côté de mes ancêtres. C'est à vous que je confie ce soin, à vous que je fais l'héritière de tous mes biens, titres, terres, domaines, châteaux et seigneuries. Vous connaissez la foi féodale : vous vous marierez donc dans l'année de mon décès, afin que le roi de France, dont je relève, ne se croie pas en droit de vous pourvoir ou de confisquer une partie de vos biens en vertu de cette loi.

— Monseigneur, je suivrai vos ordres en toutes choses, répondit Huguette avec calme, si Dieu vous rappelle à lui avant moi.

— Si Dieu me rappelle avant vous ?... dit Georges en regardant sa fille, et en souriant avec ironie... Oui, j'ai entendu l'ordre, et je vais obéir.

En effet, sa voix s'affaiblissait, ne sortait de sa poitrine que péniblement et entrecoupée de soupirs. Il reprit avec une difficulté toujours croissante :

— Vous vous... marierez donc... dans l'année... Vous êtes... maîtresse de vous... je n'impose rien... Vous épouserez le gentilhomme... que vous voudrez... excepté...

— Monseigneur, dit Huguette avec respect, mais aussi avec une certaine vivacité, c'est la guerre que vous léguez à votre fille si vous exceptez quelqu'un. Je vous en conjure, ne prononcez pas d'exclusion.

Et regardant les officiers qui entouraient le lit, tous gentilshommes, seigneurs ou chevaliers :

N'est-ce pas, messieurs, ajouta-t-elle, qu'une exception pourrait amener la guerre?

Les officiers étaient jeunes, Huguette était belle ; plusieurs peut-être rêvaient le brillant héritage des Luyrieux, tous auraient reçu la main de la dame d'Holypherne avec transport. Ils répondirent d'une seule voix, d'un accord unanime:

— Oui, c'est la guerre, monseigneur, c'est la guerre.

Georges de Luyrieux promena sur l'assemblée un regard de colère qui semblait lui reprocher cette première atteinte à sa volonté, avant même qu'il eût rendu le dernier soupir, et faisant un violent effort pour arracher les sons de sa poitrine oppressée, il s'écria :

— Qui vous... voudrez... ex...cep...té !...

Mais sa tête se renversa sur l'oreiller, ses lèvres remuaient inutilement.

Il rendait le dernier soupir sans avoir prononcé le nom de celui qu'il avait l'intention d'exclure, parmi les prétendans à la main de sa fille.

CHAPITRE XXIII.

Huguette rendit pieusement, dignement, les derniers devoirs à son père. Elle déploya en cette occasion le luxe qui convenait à la puissante maison de Luyrieux, convoqua les seigneurs et abbés des environs, fit tendre de noir la grande salle où le corps fut exposé, le grand escalier, la chapelle ; fit hisser le drapeau noir sur la tour, sonner les cloches ; présida à la dernière cérémonie après laquelle le corps de Georges de Luyrieux, seigneur d'Holypherne, fut déposé dans l'une des tombes couvertes de marbre qui garnissaient le pourtour de la chapelle, à côté de la malheureuse Clémence.

Tout fut grand, majestueux, imposant ; mais on ne saurait demander à la nature humaine plus qu'elle ne peut donner : Huguette éprouvait ce serrement de cœur que l'on ressent toujours, à son âge, en face de la mort ; toutefois, sous la pompe des cérémonies, sous l'étalage ordinaire dans ces grandes occasions, il ne fallait pas s'attendre à trouver une douleur bien profonde.

La jeune fille ne la feignit pas, n'éclata pas en sanglots à ce moment si terrible, si douloureux, où le

corps d'un père bien-aimé descend pour jamais dans la terre. Brisée par les émotions violentes si rapidement éprouvées en peu de temps, par les événements qui l'avaient si cruellement frappée, elle n'avait pas de larmes pour l'homme qu'elle avait vu, quelques semaines auparavant, violer toutes les lois de la nature et sacrifier ses deux sœurs, avec une épouvantable férocité, sans témoigner depuis ni regrets de la perte de ses enfants, ni remords de son crime. Le supplice de Philiberte et de Loyse n'était pas de nature à être oublié, et pendant que Huguette pleurait sur les victimes, il lui était difficile de regretter le bourreau.

Les officiers qui entouraient le lit de Georges au moment de sa mort, assistèrent à ses funérailles et se disposèrent à rejoindre l'armée. Le deuil profond dans lequel était plongé la jeune dame d'Holypherne ne leur permettait pas de faire des propositions de mariage; mais ils lui témoignaient tous un vif intérêt, et les jeunes gens dont la position de fortune pouvait justifier les prétentions s'efforcèrent d'attirer ses regards, d'éveiller ses sympathies.

Ces dispositions n'échappèrent point à Huguette. Désormais seule, en proie à une morne douleur, soutenue seulement dans la vie par son amour pour Renaud, qui la croyait morte pour lui et allait chercher la mort sur les champs de bataille d'Italie, elle n'encouragea pas leurs espérances, mais se montra pour tous affable et bienveillante. Ces jeunes et brillans officiers partirent avec le désir d'acquérir, durant la campagne, une gloire qui leur permettrait d'aspirer à la main de la riche héritière.

Le nom des Luyrieux allait s'éteindre, mais il était facile de prévoir que leurs citadelles auraient de vaillans hommes pour les défendre.

Les occasions de se distinguer ne devaient pas manquer à ceux qui les voulaient chercher. Les Français franchissaient encore une fois les Alpes ; ils allaient au secours de la malheureuse armée de Piémont dont les communications avec la France étaient coupées, qui était de tous côtés enveloppée et sur le point de succomber. Le général Du Guast avait fermé le Pas de Suze et, dans le but de le rendre infranchissable, y avait élevé de nouvelles fortifications; la garde et la défense en étaient confiées à César de Naples, que nous avons vu naguère, gouverneur de Volpiano, au moment de réussir dans le coup de main qu'il avait préparé pour s'emparer de Turin.

Ce César de Naples est encore une des curieuses figures de cette époque si féconde en individualités qui ont, à des titres divers, attiré l'attention. C'était un capitaine jouissant d'une haute réputation de courage, réputation méritée, car il payait bravement de sa personne dans toutes les occasions. Il déployait, assurait-on, la plus grande habileté à combiner un plan d'attaque et de bataille ; mais ce courage incontestable, cette habileté reconnue n'aboutissaient jamais qu'à le faire battre. Il perdait toutes ses batailles : il avait échoué à Turin, il s'était porté contre la petite ville de Caselle, que tenaient les Français entre Turin et Volpiano, position importante que les deux armées désiraient occuper, et, après trois assauts forts rudes et fort brillans, avait dû se retirer. Sa mauvaise fortune était passée en proverbe chez les Espagnols et les Italiens aussi bien que chez les Français.

Nous soupçonnons fort que cette mauvaise fortune aurait pu s'expliquer autrement que par la fatalité, qui n'existe pas à l'état permanent, autrement que par le hasard, qui n'a pas de parti et se met d'ordinaire du côté des gros bataillons et des plus habiles généraux ; mais l'histoire du temps, acceptée sans examen et copiée par les écrivains postérieurs, suivant l'usage, en a fait un capitaine expérimenté, trahi toujours par les événemens, le type d'une victime frappée par une divinité inconnue ; et il faut le prendre tel qu'on nous le représente.

Le poste que César de Naples occupait au Pas de Suze le désignait naturellement aux premiers coups de Montmorency, qui s'avançait à la tête de l'armée française. Le capitaine italien déploya son courage habituel ; il disputa le passage avec la plus grande vigueur, mais il dut céder devant l'ardeur des Français, et le Pas de Suze fut emporté encore une fois.

Liobard fut un des plus vaillans soldats de cette rude journée. Il n'allait plus chercher la gloire qui rayonnerait sur la femme aimée : il avait perdu Clémence, il croyait avoir vu précipiter Huguette du haut du rocher d'Holypherne ; cette vie de déchiremens, de souffrances, lui était à charge ; il ne voulait trouver que la mort sur le champ de bataille. Le combat était pour lui un suicide utile à son parti, glorieux pour sa troupe. Mourir était le seul but qu'il poursuivît.

Montrevel et les jeunes seigneurs qui avaient vu Huguette au lit de mort de Georges ne faisaient pas partie du corps d'armée chargé d'ouvrir la route de Turin ; ils marchaient à la suite du roi resté en arrière. Personne ne pouvait donc détromper Liobard, qui ignorait la mort de Luyrieux et l'existence de sa fille.

L'armée française avait franchi la première barrière ; mais ce n'était pas la seule qu'il fallut enlever, et l'entrée en Piémont n'en était pas plus libre. Il restait Veillano, retombée, comme on l'a vu précédemment, au pouvoir des impériaux, et qui interdisait tout mouvement en avant.

Du Guast, en homme habile qu'il était, qui connaissait les lieux, jugea que le Pas de Suze n'offrirait pas une grande résistance, et il avait concentré à Veillano ses plus grands moyens de défense. De récens travaux exécutés par ses ordres, et sous ses yeux, en faisaient un des obstacles les plus difficiles à vaincre. Enfin, Du Guast défendait cette position en personne.

Des rochers presque à pic encadraient l'unique route de Turin, route passant par Veillano, et il ne fallait pas songer à s'en frayer une autre à travers ces escarpemens. Langeai l'avait tournée avec quelques mulets par des sentiers qui semblaient faits pour des chamois, mais il n'était pas possible qu'une armée suivît ces chemins fantastiques.

L'embarras de Montmorency était grand, les momens étaient précieux : l'armée française en Piémont succombait à la misère, au découragement, et Veillano pouvait arrêter longtemps celle qui venait à son secours. Les soldats firent des miracles d'intrépidité, de patience, et développèrent largement ce génie de l'attaque dont ils sont éminemment doués.

Afin de reconnaître la position, les soldats grimpèrent avec des peines infinies sur les escarpemens qui, des deux côtés, les enfermaient dans une route étroite et, de là, ils purent juger de l'obstacle qui leur barrait le passage. Montmorency était monté avec eux, et calme, attentif, regardait tristement ces masses de rochers infranchissables et les murailles de la ville, qui perdaient une armée en retenant l'autre.

Pendant que le général en chef examinait tout ce qu'il pouvait voir et discutait avec quelques officiers les moyens à employer pour réduire promptement Veillano, les soldats se livraient à leurs lazzis ordinaires.

— C'est ça qui nous arrête ? disait l'un ; ah bah ! nous aurons bientôt enlevé cette bicoque.

— Une bicoque qui a une cuirasse de granit, fit un autre, c'est lourd à emporter.

— Sortez donc, et qu'on se bûche un peu, tas de...! s'écria un troisième en montrant le poing aux Veillanais et en accompagnant son geste d'une de ces grotesques injures dont les soldats français ne sont jamais avares envers l'ennemi.

— C'est bien ton poing et tes injures qui y feront quelque chose, farceur ! fit un autre en riant.

— Eh bien, envoyons-leur quelques prunes ! riposta le premier.

— Bonne idée !... si le général le permet, dit un autre.

— Je vais le lui demander, répliqua celui qui avait ouvert la motion.

Et s'approchant de Montmorency, qui, entouré de ses officiers, cherchait la solution du difficile problème de la prise de la ville, il salua militairement :

— Mon général, dit-il, nous sommes là dans une position superbe ; voulez-vous nous permettre d'envoyer quelques balles à ceux qui gardent les remparts.

— Vos balles sont trop petites, répondit Montmorency en souriant.

— Ah ! si mon fusil pouvait porter un boulet, reprit le soldat, la besogne irait plus vite.

— Les canons sont là-bas, répliqua le général en regardant les soldats qui s'étaient approchés en le voyant parler à leur camarade.

— Oui, fit le soldat, mais le diable seul pourrait les amener sur ces rochers, et il lui faudrait pour cela un fameux attelage de dragons ailés.

Les officiers et les soldats se mirent à rire, Montmorency fit comme eux.

— Nous y sommes bien montés, nous, reprit le général, pourquoi les canons ne feraient-ils pas comme nous ?

— Excusez, mon général, nous avons des jambes, nous autres, dit le soldat, et les canons ne marchent pas tout seuls.

— Vous avez des jambes, et de bonnes, poursuivit Montmorency, mais vous avez aussi des bras.

— Oui, mon général, et nous espérons bien prouver aux Espagnols que nos bras sont bons aussi.

— Eh bien ! reprit le commandant en chef, il s'agit de sauver une armée française assiégée dans Turin, qui nous attend comme des libérateurs, et de conserver à la France la capitale du Piémont. Afin de réussir, ne pourrait-on pas aujourd'hui, tout en se servant de ses jambes, prêter ses bras aux canons ?

— Vivat ! vivat ! crièrent tous les soldats, qui comprirent la pensée du chef, nous allons hisser les pièces.

— Tu vois, dit gaîment Montmorency à celui qui voulait envoyer des prunes à Veillano, que nous n'aurons pas besoin de faire un pacte avec le diable pour monter ici nos canons.

— Oh ! monseigneur, répliqua le soldat avec le plus grand sangfroid, c'est bien en vain que nous l'appellerions, il ne viendrait pas : le diable ne traite jamais avec des soldats français.

— Vraiment ! fit le général en riant ; et pourquoi cette exclusion ?

— Parce que nous sommes plus malins que lui, répondit le soldat d'un air tant soit peu vaniteux; il sait bien que nous lui volerions le contrat et lui ririons au nez, après l'avoir fait trimer. Voilà pourquoi nous allons faire ici sa besogne tout à l'heure, et sans lui.

Les soldats accomplirent, en effet, un travail diabolique : ils hissèrent avec des cordes les pièces, les affûts, les boulets et la poudre sur ces rochers jusque là inaccessibles à l'artillerie et vierges de tout canon, donnant ainsi un exemple qui devait être suivi deux siècles et demi plus tard par d'autres Français.

Après d'incroyables fatigues, les pièces purent être mises en batterie, l'artillerie tonna pour la première fois sur ces pics élevés. Veillano dominée complétement, foudroyée d'une manière si inattendue, ne put tenir longtemps et ouvrit ses portes.

Du Guast n'avait pas soupçonné la possibilité d'établir des batteries sur ces rochers où il n'y avait pas de route et ne les avait pas défendus. Vaincu par ce coup hardi, il battit en retraite et laissa le chemin ouvert aux troupes françaises, qui s'y élancèrent au pas de course.

Celles-ci marchèrent par le plateau de Rivoli, devenu célèbre dans les fastes militaires de la République, mais où il ne reste pas aujourd'hui le moindre vestige des guerres anciennes et récentes. La nature a promptement repris ses droits, la végétation a tout recouvert, cuirasses des chevaliers, fusils des soldats du nouveau régime, ossemens des uns et des autres.

Les Français attaquèrent la place de Rivoli, l'emportèrent et prirent successivement les autres forts de la rive gauche du Pô. Du Guast, harcelé vivement, alla chercher un abri derrière ce fleuve, qu'il traversa à Montcalier dont il fit ensuite sauter le pont. Mais les Français se dirigèrent avec rapidité sur Carignan, s'en emparèrent et y traversèrent le Pô.

Une portion de l'armée balayait la rive gauche, sur laquelle il ne resta bientôt plus aux Impériaux que Volpiano et quelques positions dans les montagnes qui dominent le val de Suze, dans lequel ils purent encore faire des excursions. L'autre partie, poursuivant Du Guast sur la rive droite, prit successivement Rivas, Villanova et plusieurs places situées entre le Tanaro et le Pô. Du Guast s'enferma dans Asti, cet ancien quartier général de Charles-Quint et d'Antonio de Leyva.

Turin était enfin dégagée, après tant de souffrances et d'angoisses.

C'est à ce moment si glorieux pour les armes françaises, où la victoire ouvrait les cœurs à la joie, sauvait une armée inévitablement perdue, que François Ier traversa les Alpes. Il venait en triomphateur: le Pas de Suze et Veillano ne pouvaient plus retarder sa marche. Cependant, à la nouvelle de son approche, un corps d'Impériaux abrités dans leurs positions des montagnes, et dont nous avons parlé tout à l'heure, tenta un hardi coup de main et essaya d'enlever le roi.

Il s'en fallut de peu que le succès couronnât leur audace. Ils s'élancèrent de leurs montagnes dans le val de Suze, attaquèrent l'escorte de François Ier qui dut mettre l'épée à la main, inquiétèrent sa marche en le harcelant sans relâche, et parvinrent, presque sous les yeux du roi, à enlever les mulets chargés de l'argent destiné à la solde des troupes et dont celles-ci avaient grand besoin. Après la grande lutte, les guérillas faisaient leur œuvre et pillaient les vainqueurs.

L'armée eût pu attendre longtemps sa solde. Heureusement Langeai était encore là; il était allé de Turin au-devant du roi et revenait avec lui. Soldat, diplomate, négociateur, courrier au besoin et portant lui-même ses dépêches lorsque personne n'osait s'en charger, Langeai avait exploré toutes les montagnes qui séparaient la France de l'Italie; il en connaissait tous les grands cols, tous les petits passages; il en avait traversé tous les ruisseaux, et de ces ruisseaux il savait tous les gués.

L'infatigable Langeai se fit suivre d'un détachement de cavaliers et, avec son courage et son adresse accoutumée, se mit à la poursuite des Impériaux, fouilla le pays, devina la route que l'ennemi avait prise, l'atteignit, le chargea et réussit à lui reprendre les mulets… que l'on n'avait pas encore déchargés de l'argent qu'ils portaient. Les Impériaux n'eurent qu'une joie d'un moment; l'armée française toucha la solde si impatiemment attendue et Langeai eut toute la gloire de cette journée.

Cette campagne, ainsi que les précédentes, commençait sous de brillans auspices; le succès avait été rapide au point de déconcerter l'ennemi refoulé dans ses anciens cantonnemens : tout le Piémont était reconquis, les garnisons étaient ravitaillées et complétées; les soldats qui arrivaient en libérateurs, ceux qui avaient enduré les plus dures privations, étaient animés d'un égal enthousiasme. Le succès, ce grand médecin du moral des armées, avait relevé les courages abattus ; tous demandaient à marcher en avant, espérant que de nouvelles victoires amèneraient enfin la conclusion d'une paix honorable et solide.

Liobard avait cherché la mort et n'avait trouvé que la gloire dans cette rapide excursion qui des Alpes portait l'armée française aux bords du Tanaro. A l'attaque des villes, aux combats en rase campagne, à la prise des ponts, partout, il avait montré, selon les circonstances, la froide impassibilité du chef qui garde sous le feu de l'ennemi une position périlleuse pour lui, importante pour l'armée, ou l'ardente intrépidité du capitaine qui s'élance pour enlever une position bien défendue.

Dans cette campagne de deux mois, si féconde en résultats, l'armée tout entière avait fait brillamment son devoir, et la compagnie de Renaud s'était cependant distinguée, s'était fait remarquer parmi tant de braves. Montmorency complimenta le jeune capitaine des Bugistes et lui fit entrevoir de brillantes destinées militaires. Liobard remercia le maréchal avec effusion, mais sourit tristement : l'avenir ne l'occupait plus. Dans ce corps plein de vigueur et de jeunesse, l'âme était fatiguée et ne voulait pas aller plus loin.

Le Grand Bressan rencontra Liobard à Turin et fut effrayé à la vue de son ancien chef, dont la figure, d'une pâleur mate, raide, sombre, révélait une souffrance profonde. En apprenant ce qui s'était passé, Bastien éprouva un vif chagrin, un remords, d'avoir coopéré à la prise du château, dont les suites étaient si terribles. Devant l'immense douleur de Renaud, il n'eût pas osé parler de lui, de Paola, de son amour, s'il n'y eût été provoqué par son ami. Il raconta les événemens de la sortie dans laquelle il avait été blessé et recueilli chez Toniella; mais, avec le tact délicat du poète, il glissa légèrement sur ses amours, ne parla pas du bonheur que lui donnait l'espoir d'épouser bientôt Paola, dans la crainte d'a-

viver, par la comparaison des deux situations, les regrets de son ami.

Cependant la rive droite du Pô était libre ; Bastien
n'avait plus besoin de faire jouer le canon pour isoler la demeure de Mme Cassio, les Français occupaient l'ancien camp des Impériaux : Renaud ne
pouvait, sans manquer aux devoirs de la plus simple
politesse, s'abstenir de faire une visite à Toniella.

Celle-ci ignorait complétement les événemens du
château d'Holypherne. Elle savait que la femme dont
Renaud lui avait parlé sur les bords de la Clusone
était morte peu de temps après le retour de celui-ci
en France; elle n'avait jamais entendu le nom d'Huguette, et elle accueillit Renaud avec un plaisir que
la glaciale douleur de celui-ci ne l'empêcha pas de
manifester.

CHAPITRE XXIV.

Huguette, maintenant dame d'Holypherne, Prangin, la Vélière, était livrée à l'isolement le plus
complet et au plus amer chagrin dans sa citadelle
des bords de l'Ain. Tout lui rappelait le supplice
affreux de ses sœurs bien-aimées : leurs chambres vides où elle entrait par distraction pour les y trouver
comme autrefois, leurs places désertes à la salle de
travail, à la chapelle, partout, leurs voix absentes,
les pierres de leurs tombes, le souvenir de Montrevel
accourant à son appel, et pourtant venu trop tard
pour empêcher le meurtre, renouvelaient à chaque
instant sa douleur et la jetaient parfois dans un sombre désespoir.

Elle n'avait pas encore visité sa seigneurie du Bugey ; elle était seule, sans distraction, seule avec sa
pensée, n'ayant pas une amie de son âge, ne pouvant
entendre une parole qui eût un écho dans son âme,
réduite à prendre Gertrude pour confidente de ses
douleurs. Elle ne pouvait supporter la vue du majordome, qui gouvernait encore son château ; elle avait
de la haine et du mépris pour les soldats qui avaient
assisté à l'assassinat de Philiberte et de Loyse, sans
qu'un seul d'entre eux eût tenté de l'empêcher.

Libre, maîtresse de ses actions, toute son âme,
toute l'énergie de sa nature fortement trempée l'entraînait vers l'homme qu'elle avait aimé, qu'elle avait
sauvé avec désintéressement et sans espérance. Mais
Renaud était en Italie, ignorant la mort de Georges et
pleurant Huguette qui avait cru à ses dernières paroles, et maintenant s'étonnait qu'il ne lui donnât pas
un souvenir; elle le savait parti avec le maréchal de
Montmorency, avant son père, et elle tremblait pour
lui sur cette terre italienne qui avait déjà moissonné
tant de soldats dans les compagnies bressannes.

Ou Renaud était tombé sous le feu de l'ennemi, ou
il l'avait oubliée; l'alternative était désespérante.

Lorsque Toniella, après les premiers complimens,
put considérer attentivement Liobard, elle sentit un
frisson courir dans ses veines ; ce n'était plus là l'ai-
mable capitaine de la première campagne : il ne souriait plus, il parlait peu ; la douleur avait fait sur sa
figure de cruels ravages ; son œil, autrefois ardent,
était morne. Elle comprit que Renaud n'était revenu
que pour mourir.

Les soins des deux sœurs avaient sauvé le Grand
Bressan, l'avaient guéri des blessures du corps. La
guérison de la blessure morale du jeune seigneur
était plus difficile ; cependant Toniella l'entreprit.

Renaud avait pensé ne faire qu'une seule visite à
Mme Cassio ; mais celle-ci l'engagea à revenir, mit-
tant d'amabilité dans son insistance qu'il ne put s'en
défendre. Les visites auraient été assez tristes sans la
présence de Bastien, qui les animait par ses causeries, ses vers et ses chansons.

Toniella, embarrassée et timide d'abord, s'enhar-
dit peu à peu, parla du malheur qui avait frappé
Renaud, de la douleur qu'il avait dû éprouver de la
perte de Mlle de Belmont. A ce nom, Liobard rougit et regarda Toniella d'une étrange façon. Celle-ci
devina bientôt qu'elle se trompait et faisait fausse
route ; mais quelle était donc la cause du chagrin
du capitaine ? Elle l'ignorait. Celui-ci ne faisait pas
de confidence, et Bastien ne laissait pas soupçonner
qu'il fût instruit des motifs de ce chagrin.

Liobard s'attendait à quitter promptement Turin.
Dans les places, dans les camps, parmi les officiers,
parmi les soldats, on pensait généralement que François Ier, profitant de l'ardeur de ses troupes excitées
par de récentes victoires, se mettrait à leur tête et
marcherait bientôt sur Milan, but réel de la guerre,
dont la possession, toujours espérée, était toujours
éloignée par les revers.

C'était vers le Milanais que Renaud tournait ses
regards, vers le Milanais que Charles-Quint viendrait
défendre en personne, pied à pied, et dont la conquête offrirait de graves difficultés. Dans cette campagne, tout devait finir pour lui : il y trouverait la
mort glorieuse qu'il cherchait.

Les péripéties de ce long duel entre le roi et l'empereur en décidèrent autrement, comme si les événemens prenaient parti pour Toniella , en contrai-
gnant Renaud à demeurer à Turin. Pendant que
toute l'armée se préparait à poursuivre la campagne,
des idées pacifiques prévalurent dans les conseils de
François Ier, heureusement pour les peuples qui ne
pouvaient pas trouver de grands avantages , l'un à
conquérir, l'autre à être conquis.

On considéra qu'en s'avançant vers le Milanais, les
Français auraient à lutter encore une fois contre
deux armées, celle de Charles-Quint et celle de la
ligue italienne, formée spécialement pour la défense
de cette province, et que, pour faire face à tant d'ennemis, il serait peut-être indispensable d'augmenter
encore le nombre des troupes.

Ces deux armées, en cas de revers, pourraient facilement réparer leurs pertes en matériel, combler
leurs vides en soldats sur les terres de l'empereur et
sur celles des princes et des États ligués ; elles seraient, en outre, soutenues par les populations dont
elles défendaient le territoire; elles avaient derrière
elles des routes libres et sûres pour faire arriver
munitions et argent.

Les Français se trouveraient dans une position
tout à fait différente. Leurs renforts devaient venir
de l'intérieur, traverser les Alpes, qu'un revers pouvait fermer. Ils allaient s'engager dans une nouvelle
lutte dont il n'était pas possible de prévoir l'issue.
Les finances étaient dans un état peu prospère, les
impôts pesaient lourdement sur les populations, depuis longtemps obligées aux frais de la guerre ; il
faudrait frapper des taxes nouvelles pour subvenir
aux besoins nouveaux d'une campagne.

Des considérations d'un autre ordre, et des plus

puissantes, militaient en faveur de la paix. Au territoire français avaient été réunis la Bresse et le Bugey ; l'armée tenait la Savoie et occupait une partie
du Piémont. Ces conquêtes ne se composaient pas de
territoires isolés, enveloppés par l'ennemi et toujours
menacés d'envahissement ; elles s'appuyaient, au
contraire, sur les anciennes frontières françaises,
qu'elles agrandissaient et portaient en avant, situation avantageuse qui en rendait la conservation plus
facile. C'était là un très beau résultat d'une guerre
de deux ans. Si l'on courait les chances d'une nouvelle lutte, la possession des pays conquis était remise en question ; une seule défaite sur le Tessin,
qu'il fallait franchir, une nouvelle bataille de Pavie,
pouvait tout perdre, enlever le fruit de tant de sacrifices, et rejeter encore une fois les Français au delà
des Alpes. Ces considérations méritaient qu'on s'y
arrêtât.

Chose singulière! les négociations relatives à la
paix n'avaient pas été interrompues, et, pendant que
l'empereur et le roi se livraient des batailles, se prenaient des villes, leurs délégués continuaient à poser
et à discuter les bases d'une pacification générale.
Le jour où les deux monarques sentirent le besoin
de suspendre la lutte, leurs délégués furent d'accord.
Le 27 novembre 1537, ils conclurent une trève de
trois mois, qui fut proclamée le même jour à Carmagnola, où était François Ier, et à Asti, où était Du
Guast.

Tout le monde croyait à la continuation de la
guerre, et chacun accepta la trève avec d'autant plus
de joie que les négociateurs, en la signant, manifestèrent l'espérance de la prolonger. La première condition du traité fut le licenciement des armées française et impériale, comme conséquence de la trève et
comme un premier gage des intentions pacifiques des
deux monarques.

Mais ce licenciement ne pouvait pas s'opérer en
un jour. Bastien restait donc à Turin jusqu'à nouvel
ordre, et Renaud jusqu'au moment où l'ordonnance
de licenciement lui permettrait de prendre un parti.

Pour ne pas interrompre le récit des événemens
qu'il nous reste à raconter, nous ferons connaître ici
les résultats de cette trève. Le terme en avait été fixé
au 27 février 1538 ; mais un congrès réuni à Leucate,
sur les frontières du Languedoc et du Roussillon, le
porta au 1er juin suivant. C'était un acheminement
à une paix sérieuse, durable, que toute l'Europe désirait, qui lui permît de respirer.

Dans l'intervalle de ces deux époques, les négociations furent reprises en Italie. Le pape Paul III
fut alors l'agent le plus actif de la paix, malgré ses
soixante-dix ans. Il proposa une entrevue de Charles-
Quint et de François Ier à Nice, la seule place qui
restât en Piémont au duc de Savoie. Celui-ci refu-
sait, dans la crainte d'être dépouillé de sa ville ; tou-
chante marque de la confiance que lui inspiraient le
roi et l'empereur. Enfin, sur les conseils de Charles-
Quint, à qui il en avait référé, il consentit à prêter
son château de Nice. Le fourrier du pape y alla mar-
quer ses logemens ; mais le peuple s'émut, la garnison refusa de quitter le château.

Le pape alla se loger dans un couvent, près de
Nice ; François Ier se rendit à Villa-Nova, non pas
celle qui est près de Turin, mais celle qui est entre
Coni et Mondovi ; Charles-Quint vint par mer à
Villa-Franca, mais ne quitta pas sa galère, devenue
son palais flottant.

Il lui arriva là une aventure assez plaisante : un
jour apparurent sur la mer, près de la côte, des
points blancs fort nombreux qui changeaient de place, couraient sur les vagues, disparaissaient pour se
laisser voir de nouveau. L'alarme se répandit dans la
galère de l'empereur : François Ier employait la per-
fidie contre Charles-Quint ; ces points blancs étaient
des voiles, ces voiles étaient celles de la flotte de
Barberousse ; c'était une trahison de l'ami, de l'allié
des Turcs ; le roi d'Alger venait faire prisonnier
l'empereur. Tout le monde perdit la tête ; on coupa
les câbles des amarres qui retenaient la galère, on
voulait combattre et mourir... Les plus raisonnables
proposaient à Charles-Quint de gagner le rivage dans
une chaloupe et de se sauver à travers les montagnes, comme il pourrait.

— Ne me conseillez pas de me déshonorer, répondit l'empereur.

Il refusa et attendit. Les points blancs couraient
toujours, mais les vaisseaux n'apparaissaient pas ; la
journée se passa dans l'anxiété ; enfin on apprit que
ces formidables voiles de Barberousse, appelées par
François Ier, étaient des tourbillons de poussière
blanche que produisaient des paysans en vannant des
fèves sur le rivage et que le vent promenait sur la
mer.

Charles-Quint et François Ier ne se virent pas. Le
pape allait de l'un à l'autre, essayant de les réconcilier, et secondé par Eléonore d'Autriche qui voulait rapprocher son mari de son frère et qui eut des
entrevues avec l'empereur.

Enfin, le pape réussit, non pas à faire la paix, —
ceux dont les intérêts étaient trop profondément lésés
ne la voulaient pas accepter, — mais à faire conclure
une trève de dix ans. C'était beaucoup : peu de paix,
à cette époque, duraient ce laps de temps, et l'on pouvait se contenter du fait, à défaut du nom.

Quelques historiens ont reproché au pape Paul III
d'avoir beaucoup songé à sa famille en négociant la
paix. Il avait eu trois enfans naturels avant d'être car-
dinal : Constance Farnèse, Ranuce Farnèse et Pierre-
Louis Farnèse, qu'il avait fait duc de Camerino, et
qui avait lui-même un fils et une fille, Octave et
Victoire. Le pape voulait marier son petit-fils à Marguerite d'Autriche, fille naturelle de Charles-Quint
et veuve d'Alexandre de Médicis, duc de Florence, et
ce mariage fut convenu dans les conférences. Il voulait marier Victoire à Antoine de Bourbon, fils du
duc de Vendôme. Le roi promit de faire réussir ce
mariage, qui pourtant n'eut pas lieu et aurait sup-
primé la naissance d'Henri IV.

La paix est un trop grand bienfait pour les peuples qui souffrent pour regarder de si près aux petits intérêts de famille de ceux qui la négocient.

Les conditions de la trève de dix ans, signée le 18
juin, furent celles-ci :

Charles-Quint gardait le Milanais, que le roi n'a-
vait pas pu lui enlever.

François Ier gardait le Piémont, dont il était maître
après tant d'alternatives de succès et de revers.

Il fallait sacrifier quelqu'un sur l'autel de la con-
ciliation ; on sacrifia naturellement le plus faible de
ceux qui avaient pris part à la lutte. L'histoire de
l'humanité offre à chaque page de ces exemples-là.

La victime fut le duc de Savoie, qui perdait la plus
grande partie de ses Etats, y comprises ses deux ca-
pitales, Turin et Chambéry. Deux puissans s'étaient
jetés l'un sur l'autre, il s'était trouvé entre eux et
avait été broyé dans le choc.

Le malheureux Charles III dut signer ce traité, qui le dépouillait en consacrant les conquêtes de la France. Mais ce n'était qu'u e trève ; pour toute consolation, il lui restait à faire des efforts afin d'en amener la rupture avant le terme.

L'habitude des blasons et des devises était générale à cette époque ; le plus petit seigneur avait l'un et l'autre. Dès qu'il eut adhéré à la trève, le duc prit pour blason : un chêne ébranché, chargé d'armes, et auprès, un bras nu tenant une épée. La devise était :

Spoliatis arma supersunt.

(Aux spoliés restent les armes.)

Le dessin n'était pas beau, mais l'idée du chêne ébranché était ingénieuse et peignait très bien la situation du prince auquel on avait pris ses provinces. Quant à la devise, elle était, franchement, un peu vaniteuse, car les armes n'offraient au duc, en ce moment, qu'une assez faible ressource. Elles ne l'avaient pas sauvé quand il était l'allié de Charles-Quint, et, quelle que fût la bravoure de la maison de Savoie, elle ne pouvait pas espérer de recouvrer par la force ses États démembrés, si elle devait lutter contre l'empereur et le roi, signataires du traité. C'était des complications de la politique, et non des armes, qu'elle pouvait espérer la restitution de ses domaines. Le duc Charles protestait, du moins, de la seule manière dont il fût possible de le faire.

François Ier établit des garnisons dans les principales villes du Piémont qu'il regardait comme définitivement acquis à la France, et cela, quelques semaines après la signature de la première trève. Puis, à la seconde, au moment de licencier réellement son armée, il voulut récompenser les services et le dévouement de ses généraux, et proclama les dignités et les grades qu'il leur accordait. Bastien les expliquera tout à l'heure en quelques mots.

Le Grand Bressan se trouvait faire partie des soldats qui rentraient en France, auxquels les soins de la famille et l'air natal étaient nécessaires après les souffrances et les fatigues du siège de Turin. Guéri de ses blessures, mais affaibli, il avait besoin de repos pour reprendre ses forces. Il allait retourner avec plaisir dans son beau pays de Bresse, mais il n'y voulait pas retourner seul. Il adorait Paola, elle lui avait sauvé la vie ; l'amour et la reconnaissance l'attachaient également.

On venait de proclamer l'ordonnance de licenciement et l'ordonnance relative aux grades et dignités accordés par la munificence du roi aux officiers supérieurs de l'armée. Bastien les lut avec beaucoup d'attention ; la seconde surtout, qui était la plus longue ; puis il endossa son grand uniforme de capitaine des chevau-légers, alla chercher un autre capitaine de ses amis et se rendit chez son colonel ; puis tous trois se dirigèrent vers la demeure des deux belles Romaines.

C'était une visite officielle que la jeune veuve reçut cérémonieusement, mais le sourire aux lèvres et avec la plus grande courtoisie. Paola, que Bastien n'avait pas avertie de cette démarche, par la raison toute simple qu'il s'y était déterminé un moment auparavant, en lisant l'ordonnance de licenciement, Paola était visiblement émue, car elle en pressentait le but.

Le Grand Bressan présenta aux deux dames son colonel et son ami.

— Madame, dit le colonel à Toniella, la paix est faite, ou du moins est certaine, entre l'Espagne et la France.

— Nous l'espérions tous, monsieur, répliqua la veuve, et j'en reçois la confirmation avec un grand plaisir.

— Vous tenez pour le parti espagnol, reprit le colonel, nous tenons pour le parti français, et nous venons vous demander un gage de paix.

— C'est une alliance politique, fit Toniella en souriant, que vous venez me proposer, monsieur?

— C'est une alliance d'amour, répondit le colonel sur le même ton ; j'espère que les pourparlers ne seront pas aussi longs que les négociations de la paix, car vous êtes en ceci le juge suprême, et nous acceptons d'avance vos conditions.

Paola rougit, jeta un regard d'amour à son beau capitaine, puis baissa les yeux.

— Madame, dit gaîment Bastien à Toniella, la guerre est finie ;

Charles-Quint garde le Milanais qu'on n'a pas pu lui prendre ;

François Ier garde Turin où j'ai eu le bonheur de vous rencontrer, et la Bresse, mon pays ;

Antonio de Leyva garde sa tombe à Saint-Denis ; M. de Saluces garde le coup de mousquet qui l'a tué à Carmagnola ;

M. de Montmorency devient connétable de France ;

M. de Montejean est nommé lieutenant-général du roi en Italie ;

Le général d'Annebaut est fait maréchal de France et a le bâton de M. de Fleuranges ;

Quant à moi, madame, je viens vous demander, non pas le prix de mes services, mais le prix de mon amour ; je vous dois la vie, couronnez votre œuvre en m'accordant la main de Mlle Paola, votre sœur.

— Si elle y consent..., dit Toniella en regardant Paola.

Celle-ci se jeta dans les bras de sa sœur. Mme Cassio se leva et mit la main de Paola dans la main de Bastien.

— Merci, madame, s'écria le capitaine ; me voilà aussi riche et plus heureux que d'Annebaut, Montejean, Montmorency, et le roi François Ier...

Il s'arrêta.

— Vous oubliez l'empereur, fit Toniella en riant.

— De tous, c'est le seul que j'envie, dit Bastien.

— Et pourquoi? demanda Toniella étonnée.

— Parce que vous l'honorez de votre amitié, répliqua Bastien.

La jeune veuve sourit à ce flatteur compliment et tendit sa main au capitaine ; mais celui-ci l'embrassa sur les deux joues en laissant éclater toute sa joie.

Le jour du mariage fut fixé et les officiers se retirèrent, laissant Paola heureuse et Toniella la gaieté au front, le sourire aux lèvres, mais en réalité livrée à de profondes réflexions, et attendant Liobard avec anxiété.

CHAPITRE XXV.

Quelques jours après la visite des trois officiers, le mariage du capitaine Bastien et de la charmante Paola fut célébré à Turin, et bientôt le Grand Bressan quitta l'Italie avec sa jeune femme, plus fier de sa conquête que le roi des siennes.

Paola était montée sur une mule coquettement harnachée, et, en traversant Veillano et le Pas de Suze,

Bastien lui montrait les pentes abruptes que l'artillerie avait escaladées, les positions formidables enlevées par les Français, et lui disait gaiement :

— Sais-tu pourquoi, Paola, trois armées ont passé par là, s'y sont battues, y ont souffert et ont laissé des morts dans tous ces ravins ?

— Mais, répondit Paola étonnée de la question c'était pour prendre le Piémont et le Milanais à Charles-Quint.

— Point du tout, ma belle, répliqua Bastien, c'était pour conquérir Paola et la donner au Grand Bressan.

— Tu es un grand fou, mon capitaine, dit la jeune femme heureuse, souriante, jetant à son mari des regards où il pouvait lire qu'elle était fort satisfaite d'avoir été conquise par l'armée française, tu es un grand fou : tu emmènes Paola, mais ton roi François Ier garde un morceau de l'Italie, en attendant qu'il prenne le reste.

— Enfant, dit Bastien en riant, mais d'un rire triste et amer, les pieds des chevaux ont ravagé les champs, la charrue effacera leurs traces ; le boulet a ruiné les édifices, l'architecte et le maçon les relèveront. Nous n'avons rien donné à l'Italie que la misère et les maux de l'occupation ; nous y avons trouvé la féodalité et nous l'y conservons : il n'y a que le nom du suzerain de changé. Que veux-tu que les populations fassent de ces conquérans qui n'apportent rien de nouveau ? Un jour, on nous balaiera de ces montagnes et de ces plaines comme nous en avons balayé les impériaux ; il n'y restera rien de nous et les Alpes seront toujours entre les deux races.

Puis, secouant la tristesse qui le gagnait, prenant un ton plus joyeux, il ajouta :

— Je suis le plus heureux soldat de notre armée, puisque j'emmène ma conquête ; et toi, ma Paola, qui viens sur la terre bressanne, tu y seras bénie, parce que tu y apportes l'amour et le bonheur.

Paola sourit et tendit la main à Bastien. Ils continuèrent leur route et, quinze jours après, arrivèrent à Jasseron, où le Grand Bressan attendit qu'un appel de François Ier lui fournît de nouvelles occasions de combats et de gloire ; mais il attendit sans impatience, avec sa belle Paola, qui commença la première génération d'une race charmante, mi-gauloise, mi-romaine, qui depuis trois siècles a prospéré dans la Bresse.

Les troupes levées par le sire d'Holypherne étaient rentrées dans leurs foyers et les jeunes seigneurs qui avaient assisté à la mort de Georges venaient fréquemment au château, essayaient de plaire et composaient à Huguette une petite cour dans laquelle on voyait déjà poindre les rivalités.

Sous prétexte d'apporter des consolations à la pauvre enfant, qui en réalité grand besoin, de peupler sa solitude, les sœurs et les mères de ces jeunes gens accoururent à Holypherne, dont elles n'avaient jamais franchi la porte, ni avant, ni depuis le retour de Piémont, depuis que leurs frères et leurs fils convoitaient le brillant héritage de Luyrieux.

Ce petit troupeau féminin déployait ses grâces, faisait des cajoleries à la charmante dame d'Holypherne, qui n'était pas habituée à ces avances. Cette vie nouvelle tranchait vivement sur celle qu'elle avait menée jusqu'alors et, sans guérir le cœur blessé, rendait la souffrance moins vive.

Une des familles les plus assidues auprès d'Huguette essaya de la circonvenir, de l'isoler, en la menant passer quelques semaines dans son château ;

toutes les familles jetèrent les hauts cris et demandèrent la préférence. La jeune fille vit le piége, ne voulut donner d'espérance à aucun des prétendans, refusa toutes les invitations et enfin annonça l'intention d'aller visiter ses domaines du Bugey, où elle avait, en effet, à régler des intérêts sérieux, mais qui l'occupaient beaucoup moins que l'oubli de Renaud et sa situation d'héritière de plusieurs fiefs relevant du roi de France, qui ne laisserait pas péricliter son droit de suzerain. On avait pu fermer les yeux sur les irrégularités de Georges et de ses prédécesseurs ; on n'aurait pas la même tolérance pour une femme.

Si Huguette ne se mariait pas dans l'année le roi pouvait confisquer une partie de ses biens. Elle eût volontiers transigé en lui abandonnant sa forteresse d'Holypherne et tout ce qui en dépendait, à la condition de rester libre ; mais le roi avait un autre droit plus alarmant, c'était celui de lui donner un mari qui conduirait à l'armée le nombre de combattans auquel était tenu chaque fief relevant de lui.

Avant l'annexion de la Bresse et du Bugey, Holypherne seul relevait du roi ; mais depuis, tous les domaines qui constituaient l'immense fortune d'Huguette étaient tenus du roi, auquel elle devait foi et hommage, et le serment ne pouvait être prêté que par un homme.

Or, il y avait autour de François Ier, comme auprès de tous les rois, une foule de jeunes seigneurs, ou cadets de famille sans fortune, ou ruinés par la guerre, par le jeu, par une mauvaise administration, qui guettaient l'occasion d'épouser une riche héritière ; et le roi pouvait la donner à l'un d'eux.

Parmi les seigneurs bressans, il y en avait plusieurs qui, ne voyant pas Huguette se décider, songeaient à faire valoir leurs services auprès de François Ier, et à s'assurer sa protection ou sa faveur.

C'était là un grand motif de crainte pour Huguette. Fatiguée des rivalités qui s'agitaient autour d'elle, froissée de l'oubli de Renaud, ne pouvant plus supporter la vue de ce château d'Holypherne qui lui rappelait toutes ses douleurs, elle fixa le jour de son départ. Elle allait visiter ses domaines de Montvéran, de Culé, de Prangin, de la Vélière, faire acte d'administration.

Plusieurs jeunes seigneurs demandèrent la faveur de l'accompagner, voulant faire de son voyage une marche triomphale fort dans les habitudes de ce temps-là ; mais Huguette refusa cet éclat, qui contrastait si vivement avec l'état de son cœur, nomma les hommes d'armes, les archers et les pages, en petit nombre, qui devaient l'accompagner avec Gertrude. Elle n'avoua pas qu'elle ne remettrait jamais le pied dans la citadelle, et qu'elle allait se confiner dans son château des bords du Rhône et y attendre ce que Dieu déciderait de son sort.

Ainsi, Huguette pleurait Renaud en France, et Renaud n'avait plus la force de vivre depuis qu'il avait perdu Huguette.

Le mariage de Paola avait laissé Toniella seule. Charles-Quint ne lui avait pas donné l'apanage promis, parce qu'il n'avait conquis ni la Provence, ni la Bourgogne ; mais il avait par compensation augmenté la fortune de la jeune veuve en terres et en argent.

Riche, forte de l'appui de l'empereur, fêtée partout, elle pouvait choisir un mari parmi les officiers de Charles-Quint ; mais Liobard seul l'occupait. Son amour n'était ni violent, ni de nature à la briser, mais elle eût éprouvé un réel bonheur à réaliser les offres qu'elle avait faites à Renaud, si l'empereur eût lui-même tenu ses promesses. Dans sa situation actuelle, elle était néanmoins un très beau parti pour le seigneur de Juzerieux.

Liobard n'avait pas encore quitté Turin. Les deux dernières campagnes l'avaient mis en relief et le connétable lui avait fait offrir par M. de Montejean, lieutenant général du roi en Italie, le gouvernement d'une des places qui devaient recevoir une garnison française. La position était belle et M. de Montmorency était disposé à ne pas s'en tenir là, tellement il avait été frappé de l'indomptable courage déployé par Liobard.

Toniella le pressait d'accepter; mais il voulait la guerre, la bataille qui semblait le fuir. Il regardait de tous côtés: la pacification était générale; Charles-Quint faisait une trève et l'Europe respirait. Cependant, au nord de la France, un point des possessions espagnoles s'agitait. Il ne s'agissait plus d'une querelle entre deux grandes puissances, mais de la lutte d'une commune flamande contre l'oppression espagnole. Les Gantois se levaient et allaient commencer la guerre de l'indépendance, que Charles-Quint et Philippe II devaient souiller de trahisons et d'échafauds.

Sans intérêt dans la lutte, Liobard songeait à offrir son épée aux Gantois, mais uniquement pour chercher en Flandre la guerre qu'il ne pouvait plus trouver en Italie.

Renaud alla faire ses adieux à Toniella.

— Chevalier, lui dit Mme Cassio, je regrette de vous voir partir, et j'éprouve un chagrin profond de n'avoir pas retrouvé en vous l'amitié que vous m'aviez témoignée à votre premier voyage.

— Madame, répondit Liobard, au lieu d'accuser ceux qui souffrent, il faut leur savoir gré de ne pas attrister leurs amis.

— Votre douleur est grande, reprit Toniella, vous n'avez pas besoin de le dire, on le voit; mais quand le connétable vous offre une belle position en Italie, pourquoi la refuser et retourner dans un pays où tout vous rappellera ce que vous avez perdu?

— Je ne ferai qu'y passer, dit Liobard.

— Ah! fit Toniella, où allez-vous?

— Soldat, je vais chercher la guerre, répondit Renaud.

— Ce n'est pas la guerre..., répliqua Toniella tristement en regardant le capitaine, ce n'est pas le combat que vous allez chercher..., c'est la mort qui vous fuit. Vous êtes fatigué de vivre.

Liobard détourna les yeux et ne répondit pas. Il y eut un moment de silence; Renaud paraissait peu disposé à l'expansion, la veuve méditait.

— Chevalier, reprit Toniella, vous avez conquis une grande réputation de courage, la France est en paix, les petites puissances du Nord ne peuvent vous offrir un champ de bataille digne de vous, et peut-être vous accueilleraient mal. Charles-Quint peut seul vous apprécier; son empire est si vaste qu'il a toujours quelque tentative d'envahissement à réprimer, quelque contestation à régler; il sera heureux, soyez-en certain, de vous offrir une haute position. Remarquez que vous êtes complètement libre d'offrir votre épée à qui il vous plaît; ces exemples sont trop fréquens pour que le roi s'en offense.

Toniella avait frappé juste: Liobard ne cherchait que la guerre. Charles-Quint pouvait employer son bras mieux que les Flamands, et il ne voyait pas d'inconvénient à prendre du service en Espagne.

— C'est un avis que je vous ouvre, reprit Toniella; permettez-moi d'ajouter que, si vous vous décidez à le suivre, j'emploierai le peu de crédit que m'accorde l'empereur pour obtenr une position digne de vous.

— Merci, madame, j'accepte, à la condition que je ferai, avant toute démarche, un rapide voyage dans mes domaines, dit Liobard.

— Vous avez manqué de confiance en moi, reprit timidement Toniella, vous souffrez et vous ne m'avez pas dit vos chagrins; j'ai été à vos yeux une étrangère, une ennemie peut-être.

— Je porte malheur à tous ceux qui s'intéressent à moi, je donne la mort à tous ceux qui m'aiment, s'écria Liobard d'une voix pleine de douleur; il vaudrait mieux pour vous me fuir et m'oublier : je ne vous apporterai que déception et déchirement.

— Qu'allez-vous faire en France? demanda Toniella émue.

— Elever un tombeau, répondit Liobard.

— Un tombeau! s'écria la veuve, Clémence de Belmont n'en a-t-elle pas?

— Clémence de Belmont dort sur le rocher d'Holypherne, dit Renaud; une autre a été précipitée de ce même rocher pour m'avoir sauvé de la mort, elle a donné sa vie pour ma vie. Je me suis enfui dans la folie du désespoir, et maintenant j'ai honte d'avoir laissé le corps de la pauvre enfant à des mains étrangères. L'idée de lui élever une tombe, de l'y déposer de mes mains, me poursuit sans relâche. Je crois la voir, dans mes nuits, se relever mutilée, me reprocher mon oubli. Quand j'aurai rempli ce pieux devoir, ma mission sera finie sur la terre.

Toniella pleurait, impressionnée par les paroles de Renaud, dont la douleur calme était plus effrayante qu'un désespoir bruyant. Après cette révélation, elle n'osait plus interroger. Renaud, cependant, promit de lui écrire, et ils se séparèrent.

Liobard redescendit les Alpes, retourna à Saint-Sorlin, puis de là à Juzerieux. Mais ces deux points sont loin d'Holypherne et on ne savait rien de ce qui s'y était passé depuis le départ de Renaud; seulement, des mariniers qui descendaient les radeaux de sapins de l'Ain dans le Rhône avaient dit à Saint-Sorlin que le sire d'Holypherne avait tué ses trois filles.

Guidé par la pieuse pensée que lui inspiraient le souvenir, la reconnaissance et l'amour, Liobard retourna au pied des rochers d'Holypherne, et alla frapper à la porte du pêcheur. Il était nuit, Jacques se disposait à partir pour la pêche.

— Jacques, lui dit Liobard, je suis venu dire un dernier adieu aux filles d'Holypherne, conduisez-moi à la sépulture de ces pauvres enfans.

— Venez, monsieur, dit le pêcheur. C'est une horrible action du sire de Luyrieux, mais il ne l'a pas portée en paradis.

Renaud ignorait la fin tragique de Georges : il ne comprit pas le sens des paroles de son guide. Celui-ci le conduisit vers les trois dolmens élevés par les paysans.

— Voilà, dit-il, en montrant les pierres.

— Ah! des tombes! fit Renaud; quelles mains pieuses les ont placées là?

— Les voisins et moi, répondit Jacques; nous n'avons pas voulu laisser sans sépulture ces pauvres créatures du bon Dieu.

— Merci! dit Liobard, vous êtes bons, vous m'avez devancé. Indiquez-moi la tombe de chacune d'elles.

— Le corps de Mlle Philiberte est ici, sous la première pierre, en descendant le cours de l'eau, répondit Jacques; celui de Mlle Loyse est là, sous la seconde.

— C'est donc ici que repose Huguette ? dit Liobard ému, tremblant, et s'appuyant contre le dolmen élevé à son amante.

— Non, répliqua le pêcheur, voilà bien l'endroit où s'est brisée l'horrible machine qui a servi au supplice, voilà bien la tombe que nous avons élevée à Mlle Huguette; mais son corps n'y est pas.

— Et où l'avez-vous mis? demanda Renaud.

— Nous ne l'avons pas trouvé, répondit Jacques; nous avons sondé la rivière, jeté les filets, promené les crocs, tout cela inutilement. Il sera resté en chemin et peut être aura été mangé par les bêtes.

Le cœur de Liobard se soulevait d'horreur à cette affreuse pensée.

— Le vieux tigre d'Holypherne habite-t-il toujours son repaire? demanda-t-il au pêcheur.

— Il y est toujours, mais il n'a plus ni dents, ni ongles, fit celui-ci. Un jour, la cloche de la chapelle a tinté le glas. J'ai regardé le château : le drapeau noir était hissé sur la haute tour; le sire de Luyrieux venait de mourir...

Puis, après une pause, Jacques ajouta tout bas :

— Il est mort, frappé d'un coup de poignard par une main inconnue, comme il partait pour l'Italie; il s'est fait rapporter dans sa caverne. Le drapeau noir a flotté deux jours là-haut, puis il a disparu.

— Un vengeur plus habile que moi ! murmura Renaud; mais il est venu trop tard.

Il y eut un moment de silence. Liodard s'était assis près des tombes; Jacques regardait la rivière; le vent du midi soufflait et semblait lui promettre une pêche fructueuse.

— Allez à vos travaux, lui dit Liobard, vous me trouverez ici au retour.

— Vous voulez restez là, cette nuit? fit Jacques.

— Oui, répondit Liobard; demain nous explorerons ensemble le rocher, nous chercherons les restes de la malheureuse Huguette.

Le pêcheur s'éloigna, laissant Renaud abîmé dans cette douleur profonde qui s'empare d'un homme, la nuit, dans une solitude que peuplent seuls les souvenirs, au tombeau de deux jeunes filles sacrifiées, en face des rochers où blanchissaient sans sépulture les ossemens d'Huguette, morte pour lui.

L'énergie du désespoir s'abat; les cris de rage que l'on pousse au moment où le malheur vous frappe s'éteignent dans l'impuissance, il ne reste à la souffrance que des larmes, et Liobard pleurait. Il ne prononçait pas une parole, il ne sanglotait pas; il regardait la forteresse, les rochers et les tombeaux, trois choses qui jouaient un si grand rôle dans sa vie, et les larmes coulaient sur le visage pâle du brillant soldat d'Italie.

Au milieu de la nuit, il crut entendre un bruit de pas sur l'autre rive; des cavaliers lui semblaient descendre le chemin qui longeait l'un des ravins d'Holypherne; puis le bruit cessa. Il ne se trompait pas :

Huguette partait pour Montvéran; elle allait traverser la rivière au pont de Vaugrineuse, à la gauche et loin de Liobard.

Le ciel était pur, les étoiles brillaient, il n'y avait pas de vapeurs sur l'eau. Un bateau glissait sur les flots. Il était monté par quatre personnes dont l'une manœuvrait avec une seule rame; une femme était assise à l'avant de la barque, la tête dans sa main.

Le bateau aborda. Nul ne parlait; on n'entendait que le léger clapottement de l'eau. La femme descendit, fit quelques pas sur le rivage et s'agenouilla entre deux tombes.

Liobard regardait cette scène, caché par les pierres, et muet.

— Adieu, ma Philiberte; adieu, ma Loyse, dit la femme d'une voix déchirée par les sanglots, je n'ai pas voulu partir sans vous revoir.

Liobard regardait toujours, ne sachant s'il n'était pas le jouet d'une nouvelle illusion.

— Adieu, mes sœurs; adieu mes amies, reprit la femme d'un accent navrant, je vous rejoindrai bientôt : mon tombeau m'attend et j'y viendrai mourir, car Liobard est infidèle, Liobard est parjure !...

— Le cœur de Liobard est à toi, comme son bras et son épée ! s'écria celui-ci.

— Qui a parlé? qui a parlé? cria Huguette en se levant dans une sorte d'exaltation. Est-ce une voix humaine, est-ce un tombeau ?

— C'est celui qui t'aime, qui est revenu pour te rendre les derniers devoirs et qui, tout à l'heure, embrassait la pierre d'une tombe vide.

Huguette se jeta dans les bras de Renaud. Gertrude, restée sur la barque, pleurait de bonheur.

On ne remonta pas au château, mais Liobard accompagna Huguette à Montvéran et dans ses autres domaines.

Quinze jours après, la jeune dame de Luyrieux envoyait une missive au roi, lui faisait savoir qu'elle choisissait pour mari Renaud de Liobard, seigneur de Chastelard et de Juzerieux, châtelain de Saint-Sorlin, et lui demandait son assentiment.

François Ier le donna dans les termes les plus flatteurs pour le capitaine, dont il rappela courtoisement les principaux faits d'armes dans les dernières campagnes, et auquel il promit d'offrir de nouvelles occasions de se distinguer.

Les deux époux ne retournèrent jamais à Holypherne, mais ils firent de temps en temps de pieuses visites aux tombeaux. Le château, inhabité depuis le départ d'Huguette, subsista dans son imposante grandeur, jusqu'au jour où Biron, par l'ordre d'Henri IV, en fit enlever la toiture et les portes.

La grande tour s'est écroulée, les remparts sont tombés dans les ravins, la chapelle est enfouie sous les ruines et la mousse, les ronces et les orties poussent au milieu des pierres qui couvrent l'esplanade où quelques genêts rabougris secouent leurs fleurs d'or, dernier luxe de cette riche habitation.

FIN DU DEUXIÈME & DERNIER VOLUME.

PARIS — Imprimerie de DUBUISSON et Cᵉ — RUE COQ-HÉRON, 5.

9 782019 276997